TEMERAIRE
I

HIS MAJESTY'S DRAGON
by Naomi Novik

Copyright © 2006 by Naomi Novik
This translation published by arrangement with Ballantine Books, an imprint of
Random House Publishing Group, a division of Random House, Inc.
All rights reserved.

Korean translation copyright © 2007 by Woongjin Thinkbig Co., Ltd.
Korean translation rights arranged with Ballantine Books through EYA(Eric Yang Agency).

TEMERAIRE
테메레르

HIS MAJESTY'S DRAGON **I**

왕의 용

나오미 노빅 장편소설 | 공보경 옮김

노블마인

♣ 일러두기
저자인 나오미 노빅이 창조해 낸 19세기 초의 영국 공군은 현대 영국 공군에 비해 계급 종류가 많지 않다.
이에, 번역자가 최대한 현대 영국 공군 계급에 가깝도록 계급 명칭을 조정하였음을 일러둔다.

추천의 글 · 6
주요 등장인물과 용 · 8
1805년 유럽의 지도 · 12

제1부 · 13
제2부 · 115
제3부 · 325

에드워드 하우 경의 〈동양 용에 대한 주석을 포함한,
유럽의 각종 용에 관한 고찰〉에서 발췌(1796년) · 478

지은이의 말 · 488
옮긴이의 말 · 490
연대표 · 494

추천의 글

매혹적인 작품이다. 다양한 나라와 인물들이 등장하는 한편, 영국 군 내부의 알력도 드러내는 등 풍성한 읽을거리를 제공해주고 있다. **퍼블리셔스 위클리**

판타지와 군사 지식을 놀라울 정도로 세밀하고 풍성하게 묘사해낸 독창적인 소설이다.
엔터테인먼트 위클리

이 책을 만나기 전까지 나는 '용'이 나오는 소설이라면 유치하기 마련이라는 편견을 갖고 있었다. 하지만 전쟁사와 공감 가는 캐릭터들, 매력적인 문제가 어우러진 나오미 노빅의 소설은 내 편견을 날려버리기에 충분했다. 내가 읽어본 중, 가장 재미있는 소설이다. **영국 타임즈**

스티븐 킹, 테리 브룩스, 앤 맥카프리 같은 작가들이 나오미 노빅의 소설에 대해 호평한 말들을 광고 문구에서 자주 보았다. 어떤 이는《테메레르》시리즈를 수잔나 클라크나 패트릭 오브라이언의 작품들과 비교하기도 한다. 하지만 그런 식의 비교는 모두 불필요하다. 프랑스 용들과 영국 용들 간의 공중전을 세세히 묘사한《테메레르》시리즈는 그 어떤 소설과도 비교가 안 될 만큼 독창적이기 때문이다. **영국 가디언**

용이 나오는 온갖 소설들을 다 섭렵했다고 생각했던 사람도 나오미 노빅의 이 소설을 읽으면 그 새로운 이야기 전개 방식에 감탄하게 될 것이다. 뛰어나고 지혜로운 용 테메레르는 확고한 신념을 지닌 윌 로렌스와 짝을 이루어 흥미진진한 모험을 해나간다.
테리 브룩스, 뉴욕타임스 베스트셀러 작가

실로 오랫만에 쉴 새 없이 책장을 넘기게 만드는 재미있는 소설을 찾아냈다. 바로 나오미 노빅의《테메레르》시리즈다. 첫 소설이라는 점이 믿어지지 않을 정도로 내용이 굉장히 인상적이다.
앤드류 휠러, 사이언스 픽션 북클럽의 수석편집인

참 잘 쓰여진 소설이다. 줄거리가 단단하고, 평범한 일상 속에서 벌어지는 놀라운 이야기들이 풍성하게 담겨 있다. 앤 맥카프리가 SF 소설을 쓴 것과 같은 방식으로, 나오미 노빅은 용이 존재했다는 가설 하에 나폴레옹 전쟁을 배경으로 대체역사소설을 썼다. 스토리에 일관성이 있고, 매우 독창적이며, 부족한 부분을 찾을 수 없을 정도로 이야기가 풍부하게 전개된다. 캐릭터들도 대단히 매력적이다. 나는 어느 작가의 작품이든 데뷔 소설을 그리 자주 추천하는 편은 아니지만《테메레르―왕의 용》만큼은 꼭 추천하고 싶다. **데이빗 웨버, 뉴욕타임스 베스트셀러 작가**

아주 재미있게 읽었다. 나오미 노빅은 대작가로 성장할 만한 재목이다. **사라 와인만, 작가**

용이 등장하는 평범한 소설에 질린 평론가들은 《테메레르—왕의 용》을 읽고 신선한 기쁨과 감동을 느꼈고, 진심으로 뜨거운 눈물을 흘렸다. 그리고 《테메레르》 시리즈의 제2권, 제3권을 어서 빨리 보내달라고 편집자를 닦달했다. **스트레인지 호라이즌**

나는 이 책을 받아들자마자 평소에 하던 일도 다 미뤄두고 읽어나가기 시작했다. 중독성이 대단한 소설이다. 어서 영화화되어 대형 스크린에서 상영되기를 기대한다. **에인트 잇 쿨 뉴스**

판타지를 비롯한 여러 부문을 통틀어 이렇게 대단한 데뷔 소설은 처음이다. **SF 리뷰 닷 넷**

〈반지의 제왕〉을 연출한 피터 잭슨 감독이 영화화 판권을 사들였다는 소식을 듣고 당장 이 책을 구입했다. 읽어보니 정말이지 놀라울 정도로 재미있었다! 대단히 매력적이고 독창적이며 캐릭터들이 생생하게 살아 숨쉰다. 전투 장면을 읽는 동안 손에 땀이 다 날 지경이었다.
아마존 독자, 미국 아이다호 주

굉장히 훌륭한 작품이다. 제대로 다듬어진 캐릭터들이 등장하여 풍성한 액션을 펼친다는 점도 마음에 들고, 용이라는 소재에 대해 전혀 새로운 방식으로 접근하고 있는 것도 매력적으로 다가온다. 지금까지 읽어본 용 관련 소설들과는 완전히 다른 이야기다. 왜 지금까지 다른 작가들은 이런 소설을 쓸 생각을 못했는지 모르겠다. 아무튼 너무나도 멋진 작품이다!
아마존 독자, 미국 캘리포니아 주

지금까지 존재하지 않았던 새로운 소설이라 어떻게 평을 해야 할지 모르겠다. 아무튼 매우 독특한 작품이다. 이 책을 집어든 순간부터 마지막 장을 덮을 때까지 손에서 내려놓지 못할 정도로 빠져들었다. 무엇보다 세밀하고 생생한 캐릭터들이 시선을 잡아끌었고, 주인공 테메레르와 로렌스도 아주 매력적이었다. 전쟁사를 새로운 관점에서 볼 수 있다는 점과 완전히 다른 결말을 예상할 수 있다는 점이 재미를 배가시켜준다. **아마존 독자, 미국 버지니아 주**

패트릭 오브라이언과 버나드 콘웰의 열렬한 팬인 내가 보기에 이 책은 그들의 작품과 어깨를 나란히 할 만한 수작이다. 다만 나오미 노빅은 위의 두 작가들과는 달리 나폴레옹 전쟁에 대해 다루면서도 판타지적 요소를 가미했다는 점이 두드러진다. 영화 평론가 로저 에버트의 말처럼 영화든 소설이든 '어떤 소재를 다루느냐'가 아니라 '어떤 방식으로 이야기를 풀어나가느냐'가 중요하다. 나오미 노빅은 역사적 사실을 기초로 하여 다분히 논리적으로 환상적인 시나리오를 창조해냈다. '나폴레옹 전쟁 때 영국과 프랑스에 용과 비행사로 구성된 공군이 있었다면 어떻게 되었을까?' 이 소설은 이와 같은 의문에서 출발한다. **아마존 독자, 미국 오레건 주**

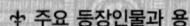
주요 등장인물과 용

영국 공군

포틀랜드 대령

라에티피캇(품종 : 리갈 코퍼)
몸통은 밝은 빨간색이고 가슴과 배에 금색 반점이 들어가 있다. 테메레르보다 크다. 초대형 용. 암컷.

버클리 대령
막시무스의 비행사로, 도버에 주둔한다.

막시무스(품종 : 리갈 코퍼)
몸통은 밝은 빨간색이고, 가슴과 배에 금색 반점이 들어가 있다. 테메레르보다 크다. 초대형 용. 수컷.
테메레르와 함께 비행 훈련을 받으면서 테메레르와 절친한 친구 사이가 된다.

윌리엄 로렌스 대령
1774년 출생. 원래 영국 해군 소속 릴리언트 호의 함장이었으나 테메레르에게 비행사로 지목당한 후, 영국 공군으로 소속이 바뀌어 테메레르와 함께 비행 훈련을 받게 된다.

테메레르(품종 : 셀레스티얼)
검정 바탕에 날개 가장자리에 푸른색과 연회색 반점이 조금 박혀 있다. 눈동자 색깔은 짙은 푸른 색. 앞발과 뒷발 모두 각각 발톱이 5개, 날개 뼈가 6개다. 성장이 완료되면서 얼굴 주변에 뿔과 막이 나고, 수염이 생겼다. 고함과 진동으로 엄청난 파괴력을 내는 '신의 바람' 이라는 능력을 지니고 있다. 릴리보다 크고 막시무스보다 약간 작다. 대형 용. 수컷.
1805년 1월에 출생한, 셀레스티얼(중국 천제급) 품종의 용이다. 프랑스어, 영어, 중국어를 능숙하게 할 줄 알고, 터키어와 야생 용들의 언어도 조금 할 줄 안다. 원래 룽티엔치엔이라는 암컷용이 낳은 쌍둥이 알 중 하나로, 중국식 이름은 룽티엔샹이며, 쌍둥이 형제의 이름은 룽티엔추안이다. 중국 황제는 룽티엔샹이 담긴 용알을 프랑스 군함 아미티에 호에 실어 나폴레옹에게 선물로 보냈다. 그런데 대서양을 표류하던 아미티에 호는 영국 해군 소속 릴리언트 호를 만나 전투 끝에 귀중한 용알을 빼앗기게 된다. 그리고 그 용알은 릴리언트 호에서 부화한다. 알에서 깨어난 검은 용은 릴리언트 호의 함장인 로렌스 대령을 자신의 비행사로 지목하고, '테메레르'라는 이름을 얻게 된다. 지능이 높고 감수성도 예민하며 다정다감하다.

캐서린 하코트 대령
릴리의 비행사로 도버에 주둔한다. 27세의 나이에 대령으로 승진했다.

리처드 클락 대령

빅토리아투스(품종 : 파르나소스)
체중은 미들급. 옐로 리퍼보다 1.5배 정도 크고, 테메레르와 비슷한 크기. 대형 용. 수컷.

릴리(품종 : 롱윙)
몸통이 검푸른색이고 날개 끝으로 가면서 점차 주황색을 띠며, 날개 가장자리엔 검정과 흰색 줄무늬가 들어가 있다. 눈 색깔은 노란색에 가까운 주황색. 롱윙 품종이므로 날개의 길이가 아주 길고, '산'에 가까울 정도로 진한 독액을 뿜을 수 있다. 입가에 독을 뿜는 뿔이 나 있다. 테메레르보다 덩치는 작지만 날개는 훨씬 길다. 암컷.

제레미 랜킨 대령
레비타스에게 아무런 애정도 갖고 있지 않으며 학대에 가까울 정도로 방치한다.

제인 롤랜드 준장
엑시디움의 비행사. 로렌스가 처음으로 사귄 여자 비행사이며, 로렌스가 데리고 있는 승무원들 중 한 명인 에밀리 롤랜드의 어머니이기도 하다.

레비타스(품종 : 윈체스터)
갈색 바탕에 보라색 반점이 있다. 우편 속달 업무 수행. 소형 용. 수컷.
담당 비행사인 랜킨 대령의 냉대를 받는다. 프랑스 진영을 정찰하는 임무를 수행하던 중 부상으로 사망한다.

엑시디움(품종 : 롱윙)
몸통 전체가 파랗고 날개 끝으로 가면서 검정, 흰색, 주황색 줄무늬가 들어가 있다. 롱윙 품종이므로 날개의 길이가 아주 길고, '산'에 가까울 정도로 진한 독액을 뿜을 수 있다. 입가에 독을 뿜는 뿔이 나 있다. 테메레르보다 덩치는 작지만 날개는 훨씬 길다. 수컷.

토머스 라일리 대령
릴리언트 호의 함장 로렌스 대령 밑에서 중위로 복무하다가, 로렌스 대령이 테메레르를 맡아 공군 비행사가 되면서 릴리언트 호의 함장 겸 대령으로 승진한다. 로렌스 대령의 전우이자 친구.

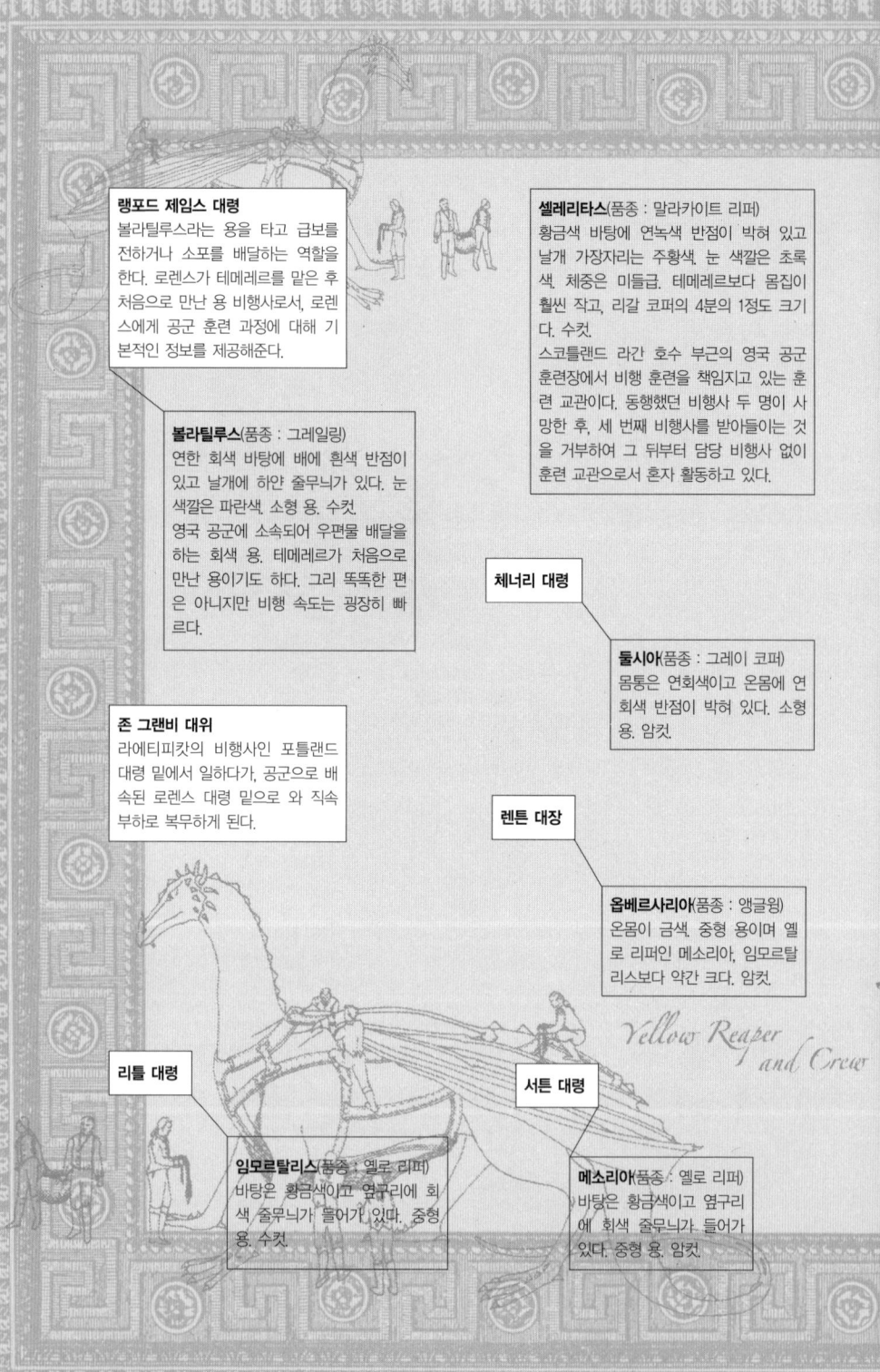

랭포드 제임스 대령
볼라틸루스라는 용을 타고 급보를 전하거나 소포를 배달하는 역할을 한다. 로렌스가 테메레르를 맡은 후 처음으로 만난 용 비행사로서, 로렌스에게 공군 훈련 과정에 대해 기본적인 정보를 제공해준다.

셀레리타스(품종 : 말라카이트 리퍼)
황금색 바탕에 연녹색 반점이 박혀 있고 날개 가장자리는 주황색. 눈 색깔은 초록색. 체중은 미들급. 테메레르보다 몸집이 훨씬 작고, 리갈 코퍼의 4분의 1정도 크기다. 수컷.
스코틀랜드 라간 호수 부근의 영국 공군 훈련장에서 비행 훈련을 책임지고 있는 훈련 교관이다. 동행했던 비행사 두 명이 사망한 후, 세 번째 비행사를 받아들이는 것을 거부하여 그 뒤부터 담당 비행사 없이 훈련 교관으로서 혼자 활동하고 있다.

볼라틸루스(품종 : 그레일링)
연한 회색 바탕에 배에 흰색 반점이 있고 날개에 하얀 줄무늬가 있다. 눈 색깔은 파란색. 소형 용. 수컷.
영국 공군에 소속되어 우편물 배달을 하는 회색 용. 테메레르가 처음으로 만난 용이기도 하다. 그리 똑똑한 편은 아니지만 비행 속도는 굉장히 빠르다.

체너리 대령

둘시아(품종 : 그레이 코퍼)
몸통은 연회색이고 온몸에 연회색 반점이 박혀 있다. 소형 용. 암컷.

존 그랜비 대위
라에티피캇의 비행사인 포틀랜드 대령 밑에서 일하다가, 공군으로 배속된 로렌스 대령 밑으로 와 직속 부하로 복무하게 된다.

렌튼 대장

옵베르사리아(품종 : 앵글윙)
온몸이 금색. 중형 용이며 옐로 리퍼인 메소리아, 임모르탈리스보다 약간 크다. 암컷.

Yellow Reaper and Crew

리틀 대령

서튼 대령

임모르탈리스(품종 : 옐로 리퍼)
바탕은 황금색이고 옆구리에 회색 줄무늬가 들어가 있다. 중형 용. 수컷.

메소리아(품종 : 옐로 리퍼)
바탕은 황금색이고 옆구리에 회색 줄무늬가 들어가 있다. 중형 용. 암컷.

장 폴 슈아죌
프랑스에서 탈출하여 오스트리아로 갔다가 다시 영국으로 왔으나, 결국 영국을 배신한다.

워렌 대령

니티두스(품종 : 파스칼 블루)
은회색 바탕에 온몸에 파랑과 검정 반점이 있다. 테메레르보다 작다. 소형 용. 수컷.

프래쿠르소리스(품종 : 샹송 드 게르)
투명한 상아색 몸통에 주황색과 노란색, 갈색 핏줄이 사방으로 뻗어나가 있다. 날개에는 대리석 무늬가 들어가 있다. 테메레르보다는 작다. 헤비급의 대형 용.

Pascal's Blue

프랑스 공군

그랑 슈발리에
복부가 연한 회색. 초대형 용. '트리움팔리스'라는 이름의 프랑스 용이 이 품종에 속한다.

플람므 드 글로와
몸에 노란색 반점이 있다. 불을 뿜는 능력이 있다. 미들급. 대형 용.

프티 슈발리에
그랑 슈발리에보다는 작지만, 매우 몸집이 큰 대형 용.

플레르 드 뉘
몸통은 진청색. 야행성. 헤비급. 대형 용.

페셰르 쿠롱
중형 용.

포 드 시엘
소형 용.

오뇌르 도르
몸통에 빨간색과 파란색 줄이 있다. 중형 용.

페셰르 라예
중형 용.

스페인 공군

플레차 델 푸에고
불을 뿜는 능력이 있다. 소형 용.

● 책의 내용에 근거를 두고, 품종에 따라 몸집이 큰 순서대로 정리하면 대략 다음과 같다.
리갈 코퍼 〉 셀레스티얼 〉 파르나소스 〉 롱윙 〉 앵글윙 〉 말라카이트 리퍼 〉 옐로 리퍼 〉 그레이코퍼, 파스칼 블루 〉 그레일링, 윈체스터

✤ 1805년 유럽의 지도

제1부

1

거센 파도가 프랑스 소형 구축함 아미티에 호를 한바탕 뒤흔들고 지나갔다. 피로 얼룩져 가뜩이나 미끌미끌한 아미티에 호의 갑판 위에서 선원들이 맥없이 고꾸라졌다.

영국 해군 소속 대령이자 렐리언트 호 함장인 윌리엄 로렌스는 부하들과 함께 아미티에 호에 올라 전투를 벌였다. 그런데 예상 외로 아미티에 호 선원들의 저항이 거셌다. 후끈 달아오른 전투 열기와 매캐한 화약 내음 속에서 아미티에 호의 함장은 부하들을 독려하며 로렌스의 군대에 맞섰다. 애초 우열이 뚜렷한 싸움이었음에도 그들은 쉽사리 저항을 멈추지 않았다.

그러다가 마침내 아미티에 호 함장이 항복의 표시로 칼을 내려놓았다. 하지만 마지막 순간까지도 전투에 대한 미련이 남았는지 머뭇거렸다.

로렌스는 적군 함장의 창백한 안색을 곁눈으로 흘금흘금 살피면서 바닥에 놓인 칼을 말없이 집어들었다. 적으로부터 격식을 갖춘 항복을 받아내기 위해서는 프랑스어를 할 줄 아는 웰스 소위가 올 때까지 기다려야 했다. 웰스 소위는 아미티에 호의 갑판 밑으로 내려가 대포를 넘겨받는 중이었다.

전투가 종료된 상황에서 살펴보니, 살아남은 적군들은 병색이 완연한 상태였다. 36문의 대포를 갖춘 소형 구축함인데도 아미티에 호에 탄 군인들의 수는 턱없이 적었다. 그나마 광대뼈가 불거질 정도로 몰골이 형편없는 데다 모두 기진맥진해 있었다. 알고 보니 배 안의 군인들은 대부분 사망한 상태였고, 그나마 살아남은 몇 안 되는 인원들도 병으로 죽어가고 있었다.

'이길 가능성도 없는 전투에 부하들을 내몰아 죽게 만들다니.'

로렌스는 고개를 절레절레 흔들며 아미티에 호 함장을 쏘아보았다. 아무리 고쳐 생각해도 총 책임자인 함장이라는 사람이 승산 없는 전투에 죽기살기로 덤벼들어서는 안 되는 일이었다. 무기로 보나 선원으로 보나 렐리언트 호와는 상대가 되지 않았다.

게다가 렐리언트 호가 공략하기 전부터 아미티에 호의 돛은 형편없이 망가져 있었다. 오늘 아침 폭풍우를 만나서 그렇게 되었는지, 대포 역시 한쪽 현에 설치된 것들만 온전할 뿐 나머지는 모두 파손된 상태였다.

아미티에 호의 함장은 정신마저 혼미한 듯 초점을 잃은 얼굴이었다. 무모한 혈기로 일을 망칠 만큼 젊은것도 아닌데 다 죽어가는 부하들을 이끌고 필사적으로 저항한 것을 보면 분명 제정신이 아닌 듯했다. 로렌스가 명령을 내렸다.

"라일리 중위, 부하들에게 적군의 부상자들을 이 배의 갑판 아래로 옮기라고 하게. 그리고 웰스 소위를 올려 보내도록."

로렌스는 아미티에 호 함장의 칼을 허리띠에 찼다. 평소 같으면 비록 싸움에서 진 적군의 장수라 해도 예우 차원에서 칼을 돌려주었을 것이다. 하지만 이번에는 그런 예우를 해주고 싶지 않았다.

"알겠습니다, 함장님."

토머스 라일리 중위는 즉시 돌아서서 부하들에게 지시했다. 그동안 로렌스는 난간으로 걸어가 아미티에 호의 선체를 두루 살펴보았다. 전투를 시작하기 전에 미리 부하들에게 아미티에 호의 흘수선(배가 물 위에 떠 있을 때 선체에서 물에 잠기는 부분과 잠기지 않는 부분을 가르는 선—옮긴이주) 아래쪽으로는 대포를 쏘지 말라고 지시해 두었다. 그래서인지 아미티에 호의 선체는 양호한 편이었다. 이 상태라면 항구까지 끌고 가는 데 무리가 없을 것처럼 보였다.

밑을 내려다보자 짧게 땋아내린 머리가 흘러내리면서 눈을 찔렀다. 로렌스는 신경질적으로 머리카락을 쓸어 넘기며 갑판을 향해 돌아섰다. 이마에 피가 흘러내렸다. 평소의 사려 깊은 모습과는 달리 얼굴을 찌푸린 채 그는 사나운 눈빛으로 전리품인 아미티에 호를 둘러보았다.

마침 갑판 위로 올라온 웰스 소위가 옆으로 다가와 차려 자세를 취한 뒤 곧장 상황 보고를 했다.

"로렌스 함장님, 깁스 대위가 창고 안에서 이상한 걸 발견했다고 합니다."

"그래? 내려가서 직접 봐야겠군."

로렌스는 적군 우두머리를 손으로 가리키며 말했다.

"아미티에 호 함장에게 전하게. 이 시간부로 일체의 적대 행위를 도모하지 않겠다는 포로 선서문을 작성하지 않으면, 항구에 도착할 때까지 감옥에 가둘 거라고 말이야."

웰스 소위가 그 말을 통역하자 아미티에 호 함장은 괴로운 표정으로 자기 부하들을 바라보았다. 어차피 이 배를 재탈환하는 게 불가능해진 바에야, 감옥에 갇히느니 포로 선서문을 쓰고 갑판에서 자유롭게 돌아다니는 편이 나을 터였다. 그는 체념한 듯 고개를 푹 숙이고는 쉰 목소리로 대답했다.

"Je me rends(그렇게 하겠다)."

함장의 표정은 비통하기 짝이 없었다. 이에 로렌스는 고개를 끄덕이며 웰스 소위에게 말했다.

"자기 선실로 돌아가도 좋다고 전하게."

그리고 갑판 밑의 창고로 내려가면서 덧붙였다.

"라일리 중위는 나를 따라오게."

로렌스는 라일리 중위와 함께 갑판 아래로 내려갔다. 창고 앞에는 깁스 대위가 서 있었다. 땀으로 번들거리는 깁스 대위의 둥근 얼굴엔 주체하기 힘든 기쁨이 서려 있었다. 아미티에 호를 책임지고 항구까지 끌고 가기만 하면, 이 전리품의 새로운 함장이 되면서 자연스럽게 대령으로 진급하는 수순이 그를 기다리고 있었던 것이다.

깁스 대위는 일을 잘했지만 로렌스는 그와 데면데면하게 지냈다. 그래서 그의 진급이 그리 기쁘진 않았다. 해군 본부의 지시에 따라 어쩔 수 없이 그를 맡는 바람에 로렌스는 내심 아끼는 라일리 중위를 대위로 진급시키지 못했다. 깁스 대위만 없었으면, 라일리 중위가 아미티에 호 함장으로 진급할 텐데. 원래대로라면 그렇게 되어야 했다. 깁스 대위의 행운을 시기하는 것은 아니지만 로렌스는 라일리 중위가 새 배의 함장이 되는 것을 보고 싶었다. 그래서 마음 한 구석이 편치 않았다.

로렌스가 깁스에게 물었다.

"흠, 그런데 이건 뭐지?"

선원들이 나포한 아미티에 호의 비품 분류 작업에는 손을 놓은 채 고물 쪽의 기묘한 덮개문 근처에 모여 있었다.

"함장님, 잠시 이쪽으로 좀 와보십시오."

깁스가 선원들에게 덮개문을 들추라고 지시했다. 곧 덮개문 너머 창고 뒤쪽 벽에 만들어진 출입구가 시야에 들어왔다. 출입구 안쪽 벽에 댄 나무가 주변의 널빤지들보다 밝은 색이라 눈에 확 띄었다.

천장이 낮은 출입구 안으로 고개를 들이밀자 괴상한 모양의 작은 방이 보였다. 벽이 모두 금속으로 되어 있는 방이었다. 그 때문에 아미티에 호의 무게가 훨씬 더 나갔을 터였다. 방바닥엔 오래된 범포가 깔려 있었고, 한쪽 구석엔 불 꺼진 작은 석탄 난로가 놓여 있었다. 그리고 중앙에는 높이가 성인 남자의 허리까지 오고 폭도 그 정도 되어 보이는 커다란 나무 상자가 쇠고리에 끼워진 굵은 밧줄로 바닥과 벽에 단단히 고정되어 있었다.

로렌스는 상자의 정체가 궁금했다. 호기심을 누르지 못한 그는 작은 방으로 발을 들여놓자마자 말했다.

"깁스 대위, 이 작은 방을 함께 살펴보세."

선원들이 못이 깊이 박힌 상자 뚜껑을 힘껏 잡아당기자 뚜껑이 조금씩 삐걱거리며 움직였다. 선원들은 지레를 사용하여 뚜껑을 들어 올리고 내용물을 덮은 포장재를 벗겨냈다. 그런 다음 모두들 상자 안을 들여다보았다.

잠시 침묵이 흘렀다. 로렌스는 짚더미에 파묻힌 채 위로 살짝 모습을 드러낸 커다란 알을 가만히 바라보았다.

반짝이는 거대한 알.

로렌스는 자신의 눈을 의심하지 않을 수 없었다. 그는 잔뜩 긴장한 목소리로 지시했다.

"폴릿에게 이리로 내려오라고 전하게. 그리고 라일리 중위, 상자를 고정시킨 밧줄이 단단히 묶여 있는지 살펴보게."

상자 안에 정신이 팔려 있던 라일리도 퍼뜩 정신을 차리고는 대답했다.

"예, 함장님!"

라일리가 밧줄을 이리저리 살펴보는 동안 로렌스는 상자로 한 걸음 더 다가가 알을 내려다보았다. 그쪽 방면으로는 전혀 경험이 없는데도 그 알은 어떤 확신을 주기에 충분한 크기와 모양새를 갖추고 있었다. 가까스로 들뜬 마음을 진정시킨 로렌스는 조심스럽게 손을 뻗어 알을 만져보았다. 껍질이 매끄럽고 단단했다. 그는 얼른 손을 뗐다. 혹시 알에 해가 될지도 모르겠다는 생각 때문이었다.

폴릿이 사다리 양옆을 두 손으로 잡고 핏자국을 묻히면서 위태위태하게 갑판 밑으로 내려왔다. 폴릿은 육지생활에 염증을 느껴 서른 살에 해군 군의관이 된 사람이었다. 수술대에서 가끔 덤벙대는 경향이 있었지만, 잔정이 많아 렐리언트 호 선원들에게 평판이 좋았다.

"부르셨습니까, 함장님?"

다가오던 폴릿은 상자에 담긴 알을 보고 깜짝 놀라 외쳤다.

"이런, 세상에!"

로렌스가 의기양양하게 말했다.

"이게, 아무리 봐도 용알 같은데."

"아, 예. 그렇습니다, 함장님. 크기만 보더라도 확실합니다."

폴릿은 두 손에 묻은 피를 앞치마에 쓱쓱 문질러 닦고는 알에 묻은 지푸라기를 신중하게 걷어냈다.

"오, 껍질이 벌써 꽤 딱딱해졌는데요. 저 프랑스 놈들이 도대체 무슨 생각으로 이걸 가지고 여기까지 왔는지 모르겠군요."

아무래도 좋은 일과는 거리가 있을 것 같았다. 신경이 곤두선 로렌스가 날카롭게 물었다.

"껍질이 딱딱해졌다고? 그게 무슨 뜻인가?"

"부화할 때가 되었다는 뜻입니다. 책을 뒤져봐야 좀더 정확하게 알겠지만, 배드케의 《동물 기록지》를 보면, 껍질이 충분히 딱딱해진 알은 일주일 내에 부화한다고 나와 있습니다. 용알을 직접 보다니, 정말 놀랍습니다. 승척을 갖고 와서 길이를 재봐야겠어요."

폴릿이 부산을 떨고 나서 물러간 후, 로렌스는 깁스와 라일리에게 가까이 다가오라는 눈짓을 보냈다. 다른 선원들 모르게 해야 할 말이 있었다. 로렌스가 나지막한 소리로 말했다.

"바람을 잘 타고 갈 경우, 마데이라 섬(아프리카 서북 해상의 제도 및 그 주도—옮긴이주)까지 적어도 3주면 도착할 수 있겠지?"

"최대한 빠르게 갈 경우 그럴 겁니다, 함장님."

깁스가 고개를 끄덕이며 대답하자 라일리도 덧붙였다.

"프랑스 군이 왜 저 알을 싣고 이곳까지 왔는지 모르겠습니다. 혹시 짐작 가는 점이라도 있으십니까, 함장님?"

상황이 예상과 다르게 흘러가자 의기양양했던 기분이 점차 불안감으로 바뀌었다. 로렌스는 멍하니 알을 바라보았다. 흐릿한 랜턴 불에 비친 알은 대리석처럼 은은하게 빛났다.

"아무래도 내가 뭔가 잘못 판단한 것 같군, 라일리 중위. 당장 가

서 프랑스 군 함장에게 칼을 돌려줘야겠어. 그가 죽기살기로 전투에 임할 수밖에 없었던 이유를 이제야 알 것 같아."

해결책은 하나뿐이었다. 그 해결책을 쓰고 싶지는 않았지만 어쩔 수 없었다.

로렌스는 부하들이 상자에 담긴 용알을 릴리언트 호로 옮기는 모습을 바라보며 생각에 잠겼다. 포로가 된 프랑스 해군들과는 반대로 릴리언트 호의 선원들은 모두 신이 나 있었다.

로렌스의 허락을 받아 항구에 도착할 때까지 아미티에 호의 뒷갑판을 마음대로 돌아다닐 수 있게 된 프랑스 해군들은 침통한 표정으로 용알이 릴리언트 호로 옮겨지는 과정을 지켜보았다. 릴리언트 호의 선원들 사이에서는 웃음꽃이 피고 흡족한 고함소리가 끊이지 않았다. 옆에서 구경하는 축들은 땀을 뻘뻘 흘리며 용알을 옮기는 선원들에게 괜히 조심하라느니 어쩌느니 쓸데없는 훈수를 아끼지 않았다.

릴리언트 호의 갑판으로 알을 무사히 옮긴 로렌스는 아미티에 호에 남게 된 깁스에게 작별을 고했다.

"이제부터 프랑스 군 포로들을 자네 손에 맡기겠네. 포로들이 알을 다시 되찾겠다고 나설 수 있으니 잘 감시해야 할 걸세. 또 릴리언트 호에서 너무 멀리 떨어지지 않도록 주의하게. 그럼 마데이라 섬에서 합류하기로 하지. 대령 진급을 진심으로 축하하네."

로렌스는 깁스를 대령으로 진급시키고 아미티에 호의 함장으로 임명하며 악수를 나누었다.

"감사합니다, 로렌스 함장님. 저는 진심으로…… 너무나 감사를 드립니다."

깁스는 원래 달변이 아니었다. 게다가 지금은 기쁨으로 더는 말을 잇지 못했다. 그저 얼굴 가득 환하게 웃으며 로렌스를 바라보았다.

알을 옮기기 위해 배를 나란히 붙여놓았던 터라 로렌스는 따로 보트를 내리지 않고 난간 사이를 훌쩍 뛰어넘어 렐리언트 호로 건너갔다. 라일리 중위와 다른 장교들은 벌써 렐리언트 호로 돌아와 있었다. 로렌스는 돛을 올리라고 명령한 후 갑판 밑으로 내려갔다. 이제부터 용알 처리 문제를 놓고 곰곰이 생각할 참이었다.

로렌스는 밤새도록 잠도 자지 않고 고심을 했지만 뾰족한 수가 떠오르지 않았다. 다음날 아침, 그는 이 용알을 거부할 수 없는 운명으로 받아들이기로 작정하고 사관후보생들과 장교들을 모두 함장실로 집합시켰다. 이 정도의 대규모 집합은 전례가 없었다. 그래서 집합한 자들은 하나같이 궁금증과 초조함이 뒤섞인 표정들이었다.

함장실은 그들을 넉넉히 수용할 수 있을 만큼 넓지가 않아, 다들 서로 어깨를 댄 채 바짝 붙어 서 있었다. 전투를 치른 뒤라 약간의 죄책감과 불안감, 그리고 자부심이 뒤범벅이 된 상태였다. 함장이 부하들을 집합시킨 이유를 어렴풋이 짐작하는 라일리 중위는 수심에 찬 눈빛을 보였다.

로렌스는 헛기침을 했다. 좀더 넓은 공간을 확보하고자 잉크와 펜, 종이 몇 장만 남겨놓고 책상과 의자를 모두 함장실 밖으로 내놓은 터였다. 그는 고물 쪽을 향해 나 있는 창문의 창턱에 몸을 기대며 입을 열었다.

"제군들, 이번 전투로 확보한 전리품 아미티에 호에서 커다란 알이 발견되었다. 군의관 폴릿에 따르면, 그 알은 용알이 틀림없다."

사관후보생들과 장교들은 미소를 지으며, 그것 보라는 듯 저희들끼리 팔꿈치로 쿡쿡 찔러댔다. 나이 어린 배터시 생도가 목소리를 높여 소리쳤다.

"축하드립니다, 함장님!"

그러자 다들 와자지껄하게 축하의 말을 건넸다.

로렌스는 얼굴을 찡그렸다. 저들의 들뜬 기분을 이해하지 못하는 건 아니었다. 상황이 조금만 달랐더라도 로렌스 역시 저들과 함께 웃고 떠들었을 것이다. 용알을 안전하게 항구까지 가져가기만 하면 그 용알 무게의 천 배에 해당하는 금을 상금으로 받을 것이고, 그중 상당량은 함장인 로렌스 대령의 몫이 될 테니까.

아미티에 호의 프랑스 해군들은 렐리언트 호와 치른 전투에서 패배하기 직전에 자기네 항해일지를 모조리 바다로 던져버렸다. 항해 경로에 대한 정보를 영국 해군에게 주지 않겠다는 의도에서였다. 하지만 아미티에 호의 프랑스 해군들 중 수병들은 장교들에 비해 입이 덜 무거웠다. 덕분에 웰스 소위는 아미티에 호가 원래 일정보다 크게 뒤처진 채 바다를 표류한 이유를 알아낼 수 있었다.

프랑스 수병들의 말에 따르면, 그들은 그동안 이유를 알 수 없는 열병에 시달렸고, 적도 부근의 열대 무풍대를 통과하는 데만 한 달 가까이 걸렸다. 또 물탱크가 누수되어 식수 부족 사태가 일어났고, 최근에는 모진 강풍까지 겪었다. 연속적으로 불운을 겪은 셈이었다.

만에 하나 아미티에 호에 불운을 끌어들인 게 지금 렐리언트 호로 옮겨 실은 용알이라는 소문이 돌 경우, 그러잖아도 미신을 잘 믿는 부하들이 크게 동요할 게 분명했다. 그래서 로렌스는 아미티에 호에서 일어났던 일련의 불행한 사건들이 알려지지 않도록 웰스에게 최대한 입 조심하라고 지시해 두었다. 모르는 게 약일 수도 있겠다는 생각에서였다.

로렌스는 떠들썩한 축하의 말이 잦아들기를 기다렸다가 다시 입을 열었다.

"유감스럽게도 내가 알아본 바에 따르면, 지금까지 아미티에 호의 항해는 그리 평탄치 못했다. 벌써 한 달 전에 프랑스에 도착했어야 했는데, 그렇지 못했다. 그로 인해 지금 우리는 그들의 배에서 옮겨 실은 용알과 관련해서 곤란한 결정을 내리지 않으면 안 된다."

그제야 사관후보생들과 장교들은 당황하면서 걱정스런 표정을 짓기 시작했다. 로렌스는 하던 얘기를 마무리지었다.

"제군들, 한마디로 말하자면 지금 그 용알은 부화하기 직전이다."

다들 나지막하게 웅성거렸다. 그중 몇 명은 기대에 어긋났다며 나지막하게 불평을 하기도 했다. 평소 같으면 무례하게 불평을 늘어놓는 녀석들을 따로 불러 질책을 했겠지만, 상황이 급박하게 돌아가는 만큼 그냥 모르는 척했다.

로렌스는 이제 더 큰 신음소리가 터져 나올 만한 소식을 전할 참이었다. 저들은 용의 부화가 무엇을 뜻하는지 전혀 모르고 있었다. 그저 부화하지 않은 용알이 아니라 알에서 깨어난 새끼 용을 항구로 가져갈 경우, 받을 수 있는 상금의 액수가 크게 줄어든다는 점을 아쉬워할 뿐이었다. 로렌스는 부하들이 웅성거리자 강한 눈빛으로 제압하며 말을 이었다.

"제군들 중에는 현재 영국 공군이 보유하는 용의 수가 턱없이 모자란다는 걸 아는 이도 있을 것이고 모르는 이도 있을 것이다. 물론 영국 공군 비행사의 용 조종 솜씨가 매우 뛰어나고 영국의 용들이 세계 어느 나라의 용들보다 더 빨리 나는 건 사실이다. 그러나 그 숫자에서 영국은 프랑스의 절반밖에 되지 않는다. 게다가 프랑스가 영국에 비해 훨씬 다양한 혈통의 용들을 보유하고 있다. 길을 들여 안장을 채운 용 한 마리는 100문짜리 1등급 소형 구축함 한 척과 맞먹는다. 평범한 옐로 리퍼 품종이든 몸무게가 3톤밖에 안 되는 윈체스터 품종이든 마찬가지다. 폴릿이 확인한 바에 따르면, 아미티에 호에서 가져온 용알은 크기와 색깔로 보건대 매우 진귀하고 품종도 최고급인 대형 용일 가능성이 높다고 한다."

로렌스의 말뜻을 알아차린 카버 생도가 두려움이 가득한 표정으로 신음을 내뱉었다. 그리고 주위의 눈길이 자기에게 쏟아지자 곧 얼굴이 벌게져서 입을 꾹 다물었다.

로렌스는 전혀 동요하지 않았다. 별도로 지시를 하지 않더라도 라일리 중위가 알아서 향후 일주일 동안 카버 생도에게 그로그 주를 지급하지 않을 테니까. 그것이 성급하게 감정을 드러낸 데 대한 벌이었다. 아무튼 카버가 신음을 내는 바람에 심각한 분위기가 모든 이들에게 빠르게 확산되었다. 로렌스가 계속 말을 이었다.

"우리는 알에서 태어나는 용에게 안장을 채워야 한다. 제군들, 이 자리에 영국을 위해 한 몸 바칠 각오가 되어 있지 않은 자는 아무도 없으리라 믿는다. 용에게 안장을 채우고 비행사가 되는 사람은 공군으로 소속이 바뀔 것이다. 공군으로 소속이 바뀐다 해도 크게 어려운 일은 없다. 해군으로 복무하는 것 또한 쉽지 않은 일이니 말이다."

백작의 아들인 팬셔가 조심스럽게 입을 열었다.

"함장님, 그 말씀은…… 우리 모두가……."

팬셔가 내뱉은 '모두'라는 단어에는 귀족 신분인 자신도 새끼 용의 비행사를 뽑는 제비뽑기에 참여해야 하느냐라는 지극히 이기적인 뜻이 담겨 있었다. 화가 난 로렌스는 벌게진 얼굴로 팬셔의 말을 가차없이 잘랐다.

"당연하지. 겁이 나서 꽁무니를 뺄 사람은 제외하고 우리 모두가 제비뽑기에 참여해야 한다. 그리고 이번 일에 몸을 사리는 자는 마데이라 섬에 도착한 직후 군법회의에 회부될 것이다."

어느 누구도 로렌스와 감히 눈을 마주치거나 반박을 하지 못했다. 하지만 내심 불안하기는 로렌스도 마찬가지였다. 그래서 더더욱 화가 났다. 용에 관해 아무런 경험도 없는 상태에서 어느 날 갑자기 공군 비행사가 되어야 한다는 사실을 흔쾌히 받아들일 사람은 이들 중 아무도 없으리라.

로렌스 자신도 부하들에게 비행사가 되라고 강요하고 싶진 않았다. 비행사가 되면 지금까지 해군으로서 누리던 삶이 완전히 끝장나는 것이었기 때문이다. 해군은 항해를 하다가도 필요에 따라 해군본부에 배를 반납하고 육지로 올라와 자기 생활을 할 수 있지만, 공군은 그렇지 못했다.

전시가 아닌 평시에는 용을 부둣가로 데려올 수도 없었고 아무 곳에나 풀어놓는 건 더더욱 있을 수 없었다. 체중이 20톤이나 되는 다 자란 용을 제멋대로 행동하지 못하도록 제어하고 감시하려면 비행사는 물론 보조 승무원들까지 모두 동원되어야 했다.

용을 인간의 힘으로 완벽하게 통제하기란 불가능했다. 게다가 용이 비행사를 선택하는 조건도 무척이나 까다로웠다. 때로 방금 태어난 새끼 용도 인간의 관리를 거부하는 경우가 있었다. 안장을 채우지 않은 상태에서 첫 먹이를 얻어먹은 새끼 용은 절대로 인간에게 복종하지 않는 것으로 알려져 있었다.

사육사들은 길들여지기를 거부한 야생 용을 따로 맡아 기르며 먹이와 친구, 편안한 쉼터를 제공했다. 그런 야생 용들은 인간의 통제를 받지 않고 저희들끼리 사육장에서 살면서 인간과는 한마디도 대화하지 않은 채 지냈다.

따라서 새끼 용에게 성공적으로 안장을 채워 비행사가 된 사람은 자기 목숨이 다하는 날까지 그 용에게 매인 몸이 되어야 했다. 비행사가 되면 자기 소유의 부동산을 관리하기는커녕 가족을 거느릴 수도 없으며, 사교생활을 할 수도 없었다. 남들과 동떨어진 삶을 살아야 하는 비행사들은 간혹 위법 행위를 저질러도 처벌받지 않았다. 그가 부리던 용이 무용지물이 되기 때문에 국가 차원에서 묵인해 주었다. 사실, 비행사들은 영국에서 가장 외지고 황량한 지역의 공군 기지에서 난폭하고 방탕한 삶을 사는 것으로 알려져 있었다. 그런 지역이라야 용들이 마음껏 뛰놀 수 있었기 때문이다.

이처럼 자기를 위한 삶을 포기해야 했던 공군 비행사의 용기와 충성심은 높은 평가를 받았다. 그래도 사교계 생활을 하며 우아하게 자라온 점잖은 청년들의 입장에서 볼 때, 비행사는 결코 매력적인 직업이 아니었다.

그럼에도 비행사들은 대부분 좋은 가문 출신의 신사들로서, 일곱 살 때부터 공군 사관후보생이 되어 일관되게 비행 교육을 받았다. 따라서 공군 소속이 아닌 자가 용알을 부화시키는 것은 공군에 대한 엄청난 모욕으로 받아들여지기 십상이었다. 그렇지만 지금은 용알이 부화하기 직전이라, 렐리언트 호의 군인들 중 누군가가 비행사가 될 준비를 해야 했다.

로렌스는 고소공포증이 있는 카버 생도를 제비뽑기에서 제외시킬 생각이었지만, 팬서가 꼴사납게 이기적인 발언을 하는 바람에 그렇게 할 수도 없었다. 아무도 비행사가 되기를 원치 않는 상황에서, 카버를 제비뽑기에서 제외시킨다면 특혜를 주는 것으로 여길 터였다. 하지만 만에 하나 카버가 용의 비행사로 뽑힌다면, 그는 아마도 고소공포증 때문에 공군으로서 임무를 온전히 수행할 수 없을지도 몰랐다. 로렌스는 속에서 치미는 팬서에 대한 분노를 가라앉힌 다음 다시 입을 열었다.

"우리들 중 비행 훈련을 받은 사람은 아무도 없다. 따라서 새끼 용의 비행사를 뽑는 가장 공정한 방법은 바로 제비뽑기일 것이다. 단, 부양할 가족이 있는 사람은 제외시키겠다."

로렌스는 더비셔에 아내와 네 아이가 있는 폴릿을 호명했다.

"폴릿, 자네는 제비뽑기에 참여하지 말고 제비뽑는 일을 맡아주게. 제군들, 여기 놓인 종이에 각자 자기 이름을 쓰고 이름이 쓰인 부분은 찢어서 이 배낭에 집어넣도록."

로렌스가 가장 먼저 종이에 자기 이름을 쓰고 그 부분을 찢은 뒤 반으로 접어 작은 배낭 안에 집어넣었다. 라일리 중위가 그 뒤를 따랐고, 나머지 부하들도 순순히 자기 이름을 적은 종이를 배낭에 집어넣었다. 로렌스가 엄한 얼굴로 바라보는 가운데, 팬서는 벌게진 얼굴로 부들부들 떨면서 종이에 이름을 적었다. 카버는 핏기가 가신 얼굴이었지만 그래도 용감하게 이름을 써넣었다. 마지막으로 이름을 적은 배터시는 종이를 별나게 크게 찢어서 접었다. 그러고는 뒤로 물러나 카버에게 소곤거렸다.

"용의 비행사가 되면 유명해지지 않을까?"

철부지 같은 배터시의 말에 로렌스는 고개를 절레절레 저었다. 한

편으로는 공군으로 소속을 바꿔 비행 훈련을 받아야 할 일을 생각하면, 한 살이라도 어린 생도가 뽑히는 편이 나을 수도 있었다. 어차피 가족들의 반대를 무릅쓰고라도 비행사가 되겠노라고 나서는 이는 아무도 없을 테니까 말이었다. 사실, 비행사가 되고 싶지 않은 것은 로렌스도 마찬가지였다.

이기적인 관점에서 생각하지 않기로 결심을 했건만, 제비뽑는 순간이 다가오자 로렌스도 두려운 마음이 들었다. 시답잖은 종이 쪼가리 하나가 그의 자랑스러운 해군 경력을 결딴내고 자신의 인생에 엄청난 변화를 일으킬뿐더러 아버지의 분노를 불러올 수 있었다. 비공식적이긴 하지만 결혼을 약속한 사이인 에디스 갈맨도 생각하지 않을 수 없었다. 그렇지만 아내도 아니고 비공식 약혼녀에 불과한 에디스를 내세워 제비뽑기에서 빠지려 한다면, 과연 몇 명이나 제비뽑기에 참여하겠는가? 그러므로 처자식이 딸린 폴릿을 제외하고는 이 제비뽑기에서 어느 누구도 예외가 될 수는 없었다.

로렌스는 폴릿에게 제비뽑기 배낭을 넘겨주고 옆에 서서 태연한 척하면서 뒷짐을 졌다. 폴릿은 배낭에 손을 넣고 두 번 휘휘 저은 다음, 시선을 허공으로 돌린 채로 종이 조각 하나를 끄집어냈다. 로렌스는 폴릿이 그 종이에 적힌 이름을 부르기도 전에 내심 부끄럽긴 했지만 안심이 되었다. 자신은 종이를 한 번만 접어서 넣었는데, 폴릿이 집어 올린 종이는 두 번 접혀 있었기 때문이다.

하지만 로렌스의 안도감은 그리 오래가지 않았.

폴릿이 입을 열어 호명했다.

"조나단 카버."

팬서는 크게 안도의 한숨을 내쉬었고, 배터시는 휴 하고 참았던 숨을 내쉬었다. 로렌스는 다시 한 번 경솔한 팬서를 속으로 욕하며 고개를 푹 숙였다. 카버는 해군으로서는 꽤 쓸모가 있었지만, 비행사로는 적합하지 않았다. 그렇다고 결정을 번복할 수도 없었다.

"흠, 결정이 났군. 카버 생도, 지금부터 용알이 부화할 때까지 자네를 일상적인 근무에서 제외시키겠다. 대신 용에게 안장을 채우는 방법을 폴릿에게 배우도록."

카버가 기어 들어가는 목소리로 간신히 대답했다.

"예, 함장님."

"이만 해산. 팬서는 잠깐 좀 남아. 라일리 중위, 자네가 잠시 갑판의 지휘를 맡도록."

라일리는 군모에 살짝 손을 대고 경례를 하며 물러갔다. 나머지 부하들도 라일리를 따라 차례로 함장실을 나섰다. 창백한 얼굴의 팬서는 두 손을 등뒤에 갖다붙인 채 뻣뻣한 자세로 서서 침을 꼴깍 삼켰다. 그러자 목젖이 위아래로 움직였다. 함장실 담당 선원이 책상과 의자를 도로 함장실 안으로 들여놓고 나갈 때까지 로렌스는 팬서가 식은땀을 흘리며 서 있도록 내버려두었다.

잠시 후, 로렌스는 고물 쪽 창문을 뒤로 하고 의자에 앉아 팬서를 쏘아보며 입을 열었다.

"조금 전 자네가 했던 말이 정확히 무슨 뜻인지 설명해 봐, 팬서."

"아, 함장님. 별 뜻 없이 한 말입니다. 다들 비행사에 관해 안 좋게 얘기를 하니까, 저도 모르게……."

로렌스의 눈빛이 점점 더 사나워지자 팬서는 입을 다물었다.

로렌스가 차갑게 내뱉었다.

"다른 사람들이 어떻게 얘기하든 상관없다, 팬서. 영국의 공군 비행사는 하늘에서 조국을 지키고, 해군은 바다에서 조국을 지키는 것이니, 맡은 바 임무를 절반이라도 제대로 해냈을 때 남을 비판할 자격도 있는 거다. 자네는 오늘부터 카버 대신 불침번을 서고, 카버가 해오던 일까지 모두 맡아서 하도록. 그리고 추후 공지가 있을 때까지 그로그 주를 마셔서도 안 된다. 보급계원에게도 자네에게는 당분간 그로그 주를 지급하지 말라고 지시해 두겠다. 이만 가봐!"

팬서가 물러간 뒤에도 로렌스는 계속 함장실 안을 서성였다. 출신 성분이 고귀하다고 의무를 면제받을 수 있다고 생각하는 것은 해군으로서 격에 맞지 않는 행동이었다. 그래서 로렌스는 일부러 더 엄하게 팬서를 혼냈다. 그리고 용의 비행사가 되는 것이 개인적으로 얼마나 큰 희생인지를 알기 때문에 카버가 처한 상황이 더욱 안타까웠다. 새하얗게 질린 카버의 얼굴이 자꾸만 어른거렸다. 제비뽑기에 뽑히지 않았다고 순간적으로 안심했던 자기 자신을 용서할 수가 없었다. 나이 든 자기가 어린 카버에게 가혹한 운명을 떠넘긴 것처럼 느껴지기도 했다.

그렇지만 새끼 용이 카버를 비행사로 받아들이지 않을 수도 있으니, 카버에게 전혀 희망이 없는 것은 아니었다. 새끼 용이 비행 경험이 없는 카버에게 코웃음을 치며 안장을 채우는 걸 거부해 버릴지도 몰랐다.

그렇게만 된다면 로렌스는 아무런 양심의 가책 없이 새끼 용을 항구까지 실어가기만 하면 그만이었다. 길들여지기를 거부한 그 새끼 용이 번식용으로만 사용된다 해도, 프랑스 군의 용을 빼앗은 영국으로서는 커다란 이익이었다. 물론 렐리언트 호의 함장으로서 로렌스는 카버가 새끼 용의 비행사가 될 수 있도록 필요한 조치를 다 취할 작정이었다. 그러나 새끼 용이 카버를 거부해 주기만 한다면 더 바랄 게 없을 것 같았다.

초조한 분위기 속에서 일주일이 지나갔다. 병기공이 알에서 깨어나는 새끼 용에게 얹을 안장을 만드는 동안, 카버뿐만 아니라 카버가 소속된 포병대의 생도들도 표정이 점점 어두워졌다. 카버는 포병들 사이에서 인기가 많은데다 그에게 고소공포증이 있다는 사실도 포병대 안에서는 비밀이 아니었기 때문이다.

렐리언트 호에 감도는 우울한 분위기를 파악하지 못하고 쾌활하게 돌아다니는 건 군의관 폴릿뿐이었다. 폴릿은 용이 착용하게 될 안장의 제작 과정에도 흥미를 보였다. 그리고 하급 장교실 안에 놓인 용알 상자 옆에서 먹고 자면서 수시로 알을 살폈다. 가뜩이나 좁은 방에 코골이가 심한 폴릿까지 들어와 생활을 하니 하급 장교들은 짜증을 냈다. 그러나 폴릿은 주위의 불만스런 눈초리는 아랑곳하지 않고 꿋꿋하게 상자 옆을 지켰다.

그러던 어느 날 아침이었다. 아무도 반기지 않는데도 폴릿이 큰 소리로 알에 금이 가기 시작했다고 소리쳤다.

로렌스는 즉시 알을 상자에서 꺼내 갑판 위로 가져오라고 지시했다. 이날을 대비해 오래된 범포 안에 짚을 채워 쿠션을 만들어둔 상태였다. 선원들은 밧줄로 묶어 갑판에 고정시킨 사물함에 쿠션을 얹고 그 위에 알을 조심스럽게 올려놓았다.

병기공 랩슨이 안장을 들고 나왔다. 알에서 태어날 용의 몸집이 어느 정도일지 알 수 없어 안장의 가죽끈을 수십 개의 죔쇠와 연결시켜 크기를 조절할 수 있도록 만들었다. 랩슨이 옆에서 안장을 들고 기다리는 동안 카버가 용알 앞에 자리를 잡고 섰다. 로렌스는 다른 선원들에게 뒤로 물러나 있으라고 지시했다. 선원들은 용의 탄생을 지켜보기 위해 삭구로 기어 올라가거나 갑판 후미에 있는 선실의 지붕 위로 올라가 자리를 잡았다.

갑판 위로 햇살이 찬란하게 내리쬐었다. 따뜻한 기운 때문인지는 몰라도 갑판 위로 알을 꺼내놓자마자 껍질이 쪼개지는 속도가 조금씩 빨라졌다. 위쪽에서 구경하던 선원들과 장교들, 생도들이 초조한 듯 웅성거렸다. 쪼개진 껍질 틈 사이에서 뭔가가 움직이자 누군가의 입에서 헉 하는 신음이 터져나왔다. 날개 끝에 붙은 발톱이 보이기 시작했다. 새끼 용은 발톱으로 알을 박박 할퀴며 기어 나오려고 안간힘을 썼다.

그러다가 별안간 껍질이 반으로 쫙 쪼개지면서 새끼 용이 모습을 드러냈다. 녀석은 쿠션 위에서 세차게 몸을 흔들며 자신의 몸에 붙은 알 조각을 털어냈다. 진득진득한 액체로 뒤덮인 몸은 햇살을 받아 반짝 빛났다. 코끝에서부터 꼬리까지 온통 새까만 용이었다.

새끼 용이 부챗살처럼 여섯 개의 뼈대가 박힌 커다란 날개를 펼치자 갑판엔 탄성이 흘렀다. 새끼 용의 배 아래쪽과 날개 가장자리엔 회색과 진청색으로 빛나는 계란 모양의 반점들이 박혀 있었다.

로렌스도 깊은 인상을 받았다. 전투 중에 해군을 지원하러 온 공군 소속의 커다란 용들을 본 적은 있었지만, 용의 부화를 지켜본 건 이번이 처음이었다. 용의 종류도 구별할 줄 모르는 로렌스가 봐도 이처럼 까만 새끼 용은 아주 진귀한 품종일 것 같았다. 이렇게 까만 용은 여태껏 본 적이 없었다. 게다가 금방 태어난 용치고는 덩치도 제법 컸다. 마음이 급해진 로렌스가 서둘러 지시를 내렸다.

"카버, 어서 준비해."

핏기 하나 없는 얼굴을 한 카버가 한 손을 앞으로 내밀며 새끼 용을 향해 조심스레 다가갔다. 그의 손은 눈에 띄게 부들부들 떨리고 있었다.

"착한 용아, 그래. 착하지."

카버의 그 말은 '너, 착한 용 맞니?'라고 묻는 것 같았다.

하지만 새끼 용은 카버에게 전혀 관심을 보이지 않았다. 그저 자기 몸을 이리저리 살피며 주둥이로 알 조각들을 이리저리 떼어내느라 정신이 없었다. 아무래도 성미가 꽤 까다로운 듯했다. 몸통의 크기는 다 자란 개와 비슷했고, 각 발에 박힌 다섯 개의 발톱은 길이가 2.5센티미터나 되었다.

카버는 그 발톱을 공포에 질린 눈으로 쳐다보면서 새끼 용과 어느 정도 거리를 두고 멈춰 섰다. 새끼 용은 여전히 카버를 무시했다. 카버가 고개를 돌리고 폴릿 옆에 서 있는 로렌스에게 애원하는 눈빛을 보냈다. 그러자 폴릿이 자신 없는 말투로 카버에게 말했다.

"카버, 한 번 더 용에게 말을 걸어봐."

로렌스도 거들었다.

"그래, 어서."

카버는 고개를 끄덕이며 다시 앞으로 시선을 돌렸다. 그러나 쿠션 밖으로 기어 나온 새끼 용은 갑판으로 내려서더니 카버를 휙 지나쳤다. 깜짝 놀란 카버는 바보처럼 두 손을 앞으로 내밀고 몸을 빙그르르 돌리며 새끼 용의 뒤를 쫓았고, 부화 과정을 구경하려고 가까이 몰려들었던 이들은 새끼 용이 다가오자 주춤주춤 뒤로 물러섰다. 로렌스가 얼른 명령을 내렸다.

"각자 위치를 고수하도록. 라일리 중위, 용이 창고로 내려가지 못하도록 입구를 막아."

라일리가 얼른 갑판 아래쪽 창고로 내려가는 입구를 막아섰다. 그러자 새끼 용은 옆으로 방향을 돌려 갑판을 이리저리 탐색하기 시작했다. 끝이 갈라진 길고 뾰족한 혀를 연신 날름거리며 녀석은 모든 걸 맛보았다. 호기심이 왕성하고 지능도 꽤 높은 생물임이 분명했다.

카버가 새끼 용의 주의를 끌어보려고 여러 차례 말을 걸어보았지만, 아무 소용이 없었다. 녀석은 가끔 뒷다리로 바닥을 딛고 일어서서 자기를 둘러싼 얼굴들을 찬찬히 관찰하거나, 앞발로 도르래와 모래시계를 툭툭 쳐보기도 했다.

로렌스는 가슴이 철렁했다. 저 새끼 용이 비행 훈련을 받은 적이 없는 해군을 비행사로 받아들이지 않는다고 해도 로렌스를 비난할 사람은 아무도 없었다. 그렇지만 진귀한 품종으로 보이는 저 새끼 용을 길들이지 못한다면 영국 군에 크나큰 손실이었다.

로렌스는 폴릿의 책에서 얻은 단편적인 지식과 폴릿이 예전에 구경한 적이 있다는 용의 부화에 대한 불완전한 기억을 참고로 하여, 최대한 상식선에서 문제를 해결하고자 했다. 새끼 용이 계속 아무말도 하지 않는 걸로 볼 때, 혹시 자기네가 중요한 절차 하나를 빠뜨린 게 아닐까 하는 생각도 들었다. 폴릿의 책에는 용이 알에서 깨어나자마자 말을 하기도 한다는 희한한 내용이 씌어 있었기 때문이다.

하지만 그 책에는 용이 말을 하게끔 유도하는 구체적인 방법이나 기술 따위는 언급되어 있지 않았다. 어쨌든 새끼 용이 입을 열지 않는 게 모종의 중요한 절차가 누락되어 있기 때문이라면, 그건 순전히 함장인 로렌스의 탓일 거였다.

장교들과 선원들이 낮은 목소리로 웅성거리기 시작했다. 아무래도 대화하는 걸 포기하고, 먹이만 먹고 날아가 버리지 못하게 새끼 용을 우리에 가둬놓아야 할 것 같았다. 그런데 갑판을 이리저리 살피며 돌아다니던 새끼 용이 로렌스에게 다가와 뒷다리를 웅크리고 주저앉더니 호기심이 가득한 눈으로 올려다보았다. 유감스럽고 당황스러운 순간이었다. 로렌스가 새끼 용을 마주 내려다보자 새끼 용은 눈을 몇 번 깜짝였다. 눈동자는 짙은 푸른색이었고, 홍채가 세로로 길게 갈라져 있었다.

새끼 용이 입을 열었다.

"왜 그렇게 찡그리고 있어?"

순식간에 주변이 고요해졌다. 로렌스도 놀라서 입을 딱 벌렸다. 그 순간, 카버는 새끼 용이 자기를 선택하지 않을지도 모른다는 생각이 들었는지 얼른 뒤로 물러났다. 그러다가 로렌스와 눈이 마주치자 어쩔 수 없이 한 번 더 새끼 용에게 말을 걸기 위해 앞으로 한 발 내디뎠다.

새끼 용에서 카버의 창백한 얼굴로 시선을 옮긴 로렌스는 깊은 한숨을 내쉬었다. 카버 대신 자기가 나설 수밖에 없었다. 로렌스는 결연하게 입을 열었다.

"실례였다면 사과할게, 새끼 용아. 일부러 찡그릴 생각은 아니었어. 내 이름은 윌리엄 로렌스인데, 네 이름은?"

그 순간, 갑판 전체가 술렁였다. 그러나 새끼 용은 주변의 소음 따위는 개의치 않았다. 로렌스의 질문에 당황한 듯 잠시 머뭇거리던 새끼 용은 언짢은 말투로 내뱉었다.

"난 아직 이름이 없어."

이럴 경우 어떻게 대답해야 하는지 폴릿의 책에 나와 있었다. 로렌스는 그 책에 적힌 대로 정중하게 말했다.

"내가 이름을 지어줘도 될까?"

목소리로 보아 수컷이 분명한 새끼 용은 다시 한 번 로렌스를 훑어보았다. 그러고는 새까만 제 등짝을 긁으며 심드렁하게 대꾸했다.

"그러든지."

그 순간 로렌스는 머릿속이 하얘지는 걸 느꼈다. 용의 부화를 본 것도 처음인 데다, 용이 자기한테 이름을 지어 달라고 할 줄은 꿈에도 생각지 못했기 때문이다. 잠깐 당황한 마음을 수습한 로렌스는 용과 선박을 연결시켜 생각한 뒤 돌연 '테메레르'라고 내뱉었다.

테메레르는 로렌스가 몇 년 전에 보았던 영국 해군의 드레드노트 형 군함 이름이었다. 그 군함 역시 이 작은 새끼 용처럼 움직임이 매끄럽고 우아했다. 이런 일이 있을 줄 알았다면 일찌감치 그럴 듯한 이름을 몇 개 생각해 놓았을 텐데. 그렇지만 막상 입으로 내뱉고 보니 테메레르는 대단히 명예로운 이름일뿐더러 해군인 자신의 입장을 생각해 보아도 딱 들어맞았다…….

하지만 이내 두려운 마음이 로렌스를 덮쳐왔다. 그제야 제대로 상황 파악이 되었던 것이다. 카버가 아닌 자신이 비행사로 선택되었고 새끼 용이 안장을 받아들이는 순간 로렌스의 소속은 해군에서 공군으로 바뀔 터였다. 그렇게 되면 해군으로서 쌓아온 모든 경력은 끝장이었다.

로렌스의 좌절감 따위는 알 바 없다는 듯 새끼 용은 여전히 무심한 말투로 대꾸했다.

"테메레르? 좋아. 이제부터 내 이름은 테메레르야."

그러고는 기다란 모가지를 기묘하게 위아래로 끄덕이더니 다급하게 소리쳤다.

"나 배고파!"

알을 깨고 나온 용에게 안장을 채우지 않은 채 먹이를 주면 배를 채우자마자 멀리 날아간다는 속설이 있었다. 그러면 용이 자진해서 안장을 받아들이지 않는 한 통제가 불가능해 전투용으로 쓸 수 없다는 얘기도 있었다.

안장을 쥐고 옆에 서 있던 랩슨은 완전히 넋이 나간 듯 입을 벌린 채 서 있었다. 로렌스가 손짓을 하고 나서야 비로소 정신을 차린 랩슨이 다가와 안장을 넘겨주었다. 안장의 금속과 가죽은 랩슨의 땀으로 온통 미끌미끌했다. 안장을 손에 꼭 쥔 로렌스는 자기가 지어준 이름을 써봐야겠다고 마음먹었다.

"테메레르, 이걸 너한테 입혀줘도 괜찮겠니? 안장을 입히고 나서 곧 이 갑판에다 먹을 걸 차려줄게."

테메레르는 로렌스가 내민 안장을 살피며 납작한 혀로 맛을 본 뒤 대답했다.

"좋아."

테메레르의 눈은 기대감으로 반짝였다. 로렌스는 곧바로 무릎을 꿇고 가죽끈과 죔쇠를 서투르게 만지작거렸다. 그리고 매끄럽고 따뜻한 테메레르의 몸뚱이에 조심스럽게 안장을 채워주었다.

특히 날개가 끈에 휘말려 다치지 않도록 주의했다. 가장 넓적한 끈을 테메레르의 몸통에 둘러 앞다리 뒤쪽으로 빼낸 뒤 배 아래쪽에 죔쇠를 채웠다. 그리고 그 넓적한 끈을 비스듬히 돌려 옆구리 양쪽의 두꺼운 끈 두 개와 연결시킨 후, 가슴께를 가로질러 뒷다리 뒤쪽으로 당기며 꼬리 밑으로 빼냈다. 안장의 가죽끈에는 다리와 꼬리, 목의 죔쇠를 채워 고정시킬 수 있도록 작은 고리 여러 개가 붙어 있었다. 그밖에도 좁고 얇은 끈 여러 개가 등짝을 가로질렀다.

복잡한 안장 조립에 신경을 쓰느라 다른 걱정은 일단 접어둘 수 있어 차라리 다행이었다. 안장을 채우는 동안, 로렌스는 테메레르의 몸통에 붙은 비늘이 굉장히 부드럽다는 사실을 알아챘다. 안장의 금속 가장자리에 긁히기라도 하면 금세 상처를 입을 것처럼 고왔다. 로렌스는 어깨 너머로 소리쳤다.

"랩슨, 삼베 조각 남은 것 좀 가져와. 죔쇠를 삼베로 감싸야겠어."

매끄럽고 까만 몸뚱이에 얹어놓은 안장은 테메레르의 몸에 잘 맞지도 않았고, 죔쇠엔 하얀 삼베가 덧씌워져 있어 볼썽사나웠다. 로렌스가 안장에 붙은 사슬을 기둥에 단단히 매는 동안에도 테메레르는 전혀 불평하지 않았다.

잠시 후, 로렌스의 명령대로 막 도살된 염소의 시뻘건 고기가 가득 담긴 통이 모락모락 김을 내뿜으며 갑판 위로 올라왔다. 그러자 테메레르는 목을 길게 뻗어 그 통에 머리를 박고 고기를 뜯어먹기 시작했다.

테메레르는 깨끗하게 먹는 편이 아니었다. 피와 고깃점이 사방으로 튈 정도로 고깃덩어리를 세차게 잡아뜯어 흔들고는 꿀꺽 삼켰다. 내장을 특히 좋아하는 것 같았다. 로렌스는 피범벅이 된 자리를 피해 옆으로 물러났다. 그리고 메슥거리는 속을 간신히 달래며 테메레르를 지켜보았다.

잠시 후, 옆에서 라일리 중위가 머뭇거리며 물었다.

"함장님, 장교들을 이만 해산시킬까요?"

로렌스는 고개를 돌려 라일리 중위를 쳐다보고는 주변에서 당혹스런 표정으로 서 있는 장교들에게 시선을 돌렸다. 부화가 시작되고서부터 지금까지 장교들은 꼼짝도 하지 않은 채 그 자리에 서 있었다. 모래시계도 거의 비어가고 있었다. 믿을 수 없을 만큼 시간은 빠르게 흘러갔다.

로렌스는 자신이 성공적으로 용에게 안장을 채웠다는 사실을 인정해야 했다. 항구에 도착할 때까지는 현 지위를 유지해도 될 것 같았지만, 이런 상황에 어떻게 대처해야 하는지는 복무 규정에도 나와 있지 않았다.

하지만 이대로 마데이라 섬에 도착할 경우, 새로운 함장이 로렌스의 자리를 대신할 것이고, 그렇게 되면 라일리 중위는 또다시 진급의 기회를 놓치게 될 터였다. 로렌스는 이번에는 반드시 라일리 중위를 진급시켜 줄 작정이었다. 겁쟁이처럼 상황을 회피하여 라일리의 경력마저 망치고 싶지 않았.

마침내 마음을 굳게 먹은 로렌스가 입을 열었다.

"라일리 중위, 아무래도 내가 계속 함장직을 수행하는 건 어려울 것 같네. 그러니 이제부터 자네가 렐리언트 호의 지휘를 맡아주게. 앞으로 나는 테메레르에게 신경을 많이 써야 할 텐데, 함장 노릇까지 겸하는 건 벅찬 일이야."

"아, 함장님!"

이 배의 진두지휘와 관련해 비슷한 생각을 했는지 라일리는 곤혹스러워하면서도 거절하지는 않았다. 물론 그는 로렌스의 처지를 진심으로 가슴아파했다. 함께 항해를 한 지도 벌써 몇 년이 되었고, 자신이 사관후보생 시절부터 중위로 진급할 때까지 로렌스의 휘하에서 복무해 온 만큼 그들은 서로에 관해 잘 아는 전우였다.

로렌스는 테메레르가 배를 채우는 쪽을 힐끗 쳐다보며 나지막하고 격의 없는 말투로 라일리에게 말했다.
"우리 둘 다 불평하지 말고 이 상황을 받아들여야 하네."
아직까지 용의 지능은 사람들에게 자세히 알려지지 않았다. 그래서 로렌스는 저 새끼 용이 인간의 말을 얼마만큼 알아들을 수 있는지 가늠할 수가 없었다. 하지만 괜히 새끼 용의 심기를 불편하게 만들 필요는 없으므로 일단 입 조심을 해야 했다.
잠시 후, 로렌스는 목청을 조금 더 높이며 부하들 앞에서 라일리의 진급을 선언했다.
"자네가 앞으로 이 배를 훌륭하게 이끌 거라고 믿네, 라일리 함장."
로렌스는 깊이 숨을 들이쉬고는 양어깨에 핀으로 고정시켰던 황금 견장을 떼어냈다. 처음 대령으로 진급했을 때 돈이 넉넉지 않았던 로렌스는 제복을 바꿔 입을 때마다 직접 황금 견장을 떼어 붙이곤 했기 때문에 지금도 견장을 떼고 붙이는 법을 잘 알았다.
해군 본부의 승인도 받지 않은 상태에서 임의로 라일리를 대령 겸 함장으로 진급시키고 대령의 지위를 상징하는 견장까지 떼어주는 것은 어찌 보면 부적절한 처신일 수도 있었다. 그래도 지휘 체계의 변화를 부하들에게 가시적으로 보여줄 필요가 있었다. 그래서 왼쪽 견장을 라일리의 주머니에 넣어주고, 오른쪽 견장을 라일리의 제복 어깨에 붙여주었다. 대령으로서 3년을 채워야 양쪽 어깨에 견장을 모두 붙일 수 있도록 한 규정 때문이었다. 평소에도 감정을 잘 숨기지 못하는 편인 라일리는 뜻하지 않은 진급에 놀라면서도 주근깨투성이 얼굴이 붉게 상기될 정도로 환하게 웃었다. 그리고 딱히 할말을 찾지 못한 듯 입만 벌렸다.

로렌스는 분위기를 조성하기 위해 웰스 소위를 넌지시 불렀다.

"자, 웰스 소위."

웰스는 잠시 머뭇거리다가 두 손을 번쩍 들었다.

"라일리 함장 만세!"

처음에는 만세 소리가 약하게 나왔지만 세 번째로 외칠 때는 우렁차고 명확하게 울려 퍼졌다. 라일리는 유능한 장교였고 동료들 사이에서도 평판이 좋았다. 그래서 용의 부화로 인해 비록 분위기가 어수선할지라도 모두들 대령 겸 함장으로 진급한 라일리를 축하해 주었다.

환호성이 가라앉자 라일리도 흥분된 마음을 억누르며 큰소리로 덧붙였다.

"그럼……, 테메레르를 위해서도 만세를 외칩시다!"

완전히 반기는 분위기는 아니었지만, 그래도 다들 목청껏 '테메레르 만세!'를 외쳤다. 로렌스는 진급 의식을 마무리지으며 라일리와 악수를 나누었다.

테메레르는 식사를 마치고 난간 옆 사물함 위로 올라가 따사로운 햇살을 받으며 날개를 펼쳐 흔들고 있었다. 그러다가 사람들이 자기 이름을 부르며 환호하자 호기심이 가득한 눈빛으로 사람들을 돌아보았다.

이제 로렌스는 렐리언트 호의 함장이 된 라일리의 위신을 세워주어야 했다. 그래서 테메레르 옆으로 자리를 피했다. 자기가 없어야 라일리가 마음껏 부하들에게 명령을 내리며 배의 체계를 잡아나갈 수 있었기 때문이다.

"저 사람들은 왜 내 이름을 부르며 소리를 지르는 거야?"

테메레르는 로렌스에게 묻고는 대답을 기다리지 않은 채 사슬을 달그락거리며 말했다.

"그런데 이것 좀 떼어내 줄 수 있어? 당장 날아오르고 싶은데."

로렌스는 망설였다. 폴릿의 책에는 용에게 안장을 채우는 과정과 이름을 지어주는 법만 간단히 적혀 있을 뿐 그밖의 돌발 상황에 관해서는 나와 있지 않았다. 로렌스는 새끼 용이 갑판에 얌전히 머물지 않고 하늘로 날아오르고 싶어하리라고는 예상치 못했다. 로렌스는 우물쭈물하며 말했다.

"미안하지만, 당분간은 그 사슬을 그냥 매고 있어. 지금 우리는 육지에서 아주 먼 곳에 와 있거든. 지금 하늘로 날아오르면 넌 이 배로 다시 돌아오지 못할 수도 있어."

"아, 그래?"

테메레르는 목을 길게 빼고 난간 너머를 바라보았다. 렐리언트 호는 쾌청한 날씨 속에서 서풍을 타고 약 8노트의 속도로 나아가고 있었다. 하얀 거품이 렐리언트 호가 지나온 궤적을 길고 선명하게 보여 주었다.

"지금 여긴 어디야?"

로렌스는 사물함 위로 올라와 테메레르 옆에 자리를 잡으며 대답했다.

"바다. 대서양이야. 육지까지는 2주일 정도 더 가야 해."

로렌스는 멍하니 테메레르를 쳐다보는 선원들 중 한 명에게 손짓을 하며 소리쳤다.

"매스터슨, 물이 든 양동이랑 천 조각을 좀 갖다주겠나?"

잠시 후, 매스터슨에게서 양동이와 천을 받아든 로렌스는 테메레르의 검은 몸에 붙은 고기 찌꺼기들을 깨끗이 닦아냈다. 테메레르는 몸을 닦아주는 게 기분이 좋은지 얌전히 있었다. 그리고 목욕이 끝난 후엔 고맙다는 뜻으로 로렌스의 손에 머리를 대고 비볐다. 로렌스는 자기도 모르게 미소를 지으며 테메레르의 따뜻하고 검은 몸을 쓰다듬었다. 잠시 후, 바닥에 주저앉은 테메레르는 로렌스의 허벅지에 머리를 대고 잠이 들었다.

라일리가 조용히 다가와 말했다.

"로렌스 대령님, 함장실을 계속 쓰도록 하십시오. 테메레르와 같이 지내시려면 그쪽이 편하실 겁니다. 선원들에게 테메레르를 들고 갑판 아래로 내려가라고 지시할까요?"

"아니, 괜찮아. 신경 써줘서 고맙네, 라일리 함장. 하지만 지금은 여기 이대로 있는 게 편해. 테메레르의 잠을 깨우지 않는 게 좋을 것 같아."

하지만 말을 마치는 순간 로렌스는 아차 싶었다. 전임 함장이 계속 갑판 위에 머물면 새로 함장이 된 라일리가 편하게 일을 할 수 없을 터였다. 그렇지만 잠자는 새끼 용을 들어 옮기고 싶지도 않았다.

"부하를 시켜 책 한 권만 갖다 달라고 해주면 고맙겠네. 폴릿이 갖고 있는 책 중에 아무거나."

자기가 갑판에 있더라도 책을 보고 있으면 다른 부하들도 자기한테 크게 신경 쓰지 않을 터였다.

해가 지평선 너머로 지기 시작할 무렵에야 테메레르는 잠에서 깨어났다. 테메레르는 둥근 코끝으로 졸고 있는 로렌스의 볼을 슬쩍 찔렀다. 로렌스는 용에게 소처럼 성실한 면이 있다는 내용까지 읽다 말고 깜박 잠이 들었던 것이다.

"나 또 배고파."

테메레르는 남은 염소 고기와 급하게 잡은 닭들을 뼈다귀까지 남김없이 먹어치웠다. 테메레르가 먹는 양을 가늠해 보니 아무래도 식량 배급 계획을 수정해야겠다는 생각이 들었다. 지금까지 겨우 두 끼를 먹었는데도 테메레르는 제 몸무게만큼의 먹이를 소비했고, 몸집도 어느새 더 커져 있었다. 식사를 마친 테메레르는 생각에 잠긴 표정으로 주변을 이리저리 둘러보았다.

걱정이 된 로렌스는 라일리 함장과 요리사를 불러 식량 문제를 조용히 상의했다. 필요에 따라 아미티에 호로 건너가 식량을 덜어와야 할지도 몰랐다. 아미티에 호는 연달아 재앙을 겪으며 인원 수가 크게 줄어서 마데이라 섬에 도착할 때까지 창고에 남은 식량을 다 소비하지 못할 터였다. 하지만 아미티에 호에 비축된 고기는 소금에 절인 돼지고기와 쇠고기였다. 그 점은 릴리언트 호도 마찬가지였다. 테메레르가 소금에 절인 고기를 먹지 못하면, 어쩔 수 없이 닭이나 소를 새로 잡아야 했다.

지금까지의 상황으로 보건대, 항구에 도착하기까지 앞으로 일주일 동안 테메레르에게 신선한 육류를 공급해야 했다. 하지만 용이 소금에 절인 고기를 먹을 수 있는지, 고기에 밴 소금기가 혹시 용의 몸에 나쁜 영향을 미치는지 여부는 알 수가 없었다.

요리사가 조심스럽게 제안했다.

"생선을 먹여도 되지 않을까요? 오늘 아침에 잡은 작은 다랑어 한 마리가 있거든요. 함장님께 드리려고 준비해 둔 건데. 아…… 그러니까, 제 말은…….”

요리사는 전임 함장과 현 함장을 번갈아 보면서 어색하게 입을 다물었다. 라일리가 머뭇거리는 요리사를 대신해 로렌스를 바라보며 말했다.

“대령님께서 허락하신다면, 테메레르에게 그 다랑어를 한번 먹여보는 건 어떨까 싶습니다.”

“배려해 줘서 고맙네, 라일리 함장. 한번 먹여보겠네. 입맛에 맞지 않으면 말을 하겠지.”

다랑어를 갖다주자 테메레르는 고개를 갸웃거리며 쳐다보다가 살짝 물어뜯어 맛을 보았다. 그러더니 순식간에 다랑어의 머리부터 꼬리까지 한 입에 넣고 꿀꺽 삼켰다. 5.4킬로그램짜리 다랑어를 간단히 먹어치운 테메레르는 혀로 입가를 핥으며 말했다.

“퍼석퍼석하긴 하지만, 맛있네.”

그러고는 아주 거하게 트림을 해서 주변 사람들을 깜짝 놀라게 만들었다.

로렌스는 테메레르의 입가를 닦아주려고 천을 집어들며 말했다.

“흠, 다행이군. 라일리 함장, 선원들 몇 명을 낚시를 할 수 있도록 배정해 준다면 고맙겠네. 테메레르가 생선을 먹으니 앞으로 며칠 동안은 쇠고기가 줄지 않겠군.”

로렌스는 테메레르를 갑판 아래 함장실로 데려갔다. 사다리를 밟고 내려갈 수 없는 테메레르를 위해 안장에 도르래를 연결시켜 달아 내려야 했다. 함장실 안으로 들어온 테메레르는 책상과 의자의 냄새를 맡으며 돌아다녔다. 그러더니 창밖으로 고개를 쏙 내밀고 렐리언트 호가 지나가는 자리에 생겨나는 하얀 거품을 바라보았다.

로렌스의 그물 침대 옆에는 특별히 폭을 두 배로 하여 제작한 그물 침대가 마련되어 있었다. 그 위에는 알을 부화시킬 때 썼던 쿠션을 얹어둔 상태였다. 테메레르는 그 쿠션 위로 펄쩍 뛰어올랐다.

세로로 길게 찢어진 테메레르의 눈에 금방 졸음이 가득 차올랐다. 함장 직에서 물러난 로렌스는 이 배를 지휘할 필요도 없었고 힐끗거리며 쳐다보는 선원들도 없으니 의자에 털썩 주저앉았다. 잠에 빠져드는 테메레르를 보며 복잡한 상념에 휩싸였다.

로렌스는 아버지로부터 물려받을 부동산이 거의 없었다. 형과 세 명의 조카보다 상속순위에서 밀려나 있었기 때문이다. 그래서 갖고 있는 돈을 특별히 관리할 필요가 없는 국채에 모두 투자했다.

참전하는 동안 바다에 스무 번도 넘게 빠졌지만 악착같이 살아남은 로렌스는 아무리 강한 바람이라 해도 돛대 위의 장루에 아무렇지도 않게 서 있을 수 있었다. 그러니까 용의 비행사가 되는 것쯤은 일도 아니었다.

다만, 로렌스는 사교생활을 즐기며 살아왔다. 열두 살 때부터 바다에 나와 해군생활을 하기는 했지만, 대부분 1등급 내지 2등급짜리 군함에서 복무했고, 그가 모신 부유한 함장들은 정기적으로 장교들을 불러 고급스런 음식과 술을 제공하며 파티를 열곤 했다.

덕분에 로렌스는 해군으로 복무하면서도 대화와 춤, 휘스트 카드 게임을 즐기며 사교생활을 누렸다. 그런데 이젠 오페라도 마음대로 보러 가지 못하는 신세가 되고 말았다. 울컥 화가 난 로렌스는 저 커다란 그물 침대를 뒤집어엎어 테메레르를 창밖으로 내던지고 싶은 충동이 일었다.

게다가 자기를 천하의 모자란 놈이라고 아버지는 얼마나 비난해 댈까? 자기가 비행사가 되었다는 걸 알면 에디스는 어떤 반응을 보일까? 로렌스는 그녀에게 편지를 쓰는 것조차 겁이 났다. 여태껏 로렌스가 에디스에게 정식으로 청혼하지 못한 이유는 물려받을 재산도 넉넉지 않은 데다 영국에 장기간 머무를 수 없는 형편이었기 때문이다.

하지만 지금은 상금도 넉넉하게 챙겨두었기에 돈 걱정을 할 필요가 없었다. 지난 4년 간 장기 휴가만 받을 수 있었다면, 에디스에게 청혼했을지도 몰랐다. 로렌스는 내심 이번 항해만 끝나면 단기 휴가라도 얻어 에디스를 만날 계획이었다. 그렇지만 다음 번 배를 배정받을 수 있다는 보장도 없는 상태에서 휴가를 낸다는 것도 쉽지 않았다. 게다가 로렌스는 해군이라서 결혼 상대로는 적합하지가 않았다. 또 에디스가 아홉 살 소녀 시절에 열세 살짜리 소년 로렌스와 했던 결혼 약속을 지키기 위해 쟁쟁한 청혼자들을 다 제쳐두고 자기를 기다리고 있을까 싶기도 했다.

이제 로렌스의 앞날은 한층 더 암담해졌다. 비행사가 되었으니 앞으로 어디서 어떻게 살아야 할지, 아내로 삼을 여자에게 제대로 된 집을 마련해 줄 수 있을지 알 수가 없었다.

만에 하나 에디스가 로렌스를 따르겠다고 해도 에디스의 가족들이 결혼을 반대하고 나설 게 분명했다. 로렌스가 결혼에 대한 에디스의 기대를 채워줄 수 있을지도 문제였다. 해군의 아내가 된다 해도 남편이 수시로 집을 비우는 동안 인내심을 갖고 집을 지켜야 하는데, 이제 한 술 더 떠서 공군이 되었으니 에디스는 결혼 후에도 독수공방의 나날을 보내야 할 터였다.

게다가 정든 고향을 떠나 황량한 곳에 외따로 거주하면서 무시무시한 용과 그런 용을 다루는 거친 남자들에게 둘러싸여 살아야 한다는 걸, 에디스가 용납할 리가 없었다.

로렌스는 언젠가는 가정을 꾸릴 수 있을 거라는 희망을 품어왔다. 바다에서 길고 외로운 밤을 지내는 동안, 앞으로 갖게 될 가정의 세세한 부분까지 계획했다. 부모님이 사시는 저택보다는 작지만 아담하고 품격 있는 집, 집안일과 자녀 양육을 믿고 맡길 수 있는 착한 아내, 항해를 하는 동안 따뜻한 기억으로 간직할 수 있는 편안한 쉼터를 꿈꾸었다.

하지만 이제 로렌스는 에디스에게 명예롭게 청혼할 수도 없는 처지가 되었다. 에디스말고 다른 여자한테 청혼한다는 생각은 꿈에도 하지 않았다. 똑바로 정신이 박힌 여자라면 공군 비행사와 미래를 약속하지 않을 게 불을 보듯 뻔했다. 아니 할 말로 남편이 비행이다 뭐다 하며 1년 내내 집 밖으로 나돌아다녀도 돈만 꼬박꼬박 챙길 수 있다면 상관없다고 하는 여자라면 몰라도 말이다. 하지만 로렌스도 돈만 밝히는 여자와 의미 없는 결혼을 할 생각은 추호도 없었.

테메레르는 흔들거리는 그물 침대에 누워 자면서 괴상한 꿈이라도 꾸는지 가끔 몸을 씰룩거렸다. 따뜻하고 단란한 가정과 맞바꾸기엔 저 작은 용이 너무나도 보잘것없어 보였다.

로렌스는 몸을 일으켜 고물 쪽 창문으로 다가갔다. 렐리언트 호가 지나가는 자리를 따라 바다에 일어난 창백한 거품이 고물의 랜턴 빛을 받아 반짝거렸다. 기분 좋게 이는 파도 거품을 보고 있자니 잡생각이 사라졌다.

잠시 후, 로렌스의 하인 자일스가 은식기를 얹은 쟁반을 들고 함장실로 들어왔다. 잠든 테메레르를 피해 가급적 멀리 돌아 탁자 위에 쟁반을 올려놓는 자일스의 손이 부들부들 떨렸다. 로렌스는 탁자에 저녁식사를 차려놓는 자일스에게 그만 나가보라고 손짓을 한 뒤, 자일스의 뒷모습을 보며 한숨을 푹 내쉬었다.

로렌스는 자일스에게 자기랑 같이 공군으로 옮기자고 말할 작정이었다. 공군이 되더라도 지금처럼 식사 등을 챙겨줄 하인이 필요했기 때문이다. 하지만 지금 자일스의 행동을 보건대 자일스를 공군으로 데려가는 건 좋은 생각이 아니었다. 용을 겁내지 않는 하인을 새로 구해야 했다.

로렌스는 혼자서 저녁식사를 했다. 소금에 절인 쇠고기에 와인을 넣어 졸인 요리였다. 원래 로렌스의 저녁식사로 나올 예정이던 다랑어는 테메레르의 뱃속에 들어간 지 오래였다.

로렌스는 별로 식욕이 일지 않아 먹는 둥 마는 둥 하다가 포크를 내려놓았다. 그리고 편지를 쓰려고 펜을 쥐었다. 하지만 마음이 산란하고 기분도 우울해서 한 줄을 쓰는 데도 정신을 집중해야 했다.

결국 편지를 쓰는 걸 포기한 로렌스는 자일스를 불러 그만 쟁반을 내가라고 일렀다. 그리고 그물 침대로 들어가 잠을 청했다. 테메레르는 몸을 뒤척이며 기분 좋게 자고 있었다. 속에서 울화통이 불쑥 치밀었다. 하지만 가까스로 마음을 다잡고 손을 뻗어 테메레르가 잠결에 걷어찬 이불을 다시 덮어주었다.

밤 공기가 차츰 차가워지고 있었다. 바람 소리를 닮은 테메레르의 깊은 숨소리를 들으며, 어느새 로렌스도 잠에 빠져들었다.

2

다음날 아침, 그물 침대에서 내려오던 테메레르가 그물에 온몸이 감겨 허공에 매달린 채 빙글빙글 두 바퀴를 돌았다. 그 소동에 로렌스도 잠을 깼다.

로렌스는 재빨리 그물 침대의 한쪽 고리를 벗겨 그물을 내리고 테메레르를 꺼내주었다. 그물에서 빠져나온 테메레르는 쉿쉿 소리를 내며 모욕을 당한 고양이처럼 성질을 냈다. 그 모습을 본 로렌스는 테메레르의 몸을 토닥이고 부드럽게 쓰다듬으며 진정시켰다. 어느새 화가 가라앉았는지 테메레르는 또다시 먹이를 달라고 했다.

그다지 이른 시간이 아니어서 로렌스는 선원들 몇 명을 불러 낚시를 하라고 지시했다. 로렌스가 아침식사로 계란 요리를 먹는 동안, 테메레르는 15킬로그램짜리 다랑어를 거뜬히 먹어치웠다. 다랑어 덕분에 당장은 닭을 잡지 않아도 되었다. 다랑어로 배를 채운 테메레르는 바닥에 꾸깃꾸깃하게 쌓인 그물 침대 위로 올라가 다시 잠이 들었다.

그렇게 일주일이 지나갔다. 그동안 테메레르는 줄곧 먹거나 잠을 자면서 덩치를 계속 키웠다. 주말이 되자 함장실에서 기를 수 없을 정도로 몸집이 커졌다. 이미 테메레르의 체중은 짐마차를 끄는 말보다 더 무거워졌고 머리부터 꼬리까지의 길이 역시 대형 보트보다 길어졌다. 만일 이런 식으로 계속 성장한다면 얼마 안 가서 갑판 위로 끌어올리지도 못할 거였다.

로렌스는 라일리와 상의하여 무게 균형을 맞추기 위해 뱃머리 쪽으로 화물을 옮겨놓고 고물 쪽 갑판에 테메레르의 거처를 마련해 주기로 했다. 일주일 사이에 덩치가 어마어마하게 커진 테메레르는 두 날개를 잔뜩 웅크리고 몸을 비비적거리며 가까스로 함장실을 빠져나왔다. 참으로 아슬아슬하게 함장실 밖으로 빠져나온 셈이었다. 테메레르의 키를 측정한 폴릿은 테메레르가 밤마다 거의 30센티미터씩 자랐다고 말했다.

고물 쪽에 자리를 잡은 테메레르는 날마다 불어나는 덩치에도 선원들의 통행에 방해가 되진 않았다. 낮에는 거의 잠을 잤는데 선원들이 일을 하기 위해 자기 몸 위를 오르락내리락해도 꼬리를 이리저리 뒤척일 뿐 잠에서 깨지 않았기 때문이다.

이제 로렌스는 밤마다 테메레르 곁에서 잠을 잤다. 아무래도 테메레르의 곁이 딱 자기 자리인 것처럼 느껴졌기 때문이다. 날씨가 따뜻해서 갑판에서 잠을 자는 데에도 큰 불편이 없었다.

하지만 테메레르의 먹이에 대한 걱정은 여전했다. 선원들의 낚시질로 테메레르의 먹이를 조달하는 것도 한계가 있었다. 아무래도 하루나 이틀 뒤에는 소를 잡아야 할 것 같았다. 테메레르는 소금에 절인 고기도 맛있게 먹긴 했지만, 날이 갈수록 식욕이 왕성해져 이대로 가다간 마데이라 섬에 도착하기도 전에 릴리언트 호의 식량을 바닥낼 것이 뻔했다. 그렇다고 용에게 식사량을 줄이라고 할 수도 없잖은가. 참으로 난감했다. 테메레르에게 줄 먹이가 부족해지면서 선원들도 불안에 떨었다. 사육장에서 탈출한 야생 용이 굶주리면 간혹 사람을 잡아먹기도 한다는 소리를 들었기 때문이다. 비록 테메레르가 안장을 찼고 성격도 유순한 편이기는 했지만, 굶주리면 인간을 잡아먹을지도 모른다고 서로 수군거렸다.

테메레르가 태어난 지 2주째로 접어들었다. 무심결에 날씨의 변화를 느낀 로렌스는 동이 트기 전에 잠에서 깼다. 한바탕 비가 쏟아질 것 같았다. 사방을 둘러보았으나 뒤따라오던 아미티에 호의 불빛이 보이지 않았다. 밤새 거세어진 바람 때문에 렐리언트 호와 간격이 크게 벌어진 모양이었다. 이윽고 회색 구름이 낮게 깔린 하늘에서 굵은 빗방울이 후드득 떨어지기 시작했다.

렐리언트 호의 지휘권을 넘겨준 로렌스로서는 딱히 할 일이 없었다. 그저 테메레르가 작업 중인 다른 선원들을 방해하지 않도록 붙드는 일밖에는. 하지만 그것도 쉬운 일은 아니었다. 테메레르가 빗방울에 호기심을 드러내며, 두 날개를 활짝 펼친 채 날개 위로 떨어지는 빗방울의 감촉을 느끼고 있었기 때문이다.

테메레르는 우르릉거리는 천둥소리나 번쩍이는 번개를 보고도 겁내기는커녕 되레 궁금하다는 듯이 로렌스에게 물었다.

"저렇게 시끄럽고 번쩍거리는 건 왜 나타나는 거야?"

멈칫거리는 로렌스를 보고 실망한 테메레르가 다시 말했다.

"나랑 같이 올라가서 한번 살펴보는 게 어때?"

그러더니 날개를 쫙 펼치고 고물의 난간 쪽으로 한 걸음 나아갔다. 로렌스는 깜짝 놀랐다. 테메레르가 알에서 깨어난 직후 하늘을 날고 싶다는 말을 하긴 했지만, 그 뒤로는 먹는 데 골몰하느라 날겠다는 말을 꺼낸 적이 없었다. 그동안 부쩍 커진 테메레르의 덩치에 맞춰 안장을 세 배 정도 늘리기는 했으나, 경황이 없다 보니 목걸이와 갑판을 연결하는 사슬을 좀더 묵직한 것으로 바꿔놓지는 못했다. 테메레르가 아주 살짝 힘을 주었는데도 목걸이에 건 사슬의 연결 부위가 바짝 당겨지는가 싶더니 이음새가 확 벌어졌다.

로렌스는 얼른 테메레르에게 채운 안장끈을 잡고 그 안으로 왼손을 집어넣으며 말했다.

"지금은 안 돼, 테메레르. 그냥 여기서 다른 사람들이 일하는 걸 구경하자."

하지만 이미 테메레르는 날갯짓을 하며 위로 몸을 띄웠다. 그 순간 로렌스는 테메레르가 날아오르는 걸 절대로 막을 수 없다는 사실을 깨달았다. 어떤 방법으로든 테메레르를 설득해서 다시 갑판 위로 내려오도록 해야 했다. 그렇지 않으면 어쩔 수 없이 잡고 있는 안장끈을 놓고 밑으로 몸을 던질 수밖에 없었다. 그러나 로렌스는 그처럼 소극적인 생각을 얼른 머릿속에서 지우며 정신을 똑바로 차리려고 애썼다.

고맙게도 테메레르는 아쉬워하면서도 로렌스의 말에 순응하여 갑판으로 내려왔다. 그렇지만 뭔가 아쉬운 듯 다시 하늘을 올려다보았다.

로렌스는 더 강한 사슬로 시급히 교체해야겠다고 생각했다. 하지만 폭풍에 대비하느라 정신 없이 바쁜 선원들에게 그런 일을 시킬 수가 없었다. 지금 이 배에 더 굵은 사슬이 있는지도 알 수 없는 상황이었다. 하늘을 향해 몸을 꼿꼿이 세운 테메레르의 어깨는 로렌스의 머리보다 30센티미터는 더 높이 있었다. 숙녀의 손목처럼 가늘고 부드러웠던 앞다리는 로렌스의 허벅지보다 더 굵고 튼튼해진 상태였다.

라일리는 확성기에 대고 소리를 지르며 선원들에게 명령을 내렸다. 로렌스는 가능하면 라일리의 명령에 신경을 쓰지 않으려고 애썼다. 라일리가 선원들에게 내리는 명령이 비록 마음에 들지 않는다 해도 일단 지휘권을 넘겼으니 참견해서는 안 되었다.

선원들도 지독한 강풍을 겪어본 경험이 있어서 각자 알아서 일을 했다. 바람도 릴리언트 호의 진행 방향으로 불고 있었다. 그래서 강풍을 타고 가면 오히려 마데이라 섬까지 더 빠르게 갈 수 있을 듯했다. 선원들도 그 점을 감안하여 윗돛대의 돛을 적당히 내려두었다. 지금까지는 거친 바람을 맞으면서도 동쪽 방향을 잘 유지하고 있었다. 그러나 배 뒤쪽 하늘을 음산하게 물들인 폭풍 구름이 머잖아 릴리언트 호를 덮칠 기세였으므로 한시도 마음놓을 수가 없었다.

거대한 물벽을 이룬 파도의 끝자락이 대포 소리처럼 요란한 소리를 내며 릴리언트 호의 갑판 위로 쏟아져 내렸다. 방수복과 폭우용 모자를 썼는데도 로렌스는 물에 흠뻑 젖었다. 테메레르도 마찬가지였다. 물벼락을 맞은 테메레르가 콧김을 내뿜으며 개처럼 부르르 머리를 흔들자 사방으로 물이 튀었다. 그리고 테메레르는 두 날개를 들고 날갯죽지 밑으로 고개를 쏙 집어넣으며 몸을 웅크렸다.

테메레르 옆에 바짝 붙어 안장끈을 잡고 있던 로렌스도 덩달아 테메레르의 날개 밑으로 들어가게 되어 쏟아지는 비와 파도로부터 안전하게 대피할 수 있었다. 포효하는 폭풍우 속에서 이렇게 아늑한 기분을 느끼다니, 참으로 이상했다. 테메레르의 날개 틈 사이로 고개를 내미는 순간 차가운 물보라가 로렌스의 얼굴에 흩뿌려졌다.

그때 테메레르가 말했다.

"나한테 다랑어를 잡아준 남자가 물에 빠졌어."

로렌스는 테메레르의 시선이 향하는 곳으로 고개를 돌렸다. 쏟아지는 비 때문에 시야가 흐릿했지만 좌현 약 70도 지점에 빨간색 바탕에 흰 줄이 그려진 셔츠와 마구 흔들어대는 손이 보였다. 낚시질을 도와줬던 선원 중 하나인 고든이었다.

"선원이 바다에 빠졌다!"

로렌스는 두 손을 모아 입에 갖다 대고 소리친 후 파도에 휩쓸려 몸부림치는 고든 쪽을 가리켰다. 라일리는 비통한 표정으로 밧줄을 고든 쪽으로 던지라고 선원들에게 지시했다. 하지만 고든과 렐리언트 호와 간격이 빠르게 벌어지고 있어서 밧줄이 아니라 보트를 내린다고 해도 고든을 구해내기는 힘들 것 같았다.

"저 남자가 밧줄을 쥘 수 없을 것 같아. 내가 가서 구해 올게."

말릴 틈도 없이 테메레르는 하늘로 날아올랐다. 그 바람에 덩달아 공중으로 딸려 올라간 로렌스는 왼손으로 안장끈을 붙들고, 오른손으로는 갑판에서 끊어진 채 테메레르의 목걸이에 붙어 있는 사슬을 움켜쥐었다. 그리고 그 사슬 끝자락이 도리깨질을 하다 테메레르의 옆구리를 후려갈기지 않도록 안장끈에 둘둘 감았다.

로렌스는 안장끈을 양손으로 붙잡으면서 테메레르의 등으로 기어 올라가 고개를 숙이며 바짝 몸을 붙였다. 허공에서 흔들리는 로렌스의 두 발 밑으로는 거대한 대양의 성난 파도가 으르렁거리고 있었다. 만에 하나 안장끈을 놓치기라도 한다면 곧장 바다로 추락하고 말 처지였다.

테메레르는 본능적으로 날아오르긴 했지만, 첫 비행이라 그런지 목표 지점을 향해 곧장 날지는 못했다. 오히려 거센 바람에 떠밀려 날아가려는 쪽과 정반대 방향인 렐리언트 호의 동쪽으로 자꾸만 기울었다.

테메레르는 바람에 정면으로 맞서 고든에게 날아가려고 안간힘을 썼지만, 세찬 돌풍이 불어닥치자 공중에서 곤두박질치기 시작했다. 안장끈을 잡고 등에 매달린 로렌스도 엄청난 현기증을 느끼며 같이 떨어졌다. 여기서 자칫 정신을 잃으면 곧바로 성난 파도 위로 내던져질 것 같았다. 그러나 그런 위기의식도 잠시뿐, 로렌스는 18년 간의 항해 생활로 단련시킨 커다란 목소리로 테메레르에게 소리쳤다.

"바람을 타고 날아! 바람을 타라고, 이 녀석아!"

로렌스의 목소리가 들렸는지 테메레르가 볼 아래쪽 근육이 불룩 나올 정도로 힘을 주며 몸을 똑바로 세우고는 동쪽으로 날기 시작했다. 그러자 로렌스의 얼굴을 마구 때리던 빗방울의 세기도 한결 약해졌다.

테메레르와 로렌스는 바람을 타고 엄청난 속도로 날았다. 로렌스는 숨이 막힐 지경이었고, 눈이 시려서 눈물이 쏟아졌다. 그 눈물은 바람과 함께 머리 뒤로 휙휙 날아갔다. 테메레르의 비행 속도는 어마어마했다. 10노트로 달리는 배의 꼭대기에 서 있는 것이 뜨겁고 조용한 한낮에 들판에 서 있는 것처럼 느껴질 정도였으니 말이다.

로렌스의 입에서 뜬금없이 웃음이 터져 나왔다. 꼭 소년 시절로 돌아간 것처럼 신이 났다. 로렌스는 겨우 웃음을 참고 이성적으로 생각하려고 애쓰며 소리쳤다.

"이런 상태에서 고든에게 곧바로 날아가기는 힘들어. 지그재그로 움직여야 해. 일단 북쪽으로 날다가 남쪽으로 방향을 돌리는 거야. 알겠어, 테메레르?"

테메레르의 대답은 바람에 묻혔다. 그래도 로렌스의 말을 알아들었는지 테메레르는 밑으로 홱 방향을 바꾸며 두 날개를 잔 모양으로 펼치고 북쪽으로 날기 시작했다. 높게 이는 파도 위에 놓인 보트에 탄 것처럼 로렌스의 몸이 위쪽으로 확 쏠렸다. 비바람은 여전히 그들을 괴롭혔지만, 많이 약해진 편이었다. 테메레르는 날카로운 재단기처럼 깔끔하게 좌우로 방향을 바꿔가면서 점차 서쪽으로 방향을 돌렸다.

로렌스는 두 팔에 타는 듯한 통증을 느꼈고, 테메레르의 안장 가슴끈 밑으로 왼손을 집어넣은 후, 심하게 저려오는 오른손을 안장끈 밖으로 빼냈다. 이윽고 테메레르는 바다와 거의 수평으로 날아, 렐리언트 호를 스치며 지나갔다.

저 앞에 빠져죽지 않으려고 허우적거리는 고든의 모습이 보였다. 다행히 수영을 잘해서 무시무시한 폭풍우가 치고 있는데도 파도 밑으로 끌려 들어가진 않았다. 파도도 고든을 집어삼킬 정도로 높지는 않았다.

순간 로렌스는 테메레르의 거대하고 날카로운 갈고리 발톱을 걱정스럽게 바라보았다. 만일 테메레르가 그 발톱으로 고든을 낚아챈다면, 고든을 구하기는커녕 죽이고 말 게 분명했다. 고든을 살리려면 로렌스가 직접 고든을 손으로 잡아 올리는 수밖에 없었다. 마음을 단단히 먹은 로렌스가 테메레르에게 소리쳤다.

"테메레르, 내가 고든을 잡을 거야. 내가 준비될 때까지 기다렸다가 최대한 낮게 날아."

그런 다음 로렌스는 조심스럽게 테메레르의 배 아래로 내려가 한 팔로 배 쪽 안장끈을 단단히 움켜쥐었다. 테메레르의 등에서 배로 내려올 때는 두려웠지만, 일단 밑으로 내려오니 테메레르의 몸통이 비바람을 막아주어 움직이기가 한결 수월했다.

로렌스는 테메레르의 몸통을 가로지르는 넓은 가죽끈을 손으로 충분히 잡아당긴 후 그 속에 두 발을 집어넣었다. 두 손을 자유롭게 쓸 수 있게 되자 로렌스는 테메레르의 옆구리를 손으로 툭툭 쳐서 신호를 보냈다.

순간 테메레르는 먹이를 향해 달려드는 매처럼 급강하하기 시작했다. 로렌스는 테메레르의 배에 거꾸로 매달린 채 손을 바다로 뻗었다. 손가락 끝에 바닷물이 닿는 느낌이 전해졌고, 잠시 후 물에 흠뻑 젖은 고든의 옷과 살이 만져졌다. 로렌스는 아예 감각에만 의지해서 고든의 팔을 잡았고, 허우적거리던 고든도 로렌스의 손을 본능적으로 움켜잡았다. 그러자 테메레르가 두 날개를 힘차게 퍼덕이며 위로 날아올랐다. 맞바람이 아니라 바람을 타고 날 수 있어 천만다행이었다.

고든의 체중 때문에 로렌스의 팔과 어깨, 허벅지를 비롯하여 온몸의 근육이 팽팽하게 잡아당겨졌다. 가죽끈이 장딴지를 바짝 조여 무릎에서 발끝까지 아예 감각을 느낄 수가 없었다. 무엇보다 온몸의 피가 머리로 쏠려 견딜 수가 없었다.

테메레르가 렐리언트 호를 향해 날아가는 동안, 로렌스와 고든은 테메레르의 배 밑에 시계추처럼 매달린 채 좌우로 마구 흔들렸다. 온 세상이 미친 듯이 위아래로 기울었다.

마침내 어설픈 모양새로 테메레르가 렐리언트 호의 갑판에 뒷발을 디뎠다. 그 충격에 렐리언트 호는 뒤집힐 듯이 마구 흔들렸다. 무게가 상당히 나가는 테메레르는 두 남자를 아랫배에 매단 채 균형을 잡느라 날개를 펄럭이며 뒷다리를 바짝 세웠다.

 고든이 먼저 로렌스의 손을 놓고 겁에 질린 표정으로 몸을 옆으로 굴려 빠져나갔다. 로렌스도 테메레르한테 깔리기 전에 얼른 가죽끈에서 두 다리를 빼내려고 버둥거렸다. 그런데 손가락이 뻣뻣해져 가죽끈의 죔쇠가 생각처럼 쉽게 풀리지 않았다. 그 모습을 본 웰스 소위가 달려와 칼로 가죽끈을 잘라서 로렌스를 풀어주었.

 로렌스는 갑판으로 쿵 하고 떨어지면서 옆으로 몸을 굴렀다. 다리로 조금씩 피가 통하기 시작했다. 곧이어 테메레르도 곧추세웠던 뒷다리에 힘을 빼면서 무너지듯 갑판 위로 주저앉았다. 그러자 갑판 전체가 우르르 흔들렸다. 로렌스는 갑판에 등을 대고 누워 굵은 빗방울을 얼굴에 맞으며 거친 숨을 몰아쉬었다. 얼마나 긴장했는지 일어날 수조차 없었다. 웰스 소위가 옆에서 머뭇거리자 그만 가서 하던 일을 계속하라고 손짓했다. 그리고 억지로 두 다리에 힘을 주며 일어섰다. 그제야 다리에 피가 돌면서 심하게 저리던 통증이 조금씩 가셨다.

 계속 강풍이 몰아쳤다. 강풍 덕분에 중간 돛을 바짝 감아올린 렐리언트 호는 목표 지점인 마데이라 섬을 향해 질주하고 있었다. 갑판을 오가는 선원들의 얼굴에서도 차츰 위기감이 가셨다.

 로렌스는 자부심과 복받쳐 오르는 회한을 억누르며 선원들을 지휘하는 라일리에게 방해되지 않도록 테메레르를 고물 중앙으로 데려갔다. 테메레르가 그곳에 있어야 배가 전복되지 않고 중심을 잡을 수가 있었다.

 테메레르는 고물 중앙에 자리를 잡자마자 입이 찢어져라 하품을 하더니 머리를 날개 밑으로 집어넣으며 잠 잘 준비를 했다. 그동안 걸핏하면 입에 담았던 배고프다는 말도 하지 않았다. 조금만 더 우물거렸으면 갑판 아무 데서나 잠이 들었을 것이고, 그랬다면 고물 중앙으로 끌고 오지도 못할 뻔했다. 로렌스는 허리를 굽히고 테메레르의 옆구리에 몸을 기댔다.

혀가 붓고 온몸이 쑤신 가운데서도 로렌스는 테메레르를 잊지 않고 칭찬했다.

"테메레르, 정말 수고 많았다. 아주 용감했어."

테메레르는 날개 밖으로 고개를 내밀어 눈을 동그랗게 뜨고 로렌스를 쳐다보았다. 그리고 의아해하는 말투로 "어? 응!" 하고 대답했다. 순간 로렌스는 몹시 미안한 마음이 들었다. 지금까지 이 새끼 용에게 친절한 말 한마디 한 적이 없었던 것이다. 비록 테메레르 때문에 자신의 신분이 해군에서 공군으로 바뀌었다 해도 그것이 테메레르의 잘못은 아니지 않는가. 따라서 테메레르에게 야박하게 구는 것은 비겁한 행동이었다.

로렌스는 너무 피곤해서 달리 칭찬할 말을 찾지 못한 채 테메레르의 매끄럽고 까만 옆구리를 토닥이며 그저 "정말 수고 많았어"라는 말만 되풀이했다. 그러자 테메레르는 말없이 앞발을 뻗어 로렌스를 감싸고는 한쪽 날개를 펼쳐 로렌스가 비를 맞지 않도록 덮어주었다.

날개 밑에 있으니 로렌스의 귀에는 비바람과 파도 소리조차 희미하게 들렸다. 테메레르의 옆구리에 볼을 대자 거대한 심장이 고동치는 게 느껴졌다. 테메레르의 체온으로 온기를 회복한 로렌스는 전혀 추위를 느끼지 않은 채 바닥에 누워 잠이 들었다.

✣

라일리가 다가와 걱정스럽게 물었다.

"그대로 비행해도 괜찮을까요? 아무래도 테메레르의 몸에 그물을 달고 선원 몇 명을 같이 데리고 가시는 게 어떨까요? 그 그물에 생선을 담아오게 하는 편이 안전할 것 같습니다, 로렌스 대령님."

테메레르의 등에 올라탄 로렌스는 몸을 이리저리 움직이며 허벅지와 장딴지를 감싼 안장의 가죽끈을 잡아당겨 보았다. 안장의 주요 부분도 그렇고 가죽끈도 안장에서 쉽게 빠질 것 같지는 않았다. 로렌스가 앉아 있는 곳은 테메레르의 날개 바로 뒤쪽의 등 부분이라 위치도 안전했다.

"아닐세, 라일리 함장. 이대로도 괜찮아. 테메레르가 어선도 아니고, 그물까진 필요없어. 지금 릴리언트 호에 일손이 남아도는 것도 아니잖은가. 마데이라 섬에 도착하기 전에 또 다른 프랑스 군함과 마주칠 수도 있으니, 되도록 인력을 효율적으로 관리해야 할 걸세."

로렌스는 몸을 앞으로 기울여 테메레르의 목을 쓰다듬었다. 테메레르는 고개를 이리저리 돌리면서 릴리언트 호에서 일하는 선원들을 흥미롭게 바라보았다. 그러더니 앞발 하나를 난간에 턱 걸치며 로렌스에게 물었다.

"준비됐어? 출발해도 돼?"

테메레르의 매끄러운 몸통 안쪽 근육에 힘이 들어간 것으로 보아 날고 싶어 좀이 쑤시는 모양이었다.

"옆으로 비켜서게, 라일리 함장."

그런 다음 테메레르의 목걸이와 갑판을 연결한 사슬을 풀고 가죽끈을 고삐처럼 움켜잡았다. 그리고 테메레르에게 말했다.

"좋아, 테메레르. 출발……."

로렌스의 말이 끝나기도 전에 테메레르는 갑판을 박차고 날아올랐다. 거대한 날개로 크게 호를 그리며 테메레르의 기다란 몸은 마치 시위를 떠난 화살처럼 하늘로 우뚝 치솟았다. 로렌스는 고개를 돌려 테메레르의 어깨 너머로 아득하게 멀어지는 릴리언트 호를 내려다보았다.

마치 어린애의 장난감처럼 릴리언트 호가 작아 보였다. 그리고 릴리언트 호를 중심으로 동쪽으로 약 30킬로미터쯤 떨어진 지점에 아미티에 호가 보였다. 바람이 강하게 불었지만 안장끈을 단단히 붙잡고 있어 떨어질 염려는 없었다. 로렌스는 벅찬 감정을 억누르며 싱긋 웃음을 날렸다.

"이대로 서쪽으로 날아가자, 테메레르."

너무 멀리까지 가면 인근 해안을 돌고 있는 프랑스 순찰함을 만날지도 모르므로 조심해야 했다. 테메레르의 머리 바로 밑, 목에 가느다란 끈을 달고 그 끈을 고삐에 연결시켜둔 상태라서, 로렌스는 고삐를 좌우로 당기며 테메레르에게 날아갈 방향을 지시할 수 있었다.

로렌스는 손바닥에 끈으로 묶어 고정시킨 나침반을 들여다보며 오른쪽 고삐를 잡아당겼다. 그러자 테메레르는 더 이상 고도를 높이지 않고 느긋하게 수평으로 날았다.

청명한 하늘엔 구름 한 점 없고, 푸른 바다에는 파도가 잔잔하게 물결쳤다. 테메레르가 날개를 펄럭이는 속도를 조금 늦추었다. 그런데도 비행 속도가 얼마나 빠른지 릴리언트 호와 아미티에 호의 모습이 어느새 로렌스의 시야에서 사라졌다.

"아, 저기 물고기 있다."

테메레르는 말하는 것과 동시에 바다를 향해 수직으로 내려갔다.

로렌스는 고삐를 단단히 쥔 채 터져 나오려는 환성을 가까스로 억눌렀다. 이 상황에서 어린애처럼 좋아하면 왠지 머저리처럼 보일 것 같아서였다. 어쨌든 그 높은 곳에서도 바다 속의 먹이가 보이다니, 용의 시력이 어느 정도인지 짐작되고도 남았다.

이러한 생각에 잠겨 있던 로렌스는 테메레르가 사냥하는 모습을 보고 입을 딱 벌렸다. 테메레르가 거대한 물보라를 일으키며 뒷다리로 바닷물을 훑더니, 몸부림치는 커다란 돌고래를 발톱으로 움켜잡아 들어올린 것이다. 버둥거리는 돌고래의 몸에서 바닷물이 사방으로 하얗게 흩뿌려졌다.

놀랍게도 테메레르는 두 날개를 수직으로 퍼덕이며 정지 비행을 하면서 돌고래를 뜯어먹기 시작했다. 로렌스는 용이 앞으로 나아가거나 뒤로 가지도 않고 그대로 공중에 뜬 채 먹이를 먹을 수 있으리라고는 생각도 못했다. 물론 새끼 용이다 보니 날갯짓이 아직 미숙해서 자세가 불안하고 위아래로 심하게 흔들리기는 했다. 그래서 로렌스도 덩달아 불안하게 흔들렸다. 하지만 이처럼 한자리에 떠 있을 수 있다는 것은 대단한 비행술임에 틀림없었다.

테메레르가 먹다가 흘린 돌고래의 살점들이 바다로 떨어지자 다른 물고기들이 그 찌꺼기를 먹기 위해 바다 표면으로 다투어 튀어올랐다. 돌고래를 다 먹어치운 테메레르는 커다란 다랑어 두 마리를 앞발로 잡은 채 뜯어먹었고 황새치를 먹어치우는 참이었다.

로렌스는 바다로 떨어지지 않도록 테메레르의 목에 붙은 안장끈 밑으로 팔을 끼워 넣은 뒤 사방을 둘러보았다. 어디를 보든 망망대해일 뿐 다른 용이나 선박이 전혀 보이지 않았다. 그래서 로렌스 자신이 이 거대한 대양의 주인이 된 것 같은 기분이 들었다. 로렌스는 비행에 성공한 것이 자랑스러웠고 짜릿한 전율마저 느꼈다. 아무 생각 없이 이렇게 즐거울 수만 있다면, 장시간 비행을 한다 해도 행복할 것 같았다.

테메레르는 황새치의 살점을 모조리 뜯어먹은 후, 황새치의 날카로운 위턱을 잡고 물끄러미 쳐다보더니 바다로 내던졌다. 그리고 위로 날아오르며 말했다.

"배부르다. 좀더 날까?"

구미가 당기는 제안이었다. 하지만 이미 한 시간도 넘게 공중에 떠 있었다. 로렌스는 테메레르가 얼마나 더 오래 비행을 할 수 있는지 몰라 어쩔 수 없이 말했다.

"그만 렐리언트 호로 돌아가자. 정 더 날고 싶으면 배 주변에서 날면 되니까."

테메레르는 대양을 가로지르며 파도에 닿을 듯이 낮게 날았다. 그리고 뒷발로 파도를 훑으면서 장난을 쳤다. 물방울이 안개처럼 로렌스의 얼굴에 흩뿌려지면서 사방이 온통 흐릿해졌다. 그런데도 테메레르의 듬직한 등에 올라타고 있으니 겁날 게 없었다. 로렌스는 바다의 짭짤한 공기를 깊이 들이마시며 즐거움에 빠져들었다. 그저 간간이 나침반을 보면서 고삐를 잡아당겨 테메레르에게 방향만 일러주면 되었다. 마침내 그들은 렐리언트 호로 돌아왔다.

테메레르는 졸린다면서 갑판에 착륙했다. 이번엔 지난번보다 훨씬 조심스럽게 착륙해서, 배가 크게 흔들리지는 않았다. 다만 테메레르의 체중으로 인해 렐리언트 호의 흘수선이 좀더 밑으로 내려갔을 뿐이다. 로렌스는 안장끈을 풀고 두 다리를 빼낸 후, 테메레르의 등에서 내려왔다. 갑판에 서서 살펴보니 예상대로 다리 안쪽이 안장에 쓿려 상처가 나 있었다.

라일리가 테메레르와 로렌스 쪽으로 달려왔다. 비행을 나간 그들을 내심 걱정한 듯 그제야 얼굴을 환하게 폈다. 로렌스도 별일 없었다는 뜻으로 라일리에게 고개를 끄덕인 뒤 테메레르의 옆구리를 쓰다듬으며 말했다.

"걱정할 것 없네. 테메레르가 멋지게 날았어. 그리고 앞으로는 테메레르의 먹이는 고민할 필요가 없게 되었네. 바다에서 직접 물고기를 잡아먹더군."

이미 꾸벅꾸벅 졸고 있던 테메레르는 로렌스의 말에 한쪽 눈을 뜨고 기분 좋게 그르렁거리더니 다시 눈을 감았다.

"다행입니다. 혹시나 해서 테메레르 몫으로 식량을 따로 떼어놓기는 했습니다. 그런데 바다에서 먹이를 해결했다니, 오늘 밤 우리들의 저녁 식탁이 훨씬 풍성해지겠군요. 먹음직한 대문짝넙치를 요리해서 가져오라고 요리사에게 일러놓겠습니다. 장교들도 불러서 같이 저녁을 먹자고 해도 괜찮겠습니까?"

"나야 물론 좋지. 기대가 되는군."

로렌스는 이렇게 말한 뒤 뻣뻣해진 다리 근육을 풀기 위해 체조를 했다. 테메레르의 거처를 고물 쪽 갑판으로 옮긴 뒤로는 신임 함장인 라일리에게 함장실을 내준 터였다. 라일리는 마지못해 수긍했지만, 매일 밤 로렌스를 함장실로 초대해 함께 저녁식사를 하는 것으로 미안함을 대신했다. 폭풍우로 인해 잠시 중단되었던 함장실에서의 식사는 어젯밤 돌풍이 잦아들면서 오늘부터 다시 시작되었다.

저녁식사는 음식도 훌륭하고 분위기도 화기애애했다. 술병이 몇 병 비워지고 나자 사관후보생들도 술에 취해 조금씩 긴장을 풀었다.

로렌스는 대화를 즐겁게 이끌어가는 재주가 있어서 주변에 앉은 장교들도 좋아했다. 갖가지 일들을 함께 겪으며 우정을 키워 온 로렌스와 라일리는 이제 계급도 같아져서 전보다 더욱 가깝게 지냈다.

저녁식사 모임이 격의 없이 편안한 분위기가 되자, 카버는 고참들보다 먼저 푸딩에 손을 대더니, 감히 로렌스를 똑바로 쳐다보면서 물었다.

"대령님, 이런 질문을 드려도 될지 모르겠는데, 용들이 입에서 불을 뿜을 수 있다는 게 정말인가요?"

로렌스는 건포도가 든 푸딩을 먹고 질 좋은 리슬링 백포도주를 마시며 느긋하게 대답했다.

"그건 품종에 따라 달라."

로렌스는 잔을 식탁에 내려놓으며 말을 이었다.

"하지만 불을 뿜는 능력을 가진 용은 굉장히 드문 것 같더군. 지금까지 살면서 그런 용을 본 것도 딱 한 번뿐이야. 나일 강 전투에 참전한 터키 용이 불을 뿜더군. 그 용의 입에서 불이 나오는 걸 보면서, 터키가 우리 편인 게 천만다행이라고 생각했지."

주변에 앉은 장교들은 무시무시한 광경이라도 상상하는 듯 몸서리를 치며 고개를 끄덕였다. 갑판에 걷잡을 수 없이 불길이 번져나가면 군함은 치명적인 손실을 입을 것이기 때문이었다.

"그날 나는 골리앗 호에 타고 있었어. 우리 배와 나폴레옹의 오리엔트 호와 거리는 800미터도 채 되지 않았지. 먼저 우리 배에서 포를 쏴서 오리엔트 호의 장루를 날려버리자, 터키 용이 오리엔트 호에 불을 뿜으며 맹공격을 시작했고, 곧 오리엔트 호는 햇불처럼 불타기 시작했지."

로렌스는 끔찍했던 당시의 광경을 떠올리며 입을 다물었다. 불붙은 돛과 기둥처럼 솟아오르는 시커먼 연기. 주황색 바탕에 검은 반점이 박힌 터키 용은 이미 불이 붙은 오리엔트 호를 향해 급강하하더니 훨씬 많은 불을 뿜어댔고, 날갯짓으로 불길을 부채질해 더욱 확산시켰다. 터키 용의 무시무시한 포효에 이어 거대한 폭발음이 들렸다. 폭발음이 어찌나 컸는지 다음날까지 소리가 들리지 않을 정도로 귀가 먹먹했다.

로렌스는 어렸을 때 로마의 바티칸 궁전에서 미켈란젤로의 지옥도를 본 적이 있었다. 저주받은 영혼들이 용들에게 불고문을 당하는 그림이었다. 전장에서 불붙은 오리엔트 호의 모습이 딱 그랬다. 그 전투에 참전하지 않았던 장교들도 머릿속으로 그 장면을 상상하며 모두 숙연해졌다.

잠시 후, 폴릿이 헛기침하며 입을 열었다.

"불을 뿜는 용보다는 독이라든지 산을 뿜는 능력을 가진 용들의 수가 조금 더 많지요. 그런 능력도 불을 뿜는 능력 못지않게 전투에 커다란 도움이 됩니다."

웰스 소위가 맞장구를 쳤다.

"그럼요. 저도 용이 산을 뿜어 큰 돛대의 돛을 삽시간에 녹여버리는 걸 본 적이 있습니다. 산으로는 탄약고에 불을 붙이지 못하니 배를 폭발시키지는 못하지요."

배터시가 눈을 동그랗게 뜨며 물었다.

"테메레르도 그런 걸 할 줄 알까요?"

그 순간 로렌스는 불현듯 깨달았다. 지금은 라일리가 아닌 자기가 이 함장실로 초대를 받아 온 손님이라는 사실을. 비록 예전처럼 라일리의 오른쪽에 앉아 있다 해도 그게 현실이었다. 이제 함장은 엄연히 라일리이므로 렐리언트 호의 안전 문제도 자기보다는 라일리가 신경 써야 할 부분이었다.

로렌스가 혼란스런 표정을 짓자, 폴릿이 대신 대답을 했다.

"테메레르가 속한 품종은 내 책에도 나와 있지 않아. 그래서 육지에 도착한 뒤에나 알 수가 있을 거야. 독이나 불을 뿜을 수 있는 능력이 있다고 해도 다 자라야 발휘할 수가 있겠지. 그리고 다 자라려면 아마 앞으로 몇 개월은 더 걸릴 테고."

"그것 참 다행이군요."

라일리가 농담조로 대꾸하자 다 같이 와자하게 웃음을 터뜨렸다. 로렌스도 웃으며 테메레르를 위해 건배를 외쳤다. 그러자 다른 이들도 함께 건배를 외쳤다.

저녁식사가 끝난 뒤 로렌스는 함장실 안에 남은 사람들에게 잘 자라고 인사하고 술기운에 비틀거리며 고물 쪽으로 걸어나왔다. 테메레르가 고물 쪽 갑판을 모두 차지한 채 드러누워 있었다. 테메레르의 덩치가 점점 커지자 선원들은 아예 고물 쪽 갑판을 테메레르에게 전부 내준 상태였다.

로렌스가 걸어오는 소리를 들었는지 테메레르가 한쪽 눈을 번쩍 뜨더니 한쪽 날개를 들어 올리며 반갑게 맞아주었다. 로렌스는 테메레르의 몸짓에 잠깐 놀랐다. 하지만 금세 이부자리를 집어 들고 테메레르의 날개 밑으로 들어가 거기에 이부자리를 편 뒤 테메레르의 옆구리에 기대앉았다. 그러자 테메레르가 다시 날개를 밑으로 내렸다. 안락한 보금자리에 들어와 있는 것처럼 따뜻하고 포근했다.

"나중에 내가 불이나 독을 뿜을 수 있을까? 지금은 잘 모르겠어.

한번 해봤는데, 입에서는 공기만 훅훅 나와."

함장실의 고물 쪽 창문이 열려 있기는 했지만, 얘깃소리가 갑판까지 들릴 줄은 몰랐다. 깜짝 놀란 로렌스가 물었다.

"우리가 하는 얘길 들었어?"

"응, 들었어. 전투 얘기는 아주 흥미롭던걸. 전투에 많이 나갔어?"

"아, 그런 편이지. 물론 나보다 더 많이 참전한 사람들도 있지만."

사실, 로렌스는 동년배들보다 전투 경험이 많았고, 덕분에 비교적 젊은 나이에 대령까지 진급했다. 전투에서 뛰어난 활약을 한 덕분에 사람들은 로렌스를 전투형 대령이라고 불렀다.

"널 차지한 것도 전투를 했기 때문이야. 그때 넌 알 속에 있었어."

로렌스는 좌현 쪽으로 23도쯤 되는 곳에 보이는 아미티에 호의 고물 쪽 랜턴을 가리키며 말을 이었다.

"전리품인 아미티에 호에 실려 있던 알을 우리가 포획한 거지."

테메레르는 아미티에 호를 흥미롭게 쳐다보고는 만족스러워하며 물었다.

"전투에서 이겨서 나를 얻은 거야? 난 몰랐던 사실이네. 그럼 조만간 또 전투를 하는 거야? 나도 전투를 해보고 싶어. 아직 불을 뿜을 수는 없지만, 도움이 될 거야."

로렌스는 테메레르의 열정에 가만히 미소를 지었다. 용들은 일반적으로 호전성이 강해 전쟁에서 매우 유용하게 쓰였다.

"항구에 도착하기 전까지 전투가 벌어질 가능성은 별로 없어. 하지만 그 뒤엔 실컷 구경할 수 있을 테니 걱정 마. 영국엔 용이 그리 많지 않아서, 우린 수시로 전투에 불려나갈 거야. 물론 네가 다 자란 후의 일이겠지만."

로렌스의 말을 가만히 들으며 테메레르는 고개를 들고 바다를 바라보았다. 먹이를 구해다 줘야 한다는 압박감에서 벗어난 뒤라 로렌스는 느긋한 마음으로 이런저런 생각을 했다.

테메레르는 성장이 완료된 다른 품종의 용들보다 훨씬 덩치가 컸다. 용에 관해 상식이 별로 없는 로렌스가 보기에도 성장 속도가 매우 빨랐다. 불을 뿜는 능력의 유무와 상관없이, 테메레르는 영국 공군은 물론 영국 전체에 매우 귀중한 자산이 될 게 분명했다. 로렌스는 테메레르가 대담한 성격을 가진 것도 자랑스러웠다. 앞으로 공군에서 어려운 임무를 수행할 때 테메레르보다 더 든든한 파트너는 없을 것처럼 보였다.

테메레르가 로렌스를 내려다보며 말했다.

"나일 강 전투에 대해 자세히 얘기해 줘. 당신네 배 한 척이랑 상대편 배 한 척이 싸운 거야? 용도 같이?"

"물론 아니야. 우리 편 군함은 총 13척이었고, 영국 공군 제3사단에서 지원 나온 용 8마리와 터키 쪽에서 보내 준 용이 4마리 있었어. 그리고 프랑스 군은 군함 17척에 용 14마리가 있었고. 수적으로 보면 우리가 열세였어. 하지만 넬슨 제독은 뛰어난 전략으로 프랑스 놈들의 간담을 서늘하게 만들었지."

테메레르는 고개를 숙인 채 몸을 웅크리고 어둠 속에서 커다란 눈을 빛내며 로렌스의 얘기에 귀를 기울였다. 밤이 깊도록 로렌스와 테메레르는 조용히 이야기를 나누었다.

3

 돌풍 덕분에 렐리언트 호와 아미티에 호는 원래 예정했던 3주보다 하루 앞당겨 마데이라 섬의 남동쪽 해안에 있는 항구 도시 푼샬에 도착했다. 마데이라 섬이 시야에 보이기 시작했을 때부터 테메레르는 렐리언트 호의 고물에 딱 붙어 앉아 뚫어지게 섬을 바라보았다.

 소형 구축함에 올라탄 용이 항구로 들어오는 것은 흔한 일이 아니어서 구경꾼들이 항구로 잔뜩 모여들었다. 구경꾼들은 렐리언트 호 가까이까지는 감히 다가오지 못하고 부두에 모여 웅성거렸다.

 크로프트 제독의 기함(旗艦) 커멘더블 호가 항구에 정박되어 있었다. 렐리언트 호는 명목상 크로프트 제독의 지휘 아래 있는 군함이었으므로, 라일리와 로렌스는 크로프트 제독에게 렐리언트 호에 일어난 상황을 함께 보고하기로 합의했다.

 렐리언트 호와 아미티에 호가 차례로 닻을 내리자마자 커멘더블 호에 '함장은 상황 보고를 위해 승선하라'는 뜻의 깃발이 올라왔다. 로렌스는 커멘더블 호로 가기 전에 테메레르에게 말했다.

"내가 돌아올 때까지 여기 얌전히 있어야 해."

테메레르가 멋대로 구는 녀석은 아니지만, 테메레르의 입장에서 보면 이 항구는 온통 새롭고 흥미로운 구경거리 천지였다. 로렌스는 테메레르가 새로운 세상에 정신이 팔려 혼자 육지로 내려서기라도 할까봐 걱정되었다. 과연 테메레르가 호기심을 억누르고 갑판에서 조용히 기다려줄지 자신이 없었다.

로렌스는 한 번 더 테메레르에게 다짐을 받았다.

"보고를 마치고 돌아와서 나랑 같이 이 섬 위를 날아다니면서 구경을 하자. 원하는 건 뭐든 보여줄게. 곧 웰스 소위가 맛좋고 신선한 송아지 고기랑 새끼 양 고기를 가져다줄 거야. 네가 먹은 적이 없는 새로운 고기지."

테메레르는 한숨을 내쉬고는 고개를 숙이며 대답했다.

"알았어. 빨리 갔다 와. 얼른 저 산 위로 올라가고 싶어. 그리고 저것들도 먹고 싶단 말이야."

테메레르는 부둣가에 선 마차 끄는 말들을 바라보며 말했다. 그러자 그 말들은 테메레르의 말을 알아듣기라도 한 듯 초조해하며 발을 굴렀다.

깜짝 놀란 로렌스가 서둘러 테메레르에게 주의를 주었다.

"아, 안 돼, 테메레르. 길거리에 보이는 짐승들을 마음대로 먹을 수는 없어. 웰스 소위가 먹이를 가져올 테니까 잠깐만 기다려."

로렌스는 고개를 돌려 웰스 소위에게 눈짓을 한 뒤 다시 테메레르를 돌아보았다. 그리고 잔교(갑판과 부두를 이어주는 다리 모양의 구조물. 이 구조물을 통해 화물을 싣거나 부리고 선객이 오르내림—옮긴이주)를 건너, 먼저 부두로 와 있는 라일리와 합류했다.

커멘더블 호로 들어서니, 크로프트 제독이 초조한 얼굴로 기다리고 있었다. 커멘더블 호 밖에서 들려오는 떠들썩한 소리를 들은 모양이었다.

크로프트 제독은 키가 크고 인상이 강했다. 얼굴에는 갈퀴로 긁힌 것처럼 상처가 나 있었고, 뭉툭 잘린 왼손 대신 용수철과 고리로 작동하는 의수가 끼워져 있었다. 왼손을 잃은 뒤 장성으로 진급하고 나서 몸무게도 상당히 불어 있었다.

크로프트 제독은 로렌스와 라일리가 전용실로 들어오는 걸 보면서도 의자에서 일어서지 않은 채 얼굴을 살짝 찌푸리고는 의자에 앉으라는 손짓만 했다.

"그래, 로렌스. 어디 설명 좀 해보게. 밖에서 일어난 소란이 아무래도 자네가 데려온 야생 용과 관계가 있을 것 같군."

"제독님, 저 용은 야생 용이 아닙니다. 이름은 테메레르입니다. 3주 전, 전투 끝에 프랑스 군함 아미티에 호를 접수했는데, 창고에 용알이 있었습니다. 다행히 용에 관해 좀 알고 있던 군의관이 곧 부화할 알이라고 하더군요. 그래서 우리는 할 수 없이 비행사를 뽑기로 했습니다……. 그런데 어쩌다 보니 제가 저 용에게 안장을 채워주게 되었습니다."

크로프트 제독이 놀란 얼굴로 자리에서 벌떡 일어났다. 그는 가늘게 뜬 눈으로 로렌스와 라일리를 번갈아 쳐다보았다. 그제야 라일리의 제복이 달라졌다는 걸 눈치채고는 로렌스를 다그쳤다.

"뭐라고, 자네가? 아니, 왜 그런 짓을……. 맙소사, 그 배에 있는 사관후보생들 중에서 아무나 골라 비행사로 만들어도 되지 않았나?

이건 충성심이 지나친 것 아닌가, 로렌스? 자네는 엄연한 해군인데, 배를 버리면서까지 공군이 되려 하다니."

로렌스는 화가 치미는 걸 간신히 눌러 참았다. 자신의 희생을 칭찬받고 싶은 생각은 추호도 없었지만 비난받을 만한 일도 아니잖은가.

"제독님, 군에 대한 제 충성심을 의심할 사람은 아무도 없을 겁니다. 저를 비롯해서 장교들과 생도들은 모두 제비뽑기를 했습니다. 다 같이 위험을 부담하자는 차원에서 공평하게 처리하기 위해서였습니다. 일부러 피한 건 아니었지만, 결과적으로 저는 제비뽑기에서 뽑히지 않았습니다. 하지만 알에서 태어난 용이 저를 마음에 들어했고, 결국 제가 그 용에게 안장을 채울 수밖에 없었습니다."

크로프트 제독은 의자에 깊숙이 기대앉으며, 언짢은 얼굴로 오른손 손가락을 왼쪽 의수의 금속 손바닥에 대고 또닥또닥 두들겼다. 전용실 안에는 초조하게 손가락을 두들기는 소리만 났다.

시간이 흐르자 로렌스는 혹시 테메레르가 일으켰을지도 모를 소동과 크로프트 제독이 릴리언트 호와 라일리를 어떻게 처리할지에 대한 걱정으로 마음이 무거워졌다.

마침내 크로프트 제독이 잠에서 막 깨어난 사람처럼 성한 오른손을 흔들며 입을 열었다.

"그래, 어쨌든 우린 큰 상금을 받겠군. 용에게 안장까지 채웠으니 야생 용을 데리고 온 것보다 상금이 훨씬 많을 게야."

제독은 얼굴을 환하게 빛내며 덧붙였다.

"참, 그 프랑스 배는 상선이 아니라 군함이라고 했지? 그 프랑스 군함은 상태도 꽤 괜찮아 보이니, 우리 해군이 갖다 쓰는 데 지장이 없겠군."

로렌스는 크로프트 제독이 자기가 챙길 상금 액수나 따지는 걸 보니 안심이 되면서도 한편으론 짜증이 났다. 그래서 한바탕 욕이라도 해주고 싶었지만, 라일리의 미래가 크로프트 제독의 손에 달려 있으니 어쩔 수 없이 참아야 했다.

"그렇습니다, 제독님. 아미티에 호는 손질이 아주 잘 되어 있습니다. 36문짜리고요."

"흠, 그래. 잘했네, 로렌스. 그나저나 자네를 잃게 되다니, 해군으로서는 정말 커다란 손실이야. 물론 공군 비행사가 되어서도 잘 해내리라 믿네만."

크로프트 제독은 무심한 말투로 덧붙였다.

"지금 이곳엔 공군 사단이 없어. 용 수송선도 일주일에 한 번밖에 안 와. 그러니 당장 저 용을 데리고 지브롤터(스페인 남단 지중해 연안의 폭이 좁은 반도. 당시 영국의 식민지였으며 지금도 영국령임. 지브롤터 해협의 북동쪽에 위치해 있음—옮긴이주)로 날아가게."

"하지만 제독님, 그 정도의 장시간 비행은 테메레르가 조금 더 자란 뒤에야 가능할 겁니다. 지금도 한 시간 정도는 무리 없이 날 수 있기는 하지만, 장시간 비행을 할 수 있을지는 아직 의문입니다. 용 수송선이 올 때까지 여기 머물면서 충분히 먹이를 공급하는 게 좋을 것 같습니다. 지금까지는 생선을 먹으며 버텨왔는데, 여기서는 동물들을 마음대로 사냥할 수도 없으니, 먹이 공급에 관해 따로 지시를 해주십시오."

"용의 먹이 공급 문제는 해군 소관이 아닐세."

그 좀스러운 말에 로렌스가 기막힌 얼굴을 하자 크로프트 제독은 금세 말을 바꿨다.

"알았네. 이곳 총독과 얘기해서 그 용에게 먹이를 제공하라고 해 두지! 자, 이제 렐리언트 호와 아미티에 호에 관해 논의할 차례군."

"제가 테메레르에게 안장을 채운 후, 라일리는 저를 대신해 렐리언트 호의 함장 직을 맡아 부하들을 훌륭하게 지휘했습니다. 이틀 연속 강풍이 부는 날씨에도 렐리언트 호를 무사히 이곳까지 몰고 왔지요. 또 아미티에 호와 치른 전투에서도 라일리는 용맹하게 싸웠습니다."

크로프트 제독은 손가락으로 동그라미를 그리며 대꾸했다.

"아, 물론 그렇겠지. 그럼 지금 아미티에 호는 누가 맡고 있나?"

"제가 데리고 있던 깁스 대위입니다."

"아, 그래. 자네는 깁스 대위와 라일리 중위를 각각 아미티에 호와 렐리언트 호의 함장으로 만들 생각이군. 하지만 로렌스, 자네도 알다시피 영국 해군엔 쓸 만한 소형 구축함이 그리 많지 않네."

크로프트 제독은 자기 부하에게 아미티에 호와 렐리언트 호 중 하나를 내주려는 심산이었다. 로렌스는 애써 냉정을 유지한 채 차갑게 응수했다.

"제독님, 무슨 말씀이신지 쉽게 이해가 되지 않는군요. 설마 제가 제 부하를 함장으로 진급시키려고 일부러 테메레르의 비행사가 되었다고 생각하시는 건 아니시지요? 저는 오직 귀한 품종의 용을 조국으로 가져와야겠다는 일념으로 테메레르에게 안장을 씌운 겁니다. 그 점을 해군 본부에서도 확실히 알아주리라 생각합니다."

로렌스는 라일리의 진급을 위태롭게 만들지 않으면서도 자신의 희생과 충성심을 강조하는 쪽으로 논리를 전개했다. 로렌스가 해군 본부까지 언급하자 크로프트 제독은 움찔하면서 에헴 하고 헛기침을 하더니, 라일리에게서 렐리언트 호의 지휘권을 박탈하겠다는 말은 하지 않은 채 우물거리며 그만들 물러가라고 했다.

커멘더블 호를 나와 렐리언트 호로 돌아가면서 라일리는 거듭 고마워했다.

"대령님, 큰 신세를 졌습니다. 하지만 저를 렐리언트 호의 함장으로 못 박으려고 밀어붙이시다가 오히려 대령님의 입장이 곤란해지지 않을까 걱정스럽습니다. 크로프트 제독은 영향력이 대단한 사람이잖습니까?"

그 문제에 관해서라면 별로 걱정할 게 없었다. 이제 로렌스의 관심은 오로지 렐리언트 호 갑판 위에 앉아 있는 테메레르뿐이었다. 테메레르가 앉아 있는 렐리언트 호의 갑판은 멀리서 봐도 도살장을 방불케 할 정도로 선혈이 사방에 흩뿌려져 있었고, 테메레르의 입 가장자리에도 피가 잔뜩 묻어 있었다. 멀찍감치 떨어진 곳에는 구경꾼들이 잔뜩 모여 있었다.

로렌스가 라일리에게 말했다.

"그나마 다행인 점은 내가 더 이상 크로프트 제독의 영향력 아래 있지 않다는 것일세. 이제 나는 어쨌든 공군 비행사가 되었으니까. 그러니 내 걱정은 말게. 그나저나 우리 좀더 빨리 걸어가세. 테메레르가 먹이를 거의 다 먹은 것 같아."

테메레르와 함께 하늘로 날아오르고 나서야 로렌스는 혼란스런 감정이 어느 정도 진정되었다. 눈앞에 마데이라 섬이 펼쳐지면서 바람이 머리카락을 스치고 지나갔다. 테메레르는 동물과 집, 수레, 나무, 바위 등 눈에 띄는 모든 것들을 마냥 신기해하면서 앞발로 가리키며 물었다. 얼마 전 테메레르는 비행 중에 사방을 둘러보는 법과 고개를 돌려 로렌스와 얘기하는 법을 익힌 상태라 자주 로렌스를 돌아보며 말을 걸었다.

잠시 후, 테메레르와 로렌스는 서로 의논하여 깊은 산골짜기 등성마루를 따라 난 텅 빈 길 위에 내려섰다. 남쪽의 푸른 산비탈 곁으로 한 무더기의 구름이 천천히 이동하고 있었다. 테메레르는 넋을 잃고 움직이는 구름을 바라보았다.

테메레르의 등에서 내려 땅바닥에 발을 디딘 로렌스는 다리를 쭉쭉 펴는 체조를 했다. 차츰 비행에 익숙해지긴 했지만 한 시간 정도 비행을 한 후에는 꼭 그런 운동을 했다. 로렌스는 주변 경치를 감상하면서, 내일 아침엔 먹고 마실 거리를 좀 챙겨서 비행을 해야겠다고 마음먹었다. 샌드위치에 와인을 곁들이는 것도 좋으리라.

로렌스의 생각을 읽기라도 한 듯 테메레르가 말했다.

"저기 있는 양들 중 한 마리만 먹고 싶어. 정말 맛있게 생겼다. 가서 잡아먹어도 돼? 꽤 커 보이는걸?"

골짜기 아래쪽에 토실토실한 양떼들이 평화롭게 풀을 뜯고 있었다. 푸른 초원이라서 하얀 양떼가 유난히 눈에 띄었다.

"안 돼, 테메레르. 저건 다 자란 양이라서 질기고 맛이 없어. 그리고 남의 재산이니까 함부로 잡아먹으면 안 돼. 이따가 내가 양치기한테 가서 내일 우리한테 새끼 양 한 마리만 따로 떼어줄 수 있는지 물어볼게. 그런 다음 그 양을 먹어야 해."

테메레르는 실망한 얼굴로 말했다.

"바다에 있는 물고기들은 마음대로 먹을 수 있는데, 땅에서는 뭐든 허락을 받아야 먹는 거야? 잘 이해가 안 돼. 양치기가 당장 저 양들을 먹을 것도 아니잖아. 나는 지금 배 고프단 말이야."

로렌스는 농담조로 말했다.

"어허, 아무래도 내가 체포되겠다. 너한테 반정부 사상을 가르친 죄로 말이야. 이제 보니 넌 꽤나 혁명적인 생각을 갖고 있구나, 테메레르. 오늘 밤 저 양떼 주인한테 가서 맛좋은 새끼 양을 달라고 말할 거야. 그런데 네가 지금 저 양을 훔쳐먹으면 양떼 주인은 오늘 저녁에 너한테 맛있는 새끼 양을 주지 않을걸?"

"지금 당장 맛있는 새끼 양을 먹고 싶어!"

테메레르는 투덜거리긴 했지만 양떼를 쫓아 날아가진 않았다. 대신 흘러가는 구름을 관찰하며 물었다.

"저 구름 위로 날아가 볼까? 저 구름들이 왜 저렇게 흘러가는지 궁금해."

로렌스는 구름이 걸린 산허리를 올려다보았다. 앞으로 테메레르에게 '안 된다'고 말해야 할 일이 한두 가지가 아닐 텐데, 지금 이 순간만이라도 웬만한 건 다 들어주고 싶었다.

"그래, 한번 가보자. 하지만 위험할 수도 있으니 조심해야 돼. 저쪽 산허리의 그늘진 곳까지 날아간 다음 걸어 올라가자."

"아, 구름 바로 밑에서부터 걸어 올라가자는 거지? 그게 훨씬 재밌겠다."

테메레르는 로렌스가 안장으로 기어 오를 수 있도록 몸을 낮추고 목을 땅으로 길게 뻗었다.

용과 함께 산을 걸어 올라가는 건 참으로 특별한 경험이었다. 덩치 큰 테메레르가 한 발자국 내딛는 동안 로렌스는 열 발자국을 걸어야 했다. 하지만 테메레르는 앞뒤를 돌아보고 구름의 농도까지 헤

아려가며 걷다 보니 한 발자국 떼는 것도 아주 오래 걸렸다. 기다리다 못해 로렌스는 아예 몇 걸음 앞질러 가서 테메레르를 기다렸다. 짙은 안개가 깔려 있었지만 로렌스는 두꺼운 옷과 방수용 외투까지 입고 있어 춥진 않았다. 로렌스는 몇 번의 비행 경험을 통해 비행 시에는 그처럼 두툼한 옷을 입어야 한다는 것을 알게 되었다.

테메레르는 구름도 관찰하고 가끔 꽃이나 자갈을 들여다보느라 아주 천천히 산을 올라왔다. 그러다가 한 지점에서 걸음을 멈추고는 땅에 박힌 작은 돌 하나를 파냈다. 발톱으로 그 돌을 잡으려 해도 자꾸 빠져나가자 할 수 없이 발톱 끝으로 툭툭 쳐서 굴리며 로렌스에게 가져왔다. 그 돌을 받아든 로렌스는 무게를 가늠해 보았다. 돌의 크기는 로렌스의 주먹 정도 되었고, 석영과 일반 돌이 섞인 특이한 색의 황철석이었다.

로렌스는 두 손으로 그 황철석을 잡고 먼지를 털며 물었다.

"이걸 어떻게 찾아냈어?"

"땅 위에 튀어나와 반짝반짝 빛이 났어. 그거 금이지? 모양도 아주 마음에 들어."

"금은 아니고, 황철석이라는 거야. 그래도 예쁘기는 하지? 너도 이런 걸 좋아하나 보구나!"

로렌스는 따뜻한 시선으로 테메레르를 바라보았다. 용들은 대부분 보석이나 귀금속을 몹시 좋아하는 습성이 있었다.

"난 네 비행사가 되기엔 재산이 너무 적은 것 같아. 너를 금더미 위에서 자게 해줄 수 없으니 말이야."

"금더미에서 자는 게 얼마나 좋을지는 몰라도, 나는 금더미보다 당신이랑 있는 게 훨씬 좋아. 갑판에서 자는 것도 나쁘지 않았어."

테메레르는 아무렇지도 않게 말하고는 다시 구름을 바라보았다. 마음속 깊은 곳에서 우러난 말을 듣게 된 로렌스 역시 놀라고 가슴이 벅차올라 가만히 테메레르를 올려다보았다. 이런 기분은 처음이었다. 굳이 비교하자면, 릴리언트 호가 로렌스에게 그동안 함장으로 모셔서 기뻤다고 말하는 것과 비슷했다. 그만큼 테메레르가 방금 한 말은 로렌스에 대한 최고의 찬사인 동시에 깊은 애정의 표현이었다. 로렌스는 그런 찬사에 걸맞은 파트너가 되어야겠다고 다시 한 번 마음먹었다.

두툼한 책을 펼쳐놓고 이리저리 책장을 넘기던 늙은 서점 주인이 뒤통수를 긁적이며 말했다.

"별다른 도움을 드리지 못해 죄송합니다, 대령님. 제가 용의 품종에 관한 책을 십여 권 보유하고 있습니다만, 말씀하신 용에 대한 내용은 나와 있지 않군요. 혹시 용이 자라면서 몸통 색깔이 변하는 건 아닐까요?"

로렌스는 실망감으로 얼굴을 찌푸렸다. 지난주 마데이라 섬에 도착한 뒤로 박물학자들을 찾아다녔는데, 세 번째 박물학자가 바로 이 서점 주인이었다. 하지만 그들 중 아무도 테메레르의 품종을 확실히 구별해내지 못했다.

서점 주인이 계속해서 말했다.

"그래도 희망이 전혀 없는 건 아닙니다. 영국왕립협회 회원이신 에드워드 하우 경께서 탕치 요법을 연구하기 위해 지금 이 섬에 와 계시거든요. 지난주엔 제 가게에도 들르셨지요. 아마 이 섬의 서북단에 위치한 포르토 모니즈에 머물고 계실 겁니다. 하우 경이라면 대령님의 용이 어떤 품종인지 알아내시겠지요. 아메리카 대륙과 동양에서 온 진귀한 용들에 관한 연구서도 여러 권 내셨으니까요."

"정말 감사합니다. 그 분을 찾아가 뵈어야겠군요."

비로소 로렌스는 환하게 웃었다. 에드워드 하우 경은 런던에 있을 때 한 번 만나 인사를 나눈 적이 있었다. 그러니 따로 자기 소개를 하지 않아도 만날 수 있을 터였다.

로렌스는 마데이라 섬의 상세지도 한 장과 테메레르에게 읽어줄 광물학 책을 한 권 사들고 가벼운 마음으로 서점을 나왔다. 화창한 날씨였다. 도시 외곽에 있는 임시 숙소인 오두막으로 돌아와 보니, 거하게 먹이를 먹은 테메레르가 들판에서 햇볕을 쬐며 몸을 쭉 편 채 누워 있었다.

마데이라 섬의 총독은 크로프트 제독보다 훨씬 관대했다. 시도때도없이 배고파하는 용이 항구에 도사리고 있으면 주민들이 불안해할 것이므로, 아예 공유지인 들판을 개방해 주었다. 그곳에서 테메레르가 먹고 싶은 대로 양과 소를 공급받도록 한 것이다.

테메레르는 달라진 식단을 기꺼이 받아들이며 무럭무럭 자라났다. 이제는 몸길이가 렐리언트 호보다 더 커져서 고물 위에 올라앉을 수도 없었다. 테메레르가 들판에서 살게 되자 근방에 살던 작은 오두막 주인은 기겁을 해 헐값에 집을 내놓았고, 덕분에 로렌스는 거저 줍다시피 그 집을 사서 테메레르와 함께 지낼 수 있었다.

뱃사람으로서의 인생이 끝난 건 몹시 아쉬웠지만, 테메레르와 함께 날아다니는 생활도 나쁘지 않았다. 게다가 로렌스는 저녁마다 식사를 하러 마을로 들어갈 수도 있었다. 라일리를 비롯한 다른 장교들을 만나거나 그 마을에 사는 해군 시절 친구들을 불러모을 수도 있었다. 그래서 저녁 시간이 외롭지는 않았다. 비록 오두막까지는 거리가 꽤 멀어서 밤늦게까지 놀지 못하고 모임에서 일찍 빠져나와야 했지만, 로렌스는 저녁 시간을 유쾌하고 편안하게 보냈다.

들판의 작은 오두막에 머무는 동안 식사 등을 챙겨 줄 하인도 구했다. '페르나오'라는 이름의 남자였는데 뚱한 얼굴에 잘 웃지도 않고 과묵한 편이었다. 하지만 용을 두려워하지 않았고 로렌스의 아침 식사와 저녁식사도 그럭저럭 먹을 만하게 만들어주었다.

테메레르의 일상은 매우 단순했다. 열기가 치솟는 낮에는 주로 잠을 잤고 일몰 후에야 일어났다. 로렌스는 테메레르가 잠을 자는 동안 마을로 내려가 볼일을 보았고, 저녁식사 후에는 랜턴을 켜들고 테메레르 곁에 앉아 책을 읽어주었다. 원래 책을 잘 읽지 않았던 로렌스도 테메레르 덕분에 독서를 즐기게 되었다.

특히 보석의 원석과 채굴 방법이 기록된 책을 읽어주자 테메레르는 펄쩍 뛸 듯이 좋아했다. 그 모습을 보자 광물학에 전혀 관심이 없었던 로렌스도 기분이 덩달아 유쾌해졌다. 용과 함께 밤마다 책을 읽으며 살게 되리라고는 꿈에도 생각지 못했던 그는 졸지에 해군에서 공군으로 소속이 바뀌기는 했지만, 물질적으로 곤란을 겪지도 않았고 테메레르라는 드물게 좋은 친구도 얻게 되어 한편으로는 지극히 만족스러웠다.

그러던 어느 날 오후, 로렌스는 커피숍에 들러 에드워드 하우 경에게 편지를 썼다. 현재 자신이 처한 상황을 설명하면서 방문을 허락해 달라는 내용의 편지였다. 그리고 급행료로 우편 배달을 하는 소년에게 반 크라운을 더 얹어주며 편지를 건네주었다. 직접 테메레르를 타고 포르토 모니즈를 방문하면 훨씬 빠르겠지만, 예고도 없이 그렇게 한다는 것은 예의에 벗어나는 행동이었다. 그래서 로렌스는 하우 경에게 편지를 보낸 뒤 답장을 기다리기로 했다.

시간적으로도 여유가 있었다. 크로프트 제독이 공군 사단에 보낸 서신에 대한 답장을 받으려면 앞으로 일주일은 더 있어야 했기 때문이다. 크로프트 제독은 로렌스와 테메레르를 공군으로 보내기로 했으니 그들의 거취를 결정해 달라는 내용의 서신을 지브롤터의 공군 사단에 발송했다.

로렌스는 그제야 아버지에게도 편지를 써야겠다는 생각을 했다. 부모님이 이 사실을 다른 사람의 입을 통하거나 관보를 통해 알게 할 수는 없었다. 로렌스는 어쩔 수 없이 부모님께 편지를 쓰기 위해 커피 한 잔을 더 받아들고 자리로 와 앉았다. 뭐라고 써야 할까. 로렌스의 아버지 앨런데일 경은 자식에게 별로 다정한 편이 아니었고, 격식을 중요시하며 매우 엄격했다.

앨런데일 경은 물려받을 재산도 별로 없는 셋째아들 로렌스가 육군이나 해군이 되느니 차라리 성직자가 되기를 바랐다. 게다가 육군이나 해군에 비해 생활 조건이 훨씬 더 열악한 공군이 될 바에는 장사치가 되는 게 낫다고 여겼다. 그러니 공군이 된 로렌스를 결코 좋게 받아들일 리가 없었다.

앨런데일 경과 로렌스는 군 복무에 관해 생각이 완전히 달랐다. 이 편지를 받게 되면 앨런데일 경은 로렌스에게 처음부터 용알 근처엔 얼씬도 하지 말았어야 했다고, 무슨 수를 써서라도 용의 비행사 따위가 돼서는 안 되는 거였다고 비난할 게 뻔했다.

로렌스는 무엇보다 어머니의 반응이 걱정되었다. 로렌스를 끔찍이 사랑하는 어머니가 이 사실을 알면 얼마나 상심하실까. 어머니는 갤맨 부인과 친분이 있으므로, 에디스 갤맨의 귀에도 이 소식이 들어가겠지.

어떤 식으로 소식을 전해 듣든 아버지는 크게 화를 내실 터이므로, 로렌스는 최대한 간략하고 담담하게 현재 상황을 있는 그대로 썼다. 자기 입장에 대한 불만은 전혀 언급하지 않았다. 로렌스는 편지 내용이 만족스럽지는 않았지만, 봉투에 넣은 후 직접 우체국으로 가져가서 부쳤다. 껄끄러운 의무를 완료한 셈이었다.

로렌스는 예약해 둔 호텔 쪽으로 걸어갔다. 릴리언트 호에 있을 때 받았던 호의에 보답하기 위해 라일리와 깁슨을 비롯해 장교들 몇 명을 불러 점심을 함께하기로 했던 것이다. 점심식사를 마치고 호텔을 나오자 오후 2시밖에 안 되었고, 상점들이 열려 있는게 보였다. 가족과 친구들이 자기가 보낸 편지에 어떤 반응을 보일지에 대한 걱정을 떨쳐내기 위해 로렌스는 상점의 진열장을 구경하며 걸었다. 그리고 작은 전당포 앞에서 멈춰 섰다.

두꺼운 금목걸이 하나가 유독 눈에 띄었다. 여자가 차기엔 너무 무겁고 남자가 차기엔 너무 화려해서 저속하다는 느낌이 들었다. 두꺼운 사각형의 고리와 납작한 원반 장식, 작은 진주들을 번갈아 끼워 만든 목걸이는 원반 장식과 진주 값만 해도 상당히 비싸 보였다. 앞으로는 항해 중에 적국의 군함을 포획해서 상금 받을 일이 없을 터이므로 돈을 낭비해서는 안 되겠지만, 그래도 일단 값이나 물어보자 싶어 전당포 안으로 들어갔다. 전당포 주인이 부른 값은 예상했던 대로 매우 비쌌다.

"그럼 이건 어떠신지요?"

전당포 주인이 다른 목걸이 하나를 권했다. 처음 본 목걸이와 비숫하긴 했지만 원반 장식도 없고 목걸이 줄도 얇았다. 대신 값이 처음 것의 절반 정도로 떨어졌지만 여전히 비쌌다. 결국 로렌스는 두 번째 목걸이를 샀다. 그 목걸이를 갖고 나오며 바보짓을 한 건 아닌가 싶기도 했다.

그날 밤 목걸이를 건네주자 테메레르는 몹시 기뻐했다. 발톱 하나에 감으면 딱 맞을 정도로 작은 크기인 목걸이를 테메레르는 꼭 움켜쥐고 랜턴에 요리조리 비춰보며 금과 진주의 광채를 감상했다. 로렌스가 책을 읽어주는 내내 그랬다. 그러더니 목걸이를 발톱에 감고 잠이 들었다.

다음날 아침에도 테메레르는 여전히 목걸이에 집착했고 로렌스가 목걸이를 안장에 단단히 매준 뒤에야 순순히 비행을 시작했다.

오전 비행을 마치고 돌아오자 페르나오가 달려나오며 하우 경한테서 초대장이 왔다고 말했다. 초대장은 열렬히 환영한다는 내용이었다. 로렌스는 초대장에 적힌 내용을 테메레르에게 큰 소리로 읽어주었다. 자기는 바닷가의 수영장 근처에 있을 테니 언제든지 편할 때 찾아오라는 내용이었다. 로렌스 못지 않게 자신의 품종이 무엇인지 알고 싶었던 테메레르는 로렌스보다 서둘렀다.

"나 있지, 지금 하나도 안 피곤해. 당신만 좋다면 지금 당장 출발할 수 있어."

요즘 테메레르의 비행 시간은 점점 길어지고 있었다. 그래서 로렌스는 가다가 힘들면 쉬기로 하고 옷도 갈아입지 않은 채 테메레르의 등에 다시 올라탔다. 테메레르는 평소보다 부쩍 힘을 내서 날개를 크게 휘저으며 섬 위를 날아갔다. 로렌스는 바람의 저항을 적게 받기 위해 고개를 숙이고 눈을 가늘게 뜨며 섬 밑을 살폈다.

이륙한 지 한 시간도 안 되어 그들은 하우 경과 만나기로 한 바닷가에 도착했다. 테메레르가 커다란 날개를 퍼덕이며 바위투성이 해변 위로 내려서자 바다에서 수영하던 사람들과 해변의 장사꾼들이 겁에 질린 표정으로 앞다투어 멀찍감치 도망쳤다.

소심한 사람들 같으니라고. 안장까지 찬 용이 자기네를 해칠 거라고 여기다니, 참으로 어리석지 않은가.

로렌스는 테메레르의 목을 쓰다듬은 뒤 안장끈을 풀고 해변으로 내려서며 말했다.

"가서 하우 경을 찾아볼 테니까 넌 여기 있어."

"알았어."

이미 테메레르는 바위로 둘러싸인 해변의 깊은 웅덩이를 들여다보느라 정신이 없었다. 기묘하게 튀어나온 암석들과 맑은 물이 테메레르의 관심을 끌었다.

하우 경을 찾는 건 그리 어렵지 않았다. 해변에서 도망치는 사람들을 본 하우 경이 테메레르와 로렌스가 도착한 것을 짐작하고 로렌스 쪽으로 걸어오고 있었기 때문이다.

로렌스가 하우 경을 만난 것은 채 400미터도 가지 않아서였다. 그들은 악수를 하며 기분 좋게 인사를 나눈 뒤 서둘러 본론으로 들어갔다. 테메레르가 있는 곳까지 같이 가 달라는 로렌스의 부탁에 하우 경은 기다렸다는 듯이 얼른 고개를 끄덕였다.

이윽고 하우 경이 입을 열었다.

"테메레르라, 대단히 특이한 이름이군. 매력적이기도 하고."

로렌스는 혹시 이름을 잘못 지었나 싶어 가슴이 철렁했다.

"대다수 비행사들은 자기 용 이름을 로마식으로 짓는다네. 터무니없이 요란한 이름을 붙이지. 그들은 대부분 로렌스 대령보다 훨씬 어린 나이에 용에게 안장을 얹고 비행사가 되거든. 그래서 용 이름부터 사뭇 멋지게 지어서 남들한테 우쭐대고 싶어하지. 몸무게가 2톤밖에 안 되는 윈체스터 품종의 용에게 '임페라토리우스'라는 이름을 붙이는 판이니, 참으로 어이가 없지. 그런데 로렌스, 테메레르에게 수영하는 법을 가르쳤나?"

로렌스는 깜짝 놀라 테메레르 쪽으로 고개를 돌렸다. 어느새 테메레르는 바다에 들어가 물장난을 치며 놀고 있었다.

"맙소사, 아니요! 테메레르가 헤엄치는 건 처음 봅니다. 어떻게 가라앉지 않고 떠 있는 걸까요?"

그러고는 걱정이 돼서 테메레르를 향해 소리쳤다.

"테메레르! 물 밖으로 나와!"

하우 경은 테메레르가 헤엄을 쳐서 해변 위로 올라오는 모습을 유심히 지켜보았다.

"놀랍군. 몸속의 공기 주머니 덕분에 하늘을 날 수도 있고 물에서 뜨기도 하는 모양이야. 게다가 저 용은 바다에서 태어나고 자란 덕분에 물에 대한 두려움도 없는 것 같군."

용에게 공기 주머니가 있다는 얘기는 처음이었다. 로렌스는 여러 가지 궁금한 점을 접고 테메레르를 하우 경에게 인사시켰다.

"테메레르, 이 분은 에드워드 하우 경이셔. 인사드려."

"안녕하세요. 만나서 반가워요. 당신은 내가 무슨 품종인지 말해 줄 수 있어요?"

테메레르는 하우 경을 호기심에 찬 눈으로 바라보았다. 잠시 후, 하우 경은 테메레르의 당돌한 질문에 고개를 살짝 숙이며 대답했다.

"약간의 정보는 줄 수 있을 것 같구나. 우선 해변으로 좀더 올라와 줄 수 있겠니? 저쪽에 있는 나무 옆으로 가서 두 발로 선 다음 양쪽 날개를 활짝 펼쳐보거라. 내가 네 모습을 온전히 볼 수 있도록."

테메레르는 하우 경이 시키는 대로 나무 옆으로 걸어갔다. 그 모습을 뚫어지게 바라보던 하우 경이 비로소 말했다.

"흠, 확실히 특이해. 꼬리를 들어 올리는 모습도 그렇고, 여러 가지 면에서 여느 용들하고는 완전히 달라. 로렌스, 자네 편지에 테메레르가 들어 있던 알이 브라질에서 온 것 같다고 씌어 있던데, 그게 사실인가?"

"저도 확실히는 모르겠습니다."

로렌스는 그렇게 대답하면서 테메레르의 꼬리를 살펴보았다. 하지만 용에 대한 지식이 부족해서인지 색다른 게 무엇인지 잘 이해가 되지 않았다. 걸을 때 꼬리를 땅에서 들어 올리고 조금씩 흔드는 버릇을 말하는 건가?

"알을 발견한 것은 프랑스 해군의 소형 구축함 아미티에 호에서 였습니다. 당시 물통에 남은 물의 양으로 추측해 보건대, 브라질의 리오데자네이루에서 오는 것 같았습니다. 물론 분명한 것은 알 수가 없었지요. 우리한테 붙잡히기 전에 프랑스 해군들이 항해일지를 모조리 바다로 던졌거든요. 그 군함의 함장도 용알이 발견된 곳이 어디인지 굳게 입을 다물었습니다. 제 추측엔 리오데자네이루보다 더 먼 곳에서 오는 길은 아니었던 것 같습니다."

"아, 그렇다면 확실한 출처는 알 수가 없겠군. 보통은 20개월 정도면 알을 깨고 나오지만, 어떤 용들은 알 속에서 10년이나 있다가 부화하기도 하지."

그때 테메레르가 두 날개를 쫙 펼치자 날개에서 바닷물이 줄줄 떨어졌다. 하우 경은 감탄사를 내뱉었다.

"오, 세상에!"

"보시기에 어떻습니까?"

"로렌스, 세상에! 저 날개 좀 보게!"

하우 경은 해변을 가로질러 테메레르 쪽으로 뛰어갔다. 어안이 벙벙한 로렌스도 눈을 껌벅이며 서둘러 뒤를 따라갔다. 하우 경은 테메레르의 날개에 붙어 있는 여섯 개의 뼈대를 쓰다듬으며 눈을 빛냈다. 테메레르는 꼼짝하지 않은 채 목만 뒤로 돌리고 하우 경을 바라보았다. 완전히 넋이 나간 표정을 짓는 하우 경에게 로렌스가 주저하며 물었다.

"저, 이제 품종을 알아보시겠습니까?"

"알아보겠냐고? 아니. 이런 종류의 용을 본 사람은 아마 유럽에서 세 명밖에 없을 걸세. 지금 본 내용만 가지고도 나는 왕립협회에서 발표할 만한 자료를 충분히 얻은 셈이야. 날개 모양도 그렇고 발톱의 수를 보더라도, 이 용은 차이니즈 임페리얼(중국 황제급) 품종인 게 확실해. 임페리얼 중에서도 어느 계통인지는 확실히 알 수 없지만. 아, 로렌스, 자네, 정말 대단한 용을 얻었어!"

로렌스는 어안이 벙벙한 얼굴로 테메레르의 날개를 쳐다보았다. 부채 모양의 날개라든지 양발에 각각 나 있는 다섯 개의 발톱이 그렇게 특이한 것이라고는 생각하지 못했다.

로렌스가 믿어지지 않는 표정으로 미소를 지으며 되물었다.

"임페리얼 품종이라고요?"

순간적으로 로렌스는 하우 경이 자기한테 농담을 던진 게 아닌가

의심했다. 중국인들이 용들을 사육하기 시작한 것은 로마인들이 유럽의 야생 용들을 길들이기 시작한 시기보다 수천 년 앞서 있었다. 게다가 중국인들은 아무리 보잘것없는 품종이라고 해도 자기네가 키운 용을 나라 밖으로 내보내지 않았다. 그런데 어떻게 겨우 36문짜리 프랑스 소형 구축함이 임페리얼 품종의 용알을 싣고 대서양을 건널 수 있단 말인가?

"임페리얼이면 좋은 품종이에요? 나도 불을 뿜을 수 있나요?"

호기심으로 눈을 반짝이며 테메레르가 묻자 하우 경이 대답했다.

"그래, 테메레르. 최고의 품종이라고 할 수 있지. 임페리얼 품종 중에서도 셀레스티얼(중국 천제급) 품종은 훨씬 그 수가 적고 귀하지. 만일 네가 그 셀레스티얼 품종이라면, 중국은 널 빼앗은 우리 영국과 전쟁이라도 하려 들 거다. 그러니 나는 차라리 네가 그 셀레스티얼 품종만은 아니었으면 좋겠구나. 하지만 지금으로선 네가 셀레스티얼 품종일 가능성도 완전히 배제할 수는 없지. 어쨌든 너는 불을 뿜지는 못할 거다. 중국 용들은 지능이 뛰어나고 우아한 데다가 비행 능력도 탁월해서 불을 뿜는 능력까지 갖춰야 할 필요가 없거든. 동양 용들 중에서 일본 용들이 불이나 산을 뿜는 능력을 가진 경우가 많지."

테메레르는 풀이 죽어서 말했다.

"아, 그렇구나."

로렌스는 테메레르를 달래주려고 이렇게 말했다.

"테메레르, 실망할 것 없어. 임페리얼 품종이라는 걸 안 것만으로도 큰 수확이잖아."

그런 다음 하우 경에게 물었다.

"임페리얼 품종인 것만은 확실한 겁니까?"

하우 경은 다시 한 번 테메레르의 날개를 살펴보며 대답했다.

"그렇다네. 막의 모양이 섬세하고, 몸통 전체의 색깔이 고른 데다가, 눈동자 색과 배 아래쪽의 반점 색이 같은 걸 보면 알 수가 있어. 중국 용인 게 분명해. 야생 용은 절대 아니야. 유럽이나 잉카의 사육사들도 이 정도로 훌륭한 용을 교배해내지는 못해. 수영을 잘하는 것도 그렇고. 내가 기억하기로, 중국 용들은 물을 좋아하는 습성이 있거든."

로렌스는 놀라워하며 테메레르의 옆구리를 쓰다듬었다.

"임페리얼 품종이라……, 믿어지지가 않네요. 테메레르가 정말 임페리얼 품종이라면, 프랑스 함대 절반 정도가 그 알을 실은 아미티에 호를 호위했어야 했습니다. 최소한 비행사 한 명이라도 그 알 곁에 두었어야 옳은데, 아미티에 호에는 비행사조차 없었습니다."

"자기들이 싣고 가는 알이 얼마나 귀한 것인지 몰랐을 수도 있어. 중국 용의 알은 도자기처럼 매끈하다는 공통점은 있지만, 겉모양만으로는 품종을 구분하기가 쉽지 않거든. 그나저나 테메레르가 들어 있던 알 껍데기는 따로 보관해 두었지?"

"저한테는 없고, 선원들 중 몇 명이 일부 챙겨두었을 겁니다. 선생님을 찾아오길 잘했다는 생각이 듭니다. 여러 가지로 정말 감사를 드립니다."

"무슨 소리, 내가 더 고맙네. 고귀한 임페리얼 품종의 용을 직접 보고 대화까지 나누었으니 말일세!"

하우 경은 테메레르에게 까딱 목례를 한 뒤 말을 이었다.

"영국 학자들 중에서 이렇게 귀한 용을 직접 본 사람은 내가 처음일 걸세. 프랑스의 라 페루즈 백작이 조선 왕의 궁전에서 조선 용과 대화를 나눈 적이 있다는 내용의 논문을 쓰긴 했지만."

테메레르가 말했다.

"나도 그 논문 읽고 싶어. 로렌스, 그 사본을 구할 수 있을까?"

"한번 구해 볼게."

로렌스는 이렇게 대답하고는 하우 경에게 고개를 돌리고 말했다.

"제가 참조할 만한 책들을 추천해 주시면 고맙겠습니다. 임페리얼 품종의 용들이 지닌 습관이라든지 행동양식에 대한 내용이 담긴 걸로요."

"글쎄, 그런 자료는 아마 없지 싶어. 이제 유럽인들 중에서는 자네가 제일 전문가인 셈이지. 그래도 참고로 볼 만한 책들은 있으니 내가 목록을 적어줌세. 그리고 라 페루즈 백작의 논문들이랑 책 몇 권을 빌려줄 테니 읽어보게. 테메레르는 여기서 기다리라고 하고, 그 자료들을 가지러 나랑 같이 호텔로 가세. 마을 안은 테메레르가 거동하기에는 좀 불편할 거야."

그러자 테메레르가 말했다.

"난 괜찮아, 로렌스. 여기서 수영하면서 기다릴 테니까 갔다 와."

호텔로 간 로렌스는 하우 경과 차를 마신 뒤 여러 권의 책을 받아 가지고 나왔다. 그리고 테메레르한테 돌아가는 길에 마을의 양치기를 만나, 오두막으로 돌아가기 전에 테메레르에게 먹일 양 한 마리를 샀다. 그 양은 테메레르의 모습이 보이기 전부터 자기 운명을 알고 있었던 듯 매애매애 울면서 끝까지 버텼다. 할 수 없이 로렌스는 양을 번쩍 안고 테메레르에게로 향했다. 그런데 그 양은 입맛을 다시는 테메레르 앞에 던져지기 직전에 로렌스의 품에 똥을 흠뻑 싸질러 나름대로 복수를 했다.

테메레르가 양을 먹어치우는 동안 로렌스는 옷을 벗어서 바닷물에 넣고 북북 문질러 빨았다. 그 옷들을 햇볕이 내리쬐는 바위 위에 널어놓은 후, 로렌스는 테메레르와 함께 물에 들어가 수영을 했다. 로렌스는 수영을 잘하는 편이 아니었지만 테메레르의 몸을 붙잡고 꽤 깊은 곳까지 들어갔다. 곧 로렌스도 물놀이에 빠져들었고, 테메레르에게 물을 튀기며 잠수했다가 테메레르의 몸 반대편으로 올라오기도 하면서 신나게 놀았다.

바닷물은 따뜻했고, 물 위로 솟아나온 바위들이 많아서 짬짬이 그 위로 올라가 쉴 수도 있었다. 어떤 바위는 테메레르와 로렌스가 함께 올라가도 될 만큼 컸다.

로렌스가 테메레르와 해변으로 올라온 것은 몇 시간이 지난 뒤였다. 해가 뉘엿뉘엿 지기 시작했다. 주변을 둘러보니 수영객들이 테메레르를 무서워해서 물에 들어오지도 못하고 멀찌감치 서 있는 게 보였다. 속으로 미안한 마음이 들었다. 나이 어린 소년처럼 물장난을 치는 모습을 다 보았겠지 싶어 은근히 창피하기도 했다.

섬 상공을 가로질러 푼샬로 돌아오는데 저녁 햇살이 따뜻하게 내리비쳤다. 둘 다 기분이 좋았다. 하우 경에게서 받은 귀한 책들은 방수복에 넣어 안장에 단단히 묶어두었다.

"오늘 밤에 논문들을 읽어줄게."

로렌스의 말이 떨어지기 무섭게 갑자기 머리 위쪽에서 커다란 나팔소리가 들려왔다.

테메레르는 깜짝 놀라 주춤하면서 공중에서 정지 비행을 했다. 잠시 후, 테메레르가 다시 앞으로 날아가려는 찰나, 로렌스는 누가 그 나팔소리를 냈는지 알아보려고 위를 바라보았다.

연한 회색 바탕에 배에 흰색 반점이 있고 날개에 하얀 줄무늬가 있는 작은 용이었다. 테메레르보다 한참 위쪽에서 날아오는 데다 몸통이 회색이어서 눈에 잘 띄지 않았다.

회색 용은 급강하하여 테메레르 옆으로 다가왔다. 테메레르보다 덩치가 작은데도 단 한 번의 날갯짓만으로도 굉장히 멀리까지 날아갔다. 그 용의 비행사도 자기 용의 몸통과 같은 회색의 가죽 외투 차림에 두꺼운 두건을 쓰고 있었다. 이윽고 그 비행사가 두건에 붙은 죔쇠를 풀고 두건을 머리 뒤로 넘기며 입을 열었다.

"볼라틸루스의 비행사 랭포드 제임스 대령입니다. 우편 속달 업무를 맡고 있습니다."

로렌스는 어떻게 대답해야 할지 몰라 잠시 망설였다. 아직 정식으로 해군에서 공군으로 소속이 옮겨진 게 아니라서 말하기가 애매했기 때문이다. 결국 로렌스는 이렇게 말했다.

"테메레르의 비행사이며 영국 해군 소속인 로렌스 대령입니다. 아직 공군에 배속받지는 못했지요. 혹시 지금 푼샬로 가는 중입니까?"

싹싹하게 굴던 제임스는 로렌스의 대답을 듣고 얼굴을 찡그렸다.

"해군이라고요? 아, 예. 푼샬로 가고 있습니다만. 난 댁이 당연히 공군일 거라고 생각했습니다. 그 용은 몇 살이고, 댁은 어디서 그 용을 얻었습니까?"

로렌스가 대답하기 전에 테메레르가 가로막고 나섰다.

"난 알에서 부화한 지 3주하고도 5일 됐어. 로렌스가 전투 끝에 나를 얻은 거야."

그러더니 볼라틸루스에게 물었다.

"너는 제임스를 어떻게 만난 거니?"

볼라틸루스는 멍해 보이는 촉촉하고 커다란 파란 눈을 껌벅이며 명랑하게 대답했다.

"나도 부화했어! 알에서 깨어났어!"

"엥?"

테메레르는 볼라틸루스의 동문서답에 의아해하는 표정을 지으며 로렌스를 돌아보았다. 로렌스는 테메레르에게 조용히 하라는 뜻으로 고개를 살짝 저어 보이고는 제임스에게 말을 건넸다. 제임스가 건방지게 대꾸했기 때문에 로렌스의 말투도 처음보다 냉랭해졌다.

"제임스 대령, 당신의 질문에 대한 대답은 지상으로 내려가서 해드리지요. 테메레르와 나는 마을 외곽에서 지내고 있습니다. 우리랑 같이 그리로 가시겠습니까, 아니면 우리가 그쪽이 쓰는 착륙장으로 따라갈까요?"

테메레르를 놀란 얼굴로 쳐다보던 제임스는 그제야 조심스럽게 대답했다.

"아, 우리가 그쪽 거처로 따라가겠습니다. 착륙장에 내리면 사람들이 발송할 소포를 들고 몰려들 테니 편하게 얘기를 나눌 수 없을 겁니다."

"좋습니다. 푼샬 시 남서쪽에 있는 들판으로 갑시다. 테메레르, 네가 앞장 서."

로렌스가 보기에 테메레르는 볼라틸루스와 은근히 경쟁이라도 하려는 듯 일부러 더 빨리 날았다. 하지만 볼라틸루스는 테메레르를 거뜬히 따라왔다. 볼라틸루스는 사육장에서 교배로 태어난 게 분명해 보였는데, 비행 속도 면에서는 확실히 성공작인 듯 보였다.

 영국의 사육사들은 제한된 수의 용들을 가지고 특정한 재능을 지닌 용을 탄생시키는 데 탁월한 솜씨를 지녔다. 하지만 지금 나눈 대화로 미루어보건대, 볼라틸루스는 속도 면에서는 훌륭하지만 지능은 그리 높지 않은 듯했다.

 두 용이 들판으로 내려서자, 테메레르의 저녁거리로 마련해 둔 소들이 불안에 떨며 음매음매 울어댔다. 로렌스가 테메레르에게 나지막하게 말했다.

 "테메레르, 볼라틸루스에게 친절하게 대해 줘. 사람들도 마찬가지지만, 이해력이 썩 좋지 않은 용들도 있어. 렐리언트 호에 있던 빌스왈로라는 선원처럼 말이야."

 테메레르도 조용히 대답했다.

 "아, 그래. 나도 알아. 함부로 대하지 않도록 조심할게. 볼라틸루스한테 소 한 마리를 먹으라고 내줄까?"

 로렌스가 땅으로 내려서며 제임스에게 물었다.

 "볼라틸루스한테 먹을 걸 좀 주고 싶은데, 괜찮겠습니까? 테메레르가 오늘 오후에 이미 배불리 먹었다고 소 한 마리를 볼라틸루스에게 내주고 싶다고 하네요."

 그러자 제임스는 확 누그러진 말투로 대답했다.

 "이런, 정말 친절하시군요. 당연히 먹겠다고 할 겁니다."

 그러더니 볼라틸루스의 목을 다정하게 쓸어내리며 말했다.

 "그렇지, 요 식충아?"

 볼라틸루스는 눈을 휘둥그렇게 뜨면서 소리쳤다.

 "소, 맛있겠다!"

"나랑 같이 저쪽에 가서 먹자."

테메레르는 이렇게 말하며 축사 안에 들어 있는 소 두 마리를 입으로 물어 깨끗하고 푸른 들판에 내려놓았다. 볼라틸루스는 테메레르가 고갯짓으로 신호를 하자 총총거리며 테메레르에게 뛰어갔다.

제임스는 로렌스를 따라 오두막 안으로 들어가며 말했다.

"댁도 그렇고 테메레르도 보기 드물게 관대하군요. 저렇게 큰 용이 자기 먹이를 다른 용과 나눠먹는 건 여태껏 본 적이 없습니다. 품종이 뭔가요?"

"나도 용 전문가가 아니고 테메레르도 출생지가 분명치 않은 상태에서 확실히는 알 수 없습니다. 다만, 오늘 에드워드 하우 경께서 확인해 주신 바에 따르면, 임페리얼 종이라고 하더군요."

로렌스는 뻐기듯이 말한 건 아닐까 싶어 조심스러웠다. 하지만 테메레르가 임페리얼 종이라는 건 허풍이 아니니까, 굳이 다른 사람에게 말하지 못할 이유도 없었다.

그 말을 들은 제임스는 깜짝 놀랐는지 문지방에 걸려 넘어질 뻔했다. 게다가 오두막에서 막 나오던 페르나오와도 부딪칠 뻔했다. 제임스는 가죽 외투를 벗어 페르나오에게 건네주며 말했다.

"세상에, 농담 아니시죠? 아니, 어떻게 저 용을 찾아냈습니까? 안장은 어떻게 채웠어요?"

제임스가 심문하듯 꼬치꼬치 물었다. 로렌스는 상당히 불쾌했지만 최대한 관대하게 제임스를 안내했다.

"기꺼이 말씀드리지요. 그리고 앞으로 내가 어떻게 처신해야 할지 충고를 해주시면 고맙겠습니다. 차를 드시겠습니까?"

제임스는 의자를 벽난로 가까이 당겨앉은 뒤, 팔을 밑으로 내리고 다리를 쭉 펴며 대답했다.

"커피가 있으시면 커피로 하겠습니다. 아, 잠시라도 이렇게 다리를 펴고 앉으니 좋네요. 일곱 시간 동안 비행했거든요."

"일곱 시간요? 엄청 피곤하겠네요. 용이 그렇게 오래 하늘을 날 수 있을 줄은 몰랐습니다."

"별 거 아닙니다. 열네 시간 동안 비행을 한 적도 있으니까요. 테메레르는 어떨지 모르겠습니다만, 볼리(볼라틸루스의 애칭—옮긴이 주)는 날씨만 좋으면 한 시간에 한 번만 날개를 치면서도 날 수가 있습니다."

제임스는 크게 하품을 한 뒤 말을 이었다.

"절대로 농담이 아닙니다. 기류만 잘 타면 얼마든지 가능합니다."

페르나오가 커피와 차를 내왔다. 로렌스는 차를 마시며 테메레르를 얻게 된 경위와 안장을 채운 과정을 간략하게 설명해 주었고, 제임스는 놀라워하면서 경청했다. 얘기를 듣는 동안 제임스는 커피 다섯 잔을 연거푸 마시고 샌드위치 두 접시를 먹어치웠다.

"앞으로 어떤 일이 닥칠지 알 수가 없어서, 참 난감합니다. 크로프트 제독께서 향후 테메레르와 내 거취에 관해 지침을 달라는 내용의 서신을 지브롤터의 공군 사단으로 발송하긴 하셨지요. 이따가 싣고 가실 우편물에 그 서신도 포함되어 있을 겁니다. 앞으로 내가 어떤 일을 겪게 될지 조금이라도 알려주시면 고맙겠습니다."

제임스는 여섯 잔째 커피를 쭉 들이켜며 유쾌하게 말했다.

"이런, 내가 제대로 대답을 해드릴 수 있을지 모르겠네요. 로렌스 대령님 같은 경우는 나도 처음 들어보거든요. 대령님이 앞으로 받게 될 훈련이 어떤 내용인지는 나도 잘 모릅니다. 나는 열두 살 때 우편 속달 업무를 맡으라는 지시를 받았고, 열네 살 때부터 볼리를 탔습니다. 아무튼 내가 짐작하기로는 대령님은 저 예쁜 테메레르를 타고 큰 전투에 나가게 될 것입니다. 지브롤터에서 오는 답변을 더 이상 기다리시지 않도록 나는 이만 착륙장으로 가서 우편물을 싣고 지브롤터로 출발해야겠습니다. 오늘 밤 안으로 지브롤터의 공군 사단에 크로프트 제독의 서신을 전하겠습니다. 아마 그럼 로렌스 대령님은 내일 저녁식사 전에 선임을 만나시게 될 겁니다."

커피를 계속 마시는 동안 제임스의 발음이 점점 부정확해지는 듯해서 로렌스는 확인차 물었다.

"죄송합니다, 선임 뭐라고 하셨죠?"

제임스는 씩 웃었다. 그리고 다리를 뻗으며 자리에서 일어나더니 발꿈치를 들고 몸을 쭉 폈다.

"공군 선임 대령 말입니다. 앞으로 비행사가 되실 테니, 선임 대령을 만나는 게 당연하지요. 아직 정식 비행사가 아닌 분이라는 걸 내가 깜박 잊고 있었네요."

로렌스는 속으로 자기가 아직 정식 비행사가 아니라는 점을 제임스가 확실히 인식해 주기를 바랐지만, 예의상 이렇게 말했다.

"감사합니다. 과분한 칭찬을 해주시는군요. 설마 밤새 우편물을 싣고 지브롤터로 날아갈 생각은 아니겠죠?"

"당연히 밤새 날아갈 겁니다. 이런 날씨에 이 근처에서 어슬렁거릴 이유도 없고요. 커피를 마셨더니 정신이 번쩍 납니다. 볼리도 소 한 마리를 얻어먹었으니 중국까지 날아갔다 오고도 남을 만큼 기운이 날 겁니다. 지브롤터에 가서 자는 게 더 편하기도 하고요. 그럼 나는 이만 가보겠습니다."

제임스는 옷장에 걸린 자기 외투를 찾아 입고는 휘파람을 불며 현관문을 나섰다. 로렌스는 망설이다가 그 뒤를 따라 나섰다.

제임스를 본 볼라틸루스가 날개를 퍼덕이고 깡충거리며 뛰어와서, 맛있는 소와 '템레르'에 대한 얘기를 지껄여댔다. 볼라틸루스는 테메레르를 '템레르'라고 발음했다. 제임스는 볼라틸루스를 쓰다듬어주고는 등 위로 올라타며 로렌스에게 말했다.

"다시 한 번 감사드립니다. 대령님이 지브롤터에서 훈련을 받게 되신다면, 나도 그리로 자주 배달을 다니니 또 만날 수 있겠군요."

제임스는 한 손을 흔들었고, 볼라틸루스는 회색 날개를 퍼덕이며 순식간에 황혼녘의 하늘로 날아올랐다. 로렌스 곁에서 그들의 뒷모습을 물끄러미 바라보던 테메레르가 입을 열었다.

"소를 먹는데 정말 좋아하더라."

이 말에 로렌스는 웃음을 터뜨리며 테메레르의 목덜미를 살살 긁어주었다.

"네가 처음으로 만난 용이 그리 재미있는 상대가 아니어서 유감이구나. 볼라틸루스랑 제임스 대령이 크로프트 제독의 서신을 지브롤터의 공군 사단에 전해 주면, 하루나 이틀 후엔 너도 마음에 맞는 친구들을 만날 수 있을 거야."

공군 선임 대령이 찾아올 거라는 제임스의 추측은 틀리지 않았다. 다음날 오후, 마을로 볼일을 보기 위해 오두막을 나서던 로렌스는 항구를 뒤덮을 만큼 거대한 그림자를 보았다. 그 그림자의 주인은 밝은 빨간색 바탕에 금색 반점이 있는 거대한 용이었다. 그 용이 마을 변두리로 착륙하고 있었다.

로렌스는 지브롤터에서 벌써 무슨 소식이 온 건가 싶어 서둘러 커멘더블 호가 정박된 곳으로 향했다. 그리로 반쯤 걸어갔을 때 커멘더블 호 쪽에서 해군 사관후보생 하나가 숨을 헐떡이며 뛰어와 크로프트 제독이 빨리 오란다고 전해 주었다.

크로프트 제독의 전용실에 들어가자 공군 비행사 두 명이 로렌스를 기다리고 있었다. 포틀랜드 대령과 다예스 대위라고 했다. 포틀랜드 대령은 키가 크고 마른 체격에 엄격한 분위기였고, 매부리코 때문인지 용과 생김새가 비슷해 보였다. 다예스 대위는 땋아내린 붉은 머리에 붉은 눈썹, 뿌루퉁한 표정의 스무 살도 안 되어 보이는 청년이었다.

그 두 공군 비행사의 태도는 소문에 들던 대로 냉랭하기 짝이 없었다. 어제 만났던 제임스와는 달리 로렌스에게 쉽사리 수그리고 들어올 자세도 아니었다. 두 비행사가 로렌스에게 형식적으로 자기 소개를 하자, 크로프트 제독이 입을 열었다.

"로렌스, 자넨 정말 운이 좋군. 우린 자네를 렐리언트 호로 복귀시키기로 결정했네."

두 비행사를 번갈아 쳐다보던 로렌스가 어안이 벙벙한 얼굴로 말했다.

"다시 한 번 말씀해 주시겠습니까?"

포틀랜드가 크로프트 제독을 무례할 정도로 싸늘하게 쏘아보았다. 공군 비행사가 될 뻔했던 로렌스가 해군으로 복귀하는 걸 두고 운이 좋다고 말하자 거슬리는 모양이었다.

크로프트 제독은 아랑곳하지 않고 로렌스를 쳐다보며 말했다.

"자네는 잠시 동안이지만 공군을 위해 고생해 줬어. 하지만 이제 그런 수고를 할 필요가 없네. 여기 있는 다에스 대위가 자네 짐을 덜어줄 테니까."

로렌스가 당황해서 다에스를 쳐다보자, 다에스는 호전적인 눈빛으로 로렌스를 마주보았다. 로렌스는 정신을 가다듬고 천천히 입을 열었다.

"제독님, 용의 비행사가 되려면 알이 부화할 때 그 자리에 있어야 하고, 일단 용의 비행사가 되면 마음대로 그만둘 수도 없다고 알고 있습니다. 제가 잘못 알았던 겁니까?"

포틀랜드가 대신 대답했다.

"일반적인 상황에서라면 그 말이 맞습니다. 그렇게 되는 것이 바람직하기도 하고요. 하지만 가끔 비행사가 병에 걸리거나 부상을 입어 죽기도 하기 때문에 그럴 경우 우리는 용을 설득해서 새로운 비행사를 받아들이게 하고 있습니다. 비행사를 잃은 절반 이상의 용들이 새 비행사를 받아들이는 데 동의하고 있고요. 여기 있는 이 대위가 테메레르를 설득해서 비행사 교체를 받아들이도록 만들 겁니다."

'테메레르'라는 이름을 발음하는 포틀랜드의 말투에 경멸이 담겨 있었다. 로렌스는 마지못해 대답했다.

"알겠습니다."

3주 전이라면 이 소식을 듣고 뛸 듯이 기뻤겠지만, 지금의 로렌스는 오히려 언짢았다. 로렌스가 흔쾌히 응하리라 기대했던 포틀랜드는 담담한 로렌스의 반응에 당황하며 말을 건넸다.

"그동안의 노고에 감사를 드립니다. 하지만 테메레르도 숙련된 비행사와 지내는 게 훨씬 편할 겁니다. 해군 측에서도 로렌스 대령처럼 헌신적인 장교를 공군에 내주고 싶지 않을 테고요."

"과분한 칭찬이십니다, 대령님."

로렌스는 예의를 갖춰 고개를 숙이며 받아들였다. 이미 포틀랜드의 말에 알아서 물러나라는 뜻이 담겨 있었던 것이다. 사실, 포틀랜드의 말에도 일리가 있었다. 진짜 뱃사람이 군함을 지휘해야 하듯 숙련된 비행사가 테메레르를 몰고 다녀야 하는 게 당연한 거였다.

그리고 보면 테메레르가 로렌스를 비행사로 선택한 건 일종의 사고였다. 게다가 테메레르는 더할 나위 없이 귀한 품종이므로, 비행 기술을 제대로 갖춘 비행사와 짝을 지어주는 게 백번 옳았다.

로렌스가 포틀랜드에게 말했다.

"물론 숙련된 비행사가 테메레르를 모는 게 훨씬 낫겠지요. 저는 기꺼이 물러나겠습니다. 제가 직접 다예스 대위를 테메레르한테 데리고 갈까요?"

그러자 다예스가 날카롭게 소리쳤다.

"그건 안 됩니다!"

그러자 포틀랜드가 다예스를 쏘아본 뒤 정중하게 대답했다.

"아뇨, 로렌스 대령. 말씀은 감사하지만 그러지 않는 게 좋겠습니다. 새로운 비행사에게 최대한 빨리 적응시키려면 예전 비행사가 죽었다거나 어떤 이유로 인해 다시는 만날 수 없게 되었다는 식으로 설득해야 합니다. 그러니 앞으로 대령은 그 용 앞에 모습을 드러내서는 안 됩니다."

충격이었다. 로렌스는 따지려다가 그만 입을 다물고 고개를 숙였다. 비행사 교체가 원활히 이루어지게 하려면 자기가 뒤로 물러나 있는 게 옳은 처신임을 모르는 바 아니었지만, 그래도 테메레르를 보지 못한다고 생각하니 가슴이 미어졌다. 제대로 작별 인사도 못했고 마지막으로 다정한 말 한마디도 건네지 못했는데. 이대로 돌아서는 건 마치 테메레르를 내팽개치는 것처럼 느껴졌다.

커멘더블 호를 나서는 로렌스의 마음은 슬픔으로 무겁게 가라앉았다. 로렌스는 라일리와 웰스를 만나기 위해 그들이 기다리는 호텔 휴게실로 들어섰다. 그들과 저녁식사를 하기로 약속되어 있었다. 로렌스는 그들을 만나자마자 억지로 미소를 지어 보이며 말했다.

"흠, 자네들이랑 헤어지지 않아도 되겠어."

그 말을 들은 라일리와 웰스는 깜짝 놀란 기색이었지만, 곧 축하의 말을 건네며 용에게서 벗어나 자유의 몸이 된 기념으로 건배를 하자고 외쳤다.

라일리가 잔을 들어 올리며 말했다.

"지난 3주 동안 들은 얘기 중에 가장 기쁜 소식입니다. 로렌스 대령님의 건강을 위하여!"

라일리는 함장 겸 대령으로의 진급이 무산될 상황인데도 진심으로 기뻐해 주었다. 라일리의 우정에 깊은 감명을 받은 로렌스는 테메레르를 잃은 슬픔을 조금은 덜어낼 수 있었다. 그리고 평소처럼 같이 건배를 외치며 술을 마셨다.

잠시 후, 로렌스가 공군 비행사들과의 만남을 얘기하자, 웰스가 인상을 찡그리며 불만을 토로했다.

"그들의 처신은 상당히 불쾌하군요. 해군을 모욕하는 것 같기도 하고요. 해군 장교는 자기네들한테 별 도움이 안 된다는 듯이 말한 것 아닙니까?"

로렌스도 속으로 웰스의 생각에 동의하면서도 말은 이렇게 했다.

"아니, 그런 건 아닐 거야. 공군 입장에서 테메레르를 걱정하다 보니 그렇게 말한 거겠지. 비행 훈련도 받지 않은 해군이 테메레르같이 귀한 용을 타고 다니는데 기분이 좋을 리가 없잖아. 육군 장교가 1등급 군함을 지휘하는 걸 보았다면, 아마 우리도 그 공군들처럼 반응했을 걸세."

이렇게 말을 해도 슬픔이 덜어지진 않았다. 친구들과 맛있는 요리를 먹고 즐거운 이야기를 해도 밤이 깊어질수록 이별의 아픔은 더욱 절절해졌다. 밤마다 테메레르에게 책을 읽어주거나 얘기를 나누거나 옆에 기대어 잠이 드는 게 습관이 되어서인지 갑작스레 찾아온 이별은 감당할 수 없을 정도로 슬펐다.

로렌스의 이런 기분을 알아챈 라일리와 웰스는 걱정스런 표정을 지었다. 도무지 웃고 떠들 기분이 아닌 로렌스 대신 라일리와 웰스가 계속 떠들며 어색한 침묵을 메워나갔다.

푸딩이 나와 그릇에서 조금 덜어 놓을 때였다. 남자아이 하나가 뛰어들어오더니 로렌스에게 쪽지를 불쑥 내밀었다. 포틀랜드 대령한테서 온 쪽지로, 급히 오두막으로 와 달라는 내용이었다.

로렌스는 그 자리에서 벌떡 일어나 길거리로 한걸음에 달려나왔다. 어찌나 마음이 급했던지 외투도 못 챙기고 뛰어나왔다. 마데이라 섬은 밤이 되어도 크게 춥지는 않았다. 걸음을 재촉하여 오두막에 도착했을 때, 목도리와 외투를 걸치고 오지 않아 다행이다 싶을 정도로 온몸에서 땀이 흘렀다.

오두막 안에는 불이 환하게 켜져 있었다. 호텔로 가기 전에 로렌스는 포틀랜드에게 그 오두막을 쓰라고 내주었다. 그 오두막이 테메레르가 머무는 들판과 가까워 생활하기가 편리했기 때문이다.

오두막 안에서 페르나오가 문을 열어주었다. 로렌스가 오두막 안으로 들어서자 저녁식사가 차려진 식탁 옆에서 두 손으로 머리를 감싸쥔 다예스의 모습이 보였다. 공군 제복 차림의 젊은 장교들이 다예스를 둘러싸고 서 있었고, 포틀랜드는 마뜩찮은 얼굴로 벽난로 옆에 서서 불타는 장작을 들여다보고 있었다.

"무슨 일입니까? 테메레르가 병이라도 난 건가요?"

로렌스의 물음에 포틀랜드가 대답했다.

"아뇨. 그 용이 비행사 교체를 거부했습니다."

의자에서 벌떡 일어난 다예스가 로렌스에게 달려들 태세로 다가오며 울부짖었다.

"그 용은 배에서 태어나지 말았어야 했어! 임페리얼 품종의 용이 비행 훈련도 안 받은 얼간이 해군 장교의 손에 넘어가다니!"

다예스가 로렌스에게 더 심한 소리를 퍼붓기 전에 옆에 있던 공군들이 그의 입을 틀어막았다. 무례하고 공격적인 다예스의 말에 로렌스는 즉시 허리춤에 찬 칼자루로 손을 뻗으며 노기 띤 음성으로 소리쳤다.

"감히 나를 모욕하다니, 너에게 결투를 신청한다. 당장 칼을 들어라!"

포틀랜드가 다급하게 끼어들었다.

"그만들 해요. 공군은 결투에 응할 수 없게 되어 있습니다. 앤드루스, 다예스를 침대로 끌고 가서 눕히고 로더넘(20세기 초까지 만병통치약으로 애용된 마약으로, 오늘날 아스피린과 같은 지위를 누렸지만 중독성이 있고 과용하면 위험해서 1920년부터 여러 나라에서 제조와 배포를 금지함―옮긴이주)을 먹여."

로렌스는 포틀랜드를 향해 돌아서며 말했다.

"아닙니다. 저는 저런 모욕을 그냥 넘길 수는 없습니다."

그러자 포틀랜드가 단호하게 말했다.

"비행사의 목숨은 온전히 자기 것이 아닙니다. 의미 없는 싸움에 목숨을 내놓아서도 안 되지요. 그래서 공군들은 결투에 응할 수 없습니다."

포틀랜드의 권위 있고 당당한 말에 로렌스는 어쩔 수 없이 칼자루를 움켜쥐었던 주먹을 풀었다. 하지만 여전히 분이 풀리지 않았다.

"그렇다면 다예스 대위에게 해군과 저를 모욕했던 발언을 정식으로 사과하라고 하십시오."

"해군들은 비행사나 공군에게 그런 기분 나쁜 말을 한 적이 한 번도 없습니까?"

대놓고 비꼬는 말에 로렌스는 입을 다물었다. 지금까지 비행사들도 해군들이 자기네를 모욕하는 말을 숱하게 들으며 분노로 이를 갈았을 것이다. 하지만 복무 규칙에 따라 결투도 할 수 없는 상황이니 그 속이야 오죽했겠는가.

잠시 후, 로렌스는 한결 차분하게 입을 열었다.

"물론 처음부터 그런 얘기가 나오게 두고 보지도 않았겠지만, 만일 제 앞에서 제 부하가 공군을 모독하는 얘기를 했다면 저는 그 부하를 불러 크게 나무랐을 겁니다. 육해공군을 막론하고 영국 군대끼리 서로를 모욕하는 말은 절대 묵과할 수 없는 것이니까요. 앞으로도 마찬가지일 겁니다."

그러자 이번에는 포틀랜드가 아무 말도 못했다.

잠시 후, 포틀랜드가 마지못해 사과했다.

"내가 로렌스 대령을 부당하게 비난했군요. 사과를 드립니다. 다예스 대위도 흥분을 가라앉힌 후에는 찾아와서 사과를 할 겁니다. 실망이 너무 큰 나머지 저렇게 날뛰는 것이니까요."

"테메레르가 새 비행사를 수락할 가능성은 어차피 반반이지 않았습니까? 그 정도 위험은 감수했어야죠. 다예스 대위가 기대치를 너무 높게 잡았던 겁니다. 나중에 알에서 부화하는 다른 용을 자기 걸로 삼으면 되겠지요."

"다예스 대위는 위험을 감수했습니다. 이번이 대령 겸 비행사로 진급할 수 있는 기회였는데, 그 기회를 놓치고 만 겁니다. 그러나 이제 동료 비행사가 죽거나 다쳐 그 용을 차지하게 되면 몰라도, 또다시 진급할 기회를 얻기란 쉽지 않겠지요."

그리고 보니 다예스는 마지막 항해를 시작하기 전의 라일리와 같은 입장에 처해 있었다. 영국에는 용의 수가 아주 적으니 라일리보다 진급 가능성이 더 낮을 수도 있었다. 로렌스는 여전히 불쾌했지만, 다예스의 기분도 이해가 되었다. 아직 어린 나이라 앞뒤 분간 못 하고 로렌스에게 화풀이를 한 걸 수도 있었다.

로렌스는 최대한 아량을 베풀며 이렇게 말했다.

"만일 다예스 대위가 사과를 한다면 기꺼이 그 사과를 받아들이겠습니다."

포틀랜드는 안심한 얼굴로 말했다.

"그렇게 말씀해 주시니 다행입니다. 그리고 테메레르한테 가보시는 게 좋겠습니다. 대령을 보고 싶어할 겁니다. 새 비행사를 받아들이라는 요구를 받고 테메레르가 몹시 불쾌해하더군요. 나하고는 내일 다시 만나서 얘기하기로 하죠. 침실은 건드리지 않고 두었으니 시트를 새로 갈지 않아도 될 겁니다."

로렌스는 지체 없이 들판으로 성큼성큼 걸어나갔다. 반달이 뜬 하늘 아래, 테메레르가 앞 발톱으로 조그마한 금목걸이를 만지작거리며 꼼짝도 않고 엎드려 있었다.

"테메레르!"

로렌스가 소리쳐 부르자 테메레르는 고개를 번쩍 쳐들었다.

"로렌스?"

테메레르의 목소리가 애처롭게 떨리고 있었다.

"그래, 테메레르. 내가 왔어."

로렌스는 아예 들판을 가로질러 뛰었다. 테메레르는 목구멍 깊숙이 낮게 웅얼거리는 소리를 내며 앞발과 양 날개로 로렌스를 감싸고 로렌스의 몸에 코를 문질렀다. 로렌스도 테메레르의 매끄러운 코를 쓰다듬었다. 테메레르가 기어 들어가는 목소리로 말했다.

"젊은 장교가 와서 당신은 원래 용을 싫어하기 때문에 다시 배로 돌아가기로 했다고 말했어. 그동안 의무라서 어쩔 수 없이 나랑 비행을 한 거였다고 했어."

그 말을 들은 로렌스는 화가 나서 숨이 막힐 지경이었다. 다예스가 옆에 있었으면 마구 두들겨 팼을 것이다. 로렌스는 질식할 것 같은 분노를 억누르고 간신히 입을 열었다.

"그가 거짓말을 한 거야, 테메레르."

"그래, 나도 거짓말이라고 생각했어. 그래도 그런 얘길 들으니까 기분이 나쁘더라고. 게다가 그 장교가 내 금목걸이까지 빼앗으려고 하잖아. 그래서 왈칵 화가 났어. 내가 그만 꺼지라고 쫓아버릴 때까지 옆에서 계속 얼쩡거리더라고. 그런데 당신이 계속 안 와서, 나는 그 젊은 장교가 당신을 멀리 보내 버린 거라고 생각했어. 하지만 어디로 가야 당신을 찾을 수 있는지 알 수도 없고 그래서 여기 이러고 있었던 거야."

로렌스는 한 걸음 더 다가가 테메레르의 부드럽고 따뜻한 몸에 뺨을 비비며 말했다.

"정말 미안해. 공군들이 너를 그 젊은 장교에게 맡기는 게 너를 위해 가장 좋다고 나를 설득했어. 그렇지만 그 장교가 어떤 인간인지 알았다면 절대로 그들의 설득에 넘어가지 않았을 거야."

한참동안 말이 없던 테메레르가 다시 입을 열었다.

"로렌스, 이젠 내 몸이 너무 커져서 배에는 탈 수 없겠지?"

로렌스는 테메레르가 왜 그런 질문을 하는지 의아해하며 고개를 들었다.

"그래, 넌 정말 엄청 컸어. 그래도 용 수송선에는 탈 수 있을 거야."

"당신이 정말 다시 배로 돌아가고 싶다면 나도 다른 비행사를 받아들일게. 억지로 당신을 내 곁에 잡아두고 싶진 않아. 하지만 아까 그 젊은 장교는 안 돼! 나한테 거짓말을 했으니까."

로렌스는 두 손을 테메레르의 머리에 댄 채 잠시 그대로 서서 생각에 잠겼다. 테메레르의 따뜻한 입김이 온몸을 감쌌다. 그제야 로렌스는 자신이 무얼 원하는지 깨달았다. 그래서 단호하게 말했다.

"아니, 테메레르. 난 이제 해군으로서 배를 타는 것보다 너와 함께 있는 게 더 좋아."

제2부

4

"아니, 테메레르. 가슴을 더 크게 내밀어. 그래, 그렇게. 좋아."

포틀랜드의 용 라에티피캇은 바닥에 웅크리고 앉아 숨을 크게 들이마셨다. 그런 다음 밝은 빨간색 바탕에 금색 반점이 있는 거대한 가슴과 배를 내밀며 테메레르에게 본을 보였다.

테메레르는 라에티피캇의 움직임을 그대로 따라했다. 리갈 코퍼 품종의 암컷 용 라에티피캇은 배에 금색 반점이 뚜렷이 있었고, 동작 하나하나가 매우 세련되어 움직임이 전체적으로 매우 우아했다. 이에 비해 테메레르는 금색 반점도 없고 덩치도 라에티피캇의 5분의 1밖에 되지 않는 데다 동작도 어설펐다. 그래도 테메레르는 있는 힘껏 가슴을 내밀고는 우렁차게 포효했다. 그러고 나서 네 발로 바닥을 딛고 좋아라 하며 말했다.

"아, 이제 된다!"

테메레르의 포효에 축사 안의 소들이 놀라 미친 듯이 이리 뛰고 저리 뛰며 불안해했다. 라에티피캇은 테메레르의 등을 토닥거리며 말했다.

"그래, 훨씬 낫다. 매번 먹이를 먹을 때마다 이런 연습을 하면 눈에 띄게 폐활량을 늘릴 수 있어."

들판을 거침없이 내달리는 테메레르와 라에티피캇을 피해 포틀랜드 대령과 로렌스는 들판 가장자리에 서서 두 용을 지켜보았다.

포틀랜드가 말했다.

"영국 공군은 테메레르를 절실히 필요로 하고 있습니다. 현재 나폴레옹 보나파르트의 용들은 대부분 라인 강 주변에 모여 있습니다. 나폴레옹이 이탈리아에서 전쟁을 하느라 그쪽으로 병력을 집중시켰기 때문이죠. 영국 해군이 영국 해협을 봉쇄하여 나폴레옹의 침공을 막고 있기는 합니다만, 나폴레옹이 유럽 대륙을 완전히 정복한 뒤 공군 사단 일부를 따로 떼어 쓸 수 있게 되면 툴롱(프랑스 남동부에 있는 항구 도시―옮긴이주)에 주둔한 프랑스 해군이 공군과 합세하여 우리 영국을 공격하려 들 것입니다. 영국 공군이 지중해에서 보유한 용들만으로는 넬슨 제독의 함대를 완벽하게 보호해 줄 수가 없어요. 따라서 프랑스 해군과 공군이 함께 쳐들어온다면 넬슨 제독은 할 수 없이 퇴각해야 할 것이고, 프랑스의 빌뇌브 제독이 곧장 영국 해협으로 들이닥치겠지요."

로렌스는 굳은 얼굴로 고개를 끄덕였다. 렐리언트 호를 타고 푼샬 시의 항구로 들어온 후부터 이미 관보를 통해 나폴레옹의 움직임에 대한 소식은 읽고 있었다.

"그럴 겁니다. 전에도 넬슨 제독이 빌뇌브가 거느린 프랑스 함대를 유인하여 전투를 하려고 했던 적이 있습니다. 빌뇌브는 뱃사람은 아니지만 그렇다고 바보도 아니라서, 프랑스 공군의 지원을 받지 못하는 상태로 툴롱을 벗어나 전투에 임하면 승산이 없다는 걸 잘 알지요. 그래서 아직까지 전투에 응하지 않는 것이고요."

"그러니 지금으로서는 영국 해협에 있는 우리 공군이 보유한 용의 수를 더 늘리지 않는 한 툴롱을 치러 갈 수가 없습니다. 지중해에 주둔 중인 영국 공군 사단에도 롱윙 품종의 용 두 마리가 있긴 합니다만, 그 두 마리만으로는 역부족입니다. 만일 그 두 마리가 툴롱을 공격하러 갔다가 죽기라도 하면, 나폴레옹은 지체 없이 영국 해협의 넬슨 제독의 함대를 치러 올 겁니다."

"폭탄으로 툴롱의 프랑스 함대를 공격하는 건 어떻겠습니까?"

"명중률을 높이려면 용에 폭탄을 싣고 툴롱 가까이까지 가야 하는데, 툴롱의 프랑스 해군이 독을 섞은 유산탄을 보유하고 있어 그것도 쉽지가 않습니다. 독이 섞인 유산탄을 맞을 각오를 하면서까지 자기 용을 툴롱으로 데리고 갈 비행사는 없으니까요."

포틀랜드는 고개를 저으며 말을 이었다.

"그래도 지금 훈련을 받고 있는 롱윙 품종의 어린 용이 한 마리 있으니, 테메레르가 어서 빨리 자라기만 기대해야지요. 그리 되면 그 용의 편대에 소속시켜 영국 해협을 지키도록 할 수 있을 겁니다. 그럼 지금 영국 해협을 지키고 있는 엑시디움과 모르티페루스를 툴롱으로 보내 프랑스 해군을 격파할 수 있겠지요."

로렌스는 두 번째 소를 먹고 있는 테메레르를 바라보며 말했다.

"보시다시피, 테메레르는 매우 빨리 자랄 겁니다. 저도 최선을 다해 복무하겠습니다. 해군 출신인 제가 비행사 노릇을 한다는 게 탐탁지 않으실 테고, 경험 많은 비행사가 테메레르와 한 팀을 이루는 것이 백번 낫겠지만, 해군으로서 쌓아온 제 경험도 공군에서 나름대로 쓸모가 있을 것으로 봅니다."

포틀랜드는 화가 났다기보다는 수심이 가득한 얼굴로 한숨을 푹 쉬더니 바닥을 내려다보았다.

"그래도 걱정입니다. 로렌스 대령은 어렸을 때부터 비행 훈련을 받은 사람이 아니라서, 공군으로 지내기가 쉽지 않을 겁니다. 비행 기술이나 비행 지식도 부족하고, 그밖에도 어려운 점이 한두 가지가 아닐 텐데……"

말투로 미루어보건대, 포틀랜드 대령은 로렌스의 용기에 우려를 나타내거나 의문을 제기하는 것은 아니었다. 어제와는 달리 오늘 아침에는 로렌스를 친절하게 대했다. 공군들은 대체로 외부인들에게 매우 배타적이지만, 외부인이라도 일단 자기 무리로 받아들인 후에는 따뜻하게 대했다.

"포틀랜드 대령님, 달리 어떤 어려운 점이 있을 거라는 뜻인지 잘 이해가 되지 않는군요."

포틀랜드는 애써 속내를 감추며 말했다.

"물론 그렇겠지요. 그렇지만 나중 일을 괜히 앞당겨 걱정할 필요는 없겠지요. 공군 본부에서 로렌스 대령과 테메레르를 라간 호수 기지가 아닌 다른 곳으로 보낼 수도 있으니까요. 그래도 최대한 빨리 영국으로 가서 훈련받을 준비를 하는 게 좋겠군요. 대령과 테메레르가 영국에 도착하면, 공군 본부에서 향후 거취를 결정해 줄 겁니다."

로렌스는 걱정이 돼서 물었다.

"하지만 과연 테메레르가 중간에 쉬지도 않고 영국까지 날아갈 수 있을까요? 1,600킬로미터도 넘을 텐데요. 이 섬의 한쪽 끝에서 반대쪽 끝까지 날아본 게 테메레르의 최장 비행 기록입니다."

"정확히 말하자면, 여기서 영국까지는 3,000킬로미터 정도 됩니다. 그리고 테메레르에게 그처럼 무리한 장거리 비행을 시킬 생각도 없습니다. 노바스코샤(지금의 캐나다 동남부에 위치한 반도. 당시 영국의 식민지였음-옮긴이주)에서 영국으로 출발한 용 수송선이 하나 있는데, 지금 그 수송선에는 3일 전에 우리 공군 사단에 합류한 용 두 마리가 타고 있습니다. 여기서 그 수송선까지의 거리는 160킬로미터 정도 됩니다. 라에티피캇과 내가 테메레르와 로렌스 대령을 그 수송선까지 호위해 드리겠습니다. 수송선까지 날아가는 동안 테메레르가 힘들어하면 라에티피캇의 등에 잠시 타게 해서 쉬도록 하면 됩니다."

로렌스는 수송선까지만 날아가면 된다는 말에 안심이 되었으나, 앞으로 공군으로서 알아야 할 것이 한두 가지가 아닐 거라는 생각에 마음이 무거워졌다. 벌써부터 걱정할 필요없다고 포틀랜드 대령이 말했는데도 불안감을 떨칠 수가 없었다.

160킬로미터도 짧은 거리는 아니어서 족히 세 시간은 비행해야 할 것이다. 그래도 그 정도는 자신 있었다. 며칠 전 하우 경을 방문하면서, 마데이라 섬의 한쪽 끝에서 반대쪽 끝까지 세 번 왕복하는 거리만큼을 날아보았다. 물론 중간중간에 휴식을 취하기는 했지만, 테메레르는 전혀 지친 기색이 아니었다.

로렌스가 포틀랜드에게 물었다.

"언제 출발하면 됩니까?"

"빠를수록 좋지요. 그 수송선이 이곳에서 점점 멀어지고 있으니까요. 30분 내에 출발할 수 있겠습니까?"

로렌스는 깜짝 놀랐다.

"해보기는 하겠습니다만, 나머지 짐을 나중에 영국으로 실어다 달라고 렐리언트 호 측에 부탁을 해놔야겠군요."

"그럴 필요가 뭐 있습니까? 짐이야 라에티피캇에게 실으면 됩니다. 테메레르한테 짐을 지게 하지는 않을 겁니다."

"아뇨. 그게 아니라, 짐 싸는 데 시간이 많이 걸릴 것 같아서 말입니다. 아직 제가 짐을 싸두지 않았거든요. 파도의 흐름을 지켜보다가 천천히 짐을 꾸리는 게 습관이 되어놔서요. 앞으로는 미리미리 준비를 해야겠군요."

20분쯤 지난 후 포틀랜드가 다시 로렌스의 방으로 들어왔다. 로렌스는 선원용 사물함을 끄집어낸 뒤 그 안에 당장 필요한 물품들을 챙겨 넣었다. 시간이 모자라서 사물함의 절반도 채우지 못할 것 같았다. 로렌스는 물품 위에 담요 두 장을 얹어 빈 공간을 메웠다. 사물함이 그리 크지 않아서 라에티피캇에게 큰 부담이 되진 않을 것 같았다. 계속 의아해하며 쳐다보는 포틀랜드에게 로렌스가 물었다.

"왜요? 혹시 제가 짐을 잘못 싸고 있는 건가요?"

"짐 싸는 데 시간이 많이 걸린다고 한 이유를 알겠네요. 원래 그렇게 신경 써서 짐을 꾸립니까? 나머지 물건들은 그냥 가방 몇 개에 나눠 대충 쑤셔 넣으세요. 가죽끈으로 라에티피캇의 몸에 잡아매면 되니까요."

그 순간, 로렌스는 궁금증 하나를 풀었다. 그 동안 비행사들이 왜 하나같이 구깃구깃한 옷을 입고 다니는지 이해가 되지 않았었다. 아니 할 말로 그처럼 구겨진 옷을 입는 것이 고급 비행 기술의 일종일지도 모른다는 말도 안 되는 추측을 한 적도 있었다.

"아뇨, 그럴 필요 없습니다. 페르나오가 나머지 제 짐을 챙겨서 렐리언트 호에 실어줄 겁니다. 그리고 당분간은 지금 사물함에 집어넣은 옷가지와 물건들만으로도 충분합니다."

로렌스는 사물함 주변을 끈으로 묶고 자물쇠를 잠그며 덧붙였다.

"자, 이제 준비가 끝났습니다."

포틀랜드는 데리고 온 공군 중위들 몇 명을 불러 로렌스의 사물함을 들어 옮기라고 지시했다. 그들을 따라 오두막 밖으로 나온 로렌스는 난생 처음 공군들의 비행 준비 과정을 지켜보았다. 테메레르와 로렌스는 한 옆으로 물러나 공군들의 작업을 흥미롭게 구경했다.

라에티피캇은 소위들이 옆구리를 오르내리고 배 밑에 매달리고 등 위에 올라가는 동안에도 참을성 있게 가만히 서 있었다. 어린 소위들은 삼베로 만들어진 구조물을 라에티피캇의 등과 배에 각각 설치했다. 마치 소형 텐트 같은 그 구조물은 가늘고 유연한 금속 테두리를 기본으로 하여, 바람의 저항을 덜 받도록 길고 경사진 널빤지를 정면에 댔고, 양옆과 뒤쪽은 그물로 처리되어 있었다.

소위들은 모두 열두 살도 채 안 되어 보였고, 군함에서와 마찬가지로 중위들은 연령층이 다양했다. 나이가 좀 많아 뵈는 중위 넷이 묵직한 가죽으로 둘러싸인 사슬을 라에티피캇 앞까지 질질 끌고 왔다. 라에티피캇은 입으로 그 사슬을 물어 양어깨뼈 사이의 튀어나온 부분, 즉 등에 설치된 텐트 앞에 얹었다.

그리고 나자 소위들이 그 묵직한 사슬과 안장의 나머지 부분을 수많은 가죽끈과 작은 사슬로 단단히 연결시켰다. 그리고 사슬 고리로 만들어진 그물을 가죽끈에 연결시켜 라에티피캇의 배 아래쪽으로 늘어뜨렸다.

로렌스는 자기 사물함이 다른 이들의 가방 및 소포와 함께 그 그물 속으로 던져지는 걸 보았다. 소위들은 정말 짐을 아무렇게나 그물 안으로 던져 넣었다. 그나마 사물함 안 빈 공간을 담요로 채워 넣은 것으로 만족해야 했다. 앞으로 저 그물 속에서 사물함이 열두 번도 더 뒤집어질 테지만, 그 안의 물건들이 뒤죽박죽되지는 않을 테니까.

소위들은 가죽과 양털로 만들어진, 성인 남자의 팔뚝만한 두께의 대형 패드를 그물 안으로 넣은 뒤 위쪽을 덮고 그물 가장자리를 쭉 잡아당겨 묶었다. 그리고 최대한 내용물의 무게가 고르게 분산되도록 라에티피캇의 배에 그물을 바짝 붙인 다음, 각 고리를 안장에 걸었다. 로렌스는 그런 식으로 짐을 싣는 게 마음에 들지 않았다. 그래서 나중에 테메레르한테 짐을 싣게 되면 저런 식으로 하진 말아야겠다고 다짐했다.

해군들에 비해 공군들의 짐 싣는 방식이 지닌 딱 한 가지 장점은 그 과정이 15분밖에 걸리지 않는다는 거였다. 짐을 다 싣고 나자 라에티피캇은 뒷다리를 세우고 날개를 펼쳐 제자리에서 여섯 번 정도 펄쩍펄쩍 뛰었다. 그 바람이 어찌나 센지 로렌스는 중심을 잃고 비틀거렸다. 그렇게 제자리에서 심하게 움직였는데도 라에티피캇의 배 쪽에 실린 짐들은 크게 움직이지 않았다.

"짐이 제대로 실렸어."

라에티피캇이 이렇게 말하며 다시 네 발로 주저앉자 그 충격으로 땅이 우르르 울렸다. 포틀랜드가 큰 소리로 명령했다.

"망꾼 탑승!"

명령이 떨어지기 무섭게 네 명의 소위가 라에티피캇의 몸으로 기어 올라가 양어깨와 엉덩이 쪽에 자리를 잡고 고리로 몸을 안장에 연결시켰다.

"등 쪽 승무원과 배 쪽 승무원 탑승!"

이번엔 중위들 여덟 명이 두 무리로 나뉘어 탑승하기 시작했다. 한 무리는 등에 설치된 텐트로, 나머지 한 무리는 배에 설치된 텐트로 들어갔다. 그 텐트들은 라에티피캇의 어마어마한 덩치에 비하면 사뭇 조그맣게 보였지만, 보기보다 넓은 편이어서 그들을 넉넉히 수용했다.

승무원들이 탑승하고 나자 폭탄을 점검하고 장비를 챙기던 소총병들이 탑승하기 시작했다. 그 소총병들을 이끄는 자가 바로 다예스였다. 로렌스는 인상을 찡그렸다. 공군들이 비행 준비를 하는 모습을 구경하느라 다예스를 깜박 잊고 있었다.

다예스 대위는 로렌스에게 아직까지 사과하지 않은 상태였다. 하긴 영국에 도착한 뒤에는 한참 동안 서로 만날 일이 없을 테니, 더 이상 신경 쓸 필요도 없었다. 테메레르에게 자초지종을 듣고 난 뒤로, 로렌스는 다예스가 사과를 해도 받아줄 수 있을지 확신이 서지 않았다. 그렇다고 결투도 할 수 없는 상황이라 불편하고 기분이 나빠도 참는 수밖에 없었다.

소총병들이 탑승한 후, 포틀랜드는 라에티피캇의 몸을 한 바퀴 빙 돌고 그 밑에 서서 말했다.

"됐군, 지상요원 탑승!"

땅바닥에 서 있던 남자들 몇 명이 라에티피캇의 배 밑 장비 안으로 기어 들어와 장비에 몸을 단단히 묶었다. 그러고 나자 라에티피캇이 직접 포틀랜드를 앞발로 잡아 등에 얹었다. 등으로 올라간 포틀랜드는 이리저리 돌아다니며 안장을 두루 살피더니 라에티피캇의 목 바로 아래쪽에 자리를 잡았다. 그 동작이 마치 나이 어린 소위들처럼 민첩했다.

이윽고 포틀랜드가 말했다.

"우리는 준비가 다 되었습니다. 로렌스 대령은요?"

로렌스는 그제야 자기가 아직 땅바닥에 서 있다는 걸 깨달았다. 로렌스가 얼른 돌아서며 테메레르의 안장으로 기어 오르려는 순간, 테메레르가 라에티피캇을 흉내내어 로렌스를 앞발로 조심스럽게 붙잡아 안장 위에 얹었다. 로렌스는 싱긋 미소를 지으며 테메레르의 목을 쓰다듬었다.

"고맙다, 테메레르."

로렌스는 안장에 몸을 고정시키고 포틀랜드에게 소리쳤다.

"대령님, 우리도 준비가 다 되었습니다!"

"그럼 출발하지요. 작은 용이 먼저 날아오르는 게 원칙입니다. 공중에선 우리가 앞장을 서겠습니다."

로렌스가 고개를 끄덕이는 순간 테메레르는 다리에 힘을 모으고 힘차게 도약했다. 순식간에 땅이 저만치 멀어졌다.

공군 본부는 런던에 위치한 해군 본부, 육군 본부와 날마다 머리를 맞대고 작전을 짤 수 있도록, 런던에서 가까운 채텀(영국 런던에서 남동쪽으로 약 45킬로미터 떨어진 곳에 위치한 항구 도시—옮긴이주) 동남쪽의 시골 지역에 위치해 있었다. 공군 본부 주변엔 푸른 들판이 체스판처럼 펼쳐져 있었고, 저 멀리 들판 끝에는 런던 탑이 흐릿한 자줏빛으로 보였다. 공군 본부에서 도버(영국 동남부에 위치한 항구 도시—옮긴이주)까지는 마차로 한 시간 정도 걸리는 거리였다.

벌써 한참 전에 로렌스와 테메레르에 대한 내용이 담긴 서신을 받았을 텐데도, 공군 본부에서는 다음날 아침이 되어서야 로렌스를 불렀다. 그리고 지금 로렌스는 두 시간째 포이스 공군 대장의 사무실 밖에서 기다리는 중이었다. 사무실 안에서 나누는 대화는 잘 들리지 않았지만, 가끔 언성이 높아지기도 했다.

마침내 사무실 문이 열렸다. 문간에 선 로렌스는 포이스 공군 대장과 보든 공군 대장의 얼굴을 조심스럽게 살폈다. 보든 대장은 잔뜩 미간을 찡그린 채 얼굴이 벌겋게 달아올라 있었다.

포이스가 토실토실한 손으로 손짓을 하며 말했다.

"어서 들어오게, 로렌스 대령. 테메레르는 정말 근사하더군. 오늘 아침에 먹이를 먹는 걸 보았는데 체중이 9톤은 너끈히 나가겠어. 자네, 정말 대단한 일을 했어. 테메레르가 알에서 깨어난 후 2주 동안 생선으로 먹이를 충당했다면서? 그리고 이번에 용 수송선을 타고 오면서도 생선을 먹였다고 들었네. 대단해. 정말 대단해. 앞으로 용들의 식단을 전체적으로 수정하는 방안도 생각해 봐야겠어."

보든이 불쑥 끼어들었다.

"그렇긴 하지만, 지금은 그게 문제가 아니지요."

포이스는 보든을 향해 얼굴을 찡그리고는 로렌스에게 지나칠 정도로 다정하게 말했다.

"이제 테메레르도 훈련을 시작해야 될 것 같더군. 우린 자네가 공군에서 얼른 자리를 잡도록 최대한 지원하겠네. 물론 비행사가 되더라도 자네는 대령 직급을 유지하게 될 걸세. 원래 10년 걸리는 훈련을 단 시일 내에 받아야 하니, 쉴 틈도 없이 훈련에 임해야 할 거야."

로렌스는 고개를 숙이며 신중하게 대답했다.

"예, 대장님. 테메레르와 저는 충성을 다해 복무하겠습니다."

포틀랜드와 마찬가지로 포이스도 로렌스와 테메레르가 받게 될 훈련에 관해 언급하면서 묘하게 거북스러워하는 분위기를 풍겼다. 용 수송선을 타고 오는 2주 동안 로렌스는 그 이유를 곰곰이 생각해 보았다. 좋은 이유 때문이 아니라는 것만은 분명했다.

그들이 한 말을 종합해 볼 때, 인격이 제대로 형성되기 전에 공군에 입대한 일곱 살짜리 소년 같으면 나름대로 적응할 수 있지만, 이미 다 자란 어른이라면 견디기 힘들어할 만한 훈련이라는 것이었다. 그래도 비행사라면 비행 훈련을 받아야 하는 것이 마땅하지 않은가. 그런데 그들은 왜 훈련에 관해 자세히 말하기를 꺼리는 걸까? 로렌스는 그 이유가 몹시 궁금했다.

포이스가 말했다.

"흠, 우리는 자네와 테메레르를 라간 호수의 공군 기지로 보내기로 결정했네."

'라간 호수'라는 말에 로렌스는 가슴이 철렁 내려앉았다.

포이스가 계속 말을 이었다.

"최대한 빠른 시일 내에 전투에 나갈 수 있도록 하려면, 거기서 훈련을 받는 게 가장 좋거든. 여름이 끝날 때쯤엔 테메레르도 전투에 나갈 만큼 체중이 더 늘겠지."

로렌스는 포이스의 표정을 살피며 물었다.

"대장님, 죄송한 말씀이지만, 전 그 기지에 관해서 자세히 들은 바가 없습니다. 스코틀랜드에 있습니까?"

"그렇다네. 스코틀랜드의 인버네스서에 있지. 우리가 보유한 최대 규모의 기지 중 하나야. 집중 훈련을 받기에 그곳만큼 좋은 곳은 없어. 밖에 있는 그린 대위가 거기로 가는 길을 알려줄 걸세. 오늘 밤에 당장 그리로 출발하게. 길 찾는 건 별로 어렵지 않을 거야."

이만 나가보라는 뜻이었다. 더 이상 길게 얘기할 분위기가 아니었다. 그러나 로렌스는 별도로 요청해야 할 일이 있어 말을 꺼냈다.

"알겠습니다, 대장님. 나가서 그린 대위한테 그리로 가는 길을 물어보겠습니다. 그런데 한 가지 청이 있습니다. 오늘 밤은 노팅엄셔에 있는 부모님 집에서 지내고 싶습니다. 테메레르가 머물 수 있을 만큼 마당도 넓고, 먹이로 줄 사슴들도 있거든요."

그의 부모님은 매년 이맘때쯤에는 런던의 별장에 가 있었다. 그래도 갈맨 가족은 노팅엄셔에 있을 테니 집 근처에서 잠깐이라도 에디스를 만날 수 있을지도 몰랐다.

"아, 그렇게 하게. 휴가를 더 길게 주지 못해서 미안하네. 포상 휴가라도 줘야 마땅하지만, 일주일 만에 세상이 뒤집힐 수도 있는 판국이라 시간을 아껴야 해."

"감사합니다, 대장님. 더는 바라지도 않습니다."

로렌스는 고개 숙여 인사를 한 뒤 사무실 밖으로 나왔다. 밖에서 대기 중이던 그린 대위가 라간 호수의 공군 기지로 가는 길이 표시된 상세지도를 건넸다.

부모님 집으로 가기 전에 로렌스는 잠시 짬을 내어 도버로 가서 숙녀용 모자를 담는 판지 상자 열두 개와 공군용 가죽 외투를 구입했다. 그 모자 상자는 원통형이라서 테메레르에게 매달아도 몸을 찌르지 않을 것 같았다.

로렌스는 사물함에 담아온 물건들을 그 모자 상자로 옮겨 담았다. 모양새가 요상할 것 같았지만, 그래도 열두 개의 모자 상자를 테메레르의 배 밑에 끈으로 매달고 나니 나름대로 말쑥하긴 했다. 테메레르의 거대한 배 밑에 달린 모자 상자들이 턱없이 조그맣게 보이긴 했지만.

"아주 편해. 전혀 신경이 안 쓰여."

테메레르는 이렇게 말하며 뒷다리로 일어서서 마데이라 섬에서 라에티피캇이 했던 것처럼 날개를 퍼덕이며 제자리 뛰기를 해 보였다. 모자 상자들은 단단히 매달려 있었다. 테메레르가 계속 말을 이었다.

"내 등에도 텐트를 설치하는 게 어때? 그럼 바람이 세게 부는 공중에서도 당신이 편하게 앉을 수 있을 텐데."

로렌스는 자기를 걱정해 주는 테메레르의 마음에 감동했다.

"난 텐트를 설치할 줄 몰라, 테메레르. 그리고 이 공군용 가죽 외투를 입으면 따뜻하니까 문제 될 게 없어."

그때 기척도 없이 보든이 나타나 대화에 끼어들었다.

"텐트를 설치하려면 제대로 된 안장을 보급받을 때까지 기다려야 하네. 안장의 강철고리와 텐트를 연결시켜야 하거든. 그나저나 출발 준비가 다 됐나, 로렌스?"

보든은 테메레르의 가슴 앞쪽에 서서 허리를 굽히고 모자 상자들을 살펴보며 말을 이었다.

"흠, 자네는 우리 공군의 짐 싸는 습관을 송두리째 갈아엎으려 하는군."

로렌스는 보든의 깐죽거리는 말투에 화가 났지만 꾹 눌러 참았다. 고위급 장성인 보든이 테메레르의 거취 문제에 관한 결정권을 쥐고 있었기 때문이다.

"아뇨, 대장님. 그런 건 아닙니다. 다만, 제가 가진 선원용 사물함에 짐을 넣어 실으면 테메레르가 불편해할 테고, 급히 짐을 꾸릴 땐 모자 상자에 넣는 게 편할 것 같아서 그런 것뿐입니다."

이윽고 보든은 허리를 쭉 펴며 말했다.

"그럴지도 모르겠군. 하지만 나는 자네가 사물함과 마찬가지로 해군으로서의 생활습관을 모조리 버렸으면 좋겠네. 이제부터 자네는 공군 비행사니까."

"물론 저는 기꺼이 비행사가 될 겁니다, 대장님. 하지만 평생 해군으로 살면서 지녀온 습관과 사고방식을 하루아침에 버릴 수 있을지는 잘 모르겠습니다."

다행히 보든은 로렌스의 말을 고깝게 듣진 않았다. 그저 고개를 저으며 다른 데로 화제를 돌렸다.

"그래, 쉽진 않겠지. 자네한테 한 가지 다짐받을 게 있어서 왔네. 앞으로 받게 될 훈련 내용은 공군 이외의 사람과는 절대 논의하지 않겠다고 약속하게. 국왕 폐하께서는 외부의 간섭 없이 공군 내에서 힘을 합해 최고의 성과를 이끌어내기를 기대하고 계시네. 우리도 외부의 간섭을 받는 걸 좋아하지 않고. 내 말 알겠나?"

"예, 알겠습니다."

로렌스는 왜 그렇게까지 입 단속을 해야 하는지 이해가 되지 않았지만 단호한 표정으로 대답했다. 쓸데없이 토를 달며 보든의 말을 거역했다가는 불이익을 당할 게 분명했기 때문이다. 그래도 한 가지 궁금증만큼은 도저히 참을 수가 없었다.

"대장님, 왜 여기 있는 기지가 아니라 라간 호수까지 가서 훈련을 받아야 하는지 그 이유를 말씀해 주시면 감사하겠습니다."

보든은 날카롭게 말을 받았다.

"그리로 가라는 명령을 받았으면, 군소리말고 명령에 따르면 되는 거야."

하지만 금세 한층 누그러진 말투로 덧붙였다.

"라간 호수의 훈련 교관이 미숙련 비행사들을 빠른 시일 내에 공군에 적응시키는 데 전문가이기 때문일세."

"미숙련 비행사들이라고요? 공군이 되려면 일곱 살에 입대해서 훈련을 받기 시작하는 것으로 알고 있습니다만, 설마 일곱 살 때부터 용을 타고 다니게 한다는 말씀은 아니겠지요?"

"물론 그건 아닐세. 용의 부화가 절차대로 이루어지지 않을 때도 가끔 있어서, 자네 같은 외부인이나 우리가 원하는 수준의 비행 기술을 갖추지 못한 사람이 비행사가 되기도 해. 어쩌겠나, 받아들여야지."

보든은 경멸조로 웃음을 터뜨리며 말을 이었다.

"용은 참 희한한 동물이라서 이해가 안 될 때가 많아. 해군 장교를 비행사로 선택하는 용도 있으니, 말 다했지."

그러더니 테메레르의 옆구리를 탁 치고는 왔을 때와 마찬가지로 간다는 말도 없이 휙 돌아서 가버렸다. 그래도 테메레르나 로렌스에게 불쾌해하는 것 같지는 않으니 다행이었다. 하지만 로렌스는 전보다 더 머릿속이 혼란스러웠다.

노팅엄셔까지 날아가려면 몇 시간은 걸렸다. 노팅엄셔로 가는 동안 로렌스는 스코틀랜드의 라간 호수 기지에서 어떤 일이 기다리고 있을지 거듭 생각해 보았다. 보든 대장이나 포이스 대장, 포틀랜드 대령이 라간 호수 기지에 관해 했던 말들을 종합해 보면 훈련 과정이 몹시 힘든 곳일 수도 있겠다 싶었다.

해군으로 복무할 때, 로렌스에게도 못 견디게 힘들었던 시절이 있었다. 로렌스는 열일곱 살 때 준위로 막 임관하여 바스토우 함장이 이끄는 쇼어와이즈 호에 올랐다.

바스토우 함장은 신사 계급이 아니라도 장교가 될 수 있던 시절에 출세한 자로서 나이가 꽤 많아 해군의 구시대적 유물로 불리고 있었다. 바스토우는 장사로 많은 재산을 모은 아버지와 온건한 성품을 지닌 어머니 사이에서 태어난 사생아였다. 소년 시절부터 아버지의 배를 타다가 해군에 들어와 앞돛대 수병이 되었고, 전투에서 대단한 활약을 한 데다 수학 쪽으로도 머리 회전이 빨라서 금방 항해사로, 그리고 대위로 진급을 했다. 행운까지 따라주어 함장의 자리까지 올랐으나 타고난 천한 출신 성분은 어떻게 해도 바뀌지 않았다.

바스토우는 자신의 사회적 신분이 미천하다는 것을 잘 알았고, 자신의 열등감을 자극하는 자들에게 분노를 쏟아냈다. 사실, 그의 분노가 터무니없는 것만은 아니었다. 뒤에서 슬금슬금 곁눈질을 해가며 천한 신분인 주제에 어쩌고 하는 식의 뒷담화를 하는 장교들이 뜻밖에도 많았다.

그런데 엉뚱하게도 그 불똥이 로렌스에게 튀었다. 바스토우는 어이없게도 로렌스의 명랑하고 낙천적인 태도를 자신에 대한 모욕으로 여기며 무자비한 벌을 내렸다. 로렌스에게 비스킷과 물만 먹게 하고, 두 번 혹은 세 번 연속으로 불침번을 세워 수면 부족에 시달리게 만들었다. 또 일도 가장 못하고 질도 좋지 않은 선원들로 이루어진 포병대를 이끌게 하는 식으로 피를 말렸다. 함께 항해를 시작한

지 3개월 만에 바스토우가 폐렴으로 세상을 떠나지 않았다면, 아마 로렌스는 지레 죽고 말았을 것이다.

로렌스는 그때를 떠올리면 지금도 부르르 떨렸다. 다시는 바스토우 같은 인간 밑에서 괴롭힘을 당하고 싶지 않았다. 공군 출신이 아니면서 알에서 부화한 새끼 용에게 선택된 사람들이 훈련을 받으러 간다는 무시무시한 라간 호수의 공군 기지. 그 기지에 관해 보든 대장이 언급했던 불길한 말을 생각하면, 훈련 교관이나 동료 훈련병들이 바스토우 같은 종류의 고약한 심성을 지닌 위인들이 아닐까 싶기도 했다.

하지만 이제 로렌스는 열일곱 살짜리 소년도 아니고 계급도 그때처럼 낮지 않았다. 테메레르도 돌보면서 국가에 대한 의무를 다하려면 사소한 일에 주눅 들지 말고 정신을 똑바로 차려야 한다는 생각이 들었다.

그런 생각을 하는 동안 로렌스는 자기도 모르게 고삐를 쥔 손에 힘을 주었다. 그러자 테메레르가 돌아보며 물었다.

"괜찮아, 로렌스? 아까부터 아무 말도 안 하고, 무슨 일이야?"

로렌스는 테메레르의 목을 쓰다듬으며 대답했다.

"아, 미안. 쓸데없는 생각을 좀 하고 있었어. 아무것도 아니야. 피곤하지? 잠깐 내려가서 쉴래?"

테메레르가 걱정스럽게 말했다.

"아니, 안 피곤해. 솔직히 말해 봐. 기분이 별로 안 좋아 보여. 우리가 훈련을 시작하는 게 마음에 걸려서 그래? 아니면 배로 돌아가고 싶어서 그런 거야?"

로렌스가 우울한 목소리로 대답했다.

"내 속을 훤히 꿰뚫고 있구나, 테메레르. 배로 돌아가고 싶은 건 아니고, 우리가 받게 될 훈련이 좀 걱정돼서 그래. 포이스 대장이랑 보든 대장이 불길한 소릴 좀 했거든. 스코틀랜드에서 우리가 과연 잘 견뎌낼 수 있을까 걱정도 되고."

"훈련이 마음에 안 들면 그냥 다른 데로 가버리면 되지 않을까?"

"그게 말처럼 쉽지가 않아. 멋대로 행동할 수는 없어. 나는 영국의 국왕 폐하를 모시는 장교고 너는 국왕 폐하의 용이니까 아무렇게나 살면 안 돼."

"나는 영국 국왕을 만나본 적도 없고, 그의 소유물도 아니야. 난 양이 아니니까. 나는 당신한테 속해 있고, 당신은 나한테 속해 있을 뿐이야. 당신이 스코틀랜드에서 불행해진다면, 나도 스코틀랜드에 머물고 싶지 않아!"

"아, 테메레르."

테메레르가 이렇게 독립적인 성향을 보여주는 게 처음은 아니었다. 덩치가 커지고 자는 시간보다 깨어 있는 시간이 많아지면서 독립성도 덩달아 부쩍 강해졌다. 원래 정치나 철학 따위에 관심이 없던 로렌스는 자신이 당연히 받아들였던 일을 테메레르에게 논리적으로 이해시키기가 어려웠다.

"그건 소유의 문제가 아니라, 우리가 국왕 폐하께 충성을 바치고 있는 몸이라는 뜻이야. 그리고 폐하께서 네게 들어가는 비용을 지불하시지 않으면, 넌 먹이를 실컷 먹을 수도 없어."

"소도 맛있긴 하지만, 물고기를 먹어도 상관없어. 그리고 당신이랑 같이 용 수송선만큼 큰 배를 얻어서 바다로 나가서 사는 것도 좋아."

로렌스는 그 장면을 떠올리며 웃음을 터뜨렸다.

"그러니까 나더러 해적 두목이 돼서 서인도제도를 오가는 다른 배들을 습격하란 말이지? 스페인 상선에서 빼앗은 금을 은신처에 쌓아놓고 네가 그 위에서 자려고?"

그렇게 말하고는 테메레르의 목을 쓰다듬었다.

"그것도 참 재미있겠다. 우리 그렇게 살면 안 될까?"

로렌스는 테메레르가 지금 무슨 상상을 하는지 알아챘다.

"당연히 안 되지. 해적질로 먹고살 수 있던 시대는 이미 지났어. 이제 해적은 없어. 지난 세기에 스페인 군대가 토르투가 섬에 불을 질러 그곳에 은신하던 마지막 해적단을 전멸시켰거든. 그렇다고 해적이 완전히 없어진 건 아니야! 요즘도 국적 없는 배나 용을 타고 다니며 노략질을 하는 자들이 더러 있긴 해. 하지만 그러다가 붙잡히면 끝장이야. 게다가 개인의 탐욕을 채우려고 싸움을 하는 건 옳은 일이 아니지. 영국을 지키고 국왕께 충성을 바치며 자신의 의무를 이행하는 것과는 전혀 다른 차원이거든."

테메레르는 밑을 내려다보며 물었다.

"굳이 영국을 지켜야 할 필요가 있어? 내가 보기엔 아주 평화로워 보이는데."

"그야 영국의 육해공군이 지키고 있어서 그런 거지. 우리가 의무를 제대로 이행하지 않으면, 프랑스 놈들이 영국 해협을 건너 쳐들어올 거야. 실제로 프랑스의 나폴레옹은 영국으로 쳐들어오려고 여기서 그리 멀지 않은 동쪽 지역에 10만 대군을 대기시켜 놓고 있어. 그러니까 우리는 이 나라를 지키기 위해 최선을 다해야 해. 가령 렐리언트 호의 선원들이 할 일을 안 하고 제멋대로 굴면, 렐리언트 호가 앞으로 제대로 나아가지 못하는 것과 같은 이치야."

그러자 테메레르는 숨을 크게 들이마시며 생각에 잠겼다. 그 진동이 로렌스의 온몸에 그대로 전해졌다. 마치 방 안에서 서성거리는 사람처럼, 테메레르는 속도를 좀 늦추고 활공을 하다가 한참만에 날개를 한 번 퍼덕이며 다시 수평으로 날아올랐다. 그리고 뒤를 돌아보며 말했다.

"로렌스, 내가 생각해 봤는데, 어차피 라간 호수로 갈 수밖에 없고 달리 결정할 수 있는 입장이 아니라면, 그곳에서 일어날지도 모를 나쁜 일을 미리 앞당겨 걱정할 필요는 없을 것 같아. 라간 호수에 도착해서 일이 어떻게 돌아가는지 알 때까지 일단 걱정은 접어두자."

"아, 테메레르. 정말 훌륭한 조언이구나. 네 조언에 따르도록 노력해 볼게. 그래도 단박에 걱정을 떨쳐내기는 힘들 것 같아. 생각을 안 하려고 해도 자꾸 떠올라서."

"그럼 스페인의 무적함대에 대한 얘기를 또 해줘. 프랜시스 드레이크 경이 불을 질러 스페인 무적함대를 무찌른 얘기 말이야."

"또? 알았어. 전에 얘기해 줬는데 벌써 다 잊어버린 거야?"

테메레르는 점잔을 빼며 말했다.

"전부 기억하고 있지만, 한 번 더 듣고 싶어서 그래."

테메레르는 자기가 좋아하는 부분을 되풀이해서 들려 달라고 졸랐고, 다 듣고 난 뒤에는 용과 군함에 관해 학자들도 대답하기 힘든 질문들을 던졌다. 그래도 그런 대화를 주고받은 덕분에 로렌스는 훈련에 대한 두려움을 접고 기분 좋게 비행할 수가 있었다.

해가 질 무렵, 그들은 '왈라톤 홀'이라는 이름이 붙은 로렌스의 부모님 저택에 도착했다. 황혼의 햇살이 그윽하게 감싼 저택의 수많은 창문에는 불이 켜져 있었다.

테메레르는 눈을 휘둥그렇게 뜨고는 왈라톤 홀 위를 여러 바퀴 돌았다. 로렌스는 밑을 내려다보며 불이 켜진 창문의 수를 세어보았다. 원래 이맘때쯤 그의 부모님은 런던의 별장에 가 계시는데 어쩐 일인지 이번에는 아닌 모양이었다. 그렇다고 테메레르를 재울 만한 다른 숙소를 찾기엔 이미 시간이 많이 늦은 상태였다.

"테메레르, 저쪽 헛간 뒤에 빈 목장이 있어. 여기서부터 동남쪽 방향이야. 보이니?"

"응, 담장으로 둘러쳐진 곳 말이지? 저기에 착륙할까?"

"그래. 마구간 쪽으로 가까이 가면 말들이 날뛸 테니까 그 목장에 착륙하자."

테메레르가 천천히 목장에 착륙했고, 로렌스는 바닥으로 내려서서 테메레르의 코를 따뜻하게 쓰다듬으며 말했다.

"부모님이 집 안에 계시는 것 같아. 일단 부모님께 인사드린 뒤 나와서 먹을 걸 준비해 줄게. 시간이 좀 걸릴 것 같은데 괜찮겠어?"

"출발하기 전에 배불리 먹었으니까, 오늘 밤엔 안 먹어도 돼. 졸리기도 하고. 내일 아침에 일어나서 저기 있는 사슴들을 먹을 거야."

테메레르는 바닥에 길게 누워 꼬리를 둥글게 모으며 말을 이었다.

"여기는 마데이라보다 추우니까 당신은 집 안에 들어가서 쉬어. 당신이 병이 나는 건 나도 원하지 않아."

로렌스는 기분이 좋아졌다.

"태어난 지 6주 된 용한테 보살핌을 받으니까 기분이 묘하네."

이렇게 말해 놓고 나니, 테메레르가 태어난 지 6주밖에 안 된 용이라는 게 새삼 실감이 났고, 한편으론 놀랍기도 했다. 테메레르는 알에서 깨어났을 때부터 어른스러웠고, 세상의 지식을 열정적으로 빨아들이 이제 모르는 게 거의 없었다.

테메레르는 로렌스가 돌봐줘야 할 대상이 아니라, 힘들 때 의지할 수 있는 다정한 친구가 되어가고 있었다. 꾸벅꾸벅 졸기 시작하는 테메레르를 바라보며 로렌스는 훈련에 대한 두려움이 사라지는 걸 느꼈다. 바스토우에 대한 기억 때문에 괜한 걱정을 했던 것이다. 테메레르와 함께라면 해내지 못할 일이 하나도 없었다.

이제 혼자 집 안에 들어가서 부모님을 만나야 했다. 로렌스는 집 안으로 들어가면서 자신의 짐작이 맞았다는 걸 알았다. 응접실에 불이 환하게 켜져 있었고, 여러 개의 침실에도 촛불이 밝혀져 있었다. 철에 맞지 않게 집에서 파티가 열린 모양이었다.

로렌스는 하인을 불러 아버지께 자기가 집에 왔음을 알리도록 했다. 그리고 뒷계단을 통해 옷을 갈아입으러 자기가 쓰던 침실로 올라갔다. 먼저 목욕을 하고 싶었지만 예의상 곧장 응접실로 내려가야 했다. 일부러 부모님을 피하는 듯한 인상을 주고 싶지 않았기 때문이다.

로렌스는 세면대에서 대충 세수를 한 뒤 모자 가방에 넣어온 야회복을 꺼내 입었다. 그리고 양어깨에 견장 대신 금색 줄 두 개가 나란히 붙어 있는 암녹색의 공군용 가죽 외투를 걸쳤다. 거울에 비친 자신의 모습이 영 낯설었다. 도버에서 산 그 외투는 원래 다른 사람이 맞춰놓은 것인데, 로렌스가 급하다고 하자 주인이 로렌스에게 맞도록 급히 수선해서 판 것이었다. 그래도 그럭저럭 몸에 잘 맞았다.

응접실에는 로렌스의 부모님 외에 12명도 넘는 손님들이 모여 있었다. 그들은 한가롭게 대화를 나누다가 로렌스가 들어서자 곁눈질하며 나지막하게 수군거렸다. 로렌스의 어머니가 걸어와 로렌스를 맞아주었다. 어머니는 침착하게 행동하면서도 표정은 굳어 있었다. 로렌스는 어머니의 뺨에 입을 맞추면서 어머니가 긴장하고 있는 걸 알아챘다.

"이렇게 예고도 없이 찾아와 죄송해요. 집에 아무도 없을 줄 알았어요. 오늘 밤만 여기서 지내고 아침에 스코틀랜드로 떠날 거예요."

"아, 오늘 밤만 여기서 지낼 거라니 유감이구나. 그래도 잠깐이나마 네 얼굴을 볼 수 있어서 정말 좋구나. 이리 와서 몬터규 양과 인사를 나누겠니?"

파티에 모인 사람들은 대부분 부모님의 오랜 친구들이었지만 로렌스와는 그리 친한 사이가 아니었다. 예상했던 대로 이웃 사람들도 파티에 초대를 받아 와 있었다. 에디스 갈맨도 부모를 따라와 있었다. 로렌스는 기뻐해야 할지 슬퍼해야 할지 갈피를 잡지 못했다. 에디스를 만나니 반갑고 좋았지만, 너무 오랜만이라 어색하기도 했고 주변에서 다들 로렌스를 보며 수군거렸기에 당황스럽기도 했다. 많은 사람들 앞이라 에디스에게 선뜻 접근하기가 힘들었다.

잠시 후, 에디스에게 다가간 로렌스는 그녀의 손을 잡고 허리를 굽히며 인사를 했다. 에디스는 굳은 표정이었다. 에디스는 원래 쉽게 당황하지 않는 성격이었다. 방금 전 로렌스가 왔다는 얘기를 전해 듣고 놀랐을 수도 있지만, 이미 평상심을 되찾은 듯했다.

에디스가 조용히 말했다.

"오랜만이야, 윌."

그녀의 말투에선 어떠한 온기도 느껴지지 않았다. 그렇다고 화가 났다거나 당황한 것 같지도 않았다.

잠시 버트럼 울비와 대화를 멈추고 로렌스를 향해 몸에 밴 예의바른 태도로 인사했을 뿐이다. 로렌스와 에디스의 인사는 그것으로 끝이 났다. 울비는 로렌스에게 정중하게 고개를 끄덕이며 인사를 했지만 에디스와 로렌스를 위해 자리를 비켜줄 생각은 없어 보였다.

　울비의 부모는 로렌스의 부모와 같은 사교계의 일원이었다. 그런데 울비는 로렌스와는 달리 부친의 재산과 작위를 상속받을 예정이었고, 정치에 흥미도 없어서 직업을 가질 필요도, 의향도 없었다. 그래서 시골에서 사냥을 하거나 마을에서 노름을 즐기며 느긋하게 살았다. 로렌스는 울비와 나누는 단조로운 대화를 지겨워해 친구로까지 발전하지 못했다.

　어쨌든 로렌스는 손님들을 존중하는 의미에서 그 자리를 바로 뜨지 못하고 엉거주춤 서 있었다. 자기를 측은히 여기는 듯한 사람들을 아무렇지 않은 듯 대하자니, 마음 한 구석이 매우 거북했다. 무엇보다 휘스트 카드 게임을 하고 있는 아버지한테 인사를 드려야 하는 게 가장 고역이었다. 앨런데일 경은 못마땅한 눈으로 로렌스의 공군 외투를 쏘아볼 뿐 정작 아무 말도 하지 않았다.

　로렌스와 앨런데일 경 사이에 어색한 침묵이 흐르자 어머니가 다가와 다른 테이블에서 벌어진 카드 게임에 네 번째 참가자로 끼라고 권유했다. 로렌스는 얼른 어머니가 말한 테이블로 가서 카드 게임에 몰두했다.

　그 테이블에는 나이가 지긋한 신사 세 명이 앉아 있었다. 에디스 갈맨의 아버지 갈맨 경과 맥키논 제독, 헤일 자작이었다. 그들은 모두 앨런데일 경의 친구이자 정치적 동맹관계를 맺은 사람들이었다. 게다가 게임에 몰두하면서 의례적인 말 외에는 쓸데없는 소리를 하지도 않았다. 로렌스로서는 매우 다행한 일이었다.

로렌스는 카드 게임을 하면서도 자주 에디스 쪽을 힐끔거렸다. 에디스의 목소리는 들리지 않았지만, 울비가 얼굴을 들이대며 에디스와 친밀하게 얘기하는 게 보이자, 혐오감이 울컥 치밀어올랐다. 로렌스가 에디스 쪽에 정신이 팔려 게임을 지연시키자 갈맨 경이 조용히 주의를 주었다. 당황한 로렌스는 사과를 한 뒤 고개를 숙인 채 게임에만 열중했다.

게임을 하다가 맥키논 제독이 로렌스에게 물었다.

"라간 호수로 가기로 했다며?"

맥키논 제독은 잠시 말을 멈췄다가 이었다.

"소년 시절에 그 근처에서 살았지. 친구 하나가 라간 마을 가까이에서 살았어. 우린 머리 위로 날아다니는 용들을 구경하곤 했지."

로렌스는 불필요한 패를 버리며 대꾸했다.

"예, 제독님. 저와 제 용은 거기에서 훈련을 받기로 했습니다."

로렌스의 왼쪽에 앉은 헤일 자작이 카드 하나를 내려놓았고, 갈맨 경이 그 카드를 집었다. 맥키논 제독이 말했다.

"거긴 참 특이한 곳이야. 마을 사람의 절반이 그 기지의 공군들을 위해 일하고 있지. 마을 사람들은 일을 하러 수시로 기지를 들락거리지만, 비행사들은 여자들을 만나러 마을 술집으로 올 때를 제외하고는 좀처럼 마을로 내려오지 않아. 그래도 거기 있다 보면 해군으로 복무할 때보다 여자 구경하기가 한결 수월할 걸세. 하하!"

점잖지 못한 농담을 내뱉은 맥키논 제독은 아차 싶었던지 뒤늦게 동석한 이들의 눈치를 살폈다. 그리고 혹시 숙녀들이 자기 얘기를 듣지 않았는지 어깨 너머를 살피고는 더 이상 라간 호수 기지를 화제로 삼지 않았다.

울비는 에디스를 저녁식사가 차려진 식당으로 안내했다. 로렌스가 식탁 맨 끝자리에 앉자 식탁 분위기가 갑자기 썰렁해졌다. 로렌스는 재미도 없는 대화를 들으며 하릴없이 앉아 있어야 했다.

몬터규 양은 로렌스의 왼쪽 자리에 앉으며 예쁘장한 얼굴에 샐쭉한 표정을 지었다. 그러더니 무례하게도 로렌스를 무시한 채 로렌스의 오른쪽에 앉은 신사에게만 말을 걸었다. 그 신사는 도박 중독자로 워낙 이름이 나서 로렌스도 아는 사람이었다.

여자에게 이처럼 냉대를 받는 게 처음이어서 그런지 로렌스는 몹시 당혹스러웠다. 공군 비행사가 된 순간부터 자신이 매력적인 신랑감과는 거리가 먼 사람이 된다는 건 알았지만, 그렇다고 일상에서 이렇게 대놓고 무시를 당할 줄은 몰랐다. 머리를 잔뜩 부풀리고 붉고 얼룩덜룩한 뺨을 가진 도박 중독자보다도 더 별볼일없는 존재로 취급받다니, 정말 충격이었다.

그 도박 중독자의 오른쪽에 앉은 헤일 자작은 먹는 데만 정신이 팔린 터라 사람들과 대화를 나눌 생각이 없는 듯했다. 로렌스도 말없이 지루함을 곱씹을 뿐이었다.

울비가 전쟁 상황 및 프랑스의 침공에 대비한 영국의 준비 상황에 관해 장황하게 떠들어대자 로렌스는 더욱 기분이 나빠졌다. 울비는 우스꽝스러울 정도로 열을 올리며 나폴레옹이 군대를 이끌고 영국을 침략할 경우 민병대가 나서서 나폴레옹에게 따끔한 맛을 보여줄 거라고 지껄여댔다.

로렌스는 어이가 없어서 접시만 내려다보았다. 유럽 대륙을 정복한 나폴레옹의 10만 대군을 민병대 따위가 물리칠 수 있다고? 그건 세상물정을 전혀 모르는 멍청한 발언이었다. 육군 본부가 영국 국민들의 사기를 높이려고 퍼뜨린 말도 안 되는 소리를 그대로 믿고 마치 자기 의견인양 남들 앞에서 떠들어대다니. 더욱 기가 막힌 건 에디스가 고개를 끄덕이면서 울비의 말을 경청하고 있다는 거였다.

로렌스는 에디스가 일부러 자기를 외면하고 있는 것처럼 느껴졌다. 로렌스와는 눈도 마주치려 하지 않았다. 그래서 로렌스는 식사하는 내내 접시만 내려다보며 기계적으로 입에 음식을 떠 넣었다. 여자들이 먼저 식사를 마치고 식탁을 떠나자 앨런데일 경도 곧바로 일어나 응접실로 돌아갔다.

드디어 지긋지긋한 식사 시간이 끝이 난 것이다. 로렌스는 그 기회를 놓치지 않고 어머니에게 다가가, 내일 아침에 스코틀랜드로 출발해야 하니 그만 쉬어야겠다는 핑계를 대며 식당을 빠져나왔다. 그리고 침실로 올라왔다.

그때 마침 하인이 숨을 헐떡이며 뛰어와 방문 앞에서 로렌스를 불러 세웠다. 앨런데일 경이 서재로 불렀다는 거였다. 로렌스는 망설였다. 할 수만 있다면 아무 구실이나 만들어 아버지와 만남을 미루고 싶었다. 하지만 어차피 한번은 겪어야 할 일이었다.

로렌스는 도로 천천히 계단을 내려갔다. 그리고 서재 문에 손을 댄 채 한참동안 서 있었다. 잠시 후, 하녀 하나가 그 앞으로 지나가는 바람에 로렌스는 더 이상 꾸물거리고 있을 수가 없어, 마지못해 서재 안으로 들어갔다.

문이 닫히자 앨런데일 경이 싸늘하게 입을 열었다.

"네가 이 집에 올 줄은 몰랐다. 정말 뜻밖이구나. 도대체 뭐 하러 온 게냐?"

다짜고짜 다그치는 아버지의 물음에 로렌스는 나지막하게 대답했다.

"다음 임지로 가기 전에 잠깐 들른 것뿐입니다. 이맘 때쯤에 아버지, 어머니가 집에 계실 줄은 몰랐습니다. 파티를 열고 계신 줄은 더더욱 생각 못했고요. 놀라게 해드렸다면 죄송합니다."

"그러니까 네 말은 우리가 런던에 있을 줄 알았다 이거로구나. 9일 전에 네가 보낸 편지 받았다. 다음 임지라고?"

앨런데일 경은 로렌스의 새 공군 외투를 경멸하듯 쳐다보았다. 로렌스는 마치 누더기라도 걸친 듯한 기분이 들었다. 소년 시절, 정원에서 뛰어놀다가 지저분한 옷차림으로 집으로 들어왔을 때 아버지는 지금처럼 그를 못마땅한 얼굴로 바라봤었다.

"널 비난하는 것도 이제 지쳤다. 넌 내가 군 복무를 어떻게 생각하는지 잘 알면서도, 늘 내 의견을 무시하고 멋대로 행동했으니까. 네가 용을 데리고 이 도시에서 얼마나 오래 머물든 내 알 바 아니다만, 앞으로는 절대 이 집이나 런던에 있는 내 별장에 발을 들여놓지 않았으면 좋겠다."

앨런데일 경의 말투에서 냉기가 느껴졌다. 로렌스는 갑자기 피로가 몰려옴을 느꼈다. 아버지와 더는 말다툼을 하고 싶지 않았다. 로렌스는 아무런 감정도 담지 않은 채 말했다.

"잘 알겠습니다. 지금 당장 떠나드리죠."

자신의 목소리가 아련히 먼 곳에서 들려오는 것처럼 느껴졌.

마을의 가축 떼가 테메레르를 보고 놀라긴 하겠지만, 테메레르를 공유 목초지로 데려가 재우면 그만이었다. 아침에 양 몇 마리를 사서 테메레르에게 먹이거나, 아니면 테메레르를 달래서 그냥 굶은 채로 날아가자고 할 수도 있었다.

"어리석은 소리 하지 마라. 생각 같아서는 당장이라도 너와 의절하고 싶지만, 난 그런 멜로 드라마 같은 결정을 내릴 생각은 없다. 오늘 밤엔 여기 머물고 내일 떠나라. 더 이상 할말 없으니, 그만 나가."

로렌스는 얼른 침실로 올라와 문을 닫았다. 그제야 어깨에서 무거운 짐을 내려놓은 듯했다. 로렌스는 하인을 불러 목욕물을 받아놓으라고 지시하려다가 그만두었다. 아무하고도 말하고 싶은 기분이 아니었다. 그저 혼자 조용히 있고 싶었다.

그래도 내일 아침 일찍 이 집을 떠날 수 있다는 사실을 떠올리니 위안이 되었다. 손님들과 또다시 딱딱하고 정나미 떨어지는 식사를 하고 싶은 생각도 없었고, 아버지와 말을 섞기도 싫었다. 어차피 아버지는 오전 열한 시쯤 일어나실 테니까, 그 전에 테메레르를 데리고 이 집을 떠나면 그만이었다.

로렌스는 침대를 한참 동안 내려다보다가 돌연 야회복을 벗고 옷장에서 낡은 프록코트와 오래된 바지를 꺼내 입었다. 그리고 집 밖으로 나왔다. 테메레르는 웅크린 채 자고 있었다. 테메레르의 잠을 깨울까봐 다시 집으로 들어오려는데, 테메레르가 한쪽 눈을 반쯤 뜨고는 언제나처럼 어서 오라는 뜻으로 한쪽 날개를 들어올렸다. 로렌스는 마구간에서 담요 한 장을 가져와 테메레르의 널찍한 앞발 위에 팔다리를 쭉 뻗고 누웠다. 따뜻하고 편안했다.

테메레르는 나머지 앞발로 로렌스를 조심스럽게 감싼 뒤 가슴 쪽으로 끌어당겨 날개로 포근히 덮어주었다. 그리고 조용히 물었다.

"괜찮은 거야? 기분이 언짢은 모양이네? 당장 여기서 나갈까?"

로렌스도 그러고 싶었지만 그만두었다. 테메레르를 여기서 푹 재우고 아침을 먹인 후에 데리고 가는 게 훨씬 나았다. 게다가 치욕이라도 당한 것처럼 도망치듯 이 집에서 빠져나가고 싶진 않았다. 로렌스는 테메레르를 쓰다듬으며 말했다.

"아니야. 그럴 필요없어. 걱정 마. 아버지랑 좀 다퉜을 뿐이야."

그런데도 그만 나가라고 했던 아버지의 차가운 말이 잊혀지지 않았다. 로렌스가 어깨를 웅크리자 테메레르가 물었다.

"우리가 온 것 때문에 당신 아버지가 화를 냈구나?"

빠르게 상황 판단을 하며 걱정하는 테메레르의 목소리에 로렌스는 우울한 기분을 달래며 사실대로 털어놓았다.

"아버지와 나는 옛날부터 자주 말다툼을 했어. 아버지는 나를 둘째형처럼 성직자로 만들려고 하셨거든. 해군을 명예로운 직업이라고 생각하지 않으셨지."

"공군 비행사는 해군보다 더 못하다고 생각하시는 거지? 그래서 당신이 해군을 떠나고 싶어하지 않았던 것 아니야?"

역시 테메레르의 통찰력은 대단했다.

"그래. 아버지는 공군이 해군보다 못하다고 여기시지. 하지만 나는 네가 내 곁에 있으니까, 그렇게 생각 안 해."

로렌스가 이렇게 말하며 몸을 일으켜 테메레르의 코를 문지르자, 테메레르도 로렌스에게 코를 대고 비볐다.

"사실, 아버지는 내가 선택한 직업을 인정해 준 적이 한 번도 없으셨어. 그래서 나는 해군이 되려고 아예 어렸을 때 집을 나와버렸지. 나는 아버지가 원하는 삶을 살고 싶지 않았고, 아버지가 당신 뜻대로 내 인생을 좌지우지하는 것도 정말 싫었어."

그 말에 테메레르가 콧김을 내뿜었다. 테메레르의 따뜻한 숨결이 서늘한 밤 공기 속으로 하얗게 퍼져나갔다.

"당신 아버지가 당신더러 집 안에서 자지 말라고 해서 나왔어?"

그 순간 로렌스는 살짝 당황했다. 마음이 순간적으로 나약해져서 어린 테메레르에게 위로를 받으려고 했던 것이다.

"아니. 혼자 자는 것보다 너랑 같이 자고 싶어서 나온 거야."

테메레르는 로렌스의 말을 믿기로 한 듯했다.

"그래, 내가 따뜻하게 재워줄게."

테메레르는 두 날개를 살짝 앞으로 뻗어 자기 몸과 로렌스를 바람으로부터 보호하면서 다시 잠들 준비를 했다.

로렌스는 담요를 몸에 둘둘 감고 테메레르의 커다란 앞발 위에 누운 채 말했다.

"이러고 있으니 정말 편하다. 아무 걱정하지 말고 푹 자, 테메레르."

갑자기 피로가 몰려왔다. 아버지 앞에서 느꼈던 뼛속까지 시린 마음의 피곤함이 테메레르 덕분에 말끔히 사라지자 육신의 피로가 태산처럼 밀려왔다.

해 뜨기 직전, 테메레르의 배에서 꼬르륵 소리가 요란하게 나서 로렌스는 잠을 깼다.

"아, 배고파."

테메레르는 이미 사슴 떼를 노려보고 있었다. 겁에 질린 사슴 떼는 공원 저쪽 끝 벽에 몰려 서 있었다.

로렌스는 테메레르의 앞발에서 내려오며 말했다.

"네가 여기서 아침을 먹는 동안 나도 집에 들어가서 아침을 먹고 나올게."

로렌스는 테메레르의 옆구리를 한 번 더 쓰다듬어준 뒤 집으로 들어갔다. 아직 이른 시간이라 집 안은 조용했다. 손님들도 자고 있어서 로렌스는 아무에게도 들키지 않고 침실로 올라갔다.

하인 하나가 그의 침실로 들어와 짐 가방을 싸주었다. 그동안 로렌스는 간단히 씻고 비행복으로 갈아입은 뒤 서둘러 아래층 식당으로 내려갔다. 하녀들이 아침식사를 쟁반에 올려놓고 있었다. 식탁 위엔 커피포트가 놓여 있었다. 아무하고도 마주치고 싶지 않았건만 뜻밖에도 에디스가 식탁 앞에 앉아 있었다. 원래 일찍 일어나는 편이 아닌데, 별일이라면 별일이었다.

에디스는 평온한 얼굴이었고 옷차림은 완벽했으며 머리는 깔끔하게 금색 끈으로 묶어올린 상태였다. 허벅지 위에 올려놓은 두 손을 꼭 쥐고 있는 걸 보니 긴장한 것 같기도 했다. 아직 입에 대지도 않은 차 한 잔이 앞에 달랑 놓여 있었다.

로렌스를 본 에디스가 억지로 밝은 표정을 지으며 말했다.

"좋은 아침이야."

그리고 하인들을 흘끗 쳐다본 뒤 말을 이었다.

"커피 따라줄까?"

"좋아."

로렌스는 에디스의 옆으로 가 앉았다. 에디스는 빈잔에 커피를 따르고 설탕 한 스푼과 크림 한 스푼을 넣었다. 로렌스의 입맛을 기억하고 있었다. 그들은 음식을 먹지도 대화를 나누지도 않은 채 마냥 어색하게 앉아 있었다. 이윽고 하인들이 식탁에 요리를 차려놓고 식당 밖으로 나갔다.

에디스는 그제야 로렌스를 바라보며 조용히 입을 열었다.

"네가 떠나기 전에 단둘이 얘기하고 싶었어. 일이 이렇게 되다니,

정말 유감이야. 그런데 정말로 이렇게 될 수밖에 없었던 거야?"

로렌스는 에디스의 말뜻을 곧장 알아듣지 못했다. 잠시 곱씹어본 후에야 그것이 자기가 비행사가 된 것을 두고 한 말임을 깨달았다. 공군 비행사가 된다는 것이 세상 사람들에게는 불행의 시작으로 여겨진다는 사실을 로렌스는 깜빡 잊고 있었던 것이다.

로렌스가 짤막하게 대답했다.

"달리 어찌해 볼 수가 없었어. 나는 군인으로서 의무를 다한 것뿐이야."

그 문제 때문에 아버지한테 질책을 당하는 것까지는 어쩔 수 없다 해도 다른 사람에게까지 비난을 받고 싶진 않았다.

에디스는 고개를 끄덕였다.

"그랬구나. 네가 비행사가 되었다는 소식을 들었을 때, 군인이니까 어쩔 수 없었을 거라는 생각을 하긴 했어."

에디스는 고개를 숙였다. 불안하게 이리저리 손을 꼬는 것도 그만두었다. 로렌스가 마침내 속마음을 털어놓았다.

"그래도 너에 대한 내 마음은 하나도 변하지 않았어."

그러나 에디스는 로렌스의 말에 아무런 대꾸도 하지 않았다. 그 침묵은 로렌스의 발언에 대한 거절임이 분명했다. 어쨌거나 진심을 털어놓았으니 후련하긴 했다. 이제 둘의 관계를 끝낼지 말지에 대한 결정권은 에디스에게로 넘어갔기 때문이다.

내친 김에 로렌스가 덧붙였다.

"네 마음도 변하지 않았다면 그렇다고 말만 하면 돼."

로렌스의 말투엔 슬며시 분노가 담겨 있었고 냉랭한 기운마저 감돌았다. 약혼 신청을 하는 사람의 발언이라 하기엔 도무지 어울리지 않았다. 에디스는 숨을 훅 들이켜더니 화난 말투로 대꾸했다.

"어떻게 그런 식으로 말할 수가 있어?"

그 순간, 로렌스는 그녀가 여전히 자기를 사랑하고 있을지도 모른다는 희망을 품었다.

"내가 언제 돈만 밝히는 여자였니? 네가 온갖 위험 요소들이 산적한 해군이 되겠다고 했을 때, 내가 너를 비난한 적 있어? 네가 만일 성직자가 되었다면 지금쯤은 안정된 생활을 하고 있겠지. 그럼 우린 결혼해서 아이들을 낳고 편안하게 살았을 테고. 그랬다면 난 네가 바다에서 혹시 잘못되기라도 할까봐 마음을 졸일 일도 없었을 거야."

에디스는 평소와는 다르게 흥분해서 두 뺨이 상기된 채 빠르게 말을 쏟아냈다. 에디스의 말은 하나도 틀리지 않았다. 로렌스도 알고 있었다. 조금 전 그녀에게 차갑게 말했던 게 후회되어 로렌스는 에디스의 손을 잡으려고 팔을 뻗었다. 하지만 에디스가 계속해서 쏘아붙이는 바람에 그만 손을 거둬들였다.

"잘 들어! 내가 언제 그런 게 불만이라고 한 적 있어? 나는 그냥 참고 기다렸어. 하지만 내가 너를 계속 기다렸던 건 한갓 공군 비행사의 아내가 되어 너의 관심은커녕 친구들이나 가족과도 자유롭게 만나지 못하는 외로운 결혼생활을 하기 위해서가 아니었어. 그래, 물론 내 마음은 변하지 않았어. 그렇지만 나는 결혼생활이 평탄치 못할 거라는 걸 뻔히 알면서 너와 결혼을 강행할 만큼 무모하거나 감상적인 여자가 아니야."

에디스는 잠시 말을 끊었다가 차갑게 매듭을 지었다.

"미안해."

로렌스는 자존심이 상했고 마음이 몹시 무거웠다. 에디스가 내뱉은 말 하나하나가 마음에 깊은 상처를 남겼다.

"그랬구나. 나 때문에 그렇게 힘들었다니, 미안하다, 에디스."

로렌스는 의자에서 일어섰다. 더 이상 이 자리에 앉아 있고 싶지 않았다. 그래서 정중하게 에디스에게 고개를 살짝 숙여 인사를 한 뒤 덧붙였다.

"이만 실례할게. 행복하게 잘 살아."

그러자 에디스도 일어서며 고개를 저었다.

"아니, 윌리엄. 넌 여기 앉아서 아침 먹어. 장시간 비행을 해야 하잖아. 난 지금은 아무것도 먹고 싶지 않으니까 내가 나갈게."

에디스는 로렌스에게 손을 내밀며 억지로 미소를 지었다. 적어도 이별만큼은 품위 있게 하고 싶다는 뜻인 것 같았다. 하지만 로렌스가 에디스의 손에 입을 맞추며 작별 인사를 하는 순간, 그녀가 나지막하게 내뱉었다.

"나를 원망하지는 마, 윌리엄."

그리고는 서둘러 식당을 나가버렸다.

원망은 무슨! 로렌스는 그녀를 원망할 생각이 전혀 없었다. 오히려 한 순간이지만 에디스에게 차갑게 말했던 것, 비공식적인 약혼 상대로서 그녀에게 책임을 다하지 못했던 점이 미안할 뿐이었다. 점잖은 신사 가문의 딸로서 상당한 결혼 지참금을 지닌 에디스, 그리고 앞날이 촉망받지는 않지만 그럭저럭 먹고살 만큼의 재산을 가진 해군 장교로서의 로렌스는 오래 전 비공식적으로 결혼을 약속했다.

하지만 이제 로렌스는 공군 비행사가 되었고, 신랑감으로서의 가치는 폭락해 버렸다. 공군 비행사로 복무하는 것에 세상 사람들과 로렌스는 전혀 다른 평가를 내리고 있었다.

알고 보면 에디스가 남다른 결혼생활을 원하는 것도 아니었다. 그녀가 원하는 것은 평범한 여자가 기대하는 수준의 결혼생활이었다. 그러나 로렌스는 비행사로 살다 보면 어쩌다 자유시간을 얻어낸다 해도 여느 남편들처럼 아내에게 큰 관심을 기울이지 못할 것임을 알았다. 대부분의 시간과 애정을 테메레르에게 쏟아야 할 테니 말이다. 그런 처지가 되었음에도 에디스가 사교계 생활의 즐거움마저 포기하고 자기와 결혼해 주길 바라다니, 아무리 고쳐 생각해도 참으로 이기적인 발상임에 틀림없었다.

로렌스는 입맛이 떨어져 아침을 먹고 싶지도 않았다. 하지만 그의 자존심이 이대로 식당을 나가는 것을 허락하지 않았다. 접시에 대충 음식을 퍼담아 억지로 입에 쑤셔 넣었다.

에디스가 나간 지 얼마 지나지 않아, 로렌스 혼자 식사를 하고 있는 식당으로 멋지게 차려입은 몬터규 양이 내려왔다. 런던에서 천천히 구보를 할 때 입으면 몰라도 시골에서 말을 달릴 때 입기엔 지나치게 고상해 보이는 승마복 차림이었다.

몬터규 양은 미소를 지으며 식당 안으로 들어서다가 로렌스 혼자 식사하는 걸 보고는 곧 미간을 찌푸렸다. 그리고 로렌스와 가장 멀리 떨어진, 식탁 제일 끄트머리로 가서 앉았다.

잠시 후, 마찬가지로 승마복을 입은 울비가 식당으로 들어와 몬터규 양 옆에 자리를 잡았다. 로렌스는 내키지 않는 얼굴로 그들에게 고개를 살짝 끄덕여 인사를 한 뒤 그들의 무의미한 대화에는 신경을 쓰지 않으려고 애썼다.

로렌스가 식사를 마칠 무렵, 어머니가 식당으로 내려왔다. 어머니는 서둘러 옷을 차려입은 흔적이 역력했고, 피로가 쌓인 눈가엔 주름이 자글자글했다. 어머니는 걱정스러워하며 로렌스의 얼굴을 살폈다.

로렌스는 미소를 지어 보였으나 속내를 완전히 감추지는 못했다. 아버지의 비난과 파티에 온 손님들의 수군거림에 침묵으로 맞서는 동안 그의 마음에는 우울함이 짙게 깔리고 있었다.

로렌스는 어머니와 단둘이 걷고 싶었다.

"곧 출발해야 해요, 어머니. 저랑 같이 가서 테메레르를 만나보시겠어요?"

"테메레르라고? 윌리엄, 설마 네 용이 지금 여기 와 있다는 건 아니겠지? 맙소사, 지금 어디에 있니?"

"당연히 여기 있죠. 아니면 제가 어떻게 여기까지 날아왔겠어요. 헛간 뒤에 있는 빈 목장에 있으라고 했는데, 아마 지금쯤 아침식사를 했겠네요. 정원의 사슴들을 마음껏 잡아먹으라고 했거든요."

그러자 옆에서 듣고 있던 몬터규 양이 호기심이 동했는지 비행사에 대한 반감도 팽개치고 관심을 보였다.

"어머! 저는 용을 직접 본 적이 한 번도 없어요. 울비 씨랑 같이 구경 가도 돼요? 정말 멋진 경험이 될 것 같아요!"

로렌스는 거절하고 싶었지만, 도저히 그럴 분위기가 아니었다. 그래서 종을 울려 하인에게 짐을 가져오라고 이른 뒤, 어머니와 몬터규 양, 울비와 함께 마당으로 나갔다. 테메레르는 땅바닥에 궁둥이를 대고 앉아 아침 안개가 시골의 들판 너머로 차츰 사라져가는 모습을 바라보고 있었다. 차가운 회색 하늘을 배경으로 앉아 있어 그런지 테메레르의 거대한 덩치가 더욱 두드러져 보였다.

로렌스는 잠시 걸음을 멈추고 마구간에서 물 양동이와 헝겊을 집어들고는 다시 테메레르 쪽으로 걸어갔다. 뒤에서는 테메레르의 모습에 지레 겁을 먹은 울비와 몬터규 양이 발을 질질 끌며 따라오고 있었다.

어머니도 테메레르를 보고 상당히 놀란 듯 로렌스의 팔을 힘주어 잡았다. 로렌스가 테메레르의 옆구리로 다가가자 어머니는 몇 걸음쯤 뒤에 서서 지켜보았다.

사슴의 살점과 피로 범벅된 턱을 로렌스가 씻겨주는 동안 테메레르는 고개를 숙인 채 낯선 이들의 모습을 흥미롭게 바라보았다. 로렌스는 입 안 구석구석까지 깨끗이 닦아냈다. 테메레르 앞에는 사슴뿔 서너 개가 나뒹굴고 있었다.

테메레르가 로렌스에게 미안해하며 말했다.

"저기 있는 연못에 가서 씻으려고 했는데, 물이 너무 얕아서 진흙이 코로 들어오더라고. 그래서 못 씻었어."

몬터규 양은 울비의 팔짱을 낀 채 감탄한 얼굴로 말했다.

"어머, 용이 사람처럼 말을 하네!"

하지만 몬터규 양과 울비는 테메레르의 입안에 가지런하게 난 하얀 이빨을 보더니 주춤주춤 물러났다. 테메레르의 앞니는 성인 남자의 주먹보다 컸고 날이 선 톱니처럼 날카로웠다.

테메레르는 몬터규 양의 말에 당황한 듯 눈을 동그랗게 뜨고 나직하게 말했다.

"그럼요, 말할 줄 알죠."

그러더니 로렌스에게 말했다.

"저 여자를 내 등에 태우고 한 바퀴 날아봐 줄까?"

갑자기 로렌스는 몬터규 양을 골탕 먹이고 싶은 생각이 들었다.

"좋은 생각이야, 테메레르. 몬터규 양, 이쪽으로 오세요. 설마 용을 무서워하는 겁쟁이는 아니겠죠?"

몬터규 양의 얼굴이 핏기가 싹 가신 듯 하얘졌다. 그녀는 서둘러 뒷걸음질을 치며 말했다.

"그건 아니지만, 사양하겠어요. 울비 씨의 시간도 너무 많이 빼앗은 것 같네요. 우린 이만 승마를 하러 가야하거든요."

울비도 우물거리며 핑계를 대고는 몬터규 양과 함께 허겁지겁 그 자리에서 도망쳤다. 꽁무니를 빼는 그들의 뒷모습을 바라보던 테메레르가 눈을 껌벅이며 말했다.

"아, 겁이 났나 보네. 조금 전 그 여자는 볼리처럼 둔한 편인가 봐. 저들이 소도 아니고, 내가 자기를 잡아먹을 리가 없잖아. 게다가 난 지금 배도 부르다고."

로렌스는 속으로 매우 고소해하며 어머니에게 돌아섰다. 그리고 상냥하게 말했다.

"두려워하실 것 없어요, 어머니. 전혀 그럴 이유도 없고요. 테메레르, 이쪽은 내 어머니 앨런데일 부인이셔."

"아, 어머니. 어머니라는 건 특별한 존재지, 그렇지?"

테메레르는 이렇게 말하며 고개를 숙여 앨런데일 부인을 자세히 쳐다보았다. 그런 다음 말했다.

"만나서 영광입니다."

로렌스는 어머니의 손을 잡아 테메레르의 부드러운 코를 만져보게 했다. 앨런데일 부인은 처음엔 조심스럽게 손을 댔지만 곧 자신 있게 쓰다듬으며 말했다.

"나야말로 너를 만나서 영광이구나, 테메레르. 정말 부드럽네! 피부가 이렇게 부드러운 줄은 몰랐어!"

앨런데일 부인이 쓰다듬어주는 손길이 좋았는지, 테메레르는 기분 좋게 꾸르륵 소리를 냈다. 그 둘을 바라보자 로렌스는 기분이 한결 좋아졌다. 가장 소중한 이들이 지지하는 한, 세상 사람들의 말에 신경 쓸 필요가 없었다. 그가 뿌듯한 얼굴로 말했다.

"테메레르는 차이니즈 임페리얼 품종이에요. 가장 진귀한 품종이죠. 임페리얼은 아마 유럽 전체를 통틀어 테메레르뿐일 거예요."

"그래? 정말 멋지구나, 애야. 중국 용들은 아주 특이하다는 말을 들었는데."

말은 그렇게 하면서도 여전히 염려의 눈길을 거두지 못했다.

"예. 저는 운이 정말 좋은 것 같아요. 나중에 시간이 있을 때 테메레르의 등에 태워드릴게요. 세상 그 무엇과도 비교할 수 없을 만큼 굉장한 경험이 될 거예요."

앨런데일 부인은 일부러 정색하며 장난스럽게 말했다.

"날더러 비행을 하라고? 세상에, 애야. 내가 말을 타도 균형을 잡지 못하는 걸 알면서 그러는구나. 더구나 용의 등에 올라타는 방법도 모르는데, 아예 그런 소릴랑 꺼내지도 말아라."

"안장끈으로 몸을 고정시키면 안전해요. 그리고 테메레르는 말이랑 달라서 몸을 갑자기 일으키거나 뒤흔들어 어머니를 바닥에 떨어뜨리진 않아요."

그러자 테메레르도 거들었다.

"아, 당연하죠. 혹시 부인께서 밑으로 떨어지더라도 제가 앞발로 붙잡을 수 있어요."

앞발의 날카로운 발톱을 감안할 때 그건 그리 좋은 방법은 아닐 듯했다. 그래도 앨런데일 부인은 테메레르의 마음 씀씀이에 기뻐하며 미소지었다.

"정말 상냥하구나. 용이 이렇게 예의가 바른 줄은 처음 알았어. 테메레르, 윌리엄을 잘 부탁할게. 사실, 윌리엄을 키우는 동안 다른 자식들보다 두 배는 더 신경을 써야 했단다. 툭하면 여기저기 긁혀 상처가 나곤 했거든."

"걱정 마세요. 아드님이 다치는 일은 없을 거예요. 약속드려요."

로렌스는 어머니와 테메레르가 자기를 두고 그런 얘기들을 나누자 당황했다. 그래서 얼른 끼어들었다.

"이제 출발해야겠어요. 이대로 두었다간 둘이서 나를 포대기에 싸서 안고 우유를 떠먹이려 들지도 모르니까요."

그런 다음 허리를 굽혀 어머니의 뺨에 입을 맞추었다.

"어머니, 편지 보낼 일이 있으시면 스코틀랜드의 라간 호수 기지로 보내세요. 우린 거기서 훈련을 받기로 되어 있거든요. 테메레르, 모자 상자를 달아매야 하니 몸 좀 일으켜볼래?"

테메레르는 뒷다리를 일으켜 세우며 말했다.

"던컨의 '트라이던트 호'는 꺼내둬. 6월 1일 해전에 관해 듣다가 말았는데, 라간 호수로 가는 동안 읽어줘."

앨런데일 부인이 기분 좋은 말투로 테메레르에게 물었다.

"로렌스가 너한테 책을 읽어주니?"

"예. 보시다시피 책이 너무 작아서 제가 앞발로 잡을 수가 없거든요. 책장을 넘길 수도 없고요."

로렌스가 끼어들었다.

"테메레르, 어머니의 말씀은 그게 아니라, 내가 책을 읽게 되었다는 사실이 놀랍다는 뜻이야. 어머니는 옛날부터 나를 붙잡아 앉혀놓고 책을 읽게 만들려고 무진 애를 쓰셨지. 내가 원래 책 읽는 걸 별로 안 좋아했거든."

로렌스는 모자 상자에서 테메레르가 말한 책을 끄집어내며 말을 이었다.

"어머니, 제가 요즘 책을 얼마나 많이 읽는 줄 아시면 놀라실 거예요. 지식욕이 대단한 테메레르 덕분에 조만간 제가 학자가 될지도 몰라요. 준비 다 됐어, 테메레르."

앨런데일 부인은 웃으며 들판 가장자리로 물러났고, 테메레르는 앞발로 로렌스를 집어 등의 안장에 얹었다. 앨런데일 부인은 한 손을 눈썹에 대고, 하늘로 날아오르는 테메레르와 로렌스의 모습을 지켜보았다.

로렌스는 뒤를 돌아보았다. 테메레르가 커다란 날개를 한 번 퍼덕일 때마다 어머니의 모습이 점점 작아지더니 이윽고 보이지 않게 되었다. 왈라톤 홀의 정원과 탑도 구불구불한 언덕 너머로 사라졌다.

5

하늘에 낮게 걸린 구름이 라간 호수의 검은 물에 비쳐 회색 진주처럼 빛났다. 봄이 오기 직전이었다. 호숫가엔 가을 파도를 타고 밀려온 노란 모래가 깔려 있었고, 그 위에는 살얼음이 얇게 덮여 있었다. 숲에서 차갑고 신선한 소나무 향기와 막 베어낸 나무 향기가 났다. 북쪽 호숫가에서부터 공군 기지 건물들이 모여 있는 곳까지는 구불구불한 자갈길이 이어졌다. 테메레르는 야트막한 산을 향해 그 길을 따라 날아갔다.

기지의 평평한 공터에는 나무로 지은 사각형의 대형 창고들이 세워져 있었다. 마구간처럼 생긴 제일 높은 창고의 앞문이 열려 있었고, 그 앞에서 남자들이 금속과 가죽을 다듬고 있었다. 비행사의 장비를 유지 보수하는 지상요원들이었다. 테메레르가 본부 건물을 향해 날아가면서 창고에 거대한 그림자를 드리웠지만, 그 지상요원들은 고개를 들지 않은 채 묵묵히 하던 일을 계속했다.

본부 건물은 중세 시대의 요새처럼 생긴 성이었다. 두꺼운 돌벽 사이사이에 낡은 탑 네 개가 세워져 있었다. 그

돌벽 안을 들여다보니 앞쪽엔 커다란 연병장이 있었고, 뒤쪽엔 넓은 공터가 있었다. 그 공터는 산꼭대기 가까이에 있어, 마치 산을 깎아 만든 듯이 보였다. 연병장엔 온통 잡초가 우거져 있었다.

테메레르보다 몸집이 두 배 정도 큰 리갈 코퍼 품종의 젊은 용 한 마리가 연병장 한 옆의 판석 위에 네 다리를 쭉 뻗고 엎드려 졸고 있었다. 그 용의 등뒤로는 볼라틸루스보다 훨씬 작고 갈색 바탕에 보라색 반점이 있는 원체스터 품종의 용 두 마리가 자고 있었다. 그리고 그 옆에는 중간 정도 크기의 옐로 리퍼 품종 용 세 마리가 한데 모여 있었다. 그 옐로 리퍼들은 모두 옆구리에 회색 줄무늬가 있어서 숨을 쉴 때마다 그 줄무늬가 규칙적으로 오르락내리락했다.

로렌스는 바닥에 내려서자마자 용들이 판석 위에서 쉬는 이유를 알았다. 밑에서 열기가 올라와 판석이 뜨끈했던 것이다. 로렌스를 내려주자마자 테메레르도 옐로 리퍼들 곁으로 다가가 기분 좋게 웅얼거리며 판석 위에 누웠다.

하인 두 명이 나와 로렌스를 맞이하면서 짐 가방을 받아들었고 본부 건물 뒤쪽으로 안내했다. 곰팡내가 나는 좁고 어두운 복도를 지나자 전망대가 나왔다. 전망대는 산허리에서 튀어나온 바위로 이루어져 있었고, 그 끝은 난간도 없이 곧장 얼음으로 뒤덮인 가파른 골짜기로 이어졌다.

하늘에선 용 다섯 마리가 마치 새 떼처럼 우아하게 편대 비행을 하고 있었다. 그 편대를 이끄는 롱윙 품종의 용은 몸통이 검푸른색이고 날개 끝으로 가면서 점차 주황색을 띠었으며, 날개 가장자리엔 검정과 흰색 줄무늬가 있었다. 롱윙('기다란 날개'라는 뜻—옮긴이주)이라는 품종 명처럼 날개의 길이가 어마어마하게 길었다.

그 용의 양옆에는 옐로 리퍼 두 마리가 흐트러짐 없이 날고 있었고, 맨 끝 왼쪽엔 연회색을 띤 그레이 코퍼 품종의 용이, 오른쪽엔 은회색 바탕에 파란색과 검정 반점이 있는 용이 날고 있었다. 오른쪽에 있는 은회색 용은 로렌스도 모르는 품종이었다.

날개를 퍼덕이는 속도와 횟수는 각기 달랐지만, 다섯 마리의 용들은 각자의 위치를 정확하게 지켰다. 그리고 롱윙 품종의 용 위에 올라탄 신호 담당 장교가 깃발을 흔들자, 다 같이 무용수들처럼 유연하게 자세를 바꾸며 반대 방향으로 날기 시작했다. 그러자 롱윙 품종의 용이 맨 뒷자리가 되었다.

곧이어 로렌스가 미처 보지는 못했지만 깃발 신호가 한 번 더 있었는지, 그 용들은 뒤로 날개를 치면서 완벽한 고리 모양을 이루며 다시 처음의 대열로 돌아갔다. 나머지 용들의 호위를 받으며, 커다란 날개를 펼치고 나는 롱윙은 단연 위협적으로 보였다.

그때 로렌스의 머리 위쪽에서 어떤 용이 깊게 울려 퍼지는 저음의 목소리로 소리쳤다.

"니티두스, 높이가 아직 너무 낮아! 원을 그리면서 날개를 여섯 번 치는 식으로 바꿔 봐!"

로렌스는 고개를 돌려 소리가 나는 곳을 바라보았다. 그 목소리의 주인공은 금색 바탕에 리퍼 종 특유의 연녹색 반점이 박혀 있고 날개 가장자리가 주황색인 용으로, 전망대 오른쪽에 튀어나온 돌 위에 앉아 있었다. 그 금색 용에겐 담당 비행사도 없는지 안장도 채워져 있지 않았다. 몸에 걸친 거라곤 동그란 연녹색 옥 여러 개가 박힌 거대한 금목걸이뿐이었다.

골짜기 위에서 니티두스라고 불린 용이 원을 그리고 날면서 날개를 치는 동작을 반복해서 연습했다. 이윽고 금색 용이 소리쳤다.

"훨씬 낫다!"

잠시 후, 금색 용은 고개를 숙이고 밑을 내려다보더니 말했다.

"로렌스 대령인가? 포이스 대장이 자네가 오늘쯤 올 거라고 했는데, 시간을 딱 맞춰 왔군. 나는 이곳 훈련 교관인 셀레리타스다."

셀레리타스가 두 날개를 펼치더니 사뿐히 전망대 바닥으로 내려섰다. 로렌스는 무의식적으로 경례를 했다. 셀레리타스는 미들급 용이었고, 몸집이 리갈 코퍼 품종의 4분의 1정도밖에 되지 않았다. 아직 어린 테메레르보다도 몸집이 훨씬 작았다. 셀레리타스는 고개를 숙이고 로렌스를 자세히 관찰했다.

"흠……."

셀레리타스의 초록색 홍채가 크게 확대되었다.

"흠, 다른 비행사들보다 나이가 훨씬 많군. 테메레르처럼 어린 용을 데리고 급히 훈련을 받아야 하는 경우, 비행사의 나이가 많은 게 오히려 효과가 있지."

셀레리타스는 고개를 들고 골짜기를 향해 다시 소리쳤다.

"릴리! 원을 그릴 때 목을 꼿꼿이 유지해야 해!"

그러더니 다시 로렌스를 돌아보며 말을 이었다.

"그나저나 테메레르가 특별한 공격 능력을 갖고 있진 않다고 들었는데, 그게 사실인가?"

"그렇습니다, 교관님."

로렌스는 자동적으로 존경의 뜻을 담아 '교관님'이라고 부르며 대답했다. 사람이 아닌 용이 훈련 교관을 맡고 있다는 사실에 충격을 받긴 했지만, 셀레리타스의 지위를 감안할 때 말투며 태도에도 신경을 써야 했다.

"테메레르가 속한 품종이 무엇인지 확인해 준 에드워드 하우 경의 말에 따르면, 더 자라더라도 불이나 산을 뿜을 수 있을 것 같지는 않다고……."

셀레리타스가 말허리를 잘랐다.

"그래, 그렇겠지. 나도 하우 경의 논문을 읽은 적이 있어. 동양 용의 전문가인 하우 경의 판단이 맞겠지. 독을 뿜는 일본 용이나 바다에 강풍을 일으키는 용이 릴리의 편대에 합류하면 참 좋을 텐데. 그럼 프랑스의 플람므 드 글로와(프랑스어로 '명예로운 화염'이라는 뜻―옮긴이주) 품종의 용과 맞서 싸울 때에도 꽤 승산이 있을 테고. 그나저나 테메레르가 큰 전투에 나갈 수 있을 정도로 몸무게가 더 늘 것 같나?"

"알에서 부화한 지 겨우 6주째인데, 벌써 9톤 정도 됩니다."

"좋아, 아주 좋아. 앞으로 두 배는 더 늘겠군."

셀레리타스는 앞발톱을 제 이마에 대고 문지르며 생각에 잠긴 목소리로 말을 이었다.

"모두 다 전해들은 대로야. 좋아. 일단 테메레르와 막시무스를 한 팀으로 묶을 생각이라네. 막시무스는 얼마 전에 이곳에서 훈련을 받기 시작한 리갈 코퍼 품종인데, 나는 막시무스와 테메레르가 어느 정도 수준에 오르면 릴리의 편대 뒤쪽을 맡도록 할 걸세. 맨 앞에서 날고 있는 롱윙 품종의 용이 바로 릴리라네."

셀레리타스는 골짜기에서 원을 그리며 날고 있는 편대를 향해 고개를 돌렸고, 로렌스는 셀레리타스가 가리키는 쪽을 바라보았다.

셀레리타스가 계속 말을 이었다.

"물론 자네와 테메레르의 훈련 일정을 짜기 전에 테메레르의 비행 능력이 어느 정도 되는지 테스트를 해봐야겠지. 지금 당장 하자는 건 아닐세. 나도 오늘은 저 편대의 연습을 마무리해야 하고, 테메레르도 장거리를 날아왔으니 당장 효과적으로 능력을 보여주긴 어려울 거야. 그랜비 대위에게 가서 이 주변을 비롯해 용들에게 먹이를 먹이는 곳까지 안내해 달라고 하게. 비행사 클럽에 가면 찾을 수 있을 거야. 그리고 내일 아침 일출 후 한 시간 뒤에 테메레르를 이 자리로 데리고 오게."

그것은 명령이었고, 로렌스는 알아들었다는 표시를 해야 했다. 로렌스는 용을 훈련 교관으로 모셔야 한다는 충격에서 헤어나지 못한 채, 놀란 속내를 애써 감추며 대답했다.

"알겠습니다, 교관님."

다행히 셀레리타스는 로렌스가 충격을 받았다는 것을 알아채지 못한 것 같았고, 이내 튀어나온 돌 위로 다시 훌쩍 뛰어올랐다.

로렌스는 비행사 클럽이 어디에 있는지 알 수가 없었으나, 차라리 다행이다 싶었다. 그곳을 찾아다니는 동안 조용히 생각을 정리할 수 있을 것 같아서였다.

이윽고 30분쯤 시간이 흐른 다음 로렌스는 지나가던 하인에게 비행사 클럽으로 가는 길을 물었다.

로렌스는 자기가 지금까지 용에 관해 들었던 모든 얘기들이 사실과 전혀 다르다는 것을 깨달았다. 셀레리타스를 보니, 담당 비행사가 없는 용은 아무짝에도 쓸모가 없다거나 안장을 채우지 않은 용은 번식에나 유용하다는 따위의 얘기는 모조리 헛말이었다.

그리고 포이스 대장과 보든 대장, 포틀랜드 대령이 라간 호수 기지에 관해 속 시원히 말하기를 꺼렸던 이유도 알 수 있었다. 이곳에 오기 전까지는 로렌스도 그랬지만 사람들은 대부분 인간이 용을 지배하는 것으로 알고 있었다. 그런데 라간 호수 기지에서는 비행사들이 용의 명령에 따라 훈련을 받고 있었다. 이 충격적인 사실이 세상에 알려지면 공군 입장에서는 꽤나 골치가 아프게 될 터였다.

물론 이성적으로 생각해 보면 용도 뛰어난 지능과 독립적인 성격을 가지고 있을 수도 있었다. 테메레르만 보더라도 그러했다. 하지만 테메레르의 지능과 독립성은 하루아침에 드러난 것이 아니라 천천히 발현된 것이어서 로렌스는 무의식적으로 그런 능력을 지닌 용은 테메레르뿐이라고 믿어버렸다. 다른 용들도 테메레르처럼 똑똑하고 독립적일 수 있다고는 미처 생각하지 못했다.

충격을 받긴 했지만 셀레리타스를 훈련 교관으로 받아들일 수밖에 없었다. 물론 이 사실이 외부에 알려지면 문제가 될 수 있으므로 입 조심을 해야 했다. 이쪽 분야에 경험이 없는 외부 사람들에겐 용납할 수 없을 정도로 경악할 일일 테니까.

프랑스 혁명으로 유럽 전체가 전쟁의 도가니에 휩쓸리기 얼마 전, 영국 정부는 안장을 거부하는 용들까지 공공 비용을 들여가며 번식용으로 사육하기보다는 도살해야 한다는 내용의 법률안을 국회에 제출했다. 안장을 거부하는 용들을 애써 기를 필요가 없으며, 그 고집 센 용들을 번식시켜 새끼를 얻는다고 해도 전투에 적합한 혈통을 길러내기가 쉽지 않다는 이유에서였다.

국회에서는 그런 쓸모없는 용들을 도살시킬 경우 연간 1,000만 파운드의 비용이 절약된다고 주장했다. 그런데 그 법률안에 관한 논의는 어느 날 갑자기 뚜렷한 이유도 없이 중단되었다. 런던 부근에 주둔하는 공군의 고위급 장성들이 다 같이 수상에게 몰려가, 그 법률안이 국회에서 통과될 경우 공군 전체가 반란을 일으킬 거라고 경고했기 때문이라는 소문도 돌았다.

처음 그 소문을 들었을 때 로렌스는 말도 안 된다고 생각했다. 물론 쓸모없는 용들을 도살하자는 정신 나간 법률안이 실제로 제출되었을 가능성은 얼마든지 있었다. 어리석고 근시안적인 관료들이 범포에 들어가는 10실링을 아끼려다가 6,000파운드짜리 배를 위험에 빠뜨리는 경우가 부지기수였기 때문이다.

하지만 공군 장성들이 그 법률안 통과를 막기 위해 국회로 몰려갔다는 건 쉽게 납득할 수가 없었다. 그래도 중립적인 입장에서 생각해 보면, 그동안 사생활을 희생해 가며 용들을 지켜온 공군 장성들이니 말도 안 되는 법률안에 맞서 반란을 일으키려 했을 수도 있겠다 싶기도 했다.

로렌스는 이런 생각을 하며 멍한 상태로 아치형 천장으로 된 통로를 지나 비행사 클럽으로 들어갔다. 클럽 안으로 들어서는 순간 공이 머리 위로 날아왔고 로렌스는 얼떨결에 두 손으로 그 공을 잡았다. 주변에서 환호성과 고함소리가 동시에 터져 나왔다. 겨우 소년 티를 벗은 연노랑 머리카락의 청년이 투덜거리며 소리쳤다.

"그건 분명히 골인이었어요. 저 분은 대위님 팀이 아니잖아요!"

그러자 또 다른 청년 하나가 나섰다.

"아니야, 마틴. 우리 편 맞아, 그렇죠?"

그 청년은 환하게 웃으며 로렌스에게 공을 달라고 손을 내밀었다. 호리호리한 몸집에 갈색 머리카락, 햇볕에 그을린 광대뼈가 도드라졌다. 로렌스는 기분 좋게 그 공을 넘겨주며 말했다.

"그건 아닌 것 같은데."

로렌스는 실내에서 장교들이 단정치 못한 옷차림으로 애들처럼 공놀이를 하고 있는 것을 보자 크게 놀랐다. 하지만 비행사 클럽 안은 다들 그런 분위기라, 제복 외투를 입고 목도리까지 착용한 로렌스의 옷차림이야말로 지나치게 격식을 차린 걸로 보였다. 장교들 중 몇 명은 아예 웃통을 벗고 있었다. 클럽 안의 가구들은 모두 가장자리로 밀어놓았고 카펫도 둘둘 말아 한쪽 구석에 처박아둔 상태였다.

갈색 머리 청년이 로렌스에게 말했다.

"존 그랜비 대위입니다. 아직 용을 배정받지는 못했습니다. 방금 도착하셨죠?"

"그래, 나는 테메레르의 비행사 윌리엄 로렌스 대령이다."

그 순간 그랜비 대위의 얼굴에서 미소가 사라지고 싹싹한 태도도 차갑게 돌변했다. 그 모습에 로렌스는 적잖게 당황했다.

주변에 있던 자들이 소리쳤다.

"그 임페리얼 품종의 용이 왔나봐!"

클럽 안에 있던 어린 훈련생들과 장교들은 로렌스와 그랜비 옆을 지나 연병장으로 뛰어나갔다. 로렌스는 그들의 뒷모습을 바라보며 눈만 껌벅였다. 로렌스의 놀란 표정을 보고 연노랑 머리카락의 청년이 다가와 말했다.

"걱정 마세요! 용을 못살게 굴 정도로 어리석지는 않으니까요. 다들 임페리얼 품종의 용을 구경하려는 것뿐이에요. 앞으로 어린 훈련생들 등쌀에 속 좀 썩이시겠어요. 여기엔 어린 훈련생들이 스무 명 정도 있거든요. 그 애들은 남을 귀찮게 하는 게 취미예요. 참, 저는 에제키아 마틴 중위라고 합니다. 에제키아는 빼고 그냥 마틴이라고 불러주세요."

공군들은 대체로 형식에 얽매이지 않는 분위기인 것 같았다. 그래서 로렌스는 마틴 중위와 그랜비 대위의 격식을 차리지 않은 인사법에 화를 낼 수도 없었다. 그러나 그처럼 허물없는 분위기에 적응하기가 쉽지 않았다.

"미리 경고해 줘서 고맙네. 테메레르도 자길 귀찮게 하는 이들을 그냥 내버려두지는 않을 걸세."

마틴의 우호적인 태도를 보고 그랜비가 반발하지 않아서 그나마 다행이라는 생각이 들었다. 그랜비보다는 친절한 마틴에게 이곳 안내를 부탁하는 게 더 나을 것 같기도 했다. 하지만 아무리 용이라고 해도 명백히 상관인 셀레리타스 훈련 교관의 명령을 거역할 수는 없기에, 로렌스는 어쩔 수 없이 그랜비를 돌아보며 딱딱하게 말했다.

"셀레리타스 교관이 자네한테 주변 안내를 받으라고 하더군. 가능하겠나?"

"예. 절 따라오시죠."

그랜비는 매우 작위적이고 부자연스런 말투로 딱딱하게 대답하고는 앞장서서 위층으로 올라갔다. 마틴이 따라와서 그나마 어색함이 덜했다. 마틴은 쉬지도 않고 재잘거리면서 분위기를 띄웠다.

"프랑스 군함에서 임페리얼 품종의 알을 빼앗았다는 그 해군이 바로 로렌스 대령님이시군요. 우와, 그 얘기 엄청 유명해요. 아마 지금쯤 개구리 같은 프랑스 놈들은 이를 갈면서 머리를 쥐어뜯고 있을 걸요? 100문짜리 군함에서 그 알을 빼앗았다고 들었는데, 전투가 오랫동안 이어졌나요?"

"소문이 그렇게 났다니, 내 공적이 심하게 부풀려진 것 같군. 아미티에 호는 최상급 군함도 아니고 36문짜리 소형 구축함이었네. 그 배에 타고 있던 프랑스 해군들은 갈증으로 거의 죽어가고 있던 참이었어. 그래서 아미티에 호의 함장이 용감하게 저항했는데도 프랑스 해군들이 패배하고 말았지. 우린 아미티에 호에 닥친 불행한 사건들과 악천후 덕분에 승리할 수 있었어. 그저 운이 좋았던 것뿐이야."

마틴이 말했다.

"아, 운도 절대로 무시할 수 없어요. 운이 따라주지 않으면 절대 이길 수가 없으니까요. 오호, 본부에서 이 방을 대령님 숙소로 정했나 보네요. 이 구석진 방은 창문만 열면 항상 세찬 바람이 들어오는데."

로렌스는 본부 건물의 원형 탑 3층에 위치한 방으로 들어가 기쁜 마음으로 둘러보았다. 비좁은 함장실에 익숙해 있던 그에게 이 방은 꽤 널찍하게 느껴졌고, 곡선 모양의 창문들도 호사스러웠다. 창밖으로 라간 호수가 내다보였다.

어느덧 잿빛의 가느다란 이슬비가 내리고 있었다. 로렌스가 창문을 열자 축축하고 시원한 바람이 방 안으로 들어왔다. 바다에서와는 달리 소금기가 없었다. 방을 둘러보니, 자신의 짐이 담긴 모자 상자들이 옷장 옆에 아무렇게나 쌓여 있었다. 로렌스는 혹시나 싶어 모자 상자를 열고 살펴보았다. 다행히 물건이 뒤죽박죽되어 있지는 않아 마음이 놓였다. 방 안에 있는 가구라고는 평범하고 커다란 침대와 책상 하나, 의자 하나가 전부였다.

"방이 조용해서 좋군. 마음에 들어."

로렌스는 이렇게 말하며 허리춤에서 칼을 풀어 침대 위에 올려놓았다. 외투를 벗으면 분위기가 덜 딱딱해 보일 것 같긴 했지만, 그냥 벗지 않고 있기로 했다. 그랜비가 싸늘한 말투로 물었다.

"용들에게 먹이를 먹이는 곳으로 안내해 드릴까요?"

비행사 클럽을 나온 후 처음 한 말이었다.

그 말에 마틴이 그랜비에게 말했다.

"아, 먼저 식당이랑 목욕탕을 차례로 구경시켜 드리는 게 좋지 않을까요?"

그러더니 마틴은 로렌스를 돌아보며 덧붙였다.

"목욕탕이 꽤 볼만해요. 로마인들이 지어놓은 건데, 우리들이 이곳에 주둔하는 이유도 바로 그 목욕탕 때문이죠."

"그렇다면 꼭 구경을 해야겠군."

사실, 로렌스는 못마땅한 얼굴로 서 있는 그랜비와 같이 있고 싶지 않았다. 하지만 안내를 받다 말고 그에게 물러가라고 하는 건 졸렬한 행동이어서 가만히 있었다. 버릇없이 구는 그랜비와 똑같이 예의 없는 인간이 되고 싶진 않았다.

그들은 다 같이 식당으로 들어갔다. 마틴은 재잘거리며 설명을 해주었다. 대령과 대위들이 작은 원형 식탁에서 식사를 시작한 후, 중위와 소위들이 직사각형 모양의 식탁에 앉아 식사를 한다고 했다. 그후에는 지상요원들이 들어와 직사각형의 식탁에 앉아 식사를 한다고 했다.

"어린 훈련생들을 가장 먼저 먹이는데, 그게 얼마나 다행인지 몰라요. 녀석들이 식사 시간 내내 꽥꽥거리고 소리를 지르면서 식당을 돌아다니면 도저히 음식이 목구멍으로 넘어가지 않을 테니까요."

마틴의 말에 로렌스가 물었다.

"따로 식사를 하는 경우는 없나?"

해군에서는 장교만 되어도 공동 식당에서 급식을 먹지 않았다. 친한 장교들과 부하들을 함장실로 초대해 식사를 했던 때가 새삼 그리웠다. 상금을 넉넉히 받고 나면, 로렌스는 함장실에 부하들을 불러 모아놓고 오붓하게 저녁식사 모임을 갖곤 했다.

"물론 있습니다. 몸이 아픈 사람한테는 하인이 쟁반에 음식을 담아 가져다주기도 하죠. 아, 배고프세요? 아직 저녁을 안 드셨겠네요. 이봐, 톨리!"

마틴은 말을 끝마치기 무섭게 톨리를 불렀다. 그러자 삼베 더미를 한아름 들고 식당을 가로질러가던 하인 하나가 한쪽 눈썹을 치뜨며 돌아보았다. 마틴이 톨리라는 하인에게 말했다.

"이 분은 로렌스 대령님이라고, 여기 막 도착하신 분이야. 이 분께 음식을 좀 챙겨줄 수 있겠어? 아니면 저녁식사 때까지 기다리시라고 할까?"

로렌스가 얼른 끼어들었다.

"아니, 됐네. 배고프지 않아. 그저 호기심에서 물어본 것뿐일세."

톨리가 곧장 대답했다.

"아, 따로 음식을 챙겨드릴게요. 요리사한테 얇게 썬 고기 한두 점이랑 감자를 섞은 요리를 해놓으라고 말하겠습니다. 요리사 낸한테 말하면 되겠네요. 탑 3층에 있는 방 맞죠?"

톨리는 로렌스의 대답도 기다리지 않은 채 고개를 숙여 인사를 하고는 가던 길을 재촉했다. 마틴이 아무렇지도 않게 말했다.

"저 톨리라는 하인이 대령님 일을 봐드릴 거예요. 하인들 중에선 최고로 일을 잘하는 편이죠. 젠킨스라는 하인은 말을 죽어라고 안 듣고, 마벨이라는 하인은 죽지 못해 명령을 따르면서 늘 불만에 찬 소리를 하거든요. 차라리 시키지 말 걸 하고 후회가 될 정도로요."

"용을 겁내지 않는 하인들을 찾는 게 쉽지 않았을 것 같은데."

로렌스도 혼잣말처럼 말했다. 그 역시 차츰 공군들끼리 쓰는 격의 없는 말투에 적응되고 있었다. 그래도 마틴이 하인과도 위아래 없이 편안히 얘기를 나누자 새삼 놀라웠다.

기다란 홀로 걸어 들어가며 마틴이 말했다.

"아, 여기 하인들은 모두 기지 주변 마을에서 태어나고 자란 사람들이라 용이나 비행사들에게 익숙한 편이지요. 톨리도 아주 어렸을 때부터 여기서 일을 해왔다고 들었어요. 그래서인지 톨리는 짜증내는 리갈 코퍼 품종의 용 앞에서도 눈 하나 깜짝 안 해요."

그들은 닫혀 있는 금속 문 앞에 섰다. 그랜비가 그 문을 잡아당기자 뜨겁고 축축한 습기와 증기가 차가운 복도로 훅 하고 뿜어져 나왔다. 금속 문 너머 목욕탕으로 내려가는 계단이 보였다. 로렌스는 그랜비와 마틴을 따라 좁은 나선형 계단을 밟고 내려갔다. 네 바퀴를 돌아 내려가자 가구가 거의 없는 넓은 탈의실 하나가 나왔다.

탈의실 벽에는 돌 선반들이 튀어나와 있고 군데군데 색이 바랜 그림들도 걸려 있었다. 물감이 일부 떨어진 그 그림들은 로마 시대의 유물임이 분명했다. 한쪽 선반엔 곱게 접은 리넨 천들이 수북이 쌓여 있었고, 또 다른 선반엔 세탁할 옷들이 한 무더기 뭉쳐 있었다.

"옷을 벗어서 선반 위에 올려두세요. 목욕탕을 한 바퀴 빙 돌아서 다시 이 자리로 올 거거든요."

마틴이 말을 끝마치기 무섭게 그랜비는 이미 옷을 벗기 시작했다.

로렌스는 이유를 몰라 물었다.

"지금 목욕을 할 시간이 있겠나?"

마틴이 장화를 벗으며 대답했다.

"아, 그건 아니고 그냥 목욕탕 안을 구경만 할 거예요. 그렇죠, 그랜비 대위님? 앞으로 몇 시간 뒤에나 저녁을 먹을 테니까 특별히 서두를 필요 없이 느긋하게 구경하시면 됩니다."

그랜비가 퉁명스럽게 끼어들었다.

"대령님이 급한 볼일이 없으신 경우에나 그렇지요."

그랜비의 무례한 말투에 마틴은 화들짝 놀라며 그랜비와 로렌스를 번갈아 쳐다보았다. 그제야 그랜비와 로렌스 사이에 흐르는 긴장을 알아챈 모양이었다.

로렌스는 당장 그랜비를 혼내고 싶은 걸 꾹꾹 눌러 참으며 입술을 지그시 깨물었다. 자기한테 적대적으로 구는 비행사들한테 일일이 발끈하면서 대응할 수도 없었다. 사실, 기존 비행사들이 자기한테 반감을 가질 것이라는 점은 어느 정도 예상하고 있었다. 뒤늦게 군함에 합류한 해군 사관후보생이 그러하듯이 로렌스도 여기서는 신참이니 어느 정도의 텃세는 그러려니 하며 견뎌내야 했다.

"급한 볼일은 없네."

목욕탕을 구경하면서 왜 옷까지 벗어야 하는지는 알 수 없었으나, 로렌스는 그들이 하는 대로 옷을 벗어 선반 위에 쌓아놓았다. 그런 다음 마지막으로 구김이 가지 않게 외투를 접어서 그 위에 얹었다.

그들은 탈의실을 나와 복도를 따라 왼쪽으로 걸어갔다. 복도 끝에 또 다른 금속 문 하나가 보였다. 그 문을 열고 들어서는 순간, 로렌스는 왜 옷을 벗고 이 안을 구경해야 하는지 그 이유를 알았다. 그 금속 문 안에 위치한 목욕탕은 증기로 가득 차서 한 치 앞도 보이지 않았다. 그곳에 조금 있었는데도 몸이 습기로 축축하게 젖기 시작했고, 곧 물방울이 맺혀 뚝뚝 떨어지기 시작했다. 만일 옷을 입고 들어왔다면 외투와 장화가 습기에 젖어 망가졌을 것이다. 뜨끈한 증기가 벗은 몸 구석구석에 스며들자 장거리 비행으로 피곤했던 근육들이 차츰 풀리기 시작했다. 습기에 젖은 몸이 번들거렸다.

목욕탕 안은 타일이 깔려 있었고, 벽에서 일정한 간격으로 돌 의자가 튀어나온 구조였다. 증기 속에서 몇 사람이 누워 있는 모습이 보였다. 그랜비와 마틴은 목욕탕 끝에 있는 동굴처럼 생긴 방으로 걸어가면서 누워 있는 자들 중 두 명에게 고개를 끄덕이며 인사를 했다. 동굴처럼 생긴 방은 목욕탕보다 온도가 높았고 건조했다. 바닥엔 길고 얕은 웅덩이가 패어 있었다.

"이 방은 연병장 바로 밑입니다."

마틴은 이렇게 말하고는 기다란 벽에 일정한 간격으로 깊이 팬 벽감을 가리키며 말을 이었다.

"사실, 공군이 여기에 주둔하는 이유는 바로 저것들 때문이죠."

벽감 앞에 연철로 된 창살이 설치되어 있는 게 보였다. 수많은 벽감들 중에 절반은 비어 있었고 나머지 절반에는 쿠션이 깔려 있었다. 그리고 그 쿠션마다 커다란 용알들이 하나씩 놓여 있었다.

마틴이 설명을 해주었다.

"용들이 저 알을 계속 품고 있도록 내버려둘 시간적 여유도 없고, 그렇다고 자연 상태대로 용들이 알들을 화산 같은 곳에 묻어두게 할 수도 없어서, 이 벽감에 넣어두고 따뜻하게 해주고 있어요."

깜짝 놀란 로렌스가 물었다.

"공간이 부족해서 알들을 이 목욕탕에 같이 보관하는 건가?"

그랜비가 건방진 말투로 끼어들었다.

"공간이 부족해서가 아니거든요?"

마틴은 그랜비를 흘끗 쳐다보고는 로렌스가 화를 내기 전에 서둘러 끼어들었다.

"보시다시피, 목욕탕에 사람들이 자주 들락거리니까 알 껍질이 딱딱해질 경우 금방 알아챌 수가 있어요."

로렌스는 간신히 화를 가라앉히며 그랜비의 말을 무시하고 마틴에게 고개를 끄덕여 보였다. 로렌스도 하우 경이 빌려준 책에서 용 알의 부화 시기를 예측하기 어렵다는 내용을 읽은 적이 있었다. 품종을 알고 부화 시기를 대략적으로 예측한다 해도, 실제 부화 시기와는 한 달 정도 차이가 나는 게 대부분이고, 더 길면 수년 정도 차이가 나기도 한다는 거였다.

마틴은 양옆이 진주처럼 은은하게 광택이 나고, 금색과 갈색이 섞인 바탕에 연노랑 반점이 있는 알을 가리키며 말했다.

"저기 있는 알은 앵글윙 품종의 알인데, 머잖아 부화할 거예요. 정말 멋진 모습이죠! 옵베르사리아가 낳은 알이에요. 옵베르사리아는 영국 해협에 주둔하는 영국 공군 편대에 소속된 암컷 용인데, 예전에 제가 막 훈련 과정을 끝마친 후 신호 담당 소위로 그 용을 탔었지요. 그 편대에 소속된 용들 중에서 옵베르사리아보다 곡예비행을 잘하는 용은 없었어요."

마틴과 그랜비는 몹시 탐이 나는 얼굴로 용알들을 바라보았다. 그들에게 용알의 부화는 좀처럼 주어지지 않는 진급 기회가 찾아옴을 의미했다. 하지만 알에서 부화한 용에게 선택을 받아 비행사가 되는 것은, 해군이 해군 본부의 허락을 얻어 군함의 함장이 되거나 전투에서 이겨 상대국의 군함을 빼앗아 그 군함의 함장으로 진급하는 것보다 가능성이 훨씬 더 낮았다.

로렌스가 마틴에게 물었다.

"자네는 용을 몇 마리나 타봤나?"

"암컷인 옵베르사리아를 탔고 그후에 수컷인 인라크리마스를 탔죠. 그런데 인라크리마스가 한 달 전 영국 해협에서 작은 접전 끝에 부상을 당해서 그때부터 지상 근무를 하고 있어요. 앞으로 한 달 뒤에는 인라크리마스의 부상도 다 나을 테니, 다시 복귀하게 될 겁니다. 어쨌든 그 전투를 통해 저도 중위로 진급이 되었으니 불만은 없습니다. 여기 있는 그랜비 대위님은 저보다 더 많은 용을 탔어요. 네 마리던가, 그럴 걸요? 라에티피캇을 타기 전에 어떤 용을 타셨죠, 그랜비 대위님?"

그랜비가 아주 짧게 대답했다.

"엑스쿠르시우스, 플루이타레, 액티오니스."

로렌스는 '라에티피캇'이라는 이름을 듣자마자 얼굴이 굳어졌다. 그렇다면 그랜비는 최근까지도 다예스와 같은 용을 탄 동료 사이였던 것이다.

로렌스는 그랜비의 공격적이고 무례한 태도가, 기존 비행사들의 무리에 난데없이 끼어든 해군 장교인 자신에 대한 분노가 아니라, 사사로운 감정 때문임을 깨달았다. 요전 날 다예스가 퍼부었던 모욕적인 말들이 떠오르면서 다시 화가 치밀어올랐다. 그랜비가 친구인 다예스의 편을 들어 자기를 모욕할 생각이라면, 더더욱 용납할 수가 없었다. 로렌스는 목욕탕 구경을 서둘러 진행시키고 싶었다.

"어서 구경이나 계속하세."

로렌스는 쉴새없이 떠드는 마틴의 말에 간간이 대꾸를 하면서 목욕탕을 한 바퀴 돌아 다시 탈의실로 나왔다. 그리고 선반에서 옷을 꺼내 입은 후 나지막하게 말했다.

"그랜비 대위, 용들이 먹이를 먹는 곳까지 안내해 주게. 그 뒤엔 나 혼자서도 충분하네."

로렌스는 더 이상 그랜비의 불손한 태도를 보아 넘기고 싶지 않았다. 그랜비가 한 번만 더 무례하게 굴면 따끔하게 혼낼 생각이었다. 그러려면 아무래도 그랜비와 단둘이 있는 편이 나았다. 그래서 로렌스는 마틴에게 말했다.

"마틴 중위, 자세한 설명을 해줘서 고마웠네. 아주 유용했어."

"별 말씀을요."

마틴은 로렌스와 그랜비를 번갈아 쳐다보면서 눈치를 살폈다. 자기가 이 자리를 떠나면 그 둘 사이에 무슨 일이 일어날까봐 염려하는 듯했다. 로렌스는 마틴에게 그만 가보라는 뜻으로 날카롭게 쳐다보았다. 마틴은 그것이 명령임을 깨닫고 말했다.

"그럼 두 분 모두 저녁식사 때 뵙죠. 이만 가보겠습니다."

로렌스는 그랜비와 함께 말없이 계단을 올라갔다. 그리고 용들이 먹이를 먹는 곳이 내려다보이는 전망대로 걸어갔다. 그 전망대는 용들이 먹이를 먹고 훈련도 받는 골짜기 끝에 위치해 있었다. 골짜기의 반대편 끝에 입구가 하나 보였고, 그 입구 쪽에서 목동들 몇 명이 일하고 있었다.

그랜비는 무미건조하게 설명했다. 지금 로렌스와 자기가 서 있는 거대한 바위에서 깃발로 신호를 보내면, 목동들이 용에게 먹일 가축들을 골라 입구를 통해 골짜기로 내보낸다고 했다. 그럼 비행 훈련을 마치고 식사를 기다리고 있던 용들이 골짜기 밑으로 날아가 그 가축들을 사냥해서 먹는다는 거였다. 그리고 건방지게도 이렇게 말을 맺었다.

"뭐, 간단한 일이죠."

그랜비의 말투는 여전히 불만으로 가득 차 있었고 오만불손했다. 마침내 로렌스가 조용히 경고했다.

"마지막에 대령님이라는 호칭을 붙이게."

그랜비는 순간적으로 당황하면서 눈을 껌벅였다.

"'간단한 일이죠, 대령님'이라고 말해야 한다는 뜻일세."

로렌스는 그쯤해서 그랜비가 말뜻을 알아듣고 더 이상 무례하게 굴지 않기를 바랐다. 하지만 그랜비는 어이없게도 말대꾸를 했다.

"해군에서는 어떠셨는지 몰라도, 여기서는 다들 허물없이 지내고 있습니다."

"나는 예의를 중시하는 사람일세. 그러니 자네도 나를 대할 때 상급자에 대한 예의를 지켜주기 바라네."

그랜비를 매섭게 쏘아보는 동안, 로렌스의 얼굴은 열이 올라 폭발 직전이었다.

"그 건방진 말투를 당장 고치게, 그랜비 대위. 그렇지 않으면 자네의 태도를 명백한 하극상으로 간주하겠네. 자네 말대로 공군들끼리 그리 빡빡하게 구는 분위기는 아닐지 모르지만, 아무리 그래도 하극상까지 용납하는 분위기는 아닐 거라 생각되네만."

그제야 그랜비는 햇볕에 그을린 광대뼈까지 얼굴이 시뻘게지면서 차려 자세로 말했다.

"예, 대령님."

"그만 가보게, 그랜비 대위."

로렌스는 이렇게 말하며 뒷짐을 지고 돌아섰다. 등뒤에서 그랜비가 물러가는 소리가 들렸다. 다시는 보고 싶지 않은 녀석이었다.

잠시 후, 분노가 가시자 피로가 엄습해 왔다. 왜 자신이 이런 대우를 받아야 하는지 비참한 기분마저 들었다.

처음 로렌스를 만났을 때 싹싹하고 친절하게 굴었던 걸로 보아 그랜비는 동료들과도 원만하게 지내는 것 같았다. 그러니 그랜비를 혼낸 로렌스에게 그의 동료들이 반감을 갖게 될지도 모를 일이었다. 그랜비는 기존 비행사들 중 하나이고, 로렌스는 어느 날 갑자기 그들 무리에 끼어든 자이니 말이다. 그랜비의 동료들은 당연히 그랜비 편을 들 것이다. 만일 그들 모두가 적대적인 태도를 취할 경우 로렌스의 입장은 더욱 곤란해질 수도 있었다.

그래도 어쩔 수가 없었다. 상급자에게 무례하게 구는 것을 묵과할 수는 없었다. 그랜비도 자신의 태도가 지나쳤다는 걸 잘 알고 있을 터였다.

로렌스는 우울한 기분으로 돌아서서 연병장 쪽으로 걸어갔다. 연병장으로 들어서는 순간 그나마 기분이 조금 나아졌다. 테메레르가 잠도 자지 않고 기다리고 있었던 것이다.

로렌스는 테메레르 곁으로 다가가 옆구리를 쓰다듬어주었다. 사실, 테메레르를 달래주려는 것보다 상처받은 자신의 마음을 위로받기 위해서라고 해야 옳았다.

"오래 혼자 둬서 미안해. 지루했니?"

"아니, 전혀. 사람들이 엄청 많이 몰려와서 나한테 말을 걸었어. 그중에 몇 명이 다가와서 새로 안장을 만드는 데 필요하다며 내 몸의 치수를 재더라고. 막시무스라는 용하고도 얘기를 나눴는데, 내가 자기와 함께 훈련을 받게 될 거라고 했어."

옆에 있던 리갈 코퍼 품종의 커다란 용이 자기 이름이 언급되자 졸린 눈을 뜨며 쳐다보았다. 로렌스는 막시무스에게 고개를 끄덕이며 인사를 했다. 막시무스도 거대한 머리를 끄덕이며 인사를 했고 곧 다시 눈을 감았다.

로렌스는 테메레르에게 시선을 돌리며 말했다.

"배 안 고파? 셀레리타스라는 용이 이곳 훈련 교관을 맡고 있더라고……. 내일 아침엔 일찍 일어나서 셀레리타스 교관과 만나기로 했어. 그러니 내일은 아침 먹을 시간도 없을 거야."

"그럼 지금 먹을래."

테메레르는 용이 훈련 교관을 맡고 있다는 얘기를 듣고도 전혀 놀란 기색이 아니었다. 테메레르의 무덤덤한 반응에 로렌스는 처음 그 사실을 접하고 충격을 받았던 자신이 왠지 바보처럼 느껴졌다. 테메레르 입장에선 용이 훈련 교관이라는 사실이 전혀 이상하지 않을 수도 있음을 감안하지 못했던 것이다.

로렌스는 굳이 안장끈을 다시 몸에 묶을 필요 없이 그냥 테메레르의 등에 올라탄 채 고삐만 잡고 조금 전 그랜비와 함께 서 있었던 거대한 바위 전망대로 건너갔다.

그곳에서 로렌스는 내리고 테메레르 혼자 골짜기 밑으로 먹이를 먹으러 가게 두었다. 테메레르가 하늘로 날아올랐다가 우아하게 내리꽂으며 사냥하는 모습을 물끄러미 바라보자니, 심적인 괴로움도 많이 사라졌다. 다른 비행사들이 어떤 태도를 취하더라도 현재 로렌스의 입지는 굳건했다.

해군 시절에도 말을 듣지 않는 선원들을 많이 다뤄본 경험이 있었다. 또 마틴 중위를 보더라도 이곳 기지에 있는 비행사들 중에는 로렌스를 적대시하지 않는 이들도 있을 수 있었다.

무엇보다 순수한 어린 훈련생들이 있어 위로가 되었다. 순식간에 급강하한 테메레르가 성긴 털을 휘날리며 저돌적으로 내달리는 소를 앞발로 낚아채 바닥에 쓰러뜨리고 뜯어먹는 동안, 기숙사의 창밖으로 머리를 내민 채 구경하던 어린 훈련생들은 열을 올리며 재잘거렸다. 그중 옅은 갈색 머리에 동그란 얼굴을 한 소년 하나가 로렌스에게 큰소리로 물었다.

"저게 바로 그 임페리얼이죠, 그렇죠?"

"그래, 이름은 테메레르란다."

로렌스는 그렇다고 짧게 대답했다. 로렌스는 해군에 있을 때 어린 소년들을 열정적으로 교육했다. 그래서 그가 지휘하는 배는 어린 생도들 교육에 최적의 장소로 간주되곤 했다. 대가족 집안에서 태어나 챙겨줘야 할 친척 아이들도 많다 보니, 로렌스는 소년들과 친하게 지내며 자라났다. 그 소년들은 대부분 로렌스에게 호의적이었다. 그래서 로렌스도 성인 남자들보다는 소년들과 함께 있는 쪽이 편했다. 자세히 보니 지금 기숙사에서 꽥꽥거리며 소리치는 훈련생들은 로렌스가 예전에 데리고 있던 해군 사관후보생들보다 더 어려 보였다.

옅은 갈색 머리 아이보다 키도 더 작고 피부색도 까무잡잡한 소년이 손가락질을 하며 소리쳤다.

"저기 좀 봐. 엄청 멋져!"

목동이 양 세 마리를 먹이로 풀어놓자 테메레르가 바닥을 스치듯이 낮게 날면서 양을 연달아 잡아채서 먹기 시작했던 것이다.

로렌스가 어린 훈련생들을 올려다보며 물었다.

"너희가 나보다도 용에 관해서라면 더 많이 알고 있을 것 같구나.

테메레르의 상태가 어때 보이니?"

훈련생들이 다 같이 열을 올리며 말했다.

"아, 그럼요! 잘 알죠!"

그중 옅은 갈색 머리 소년이 제법 전문가 티를 냈다.

"시야도 넓고 목을 끄덕이는 움직임도 아주 좋아요. 날개 길이도 적당하고 허투루 날갯짓을 하지도 않고요."

그 순간, 테메레르가 날개를 뒤로 퍼덕이며 마지막으로 소를 잡아채자 그 소년은 순식간에 다시 아이로 돌아가 소리쳤다.

"우와, 엄청나다!"

그 틈을 타서 진한 갈색 머리 소년이 로렌스에게 물었다.

"대령님, 아직 보조요원 안 뽑으셨죠?"

그러자 나머지 훈련생들도 다 같이 자기가 잘할 수 있다며 뽑아달라고 떠들썩하게 소리를 질러댔다. 그들이 말하는 보조요원이란 원래 성적이 좋은 훈련생들에게 돌아가게 되어 있었다.

로렌스는 장난을 치려고 일부러 엄숙한 말투로 대답했다.

"안 뽑았어. 너희를 가르치는 교관들의 조언에 따라 뽑아야 할 것 같구나. 그러니 앞으로 몇 주일 동안 좋은 성적을 올리도록 노력해야 할 게다."

그때 테메레르가 완벽하게 균형 잡힌 자세로 로렌스가 서 있는 거대한 바위 위로 내려섰다. 로렌스가 테메레르에게 물었다.

"배부르게 먹었니?"

"응. 전부 맛이 끝내줬어. 그런데 내 몸에 온통 피가 튀어버렸어. 같이 호수로 씻으러 갈까?"

그 순간, 로렌스는 이 기지에 도착한 뒤 테메레르를 씻겨주지 않았다는 걸 깨달았다. 로렌스는 어린 훈련생들을 올려다보며 말했다.

"제군들, 물어볼 게 있는데, 테메레르를 호수로 데려가서 씻겨도 별 문제가 없겠지?"

소년들은 놀라서 눈이 휘둥그레졌다. 그리고 옅은 갈색 머리 소년이 말했다.

"문제는 없겠지만, 용이 목욕을 한다는 얘긴 한 번도 들은 적이 없어요. 거대한 리갈 코퍼 품종의 용을 목욕시키는 장면을 상상해 보신 적 있으세요? 아마 엄청 오래 걸릴걸요. 보통 용들은 고양이처럼 입가와 발톱을 혀로 핥기만 하고 목욕 같은 건 안 하던데."

그 말을 듣고 테메레르가 어두운 표정으로 로렌스에게 말했다.

"난 그러고 싶지 않아. 시간이 많이 걸리더라도 씻겨주면 기분이 얼마나 좋은데."

로렌스는 와글와글 떠들어대는 훈련생들을 진정시키며 침착하게 말했다.

"물론 시간이 많이 걸리는 일이지만 그건 다른 여러 가지 의무들도 마찬가지 아니겠니? 우린 지금 당장 호수로 갈 생각이란다."

그런 다음 테메레르를 돌아보며 덧붙였다.

"잠깐 기다려, 테메레르. 가서 리넨 천을 좀 가져올게."

그러자 옅은 갈색 머리 소년이 소리쳤다.

"아, 제가 갖다 드릴게요!"

그러더니 그 소년의 모습이 창가에서 사라졌다. 나머지 아이들도 그 뒤를 따라갔다. 채 5분도 지나지 않아 소년 여섯 명이 어설프게 접은 리넨 천을 가득 안고 로렌스와 테메레르 앞으로 뛰어나왔다. 그 리넨 천이 도대체 어디에서 난 것인지 의심스럽긴 했다.

어쨌든 로렌스는 그 천 무더기를 받아들고 소년들에게 근엄하게 고맙다고 말했다. 그리고 테메레르의 등에 올라타며 옅은 갈색 머리 소년을 눈여겨보았다. 평소 솔선수범하는 태도야말로 장교가 되기 위해서는 꼭 필요한 자질이라는 생각을 갖고 있었기 때문이다.

그 옅은 갈색 머리 소년이 정직한 얼굴로 덧붙였다.

"내일 카라비너(타원형 강철 고리—옮긴이주)가 달린 벨트를 가지고 나올게요. 저희도 테메레르의 안장에 태워서 데려가주시면 목욕시키는 걸 도와드릴 수 있어요."

로렌스는 이렇게 적극적인 아이를 낙담시키는 것이 교육상 좋지 않을 거라고 판단했다. 그래서 그 아이의 열정을 높이 사며 말했다.

"그렇게 하렴."

테메레르가 성 주변을 돌아 라간 호수로 가는 동안 로렌스는 바위 위에 늘어선 아이들을 하나하나 관심 있게 봐두었다. 이윽고 테메레르가 확 속도를 높이자 그 아이들의 모습은 조그맣게 점처럼 되었다가 사라졌다.

라간 호수에 도착한 후, 로렌스는 테메레르로 하여금 물로 들어가 헤엄을 치면서 입과 몸에 묻은 핏덩이들을 대강 씻어내게 했다. 그런 다음 리넨 천을 들고 몸통 구석구석을 꼼꼼하게 닦았다. 부하들에게 매일 배의 갑판을 청소하게 시켰던 로렌스는 자기가 맡은 용을 씻겨주지도 않고 입가와 발톱에 묻은 피를 혀로 대충 핥아내게 하는 이곳 비행사들이 이해가 되지 않았다. 테메레르의 매끄럽고 까만 옆구리를 리넨 천으로 닦아주던 로렌스는 안장끈의 죔쇠를 만져보며 물었다.

"테메레르, 이 죔쇠 때문에 옆구리에 상처가 나진 않았니?"

"아, 요즘은 어쩌다 한 번씩만 그래. 내 가죽도 전보다 많이 단단해졌고, 날다가 가끔 자세를 좀 바꿔주면 괜찮아."

"이런, 정말 미안하구나. 이 쇠쇠가 네 몸에 비해 작다는 걸 진작 알아차렸어야 했는데. 앞으로는 나랑 같이 비행할 때를 제외하고는 안장을 벗어놓는 게 좋겠어."

"하지만 안장은 꼭 차야 하는 거 아니야? 당신이 입고 있는 그 옷처럼 말이야. 남들에게 세련되지 못한 용으로 보이는 건 싫어."

로렌스는 셀레리타스가 차고 있던 거대한 금 목걸이를 떠올리며 말했다.

"대신 좀더 큰 사슬을 얻어서 네 목에 목걸이처럼 두를 수 있도록 해줄게. 용에게 계속해서 안장을 채워놓는 건 게으름에서 비롯된 악습에 불과해. 나는 네가 다른 용들처럼 그런 악습으로 인해 고통받는 걸 보고 싶진 않아. 나중에 공군 대장을 만날 기회가 생기면, 용을 씻기지도 않고 계속 안장을 채워놓는 비행사들의 잘못된 관행을 정식으로 항의해야겠어."

로렌스는 반드시 약속을 지키는 사람이라, 라간 호수 기지의 연병장에 도착하자마자 테메레르의 등에서 안장을 벗겼다. 몸에서 물을 뚝뚝 떨어뜨리며 연병장에 내려서는 테메레르와 로렌스를 다른 용들이 관심 있게 지켜보았다. 그 용들은 호기심을 갖고 쳐다보기는 했지만, 크게 놀란 것 같지는 않았다.

테메레르는 안장을 벗고 나서 조금 초조해했지만, 로렌스가 금과 진주로 만들어진 목걸이를 안장에서 떼어 발톱에 반지처럼 감아주자 곧 안심을 했다. 테메레르는 따뜻한 판석 위로 올라가 드러누우며 조용히 속내를 털어놓았다.

"안장을 벗으니까 시원하긴 하네. 안장을 벗으면 어떤 기분일지 생각도 못해 봤어."

그 말과 함께 테메레르는 안장의 죔쇠가 닿아 비늘이 벗겨진 부분을 벅벅 긁었다. 그 상처 부위는 여러 차례 비늘이 벗겨지다 못해 시커멓게 딱지가 앉아 있었다.

로렌스는 안장을 닦다 말고, 테메레르를 쓰다듬어주었다. 그리고 딱지가 앉은 자리를 바라보며 말했다.

"정말 미안하다. 이따가 습포제를 찾아서 상처 난 곳에 붙여줄게."

그때 갑자기 옆에 있던 윈체스터 품종의 용 한 마리가 소리쳤다.

"나도 안장을 벗고 싶어요!"

막시무스의 등 위에 앉아 있던 그 용은 로렌스 앞으로 풀쩍 뛰어내리며 말했다.

"안장 좀 벗겨주세요!"

로렌스는 어찌해야 좋을지 몰라 망설였다. 다른 비행사의 용에게 채워진 안장을 자기 멋대로 벗겨내면 안 될 것 같았다. 그래서 이렇게 말했다.

"그 안장을 벗겨줄 수 있는 사람은 네 담당 비행사뿐이야. 내가 그걸 벗기면 네 비행사가 나한테 화를 낼 거야."

"제 비행사는 3일째 모습도 보이지 않고 있는걸요."

그 윈체스터 품종의 용은 슬픈 목소리로 말하며, 작은 머리를 푹 숙였다. 그 용의 몸집은 짐수레 말 두 마리를 합친 정도밖에 되지 않았고, 어깨도 로렌스의 머리에 닿을 정도로 키가 작았다. 로렌스는 그 용을 조금 더 신경 써서 들여다보았다. 몸에 말라붙은 피가 더덕더덕 붙어 있었고, 다른 용들과는 달리 몹시 지저분한 안장은 제대로 손질이 안 되어 있었다. 안장에는 더러운 얼룩과 아무렇게나 덧댄 쇳조각까지 붙어 있었다.

"자세히 좀 살펴볼 수 있도록 이쪽으로 와볼래?"

로렌스는 이렇게 말하며 젖은 리넨 천을 집어 들고는 그 작은 용의 몸을 닦아주기 시작했다.

그 용은 기분 좋게 몸을 맡기며 수줍은 듯 말했다.

"아, 고마워요. 내 이름은 레비타스예요."

"나는 로렌스고, 이쪽은 테메레르야."

그러자 테메레르는 로렌스가 자기 소유임을 강조하며, 공격적인 말투로 내뱉었다.

"로렌스는 내 비행사야!"

로렌스는 깜짝 놀라 테메레르를 올려다보았다. 어쩔 수 없이 레비타스를 닦아주다 말고 테메레르의 몸을 쓰다듬어주며 진정시켰다. 테메레르는 곧 흥분을 가라앉혔지만 로렌스가 레비타스를 마저 닦아주는 동안 못마땅하다는 듯 눈을 흘기며 쳐다보았다.

로렌스는 마지막으로 레비타스를 토닥거리면서 말했다.

"네 담당 비행사한테 무슨 일이 일어났는지 확인해 볼게. 아마 어디 몸이 안 좋은 걸 거야. 그래도 금방 회복돼서 널 보러 오겠지."

레비타스가 침울하게 대꾸했다.

"아, 제 비행사는 아파서 못 오는 게 아니에요."

그러더니 고맙다는 뜻으로 로렌스의 어깨에 머리를 비비며 덧붙였다.

"그래도 몸이 깨끗해지니까 기분이 훨씬 좋네요."

그 순간 테메레르가 불만조로 그르렁거리며 발톱을 세웠다. 깜짝 놀란 레비타스는 소리를 지르며 곧장 막시무스의 등을 타고 넘어가 다른 윈체스터 품종의 용 뒤에 숨어 몸을 잔뜩 웅크렸다.

로렌스가 테메레르에게 돌아서며 부드럽게 말했다.

"이런, 지금 질투하는 거니? 자기 비행사한테 제대로 관리를 받지 못하는 용을 내가 조금 닦아줬다고 해서 시기하면 안 되는 거야."

테메레르는 고집스럽게 말했다.

"그래도 당신은 내 거야."

잠시 후, 테메레르는 그런 언행을 한 자신이 부끄러웠는지 고개를 숙이며 조그맣게 덧붙였다.

"저 용은 작아서 씻겨주기도 편했을 테지."

"네가 라에티피캇의 두 배가 넘게 몸집이 커진다고 해도 나는 한 군데도 빼놓지 않고 네 몸 구석구석을 다 닦아줄 거야. 그리고 내일은 어린 훈련생들한테 레비타스를 씻겨주라고 할게."

비로소 테메레르의 얼굴이 밝아졌다.

"아, 그거 참 좋은 생각이네. 그런데 왜 저 용의 비행사는 코빼기도 안 비치는 걸까? 당신은 그렇게 오랫동안 날 혼자 내버려두진 않을 거지, 그렇지?"

"누군가에게 억지로 붙잡혀 있지만 않는다면, 내가 살아 있는 한 그런 일은 결코 없을 거야."

로렌스도 레비타스의 비행사가 자기 용을 왜 계속 혼자 내버려두는지 이해가 되지 않았다. 레비타스가 둔해빠진 용이라면 지적 수준의 차이로 말미암아 별다른 재미를 느낄 수 없어 용을 내팽개쳐둘 수도 있겠다 싶기는 했다.

하지만 제임스도 지능이 모자란 볼라틸루스를 따뜻하게 대해 주지 않았던가? 레비타스는 볼라틸루스보다 덩치는 훨씬 작았지만 머리는 좋은 것 같았다. 하긴 비행사들도 이런저런 부류가 있게 마련이니, 용에게 헌신적이지 못한 비행사도 있을 수 있었다.

그래도 영국 공군에 소속된 용의 수가 많지 않은 상황인데, 그중 한 마리가 불행하게 살고 있는 것은 안타까운 일이 아닐 수 없었다. 레비타스의 역량에도 부정적인 영향을 미칠 게 분명했다.

그날 저녁 늦게 로렌스는 테메레르의 안장을 들고 연병장을 나와 지상요원들이 일하고 있는 대형 창고로 걸어갔다. 몇 명이 창고 문 앞에 앉아 느긋하게 담배를 피우고 있었다. 그들은 로렌스를 호기심을 갖고 쳐다볼 뿐 경례도 하지 않았다. 그들 중 하나가 걸어와 로렌스에게서 안장을 받아들며 말했다.

"아, 테메레르의 비행사시군요. 안장이 망가졌나요? 새 안장을 만들려면 며칠 걸릴 텐데. 그동안 임시로 쇠를 덧대서 쓸 수 있도록 해드릴까요?"

"아니, 그냥 깨끗이 손질만 해주면 돼."

"안장 손질 담당 요원을 배정받지 못하셨군요. 테메레르가 어떤 훈련을 받게 될지 알아야 저희가 대령님께 지상요원을 배정해 드릴 수 있는데 말이죠. 지금은 일단 저희가 해드리겠습니다."

그는 창고 안에서 가죽 작업을 하고 있던 청년을 소리쳐 불렀다.

"홀린, 이 안장 좀 손봐 줘."

홀린은 손에 묻은 윤활유를 앞치마에 문질러 닦으며 창고 밖으로 나왔다. 그리고 크고 숙련된 손으로 안장을 받아들며 로렌스에게 물었다.

"흠, 손질을 마친 후에 제가 직접 이 안장을 채워주러 가면, 테메레르가 싫어할까요?"

"굳이 그럴 필요까지는 없을 것 같군. 어쨌든 맡아줘서 고맙네. 테메레르도 안장 없이 쉬는 게 편할 테니까, 그냥 옆에 놓아두기만 해주게."

로렌스는 홀린의 어리둥절해하는 표정을 보고도 별 다른 설명을 하지 않은 채 다른 말을 했다.

"그리고 레비타스의 안장도 손봐주면 고맙겠네."

그러자 처음에 로렌스한테서 안장을 받아들었던 남자가 생각에 잠긴 얼굴로 파이프를 길게 빨며 입을 열었다.

"레비타스의 안장을요? 글쎄요. 그건 레비타스의 담당 비행사가 자기 부하인 승무원들에게 시켜야 할 일인 것 같은데요."

그것은 맞는 말이긴 했지만, 괜한 분쟁에 휘말리기 싫어 겁쟁이처럼 핑계를 대는 것일 수도 있었다. 로렌스는 그 남자를 차가운 눈길로 쏘아보며 침묵으로 확고한 의지를 드러냈다. 그 남자는 로렌스의 눈길에 거북해하며 몸을 움찔거렸다. 로렌스는 한층 부드럽게 말했다.

"지상요원이라면 용들의 안장을 수시로 손보는 게 당연한 의무가 아닌가. 자신의 의무를 성실히 이행한다고 해서 비난을 받는다면, 그것이야말로 잘못된 관행이지. 용이 위험에 처했을 때 공군이라면 곧바로 나서서 그 상황을 타개하는 것이 옳은 처신이라고 보네."

홀린이 서둘러 말했다.

"테메레르의 안장을 손질한 후에 곧장 레비타스의 안장도 손보겠습니다. 레비타스는 덩치도 작아서 안장을 손보는 데도 시간이 별로 안 걸릴 테니, 저는 상관없습니다."

"고맙네, 홀린. 내가 지상요원에 관해 잘못 판단한 건 아닌 것 같아 다행이군."

뒤로 돌아 성으로 걸어가는 로렌스의 등뒤에서 구시렁거리는 소리가 들렸다.

"성질이 보통 아니네. 나중에 자기 승무원들한테도 엄청 까다롭게 굴겠어."

그런 얘기를 듣는 게 기분 좋은 일은 아니었다. 해군 시절, 로렌스는 까다로운 상관이란 소리를 들은 적이 한 번도 없었다. 공포심이나 위압적인 태도가 아닌, 존경심을 바탕으로 부하들을 통솔해 왔고, 그런 자신에게 늘 자부심을 느꼈다. 그의 부하들은 대부분 그의 밑에서 복무하겠다고 자원해서 온 이들이었다.

한편으로는 자신이 잘못한 게 아닐까 싶기도 했다. 지상요원들에게 레비타스의 안장까지 손보라고 강력하게 밀어붙인 것은, 어찌 보면 레비타스의 담당 비행사를 무시한 처신일 수도 있었다. 레비타스의 비행사가 알면 불만을 제기할지도 몰랐다. 그래도 로렌스는 자신의 행동이 후회되지는 않았다.

레비타스가 방치당하고 있는 걸 알면서도 그냥 내버려두는 것은 잘못이었다. 크게 격식을 차리지 않는 공군의 분위기가 이번에는 오히려 로렌스에게 유리하게 작용할 수도 있었다. 해군에서라면 남의 배에 관해 이래라저래라 하는 것이 상대방의 분노를 불러일으키는 행동이지만, 여기서는 운이 좋으면 지나친 간섭으로 여기지 않고 넘어갈지도 모를 일이었다.

라간 호수 기지에 온 첫날인데 그다지 징조가 좋지 않았다. 로렌스는 몸도 피곤했고 마음도 무거웠다. 처음에 우려했던 것과는 달리

도저히 용납할 수 없을 것 같은 일은 일어나지 않았지만, 그렇다고 편하고 익숙한 분위기도 아니었다. 평생 몸담았던 해군 시절이 그리웠다. 이루어질 수 없는 희망일 뿐이지만, 테메레르와 함께 탁 트인 대양을 떠가는 렐리언트 호의 갑판으로 돌아가고 싶었다.

6

동쪽으로 난 창문을 통해 쏟아져 들어온 햇살이 로렌스의 잠을 깨웠다. 어젯밤 방으로 올라와 보니 톨리가 약속대로 가져다놓은 저녁식사가 책상 위에 놓여 있었다. 입맛이 없어 먹지 않고 두었는데, 지금 일어나 보니 차갑게 식은 요리 위에 파리 두 마리가 자리를 잡고 앉아 있었다.

오랫동안 해군 생활을 해온 로렌스는 파리가 앉았다고 음식을 못 먹진 않았다. 로렌스는 손을 휘휘 저어 파리를 쫓고 부스러기 하나 안 남기고 요리를 먹어치웠다. 어젯밤엔 잠깐 침대에 누워 쉬다가 저녁식사를 하고 목욕도 하려고 했는데, 그대로 아침까지 잠이 들었던 모양이다. 거의 1분 동안 멍하니 천장을 쳐다보던 로렌스는 이윽고 정신이 번쩍 들었다.

아침에 셀레리타스 교관과 만나기로 했던 게 기억났다. 로렌스는 벌떡 일어섰다. 그제야 어제 셔츠와 바지를 입은 채 잠이 들었던 걸 깨달았다. 셔츠와 바지는 여분이 있으니 갈아입으면 되었지만, 외투는 한 벌뿐이었다. 그나마 외투가 비교적 깨끗해서 다행이긴 했지만.

로렌스는 기지 부근에 사는 재단사를 찾아가 외투 하나를 여벌로 주문해 놔야겠다고 마음먹었다. 보조해 주는 하인도 없이 혼자 옷을 챙겨 입으려니 경황이 없었지만 어쨌든 정돈된 모습으로 방을 나와 계단을 내려왔다.

상급 장교들이 앉는 원형 식탁은 거의 비어 있었다. 식탁 끄트머리에 앉아 있는 젊은 장교 둘이 로렌스를 보고 곁눈질로 힐끔거렸다. 그랜비 대위의 모습은 보이지 않았다. 식당 앞쪽에 땅딸막한 몸집에 혈색 좋은 남자가 외투도 입지 않은 채 앉아서 묵묵히 식사를 하고 있었다. 그 남자는 접시에 수북이 담긴 계란 요리와 검은 푸딩(돼지의 피나 지방으로 만든 소시지의 일종―옮긴이주), 그리고 베이컨을 먹고 있었다. 로렌스는 식기대를 찾아 두리번거렸다.

그때 포트 두 개를 들고 옆으로 지나가던 톨리가 말했다.

"좋은 아침입니다, 로렌스 대령님. 커피나 차를 드릴까요?"

"커피로 부탁하네."

로렌스는 그 자리에서 포트에 담긴 커피를 받아 마신 후, 톨리가 물러가기 전에 한 잔 더 받아 마시며 물었다.

"직접 식사를 받으러 가야 하는 건가?"

"아뇨, 자리를 잡고 앉아 계시면 레이시가 계란과 베이컨을 갖다 드릴 거예요. 그 외에 뭐든 필요하신 게 있으시면 말씀하시고요."

톨리는 이렇게 말하며 물러갔다.

곧, 올이 굵은 모직 소재의 소박한 옷을 입은 하녀 레이시가 로렌스에게 다가오며 명랑하게 인사했다.

"좋은 아침이에요!"

레이시가 어찌나 반가운 얼굴로 인사를 하던지 로렌스도 같이 인사를 나누고 싶을 정도였다. 레이시는 김이 펄펄 나도록 뜨거운 요리가 담긴 접시를 로렌스 앞에 내려놓았다.

로렌스는 그 요리를 한 입 맛보자마자 훌륭한 맛에 반해 예의를 차릴 생각도 못하고 계속 입에 떠 넣었다. 정체를 알 수 없는 장작 연기로 훈제를 한 베이컨이었는데, 풍부한 향이 입안 가득 퍼져나갔다. 베이컨에 곁들인 밝은 주황색의 계란 노른자도 아주 맛이 좋았다. 로렌스는 한쪽 눈으로는 높은 창문을 통해 식당 바닥에 사각형 모양으로 드리워진 햇살을 바라보며 쉴새없이 포크질을 했다.

땅딸막한 남자가 로렌스를 쳐다보며 말했다.

"그렇게 급히 먹다간 체하겠습니다."

그러더니 그 남자는 식당이 떠나가도록 큰 소리로 톨리를 불렀다.

"이봐 톨리! 차 좀 가져와!"

톨리가 와서 로렌스의 잔에 차를 부어주는 동안 그 남자가 물었다.

"로렌스 대령입니까?"

로렌스는 씹고 있던 음식을 꿀꺽 삼키고는 대답했다.

"그렇습니다. 그쪽은?"

"버클리 대령이라고 합니다. 그런데 도대체 용한테 무슨 말도 안 되는 생각을 주입시킨 겁니까? 오전 내내 막시무스가 목욕을 하고 싶다, 안장을 벗겨 달라, 어쩌고 하면서 나를 들들 볶습디다."

로렌스는 손에 쥐고 있던 칼과 포크에 힘을 주며 나지막하게 대꾸했다.

"자기 용을 편하게 해주는 게 어째서 말도 안 되는 생각인지 모르겠군요."

버클리가 로렌스를 날카롭게 쳐다보며 말했다.

"그럼 내가 막시무스를 학대라도 하고 있단 겁니까? 지금까지 용을 목욕시킨 비행사는 없었습니다. 용들은 원래 몸이 좀 더러워져도 신경 안 씁니다. 몸이 가죽으로 덮여 있으니까요."

로렌스는 화가 치밀어오르는 걸 꾹 참았다. 하지만 입맛이 뚝 떨어져서 칼과 포크를 내려놓으며 응수했다.

"얘기를 들어보니 막시무스는 당신과 생각이 다른 모양이군요. 아무려면 당신이 막시무스 자신보다 막시무스의 몸 상태를 더 잘 알겠습니까?"

버클리는 못마땅한 얼굴로 로렌스를 노려보다가 별안간 웃음을 터뜨리며 말했다.

"흠, 꽤나 열정적이군요. 해군 출신이라 태도가 뻣뻣하고 신중할 거라고 짐작은 했습니다만."

버클리는 잔에 담긴 차를 마저 들이켜고 자리에서 일어나며 말을 이었다.

"나중에 또 봅시다. 셀레리타스 교관이 막시무스와 테메레르를 한 팀으로 묶어 훈련을 받게 하려는 것 같더군요."

그리고 아주 호의적인 눈빛으로 고개를 숙여 로렌스에게 인사를 하더니 식당 밖으로 나가버렸다.

버클리가 왜 갑자기 적대적으로 굴다가 호의적인 태도로 돌변했는지, 로렌스는 그 이유를 알 수가 없었다. 하지만 셀레리타스와 만나기로 약속한 시간에 늦을 것 같다는 생각에 버클리에 관한 생각은 접어둔 채 서둘러 식당을 나왔다. 테메레르는 식당 앞에서 초조하게 기다리고 있었다. 로렌스는 지나가던 지상요원 두 명을 불러 테메레르에게 안장을 채우는 걸 도와 달라고 했다. 그리고 약속 장소인 연병장에 겨우 제 시간에 도착했다.

로렌스가 테메레르를 타고 연병장에 내려섰을 때에도 셀레리타스의 모습은 보이지 않았다. 하지만 얼마 지나지 않아 절벽에 움푹 팬 틈 사이에서 연병장 쪽으로 휙 날아오는 셀레리타스의 모습이 보였다. 절벽의 그 틈새는 나이가 많거나 존경받는 용들이 따로 머무는 곳이었다.

셀레리타스는 두 날개를 펄럭이며 연병장을 가로지르다가 뒷다리로 깔끔하게 연병장에 내려섰다. 셀레리타스는 테메레르를 자세히 쳐다보면서 말했다.

"흠, 그래. 폐활량은 아주 좋아 보이는군. 숨을 한번 들이 마셔봐. 그래, 좋아."

그러더니 셀레리타스는 네 발을 모두 바닥에 디디고 웅크리고 앉으며 말을 이었다.

"이제부터 네가 비행하는 모습을 봐야겠다, 테메레르. 골짜기를 두 바퀴 돌아. 처음엔 평행으로 돌고, 두 번째는 날개를 뒤로 치면서 돌면 돼. 속도를 평가하려는 게 아니라 네 몸의 각 부분이 균형을 잘 맞추고 있는지 보려는 거니까 편안하게 날면 돼."

셀레리타스는 테메레르에게 살짝 고갯짓을 하며 시작하라고 신호를 보냈다. 그 신호가 떨어지기 무섭게 로렌스를 태운 테메레르가 전속력으로 날아올랐다.

"살살해."

로렌스는 이렇게 말하며 고삐를 슬쩍 잡아당겼다. 테메레르는 마지못해 속도를 보통으로 줄였다. 순식간에 높이 날아오른 테메레르는 별 어려움 없이 방향을 바꾼 후 공중을 두 번 선회했다.

셀레리타스가 소리쳤다.

"자, 이제 속도를 높여봐."

테메레르는 날개를 퍼덕이며 속도를 더욱 높였다. 로렌스는 테메레르의 목에 바짝 몸을 붙였다. 속도가 어찌나 빠른지 양옆으로 쌔액 바람을 가르는 날카로운 소리가 날 정도였다. 지금까지 비행을 하면서 이만큼 빠른 속도를 낸 적이 없었다.

로렌스는 자기도 모르게 들떠서 조그맣게 와아! 하고 탄성을 내질렀다. 테메레르는 방향을 바꿔가며 빠르게 날았다. 두 바퀴를 다 돌고 나서는 연병장을 향해 강하하기 시작했다. 별로 숨도 차지 않은 듯했다.

그런데 테메레르가 연병장으로 가기 위해 골짜기를 반쯤 가로질렀을 무렵, 갑자기 머리 위에서 거대한 그림자가 그들을 덮쳤다. 깜짝 놀란 로렌스가 고개를 들어보니 막시무스가 테메레르와 충돌이라도 하려는 듯이 바로 위에서 밑으로 급강하하고 있었다. 크게 놀란 테메레르는 앞으로 진행하지 않고 공중에서 정지 비행을 했다. 막시무스는 그대로 연병장을 향해 쭉 내려갔다.

로렌스는 머리끝까지 화가 나서 고삐를 쥔 손을 부들부들 떨며, 안장 위에서 벌떡 일어나 버클리를 향해 고래고래 소리를 질렀다.

"이게 대체 뭐 하는 짓이오, 버클리 대령! 이 따위 행동을 한 걸 당장 해명하시오! 안 그러면……."

버클리는 자기가 한 짓에 대해서는 아무 언급도 없이 로렌스에게 스스럼없이 물었다.

"맙소사! 테메레르가 방금 어떻게 한 겁니까?"

막시무스가 천천히 날개를 퍼덕이며 연병장으로 내려서는 순간, 버클리가 셀레리타스에게 말했다.

"셀레리타스 교관님도 보셨죠?"

셀레리타스가 큰 소리로 대답했다.

"봤네. 자, 이제 그만 내려와, 테메레르!"

로렌스와 테메레르가 연병장 가장자리로 내려서자 셀레리타스가 말했다.

"로렌스 대령, 막시무스는 내가 명령한 대로 일부러 위에서 덮친 것이니 너무 화내지 말게. 위에서 습격을 당했을 때 깜짝 놀란 용이 본능적으로 어떤 반응을 보이는지를 테스트해야 했거든. 그건 훈련으로도 극복하기 힘든 본능의 문제니까."

로렌스는 쉽게 화가 가라앉지 않았다. 테메레르도 마찬가지인지 막시무스에게 비난조로 말했다.

"정말 불쾌했어."

막시무스는 전혀 자기 잘못은 아니라는 투로 명랑하게 대꾸했다.

"그래, 나도 알아. 나도 처음 훈련을 시작할 때 이런 테스트를 받았어. 그런데 넌 어떻게 공중에서 정지할 수 있었던 거니?"

테메레르는 목을 돌려 제 몸을 이리저리 살펴보더니 생각에 잠긴 목소리로 대답했다.

"나도 몰라. 그냥 처음에 날던 방향과 반대쪽으로 날개를 퍼덕인 것밖에 없어."

셀레리타스가 테메레르의 날개 관절을 유심히 살펴보는 동안 로렌스는 테메레르를 진정시키려고 목을 쓰다듬으며, 셀레리타스에게 물었다.

"저는 다른 용들도 정지 비행을 할 수 있다고 생각했습니다만, 아닌가요?"

셀레리타스는 한 걸음 뒤로 물러서면서 대답했다.

"200년 동안 살면서 경험한 바로는 아주 진귀한 능력이네. 앵글윙들도 공중에서 좁은 원을 그리며 날 수는 있지만, 지금 테메레르가 한 것처럼 완벽한 정지 비행을 하지는 못하지."

셀레리타스는 앞발로 이마를 긁적이며 말을 이었다.

"방금 그 능력을 전략적으로 어떻게 활용해야 할지 한번 생각해 봐야겠어. 적들에게 치명적인 무기로 작용할 수도 있으니까."

로렌스와 버클리는 저녁을 먹으러 식당으로 가면서, 앞으로 테메레르와 막시무스가 팀을 이뤄 훈련받는 문제에 관해 계속 얘기를 나눴다. 오늘 셀레리타스는 테메레르의 비행 능력을 더 알아보고 두 용이 속도를 잘 맞춰 날 수 있는지를 가늠해 봐야 한다며, 테메레르와 막시무스를 계속 이리저리 날아다니게 했다.

로렌스는 테메레르가 공중에서 능수능란하고 빠르게 움직인다는 것을 일찍부터 알고 있었지만, 막상 셀레리타스가 그렇게 평가하는 것을 들으니 뿌듯했다. 테메레르가 저보다 덩치도 크고 나이도 많은 막시무스보다도 더 뛰어난 역량을 지닌 것 같아서 내심 기뻤다.

셀레리타스는 테메레르가 현재 비행 능력을 그대로 간직한 채 성장할 경우, 앞으로 비행 속도가 두 배는 더 늘 것이며, 각개 전투에 나섰다가도 곧장 편대 대형의 자기 자리로 돌아올 수 있을 거라고 예측했다.

그날 오전에 테메레르는 버클리와 막시무스 주변을 빙글빙글 돌며 나는 훈련도 받았다. 막시무스가 속한 리갈 코퍼 품종은 영국 공군 내에서 1등급에 속하는 용이고, 테메레르에 비해 체중과 힘이 월등하기 때문에 막시무스 입장에서는 테메레르를 질투할 이유가 없었다.

그래서인지 첫날 훈련을 마친 후에도 버클리는 로렌스에게 적대적으로 굴지 않았다. 버클리는 성격도 특이하고 태도도 남다른 편이었다. 평소에는 심하다 싶을 정도로 무신경하게 굴다가 가끔 별것도 아닌 일에 벌컥 화를 내곤 했다. 그래도 막시무스에게는 꾸준히 헌신적이고 다정했다. 식당에 들어와 빈 식탁에 자리를 잡고 앉으며 버클리가 로렌스에게 말했다.

"당신은 다른 비행사들처럼 알이 부화할 때까지 오랜 시간 기다리지도 않았으면서 최상급 용을 얻었으니, 아마 다른 이들의 질투 어린 시선을 많이 받게 될 겁니다. 나는 막시무스가 알에서 깨어날 때까지 6년을 기다렸습니다. 물론 그럴 만한 가치가 있기는 했죠. 만일 당신이 임페리얼 품종의 알을 확보했다고 내 앞에서 뻐기고 돌아다녔으면 나도 당신을 무지 미워했을지도 모릅니다."

"기다렸다고요? 막시무스가 알에서 부화하기도 전에 막시무스의 비행사로 지정받은 겁니까?"

"그 알이 어미한테서 태어나는 순간부터였죠. 보통 영국 공군에서는 리갈 코퍼 품종의 용이 한 세대에 네다섯 마리 정도 태어납니다. 공군 본부에서는 공군들이 멋대로 그 알들을 차지하도록 내버려두는 게 아니라 체계적으로 관리합니다. 공군 본부 측에서 내게 리갈 코퍼 품종의 알 하나를 배정한 순간부터, 나는 지상 근무를 맡으면서 알이 부화하기만을 기다렸죠. 어린 훈련생들을 가르치면서 수시로 알 껍질을 살폈습니다. 속으로 너무 오랜 시간 기다리지 않게만 해달라고 기도를 하면서요. 다행히 막시무스는 6년 만에 알에서 부화했죠."

버클리는 큰 소리로 웃으며 와인을 쭉 들이켰다.

오늘 훈련을 마치면서 로렌스는 버클리가 대단히 높은 수준의 조종 기술을 보유하고 있다는 걸 알았다. 버클리는 막시무스처럼 귀하고 값진 용을 맡을 만한 자격이 있는 비행사였다.

버클리는 막시무스를 많이 좋아하면서도 달짝지근한 말 대신 일부러 큰 소리를 쳐가며 애정 표현을 했다. 막시무스와 테메레르를 연병장에 남겨두고 로렌스와 함께 식당으로 들어올 때도 버클리는 막시무스에게 이렇게 말했다.

"네 안장을 벗겨 줘야 내 마음도 편할 것 같다, 이 망할 녀석아."

그러더니 자기가 거느리는 지상요원들에게 막시무스의 안장을 벗겨 주라고 지시했다. 그러자 막시무스는 좋아라 하면서 버클리에게 코를 대고 문질렀고, 버클리는 그 코에 떠밀려 바닥으로 벌렁 나자빠졌다.

얼마 지나지 않아 다른 장교들도 식당 안으로 몰려들어오기 시작했다. 대부분 로렌스나 버클리보다 훨씬 어렸다. 식당 안은 곧 그들이 웃고 떠드는 소리로 가득 찼다.

로렌스는 처음엔 좀 긴장을 했지만, 그런 기색을 드러내진 않았다. 그랜비는 로렌스에게서 가장 멀리 떨어진 자리로 가서 앉았고, 그의 동료인 듯한 대위들 몇 명이 로렌스를 힐끔거렸다. 그 외엔 아무도 로렌스에게 별다른 관심을 보이지 않았다. 그때 키가 크고 코가 뾰족한 금발의 남자가 다가와 조용히 말했다.

"같이 좀 앉읍시다."

그러더니 그 남자는 로렌스 옆에 앉았다. 다른 상급 장교들과 마찬가지로 그 남자도 외투와 목도리까지 착용하고 저녁식사를 하러 왔는데, 목도리가 별나게 말끔했고 제복도 아주 깨끗하게 다림질되어 있었다.

그 남자가 정중하게 손을 내밀며 로렌스에게 말했다.

"제레미 랜킨 대령입니다. 잘 부탁합니다. 우린 초면이지요?"

"예, 어제 이곳에 도착했습니다. 윌 로렌스 대령입니다. 잘 부탁합니다."

랜킨은 로렌스의 손을 꽉 잡고 악수를 했다. 명랑하고 남을 편하게 해주는 성격인 것 같았다. 로렌스는 랜킨과 이런저런 얘기를 나누다가 랜킨이 켄싱턴 백작의 아들이라는 것도 알게 되었다.

"우리 집안은 대대로 셋째아들을 공군으로 보내고 있습니다. 아주 오래 전, 아직 공군이 창설되기도 전에, 그러니까 왕실에서 용 몇 마리를 보유했던 그런 시절에, 우리 가문의 조상께서는 왕실 소유의 용 한 쌍을 맡아 기르셨습니다. 그 당시 집에 작은 비행장을 만들어 놓은 덕분에 나는 어린 시절 훈련을 받는 중에도 용을 데리고 집에 자주 드나들 수가 있었지요."

랜킨은 잠깐 말을 끊고 식탁을 쭉 둘러보며 나지막하게 덧붙였다.

"다른 비행사들도 그런 혜택을 누리면 참 좋을 텐데 말입니다."

로렌스는 공군을 비판하는 쪽으로 오해받을 소지가 있는 말은 가능한 한 하지 않도록 조심했다. 랜킨은 이미 기존 비행사들 무리에 속해 있으므로 괜찮을지 모르지만, 새로 무리에 합류한 로렌스가 잘못 말을 하면 다른 비행사들의 분노를 살 수 있었기 때문이다. 로렌스는 조심스럽게 대꾸했다.

"일곱 살밖에 안 되는 어린 훈련생들에게 집에서 나와 공군 기지에서 살라고 하는 건 가혹한 처사가 아닐까 하는 생각도 듭니다. 해군에서는 열두 살이 넘은 소년들만 훈련생으로 받습니다. 항해 중간중간에 해변에 내려주기도 하고, 집으로 휴가도 자주 보내주지요."

그런 다음 로렌스는 버클리 쪽으로 고개를 돌리며 물었다.

"버클리 대령은 어떠셨습니까?"

버클리는 먹던 음식을 꿀꺽 삼켰다. 그리고 랜킨을 냉랭하게 한번 쳐다보고는 로렌스의 질문에 대답했다.

"나는 그리 힘들지는 않았습니다. 처음엔 울면서 집에 가겠다고 떼를 쓰기도 했지만 사람은 다 환경에 익숙해지게 마련이거든요. 여기서 우리는 어린 훈련생들이 향수병에 걸리지 않도록 저희들끼리 자유롭게 뛰어다니게 내버려두고 있습니다."

그러더니 버클리는 대화를 더 이어갈 뜻이 없는지 먹는 데만 열중했다. 로렌스는 랜킨과 계속 얘기를 나누며 식사를 했다.

그때 날씬한 소년 하나가 로렌스와 버클리, 랜킨이 앉아 있는 식탁을 향해 빠른 걸음으로 다가와 말했다.

"내가 늦은 건…… 아닌가 보네요!"

아직 변성기가 오지 않은 듯한 목소리였다. 옷차림도 단정하지 못했다. 기다란 빨간 머리를 대충 땋아내렸는데 머리카락의 절반이 옆으로 삐죽삐죽 삐져나와 있었다. 그 소년은 랜킨을 보고 갑자기 걸음을 멈추더니 마지못해 랜킨의 맞은편에 자리를 잡고 앉았다. 빈자리가 거기밖에 없었다. 양어깨에 금색 줄 두 개가 붙은 제복을 입은 걸로 보아, 어린 나이인데도 벌써 대령이 된 모양이었다.

랜킨이 말했다.

"무슨 소립니까, 캐서린. 당연히 안 늦었지요. 와인 한 잔 따라 드리죠."

그 말에 깜짝 놀란 로렌스는 혹시 자기가 잘못 들었나 싶어 그 소년을 유심히 쳐다보았다. 자세히 보니, 그는 소년이 아니라 젊은 숙녀였다. 로렌스는 당황해서 같은 식탁에 둘러앉은 이들의 표정을 살폈지만, 젊은 숙녀가 남장을 하고 이 자리에 같이 앉아 있는 걸 이상하게 여기는 이는 아무도 없었다. 비밀도 아닌 것 같았다. 랜킨은 큰 접시에서 음식을 덜어 그 숙녀의 접시에 담아주며, 정중하고 격식을 차린 말투로 그녀에게 말을 걸었다.

이윽고 랜킨이 고개를 돌리며 말했다.

"서로 소개를 시켜 드리지요. 이쪽은 테메레르의 비행사 로렌스 대령이고, 이쪽은 캐서린 하코트 양…… 아차, 나의 실수. 릴리의 비행사 캐서린 하코트 대령입니다."

그녀는 고개도 들지 않은 채 말했다.

"안녕하세요."

로렌스는 얼굴이 벌겋게 달아올랐다. 맞은편에 앉은 그녀가 반바지를 입고 있어서 다리의 맨살이 온통 드러나 있었고 목도리와 셔츠 사이로 속살이 보였기 때문이다. 로렌스는 얼른 그녀의 머리 위쪽으로 시선을 고정한 채 말했다.

"만나서 반갑습니다. 캐서린 하코트 양."

그러자 그녀는 고개를 치켜들며 말했다.

"아뇨, 캐서린 하코트 대령이라고 불러주세요."

창백한 얼굴에 주근깨가 잔뜩 나 있는 그녀는 단호하게 자기를 대령으로 불러 달라고 요구하며 나름대로 품위를 지켰다. 랜킨을 쳐다보는 캐서린의 눈길에서 묘하게 경계하는 기색이 엿보였다.

로렌스는 무의식적으로 '양'이라는 호칭을 써서 그녀의 기분을 상하게 하고 말았지만, 일부러 화를 돋우려고 그랬던 건 아니었다. 그래서 곧바로 머리를 숙이며 사과했다.

"내가 말실수를 했습니다, 캐서린 하코트 대령. 결코 모욕하려는 뜻은 없었습니다."

여성을 대령이라고 부르는 게 사뭇 어색했기 때문에 로렌스는 그런 감정이 말투에 묻어나지 않도록 조심했다. 캐서린이 맡고 있는 릴리라는 용의 이름이 귀에 익었다. 어제 셀레리타스에게 릴리에 대한 설명을 들으면서, 왜 하필이면 '백합꽃'이라는 뜻을 지닌 릴리라는 이름을 용에게 붙였을까 의아하게 생각했다.

로렌스가 정중하게 물었다.

"롱윙 품종의 용을 담당하고 계시죠?"

캐서린은 자기 용 얘기가 나오자 목소리가 밝아졌다.

"예. 그 용의 이름이 바로 릴리예요."

랜킨이 캐서린을 빤히 쳐다보며 끼어들었다.

"로렌스 대령은 아직 모르는 모양인데, 롱윙들은 남성 비행사를 태우지 않습니다. 아주 기이한 습성이지요. 물론 덕분에 우린 이렇게 매력적인 여성과 동료로 지낼 수 있긴 하지만요."

랜킨의 비꼬는 듯한 말투에 로렌스는 눈살을 찌푸렸다. 캐서린도 몹시 언짢은 기색이었으나 고개를 푹 숙인 채 아무런 대꾸도 하지 않았다. 그저 입술까지 창백해지면서 접시만 내려다볼 뿐이었다.

"비행사로 복무를 하시다니 용기가 대단하십니다, 캐서린 하코트 양, 아니 캐서린 하코트 대령. 건배를 합시다. 캐서린 하코트 대령의 건강을 위하여!"

로렌스는 이렇게 말하고는 일부러 와인을 한 모금만 마셨다. 여성에게 와인 한 잔을 다 비우도록 하는 것은 부적절한 처신이라고 생각되었기 때문이다.

"아뇨, 내가 그리 별나게 용감한 것도 아닌데요, 뭐."

캐서린은 이렇게 중얼거리고는 천천히 잔을 들고 말했다.

"로렌스 대령의 건강을 위하여."

로렌스는 속으로 캐서린 하코트 대령의 이름과 직책을 되풀이하며 머릿속에 인식시키려고 애를 썼다. 한번 주의를 받았는데 또다시 호칭을 잘못 부르면 대단한 실례였기 때문이다. 하지만 여성이 비행사 노릇을 한다는 사실이 쉽게 납득이 되지 않아, 다음번에 또 실수를 할지도 몰랐다.

로렌스는 캐서린의 얼굴을 유심히 쳐다보았다. 머리를 뒤로 넘겨 묶었고 남자 옷을 입고 있어 영락없는 소년처럼 보였다. 여성이 남장을 하는 것은 어울리지도 않고 공식적으로 금지되어 있지만, 남성 비행사와 동등한 대접을 받기 위해 그런 차림으로 있는 것인지도 몰랐다. 로렌스는 캐서린과 더 얘기를 나누고 싶었다. 묻고 싶은 게 한두 가지가 아니었다. 하지만 옆자리에 앉은 랜킨을 무시하고 캐서린하고만 계속 대화를 할 수도 없었고, 더 이상 꼬치꼬치 캐묻는 것은 실례이기도 했다. 어쨌든 롱윙 품종의 용들은 여성 비행사만 받아들인다니, 충격이었다.

로렌스는 캐서린의 가냘픈 몸을 흘끗 쳐다보며 여자의 몸으로 힘든 비행 훈련을 어떻게 버텨내고 있는지 궁금했다. 오늘 겨우 하루 훈련을 받은 로렌스도 완전히 기진맥진한 상태인데, 여성이 이런 훈련을 매일 받고 있다는 게 믿어지지가 않았다. 몸에 잘 맞는 안장을 쓰고 있다고 해도 보통 힘든 일이 아닐 터였다. 여성에게 비행사를 맡도록 하는 것은 잔인한 일일지도 몰랐다.

그렇지만 롱윙 품종의 용들은 영국 공군에 없어서는 안 될 귀중한 존재들이므로 그 용들이 원하는 대로 여성을 비행사로 앉힐 수밖에 없었으리라. 롱윙은 영국 공군이 보유한 용들 중 리갈 코퍼와 비견할 만한, 적에게 치명적인 공격을 가할 수 있는 우수한 품종이었다. 롱윙을 활용하지 못하면 영국 공군의 방어력은 취약해질 수밖에 없다고 해도 과언이 아니었다.

로렌스는 여성 비행사의 존재에 대한 호기심으로 머릿속이 가득 찼지만, 랜킨이 이끌어나가는 점잖은 대화에도 가끔 끼면서 기지에서의 첫 번째 저녁식사를 기분 좋게 마쳤다. 하지만 캐서린과 버클리는 식사를 하는 내내 거의 말이 없었다. 의자에서 일어서는 로렌스에게 랜킨이 말했다.

"저녁식사 후에 특별히 바쁜 일 없으면 나랑 같이 비행사 클럽에서 체스 한판 두는 게 어떻겠습니까? 체스를 두고 싶어도 같이 둘 사람이 거의 없었거든요. 다행히 로렌스 대령이 체스를 둘 줄 안다고 하시니, 나로서는 기회를 놓치고 싶지 않군요."

"초대해 주셔서 감사합니다. 재미있겠네요. 그런데 지금은 일단 실례를 해야겠습니다. 테메레르한테 가봐야 해서요. 책도 읽어줘야 하고요."

랜킨은 놀랍고 재미있다는 표정으로 말했다.

"용한테 책을 읽어준다고요? 용한테 그렇게까지 헌신을 하다니.

하긴 비행사가 된 지 얼마 되지 않는 이들은 대체로 용에 대한 열정이 남다르긴 하죠. 하지만 비행사가 애써 챙겨주지 않아도 용들은 자기네끼리 잘 지냅니다. 동료 비행사들 중에도 자기에게 주어진 여가 시간을 몽땅 용한테 내주는 이들이 더러 있긴 합니다만, 로렌스 대령까지 사교생활을 포기하고 용한테만 매달릴 필요는 없습니다."

"염려해 주셔서 감사합니다. 하지만 저는 억지로 테메레르와 시간을 보내는 게 아닙니다. 테메레르와 같이 있는 시간이 가장 즐겁기 때문에 그렇게 하는 것뿐입니다. 일찍 잠자리에 들지만 않으신다면, 이따가 늦게라도 체스를 두러 가고 싶습니다만."

"그래 주면 나야 좋지요. 나는 일찍 잠자리에 드는 편이 아닙니다. 내가 이 기지에 머무는 이유도 훈련을 받기 위해서가 아니라 우편 업무 때문이라서, 아침 일찍 일어날 필요가 없지요. 안 그럴 때도 있지만 대부분 정오쯤에 침대에서 일어나 아래층으로 내려가곤 합니다. 그래도 그런 습관 덕분에 오늘 저녁에 로렌스 대령과 체스를 둘 수 있어 다행입니다."

랜킨이 말을 마치자 로렌스는 인사를 하고 식당을 나섰다. 반갑게도 어제 만났던 어린 훈련생 세 명이 식당 밖에서 로렌스를 기다리고 있었다. 옅은 갈색 머리 소년을 비롯한 소년 셋은 모두 하얀 리넨 천을 하나씩 쥐고 있었다. 옅은 갈색 머리 소년이 로렌스를 보자마자 달려왔다.

"아, 로렌스 대령님! 테메레르를 씻기려면 리넨 천이 더 필요하실 것 같아서 가져왔어요. 테메레르가 먹이를 먹는 걸 봤거든요."

식당에서 접시를 한 가득 들고 나오던 톨리가 로렌스를 둘러싼 훈련생들을 보고 걸음을 멈추며 말했다.

"롤랜드, 대령님을 귀찮게 하면 못 쓴다."

옅은 갈색 머리 소년이 로렌스를 쳐다보며 말했다.

"괴롭힌 거 아니에요. 그렇죠, 대령님? 저희가 도와드릴 수 있을 것 같아 온 거예요. 테메레르는 덩치가 아주 크니까 저희가 도와드리면 편하시지 않겠어요? 저랑 모건, 다이어는 모두 카라비너가 달린 벨트를 가져왔어요. 이 벨트를 허리에 찬 다음에 카라비너를 안장 고리에 연결시키면 돼요."

그 소년은 특이한 모양의 장비를 보여주며 열정적으로 설명했다. 두툼한 가죽 소재의 벨트가 그 소년의 허리에 끈으로 묶여 있었다. 벨트 끝에는 거대한 사슬 모양의 금속 고리가 달려 있었다. 로렌스는 허리를 굽히고 좀더 자세히 들여다보았다. 그 벨트는 접었다 폈다 할 수 있었고, 부착된 고리를 안장에 걸 수 있게 되어 있었다.

로렌스는 몸을 일으키며 말했다.

"아직 테메레르가 새 안장을 받지 못했단다. 지금 쓰고 있는 안장에는 이걸 걸 만한 고리가 없어서 너희를 태울 수는 없을 것 같아."

세 소년이 풀이 죽은 얼굴을 하자 로렌스는 장난을 치고 싶어 일부러 더 엄숙하게 말을 이었다.

"그래도 어떻게 할 수 있을지도 모르니 같이 가보자."

그렇게 말한 뒤 로렌스는 톨리에게 고개를 끄덕이며 말했다.

"내가 알아서 할 테니 볼일 보게. 고맙네, 톨리."

"예, 알겠습니다."

톨리는 싱긋 웃으며 접시를 들고 가던 길을 계속 갔다.

로렌스는 연병장으로 성큼성큼 걸어갔고, 세 아이는 총총걸음으로 부지런히 따라왔다. 로렌스가 옅은 갈색 머리 소년에게 물었다.

"네 이름이 롤랜드니?"

"예, 대령님. 훈련생 에밀리 롤랜드입니다. 잘 부탁드립니다."

로렌스는 그 아이의 이름이 '에밀리'라는 걸 알고 경악했다. 소년이 아니라 소녀인 거였다. 에밀리는 친구들을 돌아보며 덧붙였다.

"이 아이들은 앤드루 모건이랑 피터 다이어예요. 우린 모두 3학년이에요."

모건이 나섰다.

"예, 꼭 도와드리고 싶어서 왔어요."

두 아이보다 덩치가 작은 다이어는 눈을 동그랗게 뜬 채 고개만 끄덕였다. 로렌스는 에밀리를 흘끗 내려다보며 겨우 입을 열었다.

"그래, 알았다."

에밀리는 튼튼하고 강단 있는 체격이었고, 머리 모양은 옆에 있는 동급생 소년들과 마찬가지로 바가지 머리였다. 목소리도 다른 소년들에 비해 그다지 높은 편이 아니어서, 자세히 보지 않으면 그냥 평범한 소년처럼 보였다.

잠시 생각을 해보니 소녀가 이곳에서 훈련생으로 살고 있는 게 이해가 되었다. 롱윙 품종의 알이 부화할 경우에 대비해 어린 소녀들을 비행사로 훈련시켜 두는 것이었다. 그런 훈련 과정을 통해 탄생한 비행사 중의 하나가 바로 캐서린이었다. 그래도 대체 어떤 부모가 어린 딸자식을 이처럼 거친 기지로 보내서 남자도 견디기 힘든 훈련을 받게 하는지 궁금하긴 했다.

로렌스는 에밀리와 모건, 다이어를 데리고 시끌벅적한 연병장으로 들어섰다. 용들이 공중에서 요란스럽게 날개를 퍼덕이면서 소리를 지르고 있었다. 골짜기에서 먹이를 먹고 연병장으로 올라온 용들이 승무원들의 보살핌을 받고 있었다. 승무원들은 자기가 맡고 있는 용의 안장을 부지런히 닦고 손질했다.

랜킨은 늘상 용 옆에 붙어 지내는 비행사는 일부에 지나지 않는다고 말했지만, 보아 하니 거의 모든 비행사들이 자기 용 옆에 서서 머리를 쓰다듬어주거나 얘기를 나누고 있었다. 쉬는 시간에 용과 비행사가 함께 있는 것이 보편적인 생활방식인 듯했다.

로렌스는 테메레르를 찾아 복잡한 연병장을 한참 둘러보다가 연병장을 둘러싼 벽 바깥쪽에 엎드려 있는 테메레르를 발견했다. 소란스럽게 떠드는 용과 비행사, 승무원들을 피해 그리로 가 있는 모양이었다. 테메레르에게 가기 전에 로렌스는 세 훈련생을 레비타스에게 데려갔다.

레비타스는 연병장을 둘러싼 벽 안쪽에서 작은 몸을 잔뜩 웅크린 채 비행사와 같이 있는 다른 용들을 부러운 눈길로 쳐다보고 있었다. 레비타스의 등에 얹힌 안장을 보니, 전보다 훨씬 말끔해져 있었다. 홀린이 약속대로 손질을 해준 모양이었다. 수선을 하면서 기름을 발라 문지르기까지 한 것인지 안장가죽이 한결 나긋나긋해졌고, 끈과 연결된 금속 고리도 반짝반짝 윤이 났다.

그제야 로렌스는 안장의 그 금속 고리들이 에밀리가 차고 있는 것과 같은 벨트의 카라비너를 걸기 위한 장치라는 것을 알아차렸다. 레비타스가 테메레르에 비해 몸집이 작긴 했지만 짐수레 말 두 마리를 합친 정도의 크기는 되기 때문에 어린 훈련생 세 명을 태우고 단거리를 날아갈 수는 있을 것 같았다. 레비타스는 어린 훈련생들이 자기한테 관심을 기울이자 좋아했다. 그리고 그 훈련생들을 태우고 호숫가로 갈 수 있겠냐는 로렌스의 제안에 눈을 빛내며 기뻐했다.

레비타스가 열정적으로 자기를 올려다보는 훈련생들에게 말했다.

"그래, 너희들 전부 태우고 갈 수 있어."

그러자 훈련생 세 명은 모두 다람쥐처럼 민첩하게 레비타스의 등으로 기어 올라가 숙련된 동작으로 안장에 벨트의 고리를 연결시켰다. 로렌스는 레비타스의 안장끈을 하나씩 세게 잡아당기며 연결 상태를 확인했다. 그리고 레비타스의 옆구리를 쓰다듬으며 말했다.

"좋아, 레비타스. 먼저 라간 호숫가에 가 있어. 테메레르와 나도 곧 뒤따라갈게."

레비타스를 출발시키고 나서, 로렌스는 다른 용들 사이를 지나, 연병장 벽의 문 밖으로 나갔다. 로렌스는 걸음을 멈추고 문 밖에 엎드려 있는 테메레르를 가만히 살펴보았다. 평소 테메레르는 아침식사를 하고 나면 늘 명랑했는데 오늘은 이상하게 기분이 착 가라앉아 있었다. 로렌스는 테메레르 옆으로 다가가 물었다.

"어디 몸이 안 좋은 거니?"

테메레르의 턱은 먹이에서 묻은 핏자국으로 지저분했다. 그걸 보면 식사는 충분히 한 것 같은데 왜 이러나 싶어 로렌스는 다시 한 번 물었다.

"먹이가 입맛에 안 맞았어?"

"아니, 잘 먹었어. 근데……, 저기, 로렌스. 나 멀쩡한 용 맞지, 그렇지?"

테메레르가 그렇게 불안한 목소리를 내는 건 처음 있는 일이었다.

로렌스는 혹시라도 누군가 테메레르의 마음을 상하게 하는 말을 했나 싶어 열이 확 올랐다. 비행사들이 자기를 삐딱하게 쳐다보며 수군거리는 건 견딜 수 있었지만, 테메레르에게 함부로 말을 하는 건 절대 참을 수 없었다.

"당연히 멀쩡한 용이지. 가만! 갑자기 그런 걸 왜 묻는 건데? 혹시 누가 너한테 기분 나쁜 말을 하기라도 했어?"

"아, 그건 아니야."

테메레르의 목소리에 담긴 불안 때문에 로렌스는 더욱 속이 탔다. 테메레르가 계속해서 말했다.

"아무도 기분 나쁜 말을 하진 않았어. 그런데 먹이를 먹으면서 다른 용들이 나를 이상하게 힐끔거리더라고. 내가 다른 용들과 생김새가 달라서 그런가봐. 다들 나보다 몸통 색깔도 훨씬 밝고, 날개 이음새도 나처럼 많지가 않아. 게다가 다른 용들은 등줄기가 물결 모양인데, 내 등줄기는 평평하기만 해. 그리고 난 발톱 수도 더 많고."

테메레르는 이런 차이점들을 나열하며 제 몸을 이리저리 둘러보고는 덧붙였다.

"다들 나를 이상하게 쳐다봤어. 나쁜 말을 한 건 아니고. 혹시 내가 중국 용이라서 생김새가 다른 거야?"

"그래, 바로 그거야. 중국인들이 세계에서 가장 기술이 뛰어난 용 사육자들이라는 거, 너도 알고 있지? 사실은 말이야, 다른 용들이 너를 자기네들의 이상형으로 떠받들어야 마땅하다고! 지금은 그 반대 취급을 하고 있지만 그건 다들 뭘 몰라서 그러는 거야. 그러니까 넌 절대로 너 자신이 정상이 아니라거나, 남들보다 열등하다고 생각할 필요 없어! 오늘 아침에도 셀레리타스가 네 비행 기술에 대해 칭찬했잖아."

로렌스가 그렇게 말했는데도 테메레르는 여전히 우울한 표정을 지었다.

"난 불이나 산을 뿜지 못해. 몸집이 막시무스만큼 크지도 않고."

그러더니 잠시 말을 끊고 뜸을 들였다. 이윽고 테메레르는 불편한 속내를 털어놓았다.

"막시무스랑 릴리가 제일 먼저 먹이를 먹어. 나머지 용들은 그 둘이 다 먹을 때까지 뒤에서 기다렸다가 한꺼번에 사냥을 나가야 해."

로렌스는 눈살을 찌푸렸다. 용들도 저희끼리 서열을 따질 거라고는 생각을 못했다. 로렌스는 테메레르의 섭섭한 마음을 풀어줄 만한 설명을 해주려고 애를 썼다.

"테메레르, 네가 아마 영국에 최초로 들어온 임페리얼 품종일 거야. 그러니까 다들 네가 얼마나 훌륭한 용인지 못 알아보는 게 당연하지. 그리고 용을 담당하는 비행사의 계급과 관련이 있을 수도 있어. 너도 알다시피 나는 이곳에 있는 다른 비행사들에 비해 공군으로 배속된 지 얼마 되지 않았잖아."

그 말에 테메레르는 어느새 자신의 억울함은 잊어버리고 로렌스가 신참 취급을 당하고 있다는 사실에 분노했다.

"말도 안 돼. 당신이 다른 비행사들보다 나이도 훨씬 많고 경험도 많잖아. 전투에 나가 이긴 적도 있고. 다른 비행사들은 대부분 훈련만 받고 있을 뿐이잖아."

"그래, 해전이라면 내가 훨씬 경험이 많지. 하지만 공중전에선 그렇지 않잖니. 그리고 서열이 더 높다고 해서 반드시 지혜가 더 뛰어나다거나 품종이 좋은 건 아니야. 그러니까 너도 남들이 뭐라고 하거나 이상한 눈길로 쳐다보더라도 너무 신경 쓸 필요 없어. 앞으로 우리가 1, 2년 정도 공군으로 복무를 하고 나면 너도 제대로 대접받을 수 있을 거야. 그나저나 먹이는 충분히 먹은 거니? 혹시 제대로 못 먹었으면 골짜기로 돌아가서 더 먹도록 해."

"아, 아니야. 먹이는 부족하지 않았어. 내 앞을 방해하는 용도 없었고, 원하는 만큼 잡아먹긴 했어."

테메레르가 또다시 입을 다문 채 침울한 기분에 빠져들자 로렌스가 제안했다.

"자, 우리 목욕이나 하러 가자."

목욕하러 가자는 말에 테메레르는 그나마 표정이 좀 밝아졌다. 그리고 한 시간 정도 라간 호수에서 레비타스와 실컷 물놀이를 하고, 훈련생들이 천으로 몸을 북북 밀어 닦아주자 테메레르의 기분은 한결 좋아졌다.

그리고 라간 호수를 출발하여 기지 연병장에 도착한 테메레르는 로렌스의 몸을 감싼 채 따뜻한 바닥에 누웠다. 로렌스가 책을 읽어주는 동안, 테메레르는 행복해하면서도 금과 진주로 만들어진 작은 목걸이를 평소보다 더 자주 쳐다보고 혀끝을 그 목걸이에 대곤 했다. 아마도 우울한 마음을 애써 달래고 있는 모양이었다.

로렌스는 테메레르의 앞발에 편안히 올라앉은 채 애정을 듬뿍 담은 목소리로 책을 읽어주면서 앞발을 부드럽게 쓰다듬어주었다.

그리고 그날 저녁 로렌스는 약속대로 랜킨과 체스를 두기 위해 비행사 클럽으로 들어갔다. 로렌스의 표정은 잔뜩 찡그린 상태였다. 로렌스가 클럽 안으로 들어서자마자 시끌벅적하게 떠들던 장교들이 갑자기 입을 다물었다. 그렇지만 로렌스는 의기소침한 테메레르가 마음에 걸려 클럽 안의 분위기 따위는 신경도 쓰지 않았다. 문가의 피아노 옆에 서 있던 그랜비가 로렌스를 보고 일부러 과장되게 손을 이마에 척 붙이며 인사했다.

"안녕하십니까!"

일부러 로렌스의 심기를 건드려 보자는 행동이었다. 그래도 인사를 하기는 한 것이니 꾸짖을 수도 없었다. 어쩔 수 없이 로렌스는 그랜비가 제대로 인사를 한 것처럼 점잖게 고개를 끄덕이며 대답했다.

"그래."

로렌스는 클럽 안을 쭉 둘러보면서 랜킨이 있는 곳으로 걸어갔다. 랜킨은 클럽 구석에 놓인 작은 탁자 앞에 앉아 신문을 읽고 있었다. 로렌스가 합석하자 랜킨은 선반 위에 있던 체스판을 꺼내 탁자 위에 차려놓았다.

주변에 있던 다른 장교들은 다시 시끄럽게 떠들어대기 시작했다. 로렌스는 눈에 띄지 않게 클럽 안을 살펴보았다. 캐서린과 에밀리 덕분에 시야가 열린 때문인지, 무리들 중에 섞여 있는 여성 비행사들을 어렵잖게 가려낼 수 있었다. 여성이라 해서 눈에 띄게 태도가 조신하지도 않았다. 성격은 좋아 보였지만 여성 특유의 세련됨과는 거리가 멀었고 대화 중에도 큰소리로 남의 말을 함부로 자르며 끼어들기 일쑤였다.

그래도 그녀들은 남성 비행사들과도 스스럼없이 잘 어울리며 돈독하게 우애를 쌓아나가고 있었다. 로렌스는 그들이 부러웠다. 그리고 왠지 자신은 그들로부터 보이지 않게 따돌림을 당하는 듯한 느낌도 들었다. 이미 오래 전부터 비행사 생활을 해온 그들의 대화에 신참과 다름없는 로렌스가 끼어들기란 결코 쉬운 일이 아니었다.

그래서 더더욱 고립된 느낌을 떨쳐버리기 어려웠다. 하지만 그는 이내 마음을 고쳐먹고 부정적인 생각을 떨쳐버리기로 했다. 해군 생활을 통하여 고독에 익숙해지는 법을 충분히 터득한 그였다. 게다가 테메레르가 곁에 있으니, 완전히 혼자인 것도 아니잖은가. 앞으로는 랜킨과 친하게 지내는 것도 나쁘지 않을 것 같았다. 로렌스는 체스판으로 관심을 돌리며, 주변 사람들에게 신경을 끄기로 했다.

랜킨은 체스 연습을 많이 못 한 것 같기는 했지만 아주 미숙한 수준도 아니었다. 로렌스도 체스를 자주 두는 편이 아니어서, 둘은 엇비슷한 게임 상대가 되었다. 체스를 두면서 로렌스는 테메레르가 처한 문제를 털어놓았다. 랜킨은 관심 있게 듣더니 이렇게 말했다.

"다른 용들이 새로 온 테메레르에게 먼저 먹이를 먹도록 하지 않은 것은 참으로 배려 없는 행동입니다. 그래도 그 문제는 테메레르 혼자 해결하도록 내버려둬야 합니다. 원래 야생 상태의 용들은 그런 식으로 위계질서를 정하거든요. 제일 크고 강한 용이 먼저 먹이를 먹고, 그 다음 순서대로 먹이를 먹습니다. 다른 용들에게 보다 존중을 받으려면 테메레르가 존중받을 만한 가치가 있는 존재임을 스스로 입증하지 않으면 안 됩니다."

야생 용들이 저희끼리 싸우다가 상대를 죽이기도 한다는 내용의 옛날 이야기를 읽은 적이 있긴 했다. 그래도 랜킨이 그런 조언을 하자 로렌스는 깜짝 놀랐다.

"테메레르더러 기존 용들한테 도전을 하도록 시키란 말입니까? 별것도 아닌 이유로 귀중한 용들이 서로 싸움을 하게 만드는 것은 현명한 전략이 아닌 것 같은데요."

"공군 내에서 용들끼리 싸우는 일은 극히 드뭅니다. 용들은 싸움을 벌이기 전에 상대방의 능력을 꿰뚫고 있기 때문이죠. 그래도 일단 도전을 통해 테메레르가 자신의 힘과 능력을 확실히 각인시키면, 다른 용들에게 무시당하는 일도 없어질 것이고 먹이를 먹는 순위에서 뒤로 밀리지도 않게 될 겁니다."

로렌스는 랭킨의 말이 정말 맞는지 확신할 수가 없었다. 테메레르가 지금 당장 다른 용들을 젖히고 높은 서열로 올라서려 하지 않는 것은 용기가 없어서가 아니라, 감수성이 예민해서였다. 테메레르는 자기가 아직 무리의 일원으로 용납된 존재가 아니라는 사실을 정확하게 인지하고 있었던 것이다. 로렌스는 침울하게 대꾸했다.

"어쨌든 테메레르의 기운을 북돋워줄 만한 방도를 찾아봐야겠습니다."

앞으로 다른 용들과 함께 먹이를 먹을 때마다 테메레르가 스트레스를 받게 될 텐데, 그렇다고 테메레르만 다른 시간대에 먹이를 먹게 할 수도 없었다. 그렇게 하면 오히려 테메레르를 다른 용들로부터 더욱 고립시키는 결과를 초래할 수도 있었다.

"아, 자질구레한 장신구를 사주면 금방 기분이 풀릴 겁니다. 용들은 원래 장신구를 좋아하거든요. 내가 담당하는 용이 특별한 이유 없이 툴툴거리며 화를 내기에 싸구려 장신구를 하나 내줬더니 아주 기뻐하더라고요. 꼭 변덕 심한 애인처럼 말이죠."

로렌스는 그 말도 안 되는 비유에 웃음이 났다. 그리고 좀더 심각하게 생각한 끝에 말했다.

"테메레르한테 셀레리타스가 차고 있는 것 같은 목걸이를 사줘야겠어요. 그걸 받으면 굉장히 좋아할 것 같네요. 그런데 용한테 맞는 목걸이를 만들어줄 만한 곳이 이 근방에 있는지 모르겠군요."

"그거라면 내가 도움을 드릴 수 있지요. 우편 업무 때문에 정기적으로 에든버러에 들르는데, 그쪽에 꽤 괜찮은 보석 가게들이 많습니다. 이 기지를 비롯해서 북쪽 지역에 공군 기지가 많아서 그런지, 용이 착용하는 장신구를 기성품으로 만들어 파는 보석 가게도 있어요. 나랑 같이 가시면 그쪽으로 안내를 해드리겠습니다. 이번 토요일에 에든버러로 갈 예정이니까 같이 갑시다. 아침에 출발하면 저녁때까지는 이리로 돌아올 수 있을 겁니다."

"감사합니다. 큰 신세를 지겠군요. 셀레리타스 교관에게 외출 허가를 받아두겠습니다."

다음날 아침, 로렌스가 토요일 외출 허가를 요청하자 셀레리타스는 인상을 찡그리며 로렌스를 매섭게 쳐다보았다.

"랜킨 대령하고 같이 외출을 하겠다고? 흠, 하긴 자네 혼자 자유 시간을 누려본 지도 정말 오래되었겠군. 그동안 비행 훈련 때문에 테메레르와 잠시도 떨어져 있지 못했을 테니까."

셀레리타스의 말투에 가시가 돋쳐 있었다. 로렌스는 셀레리타스가 왜 그런 식으로 말을 하는지 이해할 수가 없었다. 혹시 휴가 요청을 의무 회피로 오해한 건 아닌가 싶기도 했다.

"교관님이 하라는 대로 따르겠습니다. 테메레르의 훈련이 얼마나 긴급한지 저도 잘 알고 있으니까요. 제가 토요일에 자리를 비우는 것이 문제가 된다면, 휴가를 주지 않으셔도 괜찮습니다."

그 말에 셀레리타스는 굳었던 인상을 펴며 한층 누그러진 말투로 말했다.

"지상요원들이 테메레르의 새 안장을 만들고 있는데, 그게 토요일이면 완성될 걸세. 자네가 없는 상태에서 자기 몸에 안장을 채우는 것을 테메레르가 반대하지만 않으면, 자네한테 토요일 휴가를 허락할 테니 오랜만에 휴가를 즐기고 오게."

그 얘기를 로렌스로부터 전해들은 테메레르는 괜찮다며 다녀오라고 했고, 로렌스는 셀레리타스에게 토요일 휴가를 받아두었다. 그 뒤로 며칠간 로렌스는 저녁마다 테메레르의 목둘레를 여러 차례 쟀고, 곁들여 막시무스의 목둘레까지 재두었다. 테메레르의 몸집이 앞으로 지금의 막시무스만큼 커질 것 같아서였다. 로렌스는 안장 작업을 위해 치수를 재는 것처럼 행동했다. 토요일에 목걸이를 사서 깜짝선물로 줄 생각이었다. 그 목걸이를 받으면 테메레르도 스트레스를 어느 정도 해소할 것이고, 다시 전처럼 기운을 차릴 것 같았다.

로렌스가 종이에 그린 목걸이 디자인을 보여주자 랜킨은 재미있어하며 들여다보았다. 요즘 로렌스와 랜킨은 저녁마다 마주 앉아 체스를 두었고, 저녁식사도 같이 했다. 로렌스는 랜킨 외에 다른 비행사들과는 거의 대화를 나누지 못해서 유감이긴 했지만, 억지로 친한 척하며 그들에게 접근하고 싶진 않았다. 그들도 로렌스를 자기네 모임에 특별히 초대하지도 않고 있으니, 언젠가 충분히 편한 분위기가 조성되면 그때부터 천천히 친분을 쌓아도 늦지 않을 거란 생각이 들었다. 로렌스가 보기에 랜킨도 다른 비행사들에게 은근히 따돌림을 당하고 있는 것 같았다. 만일 랜킨도 자기와 같은 이유로 배척당하고 있는 거라면, 차라리 이대로 둘이서 친하게 지내는 것도 나쁘지 않겠다는 생각도 들었다.

아침식사 시간과 훈련 시간에는 버클리와 함께 움직였다. 버클리는 비행사로서 동작이 민첩했고 공중전 전략에도 능했으나, 저녁식사 때라든지 다른 비행사들과 함께 있는 자리에서는 거의 말이 없었다. 로렌스는 버클리가 친하게 지낼 만한 사람인지, 버클리 쪽에서 자기와 친분을 쌓을 생각이 있기는 한 건지 종잡을 수가 없었.

그래서 로렌스는 버클리를 정중하게 대하면서 주로 일에 관한 얘기를 나눴다. 아직 서로를 안 지도 며칠밖에 되지 않았으니, 버클리가 실제로 어떤 인격을 가진 사람인지 알려면 충분히 시간을 두고 지켜보아야 했다.

로렌스는 다시 캐서린을 만났을 때 지난번 같은 실수를 하지 않으려고 조심했다. 그런데 왠지 캐서린 쪽에서 로렌스에게 가까이 오는 걸 꺼렸다. 테메레르가 릴리와 함께 비행을 할 때라야 멀리서 캐서린을 볼 수 있었다.

그러던 어느 날 아침, 로렌스가 아침을 먹으려고 식당에 들어와 보니 캐서린이 먼저 와서 식사를 하고 있었다. 로렌스는 캐서린에게 자연스럽게 말을 걸면서, 롱윙 품종의 용에게 릴리라는 이름을 붙인 이유를 물었다.

로렌스는 속으로 볼라틸루스의 애칭이 '볼리'인 것처럼, 릴리도 어떤 이름의 애칭일지도 모른다고 짐작했기 때문이다. 그런데 캐서린은 귀까지 빨개지면서 딱딱하게 말했다.

"그냥 그 이름이 좋아서 붙인 거예요. 그러는 로렌스 대령은 왜 임페리얼 품종의 용에게 테메레르라는 이름을 붙인 거죠?"

"솔직히 말하면 용알이 부화했을 당시에 너무 경황이 없어서 이름을 미리 지어둔다는 생각조차 못했습니다."

마음 한편으로, 로렌스는 자기가 말실수를 한 건가 싶어 불안했다. 지금까지 테메레르의 이름에 관해 물은 건 캐서린이 처음이었다. 로렌스가 먼저 릴리의 이름에 관해 물었기 때문에 캐서린이 테메레르의 이름을 걸고넘어지는 것일 수도 있었다.

로렌스가 계속 말을 이었다.

"그래서 군함 이름을 따서 이름을 지어줬습니다. '테메레르'는 영국이 오래 전에 나포한 프랑스 배의 이름이면서, 현재 영국 해군에 소속된 98문짜리 최고급 군함의 이름이기도 하거든요."

로렌스의 말에 캐서린은 굳었던 표정을 누그러뜨리며 허심탄회하게 말했다.

"아, 나랑 같은 경우네요. 릴리가 들어 있던 용알이 예정보다 5년 빨리 부화가 됐어요. 그래서 나도 미리 이름을 생각해 두지 못했죠. 그때 나는 에든버러 공군 기지에서 지내고 있었는데, 알 껍질이 딱딱해지자 사람들이 한밤중에 내 방으로 들어와 자는 나를 깨우더군요. 그리고 윈체스터 품종의 용에게 나를 태워 가지고 그 알이 보관된 목욕탕 안쪽으로 데려갔어요. 그리고 알 껍질이 깨지면서 암컷 새끼 용이 태어났죠. 그 용이 내게 이름을 지어 달라고 했을 때 나는 너무 긴장해서 '릴리' 외에 다른 이름은 하나도 생각이 안 났어요."

그때 갑자기 랜킨이 다가와 앉으며 말했다.

"릴리는 참 멋진 이름입니다, 캐서린. 그 용에게 어찌나 완벽하게 잘 어울리는지."

그런 다음 랜킨은 로렌스를 돌아보며 말을 이었다.

"좋은 아침입니다, 로렌스 대령. 신문 봤어요? 페롤드 퍼그 경이 마침내 딸을 시집보내기로 결정했답니다. 돈이 몹시 궁했던 모양이에요."

랜킨은 캐서린이 잘 모르는 사람들을 언급함으로써 캐서린을 간단히 대화에서 소외시켰다. 로렌스가 캐서린의 입장을 배려하여 화제를 바꾸기도 전에, 캐서린은 이만 실례하겠다면서 의자에서 일어나 가버렸다. 결국 로렌스는 캐서린과 좀더 친해질 수 있는 기회를 놓치고 말았다.

토요일이 오기 전, 며칠간은 시간이 무척 빨리 흘러갔다. 아직까지도 셀레리타스는 테메레르의 비행 능력이 얼마나 되는지를 확인하거나, 테메레르와 막시무스가 릴리의 편대 내에서 얼마나 역량을 발휘할 수 있을지를 알아보기 위해 이런저런 테스트를 했다. 그래서 테메레르와 막시무스에게 골짜기 주변을 끝없이 돌라고 시키기도 했다. 일렬로 비행하는 테메레르와 막시무스에게 가끔 날개를 퍼덕이는 횟수를 최소화해 보라고도 하고, 속도를 최대로 높이라고도 지시했다.

그리고 어느 날 아침엔 줄곧 거꾸로 날게 만들었다. 거꾸로 날아다니는 훈련을 마치고 나자 로렌스는 현기증과 함께 얼굴이 벌겋게 상기되었다. 로렌스보다 살집이 있는 버클리는 셀레리타스에게 마침내 '통과'라는 소리를 들은 후, 막시무스의 안장에서 내려오려다가 몹시 비틀거리며 가쁜 숨을 몰아쉬었다. 로렌스가 버클리를 안장에서 내려주기 위해 달려갔다. 버클리는 바닥에 내려서자마자 다리에 힘이 풀리며 주저앉아버렸다. 막시무스는 버클리를 내려다보면서 걱정스럽게 웅얼거렸다. 그러자 버클리가 말했다.

"안달 좀 그만 해, 막시무스. 너처럼 커다란 놈이 어미닭처럼 쫀쫀하게 굴면 얼마나 웃기는지 알아?"

하인들이 뛰어와 의자를 바닥에 놓아주자 버클리는 그 의자에 기대앉으며 말했다.

"아, 고마워."

그런 다음 버클리는 로렌스가 내민 브랜디 잔을 받아들고 찔끔찔끔 마셨다. 그동안 로렌스는 목도리를 풀었다.

버클리가 헐떡거림을 멈추고 시뻘겋던 얼굴색이 정상으로 돌아오자 셀레리타스가 말했다.

"자네들한테 이렇게 혹독한 훈련을 받게 해서 미안하네. 정상적인 경우라면 15일 동안 천천히 연습할 수 있게 해주는데, 서둘러 진행해야 하다 보니 이렇게 되었네. 내가 훈련 진도를 너무 빨리 나가고 있는 건 아닌지 모르겠어."

버클리가 대답했다.

"아뇨, 괜찮습니다. 금방 적응할 겁니다. 우리에게 천천히 훈련을 받을 만한 시간 여유가 없다는 건 저도 잘 알고 있습니다. 그러니 저 때문에 훈련 진도를 늦추지는 말아주십시오."

그날 저녁식사를 마치고 나서, 로렌스는 연병장을 둘러싼 벽 바깥으로 나가 테메레르에게 책을 읽어주었다. 테메레르가 물었다.

"로렌스, 도대체 왜 이렇게 훈련을 빨리 진행해야 하는 거야? 곧 큰 전투라도 터지는 거야? 우리도 출전을 하게 되는 건가?"

로렌스는 책장 사이에 손가락을 끼우고 책을 덮으며 대답했다.

"아니. 실망시켜서 미안하지만, 우린 공중전 경험이 전혀 없어서 곧바로 큰 전투에 투입되지는 못할 거야. 사실, 넬슨 제독도 현재 영국에 주둔하는 롱윙 편대들 중 하나의 지원을 받지 않고서는 프랑스 함대를 쳐부술 수가 없어. 그러니까 우리는 그 롱윙 편대가 마음 편히 넬슨 제독을 지원하러 갈 수 있도록, 현재 그 롱윙 편대가 지키던 자리를 맡아줘야 하는 거야. 넬슨 제독과 프랑스 함대의 싸움은 대단히 큰 전투가 될 것이고, 우리는 그 전투에 참전하지 못하겠지만, 용감하게 출전한 롱윙 편대를 대신해서 주둔지를 지키는 것도 중요한 일이야."

"그렇겠지. 별 재미는 없겠지만. 프랑스 군이 이리로 쳐들어올 가능성은 없어? 그럼 우리도 맞서 싸울 수 있을 텐데."

테메레르는 마치 프랑스 군이 쳐들어오기를 바라는 듯한 목소리였다.

"그래도 출전 기회는 없을 거야. 넬슨 제독이 프랑스 함대를 괴멸시키면, 나폴레옹은 육군을 이끌고 영국 해협을 건너올 수가 없어. 나폴레옹은 보트 천 대를 보유하고 있어서 육군을 충분히 실어 나를 수 있다고 장담하지만, 그 보트는 군함이 아니라 육군 수송선에 불과해. 그 육군 수송선들이 프랑스 함대의 호위를 받지 못하는 상태로 영국 해협을 건너오면, 우리 영국 해군이 나가서 한 번에 수십 척씩 침몰시켜 버릴 테지."

테메레르는 한숨을 푹 쉬고 두 앞발 위에 머리를 얹더니 말했다.

"그러고 보니 그렇겠네."

로렌스는 웃으며 테메레르의 코를 쓰다듬어주었다.

"네가 전투에 나가고 싶어 안달이 난 모양이구나? 걱정 마. 훈련을 마치고 나면 실컷 참전하게 될 테니까. 영국 해협에서는 크고 작은 접전들이 많이 일어나거든. 해군 작전을 지원하러 나갈 수도 있고, 프랑스 선박들을 개별적으로 공격해서 괴롭히는 임무를 맡을 수도 있어."

그제야 테메레르는 얼굴이 밝아지면서, 다시 로렌스가 읽어주는 책의 내용에 집중하기 시작했다.

금요일에 테메레르와 막시무스는 얼마나 오래 공중을 날 수 있는지에 관해 지구력 테스트를 받았다. 릴리의 편대에서 속도가 제일 느린 옐로 리퍼 두 마리의 속도에 맞추어, 테메레르와 막시무스는 끊임없이 골짜기 위를 빙글빙글 돌았다. 나머지 용들은 셀레리타스의 감독 아래 별도로 훈련을 받았다.

계속해서 비가 내려 주변이 온통 회색빛으로 물들자 훈련이 더욱 단조롭게 느껴졌다. 테메레르는 몇 번이나 고개를 뒤로 돌리면서 하늘을 날기 시작한 지 얼마나 되었느냐고 푸념조로 물었고, 그때마다 로렌스는 그 질문을 한 지 15분도 안 지났다고 대답하곤 했다.

지구력 테스트 중인 테메레르와 막시무스를 제외하고 다른 용들은 방향을 바꿔가며 급강하하는 연습을 했다. 하늘이 연회색이라 그 용들의 밝은 색 몸통이 더욱 눈에 띄었다. 가엾은 테메레르는 최고의 비행 자세를 유지하기 위해 고개를 몸과 직선이 되게 유지하면서 단조로운 비행을 계속해야 했다.

3시간 정도 지나자, 막시무스는 속도가 현저히 떨어지기 시작했고 날개의 움직임도 더뎌졌으며 고개까지 축 처졌다. 마침내 버클리는 막시무스를 데리고 지상으로 내려갔다. 이제 테메레르 혼자서 계속 공중을 빙글빙글 돌아야 했다. 따로 훈련을 받고 있던 다른 용들도 나선형을 그리며 연병장으로 내려갔다. 로렌스는 그 용들이 막시무스 앞에서 공손하게 머리를 조아리며 인사하는 걸 보았다. 거리가 멀어서 그 용들이 무슨 얘기를 하는지 들리지는 않았지만, 편안한 분위기 속에서 친밀한 대화를 나누는 것만은 분명해 보였다. 용들이 저희끼리 얘기를 하는 동안 담당 비행사들도 돌아다니며 담소를 나누었다.

잠시 후, 셀레리타스가 그 용들에게 다가가 조금 전 받은 훈련에 관해 개별적으로 평가를 했다. 테메레르는 그들의 모습을 내려다보며 말없이 한숨을 내쉬었다.

로렌스는 몸을 앞으로 기울이고 테메레르의 목을 쓰다듬어주면서, 전 재산의 절반을 털어서라도 에든버러를 샅샅이 뒤져 가장 우아한 목걸이를 사다 테메레르의 목에 걸어주리라 속으로 다짐했다.

다음날 아침 일찍, 로렌스는 랜킨과 에든버러로 출발하기 전에 테메레르에게 다녀온다는 말을 하려고 연병장으로 향했다. 성의 1층 홀을 나와 연병장으로 나가던 로렌스는 깜짝 놀라 걸음을 멈췄다. 몇 안 되는 지상요원들이 레비타스에게 안장을 얹고 있었고, 랜킨은 무관심한 태도로 레비타스의 머리 쪽에 서서 신문을 읽고 있었던 것이다. 로렌스를 보고 레비타스가 기뻐하며 말했다.

"안녕하세요, 로렌스 대령님. 여기 이 사람이 내 비행사예요. 오늘 와줬어요! 같이 에든버러로 가기로 했어요."

랜킨이 고개를 쳐들고 로렌스에게 물었다.

"이 용이랑 얘길 나눈 적 있나 보죠? 용이랑 같이 있는 걸 좋아한다더니 과장은 아니었군요. 뭐, 그것도 조만간 싫증이 나겠지만."

그러더니 랜킨은 레비타스에게 말했다.

"오늘 나랑 로렌스 대령을 태우고 에든버러로 갈 거다. 이 분한테 네가 얼마나 빠른지 보여줘야 해."

레비타스는 잘할 수 있을까 걱정이 되는지 고개를 상하좌우로 홱 홱 흔들며 대답했다.

"예, 약속할게요."

로렌스는 그들에게 잠시 실례하겠다고 말하고, 당황한 표정을 감추며 테메레르의 곁으로 서둘러 걸어갔다. 어찌해야 좋을지 갈피를 잡을 수가 없었다. 지금 와서 못 가겠다고 하면 랜킨을 모욕하는 게 되므로, 가기는 가야겠지만 기분이 몹시 언짢았다.

지난 며칠간, 로렌스는 레비타스가 담당 비행사의 무관심 속에서 불행하게 생활하는 모습을 지켜보았다. 그 작은 용은 자기 비행사가 오기만을 애처롭게 기다렸지만, 비행사는 나타나지 않았다. 오죽했으면 로렌스가 어린 훈련생들에게 레비타스의 몸과 안장을 닦아주게 하고, 홀린에게 지속적으로 레비타스의 안장을 살펴봐 달라고 부탁까지 했겠는가.

그런데 그렇게 레비타스를 냉대했던 비행사가 바로 랜킨 대령이라니. 레비타스는 무관심한 표정으로 옆에 서 있는 랜킨에게 비굴할 정도로 반가움과 고마움을 표시했다. 로렌스는 랜킨에게 인간적으로 크게 실망했고, 레비타스의 모습에 가슴이 아팠다.

자기 용인 레비타스를 무시하며 저 혼자만 편하게 지내는 것은 비행사로서 부적절한 태도였다. 하긴 그토록 레비타스를 냉대해 온 자이니, 로렌스에게도 용들의 일에 간섭하지 말고 내버려두라고 조언을 했는지도 모르겠다. 다른 비행사들이 랜킨을 은근히 따돌린 것도, 랜킨이 이런 식으로 레비타스를 방치하는 걸 알고 있기 때문이 아닐까 싶었다.

지금 생각해 보면, 비행사들은 보통 자기 소개를 할 때 자기가 담당한 용의 이름까지 붙여서 말을 하는데, 랜킨만은 자기 용의 이름을 언급하지 않은 채 자기 가문을 자랑하기에 바빴다. 로렌스가 오늘에 와서야 레비타스가 랜킨의 용이라는 걸 알게 된 것도 그 때문이었다. 로렌스는 심적 충격을 달래려고 테메레르를 쓰다듬었다. 테메레르가 로렌스의 몸에 코를 비비며 걱정스럽게 물었다.

"무슨 일 있어, 로렌스? 얼굴색이 안 좋아."

"아니, 괜찮아. 오늘 정말 혼자 있어도 괜찮겠어?"

로렌스는 아무렇지도 않은 척했지만, 속으로는 테메레르가 가지 말라고 말해 주길 바랐다.

하지만 테메레르는 선선히 다녀오라고 했다.

"난 괜찮아, 로렌스. 저녁땐 돌아올 거잖아. 그렇지? 던컨의 책은 다 읽었으니까, 이제부터 수학에 대한 책을 읽어줬으면 좋겠어. 전에 장기간 항해를 할 때 당신이 시간 정보랑 몇 가지 방정식만으로 위치를 정확히 알아내던데, 어떻게 하는 건지 정말 궁금하거든."

오래 전 로렌스는 삼각법 기본 이론을 끝으로 더 이상 수학을 공부할 필요가 없어서 드디어 해방이라며 좋아라 했는데, 이제 와서 테메레르 때문에 새삼스럽게 수학책을 펼쳐야 할 것 같았다.

로렌스는 랜킨과 레비타스 때문에 당황한 속내를 드러내지 않으려고 조심하면서 테메레르에게 말했다.

"그래, 수학 책도 읽어줄게. 그런데 수학보다는 중국 용에 관한 책을 읽는 게 더 재미있지 않겠니?"

"아, 중국 용에 관한 책도 읽고 싶어. 수학 책을 먼저 끝내고 나서 읽으면 되겠다. 다양한 주제에 관해 책들이 많이 출판되어 있어서 참 좋아."

테메레르의 머리를 온갖 지식으로 가득 채워 다른 용들로 인한 스트레스를 덜 받게 만들 수만 있다면, 로렌스는 예전에 익혔던 라틴어 실력을 발휘해 가며 테메레르에게 원어로《프린키피아 마테마티카(Principia Mathematica, 수학원론)》를 읽어줄 수도 있었다.

"그래, 테메레르. 그럼 널 지상요원들한테 맡기고 다녀올게. 아, 저기 오는구나."

홀린 준위가 지상요원들을 이끌고 테메레르 쪽으로 오고 있었다.

요전 날 홀린은 로렌스가 지시한 대로 테메레르의 안장을 잘 손질해 주었고, 레비타스의 안장까지 정성들여 손봐주었다. 그래서 로렌스는 셀레리타스 교관에게 홀린의 성실한 근무 태도를 이야기하면서, 홀린을 자기 밑에 두고 테메레르의 지상요원들을 이끄는 임무를 맡기고 싶다고 요청해 두었다.

로렌스는 홀린이 다른 지상요원들을 이끌며 일을 잘해내고 있어 상당히 만족스러웠다. 혹시 지상요원들이 자기 지시를 잘 따르지 않을까봐 걱정했는데, 홀린 덕분에 그런 불안감을 크게 덜었다.

로렌스는 고개를 끄덕이며 말했다.

"홀린, 한 명씩 소개시켜 주게."

홀린에게 지상요원들을 소개받으면서 로렌스는 그들 하나하나와 눈을 맞춰가며 얼굴을 익혔고 속으로 이름을 되뇌며 외웠다. 그런 다음 홀린을 비롯한 지상요원들과 테메레르에게 말했다.

"테메레르가 자네들을 특별히 힘들게 하지는 않을 걸세. 다만, 안장을 조정할 때는 테메레르에게 편안한지 꼭 물어보아야 하네. 테메레르, 조금이라도 불편하다든지 움직이기 힘들면 주저하지 말고 이 사람들에게 말해야 해."

레비타스의 경우를 보더라도, 담당 비행사가 지켜보고 있지 않으면 일부 지상요원들은 용의 안장을 제대로 살피지 않고 게으름을 부리기 일쑤였다. 로렌스는 그런 게으름을 절대 용납하지 않을 작정이었다. 홀린이야 워낙 성실하니 의무를 태만히 할 리가 없었지만, 로렌스는 나머지 지상요원들에게 해이한 태도를 용납하지 않겠다는 뜻을 분명히 전달했다. 다른 비행사들에 비해 지상요원들에게 너무 빡빡하게 군다는 소문이 난다 해도 어쩔 수 없었다. 사람들로부터 호감을 사려고 의무를 소홀히 하는 것을 눈감아줄 생각은 추호도 없었다.

지상요원들이 우물거리며 대답했다.

"알겠습니다."

"걱정 마십시오."

일부 지상요원들이 의아해하는 표정을 짓기는 했지만, 로렌스는 그들과 눈빛을 교환하고 고개를 끄덕이면서 말했다.

"그럼, 다들 잘하리라 믿겠네."

그런 다음 로렌스는 주저 없이 랜킨 쪽으로 걸어갔다.

오늘 휴가에 대한 기대와 설렘은 이미 사라지고 없었다. 로렌스는 랜킨이 레비타스의 몸통을 찰싹 후려치며 자기가 편하게 올라탈 수 있게 몸을 바짝 엎드리라고 명령하자 더욱 불쾌했다. 로렌스는 가급적 서둘러 레비타스의 안장으로 기어 올라가서 레비타스의 몸에 최대한 부담을 주지 않는 곳에 자리를 잡고 앉았다.

에든버러까지의 거리가 그리 멀지 않아 다행이었다. 레비타스는 속도가 매우 빨라서 라간 호수 기지가 금방 저만치 멀어졌다. 로렌스는 레비타스의 어마어마한 비행 속도 때문에 몸을 바짝 엎드려야 했고, 덕분에 랜킨과도 긴 대화를 나누지 않고 랜킨이 고래고래 악을 쓰듯이 하는 말에 간단히 대답만 했다. 출발한 지 두 시간도 채 되지 않아, 레비타스는 에든버러 성 바로 아래에 위치한, 거대한 벽으로 둘러싸인 에든버러 기지의 공터에 착륙했다.

랜킨이 안장에서 내리며 레비타스에게 싸늘하게 지시했다.

"여기 얌전히 있어. 이따 내가 돌아왔을 때 네가 다른 승무원들을 귀찮게 했다는 소리를 듣지 않도록 주의하고. 먹이는 라간 호수로 돌아가서 먹어."

그러더니 랜킨은 레비타스를 말처럼 끌고 가 안장 고삐를 기둥에 둘둘 감았다. 레비타스가 기어 들어가는 목소리로 말했다.

"다른 승무원들을 귀찮게 하지 않을게요. 먹이는 나중에 먹어도 괜찮지만, 목이 말라요. 최고 속도로 날아왔거든요."

로렌스는 화가 치밀어오르는 걸 참으며 레비타스에게 말했다.

"정말 빨리 날더구나, 레비타스. 날 태우고 와줘서 고맙다. 당연히 목이 마르겠지."

로렌스는 레비타스가 착륙하는 걸 보고도 못 본 척하며 공터 가장자리에서 어슬렁거리는 지상요원들을 소리쳐 불렀다.

"이봐, 거기 자네들! 당장 물통에 깨끗한 물을 담아서 가져와! 레비타스의 안장도 손봐놓고!"

그 지상요원들은 놀란 표정이었다. 그래도 로렌스가 가만히 쳐다보자 슬금슬금 움직이면서 지시를 따랐다. 랜킨은 아무 말도 하지 않고 있다가, 계단을 올라 기지 밖으로 나간 후 에든버러 시의 거리로 들어서며 입을 열었다.

"용한테 정말 신경을 많이 써주는 편이군요. 비행사들 대부분이 그런 식이라 새삼 놀라울 것도 없지만요. 내 생각엔 다른 비행사들처럼 용의 응석을 다 받아주고 버릇없게 기르는 것보다는 엄격하게 훈육하는 것이 낫다고 봅니다. 레비타스만 해도 위험한 장거리 비행에 늘 대비하고 있어야 하기 때문에 나는 절대로 응석을 받아주지 않습니다."

로렌스는 거북한 입장이 되었다. 랜킨의 손님으로서 레비타스를 타고 같이 온 것이기 때문에 저녁때도 랜킨과 함께 라간 호수 기지로 돌아가야 했다. 하지만 랜킨의 이기적인 발언을 들으며 도저히 참을 수가 없어 입을 열었다.

"내가 용들한테 따뜻하게 대해 주는 건 부정할 수 없는 사실입니다. 지금까지 겪어보니, 용들은 아주 매력적이고 존중받을 만하더군요. 나는 용에게 애정을 베푸는 것이 용의 버릇을 나쁘게 만들 수 있다는 주장에는 절대 동의할 수가 없습니다. 이유 없는 냉대를 당하며 자란 사람의 경우, 그렇지 않은 사람에 비해 애정결핍으로 인한 부작용이 더 많이 드러나는 것으로 알고 있습니다."

"아, 용은 사람과 다르지요. 로렌스 대령이랑 그 문제로 말다툼을 하고 싶진 않군요."

랜킨이 그 문제를 대충 넘기려고 하자, 로렌스는 오히려 더 화가 났다. 용을 강하게 키우기 위해 일부러 냉대할 뿐이라는 말도 안 되는 철학이나마 그럴듯하게 포장해서 떠벌리기라도 했으면, 이렇게 얄밉지는 않을 것 같았다. 랜킨은 뚜렷한 철학이 있어 레비타스를 방치하는 게 아니라, 그저 제 한 몸 편하게 지낼 궁리를 하는 것뿐이었다. 랜킨의 입에서 나오는 말들은 얄팍하고 저급한 핑계에 지나지 않았다.

잠시 후, 그들은 각자 볼일을 보고 에든버러 기지의 공터에서 다시 만나기로 약속하면서, 교차로에서 헤어졌다. 랜킨은 주기적으로 들르는 에든버러 시의 군 업무 담당 사무소로 향했다. 로렌스는 잠시나마 랜킨의 꼴을 보지 않아도 되어 치밀어올랐던 화가 조금 가라앉았다.

그 뒤 한 시간 동안 로렌스는 생각을 정리하고 불쾌한 기분을 떨쳐버리느라 정처 없이 에든버러 시내를 돌아다녔다. 지금으로서는 레비타스가 처한 상황을 개선시킬 뚜렷한 방도가 없었다. 랜킨도 용을 다루는 방식에 있어 남의 비난을 듣는 게 한두 번이 아닌 듯 익숙하게 대응했다.

로렌스는 이제야 식사 시간에 랜킨이 옆에 있으면 버클리가 입을 다물어버린 것, 캐서린이 랜킨을 몹시 불편해했던 것, 다른 비행사들이 랜킨을 은근히 배척했던 것, 랜킨과 같이 에든버러로 간다고 했을 때 셀레리타스가 날카로운 반응을 보였던 것 등이 이해가 되었다. 다들 랜킨을 경원시하는데도 자기 혼자 별나게 랜킨과 어울려 다녔으니, 마치 용을 박대하는 랜킨의 방식에 동조하는 처신으로 보였을 게 분명했다.

이제 보니 다른 장교들이 로렌스를 냉정한 눈길로 쳐다보았던 것도 로렌스가 랜킨과 어울려 다녔기 때문이었다. 그들에게 그동안 랜킨의 사람됨을 몰랐노라고 말해 보았자 소용없었다. 로렌스는 다들 랜킨을 멀리하려고 하는 이유를 일찌감치 파악했어야 했는데 그러지 못했고, 새로운 전우들과 친해지려는 노력을 하기에 앞서 그들이 경원시하는 랜킨과 아무 생각 없이 어울려 다녔다. 로렌스는 그동안 다른 비행사들에게 공군 생활에 관해 조언조차 구하지 않았던 자신이 한심스러웠다.

한참 만에야 혼란스러운 마음이 진정되었다. 랜킨과 어울리면서 지내온 며칠 동안, 로렌스는 이미 비행사들 사이에서 랜킨과 같은 부류로 찍혔을 가능성이 높았다. 그런 잘못된 이미지를 하루아침에 쇄신하기는 힘들 것이었다. 앞으로 꾸준히 테메레르를 위해 헌신하면서 자신이 용을 냉대하는 사람이 아니라는 것을 행동으로 보일 수밖에 없었다.

아울러 버클리를 비롯하여 릴리의 편대에 소속된 용들의 비행사들과도 잘 어울려 지내면서, 자기가 일부러 그들을 멀리하려 했던 게 아님을 알려야 했다. 이런 사소한 행동들이 쌓이고 쌓이면 그들의 머릿속에서 로렌스에 대한 부정적인 이미지도 차츰 긍정적으로 바뀌게 될 터였다. 아무리 오랜 시간이 걸리더라도 끈기 있게 노력하리라 마음먹었다.

자책하는 것을 그만두고 앞으로의 처신에 대해 결론을 내리자 그나마 마음이 좀 편해졌다. 로렌스는 길을 살핀 후 '로열 뱅크'라는 은행으로 들어갔다. 원래 로렌스는 런던에 있는 드러먼즈 은행의 고객이었으나, 라간 호수 기지로 배치받은 후 상금 담당 대리인에게 편지를 써서 아미티에 호 포획으로 얻게 될 상금을 모두 로열 뱅크로 입금시켜 달라고 요청했다.

로열 뱅크 안으로 들어가 이름을 대자마자 로렌스는 상금 담당 대리인이 요청대로 업무를 처리했음을 알 수 있었다. 곧장 은행원이 다가와 따뜻하게 인사를 건네며 별도의 사무실로 안내해 주었던 것이다. 로렌스가 상금에 대해 묻자, 도넬슨이라는 그 은행원은 아미티에 호의 포획 상금에 테메레르에 대한 상금도 포함되어 있으며 테메레르에 관해서는 최고급 품종의 부화하지 않은 알에 준하는 값으로 상금이 매겨졌다고, 자기 일처럼 기뻐하며 알려주었다.

"상금을 매기기가 쉽지 않았던 모양입니다. 프랑스 쪽에서 그런 알에 값을 얼마나 매기고 있는지 알 수가 없어서, 리갈 코퍼의 알과 같은 값으로 처리를 한 것 같습니다. 대령님의 몫은 총 상금의 8분의 2이고 금액으로 환산하면 1만 4천 파운드 정도 됩니다."

로렌스는 머리가 띵해졌다. 질 좋은 브랜디를 한 잔 마시고 나서야 정신을 차린 로렌스는 이토록 어마어마한 상금을 받게 된 것이 결국 크로프트 제독의 욕심 덕분임을 알아차렸다. 크로프트 제독은 자기 몫의 상금을 많이 챙기기 위해 안장을 채운 새끼 용이 아닌, 부화하지 않은 알을 기준으로 총 상금액을 책정하도록 해군 본부 측에 강력하게 주장을 한 것이 분명했다.

로렌스도 애써 이의를 제기할 필요는 없었다. 로렌스는 도넬슨과 간단히 논의한 끝에 로열 뱅크 측에 위임하여 이번 상금의 절반을 국채에 투자하도록 했다. 그리고 도넬슨과 악수를 나눈 후 한 손 가득 지폐 뭉치와 금을 받아들고 은행을 나섰다.

로열 뱅크에서는 친절하게도 로렌스에게 물건을 외상으로 살 수 있는 보증 서한도 써주었다. 로렌스는 예상보다 많은 상금을 받게 되어 기분이 좋았다. 그는 책을 잔뜩 산 후 다양한 보석류를 구경하며 돌아다녔다. 책과 목걸이 선물을 받고 좋아할 테메레르의 모습을 생각하니 기분이 좋아졌다.

보석 가게 안을 구경하다 보니, 커다란 진주가 하나 박혀 있고 사파이어로 가장자리를 장식한, 마치 갑옷의 가슴받이처럼 생긴 커다란 플래티넘 펜던트가 눈에 확 들어왔다. 테메레르의 몸이 자라면 그에 맞춰 목걸이 사슬을 확대할 수 있는 펜던트였다. 가격은 기겁할 정도로 비쌌지만, 로렌스는 망설임 없이 수표를 써주며 로열 뱅크의 보증서한을 보여주었다.

보석 가게 주인은 로열 뱅크로 심부름꾼 소년을 보내 로렌스가 그 펜던트 값을 지불할 능력이 있음을 확인한 후, 그 펜던트를 깔끔하게 포장하여 내주었다. 로렌스는 무게가 상당한 그 펜던트를 들고 보석 가게를 나왔다.

곧장 에든버러 기지로 돌아와 보니, 랜킨과 만나기로 약속한 시간까지 한 시간 정도 여유가 있었다. 레비타스는 랜킨이 지정해 준 자리에서 한 발자국도 움직이지 않은 채 웅크리고 있었다. 보아 하니 그곳 지상요원들에게 아무런 보살핌도 받지 못한 듯, 피곤하고 외로워 보였다. 기지의 축사 안에 양 몇 마리가 들어 있는 게 보였다. 로렌스는 그곳 지상요원들에게 양 한 마리를 도살하여 가져오라고 한 후, 레비타스에게 먹였다. 그리고 그 옆에 앉아 랜킨이 돌아올 때까지 레비타스와 조용히 얘기를 나눴다.

출발할 때에 비해 라간 호수 기지로 돌아가는 동안 레비타스의 속도는 한층 느려진 것 같았다. 라간 호수 기지에 착륙하자마자 랜킨은 레비타스에게 속도가 왜 이렇게 느리냐며 매섭게 질타했다. 정말이지 너무나도 교양 없는 행동이었다.

로렌스는 얼른 끼어들어 레비타스를 칭찬하며 쓰다듬어주었다. 랜킨이 성안으로 들어가 버리자 레비타스는 연병장 구석으로 가서 지친 몸을 뉘었다. 로렌스는 기분이 썩 좋지 않았다. 공군 본부에서 왜 랜킨 같은 자에게 레비타스를 내준 것인지 이해가 되지 않았다. 그렇다고 로렌스가 고참인 랜킨에게 용을 그런 식으로 다루지 말라고 나무랄 수도 없었다.

로렌스는 착잡한 기분으로 테메레르에게로 향했다. 깔끔하게 조립된 테메레르의 새 안장이 연병장 옆의 긴 의자 여러 개에 걸쳐 놓여 있었다. 안장의 목받침대에 은으로 된 못을 여러 개 박아 '테메레르'라는 이름을 새겨놓은 부분이 특히 마음에 들었다.

테메레르는 이번에도 연병장 벽 바깥에 나가 앉아, 서쪽으로 지는 해를 따라 고요한 호숫가의 골짜기에 서서히 그림자가 드리워지는 모습을 구경하고 있었다. 생각에 잠긴 테메레르의 눈빛이 애처로워 보였다. 로렌스는 포장한 선물을 들고 테메레르에게 다가갔다.

펜던트 선물을 받은 테메레르가 어찌나 기뻐하는지 로렌스의 기분도 덩달아 즐거워졌다. 그는 얼른 테메레르에게 그 펜던트를 걸어주었다. 목에 걸린 은색 플래티넘 펜던트는 테메레르의 까만 몸뚱이와 대조를 이루며 더욱 하얗게 빛을 발했다. 테메레르는 그 펜던트를 앞발로 잡고 살짝 기울여 가운데 박힌 커다란 진주를 황홀한 눈빛으로 바라보았다. 집중해서 들여다보느라 동공까지 확대되었다. 테메레르는 고맙다는 뜻으로 로렌스에게 코를 문지르며 말했다.

"난 진주가 정말 좋아, 로렌스. 엄청 예쁘다. 그런데 이거 터무니없이 비싼 거 아냐?"

"네가 이렇게 멋져 보이는데 아무리 비싸도 사야지."

로렌스는 테메레르가 기뻐하는 모습을 볼 수만 있다면 전 재산을 다 써도 아깝지 않았다.

"아미티에 호의 포획 상금이 입금돼서, 지금 내 주머니가 두둑해졌어. 그리고 그 포획 상금에는 네 몸값도 포함되어 있었으니까, 넌 그 펜던트를 받을 자격이 충분해."

"난 특별히 한 일도 없는걸. 당신이 아미티에 호에서 내가 들어 있던 알을 빼앗아 와서 나야 정말 좋긴 하지만 말이야. 만일 내가 프랑스 비행사 차지가 되었더라도 당신만큼 그 비행사를 좋아하지는 못했을 것 같아. 아, 로렌스. 정말 행복해. 이렇게 멋진 펜던트 목걸이를 가진 용은 나밖에 없어."

테메레르는 기분 좋게 로렌스를 껴안았다.

로렌스는 앞발의 구부러진 안쪽으로 올라가 자리를 잡고 앉아, 펜던트를 쳐다보며 기뻐하는 테메레르를 쓰다듬어주었다. 전에는 그런 생각을 해본 적이 없었지만, 아미티에 호가 항해 일정이 지연되어 릴리언트 호에 붙잡히지만 않았으면, 지금쯤 테메레르는 어느 프랑스 비행사의 용이 되어 있을 수도 있었다.

그러고 보니 이젠 프랑스 측에서도 아미티에 호에 실려 있던 용알이 영국으로 넘어갔다는 것을 알게 되었을 수도 있었다. 그 알에서 부화한 용이 귀하디귀한 임페리얼 품종이며, 순순히 안장을 차고 테메레르라는 이름까지 얻게 되었다는 건 모르겠지만 말이다. 테메레르를 가질 뻔했던 프랑스 공군 비행사는 로렌스의 행운을 놓고 어딘가에서 욕을 퍼붓고 있을지도 몰랐다.

로렌스는 흡족한 표정을 짓고 있는 테메레르를 올려다보며, 마음속의 슬픔과 걱정이 천천히 사라지는 걸 느꼈다. 테메레르를 가질 뻔했다가 그 기회를 놓쳐버린 가엾은 프랑스 비행사를 생각하면, 앞으로 어떤 일이 있더라도 해군에서 공군으로 바뀐 자신의 처지를 불평해선 안 될 것 같았다.

"책도 여러 권 사왔어. 뉴턴의 책부터 읽어줄까? 서점에서 수학 원리에 대한 뉴턴의 해설서를 찾아냈어. 미리 얘기해 두겠는데, 내가 이 책을 읽긴 읽겠지만 내용은 잘 모를 수도 있어. 옛날에 개인 교사한테 항해에 필요한 공식만 배웠고, 그 뒤엔 손을 뗐거든."

테메레르는 새로 갖게 된 보물에서 잠시 눈을 떼고 로렌스를 바라보며 말했다.

"괜찮으니까 읽어줘. 어떤 문제든지 우리 둘이 같이 머리를 굴리면 풀 수 있을 거야."

7

다음날 아침, 로렌스는 훈련이 시작되기 전에 여유 시간을 확보하려고 평소보다 일찍 일어나 식당으로 내려가 혼자 아침을 먹었다.

어젯밤 로렌스는 새 안장을 구석구석 살펴보면서, 박음질은 깔끔한지 고리들이 단단하게 잘 붙어 있는지 등을 테스트해 보았다. 새 안장을 찬 테메레르도 아주 편안하다고 하면서 지상요원들이 자기가 원하는 대로 세밀하게 신경을 써주었다고 말했다.

그래서 로렌스는 지상요원들의 수고에 금전적으로 보상을 해줘야겠다고 결심했다. 아침식사를 마친 후 로렌스는 수고비로 얼마를 주어야할지 머릿속으로 계산을 하며 지상요원들이 일하는 작업장으로 걸어갔다.

홀린은 벌써 일어나 자기 작업실에서 일을 하고 있었다. 로렌스의 모습을 본 홀린은 얼른 작업실 밖으로 나오며 말했다.

"좋은 아침입니다, 로렌스 대령님. 안장엔 별 문제없습니까?"

"전혀. 일을 아주 잘해 줘서 칭찬해

주려고 왔네. 안장을 깔끔하고 멋지게 만들어줬더군. 테메레르도 만족스럽다고 하고. 고맙네. 같이 작업해 준 자네 동료들에게도 내가 반 크라운씩 수고비로 얹어주겠다고 전해 주게."

"아, 감사드립니다, 대령님."

홀린은 만족스런 표정이긴 했지만 그리 놀란 것 같지는 않았다. 로렌스는 홀린의 그런 반응이 마음에 들었다. 공군이라면 누구나 마을 술집에 가서 쉽게 술을 사마실 수 있기 때문에, 럼 주나 그로그 주를 평소 배급량보다 조금 더 많이 받도록 하는 식의 보상은 별 의미가 없었다.

그리고 공군은 육군이나 해군에 비해 월급도 많은 편이라서, 로렌스는 이리로 오는 동안 수고비로 얼마를 주는 게 적당한지 계속 가늠해 보았던 거였다. 로렌스는 홀린과 그 동료들의 근면함을 칭찬해 주고 싶기는 했지만, 돈으로 그들의 환심을 사려는 듯한 인상을 주고 싶진 않았다. 로렌스는 이제 좀더 편한 말투로 덧붙였다.

"그리고 자네를 개인적으로 칭찬해 주고 싶어. 자네가 레비타스의 안장을 세심하게 잘 손봐준 덕분에 레비타스가 전보다 훨씬 편하게 지내고 있더군. 레비타스까지 돌봐주는 것이 자네 의무가 아닌데도 잘해 줘서 고맙네."

홀린은 환하게 미소지으며 대답했다.

"아! 당연히 해야 할 일을 한 것뿐입니다. 안장을 손봐주겠다고 하니까 그 작은 용이 좋아라 해서 저까지 기분이 좋아졌습니다. 앞으로도 종종 레비타스한테 들러 안장 상태를 살펴볼 생각입니다. 레비타스가 좀 외로워 보이더라고요."

그 순간 로렌스는 랜킨에게 화가 치밀긴 했지만 지상요원 앞에서 다른 비행사의 흉을 보고 싶진 않았다.

"자네가 그렇게 신경을 써주니 레비타스도 분명히 아주 고마워할 걸세. 시간 있을 때 한 번씩 레비타스를 살펴봐 주게."

그 뒤로 로렌스는 훈련 일정에 치여, 레비타스에게 신경 쓸 여유가 거의 없었다. 테메레르가 비행 능력 테스트도 마쳤고 새 안장도 받았기 때문에, 셀레리타스는 본격적으로 테메레르를 훈련시키기 시작했다.

로렌스는 하루 훈련을 마치고 나면 완전히 녹초가 돼서 저녁식사를 하자마자 곧장 침대로 들어가 누웠고 아침 해가 뜰 무렵 하인들이 흔들어 깨워야 겨우 일어났다. 저녁식사를 하면서도 다른 동료들과 대화를 나눌 기력조차 없었다. 그리고 훈련 중 쉬는 시간에는 테메레르와 함께 햇볕을 받으며 꾸벅꾸벅 졸거나 목욕탕에 들어가 뜨거운 물에 몸을 담그며 피로를 풀었다.

셀레리타스는 지치지도 않고 무자비하게 훈련을 시켰다. 테메레르와 로렌스는 셀 수도 없이 반복해서 회전 비행을 연습했고, 급습과 급강하 동작을 익혔다. 테메레르가 최고 속도로 나는 동안, 로렌스와 함께 탑승한 등 쪽 승무원들은 골짜기 바닥에 설치된 가상 목표물을 향해 연습용 가짜 폭탄을 던지며 명중시키는 연습을 했다.

오랜 시간 포격 연습을 하고 나자 테메레르는 귀 뒤쪽에 자리 잡은 소총병 여덟 명이 목표물을 향해 연속해서 소총 사격을 해도 놀라지 않고 눈만 껌벅거릴 정도로 적응이 되었다. 계속되는 연습 끝에, 테메레르는 승무원들이 비행 중에 자기 등과 배로 오르락내리락 하거나 안장을 움직여도 움찔하지 않게 되었다.

그리고 셀레리타스는 하루 훈련을 마무리지을 때마다 테메레르의 지구력을 늘려야 한다며 매일 골짜기를 끝없이 빙빙 돌게 했다. 결국 테메레르는 처음 테스트를 받았을 때에 비해 최고 속도를 유지하면서 비행을 지속하는 시간이 두 배로 늘어났다.

하루 훈련을 마친 테메레르가 연병장에 몸을 쭉 뻗고 누워 헐떡이면서 숨을 고르는 동안, 셀레리타스는 로렌스에게 테메레르의 안장 위에서 안전하고 빠르게 몸을 이동시키는 법을 연습시켰다. 또 틈틈이 테메레르의 안장 대신 절벽에 매 놓은 여러 개의 고리에 의지해 몸을 이동시키는 법을 익히게 했다. 다른 비행사들이 어린 시절에 배웠던 내용들을 짧은 기간 내에 모두 습득하자니 쉴 새 없이 연습을 계속할 수밖에 없었다.

비행 중인 테메레르의 안장 고리에 의지해 몸을 이동시키는 것은 마치 시속 50킬로미터의 속도로 나아가다가 별안간 양옆으로 혹은 위아래로 방향을 바꾸는 배의 장루에서 강풍을 맞으며 몸을 이동시키는 것과 흡사했다.

첫 주에 그 훈련을 받다가 로렌스는 몇 번이나 손이 미끄러져 떨어질 뻔했다. 허리에 찬 벨트의 카라비너를 안장 고리에 걸어놓고 있지 않았다면, 벌써 열두 번도 넘게 추락해서 죽고 말았을 것이다.

그리고 매일 훈련을 끝마친 뒤에는 조울슨이라는 이름의 나이가 지긋한 대령을 찾아가 공중 신호에 관해 배웠다. 깃발과 횃불로 신호를 주고받는 방법이 해군의 방식과 대부분 일치했기 때문에 로렌스는 기본 규칙을 배우는 데 별 어려움은 없었다.

다만, 여러 용들과 조화를 이루고 날면서 아직 익숙하지 않은 비행 내용을 신호로 정확하게 표현하는 것이 어려웠다. 신호 담당 장교만 의지해도 되는 것이 아니라서, 로렌스와 테메레르는 깃발 여섯 개로 표현되는 방대한 양의 신호 체계를 모조리 외워야 했다. 다른 용 쪽에서 보내온 신호를 얼마나 빨리 파악해서 행동을 취하느냐에 따라 전투 결과가 달라질 수도 있었기 때문이다.

신호 담당 장교는 만일을 위한 안전장치일 뿐이었다. 신호 담당 장교의 의무는 다른 용 쪽에서 보내온 깃발 신호의 뜻을 비행사에게 해석해 주는 것이 아니라, 비행사가 지시하는 대로 깃발을 들어 다른 용들에게 신호를 보내고 전투 중에 새로운 신호가 떴다고 비행사에게 알려주는 것이었기 때문이다.

테메레르는 로렌스보다 훨씬 빠르게 각종 신호들을 암기해 나갔다. 조울슨 대령도 테메레르의 뛰어난 학습 능력에 놀라워하며 로렌스에게 말했다.

"태어난 지 꽤 된 용인데도 신호를 썩 잘 외우는군. 보통 우리는 용이 알에서 부화한 당일부터 신호 읽는 법을 가르치고 있지. 낙담시키고 싶지 않아 미리 말을 하지 않았는데, 사실 나는 테메레르가 수많은 신호들을 전부 외우려면 많이 힘들어할 거라고 예상했어. 늦게 시작한 용들은 신호를 배우기 시작한 지 5주 내지 6주째가 돼도 전부 익히지 못하기 때문에 아주 애를 먹이거든. 그런데 테메레르는 뒤늦게 시작한 건데도 방금 알에서 깨어난 것처럼 빠른 속도로 암기를 해나가고 있어."

테메레르가 여러 가지 신호들을 외우는 데는 별다른 어려움이 없었다. 하지만 끝없는 암기와 반복 학습은 신체 훈련만큼이나 피곤한 일이었다. 이런 식으로 일요일에도 쉬지 못하고 5주 동안 계속해서 훈련이 진행되었다.

테메레르와 로렌스, 막시무스와 버클리는 릴리의 편대에 합류하기 전에 반드시 배워야 할 복잡한 비행 기술들을 익혀나갔다. 그동안 테메레르와 막시무스는 계속해서 덩치를 불려나갔다.

훈련을 시작한 지 5주째가 되었을 때 막시무스는 이미 성장이 완료되었고, 테메레르도 많이 커져서 어깨가 성인 남자의 머리에 닿을 정도가 되었다. 테메레르의 몸은 전체적으로 커지기는 했지만 선이 더 날렵해졌고, 키보다 날개의 길이가 더 길어졌다.

게다가 테메레르는 몸의 비례가 잘 맞아서 굉장히 아름다웠다. 꼬리는 길고 우아했으며, 섬세한 모양과 크기를 지닌 날개는 몸통과 너무나도 잘 어울렸다. 몸통의 색도 더욱 진해졌다. 부드러운 코만 빼고 검은 가죽이 전체적으로 단단해지면서 광택이 났다. 그리고 날개 가장자리에 박힌 푸른색과 연회색이 섞인 반점들도 더욱 커지면서 진주처럼 빛났다. 로렌스의 편파적인 시각으로 보기엔 테메레르가 이 라간 호수 기지에서 제일 잘생긴 것 같았다. 진주가 박힌 플래티넘 펜던트를 차고 있어서 그런지, 외모도 한결 돋보였다.

쉴새없이 훈련이 계속되는 동안 몸집이 계속 불어나자, 테메레르도 어느 정도 자신감을 회복했다. 이제 이 기지에서 테메레르보다 큰 용은 막시무스뿐이었다. 릴리의 경우, 날개의 폭은 테메레르보다 훨씬 길었지만, 키는 테메레르보다 작았다.

로렌스가 지켜보니, 테메레르가 다른 용들을 밀치고 앞으로 나선 것도 아니고 목동들에게 우선적으로 먹이를 먹을 권리를 부여받은 것도 아니었지만, 먹이를 먹는 시간이 되면 대부분의 용들이 테메레르에게 길을 내주고 있었다. 테메레르는 아직 다른 용들과 많이 친해진 상태가 아니었고, 로렌스와 마찬가지로 쉴새없이 훈련을 받느라 주변 시선에는 신경을 쓸 여유도 없었다.

테메레르와 로렌스는 먹고 자는 시간을 제외하고 거의 하루종일 붙어 지냈다. 그렇다 보니 로렌스는 다른 비행사들과 어울려 다닐 시간도 없었다. 랜킨이 체스 게임을 두자고 초대할 때마다 로렌스는 훈련을 핑계로 초대를 사양했고, 결국 자연스럽게 랜킨과 멀어졌다.

다른 이들과 두루 친하게 지내는 대신 로렌스와 테메레르는 같이 훈련을 받는 버클리, 막시무스와 친분을 쌓아나갔다. 다만, 테메레르는 잠을 잘 때만큼은 연병장 벽 너머에서 따로 혼자 자는 걸 더 편하게 여겼다.

로렌스는 홀린 준위를 지상요원 총책임자로 하고, 병기공 프랫 준위, 가죽세공 담당자 벨 준위, 폭탄 담당자 캘러웨이 준위, 안장 담당자 펠로우스 준위를 핵심요원으로 지정해 달라고 요청했다. 이 요청대로 공군 본부에서는 테메레르를 돌봐줄 지상요원을 배정해 주었다. 다른 용들의 지상요원은 대개 규모가 그 정도 수준이었지만, 테메레르는 몸집이 계속 커지고 있었기 때문에 핵심요원들은 자신들의 일을 보조해 줄 조수가 필요하다고 성화였다. 처음엔 조수를 한 명씩 두더니 나중엔 네 명씩으로 늘어났다. 결국 테메레르를 돌보는 지상요원의 수는 막시무스의 지상요원들과 거의 맞먹는 수준이 되었다.

벌써 10년째 안장 일을 해온 안장 담당자 펠로우스는 말수가 적고 믿음직한 사람이었는데, 공군 본부를 구슬려 자기 밑에 조수를 여덟 명이나 두었다. 로렌스는 훈련을 받지 않을 때는 반드시 테메레르의 몸에서 안장을 벗겨내도록 하고 있어서, 다른 용들보다 안장을 입혔다 벗겼다 하는 횟수가 훨씬 많았고, 그래서 사실 그 정도 인원이 필요하긴 했다.

테메레르의 지상요원들은 대부분 준위급이었고, 그밖에 다른 승무원들도 모두 신사 가문 출신의 장교들이었다. 숙련된 해군 한 명이 풋내기 훈련생 열 명씩을 맡아 교육하는 방식에 익숙해 있던 로렌스에게 그것은 새로운 경험이었다.

해군에서는 갑판장이 가혹한 벌을 내리는 경우도 허다했으나, 공군에서는 일체의 가혹 행위와 구타가 금지되어 있었다. 공군에서 가장 심한 벌은 퇴출시키는 것이었다. 로렌스는 그런 식의 교육 방식이 마음에 들었다. 물론, 해군의 교육 방식이 잘못되었다고 인정하는 것은 아니지만.

그렇다고 해서 공군 교육 방식에 전혀 불만이 없는 건 아니었다. 소총병의 절반은 중위로 진급한 지 얼마 되지 않는 자들이었는데, 총의 어느 부위를 잡아야 하는지 겨우 깨친 수준이라 가르치기가 매우 힘이 들었다. 그래도 배우려는 의지만큼은 대단해서 하루가 다르게 솜씨가 늘긴 했다.

소총병들 중에 콜린스라는 자는 기를 쓰고 열심히 배우더니 명중률도 상당히 높아졌다. 도넬과 던은 목표물을 찾는 데 조금 애를 먹긴 했지만 총알을 재장전하는 속도가 매우 빨랐다. 그런데 소총병들을 이끄는 릭스 대위는 소총 명중률도 높고 자기 의무를 제대로 이행하긴 했지만, 욱하는 성질이 있어 부하들이 조금만 잘못해도 버럭 소리를 지르는 등 지휘관으로는 부적당했다.

로렌스는 릭스 대신 좀더 성격이 안정적인 자를 수하로 데리고 있고 싶었다. 그러나 릭스가 고참인 데다 복무 성적도 우수해서 마음대로 다른 사람을 뽑다가 릭스의 자리에 앉힐 수는 없었.

상주 승무원, 즉 비행 중에 테메레르의 안장과 장비들을 관리하는 등 쪽 승무원들과 배 쪽 승무원들, 그밖에 상급 장교들과 망꾼들은 아직 선발되지 않았다. 최종적으로 상주 승무원이 선발될 때까지 라간 호수 기지에 주둔하는 하급 장교들 중 아직까지 특정한 용의 승무원으로 배정받지 못한 이들이 차례로 테메레르의 안장에 올라 훈련을 받게 되었다.

셀레리타스의 설명에 따르면, 용의 품종에 따라 사용해야 할 비행 기술이 다르기 때문에 하급 장교들이 정식 비행사가 되기 전에 가급적 다양한 종류의 용을 조종해 보도록 하기 위해서라고 했다.

마침 차례가 된 마틴은 테메레르에게 올라탔을 때 자기가 맡은 일을 꽤 잘 해냈다. 로렌스는 마틴을 테메레르의 상주 승무원으로 두어야겠다고 점찍어두었다. 그밖에도 유능하고 젊은 하급 장교들이 로렌스에게 스스로를 추천했다.

그 무렵 로렌스는 누구를 직속 부하로 둘 것인가를 놓고 고민을 했다. 처음 찾아온 후보자 세 명은 그리 탐탁지가 않았다. 다들 그럭저럭 맡은 일을 잘해내긴 했지만, 뛰어나진 않았다. 로렌스는 자기 자신을 위해서라기보다는 테메레르를 위해 똑똑하고 재능 있는 자를 직속 부하로 두고 싶었다.

그런데 불행히도 그 다음 후보자로 찾아온 자가 바로 그랜비 대위였다. 그랜비는 완벽하게 의무를 수행했지만, 일부러 로렌스의 신경을 긁으려는 듯 말끝마다 '대령님'이라는 호칭을 붙였고, 싫어도 복종한다는 뜻을 온몸으로 표현하여 다른 장교들의 신경까지 곤두서게 만들었다. 로렌스는 해군 시절 직속 부하로 데리고 있던 토머스 라일리가 새삼 그리워졌다.

그것말고는 대체로 만족스러웠다. 로렌스와 테메레르는 비행 기술 습득에 더욱 열을 올렸다. 최근 들어 셀레리타스는 테메레르와 막시무스가 릴리의 편대에 합류해도 좋을 만큼 기량이 늘었다고 평가했다. 편대에 합류하기 전, 마지막으로 정복해야 할 복잡한 비행 기술이 하나 있었으니, 바로 완전히 몸을 거꾸로 뒤집은 채 하늘을 나는 것이었다.

어느 화창한 아침, 막시무스와 함께 거꾸로 날기 연습을 하던 테메레르가 로렌스에게 말했다.

"저기 볼리가 우리 쪽으로 날아오고 있어."

로렌스가 고개를 돌려보니 작은 회색 점 하나가 빠른 속도로 라간 호수 기지를 향해 날아오고 있었다. 볼라틸루스는 골짜기 밑으로 급강하하여 기지 연병장에 착륙했다. 훈련이 진행 중일 때 하늘에서 연병장으로 급히 착륙하는 것은 규정 위반이었다. 볼라틸루스의 등에서 뛰어내린 제임스가 셀레리타스에게 뛰어갔다. 무슨 일인지 호기심이 동한 테메레르가 뒤집혔던 몸을 곧장 바로 세우고 정지 비행을 하며 셀레리타스 쪽으로 시선을 돌렸다. 테메레르의 그런 움직임에 익숙해 있는 로렌스를 제외한 승무원 전원이 안장에 매달린 채 마구 비틀거렸다.

잠시 후, 막시무스는 저 혼자 거꾸로 날고 있다는 걸 깨닫고 몸을 도로 홱 뒤집었다. 버클리는 뭐 하는 짓이냐며 고래고래 고함을 질러댔다.

정지 비행을 할 수 없는 막시무스는 원형으로 빙글빙글 돌면서 테메레르에게 깊숙이 울리는 목소리로 물었다.

"무슨 일일까?"

버클리가 끼어들었다.

"이 둔탱아! 너랑 관련된 일이면 나중에 셀레리타스 교관이 말을 해주겠지. 어서 다시 훈련이나 계속하자고!"

테메레르가 막시무스의 질문에 대답했다.

"나도 잘 모르겠어. 볼리한테 물어보자. 거꾸로 나는 연습은 이제 더 할 필요는 없을 것 같아. 이미 동작을 완전히 익혔으니까."

테메레르의 독단적인 말투에 로렌스는 깜짝 놀랐다. 로렌스가 인상을 쓰며 몸을 기울여 테메레르에게 말을 하려는 순간, 밑에서 셀레리타스가 다급하게 그들을 불렀다.

막시무스와 테메레르가 연병장으로 내려서자마자 셀레리타스는 곧장 볼라틸루스와 제임스가 가져온 소식을 전했다.

"애버딘 부근의 북해에서 공중전이 있었다는군. 에든버러 교외의 공군 기지에 주둔하는 용들 여럿이 협력 요청 신호를 받고 날아가 프랑스 공군을 몰아내기는 했는데, 전투 중에 빅토리아투스가 부상을 입었고 지금 몹시 쇠약해진 상태라서 공중에 떠 있기 힘들어한다고 한다. 그래서 다른 용들이 밑에서 부축하고 있다고는 하는데, 부축하는 용들이 큰 용들이 아니라 몹시 버거워하는 모양이다. 막시무스와 테메레르는 빅토리아투스를 부축할 수 있을 만큼 몸집이 크니, 당장 그쪽으로 날아가서 빅토리아투스를 이리로 데려오도록 해. 볼라틸루스와 제임스 대령이 길을 안내해 줄 거다. 당장 출발해!"

볼라틸루스가 앞장서며 맹렬한 속도로 날아올랐고, 곧 시야에서 거의 사라질 정도로 작아졌다. 테메레르는 곧장 그 뒤로 따라붙었지만 막시무스는 테메레르만큼 속도를 내지 못했다.

깃발 신호와 더불어 확성기를 통해 다급히 얘기를 주고받은 후, 버클리와 로렌스는 테메레르를 먼저 날아가게 하고 테메레르의 승무원들이 막시무스가 따라올 수 있도록 일정한 시간 간격을 두고 횃불 신호를 해주기로 합의했다.

테메레르는 한층 속도를 높였다. 로렌스의 생각에 지나치게 빠른 것 같았다. 여기서 빅토리아투스가 있는 곳까지는 190킬로미터 정도 남았으니 그리 먼 거리는 아니었고, 빅토리아투스를 부축한 용들이 이쪽 방향으로 날아오기 때문에 그 간격은 더 좁아질 터였다.

하지만 빅토리아투스를 데리고 라간 호수 기지까지 되돌아와야 했다. 바다가 아닌 육지 위로 날아오긴 하겠지만 일단 육지로 내려갈 경우 무게가 엄청난 빅토리아투스를 부축해서 다시 날아오르는 것이 불가능하므로 오는 도중에 쉴 수도 없었다. 따라서 속도를 조금 줄이면서 체력을 비축해 둬야 했다.

로렌스는 테메레르의 안장에 묶어둔 크로노미터(정밀한 경도 측정용 시계─옮긴이주)를 흘끗 보며 분침이 바뀌기를 기다려 1분간 테메레르의 날갯짓 횟수를 쟀다. 시속 25노트(시속 약 46킬로미터. 1노트는 1,852미터─옮긴이주). 너무 빨랐다.

"테메레르, 속도를 좀 늦춰. 힘을 아껴둬야 해."

"나 지금 전혀 힘이 안 들어."

말은 이렇게 했지만 테메레르는 속도를 줄여 로렌스의 지시대로 15노트 정도의 속도로 날기 시작했다. 이 정도면 테메레르가 장시간 힘들이지 않고 날 수 있었다.

로렌스가 뒤에 있는 승무원에게 지시했다.

"그랜비 대위에게 이리 올라오라고 전하게."

지시를 내리자마자 그랜비 대위가 테메레르의 안장끈에 붙은 여러 개의 고리에 카라비너를 번갈아 끼워가며, 로렌스가 자리 잡고 있는 테메레르의 목 바로 아래쪽으로 신속하게 기어 올라왔다.

"빅토리아투스를 부축하는 용들이 낼 수 있는 최고 속도가 어느 정도일 것 같은가?"

그랜비는 평소 차갑게 굴던 태도를 버리고 신중하게 생각했다. 부상당한 용에 대한 소식을 접한 순간부터 그랜비를 비롯한 승무원 모두가 진지하게 비행에 임했다. 마침내 그랜비가 대답했다.

"빅토리아투스는 파르나소스 품종의 용입니다. 덩치가 아주 크고 체중으로 따지면 미들급 정도 됩니다. 리퍼 품종보다 더 무겁고요. 에든버러에는 헤비급 용이 없기 때문에, 지금 빅토리아투스를 부축한 용들도 아마 미들급일 겁니다. 그러니 그 용들은 시속 20킬로미터 이상 속도를 내지 못할 겁니다."

로렌스는 해군이 쓰는 노트 단위와 공군이 쓰는 시간당 킬로미터 단위를 놓고 속도 계산을 하며 잠시 생각에 잠겼다가 고개를 끄덕였다. 테메레르는 반대쪽에서 이리 날아오는 용들에 비해 거의 두 배 속도로 날고 있는 셈이었다.

빅토리아투스에 대한 소식을 가지고 날아왔던 볼라틸루스의 속도를 감안할 때, 앞으로 세 시간 후에 빅토리아투스를 부축하고 있는 용들의 모습이 보일 것으로 예상되었다.

"좋아. 저쪽 용들과 만나기 전까지의 시간을 이용해서 전투 연습을 해야겠군. 등 쪽 승무원들과 배 쪽 승무원들은 서로 위치를 바꿔라! 폭탄 투척 연습을 해야겠다!"

로렌스는 마음을 차분하게 가라앉힌 반면, 테메레르는 목 아래쪽을 희미하게 씰룩거리며 흥분한 속내를 드러냈다. 테메레르에겐 이번이 첫 출전인 셈이니 흥분할 만도 했다.

로렌스는 테메레르를 진정시키려고 씰룩거리는 부분을 가만히 어루만져주었다. 그런 다음 카라비너의 위치를 바꾸며 돌아서서 방금 내린 지시가 잘 이행되고 있는지 살폈다. 등 쪽 승무원들이 차례로 배 쪽 장비로 내려가고 있었고, 배 쪽 승무원들이 반대편 옆구리를 타고 등으로 올라오고 있었다.

그들이 양쪽에서 동시에 위치를 바꾸었기 때문에 테메레르는 균형을 잃지 않고 안정적으로 날아갈 수 있었다. 마지막으로 등으로 올라온 승무원이 몸을 안장에 고정시키고, 끈에 연결된 신호 장치를 잡아당겼다. 그리고 그 신호 장치에 붙은 검정과 흰색 깃발을 조정한 후 배 쪽으로 밀어 보냈다.

잠시 후, 그 신호 장치가 다시 등 쪽으로 올라왔다. 배 쪽 장비로 내려간 승무원들도 제대로 자리를 잡았음을 나타내는 신호였다. 모든 게 순조로웠다. 현재 테메레르의 몸엔 등 쪽 승무원 세 명, 배 쪽 승무원 세 명이 탑승하고 있었다. 그들은 위아래로 위치를 바꾸는 데 채 5분도 걸리지 않았다.

그때 로렌스는 망꾼 중 한 명을 날카롭게 호명했다.

"앨런!"

머잖아 소위로 진급하기로 된 훈련생 앨런은 등 쪽 및 배 쪽 승무원들이 위치를 바꾸는 모습을 구경하느라 자신의 의무를 소홀히 하고 있었다.

로렌스가 계속해서 말했다.

"동서 방향 위쪽에 무엇이 있는지 대답해 봐. 아니, 고개 돌리지 말고 대답해. 내가 질문하는 순간 즉시 대답할 수 있어야 하잖아! 방금 임무를 소홀히 한 부분에 관해서는 향후 자네의 담당 교관에게 얘기해 두겠다. 지금부터라도 정신 똑바로 차려!"

소총병들이 자리를 잡자 로렌스는 그랜비에게 고개를 끄덕였다. 그랜비의 지시에 따라 등 쪽에 자리 잡은 승무원들이 목표물 대용으로 쓰는 납작한 도자기 원반을 던지기 시작했다. 그리고 빠른 속도로 멀어지는 그 원반들을 향해 소총병들이 차례로 총을 쏘았다.

지켜보고 있던 로렌스는 미간을 찌푸리며 말했다.

"그랜비 대위, 릭스 대위, 소총병들이 20개 중 12개밖에 맞히질 못하는군, 그렇지? 프랑스 공군의 일급 저격수들에 비하면 정말 보잘것없는 기록이다. 좀더 천천히 다시 시작해 보기로 하지. 가장 중요한 것은 정확성이고 속도는 그 다음이다. 콜린스, 성급하게 발사하지 마."

로렌스는 한 시간 정도 소총병들에게 사격 연습을 시킨 후, 곧이어 나머지 승무원들에게 급습 비행에 대비해 안장을 복잡하게 조정하는 훈련을 시켰다. 그리고 직접 테메레르의 배 쪽으로 내려가 그곳에 자리 잡은 승무원들이 장비를 바꿔 끼는 과정을 지켜보았다.

텐트를 싣고 오지 않았기 때문에, 텐트를 설치한 뒤 도구 일체를 다시 원래대로 분해하는 연습은 시킬 수가 없었다. 그래도 지금까지의 과정을 보건대, 승무원들이 텐트를 비롯한 추가 장비를 갖고도 제대로 작업할 수 있을 것 같았다.

테메레르는 가끔씩 고개를 돌리고 눈을 반짝이며 승무원들이 훈련하는 모습을 쳐다보긴 했지만, 대부분 비행에 집중하면서 제일 좋은 기류를 타고 앞으로 빠르게 나아가고 있었다.

로렌스는 테메레르의 목에 손을 댄 채 밧줄만큼 굵고 긴 목 근육이 피부 밑에서 기름처럼 유연하게 움직이는 걸 느꼈다. 그리고 테메레르의 정신을 흐트러뜨리고 싶지 않아 말을 걸진 않았지만, 테메레르도 자기처럼 그동안 받아온 훈련을 실제에 적용해 보는 것을 즐기고 있음을 알 수 있었다. 그렇지만 노련한 해군 함장으로 복무하다가 모든 걸 새로 익혀야 하는 처지가 된 것이 서글프기도 했다.

크로노미터를 보니, 어느덧 비행을 시작한 지 세 시간이 지나고 있었다. 슬슬 부상당한 용이 보일 때가 되었다. 막시무스는 30분 정도 뒤쳐져 있으니, 막시무스가 올 때까지 테메레르 혼자 빅토리아투스를 부축하면서 버텨야 했다.

로렌스는 테메레르의 목 아래쪽 자리로 다시 돌아와, 옷 위에 걸친 하네스(용의 안장과 몸을 연결하는 장비―옮긴이주)의 고리를 안장 고리에 연결시켰다. 그런 다음 지시를 내렸다.

"그랜비 대위, 신호 담당 소위와 전방 망꾼을 제외하고 등 쪽에 있는 승무원 전원에게 배 쪽으로 내려가라고 하게."

"알겠습니다, 대령님."

그랜비는 고개를 끄덕이고 대답을 하더니 곧장 돌아서서 지시 사항을 전달했다. 그랜비가 일하는 모습을 지켜보면서 로렌스는 만족스러우면서도 동시에 안타까웠다. 지난주 내내 로렌스 밑에서 훈련을 받는 동안, 그랜비는 전처럼 심하게 적개심을 드러내지 않고 의무를 잘 이행했다.

우선, 그랜비가 합류하면서부터 승무원들의 작업에 속도가 붙기 시작했고, 안장 설치 및 승무원 배치와 관련하여 경험이 부족한 로렌스가 발견하지 못했던 무수한 결점들이 개선되었다. 아울러 승무원들의 근무 분위기도 많이 유연해졌다.

그랜비는 승무원들의 기를 살려 힘차게 일하도록 해주었고 능력도 뛰어나서 직속 부하로 삼기에 가장 적합했다. 하지만 예전에 오만불손하게 굴었던 걸 생각하면 직속으로 데리고 있기가 몹시 껄끄러웠다. 참으로 유감스러운 일이었다.

테메레르의 등을 비우자마자 볼라틸루스가 곧장 그들을 향해 날아왔다. 볼라틸루스의 등에 자리 잡고 앉은 제임스가 입가에 두 손을 모으고 로렌스에게 소리쳤다.

"저쪽에 빅토리아투스를 부축한 용들이 오고 있습니다. 북쪽으로 22도, 밑으로 12도 지점입니다. 그 용들이 지금보다 고도를 높이기는 어려울 것 같으니 테메레르를 데리고 밑으로 내려가는 게 좋겠습니다."

제임스는 이렇게 말한 후 손가락으로 숫자를 표시하여 정확한 방향을 다시 한 번 일러주었다. 로렌스는 확성기에 대고 대답했다.

"알겠습니다."

그렇게 대답한 로렌스는 신호 담당 소위에게 잘 알아들었다는 뜻으로 제임스에게 깃발 신호를 보내라고 지시했다. 테메레르의 몸집이 전보다 훨씬 거대해져서 볼라틸루스가 가까이 다가오기 힘들었기 때문에 확성기를 쓰더라도 목소리가 제대로 전달되지 않았다.

수평선 가까이에서 날아오는 용들의 모습이 보이자 테메레르는 급강하하기 시작했다. 처음에는 점처럼 작았지만 곧 시야에 제대로 들어왔다. 빅토리아투스는 밑에서 떠받치고 있는 옐로 리퍼 두 마리에 비해 덩치가 1.5배 정도 컸다. 부상을 입은 부위에 두꺼운 거즈를 대놓은 상태였지만, 거즈로 스며든 피로 미루어보아 프랑스 용들의 발톱에 깊이 베인 듯했다.

빅토리아투스의 턱을 비롯하여 엄청나게 거대한 발톱에도 피가 잔뜩 묻어 있었다. 옐로 리퍼 두 마리가 앞뒤로 바짝 붙어 날면서 빅토리아투스를 떠받치고 있었기 때문에, 테메레르가 당장 그 사이로 비집고 들어가긴 힘들 것 같았다. 빅토리아투스의 등에는 담당 비행사와 여섯 명 정도의 승무원이 타고 있었다.

로렌스가 지시했다.

"부축하고 있는 용들에게 옆으로 물러날 준비를 하라고 신호를 보내라!"

소년 티를 갓 벗은 신호 담당 소위가 다양한 색깔의 깃발을 빠른 속도로 흔들자, 옐로 리퍼 두 마리에 탄 승무원들도 깃발을 통해 알았다고 대답했다. 테메레르는 옐로 리퍼들 밑으로 내려갔고, 뒤쪽에서 빅토리아투스를 부축하고 있는 옐로 리퍼의 꼬리 뒤에 자리를 잡고 교체할 준비를 했다.

로렌스가 소리치며 물었다.

"테메레르, 준비됐니?"

테메레르와 로렌스는 이런 상황에 대비해 훈련을 받았지만, 막상 실제로 해보려니 쉽지가 않았다. 빅토리아투스는 날갯짓도 거의 못 할 정도로 완전히 기진맥진해서 반쯤 눈을 감은 채 고통스러워하고 있었고, 옐로 리퍼 두 마리도 기운이 거의 소진된 상태였다.

옐로 리퍼 두 마리가 동시에 매끄럽게 빠져나온 후 테메레르가 곧장 그 밑으로 들어가야 빅토리아투스를 무사히 부축할 수가 있었다. 혹시 잘못돼서 빅토리아투스가 추락할 경우, 그 엄청난 무게 때문에 다시 부축해서 들어 올리는 건 불가능했다.

테메레르가 대답했다.

"응. 서둘러야겠어. 옐로 리퍼들이 완전히 지친 것 같아."

테메레르의 근육에 단단히 힘이 들어갔고 속도에도 문제가 없었으므로 더 이상 기다릴 필요가 없었다. 로렌스가 명령했다.

"이제부터 우리가 부축하겠다고 신호를 보내라!"

테메레르와 옐로 리퍼 두 마리의 신호 담당이 깃발을 흔들며 뜻을 주고받았다. 앞쪽에서 부축하는 옐로 리퍼의 양옆구리에서 빨간 깃발과 초록 깃발이 차례로 펄럭였다.

그러자 뒤에서 날고 있던 옐로 리퍼가 먼저 몸을 밑으로 떨어뜨리며 재빨리 옆으로 빠져나갔고, 그 자리로 테메레르가 들어갔다. 하지만 앞에서 부축하던 옐로 리퍼가 뒤에 있던 옐로 리퍼와 동시에 빠져나가지 못하고 꿈지럭대는 바람에, 빅토리아투스의 몸이 앞으로 크게 기울어졌다.

앞에서 어중간하게 날고 있던 옐로 리퍼의 꼬리가 테메레르의 머리 근처에서 채찍질을 하듯 좌우로 흔들리고 있어 몹시 위험했다. 그래서 테메레르는 빅토리아투스를 제대로 부축할 수가 없었다.

로렌스가 옆으로 빠져나가지 못하고 머뭇거리는 옐로 리퍼를 향해 고함을 질렀다.

"급강하해, 당장! 급강하하라고!"

그 옐로 리퍼는 마침내 비행을 포기하고 날개를 접으며 돌덩이처럼 밑으로 급강하했다. 로렌스는 테메레르의 목에 몸을 바짝 붙이고 다시 소리쳤다.

"테메레르! 빅토리아투스의 몸이 네 등 가운데 오게 하려면 일단 빅토리아투스를 위로 좀 들어 올려야 해!"

지금은 빅토리아투스의 뒷다리와 궁둥이가 테메레르의 등이 아니라 두 어깨에 걸쳐 있었다. 빅토리아투스는 힘이 빠져 거의 제 힘으로 날지 못하고 있는 상태라서, 테메레르의 머리에서 1미터 위쪽에 빅토리아투스의 거대한 배가 아슬아슬하게 떠 있었다.

테메레르는 알아들었다는 뜻으로 고개를 살짝 끄덕였다. 그리고 몸을 앞으로 비스듬히 기울이고 날개를 빠르게 퍼덕이면서, 밑으로 떨어지기 직전인 빅토리아투스를 있는 힘껏 위로 들어 올렸다. 테메레르는 잠시 날개를 접으며 밑으로 내려갔다가 다시 날개를 활짝 펴면서 빅토리아투스의 몸을 등 가운데에 얹었다.

로렌스가 안도하는 순간, 테메레르가 고통스런 비명을 내질렀다. 고개를 돌린 로렌스는 놀라고 당황했다. 빅토리아투스가 무의식적으로 발버둥을 치면서 거대한 발톱으로 테메레르의 어깨와 옆구리를 할퀸 것이다.

빅토리아투스의 등 쪽에서 비행사가 고함치는 소리가 조그맣게 들렸다. 그러자 곧 빅토리아투스는 할퀴는 걸 멈췄지만, 테메레르의 몸에서 이미 피가 흘러나오고 있었다. 안장끈도 여러 개 찢어져 바람에 펄럭거렸다.

테메레르는 빅토리아투스의 육중한 무게를 간신히 지탱하며 날고 있었지만, 고도가 급격히 떨어지기 시작했다. 로렌스는 신호 담당 소위를 불러, 배 쪽에 자리 잡고 있는 승무원들에게 테메레르의 부상이 어떤지 보라고 지시했다. 신호 담당 소위는 안장의 목끈 아래로 기어 내려가 흰색과 빨간색 깃발을 미친 듯이 흔들었다.

이윽고 그랜비 대위가 소위 둘을 데리고 배 쪽에서 옆구리로 기어 올라와 신속하게 테메레르의 상처에 거즈를 댔다. 로렌스는 갈라지는 목소리로 테메레르에게 걱정할 것 없다며 소리쳤고, 토닥거리며 안심을 시켰다.

테메레르는 돌아보며 대답을 하진 않았지만 용감하게 날갯짓을 계속했다. 하지만 힘이 들어서인지 고개를 들지는 못했다.

그랜비가 로렌스에게 소리쳤다.

"상처가 깊진 않습니다!"

로렌스는 그제야 숨을 내쉬며 똑바로 생각할 수가 있었다. 테메레르가 차고 있는 안장의 등 쪽 부분이 마구 흔들렸다. 장비도 일부 망가졌고, 주요 어깨끈이 거의 찢겨져 나가기 직전이었다. 그나마 어깨끈 안에 들어 있는 철사가 끊어지지 않아서 간신히 버티고는 있었지만, 끈이 찢어지고 나면 배 쪽에 자리 잡고 있는 승무원들과 장비의 무게를 견디지 못하고 철사도 끊어질 게 분명했다.

로렌스는 자기와 함께 등 쪽에 머물고 있던 신호 담당 소위와 두 망꾼에게 말했다.

"자네들 모두, 착용하고 있는 하네스를 벗어서 내게 넘겨주게. 대신 테메레르의 안장을 꽉 잡고 그 밑으로 팔이나 다리를 집어넣고 버텨야 해."

그 세 소년의 하네스는 가죽이 두껍고 박음질이 단단했으며 기름칠도 잘되어 있었다. 하네스에 달린 카라비너는 테메레르의 안장만큼은 아니지만 소재가 강철이라 꽤 쓸 만했다.

로렌스는 하네스 세 개를 들고 등 쪽 안장끈을 가로질러 망가진 어깨끈 쪽으로 기어 내려갔다. 그곳에서 내려다보니, 그랜비와 소위 두 명은 여전히 테메레르의 옆구리 상처를 돌보고 있었다.

그들은 하네스를 매고 내려오는 로렌스를 올려다보며 의아해하는 표정을 지었다. 테메레르의 앞발 때문에 시야가 가려서, 안장의 어깨끈이 심각하게 찢겨진 상태라는 걸 모르고 있었던 것이다. 안장의 어깨끈이 빠른 속도로 찢어지고 있어서, 그들에게 지원 요청을 할 시간적 여유도 없었다.

정상적인 방법으로는 안장의 어깨끈까지 가기 힘들었다. 안장의 어깨끈을 따라 박힌 고리에 체중을 실을 경우, 어깨끈이 곧장 찢어질 게 분명했다. 포효하는 바람 속에서 로렌스는 재빨리 하네스 두 개를 카라비너로 연결시키고 안장의 등끈에 고리로 고정시켰다. 그리고 소리쳤다.

"테메레르, 최대한 수평을 유지해!"

로렌스는 안장의 등끈에 연결시킨 하네스의 끝부분을 한 손으로 잡은 채, 카라비너를 풀고 조심스럽게 망가진 어깨끈 쪽으로 옮겨갔다. 하네스 두 개를 연결시킨 장비에 체중을 싣고 망가진 어깨끈 쪽으로 접근해서, 세 번째 하네스를 이용해 찢어진 부분을 연결시킬 생각이었다.

그때 그랜비가 로렌스에게 뭐라고 소리를 치긴 했는데, 바람 소리에 묻혀 들리지 않았다. 로렌스가 밑을 내려다본 순간, 저 아래 초봄의 파릇파릇하고 목가적인 분위기의 초원이 펼쳐졌다. 테메레르의 비행 고도가 한층 더 낮아진 모양이었다. 초원에서 풀을 뜯고 있는 하얀 양떼들이 팔을 뻗으면 닿을 듯 또렷하게 보였다.

망가진 어깨끈까지 온 로렌스는 세 번째 하네스의 첫 번째 카라비너를 찢어지기 직전인 어깨끈의 위쪽 고리에 건 다음, 두 번째 카라비너를 그 아래쪽 고리에 걸었다. 찢어진 부분을 임시로 연결시킨 후, 로렌스는 안장의 등끈에 체중을 실은 채 그 자세로 잠시 버텼다. 고열에라도 시달리는 것처럼 양팔이 몹시 아프고 부들부들 떨렸다.

잠시 후, 로렌스는 찢어진 어깨끈의 위, 아래 고리에 연결시킨 세 번째 하네스를 바짝 잡아당기기 시작했다. 그래야 더 이상 찢어지지 않고 배 쪽 승무원들의 체중을 버틸 수가 있었다.

테메레르의 옆구리를 치료하고 있던 그랜비가 안장끈에 카라비너의 고리를 바꿔 끼우면서 로렌스가 있는 곳으로 다가왔다. 어깨끈을 임시로 복구해 놨으니 그랜비의 체중이 실린다고 해도 당장 찢겨져나갈 염려는 없었다. 그래서 로렌스는 그랜비에게 물러가라고 하는 대신, 임시로 복구해 놓은 어깨끈을 가리키며 소리쳤다.

"안장 담당자 펠로우스한테 이리로 오라고 해!"

테메레르의 앞발을 넘어 올라오던 그랜비는 그제야 임시로 복구한 어깨끈이 보였는지 눈이 휘둥그레졌다.

그랜비가 펠로우스를 부르러 도로 배 쪽으로 내려가려는 순간, 갑자기 눈부신 햇살이 로렌스의 얼굴로 쏟아졌다. 빅토리아투스가 경련을 일으키며 날개를 퍼덕인 것이다.

빅토리아투스가 부르르 떨면서 등을 마구 압박하자, 테메레르의 자세가 흐트러지며 한쪽 어깨가 축 처졌다. 그리고 마침 그 어깨 위에 자리 잡고 있던 로렌스는 세 번째 하네스를 붙잡은 채 어깨끈을 타고 쭉 미끄러져 내려갔다. 손바닥이 땀에 축축하게 젖어 있어서 버티기가 힘들었다. 발밑에서 푸른 초원이 빙글빙글 돌았다. 끈을 잡은 로렌스의 손에서 점점 힘이 빠져나갔다.

로렌스를 향해 고개를 돌린 테메레르가 소리쳤다.

"로렌스, 꽉 잡아!"

어깨끈을 잡고 공중에서 흔들거리는 로렌스를 앞발로 움켜잡기 위해 테메레르는 근육과 날개 관절까지 뒤틀었다.

그 모습을 보고 로렌스가 고함을 질렀다.

"빅토리아투스를 떨어뜨리지 마! 테메레르, 그러면 절대로 안 돼!"

테메레르가 로렌스를 앞발로 잡으려고 몸을 심하게 움직이면 빅토리아투스는 테메레르의 등에서 떨어질 게 뻔했다. 그 상태에서 추락할 경우, 빅토리아투스는 살아남을 수가 없었다.

"로렌스!"

테메레르는 또다시 소리치며 앞발의 발톱을 구부렸고, 눈을 크게 뜨고 괴로워하며 미친 듯이 머리를 흔들어댔다. 테메레르가 자기 말을 듣지 않을 것임을 직감한 로렌스는 사력을 다해 어깨끈을 잡고 위로 올라왔다. 그 끈을 놓치고 떨어지면, 자기 목숨만 끝장나는 게 아니라 빅토리아투스는 물론 빅토리아투스에 탑승하고 있는 비행사, 승무원들까지 모두 죽는 거였다.

그때 그랜비가 나타나 로렌스가 착용하고 있는 하네스를 두 손으로 잡아당기며 소리쳤다.

"하네스의 고리를 저한테 고정시키세요!"

그게 무슨 뜻인지 깨달은 로렌스는 한 손으로 안장의 어깨끈을 잡은 채, 다른 손으로 자기가 착용한 하네스의 고리를 그랜비의 하네스에 걸었다. 그리고 안장의 어깨끈을 놓고 두 손으로 그랜비의 하네스 가슴끈을 붙잡았다. 그 순간, 소리를 듣고 온 중위들이 달려들어 로렌스와 그랜비를 붙잡아 안장의 안정적인 위치로 끌어올렸다. 로렌스는 몸에 착용한 하네스의 카라비너를 안장 고리에 고정시킨 후에야 비로소 숨을 돌릴 수 있었다. 그리고 로렌스는 곧장 확성기를 들고 다급하게 소리쳤다.

"잘 해결되었어, 테메레르!"

목소리가 제대로 나오지 않았다. 로렌스는 심호흡을 하고 다시 한

번 소리쳤다.

"난 무사해, 테메레르! 비행에만 신경 써!"

잔뜩 긴장하고 있던 테메레르의 근육이 서서히 풀리는 게 느껴졌다. 테메레르는 다시 힘차게 날갯짓을 하며 추락 직전까지 내려갔던 고도를 조금씩 끌어올리기 시작했다. 그 모든 과정이 15분 동안 일어났다. 로렌스는 갑판에서 사흘간 강풍에 시달렸을 때처럼 온몸이 부르르 떨렸고 심장이 터질 듯이 마구 쿵쾅거렸다.

그랜비와 중위들은 겉보기엔 침착해 보였다. 로렌스는 목소리가 어느 정도 안정된 후에 입을 열었다.

"모두들 잘해 주었다. 이제부터 펠로우스가 임시로 붙여놓은 어깨끈을 좀더 잘 수리해 줄 것이다. 그랜비 대위, 승무원 한 명을 빅토리아투스의 비행사에게 올려 보내서 도와줄 일이 없는지 물어보게. 빅토리아투스가 또다시 경련을 일으키지 않도록 최대한 조치를 취해야 할 테니까."

그랜비와 중위들은 멍하니 로렌스만 쳐다볼 뿐 대답할 생각을 안 했다. 그러다가 그랜비가 퍼뜩 정신을 차리며 로렌스의 지시 사항을 이행했다.

로렌스는 테메레르의 목 바로 아래의 자기 자리로 조심스럽게 돌아가면서, 중위들이 빅토리아투스의 발톱을 붕대로 칭칭 감고 있는 과정을 지켜보았다. 빅토리아투스가 또다시 경련을 일으키더라도 테메레르를 발톱으로 할퀴지 못하게 하기 위해서였다. 그리고 저 멀리서 서둘러 날아오고 있는 막시무스의 모습이 보였다.

의식이 없는 용을 짊어지고 오는 게 쉽진 않았지만, 그래도 나머지 비행 과정은 비교적 순조로웠다. 빅토리아투스를 앞뒤로 부축하며 날아온 테메레르와 막시무스가 라간 호수 기지의 연병장에 안전하게 착륙하자 의사들이 달려왔다.

테메레르를 살펴본 의사들이 상처가 얕은 것 같다고 말하자 로렌스는 크게 안도했다. 의사들은 테메레르의 상처 부위를 소독하고 자세히 검사하더니 경상인 게 확실하다고 말하며, 굵지 않게 거즈를 덮어주었다. 로렌스는 테메레르에게 앞으로 일주일간 마음껏 먹고 자면서 쉬라고 말했다.

좋은 일로 얻은 휴가는 아니었지만, 그래도 오랜만에 쉬게 되니 로렌스와 테메레르는 기분이 나쁘지 않았다. 로렌스는 테메레르를 근처의 넓은 공터로 데리고 갔다. 그 공터까지 날아갈 경우 테메레르의 찢긴 상처가 다시 벌어질 수도 있기 때문에 로렌스는 테메레르를 데리고 걸어서 공터까지 갔다. 산에 자리한 그 공터는 비교적 편평하고 부드러운 풀로 덮여 있었다. 남향이라서 늦은 오후인데도 햇볕이 쨍쨍 내리쬐었다.

그곳에 올라가자마자 지쳐서 잠든 로렌스와 테메레르는 다음날 늦은 오후가 되어서야 배가 고파 잠이 깼다. 로렌스는 테메레르의 따뜻한 등에 누운 채 기지개를 켰다.

테메레르가 말했다.

"이제 몸 상태가 많이 좋아졌어. 평소처럼 사냥해서 먹이를 잡아먹을 수 있을 것 같아."

하지만 로렌스는 테메레르가 직접 먹이를 잡으러 가도록 허락하지 않았다. 로렌스는 창고의 작업장으로 내려가 지상요원들에게 테메레르의 먹이를 준비하라고 지시했다. 지상요원들은 축사에서 소

몇 마리를 끌어내 도살하여 테메레르에게 가져왔다. 테메레르는 부스러기 하나 남기지 않고 다 먹어치운 후 또다시 잠이 들었다.

로렌스는 공터로 올라온 홀린에게 한 가지 부탁을 했다. 하인들에게 지시해서 자기가 먹을 저녁식사를 이리로 올려 보내게 해달라는 거였다. 다들 식당에서 먹는데 자기만 따로 식사를 받아먹자니 미안하고 어색했지만, 한시도 테메레르의 곁을 떠나고 싶지 않았다. 홀린은 알았다며 식당 쪽으로 내려갔고, 로렌스는 다시 테메레르 옆에 앉았다.

그런데 잠시 후, 공터로 올라온 홀린 곁에는 저녁식사를 든 하인이 아니라, 그랜비 대위와 릭스 대위를 비롯한 여러 장교들이 따라오고 있었다.

그랜비는 다른 이들에게 더 가까이 오지 말고 그 자리에 있으라고 지시한 후 로렌스에게 다가와 말했다.

"식당으로 내려가서 뜨거운 요리를 드셔야 합니다. 목욕도 하고 침대에서 주무셔야 해요. 온몸에 피가 묻은 상태로 여기서 계속 잠을 자면 건강을 해치게 될 겁니다. 제가 다른 장교들과 돌아가면서 여길 지키고 있다가, 테메레르가 잠이 깨거나 무슨 일이 생기면 곧장 대령님께 알려드리겠습니다."

로렌스는 눈을 껌벅이며 자기 몸을 내려다보았다. 그때까지도 로렌스는 자기 옷이 용의 피로 시커멓게 얼룩져 있다는 걸 알아채지 못하고 있었다. 손을 들어 얼굴을 쓰다듬으니 까끌까끌하게 돋아난 수염이 만져졌다.

다른 사람들이 보기에, 용의 피를 뒤집어쓴 그의 모습은 끔찍하게 보였을 것이다. 로렌스는 뱃속 깊이 우르르 소리를 내며 세상 모르게 푹 잠든 테메레르를 올려다보았다. 테메레르의 옆구리가 천천히 규칙적으로 오르락내리락하는 걸 보니, 호흡이 안정된 것 같았다.

"자네 말이 맞는 것 같군. 알겠네. 고마워."

로렌스는 마지막으로 한 번 더 잠든 테메레르를 쳐다보고는 뒤로 돌아 성으로 내려갔다. 성안에 들어서자 비로소 피부를 뒤덮은 끈적끈적한 피와, 땀, 먼지가 느껴졌다. 여기 살면서부터 매일 목욕을 하는 호사를 누리다 보니 피부가 많이 부드러워져서 전보다 더 예민해진 것 같았다. 로렌스는 3층의 자기 방으로 올라가 더러워진 옷을 갈아입고 목욕탕으로 내려갔다.

저녁식사 시간이 막 끝난 참이라, 목욕하는 장교들이 많았다. 로렌스는 대형 욕조 안으로 들어가 뜨거운 물에 몸을 담갔다. 주변을 둘러보니 목욕탕은 꽤 붐비고 있었다.

잠시 후, 로렌스가 욕조 밖으로 나오자 장교들이 옆으로 물러나며 로렌스에게 자리를 내주었다. 로렌스는 그 자리로 들어가 앉으며 주변의 장교들과 목례를 주고받았다. 그리고 곧 그 자리에 드러누웠다. 몹시 피곤하긴 했지만, 주변의 장교들이 예전과는 달리 자기를 존중하면서 배려해 주고 있다는 느낌이 들었다.

로렌스는 기분 좋은 열기 속에서 스르르 눈을 감고 잠이 들었다가 곧 깜짝 놀라 퍼뜩 눈을 뜨며 일어났다. 기지로 돌아온 후 깜박 잊고 셀레리타스 교관에게 경과 보고를 하지 않았던 것이다.

그날 저녁, 로렌스가 보고를 하기 위해 찾아가자 셀레리타스는 만족스러운 미소를 지으며 말했다.

"비행을 잘하고 왔더군. 아주 잘했어, 로렌스 대령. 보고가 늦었다고 사과할 필요는 없네. 그랜비 대위가 내게 개략적으로 상황 설명을 해주었고, 버클리 대령을 통해 무슨 일이 일어났는지 충분히 들었어. 우린 관료적인 번잡한 절차보다 자기 용을 먼저 챙기는 비행사를 훨씬 선호하지. 테메레르는 잘 회복되고 있나?"

"예, 그렇습니다. 감사합니다, 교관님. 의사들이 테메레르의 상처가 깊지 않다고 확인해 주었습니다. 테메레르도 괜찮다고 말하고 있고요. 테메레르가 상처에서 회복하는 동안 제게 시키실 임무가 있으십니까?"

"없어. 그냥 테메레르 곁에 있어주게. 그건 자네가 워낙 좋아하는 거라서 임무라고 할 수도 없겠지만."

그러더니 셀레리타스는 콧바람을 뿜어냈다. 로렌스는 그것이 셀레리타스가 싱글거리며 웃는 소리라는 걸 알아챘다.

셀레리타스가 계속해서 말했다.

"실은 맡겨야 할 임무가 있다네. 테메레르의 몸이 회복되는 대로 막시무스와 함께 릴리의 편대에 합류하게. 요즘 전선(戰線)에서 계속 나쁜 소식만 들려오는데, 최근에 상황이 더욱 안 좋아졌어. 프랑스의 빌뇌브 제독이 이끄는 함대가 공군의 지원을 받으며 넬슨 제독의 함대를 치기 위해 툴롱 항구를 빠져나왔다는군. 그 뒤로 어떻게 되었는지는 아직 소식이 오지 않아 알 수가 없네. 앞으로 일주일 동안은 테메레르의 건강 회복을 위해 훈련을 쉬어야겠지만, 그 뒤엔 더 이상 지체할 수가 없어. 테메레르에게 태울 승무원도 정해야 하는데, 지난 몇 주일 동안 자네 밑에서 복무했던 장교들을 대상으로 명단을 뽑아서 내게 알려주게. 그 문제는 내일 더 얘기하기로 하지."

로렌스는 지상요원들에게 요청해서 텐트와 담요 한 장을 받아들고, 생각에 잠긴 채 천천히 공터로 올라갔다. 테메레르의 곁에 텐트를 치고 그 안에 들어가서 눕자 더 없이 아늑하고 편안했다. 방에 혼자 누워 있는 것보다는 평화롭게 잠든 테메레르 곁에 있는 게 더 좋았다. 로렌스는 거즈를 대놓은 테메레르의 상처 부위에 가만히 손을 대보았다. 평소처럼 따뜻했다.

한참 동안 생각을 정리한 끝에, 그날 밤 로렌스는 그랜비를 따로 불렀다.

"자네에게 할말이 있어, 그랜비 대위. 셀레리타스 교관이 내게 테메레르의 승무원들을 뽑으라고 했거든."

로렌스는 이렇게 말하며 그랜비를 가만히 쳐다보았다. 그랜비는 얼굴을 붉히며 고개를 푹 숙였다. 로렌스가 말을 이었다.

"나는 자네를 내 직속 부하로 두고 싶은데, 거절하지 않았으면 좋겠군. 공군에서는 어떻게들 하는지 잘 모르겠지만 해군에서는 상관의 명령에 무조건 복종해야 해. 하지만 자네가 싫다면 굳이 내 밑에서 복무하라고 하진 않겠네."

"대령님."

그랜비는 말하다말고 입을 다물었다. 그동안 과장되게 '대령님'이라는 호칭을 부르며 로렌스의 신경을 긁었던 게 떠오른 모양이었다. 그랜비는 조심스럽게 다시 입을 열었다.

"제가 대령님 밑에서 일할 만한 자격이 없다는 건 잘 알고 있습니다만, 대령님께서 제 잘못을 너그럽게 용서해 주신다면 기쁜 마음으로 열심히 복무하겠습니다."

그랜비는 마치 연습이라도 하고 온 것처럼 술술 말을 했으나, 어딘지 모르게 거북스러워 보였다. 로렌스는 이미 그랜비를 직속 부하로 점찍어두고 있었기에 만족스럽게 고개를 끄덕였다. 그랜비가 이

번 비행에서 뛰어난 업무 능력을 보여주긴 했지만 그동안 오만불손하게 행동했던 걸 생각하면, 로렌스는 결코 그랜비를 데리고 있고 싶지 않았다. 그런데도 그랜비를 직속 부하로 뽑은 것은 순전히 테메레르를 위해서였다. 그랜비는 업무 능력에 있어서만은 최고였으니까. 그랜비의 대답이 조금 어색하긴 했지만, 무례한 구석은 없었기 때문에 로렌스는 흔쾌히 대답했다.

"그래."

로렌스와 함께 테메레르가 있는 곳을 향해 걸어가다 말고 별안간 그랜비가 말했다.

"아, 젠장, 모르겠다……. 제가 속마음을 제대로 표현할 수 있을지 모르겠습니다만, 이대로 어물쩍 넘어가는 짓은 못하겠습니다. 그동안 대령님께 잘못한 것 진심으로 사과드립니다. 제가 너무 옹졸하게 굴었습니다."

로렌스는 그랜비의 솔직한 말에 놀라긴 했지만, 기분이 나쁘진 않았다. 그리고 그 말에 진심이 담겨 있는 것이 느껴졌다. 로렌스는 나지막하고 온화한 목소리로 말했다.

"자네의 사과를 기꺼이 받아들이겠네. 사실, 자네의 잘못은 이미 다 잊었어. 앞으로 전우로서 잘 지내보세."

그들은 걸음을 멈추고 악수를 나눴다. 그랜비는 얼굴이 확 밝아졌다. 로렌스가 나머지 승무원들을 추천해 보라고 하자, 그랜비는 여러 장교들을 거명하며 열정적으로 대답했다. 두 사람은 얘기를 나누며 테메레르가 있는 공터로 올라갔다.

8

 아직 거즈도 떼지 않았는데, 테메레르는 목욕을 하고 싶다며 졸라댔다. 주말쯤엔 상처에 딱지가 앉았고, 의사들은 마지못해 목욕을 하러 가도 좋다고 허락했다.
 로렌스는 훈련생들을 불러모은 후, 테메레르를 데리러 연병장으로 갔다. 테메레르는 편대를 이끄는 암컷 용 릴리와 얘기를 나누고 있었다.
 "독을 뿜을 때 아프진 않아?"
 테메레르는 이렇게 물으며 릴리의 턱 옆에 솟아나온 뿔을 자세히 들여다보았다. 독이 뿜어져 나오는 그 뿔 주변의 가죽이 살짝 얇어 있었다.
 릴리가 대답했다.
 "아니, 아무 느낌도 안 나. 내가 고개를 숙일 때만 독이 나오기 때문에 내 몸에는 안 튀거든. 그래도 나랑 같이 편대 비행을 할 땐 네 몸에 독이 묻지 않게 조심해야 해."
 등에 가지런히 댄 릴리의 거대한 날개는 검푸른색이었고 날개와 몸통이 접한 부분은 반투명한 푸른색과 주황색이 섞여 있었다. 그리고 검푸른색 몸통의 옆구리를 따라 검정색과 흰색 줄무늬가 들어가 있었다. 릴리의 동공은 노란색에 가까운 주황색이고 테메레르처럼 세로로 길게 찢어져 있었다. 게다가 턱 옆에 뿔까지 돋아 나와 있어 왠지 야만적인 인상을 풍겼다.

하지만 그런 생김새와는 달리, 릴리는 지상요원들이 안장을 타고 기어 올라가 세심하게 안장 사이사이의 먼지를 닦아내는 동안에도 얌전히 서 있었다. 캐서린은 릴리 주변을 돌아다니며 작업이 제대로 진행되고 있는지 살폈다.

릴리는 테메레르 곁으로 다가오는 로렌스를 호기심 가득한 눈으로 쳐다보았다. 눈을 커다랗게 뜨니 더욱 살벌해 보였다.

"테메레르의 비행사 맞으시죠?"

로렌스를 향해 이렇게 물은 릴리가 캐서린을 돌아보며 졸랐다.

"캐서린, 우리도 테메레르랑 같이 호수에 가면 안 돼? 물에 들어갈 수 있을지는 모르겠지만, 나도 가서 구경하고 싶어."

"호수로 가자고?"

캐서린은 안장을 살펴보다 말고 놀라서 이렇게 되물으며 로렌스를 쳐다보았다. 로렌스가 캐서린에게 말했다.

"아, 나는 지금 테메레르를 데리고 라간 호수로 가서 목욕을 시킬 생각입니다."

그렇게 말한 로렌스는 홀린을 돌아보며 지시했다.

"홀린, 테메레르한테 가벼운 안장을 얹어주게. 가급적 안장끈이 상처 부위에 닿지 않게 해주면 고맙겠네."

"예, 알겠습니다."

레비타스의 안장을 닦고 있던 홀린은 마침 먹이를 먹고 오는 레비타스를 보고 제안했다.

"너도 같이 갈래?"

그러더니 홀린은 로렌스에게 말했다.

"레비타스가 같이 간다고 하면, 굳이 테메레르한테 안장을 채울 필요가 없지 않을까요?"

레비타스도 간절한 눈빛으로 로렌스를 쳐다보며 말했다.

"아, 저도 데려가 주세요. 제가 다른 이들을 태우고 갈게요."

"그래주면 고맙겠구나, 레비타스."

로렌스는 대답을 하고는 훈련생들을 돌아보며 말했다.

"그럼 테메레르한테 안장을 채우지 않아도 되겠군. 제군들은 레비타스를 타고 먼저 호수로 출발하도록 해."

로렌스는 훈련생 에밀리를 여자아이라고 특별히 호칭을 달리 해서 부르진 않았다. 에밀리도 다른 훈련생들과 똑같이 대우받는 걸 더 편하게 여겼다.

"테메레르, 나도 훈련생들이랑 레비타스를 타고 갈까, 아니면 네가 나를 데리고 날아갈래?"

"당연히, 내가 데리고 가야지."

로렌스는 테메레르에게 고개를 끄덕이며 대답한 뒤 홀린에게 말했다.

"홀린, 자네도 동행해 주겠나? 자네 도움이 필요할 것 같아. 테메레르가 나를 데리고 날아간다니까, 자네는 레비타스를 타고 가게."

"저야 좋지만, 마땅한 하네스가 없어서요."

홀린은 레비타스를 가만히 쳐다보고는 말을 이었다.

"한 번도 용을 타고 날아본 적이 없거든요. 지금 제가 갖고 있는 게 지상요원용 장비뿐이라서 잠깐만 기다려주시면 여분의 하네스를 수선해서 착용하고 레비타스를 타겠습니다."

홀린이 하네스를 수선하는 동안, 막시무스가 연병장으로 착륙했다. 육중한 무게로 인해 땅이 우르르 울렸.

막시무스가 즐거운 표정으로 테메레르에게 물었다.

"갈 준비 다 했어?"

로렌스가 의아해하는 표정을 짓자, 중위 두 명과 함께 막시무스의 등에 타고 있던 버클리가 말했다.

"막시무스가 하도 들들 볶아서 결국 허락했습니다. 도대체 그게 말이나 됩니까? 용들이 호수에서 헤엄을 치겠다니, 나 원 참 기가 막혀서."

버클리는 입으로 거친 소리를 내뱉으면서도 손으로는 막시무스의 어깨를 다정하게 토닥거렸다. 릴리가 막시무스에게 말했다.

"나도 같이 가기로 했어."

릴리는 캐서린과 조용히 논의를 하더니, 잠시 후 캐서린을 앞발로 잡아 안장에 태웠다. 테메레르도 로렌스를 앞발로 조심스럽게 잡아서 감쌌다. 거대한 발톱에 둘러싸인 채 앞발 안에 자리 잡고 앉자, 로렌스는 마치 금속 새장 속에 들어가 있는 것처럼 편안했다.

라간 호수에 도착하자마자 테메레르는 로렌스를 호숫가에 내려놓고 곧장 깊은 물로 들어가 헤엄을 치기 시작했다. 막시무스는 조심스럽게 얕은 물에 발을 담그긴 했지만 몸이 잠길 만큼 깊은 물로 들어가지는 않았다. 릴리는 호숫가에서 물 냄새를 맡을 뿐이었다. 레비타스는 언제나 그렇듯이 호숫가에서 머뭇거리다가 물로 풍덩 뛰어든 다음, 눈을 질끈 감고 날개를 마구 퍼덕이면서 깊은 물로 들어가 신나게 물장난을 치고 놀았다.

버클리가 데리고 있는 중위들 중 한 명이 놀라움이 가시지 않은 말투로 로렌스에게 물었다.

"우리도 용들이랑 같이 물에 들어가야 합니까?"

"아니, 안 그러는 게 좋을 걸세. 산 위의 눈이 녹아 흘러내리는 물이 이 호수를 이루고 있기 때문에 호수에 몸을 담그는 순간 우린 시퍼렇게 얼어버리고 말 거야. 용이 호수에서 헤엄을 치면서 먼지와 먹이에서 묻은 피를 대충 씻어내고 나오면, 우린 기다렸다가 수건으로 깨끗이 닦아주면 되는 걸세."

얘기를 듣고 있던 릴리가 "흠" 하고 말하더니, 천천히 호수로 발을 디뎠다.

"물이 너무 차갑진 않니, 릴리?"

그렇게 물은 캐서린은 로렌스와 버클리를 돌아보며 말했다.

"용이 감기에 걸렸다는 얘긴 들어보지 못했지만, 그래도 혹시 몸이 안 좋아지거나 하지는 않을까요?"

"아뇨, 아직은 얼어붙을 정도로 추운 날씨가 아니니까 그냥 정신이 번쩍 드는 정도일 겁니다. 아마 물이 더 차가워도 상관없을걸요."

버클리는 이렇게 대답하고는 호수를 향해 냅다 고함을 질렀다.

"막시무스, 이 덩치만 큰 겁쟁이야! 헤엄을 치고 싶다며 왜 얕은 데서만 찰박거리고 있어! 나더러 온종일 여기서 기다리란 말이냐?"

"난 겁쟁이가 아니야."

막시무스는 골을 내더니 호수 깊숙한 곳으로 들어갔다. 엄청난 덩치의 막시무스가 호수 안쪽으로 들어가는 순간 거대한 파도가 일면서 레비타스는 물밑으로 꼴깍 잠겼고, 테메레르는 옆구리에 물벼락을 맞았다. 레비타스는 입으로 푸푸 소리를 내며 물 위로 올라왔다. 테메레르는 콧김을 내뿜고는 물속으로 머리를 집어넣었다 빼면서 막시무스에게 물을 튀겼다.

이윽고 테메레르와 막시무스는 물장난을 치기 시작했는데, 덕분에 라간 호수가 강풍이 몰아치는 대서양처럼 보일 지경이었다.

레비타스가 먼저 날개를 퍼덕이며 호숫가로 올라왔다. 기다리고 있던 비행사들의 몸에 얼음처럼 차가운 물방울이 떨어졌다. 홀린과 훈련생들이 리넨 천으로 몸을 닦아주자 레비타스가 말했다.

"아, 헤엄치는 건 너무 재미있어요. 저를 데리고 와주셔서 정말 고마워요."

"네가 우리랑 같이 자주 호수에 오면 좋을 텐데 안타깝구나."

로렌스는 이렇게 대꾸하면서 버클리와 캐서린을 슬쩍 쳐다보았다. 그들이 레비타스의 처지를 어떻게 생각하는지 궁금해서였다. 하지만 버클리와 캐서린은 아무런 대꾸도 하지 않았다. 그렇다고 로렌스의 참견을 주제넘은 짓이라고 여기는 눈치도 아니었다.

마침내 릴리도 부력이 허용하는 깊이까지 들어가 몸을 담갔다. 릴리는 물장난을 치는 어린 용들한테서 멀찌감치 떨어진 곳에 자리를 잡고 머리를 뒤로 돌려서 제 몸을 벅벅 긁으며 때를 씻어냈다. 수영보다는 목욕에 더 관심이 많은 릴리는 물 밖으로 나와서도 몸의 어디어디가 아직 지저분하니 그곳을 닦아 달라고 요청했다. 캐서린과 훈련생들은 릴리가 말하는 곳을 더욱 세심하게 닦아주었다.

막시무스와 테메레르도 실컷 놀았는지 호숫가로 나왔다. 덩치가 어마어마하게 큰 막시무스를 닦아주느라 버클리와 두 명의 중위는 진이 다 빠질 지경이었다.

훈련생들이 테메레르의 등으로 기어 올라가 천으로 문지르는 동안 테메레르의 섬세한 얼굴을 닦아주고 있던 로렌스는 버클리가 막시무스의 덩치가 너무 커서 다 닦으려니 힘들어 죽겠다며 투덜거리자 웃음이 났다.

 테메레르를 다 닦아준 로렌스는 뒤로 물러나 주변을 둘러보았다. 테메레르는 다른 용들에게 다가가 편안하게 얘기를 나누고 있었다. 눈을 반짝이며 자신 있게 머리를 쳐들고 얘기하는 테메레르의 모습을 보니, 이제 자기 회의에서 벗어난 것 같기도 했다.

 로렌스는 지금처럼 여러 용들과 그 비행사들과 더불어 편안한 시간을 보낼 수 있게 되리라고는 생각지 못했다. 이들과의 사이에서 자연스럽게 우정이 싹트고 있는 걸 느낄 수 있었다. 지난번 빅토리아투스를 부축해서 데리고 온 일을 통해 로렌스는 비행사로서의 존재 가치를 다른 이들에게 증명해 보였고, 테메레르 역시 다른 용들에게 인정받고 있었다. 이제야 진정으로 교제할 만한 가치가 있는 이들과 어울리기 시작했다는 사실에, 로렌스는 매우 만족스러웠다.

 그들은 호숫가에서의 즐거운 기분을 간직한 채 기지 연병장으로 돌아왔다. 하지만 그들의 유쾌한 기분은 착륙과 함께 끝이 났다. 야회복을 입고 그 위에 하네스를 착용한 랜킨 대령이 하네스의 끈을 허벅지에 대고 툭툭 치며 몹시 불쾌한 얼굴로 연병장 가장자리에 서 있었던 것이다. 레비타스는 착륙하자마자 랜킨을 보고 깜짝 놀라 껑충 뛰었다. 홀린과 훈련생들이 레비타스의 몸에서 내리기도 전에 랜킨이 소리를 질렀다.

 "네 멋대로 어딜 돌아다니다가 오는 거야, 레비타스? 먹이를 먹지 않을 땐 여기서 항상 대기하고 있으라고 했잖아. 그리고 너희들, 누가 멋대로 레비타스의 몸에 올라타라고 했어?"

로렌스는 테메레르의 앞발에서 서둘러 걸어나오며, 랜킨의 주의가 자기한테 쏠리도록 날카롭게 말했다.

"레비타스는 내가 시키는 대로 저들을 태워준 것뿐입니다, 랜킨 대령. 우리는 다 같이 호수에 갔습니다. 레비타스가 필요하다고 신호를 띄우셨으면, 우리도 그걸 보고 당장 돌아왔을 겁니다."

랜킨이 싸늘하게 대꾸했다.

"내가 내 용을 타기 위해 신호 담당 장교의 꽁무니를 따라다녀야 합니까, 로렌스 대령? 앞으로는 댁의 용이나 신경 쓰고 내 용은 건드리지도 마시오."

그러더니 랜킨은 레비타스를 돌아보며 말했다.

"네 몸이 지금 젖은 것 같은데?"

레비타스는 주눅이 들어 몸을 움츠리며 대답했다.

"아뇨, 아니에요. 거의 다 말랐어요. 물에 오래 있지도 않았거든요. 정말이에요."

"당연히 그래야지. 당장 엎드려. 그리고 너희들, 레비타스의 몸에서 내려와!"

랜킨은 훈련생들에게 소리치며 레비타스의 등으로 기어 올라갔다. 바닥으로 내려서는 홀린을 어깨로 확 밀치기까지 했다.

로렌스는 그 자리에 서서, 레비타스가 랜킨을 태우고 하늘로 날아가는 모습을 쳐다보았다. 버클리와 캐서린도 말이 없었고, 다른 용들도 마찬가지였다.

그때 릴리가 갑자기 고개를 확 돌리고 씩씩거리더니 침을 뱉었다.

뿔에서 독이 몇 방울 새어나와 연병장의 바위로 떨어졌다. 독이 떨어진 자리에서 연기가 솟으며 지글지글 끓어올랐고, 바위 위에 시커멓게 얽은 자국이 생겼다. 캐서린이 소리쳤다.

"릴리!"

릴리의 일로 불쾌한 침묵을 깨게 되어 잘됐다는 듯한 목소리였다. 캐서린은 릴리의 지상요원들 중 한 명에게 지시를 내렸다.

"안장 기름 좀 가져와, 펙."

캐서린이 릴리의 등에서 내려와 펙이 건네준 안장 기름을 독이 떨어진 자리에 잔뜩 부었다. 그러자 더 이상 연기가 솟아나지 않았.

캐서린이 펙에게 지시했다.

"이제 그 자리를 모래로 덮어놓고, 내일 물로 씻어내도록 해. 그래야 안전하게 치울 수 있어."

로렌스도 릴리로 인한 조그마한 소동이 차라리 반가웠다. 랜킨의 무례하고 몰상식한 처신에 기가 막혀서 아무 말도 나오지 않았다. 테메레르가 로렌스의 몸에 코를 대고 비비며 위로해 주었고, 훈련생들은 걱정스런 얼굴로 로렌스를 쳐다보았다.

홀린이 말했다.

"제가 레비타스를 데리고 가자는 말을 하지 말았어야 했는데, 죄송합니다, 로렌스 대령님. 나중에 랜킨 대령님께도 가서 사과하겠습니다."

"그럴 필요 없네, 홀린."

로렌스의 목소리는 차갑고 단호했다. 랜킨에 대한 분노를 가까스로 가라앉힌 뒤 덧붙였다.

"자네는 잘못한 게 전혀 없어."

그때 옆에서 에밀리가 나지막하게 투덜거렸다.

"랜킨 대령님이 왜 우리더러 레비타스한테 접근하지 말라고 하는지, 그 이유를 모르겠어요."

로렌스는 랜킨에게 화가 치밀었지만, 그것과는 별도로 에밀리에게 엄격하게 말했다.

"너보다 계급이 높은 상급 장교가 명령을 하면 그대로 따르면 되는 거야, 에밀리 롤랜드. 이유는 그것으로 충분한 거다. 다시는 그런 무례한 발언을 내뱉지 않도록 해. 젖은 리넨 천을 모두 세탁실로 가져다놓도록 하고."

그런 다음 로렌스는 다른 이들을 돌아보며 말했다.

"이만 실례하겠습니다. 저녁을 먹기 전에 산책 좀 해야겠군요."

테메레르는 몸집이 너무 커서 로렌스가 걸어가는 숲의 좁은 산책로를 따라 걸을 수가 없었다. 그래서 숲 위로 훌쩍 날아서 산책로가 이어지는 작은 공터로 내려와 로렌스를 기다렸다. 로렌스는 혼자 있고 싶어 산책을 나왔지만 저 앞에 테메레르가 앞발을 벌리고 기다리고 있자 반갑기 그지없었다.

로렌스는 테메레르의 몸에 기대어 음악처럼 규칙적으로 뛰는 테메레르의 심장 소리에 귀를 기울였다. 테메레르의 한결같은 숨소리에 분노도 조금씩 사그라졌다. 분노가 사라진 대신 비참한 기분이 밀려들었다. 그는 랜킨에게 결투라도 신청하고 싶은 심정이었다.

테메레르가 마침내 입을 열었다.

"레비타스가 왜 그런 대우를 받고도 참고 있는지 모르겠어. 레비타스가 나보다는 작지만, 랜킨보다는 훨씬 크잖아."

"내가 네 몸에 안장을 채울 때나 위험한 비행 연습을 하자고 할 때마다 너는 왜 그걸 참고 있니? 의무니까 그런 거잖아. 레비타스도 마찬가지야. 랜킨에게 복종하는 것이 레비타스의 의무고 습관이거든. 알에서 깨어났을 때부터 레비타스는 복종하는 훈련을 받아왔고, 랜킨의 냉대를 받아왔어. 그런 생활에 익숙해져서, 다른 식으로 살 수 있다고는 생각해 보지 않았을 거야."

"그래도 당신이나 다른 비행사들이 자기 용을 어떻게 대하는지 레비타스도 알고 있잖아. 여기서 레비타스처럼 비참한 대우를 받는 용은 없어."

테메레르도 화가 나는지 발톱을 구부리며 땅바닥을 박박 긁었다. 그러더니 말을 이었다.

"내가 당신 말에 따르는 건, 그게 습관이 돼서도 아니고 내 스스로 생각할 수 있는 능력이 없어서도 아니야. 당신의 지시가 따를 만한 가치가 있기 때문이지. 당신은 나를 함부로 대하지도 않고, 아무 이유 없이 위험하거나 불쾌한 일을 하라고 요청하지도 않으니까."

"그래, 물론 이유가 있지. 우리는 쉽지 않은 의무를 이행하고 있어, 테메레르. 그래서 가끔은 많이 참기도 해야 해."

로렌스는 잠시 망설이다가 덧붙였다.

"그리고 이참에 이 얘길 꼭 해야겠구나, 테메레르. 앞으로 내 목숨을 구하려고 다른 이들을 위험에 빠뜨리는 짓은 하지 마. 빅토리아투스에 타고 있는 승무원들까지 고려하진 않더라도, 나보다는 빅토리아투스가 영국 공군에 훨씬 필요한 존재라는 걸 너도 잘 알잖아. 지난번에도 나를 구하려다가 빅토리아투스와 그쪽 승무원들을 모두 추락하게 만들 뻔했어. 앞으로는 절대 그러지 않겠다고 약속해."

테메레르는 로렌스를 둘러싸고 몸을 바짝 웅크리며 대꾸했다.

"싫어, 로렌스. 그런 약속은 할 수 없어. 솔직히 말해서, 만일 당신이 그 끈을 놓치고 떨어졌다면 나는 그냥 처다보고만 있지는 않았을 거야. 당신은 빅토리아투스와 그 승무원들의 목숨이 당신 목숨보다 중요하다고 여길지 모르겠지만, 내 생각은 달라. 나한테는 그들 목숨을 전부 합친 것보다도 당신 목숨이 훨씬 중요해. 그러니까 앞으로도 당신을 희생시키면서까지 다른 이들을 구하진 않을 거야. 그런 요청이라면 따를 수 없어. 그게 의무라고 해도 난 신경 안 써. 나한테는 세상 무엇보다도 당신이 중요하니까."

로렌스는 어떻게 대답해야 할지 알 수가 없었다. 테메레르가 자기를 얼마나 소중히 여기고 있는지 알게 되어 감동을 받기는 했지만, 한편으로는 용이 스스로의 판단에 따라 비행사의 명령을 거부했다는 사실이 놀랍기도 했다.

로렌스는 테메레르의 판단이 반드시 그르지만은 않다는 것을 알았다. 그래도 그동안 군기라든지 의무의 가치에 관해 테메레르에게 가르쳐온 것이 헛수고였다는 걸 깨닫자 허탈한 기분이 들었다.

마침내 로렌스는 나지막하게 말했다.

"너한테 제대로 설명을 해줘야 하는데, 나도 방법을 잘 모르겠어. 그 주제에 관해 적혀 있는 책을 찾아서 읽어줄게."

테메레르는 전혀 수긍하지 않는 표정이었다.

"어떤 책을 읽더라도 내 생각은 달라지지 않을 거야. 아무튼 지난번처럼 당신이 아슬아슬하게 안장끈에 매달리는 일은 앞으로 일어나지 않았으면 좋겠어. 생각만 해도 오싹해. 그때 당신을 붙잡지 못하면 어떡하지 하고 몹시 겁이 났었거든."

로렌스는 미소를 지었다.

"그 점은 너랑 내가 의견 일치를 본 셈이구나, 테메레르. 앞으로는 그런 일이 일어나지 않도록 조심할게."

다음날 아침, 에밀리 롤랜드가 공터로 달려와, 테메레르의 곁에 작은 텐트를 쳐놓고 자고 있는 로렌스를 깨웠다.

"셀레리타스 교관님이 오라고 하셨어요, 대령님."

로렌스는 벌떡 일어나 외투를 챙겨 입고 목도리를 둘렀다. 테메레르는 잠에 취한 채 한쪽 눈만 뜨고 잘 다녀오라며 중얼거리고는 다시 눈을 감았다. 로렌스와 함께 성으로 걸어오던 에밀리가 말했다.

"로렌스 대령님, 아직도 저한테 화나셨어요?"

"뭐?"

로렌스는 멍하니 되묻다가 어제 일을 떠올리며 말을 이었다.

"아니야, 에밀리. 화나지 않았어. 그래도 어제 네가 무례하게 말했다는 건 알고 있겠지?"

에밀리는 완전히 수긍하지 못하는 목소리로 대답했다.

"예, 뭐. 그래서 그 뒤로 레비타스한테는 말도 걸지 않았어요. 하지만 레비타스가 너무 우울해 보여서 마음이 안 좋아요."

로렌스는 연병장으로 들어서면서 레비타스를 흘끗 쳐다보았다. 레비타스는 다른 용들한테서 멀리 떨어진 연병장 한쪽 구석에 엎드려 있었다. 아직 이른 시간인데도 레비타스는 잠도 자지 않고 멍하니 땅바닥만 쳐다보고 있었다. 어떻게 해줄 수도 없는 노릇인지라, 로렌스는 그만 고개를 돌려버렸다.

연병장에서 기다리고 있던 셀레리타스가 로렌스와 함께 걸어오는 에밀리에게 말했다.

"그만 가봐, 에밀리."

그런 다음 로렌스에게 말했다.

"로렌스 대령, 이렇게 이른 시간에 오라고 해서 미안하네. 테메레르의 몸 상태가 훈련을 다시 시작해도 좋을 만큼 회복이 되었나?"

"그렇습니다, 교관님. 테메레르는 아주 빠른 속도로 회복되고 있습니다. 어제도 라간 호수까지 날아갔다가 왔는데 아무 문제가 없었습니다."

"흠, 좋아."

셀레리타스는 잠시 침묵을 지키다가 한숨을 내쉬며 말을 이었다.

"로렌스 대령, 앞으로는 레비타스의 일에 관여하지 말게. 이건 명령일세."

로렌스의 얼굴이 순식간에 벌게졌다. 랜킨 대령이 셀레리타스 교관을 찾아와 불만을 제기한 모양이었다. 그러나 따지고 보면 그게 당연한 거였다. 누군가 로렌스가 지휘하는 군함이나 테메레르에 관해 주제넘게 참견을 했다면, 로렌스도 가만히 보아넘기지는 않았을 테니까 말이다. 어떤 식으로 정당화한다고 해도, 다른 비행사의 용에 관해 간섭을 한 것은 분명 잘못한 거였다. 로렌스의 마음속에서 분노가 잦아들고 부끄러움이 밀려들었다.

로렌스는 망설인 끝에 대답했다.

"교관님, 심려를 끼쳐드려 죄송합니다. 앞으로 레비타스의 일에는 절대로 관여하지 않겠습니다."

셀레리타스는 콧김을 내뿜으며 더욱 강하게 질책했다.

"자네가 정말 그렇게 할 수 있을까? 지금 그 말이 진심이었다면 내 앞에서 눈을 내리깔면서 진정 반성하는 태도로 말을 했겠지."

잠시 후, 셀레리타스는 한층 누그러진 말투로 말을 이었다.

"그래, 누굴 탓하겠나. 내 잘못도 있는데. 예전에 나는 공군 본부 측에 랜킨을 내 비행사로 도저히 받아들일 수 없다고 말했고, 결국 공군 본부에서는 랜킨을 레비타스의 비행사로 임명하면서 우편 업무를 맡게 했지. 나는 랜킨이 비행사로 적합하지 않은 자라는 걸 알면서도, 랜킨의 조부와의 인연 때문에 더 이상 반대할 수가 없었네."

로렌스는 셀레리타스가 랜킨을 받아들이지 못한 이유가 무엇이었을지 궁금했다. 하긴, 셀레리타스 같은 훌륭한 용이 랜킨 같은 자를 순순히 비행사로 받아들였을 리가 없었다.

로렌스는 조심스럽게 물어보았다.

"랜킨 대령의 조부와 잘 아는 사이셨습니까?"

"내가 첫 번째로 맞아들였던 비행사였어. 그의 아들도 대를 이어 내 비행사가 되었지."

셀레리타스는 고개를 옆으로 돌리며 푹 숙였다. 그리고 잠시 후 덧붙였다.

"랜킨이 소년이었을 때 나는 나중에 랜킨을 내 비행사로 삼으려고 생각하고 있었어. 그런데 랜킨의 모친이 랜킨을 공군 기지에서 자라게 할 수 없다고 고집을 부렸고, 그래서 랜킨은 공군 기지와 집을 수시로 왔다갔다하면서 자랐지. 그런데 그의 가족들이 랜킨에게 용에 관해 괴상한 개념을 심어준 거야. 결국 랜킨이 비행사로서 부적합한 자가 된 것도 그 때문이지. 사실, 랜킨은 절대 용의 비행사가 되어서는 안 되는 인물이야. 그렇지만 레비타스가 랜킨에게 복종하는 한은 어쩔 수가 없어. 그러니 자네는 앞으로 레비타스 문제에 관여하지 말게. 장교들이 다른 비행사의 용에게 멋대로 간섭하게 내버려두면 어떻게 될 것 같은가? 용의 비행사가 되어 대령으로 진급하려고 안달이 난 장교들은 그리 행복해 보이지 않는 용들을 꾀어내서 차지하려고 하겠지. 그럼 공군 체계가 엉망이 되고 말 걸세."

로렌스는 고개를 숙이며 대답했다.

"알겠습니다, 교관님."

"그리고 앞으로 자네는 할 일이 많아서 다른 용의 일에 관여하고 싶어도 그럴 시간이 없을 걸세. 오늘부로 테메레르를 데리고 릴리의 편대에 합류하게. 다른 용들도 잠시 후에 이리로 모이기로 했으니, 가서 테메레르를 데려와."

로렌스는 생각에 잠긴 채 테메레르가 자고 있는 공터로 걸어갔다. 로렌스도 셀레리타스 같은 용의 수명이 인간보다 길다는 점은 알고 있었다. 전투 중에 비행사와 함께 죽지 않는 한, 용은 나중에 결국 혼자가 될 수밖에 없었다.

그 문제만큼은 공군 본부도 어쩔 수 없었다. 영국의 입장에서는 용이 새로운 비행사를 받아들여 계속 공군에서 복무해 주면 좋겠지만, 눈물을 흘릴 새도 없이 바쁘게 복무를 계속한다고 해서 그 용이 자기 비행사를 잃은 슬픔을 쉽게 견뎌낼 수 있을까? 로렌스가 보기엔, 셀레리타스 교관도 전에 태웠던 두 비행사를 잃은 아픔을 아직 극복하지 못한 것 같았다.

공터로 올라온 로렌스는 자고 있는 테메레르를 수심에 잠긴 눈으로 바라보았다. 앞으로도 오랫동안 함께 복무할 테고 전쟁 때문에 감상에 빠질 여유가 없을 수도 있겠지만 로렌스는 자기가 늙어 죽은 후에도 테메레르가 행복하게 살 수 있도록 미리미리 준비를 해둬야겠다고 마음먹었다. 테메레르에게도 혹시 자기한테 무슨 일이 생기면 직속 부하를 비행사로 받아들이라고 수년에 걸쳐 천천히 납득시켜야 했다.

로렌스는 테메레르의 코를 쓰다듬으며 이름을 불렀다.

"테메레르."

테메레르가 두 눈을 뜨고 목에서 조그맣게 우르르 소리를 내면서 말했다.

"잠 다 깼어. 오늘도 비행하러 가는 거지?"

테메레르는 하늘을 향해 입을 커다랗게 벌리고 하품을 하면서 날개를 씰룩거렸다.

"그래, 테메레르. 우선 네 안장을 가지러 가자. 홀린이 벌써 준비해 뒀을 거야."

평소 릴리의 편대는 릴리를 선두로 하여 기러기 떼처럼 쐐기 모양으로 하늘을 날았다. 옐로 리퍼 품종인 메소리아와 임모르탈리스가 적군과 접근전을 할 때 커다란 몸으로 릴리를 지킬 수 있도록 릴리의 바로 뒤, 즉 제2열의 양옆에서 날았다. 그 뒤 제3열엔 덩치는 작아도 동작이 기민한 그레이 코퍼 품종의 둘시아와 파스칼 블루 품종인 니티두스가 자리를 잡았다. 다들 성장이 완료된 용들이었고, 릴리를 제외하고는 모두 참전 경험도 있었다.

그 용들은 아직 젊고 전투 경험이 부족한 릴리를 지원하기 위해 특별히 선발되었기 때문에, 용들뿐만 아니라 비행사와 승무원들까지 비행 기술이 상당히 뛰어난 편이었다.

로렌스는 그 편대에 합류하여 훈련을 받기 시작하면서 지난 한 달 반 동안 셀레리타스에게 혹독한 훈련을 받았던 걸 감사하게 여겼다.

그동안 끝없는 반복을 통해 다양한 비행 동작을 제2의 본능이 될 정도로 익혔기 때문에 테메레르와 막시무스는 편대에 합류해서도 다른 용들과 함께 무리 없이 곡예비행을 할 수가 있었다.

셀레리타스는 대형 용인 테메레르와 막시무스를 편대의 제3열에 합류시켰고, 그것으로 릴리의 편대는 완벽한 역삼각형을 이루게 되었다. 전투가 벌어졌을 때 테메레르와 막시무스의 역할은 적군의 헤비급 용들이 편대의 대형을 무너뜨리지 못하게 방어하는 것이었다.

특히, 릴리가 독을 뿜어 일단 목표물을 약화시킨 후에는 테메레르와 막시무스의 승무원들이 적재된 다량의 폭탄을 목표물에 던져 맞추도록 되어 있었다.

로렌스는 테메레르가 편대에 소속된 다른 용들과 어울려 잘 지내는 걸 보고 마음이 놓였다. 메소리아와 임모르탈리스, 둘시아, 니티두스는 모두 나이가 많은 용들이라 훈련받을 때 외에는 일부러 하늘을 날아다니며 노는 것을 즐기지 않았다.

어쩌다 한번 휴식 시간이 주어질 때에도 땅바닥에 드러누워 쉬면서 테메레르와 릴리, 그리고 막시무스가 노는 모습을 느긋하게 구경하는 편이었다. 하지만 젊은 축에 속하는 테메레르와 릴리, 막시무스는 쉬는 시간이면 수다를 떨거나 하늘로 날아올라 술래잡기 놀이를 하곤 했다.

로렌스도 다른 비행사들과 친분을 쌓아가고 있었다. 어느덧 로렌스도 공군 특유의 격식을 차리지 않는 편안한 분위기에 동화되어 캐서린을 부를 때 대령이라는 호칭 없이 그냥 '캐서린'이라고 불렀다. 로렌스는 자연스럽게 '캐서린'이라는 호칭을 내뱉고 나서야 자기가 이제 공군의 분위기에 적응이 되었다는 걸 깨달았다.

저녁식사 시간이나 용들이 모두 잠들고 난 늦은 저녁 시간이면 비행사들과 대위들이 모여 전략 및 전술에 대한 토론을 했다. 로렌스는 그 토론에 활발하게 참여하는 대신 주로 듣기만 했다. 공중전의 원리에 관해서는 어느 정도 이해를 했지만 아직 그 분야에 전문가가 아니므로, 다른 이들이 대화 도중에 자신의 의견을 구하지 않는다고 해서 기분 나쁠 것도 없었다.

로렌스는 테메레르의 능력에 관해 얘기할 때를 제외하고는 거의 입을 다문 채, 배우는 마음으로 진지하게 다른 이들의 대화를 경청했다.

그들의 대화는 종종 일반적인 전쟁 상황을 화제로 삼기도 했다. 라간 호수 기지가 전장에서 멀리 떨어진 곳이라서 실제 상황이 발생한 뒤 몇 주가 지나서야 소식이 전해지는 형편이었다. 그래서 전쟁 상황에 관해서도 온갖 추측이 난무했다.

어느 날 저녁, 로렌스가 여느 때처럼 비행사들의 논의를 경청하고 있는데, 서튼 대령이 말했다.

"프랑스 함대는 사방에서 피에 굶주려 날뛰고 있습니다. 이미 툴롱을 빠져나간 빌뇌브 제독의 함대가 지금쯤은 영국 해협을 건너 영국으로 오고 있을지도 모르겠군요. 그들이 내일 당장 저 문간을 넘어 쳐들어올 수도 있고요."

서튼 대령은 메소리아의 비행사이며 4년 간 전쟁에 참여한 베테랑인데 다분히 염세적이었고 화려한 언변을 구사했다.

그 부분은 그냥 듣고 넘어갈 수가 없어 로렌스가 끼어들었다.

"제 생각은 다릅니다. 빌뇌브 제독이 함대를 이끌고 툴롱을 빠져나간 것은 사실이지만, 빌뇌브는 프랑스 공군의 지원을 받는다고 해도 대규모 작전에 참여할 만한 배짱이 없습니다. 게다가 넬슨 제독에게 계속해서 추격을 당하고 있으니, 영국으로 쳐들어올 생각은 못 할 겁니다."

임모르탈리스의 비행사인 리틀 대령과 벵케엉 게임(프랑스에서 처음으로 시작된 카드 게임 중 하나. 19세기 초 미국으로 건너가 블랙잭의 모태가 됨―옮긴이주)을 하고 있던, 둘시아의 비행사 체너리 대령이 고개를 들며 물었다.

"흠, 무슨 소식이라도 들은 게 있습니까, 로렌스 대령?"

"예. 렐리언트 호의 라일리 함장으로부터 편지를 몇 통 받았습니다. 라일리 함장은 지금 넬슨 제독의 함대와 함께 빌뇌브 제독을 추격하며 대서양을 건너고 있는데, 넬슨 제독이 서인도 제도에서 빌뇌브 제독의 함대를 따라잡을 생각을 하고 있다고 편지에 썼더군요."

"아, 우린 그런 줄도 모르고! 맙소사, 로렌스 대령, 그런 전황을 혼자만 알고 있지 말고, 당장 편지를 가져와서 우리 모두에게 읽어주시오."

로렌스는 체너리의 청을 거절할 수가 없어서 하인을 시켜 렐리언트 호의 예전 동료들이 보내온 편지를 가져오게 했다. 다른 비행사들도 편지 내용을 자세히 듣고 싶어하기는 마찬가지였다. 로렌스는 편지 내용 중에 공군이 된 로렌스의 처지를 가슴 아파하는 내용들은 모두 생략하고, 나머지 부분들을 매끄럽게 연결하여 읽어 내려갔다. 모두들 한마디도 놓치지 않고 집중해서 들었다.

편지 내용을 모두 듣고 난 후 서튼이 물었다.

"빌뇌브 제독의 배는 17척이고, 넬슨 제독의 배는 12척인데, 과연 빌뇌브가 계속 도망을 칠까요? 방향을 바꿔 반격할 가능성은 없습니까? 넬슨 제독은 현재 공군의 지원도 받지 못하고 있는데, 지금처럼 빠른 속도로 대서양을 가로지르고 있으면 앞으로도 우리 공군의 지원을 받기 힘들 겁니다. 용 수송선은 넬슨 제독의 함대를 따라잡을 만한 속도를 내기 어렵고, 서인도 제도에도 영국 공군이 주둔하지 않는 상황이니까요."

로렌스는 자신만만하게 대꾸했다.

"넬슨 제독은 지금보다 규모가 작은 함대로도 빌뇌브 제독의 함대를 충분히 격파할 수 있을 겁니다. 나일 강 전투와 그 전의 세인트 빈센트곶 전투 등에서 넬슨 제독은 수적으로 불리한 상황임에도 불구하고 여러 차례 승리를 이끌어냈습니다. 특히 함대 간 전투에서는 패배한 적이 한 번도 없지요."

로렌스는 넬슨 제독의 열혈 추종자처럼 보이고 싶지 않아 열변을 토하려다 말고 그만 입을 다물었다. 다른 이들은 미소를 지었지만, 로렌스의 의견에 전적으로 동조하는 분위기는 아니었다.

리틀이 나지막하게 말했다.

"넬슨 제독이 잘 대응하기만을 바랄 수밖에 없겠군요. 우리 해군이 프랑스 함대를 격파하지 못하면, 영국은 큰 위험에 처하게 될 겁니다. 영국 해군의 방어력에 구멍이 뚫리는 걸 알아채자마자 나폴레옹이 이틀이나 사흘 만에 영국 해협을 장악하고 육군을 수송선에 태워 영국을 침공할 테니까요."

리틀의 비관적인 말에 다들 침묵했다. 마침내 버클리는 툴툴거리며 침묵을 깨고는 와인 잔을 비우며 말했다.

"다들 여기 앉아 걱정들이나 하고 계십시오. 나는 이만 자러 갑니다. 우리 모두 사서 걱정하는 것말고도 할 일이 태산이지 않습니까."

캐서린도 자리에서 일어서며 말했다.

"나도 일찍 자야겠어요. 셀레리타스 교관님이 릴리에게 오전 비행 훈련을 시작하기 전에 미리 나와서 목표물에 독을 뿌리는 연습을 하라고 지시하셨거든요."

서튼이 말했다.

"그래요, 다들 그만 자러 갑시다. 이 편대를 쓸모 있게 만드는 게 지금으로서는 우리가 할 수 있는 최선의 대응이니까. 나폴레옹의 함대를 쓰러뜨릴 기회가 오면, 우리 편대나 도버에 주둔하고 있는 두 개의 편대 중 하나가 출격을 해야 할 겁니다."

다들 각자의 숙소로 흩어졌고, 로렌스도 생각에 잠긴 채 3층 방으로 올라왔다. 롱윙 품종의 용은 목표물을 향해 독을 뿜는 능력이 대단히 뛰어났고 명중률도 높았다. 비행 훈련 첫날, 로렌스는 롱윙 품종인 릴리가 122미터 상공에서 독을 한번 쭉 뿜어내어 여러 개의 목표물을 정확히 맞추는 걸 본 적이 있었다. 그 정도 높이라면 지상에서 어떤 대포를 쏘아 올려도 릴리를 맞힐 수 없었다. 후추탄을 터트려 릴리의 비행을 어느 정도 방해할 수는 있겠지만.

사실, 릴리에게 가장 위협적인 요소는 사방에서 날아드는 적군의 용들이었다. 그래서 편대의 대형도 릴리를 보호하는 방식으로 짜여졌다. 로렌스는 릴리의 편대가 전장에서 대단히 강력한 전투 능력을 발휘할 수 있을 거라고 평가했다. 릴리의 편대가 공중전을 하고 있을 때 그 아래 바다에서 군함을 타고 있는 해군들은 굉장한 두려움을 느끼게 될 터였다. 그런 장면을 떠올리자 로렌스는 자신도 영국을 위해 큰일을 해낼 수 있을 거라는 생각이 들었고, 더욱 분발해야겠다고 결심했다.

그런데 릴리의 편대에 소속되어 훈련을 받기 시작하면서부터 테메레르는 눈에 띄게 훈련에 대한 열의가 저하되기 시작했다. 편대 비행에서 가장 중요한 것은 자기 위치를 고수하며 다른 용들과의 거리를 정확히 유지하는 것이었다. 그런데 테메레르는 편대와 함께 비행하는 동안 다른 용들 때문에 자신의 행동이 제약을 받는다고 여기고 있었다. 이미 다른 용들보다 비행 속도나 기동성 면에서 훨씬 앞서 있는 상태라서 편대 비행을 갑갑해하는 눈치였다.

어느 날 오후, 로렌스는 테메레르가 메소리아에게 질문하는 소리를 들었다.

"좀더 재미있게 비행하는 방법은 없나요?"

서른 살 먹은 경험 많은 암컷 용 메소리아는 전투에서 얻은 크고 작은 상처들이 온몸에 남아 있어 다른 용들의 존경을 한몸에 받고 있었다. 메소리아는 콧바람을 뿜으며 관대하게 대답했다.

"재미가 전부는 아니야. 전투 중엔 재미거리를 찾을 수 없어. 그러니까 괴로워하지 말고, 지루한 비행에 익숙해져야 해."

테메레르는 한숨을 푹 쉬더니 툴툴거리며 다시 비행 연습을 하러 갔다. 테메레르는 지시에 꼬박꼬박 따르고 나름대로 노력을 하긴 했지만, 열정적으로 훈련에 임하지는 않았다. 로렌스는 걱정이 되었지만 테메레르를 달래주는 것밖에 달리 도리가 없었다.

로렌스는 다양한 소재의 책들을 구해 와서 테메레르에게 읽어주며, 작은 재미라도 느끼게 해주려고 노력했다. 로렌스가 수학 논문이나 과학 논문을 찾아 읽어주면 테메레르는 큰 관심을 보이며 귀를 기울였다.

그 무렵, 로렌스는 테메레르에게 읽어주는 책의 내용이 점점 어려워짐에 따라 버거워지기 시작했고, 결국 로렌스가 큰 소리로 읽어주는 책의 내용을 테메레르가 로렌스에게 도로 자세히 설명을 해주는 식이 되어가고 있었다.

테메레르가 편대에 합류한 지 일주일쯤 되었을 때 에드워드 하우 경이 보내온 소포가 테메레르에게 큰 위안이 되었다. 하우 경은 수신자를 테메레르로 해서 그 소포를 보냈는데, 생전 처음 소포를 받은 테메레르는 몹시 기뻐했다.

로렌스는 포장을 풀고 그 안에 담긴 책 한 권을 꺼냈다. 동양의 용에 관한 이야기들을 하우 경이 직접 영어로 번역하여 얼마 전에 출간한 책이었다.

로렌스는 테메레르가 불러주는 대로 책을 보내 주셔서 고맙다는 내용을 편지지에 받아 적은 후, 그 끝에 자기도 고맙다는 인사를 덧붙였다. 그날부터 로렌스와 테메레르는 하루 일과를 마치고 나면 꼭 그 번역서를 펼쳤다. 다른 책을 읽고 난 뒤에 그의 번역서에 담긴 이야기 중 하나를 읽는 것으로 하루의 독서를 마무리하는 식이었다.

번역서에 담긴 이야기들을 다 읽고 나자 테메레르는 로렌스에게 처음부터 다시 읽어 달라고 했고, 가끔은 특별히 마음에 드는 부분을 골라 읽어 달라고 요청하기도 했다.

테메레르는 특히 중국의 '황제(黃帝. 중국의 전설상의 제왕. 성은 공손(公孫), 이름은 헌원(軒轅). 복희씨, 신농씨와 함께 삼황(三皇) 또는 오제(五帝)로 불리는데, 처음으로 곡물 재배를 가르치고 문자 음악 도량형 따위를 정했다고 하며, 최근까지 중국의 시조로 숭배함—옮긴이주)'라는 이름의 용 이야기를 아주 좋아했다.

그 이야기에 따르면 중국의 한(漢)나라는 최초의 셀레스티얼 품종의 용 '황제'의 조언에 따라 설립되었다고 했다. 그리고 테메레르는 쿠빌라이 칸의 함대가 일본 열도에 가까이 오지 못하게 쫓아버렸다는 일본 용 '라이덴'의 이야기도 마음에 들어했다. 그 이야기에 나오는 쿠빌라이 칸의 함대가 영국 해협을 건너 영국을 침략하려는 나폴레옹의 그랑 다르메('대육군'이라는 뜻의 프랑스어로 프랑스 혁명 당시 프랑스 육군을 가리킴—옮긴이주)와 비슷한 것 같아 흥미를 느끼는 모양이었다.

원래 중국 황제의 재상이었는데 용의 보물 중 하나인 진주를 삼키고 용이 되었다는 '샤오 셩'의 이야기를 들으며, 테메레르는 곰곰이 생각에 잠겼다. 로렌스는 테메레르가 왜 그 이야기를 들으며 그토록 진지하게 고민하는지 궁금했다. 별안간 테메레르가 물었다.

"설마 그 얘기가 진짜는 아니겠지? 인간이 용이 되거나, 용이 인간이 되는 건 불가능한 거지?"

"그럼, 물론 불가능하지."

로렌스는 걱정이 되었다. 테메레르가 인간이 되고 싶어한다면, 그건 지금 처지가 그만큼 괴롭고 견디기 힘들다는 뜻이었기 때문이다.

테메레르는 한숨을 푹 쉬더니 말했다.

"아, 불가능하구나. 나도 그럴 줄 알았어. 그래도 만일 인간이 되면 읽고 싶은 책을 마음껏 읽고 직접 책을 쓸 수도 있을 테니 좋을 것 같은데. 당신이랑 나란히 용을 타고 하늘을 날 수도 있을 테고."

로렌스는 비로소 마음이 놓이며 웃음을 터뜨렸다.

"그런 즐거움을 누릴 수 없으니, 유감이구나. 혹시 변신이 가능하다고 해도, 이 번역서에 따르면 그 과정이 아주 복잡하고 힘들어서 안 하느니만 못하다는 생각이 드는데."

"응. 직접 책을 손에 들고 읽고 싶기는 하지만, 그렇다고 비행 능력을 포기하고 싶지도 않아. 당신이 책 읽어주는 소리를 듣는 것도 기분 좋고. 또 다른 얘기 읽어줘. 가뭄 때 바다에서 물을 끌어와 비를 내려준다는 용에 대한 얘기를 듣고 싶어."

동양 용에 관한 그 이야기들은 신화인 게 분명했지만, 하우 경의 번역서에는 최고 수준의 지식과 사실 정보에 근거한 수많은 주석이 달려 있었다. 로렌스가 보기엔 이야기의 상당 부분이 지나치게 과장되어 있었다.

그래도 하우 경은 동양 용에 관해 굉장한 열정을 갖고 있는 게 분명했다. 게다가 그 번역서에 담긴 이야기들을 되풀이해 읽은 보람이 있었다. 테메레르가 자기도 그 이야기에 나오는 용들처럼 뛰어난 능력을 갖고 싶다며 훈련에 좀더 열심히 참여하게 되었던 것이다.

또 그 번역서는 다른 면에서도 테메레르에게 도움이 되었다. 그 번역서를 받고 나서 얼마 되지 않아, 테메레르의 턱 주변에 덩굴손 모양의 얇은 수염이 돋아났고 얼굴을 둘러싼 유연한 뿔 사이사이에 물갈퀴처럼 생긴 섬세한 막이 자리를 잡았다. 그 막 때문에 테메레르는 엄숙하고 사려 깊은 인상을 풍겼다. 보기에 흉하지는 않았지만 용모가 다른 용들과 확연하게 달라져서, 하우 경이 보내준 번역서의 멋진 표지 그림이 아니었으면 테메레르는 다른 용들과 달라지고 있는 자신의 외모 때문에 또다시 우울해졌을 수도 있었다.

번역서의 표지엔 테메레르와 똑같이 얼굴 주변에 섬세한 막이 나 있는 위대한 용 '황제'의 모습이 판화 그림으로 들어가 있었다.

전처럼 불안해하지는 않았지만 테메레르는 외모의 변화를 온전히 편하게 받아들이지도 못했다. 얼굴 주변에 그 막이 생겨난 지 얼마 되지 않았을 때, 로렌스는 테메레르가 호수에 자기 얼굴을 이리 저리 비춰보는 모습을 보았다. 테메레르는 머리를 이쪽저쪽으로 돌리고 눈알을 굴려가며 다양한 각도에서 그 섬세한 막을 살펴보았다.

로렌스는 테메레르의 턱 밑에서 흔들거리는 입가의 수염을 쓰다듬어주며 말했다.

"누가 보면 네가 허영심 덩어리인 줄 알겠구나, 테메레르. 솔직히 말하면, 그 막이 있어서 얼굴이 훨씬 멋져 보여. 그러니까 너무 신경 쓰지 마."

그때 테메레르는 조그맣게 끄응, 하는 소리를 내며 로렌스의 손길에 수염을 맡겼다.

"거길 만지니까 기분이 좀 이상하네."

로렌스가 걱정이 돼서 물었다.

"수염을 만지니까 아프니? 혹시 너무 부드러워서 다치기 쉬운 부분인가?"

하우 경의 번역서에 따르면, 중국 용들 중에서도 임페리얼 품종과 셀레스티얼 품종의 용들은 국가적 위기가 닥쳤을 때를 제외하고는 싸움을 즐겨 하지 않는 것으로 기록되어 있었다. 또 매우 아름답고 지혜가 높은 것으로 유명했다.

만일 중국인들이 아름다움과 지혜라는 특성을 갖도록 교배를 진행하여 임페리얼과 셀레스티얼을 만든 거라면, 수염이 특별히 민감한 부분일 가능성도 있었다. 그렇다면 테메레르의 수염은 전투에서 취약점으로 작용할 수도 있었다.

테메레르는 로렌스에게 코를 문지르며 말했다.

"아니, 하나도 안 아파. 거길 조금 더 쓰다듬어줘."

로렌스가 아주 조심스럽게 수염을 쓰다듬어주자 테메레르는 만족스럽게 그르렁거리는 소리를 내더니 전신을 부르르 떨었다. 그리고 눈을 게슴츠레하게 뜨고 초점이 흐려지면서 덧붙였다.

"으음, 아주 기분이 좋아."

"맙소사."

로렌스는 얼른 수염에서 손을 뗐다. 그리고 크게 당황해서 주변을 살폈다. 다행히 근처엔 아무도 없었다.

"당장 셀레리타스 교관한테 가서 말해야겠다. 아무래도 네가 최초의 교미기에 접어드는 것 같구나. 그 수염이 돋아났을 때 진작 알아챘어야 하는 건데. 넌 이제 완전히 성장한 거야, 테메레르."

테메레르는 눈을 껌벅이더니 애원하듯 말했다.

"아, 그것 참 잘됐네. 그건 그렇고, 수염을 조금 더 쓰다듬어주면 안 될까?"

로렌스로부터 테메레르의 변화를 보고받은 셀레리타스는 담담하게 말했다.

"좋은 소식이군. 하지만 지금은 훈련에서 빼줄 시간이 없으니 당장 짝짓기를 하도록 허락할 수는 없겠어. 그래도 그 소식을 들으니 기쁘군. 아직 어린 용을 전장에 내보내면 나도 마음이 편치 않거든. 일단 사육사들한테 얘기를 해두겠네. 그들이 좋은 방법을 생각해낼 거야. 영국 공군 소속의 용들이 임페리얼의 피를 물려받은 새끼를 낳으면 우리한테도 큰 이득이지."

로렌스는 무례하게 들리지 않게 단어를 선별해가며 조심스럽게 물었다.

"그럼 혹시…… 짝짓기 욕구를 덜어줄 만한 방법이 있습니까?"

셀레리타스는 별 감정 없이 대답했다.

"찾아봐야지. 그렇지만 걱정할 필요는 없네. 우린 말이나 개하고는 달라. 인간들과 똑같이 성적 욕구를 자제할 수 있어."

로렌스는 비로소 마음이 놓였다. 둘시아는 덩치가 너무 작아서 테메레르의 번식 욕구를 불러일으킬 것 같진 않았지만, 릴리나 메소리아, 그밖에 다른 암컷 용들이 그런 욕구를 자극하여, 테메레르의 생활에 지장을 줄까봐 걱정되었던 것이다.

그래도 혹시 몰라서 로렌스는 테메레르에게 암컷 용들과 지내기가 불편하지 않느냐고 넌지시 물어보았다. 테메레르는 그 용들과는 그냥 편한 동료 사이일 뿐이라고 대답했다.

하지만 그 뒤로 테메레르가 조금씩 달라지긴 했다. 아침에 깨우지 않아도 알아서 일어나는 경우가 잦아졌고, 한 끼 식사량은 그대로였지만 식사 횟수가 현저히 줄었다. 꼬박 이틀 동안 아무것도 먹지 않고 지내기도 했다.

로렌스는 테메레르가 끼니를 거르는 이유가 다른 용들에 비해 먹이를 먹는 순서가 나중이라 기분이 언짢아서 그런 건지, 달라진 외모 때문에 다른 용들이 힐끔거리며 쳐다봐서 그런 건지 알 수가 없어 몹시 걱정되었다. 하지만 로렌스의 걱정은 한 달쯤 뒤에 극적인 방식으로 해소되었다.

어느 날, 로렌스는 테메레르와 비행을 마친 후 전망대에 서서 용들이 먹이를 먹을 준비를 하는 모습을 지켜보았다. 잠시 후, 목동들이 신호를 보내자 릴리와 막시무스가 지상으로 내려왔고, 그 뒤에 로렌스가 한 번도 본 적이 없는 새로운 용 한 마리가 따라 내려왔다.

그 용의 날개에는 대리석 무늬가 들어가 있었고, 투명한 상아색 몸통에 주황색과 노란색, 갈색 핏줄이 사방으로 뻗어나가 있었다. 테메레르보다는 작았지만 덩치도 꽤 큰 용이었다. 골짜기에 내려서 있던 다른 용들은 옆으로 자리를 비켜주었지만, 테메레르는 꼼짝 않고 버티고 서서 그 대리석 무늬 날개의 용을 향해 목구멍 안쪽에서 으르렁거리는 소리를 내며 툴툴거렸다. 몸무게 20톤짜리 황소개구리가 존재한다고 가정할 때, 그 황소개구리가 목 쉰 소리로 울어대는 것과 비슷한 소리였다. 그리고 테메레르는 초대받지도 않았는데 새로 온 그 용을 향해 풀쩍풀쩍 뛰어갔다.

전망대에서는 골짜기 밑에서 움직이는 목동들의 얼굴이 보이지 않았다. 그렇지만 먹이로 쓸 가축들을 골짜기 아래에 풀어놓은 목동들이 테메레르의 태도에 당황해서 담장 쪽으로 물러나는 모습을 볼 수 있었다. 테메레르가 이미 소 한 마리를 잡아 피를 튀기며 먹고 있는 중이기 때문에 목동들은 테메레르에게 물러가 있으라고 말할 수도 없었다. 릴리와 막시무스도 테메레르의 태도에 싫은 내색을 하지 않았고, 새로 온 용은 아예 테메레르에게 신경도 쓰지 않았다.

잠시 후, 목동들이 가축 여섯 마리를 더 풀어놓아, 테메레르와 릴리, 막시무스, 새로 온 용은 실컷 배를 채웠다.

"저 까만 용은 정말 멋지군요. 당신이 저 용의 비행사라고 하던데, 맞습니까?"

갑자기 낯선 목소리의 남자가 말을 걸어왔다. 로렌스가 뒤를 돌아보니 두꺼운 양모 바지에 민간인 외투를 입은 남자가 서 있었다. 바지와 외투에 용의 비늘무늬가 들어가 있는 것과 자신만만한 말투로 보아 장교급 비행사인 것 같았다. 거동과 목소리는 신사다웠는데,

말투에서 강한 프랑스 억양이 느껴져 로렌스는 순간적으로 당황했다. 그때 그 프랑스 남자를 대동하고 온 서튼이 앞으로 나서며 서로를 소개했다. 그 남자의 이름은 '장 폴 슈아죌'이라고 했다. 슈아죌은 골짜기 아래서 우아하게 양을 잡아먹고 있는 대리석 무늬 날개의 용을 가리키며 말했다.

"나는 저기 있는 프래쿠르소리스의 비행사입니다. 어젯밤에 오스트리아에서 왔지요."

프래쿠르소리스라는 이름의 그 수컷 용은 막시무스가 세 번째 가축을 잡아먹느라 사방으로 피를 튀기자 그 피가 자기 몸에 묻지 않게 옆으로 비켜나서 깔끔을 떨며 먹이를 먹고 있었다.

서튼이 말했다.

"슈아죌이 우리한테 좋은 소식을 갖고 왔습니다. 물론 슈아죌 입장에서는 썩 좋지만은 않은 소식이지만요. 오스트리아가 다시 나폴레옹과 전쟁을 하기 위해 군대를 동원하고 있답니다. 그러니 앞으론 나폴레옹도 영국 해협보다 라인 강 쪽에 더 신경을 쓰게 되지 않을까 싶습니다."

슈아죌이 덧붙여 설명했다.

"여러분을 낙담시키거나 불필요한 걱정을 하게 만들고 싶진 않습니다만, 나폴레옹은 영국으로 쳐들어오려는 야욕을 쉽게 거두지는 않을 겁니다. 프랑스 혁명 당시 프랑스를 탈출한 프래쿠르소리스와 나를 받아준 게 바로 오스트리아 군대인 만큼 나는 오스트리아에 큰 빚을 지고 있는 입장입니다. 그래서 내가 이렇게 말하면 배은망덕하게 들릴지 모르겠지만, 솔직히 오스트리아가 프랑스의 나폴레옹과 싸워 이길 가능성은 거의 없습니다. 오스트리아의 대공들은 워낙 명청해서 유능한 장군들의 조언에 전혀 귀를 기울이지 않고 있거든요. 오스트리아의 페르디난드 대공이 마렝고 전투와 이집트 전투에서 대승을 거둔 천재적인 전략가 나폴레옹과 대적하겠다고 나서고 있으니, 말도 안 되는 일이죠."

그러자 서튼이 반박했다.

"그렇지만 엄밀히 말해 나폴레옹이 마렝고 전투에서 승리한 건 뛰어난 전략 때문이 아니라 행운이 따라줬기 때문이었어요. 당시 베로나에 주둔하던 오스트리아의 제2공군사단이 시간에 맞춰 마렝고로 날아오기만 했다면, 오스트리아 군은 절대로 지지 않았을 겁니다. 나폴레옹은 그저 운이 무척 좋았던 것뿐입니다."

로렌스는 육상 전술에 대한 전문 지식을 갖고 있진 않았지만, 서튼의 말이 허세에 지나지 않는 걸 알고 있었다. 전쟁에서 운은 절대 무시할 수 없는 요소이고, 지금까지의 결과로 볼 때 나폴레옹은 다른 장군들보다 훨씬 운이 좋은 편이었다.

슈아죌은 서튼의 주장에 반박하지 않고, 살짝 미소를 지으며 이렇게 말했다.

"내가 지나치게 나폴레옹을 두려워하는지도 모르겠습니다. 나폴레옹 때문에 내가 프래쿠르소리스를 데리고 여기까지 도망쳐온 것이니까요. 마렝고 전투에서 오스트리아 군이 패한 후, 나는 프래쿠르소리스와 함께 오스트리아를 떠나기로 결정했습니다. 더 이상 오스트리아에 머무는 것이 적절하지 않다고 판단했기 때문이죠."

로렌스가 의아해하는 표정을 짓자 슈아죌이 자세한 설명을 덧붙였다.

"예전에 내가 프래쿠르소리스와 함께 소속되어 있던 프랑스 공군은 프래쿠르소리스처럼 귀한 용을 데리고 오스트리아로 도망친 나를 지금도 몹시 증오하고 있습니다. 그러니 내가 프래쿠르소리스와 오스트리아에 계속 머물 경우, 나폴레옹은 오스트리아를 정복한 후에 우리를 붙잡아 반역죄로 다스릴 게 분명했지요. 내 친구들도 내게 오스트리아를 빠져나가는 게 좋겠다고 권했고요. 그래서 나는 또다시 프래쿠르소리스를 데리고 오스트리아를 빠져나와 영국으로 왔고, 지금은 그저 여러분의 관대한 아량에 의지해서 목숨을 이어가고 있습니다."

슈아죌은 아무렇지 않게 얘기를 했지만, 눈가의 깊은 주름이 그동안의 고단했던 삶을 여실히 말해 주었다. 로렌스는 슈아죌에게 동정심을 느꼈다. 슈아죌처럼 프랑스 혁명 후 조국에서 도망쳐 나온 프랑스 해군 장교 몇 명과 알고 지내는 사이였기 때문이다. 그 프랑스 장교들은 조국을 탈출하여 영국 해변에 내려서며 목놓아 울었었다. 단순히 목숨을 보전하려고 프랑스를 빠져나간 귀족들과 달리, 그들은 훨씬 슬프고 가슴이 아픈 입장이었다. 자신들의 조국 프랑스가 전쟁을 치르는 동안에도 영국에서 넋놓고 쳐다보기만 해야 했고, 영국이 프랑스와 싸워 승리를 거둘 때마다 자기가 소속되어 있던 프랑스 군 동료들이 수없이 죽어나갔을 것을 의식해야 했기 때문이다.

서튼은 농담조로 말했다.

"아이고, 우리 입장에선 관대하게 받아주지 않을 수가 없었죠. 샹송 드 게르(프랑스어로 '전쟁의 노래'라는 뜻─옮긴이주) 품종인 프래쿠르소리스를 데리고 와줬는데요. 프래쿠르소리스는 구하기 어려운 헤비급 용인데다가, 품종도 우수하고 전쟁에 숙련된 베테랑이잖습니까."

슈아죌은 고개를 살짝 숙여 고맙다는 인사를 하고는 골짜기 아래서 먹이를 먹고 있는 대리석 무늬 날개의 용을 애정이 듬뿍 담긴 눈길로 바라보았다. 그러고는 입을 열었다.

"프래쿠르소리스를 그렇게 칭찬해 주시니 감사합니다. 그렇지만 이곳에도 훌륭한 용들이 많이 있더군요. 저기 있는 리갈 코퍼 품종의 용은 지금도 덩치가 어마어마한데, 얼굴 주변에 난 뿔의 모양을 보니 앞으로도 더 몸집이 커질 것 같습니다. 그런데 로렌스 대령의 용은 새로운 품종인가요? 저런 용은 한 번도 본 적이 없습니다."

서튼이 말했다.

"아, 물론 본 적이 없을 겁니다. 지구 반대편으로 가보면 모를까."

로렌스는 지나치게 뻐기는 것처럼 들리지 않게 조심하며 말했다.

"임페리얼 품종의 중국 용이거든요."

슈아죌은 예의를 차리기 위해 삼가면서도 크게 놀라는 기색을 감추지 못했다. 슈아죌의 그런 반응에 로렌스는 기분이 좋았지만, 테메레르를 얻게 된 경위를 설명하면서 프랑스 군함과 싸워 그 군함의 창고에 보관되어 있던 용알을 빼앗은 과정을 프랑스 출신인 슈아죌에게 설명하자니, 속이 편치만은 않았다.

그렇지만 슈아죌은 이런 상황에 익숙한 듯 불쾌한 내색을 하지 않고 정중하게 경청했다. 다만, 옆에서 서튼이 프랑스 군의 입장에서 큰 손실 아니겠냐며 잘난 체를 하며 떠들자, 로렌스는 얼른 화제를 바꿔 슈아죌에게 여기엔 무슨 일로 온 거냐고 물었다.

"이곳에서 훈련 중인 공군 편대의 비행 연습에 합류하라는 요청을 받았습니다. 상황이 허락하는 한 연습에 꽤 도움을 드릴 수 있을 겁니다. 셀레리타스 교관은 프래쿠르소리스가 이곳에 있는 헤비급 용들의 편대 비행 훈련에 도움이 될 거라고 말씀하시더군요. 우린 14년째 편대 비행을 해왔거든요."

그때 먹이를 먹을 차례가 된 다른 용들이 천둥처럼 요란한 소리로 날개를 치며 골짜기 밑으로 내려갔다. 테메레르와 릴리, 막시무스, 프래쿠르소리스는 이미 식사를 마친 상태였다. 테메레르와 프래쿠르소리스는 골짜기 위로 날아올랐다가 연병장 근처의 안락한 바위 위에 동시에 내려섰다. 로렌스는 테메레르가 이를 드러내고 얼굴 주변의 섬세한 막을 바짝 세우면서 프래쿠르소리스에게 적개심을 나타내자 깜짝 놀랐다.

"잠시 실례하겠습니다."

로렌스는 슈아쥘과 서튼에게 이렇게 말하고 앞으로 달려가 테메레르를 소리쳐 불렀다. 테메레르는 공중을 선회하며 로렌스에게 날아왔다. 테메레르는 프래쿠르소리스를 흘겨보면서 투덜거렸다.

"당신이 불러서 저 자리를 빼앗겼잖아."

그 편안한 바위를 차지하고 앉은 프래쿠르소리스는 어느덧 가까이 다가선 슈아쥘과 나지막하게 얘기를 나누고 있었다.

"저들은 여기를 찾아온 손님이야. 정중하게 대해야지. 네가 그렇게 텃세를 부릴 줄은 몰랐구나, 테메레르."

테메레르는 앞발톱으로 땅바닥을 박박 긁으며 투덜거렸다.

"저 용은 나보다 덩치가 크지도 않고, 롱윙 품종도 아니라서 독을 뿜지도 못하잖아. 영국엔 불을 뿜는 용이 없으니까, 저 용도 불을 뿜는 능력은 없을 테고. 그러니 내가 저 용보다 못할 게 뭐냔 말이야."

로렌스는 신경이 곤두서 있는 테메레르의 앞발을 어루만지며 말했다.

"당연히 네가 저 용보다 못할 건 없지. 그렇지만 누가 먼저 먹이를 먹느냐, 누가 좋은 자리를 차지하고 앉느냐 같은 건 사실 하나도 중요하지 않아. 다른 용들이랑 사이좋게 지내면서 권리를 누릴 수 있으면 되는 거야. 그러니 별것 아닌 일로 싸우려고 들지 마. 게다가 저들은 나폴레옹을 피해 유럽에서 이리로 도망쳐온 거란 말이야."

"그래?"

테메레르의 얼굴을 둘러싸고 바짝 세워져 있던 섬세한 막이 조금씩 목으로 처졌다. 테메레르는 적개심을 거두고 새로 온 그 용을 흥미롭게 쳐다보며 말했다.

"하지만 저들은 프랑스어를 하던데. 프랑스 인이랑 프랑스 용인데 왜 나폴레옹을 두려워하는 거지?"

"저들은 부르봉 왕조에 충성하는 왕당파거든. 자코뱅파가 프랑스 왕을 처형해서 프랑스를 떠난 거야. 그 뒤 프랑스에서는 한동안 공포 정치가 지속되었고, 자코뱅파의 일원이던 나폴레옹이 집권하면서 귀족들의 목을 자르는 일은 더 이상 일어나지는 않지만, 저들은 여전히 나폴레옹을 두려워해. 아마 우리보다 훨씬 더 나폴레옹을 혐오하고 있을걸."

"그렇다면 내가 무례를 범한 거구나. 잘못했어."

테메레르는 이렇게 중얼거리더니 몸을 일으키며 프래쿠르소리스에게 말했다.

"Veuillez m'excuser, si je vous ai dérangé(아까 나 때문에 방해가 됐다면 미안해요)."

별안간 테메레르가 프랑스어로 말을 하자 로렌스는 깜짝 놀랐다. 프래쿠르소리스는 고개를 끄덕이며 온화하게 대꾸했다.

"Mais non, pas du tout. Permettez que je vous présente Choiseul, mon capitaine(아니, 괜찮아. 이쪽은 내 비행사 슈아절이야)."

"Et voici Laurence, le mien(이쪽은 내 비행사 로렌스예요)."

테메레르는 이렇게 대답하고는 로렌스에게 조그맣게 말했다.

"로렌스, 고개를 숙여."

로렌스는 놀라서 멍하니 쳐다보기만 하다가 얼른 다리를 굽히며 인사를 했다. 도대체 어찌된 영문인지 궁금해서 견딜 수 없었던 그는 목욕을 하러 가자며 테메레르를 데리고 라간 호수로 향해 가다가 물었다.

"도대체 네가 어떻게 프랑스어를 할 줄 아는 거지?"

테메레르는 고개를 돌리며 되물었다.

"그게 무슨 뜻이야? 프랑스어를 할 줄 아는 게 그렇게 이상한 거야? 전혀 안 어렵던데."

"정말 희한하구나. 내가 아는 한, 너는 프랑스어를 한마디도 들어본 적이 없어. 나도 프랑스어로 'Bonjours(안녕하세요)' 정도야 할 줄 알긴 하지만, 너한테는 프랑스어로 말을 한 적이 없잖아."

테메레르를 목욕시키고 나서 그날 오후 늦게 라간 호수 기지의 연병장에 착륙한 로렌스는 셀레리타스 교관에게 다가가 테메레르가 프랑스어를 하더라는 얘기를 했다.

셀레리타스가 말했다.

"그건 별로 놀랄 일이 아닐세. 하지만 테메레르가 프랑스어를 하는 걸 자네가 이번에 처음 들었다면, 테메레르가 처음 알에서 부화했을 때 프랑스어로 말하지 않았다는 뜻인데. 알을 깨고 나오자마자 테메레르가 영어로 말을 하던가?"

"아, 예. 그래서 저를 포함해서 구경하던 이들이 모두 깜짝 놀랐습니다. 태어나자마자 말을 하니까 엄청 놀랐죠. 다른 용들도 그렇습니까?"

"그렇다네. 우리 용들은 알 속에 있는 동안에도 언어를 배울 수가 있어. 테메레르도 부화하기 전 몇 달 동안 프랑스 군함에 있었으니, 당연히 프랑스어를 배웠겠지. 다만, 놀라운 건 테메레르가 렐리언트 호에 일주일 있다가 부화했는데 그 짧은 시간 동안 영어를 배웠다는 점일세. 알에서 나온 테메레르의 영어가 유창했나?"

로렌스는 테메레르의 독특한 재능을 또 하나 발견하게 되어 무척 기뻤다.

"예. 처음부터 아주 유창했습니다."

로렌스는 옆에 있는 테메레르의 목을 쓰다듬으며 뿌듯해하는 목소리로 말했다.

"넌 끝없이 나를 놀라게 하는구나, 테메레르."

그 뒤에도 테메레르는 프래쿠르소리스와 관련된 일마다 조금 과민한 반응을 보였다. 딱히 혐오한다거나 적대시하는 건 아니었지만, 셀레리타스가 프래쿠르소리스를 편대의 비행 훈련에 동참시킨 후부터, 테메레르는 자기가 프래쿠르소리스에 못지않은 존재라는 걸 증명하려고 안달을 했다.

로렌스가 보기에 프래쿠르소리스의 동작은 테메레르만큼 유연하거나 우아하지 않았다. 그렇지만 프래쿠르소리스와 부르봉 왕조에 충성하는 왕당파 비행사 슈아죌은 워낙 참전 경험이 풍부하다 보니, 훈련에 참여한 지 얼마 되지 않아 릴리의 편대에서 연습 중인 대부분의 동작을 완전하게 익혔다. 그러자 테메레르는 더욱 경쟁심을 불

태우며 연습에 매진했다.

로렌스는 테메레르가 그동안 지루하다고 투덜거렸던 동작들을 반복해서 연습하느라 혼자 호수 위를 날아다니는 걸 저녁을 먹고 나오면서 여러 차례 보았다. 테메레르는 비행 연습을 더 해야 한다며 로렌스에게 독서 시간을 좀 줄이자고 요청하기까지 했다. 테메레르가 매일 완전히 녹초가 될 때까지 연습을 하자, 보다 못한 로렌스는 그런 식으로 무리를 하다간 몸이 상한다고 말리고 나섰다.

그래도 테메레르는 말을 듣지 않았다. 로렌스는 할 수 없이 조언을 구하기 위해 셀레리타스 교관을 찾아갔다. 테메레르의 연습에 대한 집착을 말릴 방법을 알려주든지, 테메레르와 프래쿠르소리스를 따로 훈련시키든지 해달라고 요청할 작정이었다. 로렌스의 얘기를 경청한 셀레리타스가 차분하게 입을 열었다.

"로렌스 대령, 자네가 테메레르의 행복을 우선시한다는 건 나도 잘 알아. 하지만 지금 나는 테메레르의 훈련 성과와 공군력 향상을 제일 우선시하지 않을 수 없네. 프래쿠르소리스가 온 다음부터 테메레르의 비행 기술이 눈에 띄게 늘지 않았나?"

로렌스는 아무 말도 할 수가 없었다. 셀레리타스 교관이 프래쿠르소리스를 이용해 테메레르의 경쟁심을 부채질하고 있다는 걸 그제야 깨달은 것이다. 로렌스는 어이가 없고 화가 났다.

"교관님, 테메레르는 늘 기꺼이 훈련에 참여했고, 나름대로 최선을 다해 왔……."

셀레리타스는 콧김을 내뿜으며 로렌스의 말허리를 잘랐다. 그리고 기분 좋게 말했다.

"그만 하게, 로렌스 대령. 나는 테메레르한테 몹쓸 짓을 하고 있는 게 아니야. 사실, 테메레르는 편대 요원으로 머물기엔 너무 머리가 좋아. 만일 상황이 지금처럼 급박하지만 않다면, 나는 테메레르를 편대 리더로 삼거나 독립적으로 작전에 참여시켰을 걸세. 하지만 지금 상황에선 대형 용인 테메레르를 급한 대로 편대에 소속시킬 수밖에 없고, 편대의 비행 동작을 계속 연습하게 만들어야 해. 그러니까 편대 비행에 대한 테메레르의 흥미를 얼마나 오래 지속시키느냐가 관건이지. 이번처럼 두 용을 맞수로 붙여놓는 게 처음도 아니고, 종종 비행사들의 항의를 받기도 하지만, 비행 실력만큼은 확실하게 향상된다네."

로렌스는 기분이 좋지 않았지만 더는 항의할 수가 없었다. 셀레리타스 교관의 말이 틀리지 않았기 때문이다. 로렌스가 입을 다물고 있자 셀레리타스가 계속해서 말했다.

"훈련을 받다 보면 어느새 지루해지고 그 지루함이 좌절로 이어질 수가 있어. 서로 경쟁을 하면서 그런 지루함을 극복할 수가 있지. 자네가 할 일은 테메레르를 격려하고 칭찬해 주면서 애정을 갖고 지켜보는 거야. 테메레르의 나이 땐 원래 다른 수컷이랑 사소한 일로 승강이를 벌이는 일이 잦아. 그래도 테메레르가 막시무스가 아니라 프래쿠르소리스에게 경쟁의식을 갖고 있으니 다행이지. 프래쿠르소리스는 나이가 많아서 테메레르가 어떻게 나오든 크게 신경 쓰지 않을 테니까."

그래도 로렌스는 마음이 놓이지 않았다. 셀레리타스 교관은 테메레르가 얼마나 미친 듯이 연습하는지 보지 못했기 때문에 그렇게 태평한 소리를 늘어놓는 거였다. 그래도 한편 생각해 보면 로렌스 자신도 이기적이긴 마찬가지였다. 로렌스는 테메레르가 무리해 가면서 연습에 매달리는 게 싫어서 이렇게 셀레리타스 교관을 찾아온 거였다. 지금은 셀레리타스 교관 말대로, 영국 공군력의 향상을 위해 비행사와 용 모두 비행 연습에 바짝 매달려야 할 때였다.

북부의 평화로운 초원 지대에서 훈련을 받다 보면 영국이 지금 얼마나 큰 위험에 처해 있는지 잊고 지내기 십상이었다. 급보에 따르면, 넬슨 제독을 피해 도망치던 빌뇌브의 함대가 서인도 제도에서 넬슨 제독을 따돌리며 대서양으로 방향을 돌렸고, 넬슨 제독의 함대가 그 뒤를 쫓고 있다고 했다.

빌뇌브는 대서양을 건너 브레스트 항구(대서양 연안에 접한 프랑스의 항구 도시─옮긴이주)에 있는 프랑스 및 스페인 함대와 합류한 뒤 도버 해협(영국 해협과 북해를 연결하는 좁은 수로─옮긴이주)으로 들어와 영국을 칠 생각인 듯했다. 나폴레옹은 프랑스의 항구를 가득 채울 정도로 어마어마한 수의 육군 수송선을 보유하고서 영국 해협의 방어벽에 틈이 생기기만을 기다리고 있었다. 그러니 나폴레옹은 빌뇌브에게 툴롱을 빠져나가 넬슨 제독의 함대를 서인도 제도로 유인한 뒤 다시 은밀하게 브레스트 항구로 돌아와, 대기하고 있던 프랑스 및 스페인 함대와 합류하여 영국 해협으로 출동하게 하려는 계획을 세우고 있는 게 분명했다. 일단 영국 해협을 장악한 뒤, 프랑스의 항구에 보유하고 있던 육군 수송선을 이용하여 엄청난 수의 프랑스 육군을 영국으로 들여보내려는 거였다.

로렌스도 해군 시절 수개월간 영국 함대의 봉쇄 작전에 참여했던 적이 있었다. 그래서 적이 눈앞에 보이지 않는 상태에서 날마다 똑같은 훈련을 지속한다는 게 얼마나 어려운지 잘 알고 있었다. 그 당시 장교들과 대화를 나누고 경치를 감상하고 책을 읽고 게임을 하면서 훈련을 지속하긴 했지만, 솔직히 무척이나 지루했다.

해군 시절의 경험을 떠올리며 셀레리타스의 말뜻을 온전히 이해한 로렌스는 고개를 끄덕이며 대답했다.

"무슨 말씀이신지 잘 알았습니다, 교관님. 설명해 주셔서 감사합니다."

그렇지만 돌아서서 걸어가는 동안, 로렌스는 프래쿠르소리스를 의식하여 지나치게 연습에 몰두하는 테메레르를 말려야겠다고 다시 한 번 마음먹었다. 경쟁심말고 다른 계기를 통해 비행 연습을 하게 만드는 게 더 바람직할 것 같아서였다.

그날부터 로렌스는 테메레르에게 편대 비행 전술에 관해 가르치며, 경쟁심이 아닌 지적인 호기심으로 비행 연습에 흥미를 느끼게 만들려고 애를 썼다. 테메레르는 편대 비행 전술에 관한 지식을 짧은 시일 내에 모두 습득했다. 그래서 어느새 로렌스와 자유롭게 의견을 교환하는 수준이 되었다.

테메레르와 로렌스에게 토론은 유익했다. 로렌스도 테메레르를 가르치긴 했지만, 다른 비행사들과 토론에 참여하기엔 아직 부족한 상태였는데, 테메레르와 의견 교환을 통해 실력이 많이 향상되었다.

이윽고 로렌스는 테메레르만의 고유한 비행 능력을 활용하여 특별한 비행 기법을 개발하는 프로젝트를 시작했다. 테메레르보다 속도는 느리지만 조직적으로 움직이는 릴리의 편대에 그 방법을 적용할 수 있을 것 같았다. 셀레리타스도 예전에 새로운 비행 기법을 설계하자는 얘기를 한 적이 있었다. 다만, 편대의 빡빡한 훈련 일정에 쫓기다 보니 할 시간이 없었던 거였다.

따라서 로렌스와 테메레르가 쉬는 시간에 새로운 비행 기법을 개발하면 편대에 도움이 될 수도 있었다.

로렌스는 다락방에서 오래된 모의 비행 탁자를 끄집어냈다. 홀린의 도움을 받아 부러진 탁자 다리를 고친 뒤 테메레르가 머무는 공터에 가져다놓았다. 그러자 테메레르는 눈을 반짝이며 관심을 보였다. 모의 비행 탁자는 편대에 소속된 각 용의 위치를 한눈에 보여주는 모형 세트였다. 위쪽에 격자가 설치되어 있고 그 격자에 용 모형들을 걸게 되어 있었다. 탁자만 있고 용 모형이 없어서, 로렌스는 나무토막 여러 개를 깎고 색칠해서 격자에 실로 매달았다. 그렇게 해놓으니 편대에 소속된 각 용의 위치를 3차원적으로 볼 수가 있었다.

공중에서의 움직임을 직관적으로 알고 있는 테메레르는 어떤 동작이 실제로 가능한지 아닌지를 곧장 판단했다. 그리고 실행 가능한 동작인 경우 움직임에 관해 상세히 설명해 주었다. 새로운 비행 방식을 생각해내는 것도 주로 테메레르였다. 로렌스는 비행 동작을 변형시켰을 때 공격력과 방어력이 어떻게 되는지를 평가하고 일부 동작을 수정하는 일을 맡았다.

활기차고 시끌벅적한 로렌스와 테메레르의 토론은 곧 다른 승무원들의 관심을 끌었다. 그랜비 대위가 옆에서 구경해도 되느냐고 물어왔다. 로렌스가 이내 허락하자 에반스 중위와 다른 장교들도 모여들었다. 그 장교들의 다년간에 걸친 비행 훈련 경험은 로렌스와 테메레르에게 부족한 지식을 메워주었다. 결국 장교들의 제안으로 비행 동작이 더욱 세련되게 다듬어진 셈이었다.

새로운 비행 기법을 개발하는 프로젝트를 시작한 지 몇 주가 지났을 때 그랜비가 로렌스에게 말했다.

"로렌스 대령님, 다른 장교들이 새로 개발한 비행 기법 중 몇 가지를 실제로 연습해 보는 게 어떻겠냐고 대령님께 여쭤보라는군요. 저녁에 휴식 시간을 이용해서 연습하면 될 것 같다고 합니다. 테메레르의 비행 능력을 모두에게 선보일 기회인만큼 다들 기쁜 마음으로 참여하고 싶답니다."

로렌스는 깊이 감동을 받았다. 그랜비를 비롯한 승무원들의 열의도 고마웠고, 무엇보다 테메레르를 자랑스러워하는 마음, 모두에게 인정받는 용으로 만들고 싶어하는 그들의 마음이 느껴져 기뻤다.

"좋아, 오늘 저녁에 필요한 인원수만큼 승무원들이 모이면 연습을 해보도록 하지."

그날 저녁, 모이기로 한 시간보다 10분 일찍 훈련생 세 명을 포함한 승무원 전원이 연병장에 집합했다. 언제나처럼 테메레르와 함께 라간 호수에 다녀오던 로렌스는 승무원들이 연병장에 일렬종대로 서 있는 걸 보았다.

승무원들은 임시 훈련인데도 다들 제복을 갖춰 입은 상태였다. 최근 날씨가 더워져서 다른 승무원들은 외투는 물론 목도리도 하지 않고 있었는데, 로렌스의 승무원들만 제복에 외투, 목도리까지 착용하고 있었다. 로렌스는 그것이 평소 자신의 옷차림에 대한 경의의 표시임을 알아챘다.

대기하고 서 있던 홀린을 비롯한 지상요원들은 조금 흥분한 테메레르에게 재빨리 전투용 안장을 채웠다. 곧 승무원들이 차례로 안장으로 올라갔다. 그랜비가 테메레르의 오른쪽 어깨 위에 자리를 잡고 앉으며 보고했다.

"모두 탑승 완료하고 안장에 몸도 고정시켰습니다, 대령님."

"좋아. 테메레르, 맑은 날씨일 때의 표준 순찰 동작을 두 번 연속해서 하고, 내 신호에 따라 변형 동작으로 넘어가는 거다."

로렌스의 말에 테메레르는 눈빛을 반짝이고 고개를 끄덕이며 힘차게 하늘로 날아올랐다. 표준 순찰 동작은 가장 쉬운 거라 테메레르는 무리 없이 해냈다. 다만, 표준 순찰 동작을 1회 완료하면서 나사 모양으로 공중을 빙빙 돌다가 2회째로 넘어갈 때, 갑작스런 방향 변화에 익숙하지 않은 승무원들이 어려움을 겪었다. 소총병들은 목표물을 절반밖에 명중시키지 못했고, 폭탄을 던진 승무원들은 연습용 폭탄으로 쓰는 재가 담긴 자루들을 지상의 목표물이 아니라 테메레르의 옆구리에 던져 터뜨렸다.

"흠, 그랜비 대위. 다른 이들 앞에서 멋지게 선을 보이려면 아무래도 연습을 더 많이 해야겠어."

로렌스의 지적에 그랜비가 침울하게 고개를 끄덕이며 물었다.

"그래야 할 것 같습니다, 대령님. 그런데 테메레르가 방향을 바꿀 때 속도를 좀 줄이면 어떨까요?"

로렌스는 테메레르의 옆구리에 묻은 재를 내려다보며 대답했다.

"그래, 아무래도 동작을 좀 수정해야겠군. 테메레르가 빠르게 회전하는 동안 폭탄을 던지면 폭탄이 테메레르의 몸에 맞을 가능성이 높아. 그러니까 좀 기다렸다가 테메레르가 회전을 완료하고 수평 비행을 할 때 한쪽 현측에 있는 폭탄을 일제히 던지는 게 좋겠어. 그렇게 하면 아무래도 던지는 폭탄 수에 비해 명중률이 떨어지긴 하겠지만, 테메레르를 다치지 않게 하려면 그 방법밖에 없어."

테메레르가 천천히 공중을 도는 동안, 등 쪽 승무원들과 배 쪽 승무원들은 폭탄 투척 장비를 서둘러 조정했다. 그리고 테메레르가 속도를 약간 줄이자, 승무원들이 던진 재가 담긴 자루들은 테메레르의 옆구리에 닿지 않고 곧장 지상으로 떨어졌다. 그리고 소총병들도 테메레르가 수평으로 나는 순간을 기다렸다가 총을 쏜 결과 명중률이 현저히 높아졌다. 그런 식으로 여섯 차례를 연습하고 나서야 로렌스는 만족할 수 있었다.

연습을 마친 로렌스는 승무원들과 함께 안장에서 내려갔다. 지상 요원들이 테메레르한테서 안장을 벗기고 몸통에 묻은 재와 먼지를 털어냈다.

"적재 가능한 연습용 폭탄을 모두 싣고 오늘 연습한 동작과 그밖에 네 가지 동작을 모두 연습하면서 폭탄과 소총의 명중률을 80퍼센트까지 올린 뒤에야 셀레리타스 교관에게 선을 보일 수 있다. 나는 우리가 그 목표를 충분히 달성할 수 있으리라 믿는다. 오늘도 꽤 훌륭한 성과를 거뒀다. 모두들 수고 많았다."

로렌스는 승무원들의 비위나 맞추는 사람처럼 보일까봐 예전에는 칭찬을 아꼈지만, 오늘은 열정적으로 칭찬했다. 승무원들도 다들 진심으로 기뻐하는 표정들이었다.

그후로도 로렌스는 테메레르, 승무원들과 함께 새로 개발한 동작을 열심히 연습했다. 그리고 그 연습을 시작한지 4주째 되던 날, 로렌스는 새로 개발한 비행 동작들을 이제 다른 이들 앞에서 선보일 때가 되었다고 판단했다.

오전 훈련을 끝낸 후, 편대에 소속된 용들이 차례로 연병장에 착륙하고 승무원들이 안장에서 내려오기 시작할 무렵, 셀레리타스가 로렌스를 따로 불러 말했다.

"자네가 승무원들과 새로운 비행 동작을 연습하는 걸 봤네. 꽤 흥미로워 보이던데, 내일 편대 훈련 중에 한번 보여줬으면 좋겠어."

셀레리타스는 고개를 끄덕이며 다들 해산하라고 했다. 로렌스는 승무원들과 테메레르를 불러 서둘러 최종 연습을 했다.

그날 저녁 늦게 승무원들이 모두 성안의 숙소로 돌아간 후에도 로렌스는 테메레르와 함께 어둠 속에서 말없이 앉아 휴식을 취했다. 몹시 피곤했다. 테메레르가 초조해하는 기색을 보이자 로렌스가 말했다.

"마음 졸일 필요 없어, 테메레르. 내일 아주 잘 해낼 수 있을 거야. 넌 벌써 한참 전부터 모든 동작을 처음부터 끝까지 완벽하게 익힌 상태였어. 사실, 그동안은 승무원들을 숙달시키느라 기다려 온 것뿐이야."

"비행을 걱정하는 것은 아니야. 우리가 개발한 비행 동작을 셀레리타스 교관이 마음에 안 들어할까 봐 걱정이 돼. 그럼 우린 그동안 헛수고를 한 거잖아."

"셀레리타스 교관이 우리 프로젝트를 완전히 쓸데없는 짓이라고 여겼다면, 내일 모두들 보는데 시연해 보라고 말하지도 않았을 거야. 그리고 결과가 어떻든 우린 절대 시간 낭비를 한 게 아니야. 이번 프로젝트를 진행하면서 많은 걸 배웠고, 승무원들의 임무에 대한 집중력도 훨씬 높아졌어. 셀레리타스 교관이 뭐라고 하든, 난 우리가 저녁마다 따로 모여 연습을 한 것이 언젠가는 효과를 발휘할 거라고 믿어."

로렌스는 테메레르를 달래서 재운 후, 테메레르의 옆구리에 기대 앉아 꾸벅꾸벅 졸았다. 9월 초였지만 여름의 온기가 아직 남아 있어서 춥진 않았다. 테메레르를 달래 재운 후에도, 로렌스 자신은 정작 걱정이 돼서 동이 트자마자 자리에서 벌떡 일어났다. 그랜비를 비롯한 테메레르의 승무원들도 긴장한 탓인지 대부분 로렌스처럼 일찍 일어나 아침식사를 하러 식당으로 들어왔다. 로렌스는 그들과 함께 아침을 먹으며 얘기를 나누었다. 커피말고는 음식을 먹고 싶은 생각이 없었지만, 기운을 내기 위해 억지로 배를 채웠다.

로렌스가 연병장으로 걸어나오자, 벌써 안장을 찬 테메레르가 초조하게 꼬리를 휘저으며 골짜기를 내려다보고 있었다. 셀레리타스는 아직 오지 않은 상태였다.

15분쯤 지나자 릴리의 편대에 소속된 용들이 하나 둘씩 연병장으로 내려오기 시작했다. 로렌스는 승무원들을 모두 테메레르의 안장에 탑승시키고 긴장을 풀기 위해 골짜기 위를 몇 바퀴 돌았다. 신경을 곤두세운 나이 어린 소위들과 중위들을 위해 로렌스는 그들에게 안장의 위, 아래로 위치를 바꾸는 연습을 하게 하며 느긋한 분위기를 조성했다.

둘시아와 막시무스가 차례로 연병장으로 내려왔다. 릴리의 편대에 소속된 모든 용들이 전부 집합한 것을 보고, 로렌스는 테메레르에게 연병장으로 내려가자고 지시했다. 셀레리타스는 여전히 도착하지 않은 상태였다. 릴리는 입이 찢어지게 하품을 했고, 프래쿠르소리스는 프랑스어를 할 줄 아는 니티두스와 얘기 중이었다.

나폴레옹 전쟁이 시작되기 한참 전, 프랑스와 영국이 우호 관계를 유지하고 있을 때 영국 공군은 프랑스의 부화장에서 니티두스가 담겨 있던 알을 구입했기 때문에 니티두스는 프랑스어를 할 줄 알았다. 테메레르는 여전히 프래쿠르소리스를 마땅찮은 눈빛으로 쏘아보았다. 하지만 로렌스는 테메레르가 비행 동작 시연에 너무 신경 쓰는 것보다 프래쿠르소리스를 노려보는 게 나을 것 같아 그냥 내버려두었다.

그때 화려한 날갯짓이 로렌스의 눈에 들어왔다. 고개를 들어보니 셀레리타스가 연병장으로 날아오고 있었고, 그 너머엔 각기 다른 방향을 향해 빠르게 날아가는 원체스터와 그레일링 품종의 용들이 보였다. 그리고 옐로 리퍼 두 마리가 낮은 고도를 유지하며 아직 상처가 완전히 아물지 않은 빅토리아투스를 데리고 남쪽으로 가고 있었다.

연병장에 주저앉아 있던 다른 용들도 심상찮은 분위기에 바짝 긴장하며 몸을 일으켰고 비행사들도 조용히 입을 다물었다. 무거운 침묵이 깔린 연병장으로 셀레리타스가 내려섰다.

셀레리타스는 모두들 들을 수 있도록 목청을 높였다.

"넬슨 제독이 빌뇌브가 이끄는 함대를 따라잡았다고 한다. 지금 빌뇌브의 함대는 브레스트 항구가 아니라, 스페인 함대가 정박되어 있는 카디즈 항구(스페인 남부의 항구 도시―옮긴이주)로 피신했고 넬슨 제독의 함대가 그 항구를 둘러싼 상태다."

셀레리타스가 소식을 전하는 동안, 하인들이 서둘러 꾸린 짐가방과 상자들을 들고 성에서 뛰어나왔다. 하녀들과 요리사들도 미친 듯이 일을 했다. 테메레르를 비롯하여 연병장에 집합해 있던 용들은 명령을 받지도 않았는데 네 다리에 힘을 주며 벌떡 일어섰다. 지상 요원들은 어느새 말아두었던 그물을 풀고 텐트를 설치하기 위해 안장의 배 쪽으로 기어 오르고 있었다.

"모르티페루스가 넬슨 제독을 지원하기 위해 스페인의 카디즈 항구로 날아갔다. 그러니 지금 당장 릴리의 편대는 모르티페루스의 편대를 대신해 영국 해협의 도버 기지로 가서 주둔지를 지켜야 한다."

셀레리타스는 캐서린을 향해 고개를 돌리며 말을 이었다.

"캐서린 하코트 대령, 80년의 비행 경험을 가진 엑시디움이 도버 기지에 머물고 있으니, 자네는 릴리와 함께 시간이 날 때마다 엑시디움과 훈련을 하게. 당분간은 릴리의 편대에 대한 지휘권을 서튼 대령에게 맡기겠네. 지휘권은 서튼 대령이 갖지만 편대의 리더는 릴리니까, 캐서린 자네는 계속 하던 대로 하면 돼. 아직 자네가 경험이 부족하기 때문에 참전 경험이 많은 서튼 대령에게 편대의 지휘를 맡기는 것뿐이니까."

정식대로라면, 릴리가 편대의 리더로서 모든 비행 동작을 이끌어야 하기 때문에 릴리의 비행사인 캐서린이 편대의 작전 지휘관이 되어야 마땅했다. 하지만 캐서린은 순순히 고개를 끄덕이며 대답했다.

"예, 알겠습니다."

캐서린의 목소리가 평소보다 높아서, 로렌스는 캐서린이 긴장하고 있음을 알아챘다. 릴리가 예상보다 일찍 알에서 부화했기 때문에 캐서린은 훈련을 끝내자마자 대령으로 진급하여 비행사가 되었고, 이번이 그녀의 첫 출전인 셈이었다.

셀레리타스는 고개를 끄덕이고는 서튼에게 말했다.

"서튼 대령, 자네는 캐서린 하코트 대령과 상의하면서 편대를 지휘하게."

"알겠습니다."

서튼은 이렇게 대답한 후, 메소리아의 등에 앉은 채로 캐서린에게 고개를 끄덕여 보였다.

지상요원들이 각자의 용에게 짐을 모두 싣자, 셀레리타스는 각 용들의 안장을 차례로 점검해 보았다.

"아주 좋아. 이제 짐이 제대로 실렸는지 확인해 봐야겠다. 막시무스부터 시작해."

막시무스를 시작으로 모든 용들이 뒷다리를 일으켜 세우며 힘차게 날갯짓을 했다. 배 쪽에 실린 짐들은 흔들림 없이 단단히 매여 있었다. 용들은 차례로 날갯짓을 멈추며 보고했다.

"짐이 잘 실려 있습니다!"

셀레리타스가 소리쳤다.

"지상요원 탑승!"

로렌스는 홀린을 필두로 한 지상요원들이 장거리 비행을 위해 테메레르의 배 쪽 장비로 들어가 안장끈으로 몸을 고정시키는 모습을 내려다보았다.

잠시 후, 지상요원들은 준비가 완료되었다는 뜻으로 깃발 신호를 올렸다. 로렌스가 신호 담당 터너 소위에게 고개를 끄덕이자 터너는 녹색 깃발을 올렸다. 막시무스와 프래쿠르소리스의 승무원들도 차례로 녹색 깃발을 올렸다. 나머지 용들도 준비를 마친 상태였다.

셀레리타스는 튀어나온 바위로 올라가 용들을 훑어보며 말했다.

"다들 잘 다녀오도록!"

아무런 의식이나 준비 과정도 없이, 그대로 출전 명령을 받은 것이다. 서튼의 신호 담당 장교가 '편대 이륙'이라는 뜻의 깃발을 올리자, 용들은 모두 공중으로 날아올랐다.

테메레르는 막시무스 옆에 자리를 잡고 날았다. 등뒤에서 부는 북서풍을 맞으며 편대는 구름을 뚫고 올라갔다. 저 멀리 동쪽 바다에 아침 햇살이 반사되어 눈부시게 반짝였다.

제3부

9

적군의 총알이 로렌스의 머리카락을 스치고 지나갔다. 로렌스의 뒤로 소총병들이 응사하는 소리가 요란하게 들려왔다. 테메레르는 적군인 프랑스 용을 향해 달려들어 발톱으로 진청색 가죽을 할퀸 후, 우아하게 몸을 비틀어 발톱을 치켜세우고 다른 프랑스 용을 피했다.

그랜비 대위가 강한 바람에 머리카락을 휘날리며 소리쳤다.

"저 진청색 용이 바로 플레르 드 뉘(프랑스어로 '밤의 꽃'이라는 뜻—옮긴이 주) 품종입니다."

그랜비가 말한 플레르 드 뉘는 테메레르의 발톱에 찢겨 울부짖으며 멀어졌다가, 다시 방향을 바꿔 릴리의 편대를 향해 달려들었다. 플레르 드 뉘의 승무원들은 옆구리 쪽으로 기어 내려가 상처 부위를 지혈시키고 있었다. 상처는 그리 심하지 않은 것 같았다.

로렌스는 고개를 끄덕이며 큰 소리로 지시를 내렸다.

"마틴 중위! 섬광탄을 준비시키게. 저 플레르 드 뉘가 옆으로 지나갈 때 눈에 강렬한 빛을 쏴야겠어."

플레르 드 뉘는 체격이 육중하고 공격력이 강했지만, 야행성이라서 갑작스런 빛에 아주 민감한 편이었다.
로렌스는 계속해서 지시를 내렸다.
"터너, 우리 편대에 섬광탄 경고 신호를 보내게."
잠시 후 메소리아 쪽에서 알아들었다는 깃발 신호가 올라왔다. 메소리아는 지금 편대 앞쪽에서 세차게 공격해 들어오는 프랑스의 미들급 용을 막아내는 중이었다. 로렌스는 테메레르의 목을 쓰다듬으며 소리쳤다.
"저 플레르 드 뉘를 향해 섬광탄을 터뜨릴 거야! 지금 이 자세를 유지하고 날면서 신호를 기다려!"
"응, 난 준비됐어."
테메레르의 목소리가 가느다랗게 떨렸다. 이번이 첫 전투라서 테메레르는 필요 이상으로 흥분한 상태였다. 로렌스는 테메레르가 지나친 자신감으로 인해 다치지 않기를 바랐다. 플레르 드 뉘의 몸에 난 상처 자국을 보건대, 그 용은 나이도 많고 참전 경험도 풍부하다는 걸 알 수 있었다.
로렌스가 테메레르에게 말했다.
"신중해야 해!"
이윽고 플레르 드 뉘가 릴리의 편대를 향해 곧장 날아왔다. 테메레르와 니티두스 사이를 뚫고 지나가 편대의 전열을 깨뜨리는 것과 동시에 용 한두 마리를 부상 입힐 계획인 듯했다. 만일 플레르 드 뉘의 공격이 성공한다면, 다른 프랑스 용들이 연합해 편대의 뒤쪽에서 공격하려는 전략이었다. 그럼 릴리가 적에게 완전히 노출되고 마는 거였다.

서튼은 릴리가 플레르 드 뉘에게 독을 뿜을 수 있도록, 편대에게 방향을 돌리라는 지시를 내렸다. 하지만 릴리가 독을 내뿜기도 전에 플레르 드 뉘가 옆으로 비껴 지나갔다.

로렌스는 확성기에 대고 소리를 질렀다.

"모든 승무원은 대기하라! 섬광탄을 터뜨릴 준비가 완료되었다!"

거대한 덩치의 플레르 드 뉘가 다시 힘차게 고함을 지르며 릴리의 편대를 향해 날아왔다. 한번 공격했다가 또다시 공격하러 오는 데 걸리는 시간은 굉장히 짧았다. 해전에서는 포탄을 쏘고 나서 5분 정도 쉬었다가 다시 공격을 시작하는 것에 비해, 공중전에서는 싸우다가 멈추는 시간이 1분 정도밖에 안 되고 곧장 다음 싸움으로 이어지는 식이었다.

이번에는 플레르 드 뉘가 테메레르의 발톱을 피해 방향을 바꾸며 니티두스 쪽으로 날아오고 있었다. 테메레르보다 덩치가 작은 니티두스는 플레르 드 뉘의 거대한 몸집을 막아내기에는 역부족이었다.

로렌스가 테메레르에게 소리쳤다.

"왼쪽으로 날아가서 니티두스 옆에 바짝 붙어!"

테메레르는 곧장 거대한 검은 날개를 회전시키며 니티두스 쪽으로 날아가면서 플레르 드 뉘를 향해 발톱을 세웠다. 그 움직임이 얼마나 빠른지 플레르 드 뉘는 기겁하여 뒤로 날개를 치며 물러섰다. 다른 헤비급 용들보다 테메레르의 속도는 엄청 빨랐다.

로렌스가 다시 소리쳤다.

"섬광탄에 불을 붙여라!"

그 순간 공중에 눈부신 빛이 번쩍였다.

로렌스는 곧바로 두 눈을 감았는데도 강렬한 빛이 눈꺼풀 속으로 스며드는 걸 느꼈다. 플레르 드 뉘의 고통스런 비명 소리가 들렸다.

로렌스가 눈을 떴을 때는 이미 테메레르가 플레르 드 뉘의 배를 발톱으로 깊숙이 찢고 있었다. 테메레르의 소총병들도 플레르 드 뉘의 배 쪽 승무원들에게 맹공격을 퍼붓고 있었다.

"테메레르, 대형을 유지해!"

자칫 플레르 드 뉘와의 싸움에 열을 올리느라 테메레르만 편대에서 뒤처질 위험이 있었다. 로렌스의 경고에 테메레르는 정신을 차리며 편대의 자기 위치로 급히 되돌아왔다.

서튼의 신호 담당 소위가 녹색 깃발을 올렸고, 릴리의 편대는 다같이 좁은 원을 그리며 공중제비를 돌았다. 릴리는 턱을 벌리고 쉿쉿거리는 소리를 내며 공격 준비를 했다. 플레르 드 뉘는 섬광탄 때문에 앞을 보지 못하는 상태여서 승무원의 지시를 듣고 날개를 휘저었다. 공중에 플레르 드 뉘의 피가 흩뿌려졌다. 그때 막시무스의 왼쪽 망꾼이 위쪽을 가리키며 미친 듯이 악을 써댔다.

"위에 적이 나타났다! 위에 적이 나타났다!"

그와 동시에 릴리의 편대를 향해 내리 덮치는 프랑스 용의 거대한 고함 소리가 하늘에 울려 퍼졌다. 그 프랑스 용은 그랑 슈발리에(프랑스어로 '몸집 큰 기사'라는 뜻—옮긴이주)라는 품종으로 배가 연한 회색이라 두터운 구름에 섞여 보이지 않았던 것이다. 그랑 슈발리에가 발톱을 세우고 빠른 속도로 릴리를 향해 내려오고 있었다. 막시무스보다도 체중이 더 나가 보였고, 릴리보다 두 배는 더 커 보였다.

순간 로렌스는 메소리아와 임모르탈리스가 날갯짓을 멈추고 밑으로 쑥 내려가는 걸 보며 충격을 받았다. 그게 바로 셀레리타스가 오래 전에 말했던, 위에서 불시의 습격을 받았을 때 용들이 나타내는 본능적인 반응이었다. 니티두스는 놀라서 날개를 뒤로 치다가 다시 제자리로 돌아왔고, 둘시아는 별 반응 없이 자기 위치를 지켰다.

하지만 막시무스는 갑자기 속도를 내며 대형에서 벗어났고 릴리는 미친 듯이 제자리를 빙글빙글 돌았다. 대형이 깨지자 릴리가 적에게 완전히 노출되었다. 로렌스는 명령했다.

"폭탄을 던질 준비를 해라! 테메레르, 그랑 슈발리에를 향해 곧장 날아가!"

굳이 그런 명령을 할 필요도 없었다. 테메레르는 이미 공중을 한 바퀴 선회하고는 릴리를 지키기 위해 앞장서고 있었다. 그랑 슈발리에는 릴리에게 바짝 다가와 있었다. 그래도 테메레르가 중간에 끼어들어 공격하면, 그랑 슈발리에가 릴리의 몸통을 발톱으로 움켜잡지 못할 것 같았다. 만일 릴리가 치명상만 입지 않는다면, 릴리는 그랑 슈발리에를 향해 독을 내뿜을 수 있었다.

프랑스 용들은 일제히 공격을 재개했다. 테메레르는 별안간 속도를 엄청나게 높이며 프랑스 용 페셰르 쿠롱(프랑스어로 '왕관을 쓴 어부'라는 뜻—옮긴이주)의 발톱을 아슬아슬하게 피해 그랑 슈발리에를 거칠게 밀어붙였다. 하지만 그랑 슈발리에는 이미 릴리의 등에 발톱을 꽂은 상태였다.

릴리는 고통과 분노로 비명을 지르며 몸부림쳤다. 릴리와 그랑 슈발리에, 테메레르는 한데 뒤엉켜 사납게 날개를 퍼덕이며 싸웠다. 테메레르는 그랑 슈발리에의 몸을 발톱으로 잡아뜯고 할퀴었다. 그런데도 그랑 슈발리에는 꿈쩍도 하지 않았다. 릴리는 위쪽으로 독을 뿜을 수 없었기 때문에 그랑 슈발리에의 발톱에서 놓여나는 것이 우선이었다.

로렌스는 그랑 슈발리에보다 덩치가 작은 테메레르에게 어떻게 지시를 내려야 할지 고민스러웠다. 릴리의 승무원들은 그랑 슈발리에의 쇠처럼 단단하고 거대한 발톱을 도끼로 마구 찍어대고 있었다.

로렌스가 그랜비에게 명령했다.

"폭탄 하나를 이리로 가져와!"

그랑 슈발리에의 배 쪽 장비 안으로 폭탄을 던져 넣을 계획이었다. 빗나가면 테메레르나 릴리에게 맞을 수도 있지만, 지금 상황으로선 다른 방법이 없었다.

테메레르는 계속해서 그랑 슈발리에의 몸을 잡아뜯으며 놓지 않았다. 그래서 호흡이 거칠어졌고 옆구리가 크게 부풀었다 줄어들었다 했다. 테메레르는 고막이 찢어질 정도로 어마어마하게 고함을 질렀다. 테메레르한테 공격을 당하고 있는 그랑 슈발리에는 고통스러운 듯 몸을 부들부들 떨었다. 그랑 슈발리에의 몸통에 가려 보이진 않았지만, 저 너머에서 막시무스도 크게 고함을 지르며 그랑 슈발리에를 공격하고 있었다. 협공 덕분인지 마침내 그랑 슈발리에는 목쉰 소리로 울부짖으며 릴리를 놓아주었다.

"중간으로 치고 들어가, 테메레르! 그랑 슈발리에와 릴리 사이의 틈으로 날아가!"

로렌스의 명령에 테메레르는 곧장 밑으로 내려갔다. 릴리가 몹시 피를 흘리며 밑으로 급격하게 떨어지고 있었다. 그랑 슈발리에를 릴리한테서 떨어뜨려 놓은 것만으로는 충분치 않았다. 릴리가 다른 프랑스 용들한테 또다시 공격을 받지 않으려면 서둘러 고도를 높여 편대의 전투 위치로 되돌아와야 했다.

로렌스는 캐서린이 명령을 내리는 소리를 들었지만, 무슨 명령인지 잘 들리지가 않았다. 그때 갑자기 릴리의 배 쪽에 달려 있던 그물 장비가 아래로 떨어졌다. 폭탄과 보급품, 짐들이 모두 영국 해협의 물속으로 사라지는 순간이었다. 그물 장비 쪽에 머물러 있던 릴리의 승무원들은 이미 안장 위로 기어 올라와 안장끈에 몸을 단단히 고정시킨 상태였다.

장비를 버리고 몸이 한층 가벼워진 릴리는 몸을 부들부들 떨면서 힘껏 날개를 치며 위로 날아올랐다. 부상을 입은 자리엔 이미 흰색 거즈가 덮여 있었다. 로렌스가 보기엔 거즈를 댈 게 아니라 당장 꿰매야 할 것 같았다.

막시무스가 그랑 슈발리에를 상대하는 동안, 나머지 프랑스 용들, 즉 페셰르 쿠롱, 플레르 드 뉘, 페셰르 라예(프랑스어로 '줄무늬 어부'라는 뜻—옮긴이주)는 작은 쐐기 모양을 이루며 릴리를 공격할 준비를 했다. 테메레르는 릴리 바로 위에서 날면서 위협적으로 쉿쉿 소리를 내며 피 묻은 발톱을 세웠다. 하지만 릴리가 위로 올라오는 속도는 참으로 느렸다.

전투는 이제 사나운 난투극으로 변모했다. 영국 용들은 아직 원래 대형으로 돌아가지 못하고 우왕좌왕하며 프랑스 용들과 각개 전투를 벌였다. 캐서린은 릴리의 부상에 신경 쓰느라 정신이 하나도 없었다. 메소리아를 탄 서튼이 편대의 지휘관이라는 걸 알아차린 페셰르 라예가 메소리아의 진로를 방해하며 싸움을 걸고 있었다.

로렌스는 적군이지만 그들의 용의주도한 전략에 그저 감탄할 뿐이었다. 로렌스는 아직 신참이라 편대를 지휘할 권한은 없었으나 무슨 조치라도 취하지 않으면 안 될 것 같았다. 그래서 신호 담당인 터너 소위를 불렀다.

"터너!"

하지만 로렌스가 명령을 내리기도 전에, 다른 영국 용들이 한 바퀴 공중을 선회하며 전열을 가다듬기 시작했다. 릴리가 거의 위로 올라왔던 것이다.

터너가 손으로 프래쿠르소리스 쪽을 가리키며 말했다.

"신호가 왔습니다, 대령님! '리더인 릴리를 중심으로 전열을 유지하라'는 신홉니다!"

로렌스는 뒤를 돌아보았다. 어느새 프래쿠르소리스가 깃발 신호를 펄럭이며 막시무스의 자리로 들어가고 있었다. 프랑스 용들의 기습을 받기 전에 슈아죌과 프래쿠르소리스는 전열에서 벗어나 앞으로 휙 날아갔는데, 뒤늦게 편대가 기습받은 걸 알고 되돌아온 모양이었다. 로렌스는 테메레르의 어깨를 두드리며 신호를 보라고 말했다.

"그래, 봤어!"

테메레르는 이렇게 대답하면서 날개를 뒤로 치며 편대 내의 자기 위치로 돌아갔다. 프래쿠르소리스의 슈아죌은 서튼과 캐서린을 대신해 임시로 편대를 이끌기 시작했다. 로렌스는 테메레르에게 니티두스 쪽으로 붙게 하여 메소리아의 빈자리를 메웠다.

이윽고 '편대는 위로 다 같이 날아오르라'는 내용의 깃발 신호가 프래쿠르소리스 쪽에서 펄럭였다. 다른 영국 용들에게 둘러싸인 채 릴리는 있는 힘을 다해 전열을 유지하며 위로 날아올랐다. 릴리의 몸에서 흐르던 피는 거의 멈춘 상태였다.

릴리가 독을 뿜을 준비를 하자, 메소리아와 싸우고 있는 페셰르라예, 막시무스와 싸우고 있는 그랑 슈발리에를 제외한 나머지 프랑스 용 두 마리가 양옆으로 흩어졌다. 나란히 날고 있다가는 릴리의 독에 맞을 가능성이 높았기 때문이다. 릴리의 편대는 그랑 슈발리에가 날고 있는 높이까지 빠른 속도로 날아오르는 중이었다.

막시무스와 그랑 슈발리에의 소총병들은 서로를 향해 총격을 가하고 있었다. 슈아죌이 '막시무스는 옆으로 비켜나라'는 깃발 신호를 보냈다. 그러자 막시무스는 마지막으로 발톱을 번뜩이며 그랑 슈발리에의 몸통 가죽을 확 찢고는 뒤로 물러났다. 하지만 막시무스가 너무 빨리 뒤로 물러난 탓에, 아직 올라오고 있는 릴리의 편대와 속도를 맞추지 못했다. 릴리가 고도를 맞추고 그랑 슈발리에에게 독을 쏘려면 조금 더 시간이 필요했다.

릴리가 다른 용들의 호위를 받으며 올라오는 걸 본 그랑 슈발리에의 승무원들이 고함을 지르며 그랑 슈발리에를 뒤로 물러나게 했다. 그랑 슈발리에는 이미 여러 군데를 찢겨 피를 흘리고 있었지만, 워낙 덩치가 커서 그 정도 부상은 별로 큰 타격도 안 되는 것 같았다. 그랑 슈발리에는 릴리보다 훨씬 빠르게 위로 휙 날아올랐다.

잠시 후 슈아죌이 '편대는 현 고도를 유지하라'는 뜻의 깃발 신호를 보냈다. 프랑스 용들을 더는 추격하지 말라는 뜻이었다.

어느덧 페셰르 라예도 메소리아와의 싸움을 포기하고 다른 프랑스 용 세 마리와 함께 저 멀리 날아가고 있었다. 프랑스 용들은 한 번 더 공격하려고 공중을 선회했다가 안 되겠다 싶었는지 그대로 북동쪽으로 달아났다.

테메레르의 망꾼들이 소리를 지르며 남쪽 방향을 가리켰다. 뒤를 돌아본 로렌스는 영국 용 열 마리가 그들을 향해 빠른 속도로 날아오고 있는 걸 보았다. 그 열 마리 중 맨 앞에서 날고 있는 롱윙 품종의 용에 영국 공군임을 나타내는 깃발이 펄럭이고 있었다.

기습을 당한 릴리의 편대를 지원하러 온 롱윙은 '엑시디움'이라는 이름을 가진 수컷 용이었다. 엑시디움의 편대는 릴리의 편대를 호위하여 도버 기지로 데려갔다. 도버 기지까지 가는 동안, 엑시디움의 편대에 소속된 채커드 네틀즈 품종의 헤비급 용 두 마리가 번갈아가며 릴리를 부축해 주었다.

릴리는 계속 날갯짓을 하긴 했지만 고개를 푹 숙인 채 기운이 하나도 없는 듯 힘겨워했다. 힘겹게 착륙한 릴리는 뒷다리를 심하게 떨었다. 캐서린을 비롯한 릴리의 승무원들이 서둘러 안장에서 내려왔다. 캐서린은 체면도 잊은 채 눈물을 흘리며 릴리의 머리 쪽으로 달려가 어루만지며 괜찮을 거라고 위로했다. 의사들이 뛰어나와 크나큰 부상을 당한 릴리를 치료하기 시작했다.

부상당한 용들이 좀더 편히 누울 수 있도록, 로렌스는 도버 기지의 착륙장 가장자리에 테메레르를 착륙시켰다. 치명상을 입은 릴리에 비하면 아무것도 아니지만, 막시무스와 임모르탈리스, 메소리아도 모두 부상을 당했다. 다친 용들은 치료를 받으면서 애처롭게 끙끙거렸다. 테메레르가 저렇게 다쳤으면 어땠을까? 그 생각만으로도 로렌스는 몸서리가 쳐졌다. 다행히 테메레르는 빠르고 매끄럽게 움직인 덕분에 한 군데도 다치지 않았다. 로렌스는 테메레르에게 다가가 부드러운 목을 쓰다듬은 뒤 그랜비에게 지시를 내렸다.

"그랜비 대위, 테메레르에게 실린 짐을 모두 내리고, 릴리의 승무원들에게 식량을 비롯한 보급품을 나눠주도록. 아까 전투 중에 릴리한테 실은 짐이 모두 바다 속으로 빠진 것 같던데."

"알겠습니다, 대령님."

그랜비는 곧장 돌아서서 지시 사항을 이행했다.

잔뜩 흥분한 용들을 진정시킨 후 짐을 풀고 먹이를 먹이기까지 여러 시간이 걸렸다. 그나마 도버 기지가 소를 키우는 목장을 포함하여 백 에이커가 넘을 정도로 널찍해서 다행이었다. 테메레르가 쉴 수 있는 넓고 편안한 공터도 어렵지 않게 찾을 수 있었다.

테메레르는 첫 참전을 했다는 사실 때문에 흥분한 데다 릴리의 상태가 염려돼서 그런지 먹이를 조금밖에 먹지 못했다. 로렌스는 승무원들에게 먹다 남은 걸 치우라고 지시한 다음 테메레르에게 말했다.

"그래, 지금 억지로 먹을 필요는 없어. 아침에 또 사냥해서 먹으면 되니까."

"고마워. 왠지 식욕이 당기지가 않아."

테메레르는 이렇게 말하며 고개를 푹 숙였다. 승무원들이 몸을 씻겨주는 동안 테메레르는 입을 꾹 다물고 있었다. 승무원들이 모두 물러가고 로렌스와 둘만 남게 되자 테메레르는 스르르 눈을 감았다. 시간이 조금 흐르자 테메레르가 눈을 뜨며 조용히 물었다.

"로렌스, 전투를 치르고 나면 원래 기분이 이런 거야?"

로렌스는 테메레르의 기분이 어떨지 짐작이 가고도 남았다. 피곤함과 슬픔, 로렌스도 그 기분을 익히 알았다. 하지만 어떻게 테메레르를 위로해 주어야 할지 몰라 망설였다. 로렌스도 아직 긴장감과 프랑스 공군에 대한 노여움을 완전히 떨쳐버리지 못한 상태였다.

사실 로렌스는 과거 치명적이고 위험한 전투를 수도 없이 치렀다. 하지만 이번 전투는 완전히 달랐다. 해전에서는 적들이 노리는 게 로렌스의 군함이었지만, 이번 전투에서는 로렌스가 세상에서 가장 아끼는 테메레르였다. 이번엔 다행히 테메레르가 부상을 당하지는 않았지만, 다음번에는 어떻게 될지 모르는 일 아닌가. 더욱이 릴리와 막시무스를 비롯한 편대 소속의 용들이 여럿 다쳐서 기분이 울적했다. 그 용들도 모두 소중한 전우였기 때문이다.

로렌스는 한참 주저하다가 대답했다.

"전투마다 다르지만, 친구가 부상을 당하거나 죽으면 견디기가 쉽지 않지. 이번 전투를 통해 얻은 게 없기 때문에, 더 허탈할 거야. 우리가 뭘 얻으려고 싸움을 건 것도 아니고 기습을 당한 거니까."

테메레르는 곧추세웠던 얼굴 주변의 막을 천천히 목으로 늘어뜨리며 말했다.

"그래, 맞아. 우리가 그토록 열심히 싸운 게 어떤 목적을 이루기 위한 것이었으면 좋았을 거야. 그랬다면 릴리가 부상을 당한 것도 헛된 일이 되지 않았겠지. 그런데 우린 목적도 없이 프랑스 용들과 싸워야 했고, 제대로 방어하지도 못했어."

"그렇진 않아. 넌 릴리를 지켜냈어. 생각해 봐. 그 프랑스 용들은 아주 교활하고 지능적으로 우릴 습격했어. 그들은 우리 편대에 버금가는 힘을 지녔고 전투 경험도 풍부해 보였어. 우린 그런 녀석들과 맞서 싸웠고 마침내 격퇴시킨 거야. 그것만으로도 정말 대단한 거지."

테메레르는 어깨를 축 늘어뜨리며 말했다.

"그런 것 같기도 해. 그보다도 릴리가 괜찮아야 할 텐데."

로렌스는 테메레르의 코를 쓰다듬었다.

"그러길 바라야지. 릴리한테 필요한 걸 뭐든 지원해 줄 생각이야. 이제 그만 자. 피곤할 텐데, 안 졸리니? 책이라도 읽어줄까?"

"잠이 올 것 같지가 않아. 그래도 당신이 책을 읽어주면 누워서 들을래."

테메레르는 이 말을 마치더니 금세 입을 벌리고 하품을 했다. 그리고 로렌스가 짐 꾸러미에서 책을 꺼내오기도 전에 잠이 들어버렸다. 날씨가 벌써 서늘해졌는지 테메레르의 콧구멍에서 따뜻하고 고른 숨이 하얗게 뿜어져 나왔다.

로렌스는 잠이 든 테메레르 곁을 떠나 도버 기지의 본부 건물을 향해 걸어갔다. 용들이 머무는 들판 사이로 난 길 옆 나무에 랜턴들이 걸려 있었다. 본부 건물의 창밖으로 불빛이 새어 나왔다. 항구에서 불어오는 짭짤한 동풍에 용들의 몸에서 풍기는 구리 냄새가 살짝 섞여 있었다. 용의 구리 냄새는 이제 너무 익숙해서 따로 분별하기가 쉽지 않았다.

로렌스는 본부 건물의 2층으로 올라갔다. 방은 따뜻하게 데워져 있었다. 창밖을 내다보니 뒤뜰이 훤히 보였다. 로렌스는 승무원들이 방에 가져다놓은 가방을 열어보았다. 옷들이 심하게 구겨진 걸로 보아 라간 호수 기지의 하인들도 비행사들만큼이나 짐을 깨끗이 싸는 데 소질이 없는 모양이었다.

잠시 후, 로렌스는 시끌벅적한 상급 장교용 식당으로 들어갔다. 늦은 시간인데도 릴리의 편대에 소속된 비행사들은 기다란 식탁 앞에 모여 앉아 음식엔 거의 손도 대지 않은 채 얘기를 나누고 있었다.

로렌스는 버클리와 체너리 사이의 빈 의자에 앉으며 물었다.

"릴리는 좀 어떻답니까?"

릴리의 비행사 캐서린과 임모르탈리스의 비행사 리틀의 모습이 보이지 않았다. 체너리가 대답했다.

"그 커다란 프랑스 용이 릴리를 뼈까지 다치게 만든 모양입니다. 의사들이 상처 부위를 꿰매고 있고, 릴리는 아무것도 먹지 못한다고 하는군요."

좋지 않은 징조였다. 부상당한 용은 평소보다 더 많이 먹었다. 전혀 먹지 못한다는 것은 아주 심각한 부상을 당했다는 증거였다.

로렌스는 버클리와 서튼을 쳐다보며 물었다.

"막시무스와 메소리아는 괜찮은가요?"

버클리의 뻣뻣한 머리카락에서 이마로 흘러내린 피가 시커멓게 말라붙어 있었다. 평소 침착하던 버클리가 침울하고 초췌한 얼굴로 대답했다.

"둘 다 실컷 먹고 잠이 들었습니다. 그런데 오늘 테메레르가 엄청나게 빠르게 움직이더군요, 로렌스 대령. 그 덕분에 릴리를 지킬 수 있었습니다."

로렌스는 손사래를 치며 조용히 말했다.

"뭘요. 그리 빠르지도 않았는걸요."

로렌스는 속으로는 오늘 제대로 싸워준 테메레르가 매우 자랑스러웠지만, 여러 용들이 부상을 당한 지금 그 일을 내세우고 싶지는 않았다. 첫 잔이 아닌 듯 술기운에 두 뺨과 코가 벌겋게 물든 서튼이 잔을 비우며 버클리의 말에 맞장구를 쳤다.

"테메레르가 편대의 나머지 용들보다 훨씬 빠르긴 합니다. 그나저나 그 개구리 같은 프랑스 놈들이 아주 작정을 하고 우릴 덮친 건지, 그저 순찰을 돌다가 우연히 우리와 맞닥뜨린 건지 모르겠군요. 순찰 중에 우연히 우릴 보고 공격한 거라 해도 왜 하필 그 시간에 그곳에서 순찰을 돌고 있었던 걸까요?"

리틀이 식탁으로 다가오며 말했다.

"라간 호수 기지에서 도버 기지로 가는 항로는 이제 비밀이랄 것도 없습니다, 서튼 대령."

식탁 끄트머리에 리틀이 앉을 수 있도록 다른 비행사들이 옆으로 조금씩 자리를 비켜주었다. 리틀은 의자에 앉으며 말을 이었다.

"임모르탈리스는 이제야 진정되어 먹이를 먹고 있습니다. 흠, 저기 있는 닭고기 좀 이리로 건네주시죠."

닭고기가 담긴 접시를 건네받은 리틀은 닭다리 하나를 쭉 찢어서 입에 넣고 씹었다. 그 모습을 보자 로렌스는 갑자기 식욕이 동했다. 다른 비행사들도 마찬가지였는지, 그 뒤 10분 동안 그들은 말없이 요리 접시를 서로 주고받으며 식사를 하는 데 열중했다. 그들은 라간 호수를 출발한 후 오늘 새벽 미들스 브러 부근의 공군 기지에 들러 급하게 아침을 챙겨 먹었고, 다시 이륙하여 도버 기지로 날아오다가 프랑스 용들에게 기습을 당했다. 그래서 지금까지 쭉 굶은 상태였다. 로렌스는 맛도 없는 와인까지 여러 잔 받아 마셨다.

잠시 후, 리틀은 손으로 입가를 닦으며 말했다.

"그 프랑스 놈들은 펠릭스토와 도버 사이에 숨어서 우릴 기다린 게 틀림없습니다. 앞으로 또 그런 기습을 당하지 않으려면, 영국 해협 위에 있는 그 항로말고 육상의 항로로 다녀야 할 것입니다."

체너리도 전적으로 동의했다.

"맞는 말씀입니다."

그리고 체너리는 식당으로 들어서는 슈아죌을 보고 말했다.

"아, 여깁니다, 슈아죌. 어서 와서 앉아요."

체너리는 슈아죌이 앉을 수 있도록 옆으로 물러앉으며 자리를 만들었다. 자리에 앉은 슈아죌이 잔을 들어 올리며 말했다.

"여러분, 제가 지금까지 캐서린이랑 있다가 오는 길인데 드디어 릴리가 먹이를 먹기 시작했습니다. 그들의 건강을 위해 건배를 외쳐도 될까요?"

"그럽시다!"

서튼이 자기 잔에 와인을 채우며 동조하자, 다른 이들도 모두 건배를 외쳤다. 이제야 모두들 안도의 한숨을 내쉬었다.

그때 렌튼이 식당으로 들어오며 말했다.

"다들 여기 있었군. 식사 중인가? 흠, 그렇군, 잘됐어."

렌튼 대장은 영국 해협의 도버 기지에 주둔하는 공군 사단의 최고사령관이었다. 로렌스와 슈아죌을 비롯한 비행사들이 다들 자리에서 일어서자 렌튼이 말렸다.

"아니, 그러지들 말고 그냥 앉아 있어. 오늘은 고생 많았더군. 자, 거기 있는 와인 병 좀 건네주게, 서튼. 다들 릴리가 먹이를 먹기 시작했다는 얘기 들었지? 의사들 말로는 몇 주 후면 단거리를 날 수 있게 될 거라는군. 자네들도 프랑스의 헤비급 용들에게 부상을 입혔으니 너무 속상해하지 말게. 자네들의 편대를 위해 건배하세."

릴리를 비롯한 편대의 용들이 위험한 상황이 아니라는 걸 알자, 로렌스는 그제야 마음이 놓였다. 와인도 막힌 목을 뚫어주는 데 일조했다. 다른 비행사들도 같은 기분인지 시간이 갈수록 취기가 올라 대화가 점점 느리고 산만해졌다. 그들은 계속해서 와인을 들이켰다.

슈아죌이 렌튼에게 나지막하게 말했다.

"오늘 우리를 기습했던 그랑 슈발리에는 낯이 익더군요. 전에도 본 적이 있는데, 이름은 '트리움팔리스'이고, 프랑스에서 가장 공격적인 용으로 알고 있습니다. 제가 프래쿠르소리스를 데리고 오스트리아로 떠날 당시, 트리움팔리스는 라인 강 부근의 디종 기지에 소속되어 있었습니다. 그런데 지금 영국 해협을 돌아다니는 걸 보니, 무척 걱정이 됩니다. 혹시 나폴레옹이 오스트리아와의 전쟁에서 승리를 확신하고 트리움팔리스를 영국 해협 쪽으로 보낸 것은 아닌가 싶어서요. 제 생각에 트리움팔리스뿐만 아니라 더 많은 프랑스 용들이 빌뇌브 제독을 지원하기 위해 영국 해협으로 오는 중이 아닐까 싶습니다."

"내 생각도 그렇다네, 슈아죌. 프랑스 용들이 빌뇌브 제독한테 도착하기 전에 모르티페루스가 넬슨 제독의 함대를 만나기만을 바랄 뿐이지. 내 생각엔 충분히 가능할 것 같아. 이번에 프랑스 용들이 릴리의 편대를 기습한 이유도, 릴리 없이는 도버 기지의 엑시디움이 카디즈로 출격할 수 없다는 걸 노린 거라네. 코르시카 출신의 빌어먹을 나폴레옹이 꾸민 교활한 계략인 게지."

넬슨 함대에 합류하여 다른 군함들과 함께 카디즈 항구를 봉쇄하고 있는 렐리언트 호가 조만간 프랑스 공군의 전면적인 공격을 받을지도 모른다는 생각을 하자 로렌스는 마음이 편치 않았다. 렐리언트 호에 타고 있는 친구들과 지인들이 떠올랐다. 프랑스 용들이 카디즈 항구에 도착하기 전에 해상에서 거대한 전투가 벌어질 가능성도 있었다. 그렇게 되면 얼마나 많은 친구들이 목숨을 잃을지, 생각만 해도 끔찍했다. 지난 몇 달 간 로렌스는 너무 바빠서 그 친구들에게 편지도 쓰지 못했는데, 그 점이 새삼 후회되었다.

로렌스가 렌튼에게 물었다.

"카디즈에서 봉쇄 작전을 수행 중인 우리 측 군함에서 급보를 받으셨습니까? 혹시 전투를 벌이고 있는 건 아닌가요?"

"그런 얘긴 듣지 못했네. 아, 그래. 자네가 바로 그 해군 출신 비행사로군. 그렇지? 이번에 부상을 당한 용들이 상처를 회복하는 동안, 나머지 용들에게 영국 해협에서 브레스트 항구를 봉쇄하고 있는 영국 해군 함대들을 돌아보고 오게 할 생각이야. 자네도 같이 순찰을 나가게. 기함의 갑판으로 내려가 우편물을 전하고 그쪽 소식을 듣고 오면 좋겠어. 그쪽에서도 자네를 보면 아주 반가워할 거야. 도버 기지에 시간이 되는 용들이 한 마리도 없어서 벌써 한 달째 우편물을 전해 주지 못하고 있었거든."

체너리가 하품을 억지로 참으며 렌튼에게 물었다.

"내일 당장 출발할까요?"

렌튼은 큰 소리로 웃으며 말했다.

"아니, 내일 하루는 휴가를 줄 테니, 용을 돌보며 푹 쉬게. 모레는 새벽부터 자네들을 침대 밖으로 끌어낼 거야."

테메레르는 완전히 곯아떨어져서 다음날 오전 늦게까지 늦잠을 잤다. 그래서 로렌스는 아침식사 후 몇 시간 동안 혼자 시간을 보내야 했다. 로렌스는 버클리와 함께 아침을 먹고 같이 막시무스를 보러 갔다. 막 도살한 양들을 잇달아 목구멍으로 집어넣고 있던 막시무스는 버클리와 로렌스를 보고 입에 가득 먹이를 넣은 채 우물거리며 인사를 했다.

버클리는 지독하게 맛없는 와인 한 병을 꺼내 로렌스에게 한 잔 따라주고 자기는 병째 들고 마셨다. 로렌스는 예의상 몇 모금 홀짝거리다가 말았다. 그런 다음 버클리와 모래와 자갈이 깔린 바닥에 그림을 그려놓고 어제 치렀던 전투 이야기를 했다. 버클리는 바위 위에 털썩 주저앉으며 말했다.

"그레일링 같은 라이트급 용 한 마리를 우리 편대에 추가해서 편대 위를 날면서 망을 보게 하면 좋겠는데 말이죠. 지금 우리 편대의 용들은 덩치만 크지 아직 젊어서 급습을 받으니까 몹시 허둥대더라고요. 작은 용이 위에서 날면서 망을 봐주면 좀 나을 겁니다."

로렌스도 고개를 끄덕이며 대꾸했다.

"이번에 우리 편대의 용들도 갑작스런 상황에 대처하는 법을 좀 깨우쳤을 겁니다. 그리고 이번에 프랑스 용들이 기습에 성공한 건 짙은 구름층 덕분이기도 했죠. 하지만 앞으로도 계속 하늘에 구름이 끼어 있으리라는 법은 없으니, 또 기습을 당할 일은 그리 많지 않을 겁니다."

슈아쬘이 본부 건물을 향해 가다가 버클리와 로렌스를 보고 옆으로 다가와 웅크리고 앉으며 말했다.

"아, 어제 있었던 전투에 관해 얘기하고 계십니까? 전투가 시작될 때 내가 그 자리에 없어서 참 죄송했습니다."

어제 도버 기지에 도착한 뒤에도 옷을 갈아입지 않았는지 슈아쬘의 외투는 먼지투성이였고, 목도리도 땀에 절어 지저분했다. 눈의 흰자위엔 핏발까지 서 있었다. 슈아쬘은 고개를 숙이며 두 손으로 얼굴을 문질렀다.

"밤을 새운 겁니까?"

로렌스의 물음에 슈아쬘은 고개를 저었다.

"아뇨, 캐서린······, 캐서린 하코트 대령과 번갈아 가며 릴리 옆을 지켰습니다. 캐서린이 좀처럼 쉬려고 하지 않아서요."

슈아쬘은 눈을 감고 크게 하품을 하느라 균형을 잃고 옆으로 넘어질 뻔했다. 로렌스가 얼른 붙잡자 슈아쬘이 말했다.

"Merci(고맙습니다)."

그런 다음 천천히 일어서며 말을 이었다.

"이만 가보겠습니다. 캐서린한테 음식을 좀 갖다줘야겠어요."

"숙소로 돌아가서 좀 쉬세요. 캐서린한테는 내가 음식을 갖다주겠습니다. 테메레르가 자고 있어서 지금 한가하거든요."

로렌스가 찾아갔을 때 캐서린은 승무원들에게 지시를 내리며 김이 무럭무럭 나는 쇠고기를 손수 릴리에게 먹이고 있었다. 캐서린은 창백하고 수심에 찬 얼굴이긴 했지만, 어제에 비하면 많이 진정된 모습이었다.

로렌스가 베이컨 샌드위치가 담긴 접시를 내밀자, 캐서린은 피 묻은 손으로 그냥 먹으려 했다. 그 모습을 본 그는 그녀를 설득해 손을 씻고 오도록 했고, 그녀가 식사하는 동안 승무원을 불러 릴리에게 먹이를 주게 했다. 릴리는 걱정 말라는 듯 금색에 가까운 주황색 눈으로 캐서린을 쳐다보면서 승무원에게서 먹이를 받아먹었다.

캐서린이 거의 식사를 마쳤을 무렵, 슈아죌이 돌아왔다. 지저분한 목도리와 외투는 숙소에 벗어놓았는지 걸치지 않았다. 슈아죌 뒤에는 하인이 뜨겁고 진한 커피가 담긴 포트를 들고 있었다.

"로렌스 대령, 그쪽 승무원이 찾고 있더군요. 테메레르가 잠에서 깬 모양입니다."

로렌스에게 말을 건넨 슈아죌이 캐서린 옆에 다가가며 말했다.

"아까 커피를 마셨더니 잠이 확 달아났어요, 캐서린."

캐서린은 커피 두 잔을 연달아 마시며 대꾸했다.

"고마워요, 슈아죌. 나랑 같이 있어주면 고맙겠어요. 당신이 많이 피곤하지만 않다면요."

그리고 나서 로렌스를 돌아보며 말했다.

"괜찮으니까 그만 가보세요, 로렌스 대령. 테메레르가 불안해할 거예요. 와주셔서 고마웠습니다."

로렌스는 그 둘에게 고개를 숙여 인사를 하며 돌아섰다. 둘 사이에는 뭔가 심상찮은 분위기가 흘렀다. 캐서린이 무의식적으로 슈아죌의 어깨에 기대자, 슈아죌이 따뜻한 시선으로 그녀를 내려다보고 있었던 것이다. 캐서린은 다른 젊은 여자들과는 달리 보호자 없이 거친 군 생활을 하고 있었다. 그러니 이렇게 힘들 때 슈아죌의 어깨에 기대는 것도 무리는 아니었다.

릴리와 캐서린, 승무원들은 모두 많이 지친 상태이긴 했지만 별다른 문제는 없어 보였다. 그리고 거기서 계속 뭉그적거릴 분위기도 아니라서 로렌스는 서둘러 테메레르가 있는 곳으로 걸음을 재촉했다.

밤까지 남은 시간 동안 로렌스는 테메레르의 앞발 안쪽에 편안히 자리를 잡고 앉아 편지를 썼다. 해군 시절엔 지루한 시간을 때우느라 편지를 많이 썼는데, 요즘은 통 쓰지 않아서 편지를 보내야 할 사람이 한둘이 아니었다. 그동안 어머니는 서둘러 갈겨쓴 짧은 편지들을 몇 번 보내왔다. 아버지 몰래 수취인 부담으로 온 것이라 우편 비용을 로렌스가 모두 부담해야 했다.

그저께 밤에 못 먹은 것까지 보충하느라 게걸스럽게 먹이를 먹어치운 테메레르는 로렌스의 편지 내용을 듣더니 자기도 앨런데일 부인과 라일리 함장에게 안부를 전하고 싶다며 편지를 써달라고 했다.

"그리고 라일리 함장한테 릴리언트 호의 해군들 모두에게 안부 전해 달라고 해줘. 정말 오래 전에 일어난 일 같아. 안 그래, 로렌스? 벌써 몇 달째 물고기 사냥도 못했어."

로렌스는 벌써 그렇게 시간이 지났나 싶어 싱긋 미소를 지었다.

"네가 부화한 뒤로 참 많은 일이 일어났지. 아직 1년도 되지 않았는데, 완전히 옛날 일 같구나."

로렌스는 편지를 봉투에 넣고 봉한 후 주소를 쓰며 말을 이었다.

"다들 건강히 잘 있어야 될 텐데."

로렌스는 앞에 편지들을 잔뜩 쌓아놓고 만족스럽게 쳐다보았다. 이제야 마음의 짐을 던 것 같았다.

"에밀리!"

로렌스가 부르자 저쪽 구석에서 다른 훈련생들과 공기놀이를 하고 있던 에밀리가 달려왔다. 로렌스가 편지더미를 건네며 지시했다.

"이 편지를 우편 발송 담당자한테 갖다줘."

"알았습니다, 대령님."

에밀리는 편지를 받아들며 약간 불안해하는 목소리로 물었다.

"저, 그런데 저녁때 어디 좀 다녀와도 될까요?"

소위들과 중위들 몇 명이 휴가를 달라고 요청해서 이미 허락을 한 상태였다. 도버 시내로 놀러가기 위해서였다. 그런데 에밀리까지 휴가를 요청하자 로렌스는 잠깐 놀랐다. 에밀리가 여자아이라서가 아니라, 열 살짜리 훈련생이 혼자 도버 시내를 돌아다닌다는 걸 납득할 수 없었기 때문이다. 혹시 다른 장교가 건전한 곳으로 데리고 가는 경우일 수도 있으므로, 로렌스는 확인을 했다.

"너 혼자 가려고 그러니, 아니면 다른 누구랑 같이 가기로 했어?"

"저 혼자 갈 거예요."

에밀리가 기대에 부푼 표정으로 대답을 했다. 그 모습을 본 로렌스는 순간 에밀리에게 휴가를 주고 그녀를 보호하는 차원에서 직접 시내로 데리고 갈까 하는 생각을 했다. 하지만 테메레르 혼자 남아 어제 일을 곱씹게 만들 수는 없었다.

로렌스가 에밀리를 달래며 말했다.

"휴가는 나중에 줄게, 에밀리. 우린 여기에 오랫동안 머물 테니까, 다음엔 꼭 휴가를 쓸 수 있게 해주마."

"아, 예, 대령님."

에밀리는 풀이 죽은 소리로 대답하고 고개를 푹 숙인 채 걸어갔다. 그 모습을 보니 로렌스도 미안하고 마음이 편치 않았다.

테메레르는 에밀리가 걸어가는 모습을 지켜보며 물었다.

"로렌스, 도버 시내에 특별한 재밋거리라도 있어? 우리도 같이 가서 보면 안 돼? 승무원들 중에도 시내로 놀러간 사람이 꽤 많던데."

승무원들이 주로 놀러가는 곳이 도버 항구의 창녀촌과 싸구려 술집이라는 걸 테메레르에게 가르쳐주는 건 교육상 좋지 않을 것 같았다. 그래서 로렌스는 조심스럽게 말을 돌렸다.

"아, 테메레르, 그게 말이지. 도시에는 사람들이 많이 살고 있어서 놀이거리도 다양해."

"책도 많아? 던 중위랑 콜린스 중위가 책을 읽는 건 한번도 못 봤는데……. 어제 그 둘이 도버 시내로 놀러간다고 아주 신나서 떠들더라고. 어젯밤 내내 그 얘기만 하던 걸, 뭐."

로렌스는 이 순간 머리를 복잡하게 만든 철없는 두 중위를 속으로 원망했다. 다음 주에는 그들에게 일을 잔뜩 시켜 함부로 입을 놀린 것에 대한 벌을 줘야겠다고 마음먹었다.

로렌스는 어색하게 설명했다.

"시내엔 극장도 있고 음악당도 있어."

하지만 이건 진실을 숨기는 것이라 양심이 찔렸다. 신체적으로 다

자란 테메레르를 속이는 게 오히려 옳지 않을 수도 있었다. 고민 끝에 로렌스는 좀더 솔직하게 털어놓았다.

"어떤 사람들은 술을 마시고 질이 좋지 않은 여자들과 어울리려고 시내에 가기도 해."

"아, 창녀들 말이구나."

그 말에 로렌스는 너무 놀라서 걸터앉아 있던 테메레르의 앞발에서 떨어질 뻔했다.

"도시에도 창녀들이 있는 줄은 몰랐네. 흠, 이제야 알겠다."

테메레르의 천연덕스러운 말에 로렌스는 가까스로 충격을 수습하며 물었다.

"도대체 누구한테 그런 얘길 들은 거니?"

로렌스는 거북스런 부분을 설명해야 하는 부담을 덜었지만, 누군가 테메레르에게 그런 좋지 않은 얘길 했다는 사실에 화가 났다.

"아, 라간 호수에서 빅토리아투스가 말해 줬어. 마을에 가족도 없는데 왜 장교들이 마을로 내려가냐고 내가 물었거든. 그런데 당신은 마을로 내려간 적이 없었잖아. 당신은 창녀들을 만날 생각이 전혀 없었던 거야?"

로렌스는 얼굴을 붉히며 웃음을 터뜨렸다.

"오, 맙소사. 테메레르, 그런 말 하면 못써. 점잖은 대화에 어울리는 소재도 아니고. 사실, 창녀들과 노는 재미에 빠져드는 건 결코 바람직하지 않아. 어린 훈련생들이 듣는다는 걸 생각도 못하고 그런 곳에 놀러 다니는 걸 떠벌리다니, 나중에 던과 콜린스를 불러 따끔하게 혼을 내야겠다."

"이해가 안 돼. 빅토리아투스가 그러는데, 비행사나 승무원들이 창녀들과 노는 걸 나쁘게 볼 수만은 없대. 어떻게 보면 바람직한 면도 있다고 했어. 창녀들이랑 놀지 않으면 결혼할 수밖에 없는데, 그 결혼이라는 게 별로 좋은 게 아니라는 거야. 그렇지만 당신은 결혼하고 싶으면 해. 난 괜찮으니까."

테메레르는 이 말을 하고는 곁눈질로 로렌스의 반응을 살폈다.

로렌스는 웃음을 거두며 차분하게 설명했다.

"넌 일부만 알고 있는 거야. 일찌감치 그런 문제들을 터놓고 너랑 얘길 했어야 하는데, 지금에야 말을 하게 되는구나. 걱정할 거 없어, 테메레르. 내가 쉽게 결혼할 것 같진 않지만, 혹시 결혼을 한다 해도 넌 나한테 언제나 가장 소중한 존재일 테니까."

로렌스는 잠시 생각하느라 입을 다물었다. 여기서 더 길게 얘기를 하면 오히려 테메레르가 불안해하지 않을까 싶어서였다. 그래도 확신을 주는 게 좋겠다는 생각이 들어 덧붙였다.

"너를 만나기 전에 어떤 숙녀와 결혼을 약속한 적이 있었어. 하지만 결국 그녀가 나를 자유롭게 놔줬지."

테메레르는 마치 자기 일이라도 되는 것처럼 성을 냈다.

"그 여자한테 차였어? 엄청 기분 나빴겠다, 로렌스. 나중에 그 여자보다 훨씬 나은 여자와 결혼할 수 있을 거야. 만일 결혼을 하고 싶어진다면 말이야."

"그래, 고맙다. 하지만 지금은 다른 여자를 찾고 싶은 생각이 전혀 없어."

테메레르는 로렌스의 대답에 만족한 듯 아무 말 없이 고개를 숙였다. 그리고 잠시 후에 물었다.

"그런데 로렌스……, 아까 하던 얘기가 점잖은 대화거리가 아니라면, 앞으로 다시는 그런 얘길 하면 안 되는 거야?"

"다른 사람들이 있을 때는 가급적 그런 얘기는 하지 않는 게 좋아. 하지만 내 앞에서는 언제든 하고 싶은 얘길 해도 돼."

"그냥 좀 궁금해서. 도버 시내에 창녀촌이랑 술집밖에 없다면, 에밀리가 왜 시내로 가고 싶어했을까? 창녀들이랑 어울리기엔 에밀리가 너무 어리잖아, 안 그래?"

로렌스는 한숨을 내쉬었다.

"너랑 그 얘기를 계속하려면 아무래도 와인을 더 마셔야겠다."

로렌스가 도시에는 극장과 음악당을 비롯해서 다른 재밋거리들도 많다고 좀더 자세히 설명해 주자 테메레르는 그 정도 설명에 만족하면서 더 이상 묻지 않았다. 그리고 그날 아침 훈련생이 가져다준 순찰 항로 계획표로 관심을 돌리며 로렌스와 논의를 했고, 순찰을 나간 김에 바다로 내려가 저녁식사로 물고기를 잡아먹어도 되느냐고 묻기도 했다.

로렌스는 어제 그렇게 힘든 전투를 치렀는데도 빨리 기운을 차린 테메레르가 대견했다. 테메레르만 괜찮다고 하면 직접 에밀리를 데리고 시내에 다녀와야겠다고 마음먹은 순간, 저 앞에서 에밀리가 어떤 비행사와 함께 걸어오는 걸 보았다. 여자 비행사였다.

로렌스는 지금 자기가 단정치 못한 차림으로 테메레르의 앞발 위에 앉아 있다는 걸 깨닫고는 얼른 옆으로 내려갔다. 그리고 테메레르 뒤로 돌아가 나뭇가지에 걸어둔 외투를 입고 셔츠를 바지 속으로 집어넣은 뒤 목도리를 목에 둘렀다.

인사를 하려고 테메레르 앞으로 돌아나온 로렌스는 바로 앞에 서 있는 여자 비행사를 보고 깜짝 놀랐다. 못생긴 편은 아니었지만 얼굴 왼쪽에 칼로 베인 상처가 길게 나 있었다. 칼날이 스치고 지나간 왼쪽 눈가가 축 늘어지고 상처가 아물면서 살이 오그라져 있었는데 얼굴 왼쪽을 따라 길게 난 그 붉은 상처 자국은 목까지 이어지면서 흐릿한 흰색이 되었다. 나이는 로렌스와 비슷하거나 조금 더 많아 보였다. 얼굴의 상처 때문에 나이를 판별하기가 어려웠다.

그렇지만 양어깨에 금색 줄 세 개가 붙어 있는 걸로 보아 로렌스보다 계급이 높았고, 웃옷의 옷깃에는 나일 강 전투를 통해 받은 작은 금색 훈장이 달려 있었다. 로렌스가 당황한 속내를 감추려 애쓰는 동안 여자 비행사가 대뜸 물었다.

"자네가 로렌스인가? 나는 엑시디움의 비행사 제인 롤랜드 준장이다. 오늘 저녁에 에밀리를 데리고 가도 되겠나? 물론 자네가 에밀리에게 휴가를 내줘야 가능한 일이겠지만."

제인 롤랜드는 옆에서 한가롭게 놀고 있는 다른 훈련생들을 흘끗 쳐다보았다. 빈정대는 말투인 걸로 미루어보아 화가 나 있는 것 같았다. 로렌스는 자기가 실수를 저질렀음을 깨달았다. 제인 롤랜드와 에밀리 롤랜드는 성이 같고 생김새와 표정도 닮아 있으니, 모녀 관계일 가능성이 높았다.

"죄송합니다. 에밀리가 혼자 도버 시내로 놀러가려고 휴가를 달라는 줄 알고……, 당연히 데려가셔도 됩니다."

로렌스의 설명을 듣고 나자 제인은 굳은 표정을 풀며 웃음을 터뜨렸다. 제인의 웃음소리는 시끌벅적하고 전혀 여성스럽지가 않았다.

"하! 에밀리가 이상한 곳에 가려는 줄 알았던 모양이군. 그래, 에밀리를 나쁜 곳에 데려가진 않을 테니 걱정 말게. 저녁 8시까지 들여

보내지. 고맙네. 엑시디움이랑 나는 에밀리를 못 본 지 벌써 1년이 다 되어가. 어떻게 생겼는지도 거의 잊어버릴 지경이었어."

로렌스는 고개를 숙여 인사를 하고 제인과 에밀리가 걸어가는 뒷모습을 바라보았다. 에밀리는 남자처럼 성큼성큼 걸어가는 제인을 따라가느라 총총거리고 뛰어가면서도 신이 나서 재잘거렸다. 그리고 친구들 곁을 지나가면서 손을 흔들어 보였다. 그 모녀를 쳐다보며 로렌스는 자신이 바보처럼 느껴졌다.

이제 캐서린에게 익숙해진 만큼, 다른 여자 비행사들의 존재도 미리 짐작을 했어야 했다. 엑시디움도 릴리처럼 롱윙 품종이므로 당연히 여자 비행사만 태우려고 했을 것이고, 엑시디움의 비행사 제인 롤랜드 준장도 오랜 세월 복무를 하면서 전투에 참여하는 동안 얼굴에 부상을 입었을 수도 있었다.

무엇보다 로렌스가 놀란 건, 제인 롤랜드가 다른 여자들과는 달리 매우 자신만만하고 당당하다는 거였다. 지금까지 로렌스가 만나본 여자 비행사는 캐서린뿐이었다. 캐서린은 전투 경험도 없이 어린 나이에 릴리를 맡아 대령으로 초고속 진급을 해서 그런지 모든 면에서 자신감이 없었고 얌전한 편이었다.

조금 전까지 테메레르와 결혼에 대한 얘기를 나누던 터라, 로렌스는 에밀리의 아버지가 누구일지 궁금해졌다. 남자 비행사에게 결혼이 무리라면 여자 비행사에겐 아예 불가능한 일이었다. 그렇다면 에밀리는 정식 결혼을 하지 않은 공군들 사이에서 태어난 아이일 수도 있었다. 로렌스는 방금 만난 존경스런 여자 비행사를 놓고 점잖지 못한 추측을 하는 자신을 속으로 꾸짖었다.

그날 저녁 에밀리를 데리고 돌아온 제인 롤랜드 준장은 비행사 클럽에서 같이 저녁을 먹자며 로렌스를 초대했다. 로렌스는 저녁을 먹고 와인 몇 잔을 마신 뒤 조심스럽게 에밀리 아버지의 안부를 물었다. 로렌스가 추측한 대로였다.

"이젠 거의 생각도 안 나. 에밀리 아빠를 못 본 지 10년도 넘었거든. 우린 결혼을 한 것도 아니라서, 그 사람은 아마 에밀리의 존재나 이름도 모르고 있을걸."

제인은 자신이 미혼모라는 사실을 전혀 부끄러워하지 않았다. 로렌스도 여자 비행사로서 제인이 합법적인 결혼을 하기는 힘들었을 거라고 짐작은 했지만, 막상 그 사실을 듣고 나니 당황스러움을 감추기가 어려웠다. 제인은 로렌스의 반응을 보고도 화를 내지 않고 친절하게 설명을 해주었다.

"우리가 사는 방식이 아직은 자네 눈에 이상하게 보일 거야. 자네는 원한다면 결혼을 할 수도 있어. 공군에서 비행사의 결혼을 법으로 금지하는 건 아니니까. 다만 비행사는 언제나 용을 제1순위로 챙겨야 하니까 배우자가 힘들어하지. 그게 문제야. 난 지금까지 살면서 결혼을 원한 적이 한 번도 없었어. 엑시디움만 없었으면 아이를 낳을 생각도 안 했을 거야. 에밀리는 사랑스런 아이고 그 애를 내 딸로 두게 돼서 행복하긴 하지만, 비행사가 아이를 낳아 키우는 건 쉽지 않은 일이니까."

"그럼 에밀리는 준장님 뒤를 이어서 엑시디움의 비행사가 되는 겁니까? 그러니까 내 말은, 인간보다 수명이 긴 용을 조종하는 사람은 그 비행사 자리를 자식에게 물려주게 되는 건가요?"

"가급적 그렇게들 하고 있지. 자네도 알다시피, 용은 자기 비행사가 죽으면 몹시 슬퍼하고 힘들어하거든. 그래서 이왕이면 전 비행사와 혈연 관계가 있고 자기랑 같이 슬픔을 나눌 수 있는 사람을 새 비행사로 맞이하고 싶어하지. 그래서 우리도 용들처럼 번식을 하는 거야. 아마 앞으로 얼마 후엔 공군 본부에서 자네한테 자식을 한둘쯤 낳으라는 얘기를 할 거야. 한번 두고 봐."

"맙소사!"

로렌스는 경악했다. 에디스에게 차이고 나서 아예 결혼 계획을 접었고, 테메레르도 그의 결혼을 원치 않는다는 걸 알았기 때문에 자식을 낳을 생각 따윈 전혀 하지 않았다. 그래서 제인의 말을 듣자 더욱 기가 막혔다.

"가엾게도 충격을 받은 모양이군. 미안하네. 뭣하면 내가 자네 자식을 낳아줄 수도 있지만 지금은 시간이 없으니 힘들 것 같군. 앞으로 테메레르가 열 살이 될 때까지 기다렸다가 그때 자식을 보든지 하게."

로렌스는 방금 들은 말을 곧장 이해하지 못했다. 그러다가 겨우 알아들은 그는 떨리는 손으로 와인 잔을 집어 들고 당황한 얼굴을 잔 뒤로 감췄다. 놀란 티를 내지 않으려고 했지만, 이미 얼굴이 벌게진 상태였다. 로렌스는 부끄럽기도 하고 웃음도 나와 대책 없이 우물거렸다.

"정말 친절하시군요."

말은 그렇게 했지만 로렌스는 그런 식으로 자식을 볼 생각이 전혀 없었다. 아니, 그건 말도 안 되는 소리였다.

그러나 제인은 지독히 현실적인 차원에서 말을 이어갔다.

"지금부터 10년 뒤니까, 캐서린한테 낳아 달라고 해도 되겠군. 그래, 그럼 딱 되겠어. 자식을 둘 낳아서 하나는 릴리의 비행사로, 하나는 테메레르의 비행사로 만들면 되잖아."

로렌스는 다급하게 제인의 말을 막으며 화제를 돌렸다.

"고맙습니다! 그런데 다른 와인으로 한 잔 드셔보시겠습니까?"

"아, 그래. 포트와인(포르투갈 원산의 적포도주─옮긴이주)이면 좋겠군. 고맙네."

로렌스는 충격을 가라앉히며 자리에서 일어나 포트와인 두 잔을 가지고 돌아왔다. 제인이 불붙인 담배를 내밀었다. 로렌스는 그것을 기꺼이 받아 피웠다.

그 뒤로도 여러 시간 동안 로렌스는 제인과 이런저런 얘기를 나눴다. 어느덧 다른 공군들은 다 숙소로 돌아가고 남은 손님은 로렌스와 제인뿐이었다. 시중 드는 하인들도 졸음이 가득 담긴 얼굴로 서 있었다. 두 사람은 클럽을 나와 함께 숙소로 향했다. 2층으로 올라가는 층계 끝에 서 있는 커다란 시계를 쳐다보며 제인이 말했다.

"아직 그리 늦은 시간도 아닌 것 같은데, 자네 피곤한가? 괜찮으면 내 방에서 피켓 카드 게임(두 사람이 32장의 카드를 가지고 하는 게임─옮긴이주)이나 할까?"

그 무렵 로렌스는 제인과 상당히 친해져 있었으므로 부담 없이 그 제안을 받아들였다. 로렌스는 제인의 방에서 한참동안 카드 게임을 하다 밤이 깊어서야 그녀의 방에서 나왔다. 그때 마침 1층 홀로 내려가던 하인과 눈을 마주쳤다. 그제야 로렌스는 밤늦게까지 여자의 방에서 노닥거리는 것이 예의에 어긋난 행동이었음을 깨달았다. 하지만 이미 저지른 일이니 돌이킬 수도 없었다. 로렌스는 복도를 가로질러 자기 방으로 서둘러 돌아갔다.

10

다음날 아침, 로렌스는 자신에 관한 소문이 돌고 있지 않나 귀를 쫑긋 세웠다. 어젯밤 늦게까지 제인의 방에 있다가 나온 일이 꺼림칙했기 때문이다. 그러나 그런 일이 공군들 사이에선 다반사인 모양이었다.

아침을 먹으러 식당으로 들어가자 미리 식사를 하고 있던 제인 롤랜드 준장이 로렌스에게 반갑게 손을 흔들며 자기 곁으로 오라고 불렀다. 그리고 부하들에게 아무렇지도 않게 로렌스를 소개시켰다. 식사를 마친 그들은 각자 자기 용한테로 뿔뿔이 흩어졌다.

테메레르한테 가보니 거하게 아침식사를 하는 중이었다. 로렌스는 콜린스와 던을 따로 불러, 그들의 경솔했던 언행을 준엄하게 나무랐다. 로렌스도 온종일 잔소리를 늘어놓으며 절제를 강요하는 금욕적인 비행사라는 평판을 얻고 싶진 않았다. 하지만 어린 훈련생들에게 모범이 되어야 할 장교가 무분별한 생활에 빠져들도록 내버려둘 수는 없었다.

쭈뼛거리며 엉거주춤 서 있는 두 중

위를 향해 따끔하게 일렀다.

"자네들이 창녀들과 어울려 다니는 걸 보면 소위들과 어린 훈련생들이 뭘 보고 배우겠나? 그렇게 살아도 되는구나 생각하고 그대로 따라하지 않겠는가?"

던은 항변하려는 듯 입을 열고 무슨 말인가를 하려다가 로렌스의 준엄한 눈빛에 질려 입을 다물었다. 뭐라고 말대꾸를 했다간 항명으로 받아들이기 십상이었다.

한 차례 설교를 끝낸 로렌스는 그들에게 물러가라고 한 뒤, 어젯밤 자신의 행동도 그리 자랑스러운 것은 아니었다는 생각에 내심 찔렸다. 그렇지만 전우인 제인과 카드 게임 한 것을 창녀들과 어울리는 짓거리와 비교할 수 없잖은가. 게다가 자신은 남들 앞에 부끄러운 행동을 한 게 아니었으므로 당당하지 못할 이유도 없었다.

그런 식으로 자기를 합리화하면서도 한편으로는 심야에 여자의 방에 있었다는 사실이 왠지 마음에 걸렸다. 로렌스는 이런 생각을 떨치려고 더욱 열심히 일했다. 훈련생 에밀리와 모건, 다이어가 봉쇄 작전을 수행 중인 영국 함대로 실어갈 우편물이 담긴 묵직한 자루를 들고 테메레르 곁에서 대기하고 있었다. 영국 함대는 영국 해협에서 브레스트 항구를 철통같이 봉쇄하며 외부와 고립된 채 임무를 수행 중이었다. 굳이 용의 지원을 받을 필요도 없는 상황이어서 소형 구축함으로 긴급 편지와 보급품 중 일부를 주고받을 뿐, 최근 소식이라든지 일반 우편물은 전혀 받지 못했다.

브레스트 항구에 21척의 배를 주둔시킨 프랑스 해군은 자기들보다 훨씬 강한 영국 해군과 감히 맞서 싸울 엄두를 내지 못했다. 카디즈 항구로 피신한 빌뇌브 제독의 함대와 합류하지 않는 한, 헤비급 용으로 구성된 프랑스 공군까지 총 동원된다 해도 지금의 병력만으로는 영국 해군과의 전투에서 승산이 없었다. 영국 해군의 저격수들이 군함의 장루에서 상시 대기 중이었고 영국 군함의 갑판에는 작살과 후추탄까지 갖춰져 있었으므로 섣불리 공격을 시도했다가는 되레 맹폭격을 당할 가능성이 더 컸다.

이따금 프랑스 측의 야행성 용 한 마리가 야음을 틈타서 단독으로 공격을 시도하는 경우도 없지 않아 있었지만, 영국 해군의 소총병들이 충분히 격퇴시킬 수 있었다.

만일 브레스트 항구의 프랑스 해군이 공군과 합세해 전면 공격을 시도한다 해도, 그 항구 주변을 봉쇄 중인 영국 해군이 섬광탄을 쏘아 올려 순찰 중이던 영국 공군의 용들을 일제히 불러들일 것이다. 그래서 프랑스 해군은 감히 브레스트 항구를 빠져 나오지 못하고 사태를 관망하며 기회를 엿보는 중이었다.

렌튼 대장은 릴리의 편대에 소속된 용들 가운데 부상을 입지 않은 용들에게 날마다 영국 해협을 광범위하게 순찰하라는 명령을 내렸다. 우선 엑시디움의 편대에게 영국 해협을 순찰하도록 하고 테메레르와 니티두스, 둘시아로 이루어진 임시 편대에겐 엑시디움의 편대를 뒤따라 가다가 중간에 따로 떨어져 나와, 위샹 섬(프랑스 서부 브르타뉴 서쪽 끝에 있는 바위 섬—옮긴이주) 부근에서 브레스트 항구를 봉쇄한 영국 함대를 향해 날아가도록 지시했다. 보급품과 우편물을 실어다주는 것 외에도 용들의 방문은 봉쇄 임무를 수행하는 영국 해군들의 외로움과 단조로움을 덜어주는 효과도 있을 성싶어서였다.

그날 아침은 기온이 떨어진 덕분에 서늘해서 그런지 안개도 끼지 않았다. 찬란한 햇살 아래 바닷물은 검은색에 가까웠다. 엑시디움의 편대를 따라, 테메레르와 니티두스, 둘시아가 도버 기지를 출발했다. 테메레르를 리더로 하여 니티두스와 둘시아가 제2열을 지키는 소규모의 임시 편대였다.

로렌스가 곁눈질을 해보니 소위와 중위들이 눈 밑에 검정 화장먹을 바르고 있었다. 로렌스도 만일을 위해 그들처럼 눈 밑에 화장먹을 칠하고 싶었지만 그럴 수가 없었다. 테메레르가 현재 니티두스와 둘시아를 이끄는 리더이기 때문에, 기함에 착륙하면 테메레르의 비행사 로렌스가 가드너 제독을 만나 보고해야 했기 때문이다.

날씨가 좋아서 비행은 즐거웠다. 바람이 변덕스럽게 불긴 했지만 바다로 나오자마자 테메레르는 본능적으로 가장 좋은 기류를 찾아 위, 아래로 움직이면서 매끄럽게 날아갔다.

도버 기지를 출발하여 영국 해협을 순찰한 지 한 시간쯤 지나자, 엑시디움의 편대에서 신호를 보냈다. 엑시디움의 비행사 제인이 잘 다녀오라며 손을 흔들었고, 테메레르를 필두로 니티두스와 둘시아는 엑시디움의 곁을 지나쳐 남쪽으로 날아갔다. 태양은 바로 머리 위에 있었고, 밑에는 은빛으로 반짝이는 바다가 펼쳐져 있었다.

30분쯤 지나자 테메레르가 말했다.

"로렌스, 저 앞에 배들이 보여."

로렌스는 한 손으로 눈부신 햇볕을 가리며 망원경을 들여다보았다. 전방의 바다에 돛들이 보였다.

"그래, 잘 보이는구나, 테메레르."

로렌스는 이렇게 대꾸하며 터너에게 지시했다.

"터너, 함대 쪽에 신호를 보내!"

신호를 담당하는 터너 소위는 영국 공군 소속임을 뜻하는 깃발을 올렸다. 테메레르의 특이한 외모 때문에 굳이 깃발로 신호를 보내지 않아도 그들이 영국 공군이라는 걸 함대에서 알아볼 테지만, 절차상 깃발을 올려야 했다.

잠시 후, 테메레르와 니티두스, 둘시아의 신분을 확인한 맨 앞의 영국 군함이 환영의 뜻으로 아홉 발의 포를 발사했다. 사실, 테메레르가 정식 편대의 리더도 아니므로 그럴 필요까지는 없었다. 그 군함에서 뭘 잘못 알고 그랬는지, 아니면 관대하게 맞아주려고 그랬는지 모르지만, 편대 리더 대접을 제대로 해주니 로렌스는 기분이 좋았다. 로렌스는 소총병들에게 답례로 총을 쏘도록 지시했다.

하늘에서 내려다본 영국 함대의 모습은 장관이었다. 날씬하고 우아한 소형 범선들이 테메레르의 임시 편대로부터 우편물을 받기 위해 기함 주변으로 모여들었고, 포 74문 이상을 갖춘 군함들은 맞바람인 북풍에 하얀 돛을 휘날리면서 항해하고 있었다. 기함의 큰 돛대에서 자랑스럽게 휘날리는 다양한 색깔의 깃발들을 보자 로렌스는 가슴이 벅차올랐다. 그는 그 깃발들을 자세히 보기 위해 카라비너의 끈을 팽팽하게 당기며 테메레르의 어깨 너머로 몸을 굽혔다.

기함의 깃발을 읽을 수 있을 만큼 접근하자 터너가 말했다.

"기함에 '비행사는 착륙하여 보고하라'는 깃발이 올라왔습니다."

로렌스는 고개를 끄덕였다. 예상했던 바였다.

"알았다고 응답 신호를 보내, 터너. 그리고 그랜비, 해군들이 용들의 착륙장을 준비하는 동안 남쪽으로 방향을 돌려 함대 위를 한 바퀴 돌아보세."

기함인 하이버니아 호와 그 옆의 아쟁쿠르 호는 두 군함 사이에 부양식(浮揚式) 승강장을 설치하여 용들의 임시 착륙장을 만들기 시작했고, 소형 범선 한 척이 부양식 승강장 주변을 돌면서 밧줄을 잡아당겨 양쪽 군함에 연결시키고 있었다.

로렌스는 경험상 부양식 승강장 설치에 어느 정도 시간이 걸린다는 걸 알았기 때문에 느긋하게 함대 위를 돌며 기다렸다.

테메레르의 임시 편대가 함대 전체를 한 바퀴 돌고 나서야 부양식 승강장 설치가 완료되었다. 로렌스가 명령을 내렸다.

"그랜비, 배 쪽 승무원들에게 등으로 올라오라고 전해."

그 말이 떨어지기 무섭게 배 쪽 승무원들이 테메레르의 등으로 재빨리 기어 올라왔다. 선원들 몇 명이 부양식 승강장을 서둘러 정돈하고 물러나자 테메레르가 니티두스와 둘시아를 데리고 내려갔다. 엄청난 체중의 테메레르가 바닥에 내려서자 부양식 승강장은 위아래로 출렁이며 깊숙이 내려앉았고 밧줄이 팽팽하게 잡아당겨졌다. 니티두스와 둘시아는 승강장의 균형을 맞추기 위해 테메레르가 착륙한 곳의 반대쪽으로 내려섰다.

로렌스는 테메레르의 안장에서 내리며 지시했다.

"훈련생들은 우편물 가방을 선원들에게 건네주도록."

훈련생 에밀리와 다이어, 모건이 지시 사항을 이행하는 동안, 로렌스는 렌튼 대장이 가드너 제독에게 보내는 급보를 따로 챙겨 대기 중인 소형 범선으로 올라탔다.

테메레르는 부양식 승강장이 뒤집어지지 않도록 몸을 잔뜩 낮춘 채, 머리를 승강장의 가장자리에 대고 로렌스가 타고 있는 소형 범선을 바라보았다. 테메레르의 머리가 자기네를 향하자 소형 범선에 탄 선원들이 조금 불안해했다.

로렌스가 테메레르에게 말했다.

"금방 돌아올 테니까 필요한 게 있으면 그랜비 대위한테 말해."

"알았어. 지금은 별로 필요한 게 없어. 아주 편해."

하지만 테메레르가 그 뒤에 이어서 한 말은 소형 범선의 선원들을 겁에 질리게 만들었다.

"얼른 돌아와서 나랑 같이 먹이 사냥하러 가자. 오는 길에 맛있게 생긴 커다란 다랑어들을 봤거든."

로렌스를 태운 고상하고 깔끔하게 생긴 소형 범선이 기함 하이버니아 호를 향해 나아갔다. 로렌스는 소형 범선의 뱃머리에서 앞으로 튀어나온 돛대에 올라섰다. 예전 같으면 그 정도 속도를 꽤 빠르다고 여겼을 테지만, 테메레르의 비행 속도에 익숙해진 지금은 산들바람이 얼굴을 스치는 정도로 느릿느릿하게 느껴졌다.

소형 범선이 다가오자, 하이버니아 호에서 난간 너머 밧줄에 매단 의자를 내려주었다. 그 의자에 앉으면 하이버니아 호의 선원들이 위로 끌어올려 주는 거였는데, 로렌스는 그 의자를 마다하고 하이버니아 호 선체에 연결된 밧줄을 붙잡고 별 어려움 없이 위로 기어 올라갔다. 해군 출신이니 그 정도는 기본이었다.

비행사를 맞이하기 위해 갑판에 서 있던 하이버니아 호의 베드퍼드 함장은 선체의 측면을 타고 기어 올라온 로렌스를 보고 깜짝 놀랐다. 그들은 나일 강 전투 때 골리앗 호에 같이 탔던 전우였던 것이다. 베드퍼드 함장은 정식 인사를 하는 것도 잊은 채 따뜻한 악수로 로렌스를 맞아주었다.

"이런 세상에, 로렌스. 영국 해협에서 자넬 만날 줄은 몰랐군."

그리고 베드퍼드 함장은 부양식 승강장 위에 엎드려 있는 테메레르를 쳐다보며 물었다.

"저게 자네 용인가? 내가 듣기론 알에서 부화한 지 6개월밖에 안 됐다고 하던데."

테메레르의 몸집은 그 뒤에 있는 74문짜리 군함 아쟁쿠르 호의 크기와 거의 비슷했다. 로렌스는 뿌듯했지만 잘난 척하는 것처럼 들리지 않게 조심하면서 대답했다.

"응, 이름은 테메레르라네. 알에서 부화한 지 8개월 정도 됐어. 몸집은 이미 다 자란 상태지만."

로렌스는 더 자랑하고 싶은 마음을 꾹꾹 눌러 참았다. 자기 용의 훌륭함에 관해 떠드는 사람은 애인의 미모나 자식의 영리함에 관해 떠벌리는 팔불출만큼이나 상대를 짜증나게 하는 법이었다. 그리고 굳이 테메레르를 자랑할 필요도 없었다. 누구든 테메레르를 직접 보면 그 특이하고 우아한 생김에 저절로 감탄을 할 테니까 말이다.

베드퍼드는 테메레르를 바라보며 넋이 나간 목소리로 대꾸했다.

"아, 그렇군."

그러자 베드퍼드 옆에 있던 가드너 제독의 부관이 일부러 헛기침을 하며 주의를 환기시켰다. 베드퍼드는 그 부관을 힐끗 쳐다보고는 말했다.

"이런, 자네를 보고 너무 반가워서 이렇게 계속 세워뒀구먼. 자, 이쪽으로 오게. 가드너 제독께서 자네를 기다리고 계신다네."

가드너 제독은 최근 은퇴한 윌리엄 콘윌리스 경의 뒤를 이어 영국 해협 함대의 사령관으로 부임했다. 성공적으로 함대를 지휘했던 전임자의 뒤를 이은 것이라 부담감이 대단히 클 터였다. 로렌스도 몇 년 전에 영국 해협의 함대에서 대위로 복무한 적이 있었지만, 가드너 제독과 따로 인사를 나누지는 못했다. 그래도 멀리서 몇 번 본 적은 있었는데, 이번에 만나 보니 그동안 확 늙어버린 모습이었다.

부관이 로렌스를 소개하자 가드너가 말했다.

"그래, 자네 이름이 윌리엄 로렌스라고?"

그리고 가드너는 거의 알아듣기 힘들게 혼자 뭐라고 중얼거리고는 말을 이었다.

"여기 앉게. 먼저 자네가 가져온 급보를 읽어본 후에, 렌튼 대장에게 전할 말을 일러주겠네."

가드너는 급보가 담긴 봉투를 뜯어 내용물을 꼼꼼히 읽었다. 읽는 동안 혀를 끌끌 차거나 고개를 끄덕거리고 눈빛이 날카로워지는 걸로 봐서 이번에 릴리의 편대가 프랑스 용들에게 기습당한 내용을 읽고 있는 것 같았다.

이윽고 가드너는 급보를 옆으로 내려놓으며 말했다.

"그래, 로렌스. 이번에 기습을 받고 격렬한 전투를 치른 모양이군. 그걸로 일단 몸 풀기는 충분했겠구먼. 그렇지만 두고 보게, 조만간 더 많은 공격을 받게 될 게야. 렌튼 대장에게도 그렇게 전하게. 그동안 위험을 무릅쓰고 슬루프형 포함(갑판에만 함포를 장비한 소형 군함─옮긴이주)과 쌍돛대 범선, 소형 범선을 차례로 프랑스 쪽 해안으로 보내 정탐을 했는데, 프랑스 놈들은 셰르부르(프랑스 북서부, 영국해협에 접한 항만 도시─옮긴이주) 안쪽 내륙에서 벌떼처럼 바쁘게 움직이고 있더군. 정확히 뭘 만드는지는 모르지만, 영국을 공격하기 위한 준비를 하는 것만은 분명해."

셰르부르 쪽의 움직임이 심상치 않다는 얘기를 듣자 로렌스도 속이 탔다. 셰르부르에 주둔 중인 프랑스 군의 사기가 굉장히 높고 나폴레옹이 오만한 태도로 일관하는 걸로 보아, 뭔가 믿는 구석이 있는 것 같아서였다. 로렌스가 물었다.

"나폴레옹도 우리와 마찬가지로 카디즈 항구에 갇혀 있는 빌뇌브의 함대에서 다른 소식을 전해 듣진 못했겠죠?"

"우리 영국 함대가 카디즈 항구를 철저히 봉쇄하고 있으니 아마 그랬을 걸세. 그래도 우린 자네 덕분에 앞으로 급보를 전해 줄 용들이 이곳과 도버 기지를 왕복할 것임을 알았으니 다행이지."

가드너는 서류 다발을 손으로 툭툭 치며 말을 이었다.

"아무리 정신 나간 나폴레옹이지만 호위해 줄 함대도 없이 영국 해협을 건너 영국으로 쳐들어올 정도로 미치지는 않았어. 지금 프랑스 군이 셰르부르에서 뭔가 수작을 꾸미고 있다는 건, 빌뇌브의 함대가 조만간 카디즈를 빠져나와 자기들과 합류한다는 뜻이겠지."

로렌스는 고개를 끄덕였다. 아직 확실한 건 아니지만, 빌뇌브의 함대와 셰르부르의 프랑스 해군이 합류하여 나폴레옹의 해군력이 보강되면 넬슨의 함대가 곧바로 커다란 위험에 처하는 거였다.

가드너는 답신이 담긴 봉투를 봉하고 로렌스에게 건넸다.

"여기 있네. 수고해 주게 로렌스. 그동안 못 받았던 우편물을 전해 준 것도 고맙네. 자, 우리랑 같이 저녁식사를 하는 게 어떤가? 동료 비행사들도 오라고 하게."

가드너는 의자에서 일어서며 말을 이었다.

"아쟁쿠르 호의 브릭스 함장도 오기로 했네."

해군 생활을 해봤기 때문에 로렌스는 해군에서 상관의 초대는 명령과 다름없다는 걸 알고 있었다. 엄격히 말해 가드너가 로렌스의 상관은 아니지만, 초대를 거절한다는 건 생각할 수조차 없는 일이었다. 그래도 로렌스는 테메레르가 걱정되어 잠깐 망설였다. 니티두스는 더 걱정스러웠다. 니티두스는 평소에도 예민한 편이라 비행사인 워렌이 세심하게 챙겨야 했다. 워렌과 대위급 이상의 장교들이 저녁식사 초대를 받아 선실로 들어가면, 니티두스가 부양식 승강장에서 기다리면서 큰 스트레스를 받게 될 게 분명했다.

사실, 비행사나 대위급 이상의 장교들이 언제나 용의 옆에 붙어 있는 건 아니었다. 적국의 공군이 습격해 올 위험이 감지되면 비행사들은 해군 장교들과 연합 작전을 짜느라 자주 자리를 비웠고, 그동안 용들은 부양식 승강장에서 얌전히 기다려야 했다. 그렇지만 대단한 일도 아니고 겨우 저녁식사 때문에 용들을 마냥 기다리게 하자니, 로렌스는 마음이 편치가 않았다. 솔직히 테메레르와 니티두스, 둘시아가 얌전히 기다리고 있을지도 의문스러웠다.

잠시 머뭇거리던 로렌스가 어쩔 수 없이 초대를 받아들였다.

"제독님, 초대해 주셔서 감사합니다. 니티두스의 비행사 워렌 대령과 둘시아의 비행사 체너리 대령에게도 저녁식사를 하러 오라고 전하겠습니다."

가드너는 로렌스의 대답도 기다리지 않고, 벌써 문 쪽으로 걸어가며 부관을 불러들였다. 하지만 결국 저녁식사 초대에 응한 건 체너리뿐이었다.

체너리가 가드너에게 말했다.

"워렌 대령은 니티두스를 혼자 두면 불안해할 거라면서 아무래도 저녁식사 초대에 응하기 힘들겠다고 하더군요."

체너리는 상관의 초대를 거절하는 것이 해군의 예법에 크게 어긋난다는 걸 모르는지, 이 유감스런 얘기를 전하면서도 거리낌이 없었다. 체너리의 말을 들은 가드너 제독과 베드퍼드 함장, 브릭스 함장,

가드너 제독의 부관까지 순간 표정이 굳어졌다. 그 모습을 본 로렌스는 몹시 당황했다. 결국 어색한 분위기에서 저녁식사가 시작되었다.

가드너는 작전 궁리를 하느라 말이 없었다. 그래서 선실 안에는 무거운 침묵이 흘렀다. 이윽고 체너리가 평소처럼 유쾌하게 떠들면서 대화를 주도하려고 나섰다. 그런데 해군에서는 계급이 제일 높은 자가 먼저 대화의 물꼬를 터야 한다는 관습이 있었다. 가드너가 아무 말도 하지 않으므로 두 함장과 부관도 자유롭게 입을 열지 않았던 것이다. 그러니 체너리가 무슨 얘기를 걸어도 그들은 아주 짧게 대답할 뿐 대화를 이어나가지 않았다.

처음에 거북함을 느끼던 로렌스도 시간이 점점 흐르자 슬그머니 화가 치밀어올랐다. 체너리가 해군의 관습을 몰라서 조심성 없이 떠들기는 하지만, 그렇다고 그가 꺼낸 화제가 특별히 언짢은 내용도 아니었다. 그런데 하나같이 기분 나쁜 얼굴로 벙어리처럼 입을 꾹 다물고 있으니 화가 났다. 그런 식으로 체너리를 비난하듯 침묵을 지키는 것이야말로 무례한 행동이 아닌가 싶었다.

체너리도 해군들이 계속 냉담하게 굴자 당황한 듯했다. 그렇다고 그대로 포기할 체너리가 아니었다. 체너리는 다시 즐겁게 말문을 열었고, 보다 못한 로렌스가 대꾸를 하며 대화를 이어나갔다.

체너리와 로렌스는 그런 식으로 몇 분 동안 얘기를 하며 식사를 했다. 마침내 골똘히 생각에 잠겨 있던 가드너가 고개를 들고 한마디 던졌다. 그제야 나머지 해군들도 대화에 끼기 시작했다. 로렌스는 식사가 끝날 때까지 대화가 끊어지지 않도록 애를 썼다.

그러고 있자니 식사 시간이 즐겁기는커녕 고역스럽기만 했다. 로렌스는 식사를 마친 이들이 담배를 피우거나 커피를 마시러 갑판으로 나간 뒤에야 마음을 놓았다.

로렌스는 커피 잔을 들고 부양식 승강장이 잘 보이는 고물의 왼쪽 난간에 기대섰다. 테메레르는 앞발 하나를 승강장 난간 밖으로 걸쳐 물속에 담근 채 따뜻한 햇살을 받으며 조용히 잠들어 있었다. 니티두스와 둘시아도 테메레르에게 기대어 쉬는 중이었다.

로렌스 옆으로 다가온 베드퍼드가 말없이 서서 물끄러미 테메레르를 바라보더니 입을 열었다.

"저 용은 아주 귀한 품종이라고 하더군. 영국 군의 입장에선 저 용을 확보하게 돼서 기쁜 일이지만, 개인적으로 자네가 너무 안됐어. 저 용한테 늘 매여 있어야 하고 저런 비행사들이랑 어울려 지내야 하니."

베드퍼드의 측은해하는 말투에 로렌스는 어이가 없고 기분이 팍 상했다. 한꺼번에 여러 가지 말들이 목구멍까지 올라왔지만, 로렌스는 차분하게 마음을 가라앉히며 대꾸했다.

"베드퍼드 함장, 앞으로 테메레르에 관해서나 내 동료들에 관해 그런 식으로 말하는 걸 삼가게. 입장을 바꿔놓고 생각해 봐. 누가 자네와 자네의 동료들에게 그런 소릴 하면 기분이 좋겠나?"

베드퍼드는 움찔하며 물러섰다. 로렌스는 돌아서서 시중드는 선원의 쟁반 위에 커피 잔을 쨍그랑 소리가 나도록 내려놓고는, 차분한 목소리로 가드너에게 말했다.

"제독님, 저희는 이만 출발해야겠습니다. 테메레르가 이쪽 항로는 첫 비행이어서 해가 지기 전에 도버 기지로 돌아가는 게 좋을 것 같습니다."

가드너는 손을 내밀어 로렌스에게 악수를 청했다.

"아, 그래. 안전한 비행이 되길 빌겠네, 로렌스 대령. 조만간 또 볼 수 있길 바라네."

일찍 출발을 했는데도 도버 기지에 도착한 것은 해가 지고 나서였다. 도버 기지로 가는 동안 테메레르는 바다에서 커다란 다랑어 몇 마리를 낚아채서 먹었다. 그 모습을 본 니티두스와 둘시아가 자기네도 해보겠다고 하자, 테메레르는 기꺼이 시범을 보여주었다.

테메레르에 탄 어린 승무원들은 사냥을 하는 용의 등에 탄 경험이 없어서 처음엔 힘들어했다. 하지만 곧 적응을 했는지 테메레르가 바다를 향해 거의 수직으로 급강하해도 고함 대신 환호성을 지르며 즐거워했다.

그 모습을 보며 로렌스는 우울했던 기분을 점차 떨쳐냈다. 테메레르가 몸부림치는 다랑어를 발톱으로 잡아 올릴 때마다 어린 승무원들은 신이 나서 환호성을 내질렀다. 그중 몇 명은 사냥하는 모습을 좀더 자세히 보고 싶다며 로렌스에게 허락을 구하고 배 쪽으로 내려갔다. 그들의 몸에 바닷물과 다랑어의 내장이 마구 튀었다.

배를 실컷 채운 테메레르는 느긋하게 해안 쪽으로 날아가면서 기분 좋게 콧노래를 불렀다. 그리고 빛나는 눈동자로 로렌스를 돌아보며 말했다.

"오늘은 정말 즐거운 날이야! 이렇게 멋진 비행을 한 게 얼마 만인지 몰라!"

로렌스도 즐거워하며 맞장구를 쳐주었다.

도버 기지에 랜턴이 하나 둘씩 켜지기 시작했다. 뿔뿔이 흩어진 시커먼 나무들을 배경으로 걸린 랜턴은 커다란 반딧불이처럼 빛을 냈다. 선두에 선 테메레르의 뒤를 따라 니티두스와 둘시아가 착륙했다. 그 모습을 본 지상요원들이 횃불을 들고 다가왔다. 배 쪽에서 물고기 사냥을 구경하던 어린 승무원들은 옷이 흠씬 젖은 상태여서 테메레르의 따뜻한 등에서 내려가며 몸을 떨었다.

로렌스는 승무원들을 해산시키고 안장에서 내려와 테메레르 곁에 섰다. 지상요원들이 테메레르에게서 안장을 벗겨냈다. 안장은 물고기 비늘과 뼈, 내장으로 뒤덮여 있었고, 악취까지 팍팍 풍겼다. 그것을 본 홀린이 한숨을 푹 내쉬었다. 테메레르가 바다에서 배를 채우고 아주 만족스러워했지만 그로 인해 안장이 더러워질 대로 더러워져 로렌스는 미안한 생각이 들었다.

"늦은 시간인데 쉬지도 못하게 해서 미안하네, 홀린. 그렇지만 테메레르가 바다에서 저녁식사를 해결했으니 오늘 밤엔 먹이를 먹일 필요가 없을 걸세."

"예, 대령님."

홀린은 기운 빠진 목소리로 대답하고는 다른 지상요원들에게 지시했다. 지상요원들은 테메레르의 몸에서 안장을 모두 벗긴 후 몸통을 물로 씻어 내렸다. 그들은 소방대처럼 물통을 서로에게 건네주며 효율적으로 목욕을 시키는 법을 이미 터득한 상태여서 많이 힘들어하지는 않았다.

목욕을 마친 테메레르는 크게 하품을 하며 트림을 한 뒤 몸을 쭉 뻗고 누웠다. 무척 행복하고 만족스러워 보였다. 그 모습을 본 로렌스의 입에서 절로 웃음이 나왔다.

"가드너 제독한테 받은 답신을 렌튼 대장께 전하러 갈 거야. 넌 그냥 잘래, 아니면 이따가 와서 책을 읽어줄까?"

테메레르는 또다시 하품을 하며 대답했다.

"미안한데, 로렌스. 지금은 너무 졸려서 독서를 포기해야겠어. 라플라스 변환 문제는 머리가 맑은 상태에서도 풀기가 쉽지 않거든. 졸린 상태에서 들으면 문제를 잘못 이해할 수도 있을 거야."

무슨 뜻인지도 모르고 천체 역학에 관한 라플라스의 논문을 프랑스어로 읽어줘야 했던 로렌스는 내심 부담이 컸던 참이라, 테메레르가 그렇게 말하니 얼른 맞장구쳤다.

"그래, 테메레르. 그럼 잘 자고, 내일 아침에 보자."

로렌스는 테메레르가 눈을 감고 편안하고 고르게 숨을 쉬며 잠들 때까지 곁에서 코를 쓰다듬어 주었다.

로렌스는 렌튼 대장에게 가드너 제독의 답신과 구두 메시지를 전달했다. 렌튼은 답신을 읽으며 얼굴을 잔뜩 찡그렸다.

"마음에 안 들어. 전혀 마음에 안 들어. 나폴레옹이 내륙에서 수상한 짓거릴 하고 있다고? 해변에 띄울 보트라도 더 만들고 있는 건가? 우리 모르게 함대 수를 늘리려고?"

로렌스는 그 부분에 관해서만큼은 확신이 있었다.

"볼품없는 육군 수송선 몇 척을 더 만들 순 있겠지만, 군함을 만들진 못할 겁니다. 그리고 수송선을 만들고 있는 게 아닐 수도 있습니다. 이미 프랑스 해안선을 따라 항구마다 육군 수송선이 가득한데, 굳이 수송선을 더 만들 필요는 없을 테니까요."

"칼레(도버 해협에 접한 프랑스의 항구 도시―옮긴이주)가 아니라 셰르부르 부근에서 뭔가를 만들고 있다니까 수상하군. 영국 함대가 있는 곳에서 꽤 멀지만, 어쨌든 영국 함대가 봉쇄한 지역이 아닌가.

어쨌든 가드너 제독의 말이 맞아. 나폴레옹이 뭔가 계략을 꾸미고 있는 것 같긴 해. 그렇지만 빌뇌브의 함대가 올 때까진 그 계략을 실천에 옮기지 못할 거야."

렌튼은 의자에서 벌떡 일어나 사무실 밖으로 나갔다. 그만 가보라는 뜻인지 알 수 없어 로렌스는 렌튼을 따라 본부 건물에서 나와, 릴리가 몸을 추스르며 누워 있는 공터로 향했다.

캐서린이 릴리의 머리에 기댄 채 앞다리를 계속 쓰다듬고 있었다. 슈아죌은 그 곁에서 조용히 책을 읽어주었다. 릴리의 표정은 여전히 고통으로 가득 차 있었고, 기운도 없어 보였다. 하지만 지상요원들이 앙상한 뼈다귀를 치우는 걸 보니 먹이는 전부 먹은 것 같았다.

발자국 소리를 듣고 고개를 돌린 슈아죌이 책을 내려놓고는 캐서린에게 나지막하게 한마디를 건넨 뒤 렌튼과 로렌스 쪽으로 걸어왔다. 그리고 조용히 말했다.

"릴리가 겨우 잠든 상태니 깨우지 않는 게 좋을 것 같습니다."

렌튼은 고개를 끄덕이고는 슈아죌과 로렌스를 더 가까이 불렀다. 그리고 슈아죌에게 물었다.

"릴리는 많이 나아졌나?"

"그렇습니다. 의사들 말로는 예상했던 대로 빠르게 회복하고 있답니다. 캐서린이 릴리의 곁에 꼭 붙어앉아 간호하고 있습니다."

"그래, 좋아. 그럼 앞으로 3주 후엔 어지간히 회복되겠군. 흠, 내가 계획을 좀 바꿨네. 원래 릴리가 상처를 회복하는 동안 테메레르와 프래쿠르소리스에게 번갈아가며 순찰을 돌게 할 생각이었네. 그런데 그럴 필요 없이 테메레르 혼자 매일 순찰을 돌게 하는 게 낫겠어. 프래쿠르소리스는 굳이 순찰 도는 연습을 하지 않아도 되니까 말이야. 그러니까 슈아죌, 자네는 프래쿠르소리스를 데리고 따로 전투에 대비한 훈련을 시키게."

슈아죌은 불만스런 기색 없이 고개를 숙이며 대답했다.

"기꺼이 분부대로 따르겠습니다, 대장님."

렌튼은 고개를 끄덕였다.

"흠, 그리고 당분간은 시간이 되는 대로 캐서린 곁에 있어주게. 자기 용이 부상을 입으면 기분이 어떤지, 자네도 잘 알겠지."

슈아죌은 인사를 하고는, 잠든 릴리의 곁을 지키고 있는 캐서린에게 돌아갔다. 렌튼은 그 자리를 떠나며 조용히 말했다.

"로렌스, 테메레르를 리더로 하고 니티두스와 둘시아를 편대원으로 하는 소형 편대를 정식으로 출범시키게. 그리고 순찰을 도는 동안 함께 편대 비행 연습을 해. 자네와 테메레르는 소형 편대에 익숙하지 않으니까, 워렌 대령과 체너리 대령의 도움을 받으면 될 거야. 테메레르가 필요에 따라 전투원 둘을 거느리고 따로 출격할 수 있는 능력을 갖추게 되길 바라네."

"알았습니다, 대장님."

렌튼이 갑자기 정식으로 소형 편대를 만들라고 하자 로렌스는 속으로 많이 놀랐다. 좀더 자세한 설명을 듣고 싶었지만, 지금은 그럴 만한 상황이 아니었다.

로렌스는 렌튼과 함께 엑시디움이 머무는 공터로 걸어갔다. 엑시디움은 막 잠이 들었고, 제인은 지상요원들과 얘기를 나누며 안장을 점검하는 중이었다. 렌튼을 본 제인이 인사를 하며 다가왔다. 렌튼과 로렌스, 그리고 제인은 함께 본부 건물을 향해 걸어갔다. 돌연 렌튼 대장이 물었다.

"제인 롤랜드 준장, 아욱토리타스와 크레센디움 없이도 잘해낼 수 있겠나?"

제인은 한쪽 눈썹을 치켜 뜨며 대답했다.

"그럴 수밖에 없는 상황이면 그래야겠지요. 무슨 이유라도 있습니까?"

렌튼은 제인이 군말 없이 명령을 따르는 대신 되묻는데도 불쾌한 기색 없이 설명했다.

"릴리가 회복되는 대로 아욱토리타스와 크레센디움를 제외한 엑시디움의 편대를 카디즈 항구로 보낼 생각이네. 엑시디움의 편대를 보내서 카디즈 항구를 확실히 봉쇄하면 영국을 지킬 수 있어. 프랑스 공군들이 이쪽으로 쳐들어온다 해도 부근에 영국 해협 함대가 있고 해변에 포병 중대들이 주둔하고 있으니까 우린 나머지 용들만 갖고도 장기간 막아낼 수가 있을 거야. 그러니 자네는 엑시디움과 나머지 편대원들을 데리고 카디즈 항구로 가서 프랑스와 스페인 함대가 항구에서 빠져나오지 못하게 확실하게 막아주게."

엑시디움의 편대를 카디즈 항구로 보내면 영국 해협에서 공중전이 벌어졌을 때 영국이 불리해질 수도 있었다. 하지만 프랑스와 스페인 함대가 카디즈 항구를 빠져나와 북쪽으로 가서 브레스트와 칼레 항구에 머물고 있는 프랑스 해군들과 합류한다면 나폴레옹은 단 하루 만에 영국 해협을 장악하고 육군을 수송선에 실어 영국으로 보낼 수가 있었다.

나폴레옹의 공군 사단이 육상 항로를 거쳐 카디즈 항구로 가는 중인지, 아직 오스트리아 국경 지대에 머물고 있는지 알 수 없는 상황이었으니, 렌튼으로서는 굉장히 힘든 결단을 내린 것이었다. 일단 결정을 내리고 나자 렌튼은 그 뒤에 닥쳐올 위험을 대비해 준비하기 시작했다.

렌튼은 완벽하게 훈련된 군대가 아니라 해도 언제든지 출격시킬 수 있는 제2의 편대가 필요하다고 했다. 로렌스는 엑시디움을 보조하던 아욱토리타스와 크레센디움이 미들급 용이라는 점을 떠올렸다. 렌튼은 그 두 용과 테메레르를 가지고 언제든 공습에 투입할 수 있는 제2의 편대를 구성할 생각인 듯했다. 제인은 로렌스의 생각을 읽기라도 한 것처럼 렌튼에게 말했다.

"나폴레옹의 계획을 앞지르려고 시도하는 건, 정말이지 피가 얼어붙을 정도로 긴장되는 일이죠. 그래도 대장님이 명하시는 곳이면 어디든 갈 준비가 되어 있습니다. 어느 정도 시간이 지나면 아욱토리타스와 크레센디움 없이도 작전 수행이 가능해질 겁니다."

"좋아, 그럼 그렇게 알겠네."

렌튼은 본부 건물의 현관으로 들어서면서 말했다.

"난 이만 가봐야겠네. 유감스럽게도 아직 읽지 않은 급보가 두 통 더 남았어. 그럼 잘들 자게."

"안녕히 주무십시오, 대장님."

제인은 인사를 한 뒤 렌튼 대장이 복도 너머로 사라지자 하품을 하며 말을 이었다.

"아, 편대 비행이라는 게 워낙 지루하거든. 편대원도 자주 바꾸고 항로도 변경해야 지겹지가 않지. 나랑 같이 저녁이나 먹으러 가세."

제인과 로렌스는 수프와 구운 빵, 맛 좋은 스틸턴 치즈에 포트와인을 곁들여 저녁을 먹었다. 그런 다음 또다시 제인의 방으로 올라가 피켓 카드 게임을 했다. 카드 게임을 몇 판 한 뒤 이런저런 잡담을 나누다가 제인이 갑자기 머뭇거리며 말했다.

"로렌스, 이런 걸 물어봐도 괜찮을지 모르겠는데……."

어떤 주제든 거침없이 얘기하던 제인이 갑자기 망설이면서 얘기를 꺼냈다. 로렌스는 도대체 무슨 말을 하려고 그러나 싶어 제인을 가만히 쳐다보았다.

"괜찮습니다. 말씀하십시오."

순간, 로렌스는 방 안의 분위기가 심상치 않다는 느낌이 들었다. 구겨진 이불이 놓인 커다란 침대가 열 걸음도 채 안 되는 곳에 있었고, 제인은 가슴 부분이 깊이 파인 잠옷 차림이었다. 이 방으로 들어오자마자 제인은 휘장 뒤로 들어가 외투와 반바지를 벗고 그 잠옷을 입고 나왔었다. 로렌스는 카드로 시선을 떨어뜨렸다. 까닭 모르게 얼굴이 화끈거렸고, 손끝이 후들거렸다.

"내키지 않으면, 망설이지 말고 말하게."

로렌스는 제인이 아직 어떤 질문도 하지 않았다는 걸 떠올렸다.

"아닙니다. 어떤 질문이든 다 대답해 드리겠습니다."

제인은 칼자국이 난 얼굴 왼쪽을 살짝 일그러뜨리며 환하게 웃었다. 오른쪽 입술이 왼쪽보다 위로 더 올라가는 미소였다.

"자넨 정말 친절하군. 솔직하게 대답하면 고맙겠어. 에밀리가 공군 생활을 마음에 들어하는지, 복무 태도는 양호한지 알고 싶네."

로렌스는 제인의 뜻을 오해했음을 깨닫고 부끄러움으로 얼굴이 더욱 벌겋게 달아올랐다.

"자기가 데리고 있는 부하를 험담하는 게 내키지 않겠지만, 그래도 솔직히 말해 주게. 제대로 훈련을 받지 않은 자식한테 용을 물려주는 게 어떤 결과를 낳는지, 잘 알고 있거든. 만일 에밀리가 비행사가 되기에 부적합한 아이라고 생각되면 당장 말해 주게. 잘못된 부분이 있으면 일찌감치 바로잡는 편이 나으니까."

레비타스를 냉대하는 랜킨에 관해 익히 알 테니, 제인이 에밀리를 걱정하는 것도 무리가 아니었다. 로렌스는 당황했던 기분을 가라앉히며 대답했다.

"무슨 말씀이신지 잘 알겠습니다. 저도 무작정 자식한테 비행사 자리를 내주었을 때 어떤 결과가 초래되는지 보았으니까요. 그리고 에밀리가 비행사가 되기에 부적절하고 복무를 열심히 하지 않는 아이라고 판단했으면 아예 처음부터 제 밑에 두고 훈련시키지도 않았을 겁니다. 에밀리는 아직 어리지만, 비행사로서 장래가 촉망되는 훈련생입니다."

제인은 크게 안도의 한숨을 내쉬었다. 그리고 더는 카드 게임을 할 생각이 없는지 쥐고 있던 카드들을 탁자에 내려놓았다.

"아, 이제야 안심이 되는군. 나 혼자서는 판단이 서지 않아서 자네한테서 에밀리에 관한 객관적인 평가를 듣고 싶었어."

제인은 웃으며 일어나 책상 서랍을 열고 와인 한 병을 새로 꺼냈다. 로렌스가 잔을 내밀자 그 잔에 제인이 와인을 따랐다.

로렌스가 건배를 했다.

"에밀리의 성공을 위해!"

두 사람은 와인을 마셨다. 그 다음, 제인이 다가와 로렌스의 손에서 잔을 받아들더니 느닷없이 키스를 했다. 그리고 보면 로렌스가 제인의 행동이나 방 안 분위기를 완전히 착각했던 건 아니었다. 에밀리에 대해 질문할 때와는 달리 제인의 애정 공세에는 전혀 주저함이 없었다.

11

로렌스는 제인이 옷장에서 옷가지와 소지품을 꺼내 침대 위에 쌓아놓고 아무렇게나 짐을 싸는 모습을 보고, 도저히 안 되겠다 싶어 거들고 나섰다.

"내가 도와드리죠. 짐 싸는 건 나한테 맡기고, 항로 점검을 하세요."

"배려해 줘서 고마워, 로렌스. 자넨 정말 친절해. 직선으로 쭉 날아가면 되니까 항로 점검이랄 것도 없어."

제인은 지도를 펼쳐놓고 거리를 계산하면서 그 위에 펜으로 표시를 한 뒤 작은 나무토막을 이리저리 늘어놓았다. 나무토막은 엑시디움의 편대가 카디즈까지 가는 동안 중간중간에 내려서 쉴 용 수송선들을 나타내는 거였다.

제인이 말했다.

"날씨가 이대로 지속되면, 2주 내에 카디즈에 도착하게 될 거야."

워낙 긴급한 상황이어서 엑시디움의 편대는 용 수송선 한 척을 타고 쭉 가는 게 아니라, 곳곳에 배치된 용 수송선들 위로 내려와 쉬어가면서 카디즈까지 날아가야 했다. 그러려면 수송선의 위치를 예상하며 기류와 바람의 세기 등을 염두에 두고 비행을 해야 했다.

로렌스는 걱정스런 표정으로 고개를 끄덕였다. 그날은 8월 말일이었고, 그맘때쯤엔 날씨가 몹시 변덕스러웠다. 용 수송선도 원래 있기로 한 자리에서 벗어나 있을 가능성도 높아서 용 수송선을 발견하지 못할 경우도 있었다. 만일 그렇다면 스페인 포병대의 공격에 노출될지도 모를 위험을 감수하고 스페인 내륙으로 들어가 휴식을 취해야 했다. 또 폭풍으로 인해 항로를 벗어나지 않는다 해도 용들이 번개를 맞거나 강풍에 휩쓸려 바다로 추락해 익사할 수도 있었다. 그렇게 되면 용뿐만 아니라 비행사와 승무원 모두를 한꺼번에 잃는 것이었다.

그런데도 달리 선택의 여지가 없었다. 지난 3주 동안 릴리는 빠른 속도로 상처를 회복해서 마침내 어제는 편대를 이끌고 순찰을 돌기까지 했다. 릴리는 순찰을 돌고 와서 착륙할 때에도 통증을 호소하지 않고 편안하게 내려섰다.

렌튼 대장은 릴리의 몸을 살펴보고 릴리와 캐서린을 불러 몇 마디 얘기를 나눈 후, 곧장 제인 롤랜드 준장에게 엑시디움의 편대를 이끌고 카디즈로 출발하라고 명령을 내렸다. 로렌스는 예상했던 일인데도 걱정되었다. 카디즈로 출발하는 용들은 물론, 이곳 도버 기지에 남아 있는 용들도 결코 안전한 상황이 아니었다.

제인은 지도에 필요한 내용을 적은 뒤 펜을 내려놓으며 말했다.

"들고 있는 그것도 같이 집어넣어."

로렌스는 멍하니 있다가 그제야 정신을 차리고 고개를 들었다. 짐을 싸다 말고 20분 가까이 다른 생각에 빠져 있었던 것이다. 자신의 손에 들려 있는 코르셋이 눈에 들어왔다. 로렌스는 깔끔하게 정리해

넣은 다른 옷가지들 위에 얼른 그 코르셋을 얹고 상자의 뚜껑을 닫았다. 창문으로 햇살이 들어오기 시작했다. 출발 시간이 임박했다는 뜻이었다.

제인은 다시금 쪽 소리가 나도록 로렌스에게 키스를 하고 나서 말했다.

"이봐, 로렌스. 그렇게 우울한 얼굴은 하지 마. 나는 지금까지 열두 번도 넘게 지브롤터로 비행을 다녀왔어. 어쩌면 이곳 도버 기지에 있는 게 더 위험할 수도 있어. 엑시디움의 편대가 여길 떠난 걸 알면 나폴레옹은 분명히 이리로 쳐들어올 테니까."

로렌스는 종을 울려 하인을 부르며 말했다.

"준장님께선 잘해내리라 믿습니다. 렌튼 대장님의 판단이 잘못된 게 아니길 바랄 뿐이죠."

렌튼 대장의 판단에 관해 확신이 없는 로렌스는 그 정도로 얼버무렸다. 로렌스는 엑시디움의 편대를 위험천만한 항로를 통해 카디즈로 보내는 계획을 개인적으로 반대하는 건 아니었다. 다만 추가로 확실한 정보가 없는 상황이어서 몹시 걱정될 뿐이었다.

3일 전, 볼라틸루스는 부정적인 소식을 갖고 돌아왔다. 프랑스 용 몇 마리가 이미 카디즈 항구에 도착했다는 거였다. 그런데 그 수가 라인 강을 따라 주둔하고 있는 프랑스 용들의 10분의 1도 안 되는 수준이라고 했다.

그 소식을 들은 렌튼 대장은 우편 속달 업무를 맡지 않은, 속도가 빠른 라이트급 용들을 총동원하여 영국 해협 주변을 정찰하게 했다. 아직까지는 나폴레옹이 영국 해협을 건너올 기미는 보이지 않았다.

로렌스는 제인과 함께 엑시디움이 머무는 공터로 걸어가 제인이 안장에 오르는 모습을 지켜보았다. 함께 와인을 마시고 키스를 하고 자연스럽게 뜨거운 사랑의 행위까지 했는데도 지극히 담담한 느낌이었다.

만일 제인이 아니라 에디스가 저 용을 타고 가는 상황이라면 어땠을까. 아마 머리에 총을 쏘아 자살하고 싶은 마음이 들지 않았을까. 그런데 지금 로렌스는 제인과 이별을 하면서도 엑시디움의 편대에 소속된 다른 전우들과 헤어지는 것과 별반 다르지 않은 기분이었다. 물론 아쉽고 안타깝긴 했지만 그렇다고 가슴이 찢어질 정도는 아니었다.

제인은 승무원들이 모두 탑승했는지 확인하고 나서 엑시디움의 등에 앉은 채 로렌스에게 손으로 정다운 키스를 불어 날렸다.

"앞으로 몇 달 후에나 보게 되겠군. 그 개구리 같은 프랑스 놈들을 카디즈 항구 밖으로 끌어낼 수만 있으면 더 빨리 돌아올 수도 있겠지만. 바람도 나쁘지 않군. 로렌스, 에밀리가 나쁜 물이 들지 않게 잘 지켜봐 주게."

로렌스도 한 손을 흔들며 소리쳤다.

"비행에 행운이 깃들기를 빕니다!"

그 순간, 엑시디움이 거대한 날개를 치며 하늘로 날아올랐고, 그 편대에 소속된 다른 용들도 뒤따라 날아갔다. 용들의 모습이 남쪽 하늘 저 끝에서 점점 작아지더니 이윽고 시야에서 사라졌다.

도버 기지에서는 프랑스 공군의 침공에 대비해 영국 해협의 하늘을 계속 주시했다. 엑시디움의 편대가 카디즈 항구를 향해 출발한 지 일주일이 지났건만 아직까지는 조용했다. 프랑스 용들의 기습이

한 차례도 없자, 렌튼 대장은 엑시디움이 도버 기지에 머무는 줄 알고 프랑스 공군이 기습하러 오지 못하는 것 같다는 결론을 내렸다.

별 탈 없이 순찰을 돌고 온 비행사들이 모인 자리에서 렌튼 대장이 말했다.

"프랑스 공군이 계속 그렇게 믿어주면 더 바랄 나위가 없겠군. 엑시디움의 편대가 카디즈로 가는 것도 모르면 좋을 텐데."

엑시디움의 편대가 출발한 지 2주째 되던 날이었다. 볼라틸루스와 제임스 대령이 도버로 날아와, 엑시디움이 카디즈 항구를 봉쇄하고 있는 넬슨 제독의 함대에 무사히 도착했다는 소식을 전해 주었다. 도버 기지에서는 다들 크게 안도하는 분위기였다.

다음날 아침, 제임스 대령은 다시 카디즈로 출발하기 전에 서둘러 식사를 하면서, 식탁에 둘러앉은 다른 비행사들에게 말했다.

"내가 카디즈를 출발할 무렵 엑시디움의 편대는 벌써 카디즈를 공격하기 시작했습니다. 스페인 놈들의 울부짖는 소리가 몇 킬로미터까지 퍼져나갈 정도였죠. 엑시디움이 위에서 독을 뿜어대자 스페인 상선들은 군함 못지않게 재빨리 사방으로 흩어지더군요. 프랑스와 동맹 관계를 맺고 있는 스페인 놈들도 빌뇌브 제독이 함대를 끌고 카디즈 항구를 나가지 않으면 직접 빌뇌브의 함대에 불이라도 지를 것처럼 험악한 분위기였습니다."

제임스의 고무적인 소식에 다들 환호성을 올렸다. 렌튼 대장은 엑시디움의 카디즈 공습 개시를 축하하는 의미로 그날 저녁 순찰 임무를 중단시키고 모든 용과 비행사, 승무원들에게 휴가를 주었다. 그동안 쉴새없이 순찰을 돌았던 이들은 모처럼 휴식을 누리며 대부분 잠을 잤는데, 기운이 남아도는 몇몇 젊은 장교들은 도버 시내로 놀러가기도 했다.

그날 저녁 로렌스는 테메레르의 앞발에 올라앉아 책을 읽어주면서 느긋하게 시간을 보냈다. 랜턴을 켜놓고 밤늦도록 책을 읽어주던 로렌스는 깜빡 졸다가 깨어났다. 달 밝은 하늘에 테메레르가 머리를 치켜들고 있는 모습이 눈에 들어왔다. 테메레르는 공터 북쪽을 유심히 쳐다보고 있었다.

로렌스가 물었다.

"왜 그래?"

북쪽 방향에서 이상한 소리가 어렴풋이 들리자 로렌스는 벌떡 일어났다. 잠시 후, 그 이상한 소리는 더 이상 들리지 않았다. 테메레르는 얼굴 주변의 막을 빳빳이 세웠다.

"로렌스, 조금 전에 릴리의 목소리가 났어."

테메레르의 말에 로렌스는 얼른 앞발에서 미끄러져 내려가며 말했다.

"여기 있어. 내가 가서 보고 올게."

테메레르는 소리가 들렸던 방향을 주시하며 고개를 끄덕였다.

릴리가 머무는 공터로 가는 길엔 랜턴도 켜 있지 않았고, 인적도 하나 없었다. 엑시디움의 편대가 카디즈로 떠난 후부터, 이 부근에 머물던 라이트급 용들은 모두 정찰 임무에 동원되었고, 날씨도 꽤 추워져서 가장 열심히 일하는 승무원들도 이미 막사로 들어간 지 오래였다. 3일전부터 얼기 시작한 땅바닥은 이제 아주 단단해져서 로렌스의 발자국 소리가 크게 울려 퍼졌다.

가까이 다가가서 보니 공터에 있어야 할 릴리의 모습이 보이지 않았다. 막사의 불 켜진 창문에서 희미하게 얘기를 나누는 소리가 들려오긴 했지만, 막사 밖을 돌아다니는 사람은 아무도 없었다. 조금 더 걸어가 보니, 공터 가장자리에 릴리가 꼼짝도 안 하고 엎드려 있었다. 릴리는 노랗고 가장자리가 붉은 두 눈을 부릅뜨고 숲 안쪽을 노려보고 있었다. 나지막한 말소리와 흐느껴 우는 소리가 들렸다.

로렌스는 자기가 청춘 남녀의 밤 시간을 방해하는 건 아닌가 싶어 주춤했다. 하지만 아무래도 수상쩍은 느낌이 들어 마음을 굳게 먹고 다가가 소리쳤다.

"캐서린? 거기 있어요?"

그러자 저음의 날카로운 목소리가 들려왔다.

"더 이상 가까이 다가오지 마!"

슈아죌이었다. 릴리의 머리 부근을 빙 돌아 숲으로 들어간 로렌스는 크게 놀라 걸음을 멈췄다. 슈아죌이 한 손에 칼을 들고 나머지 한 손으로 캐서린의 팔을 붙잡은 채 절망스런 표정으로 말했다.

"아무 소리도 내지 마시오, 로렌스. 조용히 해요."

슈아죌의 뒤에는 외투를 입은 젊은 중위가 앞으로 고꾸라져 있었다. 슈아죌이 칼로 찔렀는지 등에 시커먼 피가 고여 있었다.

"맙소사, 슈아죌. 이게 도대체 무슨 짓입니까? 캐서린, 괜찮아요?"

캐서린이 탁한 목소리로 대답했다.

"이 자가 윌포이스 중위를 죽였어요."

그 말을 하면서 비틀거리는 바람에 캐서린의 얼굴이 횃불에 비쳤다. 이마 절반에 타박상을 입은 상태였다.

캐서린이 계속 말을 이었다.

"로렌스, 나는 신경 쓰지 말고 가서 도움을 청해요. 이 자가 릴리한테 몹쓸 짓을 하려고 해요."

"아니, 아니야, 캐서린. 난 당신이나 릴리를 해칠 생각이 없어. 맹세해. 하지만 로렌스가 끼어들면 나도 그 말을 지킬 수 없어. 로렌스, 그러니 당신은 꼼짝 말고 거기 있어요."

단호하게 말한 슈아쬘은 캐서린의 목 바로 밑까지 칼을 들어 올렸다. 그러자 릴리는 등골이 오싹해질 정도로 무시무시하게 높은 소리로 으르렁거렸다. 횃불에 비친 슈아쬘의 얼굴은 핏기가 하나도 없이 거의 초록색으로 보였고, 절망이 깃든 눈빛으로 보아 무슨 짓이라도 할 것 같았다. 로렌스는 슈아쬘을 자극하지 않기 위해 그 자리에 서서 적당한 기회를 노렸다.

슈아쬘은 1분 정도 계속 로렌스를 노려보았다. 그리고 로렌스가 움직이지 않은 채 가만히 서 있자 릴리에게 말했다.

"나는 캐서린과 함께 프래쿠르소리스를 타고 여길 떠날 거야, 릴리. 너는 여기 있다가 프래쿠르소리스가 공중으로 떠오른 후에 우리 뒤를 따라와. 시키는 대로만 하면 캐서린도 다치지 않을 거다."

캐서린이 소리쳤다.

"이, 개만도 못한 더러운 배신자야! 소도 너보단 나을 거다! 내가 너랑 같이 프랑스로 가서 나폴레옹의 장화나 핥을 줄 알아? 도대체 얼마나 오랫동안 이런 계획을 세운 거지?"

캐서린은 슈아쬘에게서 벗어나려고 몸부림을 치다가 슈아쬘이 팔을 잡아채자 몹시 비틀거렸다. 그러자 릴리는 이를 드러내고 몸을 반쯤 일으키며 두 날개를 펼쳤다. 릴리의 턱 옆에 솟아 나온 뿔에서 검은 독이 흘러내리는 게 보였다. 릴리는 악문 이빨 사이로 쉿쉿거리며 소리쳤다.

"캐서린!"

슈아죌은 캐서린의 몸을 바짝 잡아당기며 말했다.

"조용히 해!"

로렌스는 슈아죌이 들고 있는 칼에 시선을 집중하며 기회를 노렸다. 슈아죌이 계속해서 말했다.

"릴리, 너는 나를 따라와. 내가 하라는 대로만 해. 우린 지금 출발할 테니까, 곧장 따라와야 해. 로렌스, 당신은 저쪽으로 가 있어요."

슈아죌은 칼로 방향을 지시했다.

로렌스는 뒤로 돌지 않고 그대로 서서 뒷걸음질쳤다. 그리고 나무 그림자 밑으로 들어가서는 아주 천천히 움직였고, 앞으로 다가오는 슈아죌과의 거리가 좁혀지기를 기다렸다. 그런 다음 슈아죌이 캐서린을 붙잡은 채 다가오는 순간 와락 달려들었다. 그 충격으로 슈아죌이 들고 있던 칼이 공중으로 날아갔고, 세 사람은 한꺼번에 바닥으로 쓰러졌다. 슈아죌이 바닥에 깔리고 그 위에 캐서린과 로렌스가 차례로 쓰러졌다. 맨 위에 있던 로렌스는 가운데 낀 캐서린이 도망칠 수 있도록 옆으로 빼냈다. 캐서린이 몸을 굴려 옆으로 빠져나간 순간, 슈아죌의 주먹이 로렌스의 얼굴로 날아들었다.

두 남자는 바닥을 뒹굴고 주먹질을 하면서 서로 칼을 잡으려고 안간힘을 썼다. 육박전 경험이 풍부한 로렌스였지만 몸이 다부지고 키가 큰 슈아죌도 만만찮았다.

몸싸움에서 슈아죌의 체중이 유리하게 작용했을 때, 릴리가 큰 소리로 고함을 질렀다. 곧 막사 쪽에서 사람들이 웅성거리는 소리가 들려왔다. 슈아죌은 필사적으로 힘을 내서 로렌스의 배에 주먹을 꽂았다. 로렌스가 고통스러워하며 몸을 구부리는 순간 슈아죌은 칼을 향해 손을 뻗었다.

그때 위에서 천지가 진동하는 거대한 포효가 들려왔다. 땅이 울리고 나뭇가지들이 마른 솔잎처럼 사방으로 흩어졌으며, 슈아죌 옆에 있던 커다란 늙은 나무가 뿌리째 뽑혀 나갔다.

싸우는 소리는 들릴 뿐 정작 로렌스의 모습이 보이지 않자 테메레르가 발톱으로 숲의 나무들을 뽑아 올리고 있었던 거였다. 곧이어 멀리서 프래쿠르소리스가 테메레르보다 더 크게 울부짖는 소리가 들렸다.

어둠 속에서 대리석 무늬의 날개를 펄럭이며 프래쿠르소리스가 날아오자 테메레르는 발톱을 세운 채 몸을 휙 돌렸다. 그때 간신히 몸을 일으킨 로렌스가 온몸으로 슈아죌에게 달려들어 바닥으로 쓰러뜨렸다. 배를 얻어맞아 속이 울렁거리는데도 테메레르가 위험에 처해 있다는 생각을 하자 죽기살기로 덤벼들었다.

슈아죌 역시 옆으로 몸을 굴려 일어나며 로렌스의 목을 한 팔로 감고 꽉 눌렀다. 질식시켜 죽일 생각인 듯했다. 그 순간, 바람을 가르는 소리가 나면서 로렌스의 목을 짓눌렀던 슈아죌의 팔이 밑으로 축 늘어졌다. 캐서린이 릴리의 안장에서 쇠막대를 빼내어 슈아죌의 뒤통수를 내려친 거였다.

그러고는 캐서린이 기절하듯 쓰러지자, 공터 가장자리에 있던 릴리가 나무 사이를 비집고 캐서린을 끄집어내려고 날개를 퍼덕거렸다. 막사에서 공터로 뛰어나온 승무원들이 다가와 바닥에 주저앉은 로렌스를 일으켜 세웠다.

로렌스는 숨을 헐떡이며 지시했다.

"저 놈을 밧줄로 묶고, 횃불을 가져와. 확성기도 가져오고, 목소리 큰 승무원도 대기시켜. 어서 빨리!"

머리 위에선 테메레르와 프래쿠르소리스가 발톱을 잔뜩 세운 채 서로를 노려보며 공중을 빙글빙글 돌고 있었다.

가슴이 쩍 벌어지고 확성기가 필요없을 정도로 목소리가 큰 대위 하나가 앞으로 나섰다. 캐서린의 직속 부하였다. 그 대위는 상황을 파악하자마자 두 손을 컵 모양으로 만들어 입가에 대고 프래쿠르소리스를 향해 슈아죌이 체포되었음을 알렸다.

그러자 프래쿠르소리스는 곧바로 싸움을 포기하고 세웠던 발톱을 누그러뜨리며 밑을 내려다보았다. 승무원들이 슈아죌을 밧줄로 묶는 걸 본 프래쿠르소리스는 고개를 숙이고 땅으로 내려왔다. 테메레르는 여전히 위에서 정지 비행을 하며 프래쿠르소리스의 거동을 예의 주시했다.

멀지 않은 공터에 자리 잡고 있던 막시무스와 버클리도 이 소리를 듣고 달려왔다. 버클리는 곧 승무원들을 지휘하여 프래쿠르소리스를 사슬로 묶게 하고, 캐서린과 슈아죌을 의사한테 데려가도록 했다. 일부 승무원들에게는 가엾은 월포이스의 시체를 들고 가 매장하도록 지시했다.

로렌스가 옆에서 부축하고 있는 승무원들에게 말했다.

"난 이제 괜찮아, 고맙네."

거친 호흡이 다시 정상으로 돌아오자 로렌스는 천천히 숲을 벗어나 공터로 나갔다. 그리고 릴리와 그 옆에 내려선 테메레르에게 다가가 두 용을 쓰다듬으며 진정시켰다.

슈아죌은 밤새 기절한 채 깨어나지 않았다. 잠시 눈을 뜨긴 했지만 혀가 굳었는지 뭐라고 횡설수설하다가 다시 의식을 잃었다. 다음

날 아침이 되어서야 정신을 차린 슈아죌은 입을 굳게 다물고 어떤 질문에도 답변을 하지 않았다.

프래쿠르소리스는 사슬에 묶인 채 다른 용들에게 둘러싸여 감시를 받았다. 가끔 사슬을 풀려고 날뛰었지만 순순히 말을 듣지 않으면 슈아죌을 죽이겠다고 위협하자 고분고분해졌다. 비행사를 해치겠다고 위협하는 것은 말을 듣지 않는 용을 복종시키는 방법 중 하나였다.

슈아죌도 그 방법을 써서 릴리를 프랑스로 데려가려 했다. 그런데 이제 자신의 용이 그런 위협에 굴복하는 처지에 놓인 것이다. 프래쿠르소리스는 반항을 포기했는지 몸을 움츠린 채 먹이엔 입도 대지 않고 간간이 구슬피 울었다.

렌튼 대장은 비행사들이 모두 모인 식당으로 들어와 말했다.

"캐서린, 자네가 가서 심문을 해봐. 슈아죌이 아무한테도 입을 열지 않는군. 쥐꼬리만큼이라도 양심이 있다면 자네한테는 무슨 말이라도 하겠지. 심문이 가능하겠나?"

캐서린은 고개를 끄덕이고 잔에 남은 와인을 마저 들이켰다. 캐서린의 얼굴이 백지장처럼 창백해서 로렌스는 조용히 다가가 물었다.

"내가 같이 가줄까요?"

"예, 그래주시면 고맙지요."

로렌스는 캐서린을 따라 슈아죌이 감금된 작고 어두운 감방으로 들어갔다.

슈아죌은 캐서린과 눈도 마주치지 못하고 입을 꾹 다문 채 고개를 푹 숙였다. 캐서린이 떨리는 목소리로 심문을 시작하자 슈아죌은 온몸을 떨더니 끅끅 소리를 내며 울음을 터뜨렸다.

캐서린이 갈라진 목소리로 악을 써댔다.

"이 저주받을 놈아! 어떻게…… 어떻게 이런 짓을 할 수가 있어? 그동안 나한테 했던 말들은 모두 거짓이었던 거야? 말해 봐! 우리 편대가 이리로 오는 동안 프랑스 용들한테 습격을 당했던 것도 네가 꾸민 일이었지? 어서 사실대로 말해 보란 말이야!"

두 손으로 얼굴을 가리고 있던 슈아죌이 문득 고개를 들고 로렌스를 향해 애원했다.

"제발 캐서린을 내보내요! 그럼 로렌스 당신한테 다 털어놓겠습니다. 이 방에서 캐서린만 내보내요, 제발!"

슈아죌은 고개를 푹 숙이고 고통스러워했다.

로렌스는 슈아죌을 심문하고 싶은 생각이 전혀 없었지만, 캐서린이 고통스러워하는 모습을 더는 볼 수가 없었다. 그래서 캐서린의 어깨를 잡고 감방 밖으로 내보냈다.

슈아죌이 진술을 하기 시작했다. 슈아죌을 심문하는 것 자체도 몹시 불쾌한 일인데, 오스트리아에서 영국으로 올 때부터 배신할 마음을 먹고 있었다는 말을 듣자 로렌스는 화가 솟구쳤다.

로렌스의 찡그린 얼굴을 쳐다보며 슈아죌이 덧붙였다.

"당신이 나를 어떻게 생각할지 잘 압니다. 그래요, 혐오할 만도 하지요. 하지만 나로서는 달리 선택의 여지가 없었습니다."

로렌스는 감정적으로 심문하지 않으려고 몇 번이고 마음을 먹었다. 하지만 슈아죌의 보잘것없는 평계를 듣자 경멸에 찬 말이 쏟아졌다.

"당신은 정직하게 사는 쪽을 택했어야 했어. 우리한테 약속했던 대로 의무를 다하면서 변절하지 말았어야 했다고."

슈아죌은 씁쓸하게 웃음을 터뜨렸다.

"물론 그래야 했지요. 하지만 이번 크리스마스 때 나폴레옹이 런던까지 장악하면 그땐 어떻게 하라고요? 이런 생각을 하는 나를 당신이 어떻게 생각할지 잘 압니다. 물론 구역질이 나겠죠. 나폴레옹을 배신하긴 했지만, 여기서 내가 공로를 세우면 나폴레옹이 영국을 정복한 후에 나랑 프래쿠르소리스를 살려줄 거라고 생각했습니다. 나와 프래쿠르소리스가 살아남으려면 그 방법밖에 없었어요."

"우릴 배신하고 다시 나폴레옹한테 붙으면 애초에 프랑스를 배신했던 일을 용서받을 수 있을 거라고 생각했다고? 당신은 지조도 없나?"

나폴레옹이 영국을 장악할 가능성이 아직 높지 않은데도, 슈아죌은 나폴레옹의 승리를 확신하고 있었다. 그 사실에 로렌스는 당황했다.

슈아죌은 쾌활하고 기운이 넘치던 예전과는 달리 몹시 지치고 체념한 얼굴로 말했다.

"지조라고요? 사실, 프랑스는 영국에서 생각하는 것처럼 병력이 부족한 상태가 아닙니다. 게다가 나는 나폴레옹이 반역죄를 저지른 용들의 목을 길로틴으로 자르도록 명령하는 걸 본 적도 있습니다. 그러니 이번에 나폴레옹이 영국으로 쳐들어온다면 프래쿠르소리스의 목이 달아날 게 뻔한데, 지조가 대체 무슨 소용이란 말입니까? 말이 났으니 말인데, 이젠 프래쿠르소리스를 데리고 도망칠 곳도 없습니다. 러시아로 가라고요? 러시아인들이 용들을 어떻게 다루는지 잘 알잖습니까? 프래쿠르소리스는 내가 죽고 난 뒤에도 200년은 더 살 텐데, 러시아에서 끔찍한 대우를 받으며 살게 할 수는 없었습니다. 아메리카로 가고 싶어도 수송선이 없으니 그 먼 대륙까지 날아갈 수도 없고요. 그러니 내가 취할 수 있는 방법은 나폴레옹을 찾아가 용서를 비는 것밖에 없었습니다. 그리고 나폴레옹은 나를 용서를 해주는 대신 대가를 요구했지요."

로렌스가 차갑게 대꾸했다.

"그 대가가 바로 릴리였군."

놀랍게도 슈아죌은 고개를 저었다.

"아뇨. 나폴레옹이 원한 건 캐서린의 용이 아니라 바로 당신의 용이었습니다."

로렌스가 한 대 얻어맞은 듯 멍한 표정을 짓는 것을 보고 슈아죌이 덧붙였다.

"원래 테메레르가 들어 있던 알은 중국 황제가 나폴레옹에게 선물로 보낸 것이었습니다. 나폴레옹은 그 알을 찾아오라며 나와 프래쿠르소리스를 영국으로 보냈죠. 그 당시만 해도 나폴레옹은 테메레르가 이미 알에서 부화했다는 걸 모르고 있었습니다."

슈아죌은 어깨를 으쓱하고 양손을 펼쳐 보였다.

"영국으로 건너온 나는 테메레르가 이미 부화했다는 걸 알았고, 그래서 혹시 테메레르를 죽이면 나폴레옹이 그 공로를 인정해 줄지도 모른다고 생각해서……."

화가 머리끝까지 치민 로렌스는 슈아죌의 얼굴을 향해 주먹을 날렸다. 그 충격으로 슈아죌은 감방의 돌바닥으로 쓰러졌다. 슈아죌이 앉아 있던 의자도 우당탕 소리와 함께 옆으로 넘어갔다. 쓰러진 채 콜록거리는 슈아죌의 입에서 피가 흘러나왔다. 경비병이 감방 문을 열고 안을 들여다보더니 바닥에 쓰러진 슈아죌에게는 신경도 쓰지 않은 채 로렌스를 쳐다보며 물었다.

"괜찮으십니까, 로렌스 대령님?"

"괜찮아, 문 닫게."

로렌스는 단호하게 말하며 손수건으로 손에 묻은 피를 닦아냈다. 감방 문이 도로 닫혔다. 다른 때 같으면 죄수를 폭행하는 걸 부끄럽게 여겼을 테지만, 지금 그는 양심의 가책이라고는 전혀 느끼지 않았다. 주체할 수 없는 분노로 심장이 터질 듯 벌렁거렸다.

슈아쥘은 천천히 몸을 일으키며 의자를 똑바로 세워놓고 그 위에 앉았다. 그리고 나지막하게 말했다.

"유감스럽게도 나는 양심상 테메레르를 죽일 수가 없었습니다. 그래서 대신 릴리를……."

슈아쥘은 로렌스의 얼굴이 벌겋게 달아오르는 걸 보고 그만 입을 다물었다.

슈아쥘과 함께 지냈던 지난 몇 달간 테메레르가 자칫 살해를 당할 수도 있는 상황에 있었다니, 로렌스는 그 사실만으로도 온몸이 차갑게 굳어졌다. 비록 슈아쥘이 양심의 가책 때문에 테메레르를 죽이진 않았지만, 테메레르가 그런 위험에 처해 있었다는 사실은 생각만 해도 끔찍했다. 로렌스가 치를 떨며 입을 열었다.

"그래서 당신은 훈련생에서 벗어난 지 얼마 되지도 않는 캐서린 하코트 대령을 꾀어 릴리와 함께 프랑스로 끌고 가려고 했던 건가?"

슈아쥘은 대답하지 않았다. 하긴 그 문제라면 변명의 여지가 없었다. 로렌스가 계속 말을 이었다.

"정말로 당신이 자신의 목숨을 보전하려는 게 아니라 프래쿠르소리스를 살리려는 일념에서 우릴 배신한 거라면, 더 이상 고상한 척하지 말고, 나폴레옹의 계획을 다 털어놔. 그럼 렌튼 대장이 프래쿠르소리스를 뉴펀들랜드(지금의 캐나다 동쪽 끝 래브라도 반도 남쪽에 있는 섬—옮긴이주)의 사육장으로 보낼 수도 있으니까."

슈아쥘은 창백한 얼굴로 대꾸했다.

"아는 건 별로 없지만 뭐든 다 털어놓겠습니다. 렌튼 대장이 프래쿠르소리스를 살려주기만 한다면 말입니다."

"아니, 당신은 어떤 조건도 내걸 자격이 없어. 나 또한 당신과 어떤 거래도 하고 싶지 않고."

슈아쥘이 고개를 푹 숙였다. 잠시 후 슈아쥘은 띄엄띄엄 말을 하기 시작했다. 처음엔 무슨 말을 하는지 잘 들리지 않아, 로렌스는 귀를 바짝 기울여야 했다.

"나폴레옹이 정확히 어떻게 할 작정인지는 나도 모릅니다. 다만, 나폴레옹은 내게 도버 기지의 공군력을 최대한 약화시키라고 지시하면서 할 수 있는 한 많은 용들을 지중해 남쪽의 카디즈로 보내도록 공작을 하라고 시켰습니다."

로렌스는 경악했다. 그러고 보니 나폴레옹의 목표가 교묘하게 달성된 셈이었다.

"나폴레옹은 빌뇌브의 함대가 카디즈 항구를 빠져나오게 만들 방도를 갖고 있기라도 한 건가? 빌뇌브의 함대가 넬슨 제독의 함대와 맞닥뜨리지 않고 프랑스 쪽으로 도망칠 수 있다고 생각하는 거야?"

슈아쥘은 고개를 숙인 채 대답했다.

"나폴레옹이 나한테 그런 기밀사항까지 말했을 것 같습니까? 그에게 나는 배신자였을 뿐입니다. 나폴레옹은 내게 몇 가지 지시를 내렸을 뿐, 다른 얘긴 하지 않았습니다."

로렌스는 슈아죌을 좀더 심문한 뒤 더는 나올 게 없다는 걸 깨닫고 감방을 나왔다.

슈아죌의 배신에 대한 소식은 곧 도버 기지에 퍼져 나갔다. 비행사들이 세세한 내용까지 말한 건 아니었지만 제일 말단인 훈련생까지 모두 알게 되었다. 도버 기지에 흉흉한 그림자가 드리워졌다. 슈아죌은 절묘한 시기에 프랑스 군에 이득이 되는 일을 저지른 거였다.

속달 업무를 담당하는 용과 비행사가 나폴레옹의 음모와 슈아죌의 배신에 대한 소식을 전하러 카디즈 항구로 출발했지만, 아무리 빨리 난다 해도 엿새나 걸릴 터였다. 그러니 카디즈 항구에 있는 용들 중 일부가 그 소식을 듣고 다시 도버 기지로 돌아온다 해도 최소한 2주일이나 걸리는 셈이었.

렌튼 대장은 일단 부근에 주둔 중인 민병대와 육군 파견대에 지원을 요청했다. 그들은 며칠 후에 도버 기지로 와서 해안선을 따라 추가로 대포를 설치할 예정이라고 했다.

슈아죌의 말을 듣고 바짝 긴장한 로렌스는 따로 그랜비와 홀린에게 테메레르를 잘 지키라고 일렀다. 나폴레옹이 중국 황제한테 받은 선물을 빼앗긴 사실을 원통해한 나머지 또 다른 스파이를 보냈을지도 몰랐다. 자기가 갖지 못한 바에는 차라리 테메레르를 죽이라는 명령을 내렸을 수도 있었다.

로렌스는 테메레르에게도 따로 주의를 주었다.

"지금보다 더 조심해야 해. 우리가 곁에 없거나 괜찮다고 허락하지 않는 한, 아무거나 먹으면 안 돼. 그리고 내가 너한테 정식으로 소개시켜 주지 않은 낯선 사람이 곁으로 다가오면, 얼른 날아올라서 다른 공터로 도망쳐."

"조심할게, 로렌스. 약속해. 그런데 이해가 안 돼. 프랑스 황제라는 그 나폴레옹이 왜 날 죽이려고 할까? 그런다고 나아질 게 뭔데? 차라리 중국 황제한테 나 같은 품종의 알을 하나 더 달라고 하면 되잖아?"

"프랑스 해군이 먼젓번에 받은 선물을 싣고 가다가 영국 해군에게 빼앗긴 걸 알면, 중국 황제는 절대로 두 번째 알을 내주지 않을 거야. 사실, 네가 들어 있는 알을 선물로 내준 것도 굉장히 이례적인 거야. 아마도 나폴레옹이 중국 황제에게 보낸 외교관이 뛰어난 수완을 발휘해 그런 선물을 받아냈는지도 모르지. 아무튼 나폴레옹은 자기가 받아야 마땅할 선물을 보잘것없는 영국 해군 대령이 차지한 걸 알고, 자존심이 엄청나게 상했을 거야."

테메레르는 역겹다는 듯 코웃음을 치며 말했다.

"만일 프랑스에서 부화했다고 해도, 나는 그 나폴레옹이라는 사람을 아주 싫어했을 거야. 얘기를 듣는 것만으로도 아주 형편없는 악질인 것 같아."

"아, 그렇게만 볼 수는 없어. 그가 자존심이 엄청 세고 폭군이긴 하지만, 뛰어난 전략가인 것만은 분명하니까."

로렌스는 마지못해 이렇게 말하고는 입을 다물었다. 차라리 나폴레옹이 천하의 멍청이였으면 좋았을 거란 생각이 들었다.

렌튼 대장은 도버 기지에 있는 용들을 반으로 나누어, 한쪽이 순찰을 도는 동안, 나머지는 집중적으로 전투 훈련을 받게 했다. 그리고 밤의 어둠을 틈타 에든버러 기지와 인버네스 기지에서 몇몇 용들이 도버 기지를 지원하러 왔다. 그중에는 예전에 테메레르와 막시무스가 도와준 적이 있는 빅토리아투스도 끼어 있었다. 빅토리아투스의 비행사 리처드 클락 대령은 로렌스와 테메레르를 보고 반갑게 인사를 하며 말했다.

"지난번에 갑자기 출발을 하게 돼서 고맙다는 인사도 제대로 못하고, 정말 죄송했습니다. 라간 호수 기지에 있을 땐 부상당한 빅토리아투스를 간호하느라 경황이 없어서 따로 찾아뵙지도 못했는데, 본부에서 갑자기 남쪽으로 가라고 해서 일이 그렇게 되었습니다."

로렌스는 클락 대령과 악수를 하며 말했다.

"괜찮습니다. 괜히 신경 쓰지 않으셔도 됩니다. 빅토리아투스는 이제 다 나은 겁니까?"

"예, 덕분에 완전히 회복이 되었습니다. 아주 빠른 속도로 회복되었죠."

그러더니 클락 대령은 미간을 찌푸리며 말을 이었다.

"얘기를 들으니 조만간 도버 기지가 기습을 받을지도 모른다고 하더군요."

하지만 그 뒤로 며칠이 지나도록 프랑스 군이 쳐들어올 기미는 보이지 않았다. 얼마 뒤 윈체스터 품종의 용 세 마리가 도버 기지에 합류하여 정찰 업무에 추가로 투입되었다. 프랑스의 해변까지 위험을 무릅쓰고 정탐을 나간 그 용들은 내륙까지 들어갈 수가 없어 상세한 정보를 얻진 못했지만, 프랑스 공군에 소속된 헤비급 용들이 프랑스의 해안선을 따라 계속 순찰을 돌더라는 소식을 갖고 돌아왔다.

도버 기지에 추가로 합류한 그 윈체스터 품종의 용들 중에는 레비타스도 끼어 있었다. 하지만 용과 비행사들이 공터 곳곳에 흩어져 있는 상황이라 로렌스는 랜킨과 마주치지 않았다. 로렌스는 잘됐다 싶었다. 달리 도와줄 방법이 없으니, 레비타스가 냉대를 당하는 모습을 보지 않는 편이 차라리 나았다. 레비타스를 찾아갔다가 들키면 랜킨과 싸움이 날 게 뻔했기 때문이다. 도버 기지의 분위기를 더 나쁘게 만들지 않기 위해서라도 로렌스는 레비타스를 보러 가지 말아야 했다. 대신 홀린이 몰래 레비타스를 돌보러 다니는 것은 눈감아 주었다.

아침 일찍, 홀린이 레비타스의 안장과 몸을 닦아준 후 더러워진 리넨 천이 담긴 양동이를 들고 테메레르가 머무는 공터로 오는 걸 보고도, 로렌스는 아무 말도 하지 않았다. 로렌스의 입장에서는 홀린이 업무 외에 레비타스를 돌보는 걸 묵인하는 정도밖에는 할 수 있는 게 없었다.

다들 전투에 대비해 바짝 긴장한 채로 일주일이 지나갔다. 일요일 밤부터는 날씨가 추워지기 시작했다. 예상과는 달리 볼라틸루스는 아직 도버 기지에 도착하지 않고 있었다. 날씨도 맑아서 비행이 지연될 이유도 없는데, 이틀이 지나고 사흘이 지나도록 볼라틸루스가 오지 않자, 승무원들은 속이 타는지 수시로 하늘을 살폈다.

로렌스는 승무원들을 초조하게 만들지 않기 위해 가급적 하늘을 올려다보지 않은 채 묵묵히 일만 했다. 혼자 조용히 생각을 하려고 밖으로 나온 로렌스는 공터 가장자리에서 소리 죽여 울고 있는 에밀리의 모습을 보았다.

우는 모습을 들킨 에밀리는 몹시 부끄러워하면서 눈에 먼지가 들어간 척했다. 에밀리를 방으로 데리고 온 로렌스는 뜨거운 코코아를 타주며 위로했다.

"내가 처음 바다로 나간 건 너보다 딱 두 살 많았을 때였어. 난 배에 오른 뒤 일주일 동안 밤마다 몰래 울곤 했단다."

에밀리가 믿을 수 없다는 표정을 짓자 로렌스는 허허 웃으며 말을 이었다.

"아니, 널 달래주려고 꾸며낸 얘기가 아니야. 나중에 네가 비행사가 되었을 때, 네가 데리고 있는 훈련생들 중 하나가 지금 너처럼 울고 있을지도 몰라. 그럼 넌 그 아이한테 지금 내가 한 것처럼 네 경험을 말하면서 달래주면 되는 거야."

에밀리는 울다 지친 상태에서 코코아를 마시자 잠이 오는지 꾸벅꾸벅 졸면서 속마음을 털어놓았다

"두렵지는 않아요. 엑시디움이 엄마를 지켜주리라고 믿으니까요. 엑시디움은 유럽을 통틀어 가장 훌륭한 용이거든요."

에밀리는 잠깐 로렌스의 눈치를 살피더니 덧붙였.

"물론 테메레르도 엑시디움 못지않게 훌륭하지만요."

로렌스는 진지하게 고개를 끄덕이며 동의했다.

"테메레르는 아직 어려. 지금보다 더 많은 경험을 쌓으면 언젠가는 엑시디움만큼 훌륭한 용이 되겠지."

에밀리는 비로소 안심한 얼굴이었다.

"예, 아마 그럴 거예요."

로렌스는 위엄을 세우기 위해, 얼굴에 미소가 번지려는 걸 꾹 눌러 참았다. 5분쯤 지나자 에밀리는 의자에 앉은 채 잠이 들었다. 로렌스는 에밀리를 안아 침대에 뉜 다음 방을 나와 테메레르에게로 향했다.

"로렌스, 로렌스!"

테메레르가 부르는 소리에 로렌스는 잠에서 깨어나 눈을 껌벅였다. 아직 날이 밝지도 않았는데 테메레르는 로렌스의 몸에 코를 비비며 요란하게 깨우고 있었다. 그제야 로렌스는 숲 너머 연병장 쪽에서 나지막하게 그르렁거리는 소리와 사람들이 웅성거리는 소리를 들었다. 하늘을 향해 탕 하고 대포를 쏘아 올리는 소리도 들렸다. 그제야 벌떡 일어난 로렌스는 주위를 둘러보았다. 주위에는 승무원들이 하나도 보이지 않았다.

로렌스가 앞발에서 미끄러져 내려가자 테메레르는 뒷다리를 세우고 두 날개를 펼치며 물었다.

"무슨 일이지? 프랑스 군이 쳐들어온 건가? 하늘에 용들이 보이진 않는데."

그때 모건이 테메레르가 머무는 공터로 달려왔다. 모건은 뛰어오다가 돌부리에 걸려 넘어질 뻔했지만, 아랑곳하지 않고 소리쳤다.

"대령님, 로렌스 대령님! 볼라틸루스가 도착했어요. 큰 전투가 벌어졌는데 영국 군이 이겼고 나폴레옹이 죽었대요!"

그러자 테메레르가 실망한 어조로 말했다.

"뭐야, 그럼 벌써 전쟁이 끝났다는 거야? 진짜 전투엔 아직 나가지도 못했는데?"

"소문이 부풀려진 걸 수도 있어. 나폴레옹이 진짜 죽었는지는 아직 알 수 없지."

그래도 조금 전에 들었던 대포 소리가 축포라는 걸 알고 나니, 로렌스는 마음이 놓였다. 나폴레옹이 죽었다는 황당한 애긴 믿을 수가 없었지만, 볼라틸루스가 좋은 소식을 갖고 돌아오긴 한 모양이었다.

"모건, 가서 홀린과 지상요원들을 깨우고, 너무 이른 시간이라 미안하지만 테메레르의 먹이를 좀 갖다 달라고 전해 줘."

그런 다음 로렌스는 테메레르를 돌아보며 말했다.

"가서 볼라틸루스와 제임스 대령이 어떤 소식을 갖고 왔는지 알아보고 올게."

"응, 빨리 갔다 와."

테메레르도 궁금한지 뒷다리를 세운 채 숲 너머 연병장을 계속 살폈다.

본부에는 이미 불이 환하게 켜져 있었다. 본부 건물 앞 연병장에는 볼라틸루스가 바닥에 주저앉아 양 한 마리를 게걸스럽게 뜯어먹고 있었고, 그 앞은 급보 업무를 맡은 지상요원 두 명이 지키고 있었다. 막사에서 몰려나온 승무원들이 볼라틸루스에게 접근하지 못하게 하기 위해서였다. 육군과 민병대 소속의 젊은 장교들 몇 명은 기쁨에 들떠 축포를 쏘아 올리는 중이었다.

로렌스는 그들을 밀치고 간신히 연병장을 빠져 나와 본부 건물로 들어갔다. 렌튼 대장의 사무실은 문이 닫혀 있었다. 그래서 로렌스는 비행사 클럽으로 들어갔다. 제임스 대령이 클럽의 식탁 앞에 앉아 볼라틸루스처럼 음식을 마구 씹어 넘기고 있었다. 제임스 대령 주변에는 도버 기지의 비행사들이 모여 앉아 자세한 소식을 전해 듣고 있었다.

제임스는 토스트를 우물거리며 말했다.

"넬슨 제독께서 곧 빌뇌브의 함대가 카디즈 항구에서 빠져나올 거라면서, 곧장 출발하지 말고 며칠만 대기하라고 하셨습니다. 그래서 이렇게 늦은 겁니다. 나는 설마 하면서 기다렸지요. 그런데 정말 일요일 아침이 되자 빌뇌브의 함대가 카디즈 항을 빠져나오더군요.

그리고 빌뇌브의 함대는 월요일 새벽녘에 트라팔가르곶(스페인 이베리아 반도 남서쪽 끝에 있는 곶—옮긴이주)에서 넬슨 제독의 함대와 맞닥뜨렸습니다."

제임스는 잠시 말을 멈추고 커피 한 잔을 쭉 들이켰다. 비행사들은 제임스가 얼른 다시 말을 이어가기를 초조하게 기다렸다. 서튼은 카디즈 항구에서 트라팔가르곶까지의 지형을 종이에 대충 그리고 있었다. 제임스는 빈 접시를 옆으로 밀어놓고는 서튼한테서 그 종이를 받아들었다. 그리고 지도에 동그라미를 그려 함대의 위치를 표시하면서 설명을 이어나갔다.

"자, 지금 이 지도에 표시한 것처럼 넬슨 제독의 함대는 군함의 수가 총 27척이고 지원 나온 용의 수는 12마리였는데, 넬슨 제독과 싸우러 나온 빌뇌브의 함대는 군함 수 33척에 용이 10마리였습니다. 그 33척 중에서 프랑스 군함은 18척이고 스페인 군함은 15척이었죠. 용들도 태반이 스페인 용이었고요."

제임스가 지도에 그려 넣은 선과 동그라미를 살펴보던 로렌스가 흡족한 얼굴로 끼어들었다.

"넬슨 제독이 2개의 전열을 편성해서 서쪽에서 우측으로 빌뇌브의 함대를 공격하도록 지시를 내린 거로군요. 빌뇌브가 이끄는 함대의 전열을 완전히 흩어놓으려는 작전이었군요."

그런 놀라운 전략으로 공격을 했으니, 훈련도 제대로 되어 있지 않은 프랑스 해군들로서는 정신을 못 차리고 혼란에 빠졌을 게 분명했다.

"뭐라고요? 아, 군함들 말이군요. 맞습니다. 그리고 엑시디움과 라에티피캇은 맞바람을 받고 있었고, 모르티페루스는 바람을 등에

지고 있었지요. 공군 사단 앞쪽에선 전투가 아주 치열했고 열기가 후끈 솟아올랐습니다. 군함에 불이 붙어 연기가 솟아오르는 바람에 용들이 서로 할퀴고 싸우는 모습도 잘 보이지 않을 지경이었습니다. 그러다가 나는 넬슨 제독이 탄 빅토리 호에 불이 붙은 걸 보았습니다. 스페인 공군에서 빌뇌브의 함대를 지원하기 위해 보낸 용들 중에 플레차 델 푸에고(스페인어로 '불화살'이라는 뜻—옮긴이주) 품종의 바짝 마르고 조그만 용 한 마리가 있었는데, 그 용이 대포 사이로 날쌔게 날아다니다가 빅토리 호로 접근해서 돛에 불을 뿜었습니다. 라에티피캇이 다가오자 곧 꽁지가 빠지게 달아나긴 했지만, 빅토리 호에는 이미 불이 붙은 뒤였죠."

"우리 쪽은 얼마나 손실을 입었습니까?"

워렌이 침착하게 질문을 던지자 잔뜩 흥분했던 분위기가 가라앉았다. 제임스는 고개를 저으며 대답했다.

"엄청나게 많은 군인들이 전사했습니다. 아마 1,000명도 넘을 겁니다. 넬슨 제독도 세상을 떠났습니다. 플레차 델 푸에고가 불을 붙인 빅토리 호의 돛이 쓰러지면서 갑판 후미에 서 있던 넬슨 제독을 덮치고 말았던 겁니다. 부하들이 달려가 물통의 물을 쏟아 부었지만 넬슨 제독은 끝내 숨을 거두고 말았습니다. 제복에 붙어 있던 훈장들이 그대로 피부에 녹아 붙었다고 하더군요. 영원히 훈장을 간직하고 세상을 떠나신 거죠."

"그렇게 많은 군인들이 희생되었군요. 부디 그들의 영혼이 안식을 누리길."

워렌의 기원과 함께 대화는 잠시 중단되었고, 잠시 후 흥분이 가라앉은 가운데 다시 얘기가 오갔다.

1,000명이 넘는 군인들이 희생되었지만, 넬슨 제독의 함대는 온전했고 결국 트라팔가르 전투에서 대승을 거둔 거였다. 그러니 슬픔보다는 기쁨이 더 컸다. 비행사들이 시끌벅적하게 떠드는 가운데, 로렌스가 제임스에게 말했다.
　"이만 실례해야겠습니다. 금방 돌아오겠다고 테메레르한테 약속을 했거든요. 그런데 제임스, 나폴레옹이 죽었다는 얘기가 있던데 사실인가요?"
　"아, 유감스럽지만 낭설입니다. 자기가 죽었다는 소문을 듣고 나폴레옹이 경기라도 일으켜 죽어준다면 더할 나위 없이 좋겠지만 말입니다."
　제임스의 대답에 비행사들은 왁자하게 웃음을 터뜨렸다. 그리고 다 같이 '오크나무의 고갱이'라는 노래를 소리 높여 부르기 시작했다. 그 노랫소리는 로렌스가 클럽 문을 나서 연병장으로 나갈 때까지도 계속 흘러나왔고, 곧 연병장에 있던 이들도 따라 불렀다.

　해가 뜰 무렵, 도버 기지는 반쯤 비어 있었다. 전투에 대비해 극도로 긴장하다가 갑자기 풀어진 탓에 공군들이 잠자리에 들지 않은 채 밤새워 축배를 들었기 때문이다. 기쁨은 거의 광기에 가까웠다. 공군들이 기쁜 소식을 전하기 위해 도버 시내로 몰려나가는 걸 보면서도 렌튼 대장은 내버려두었다.
　그날 저녁, 체너리 대령은 렌튼 대장과 로렌스, 캐서린과 함께 본부 건물의 발코니에 서서 연병장으로 돌아오는 공군들을 내려다보며 의기양양하게 말했다.
　"나폴레옹이 어떤 식으로 영국을 쳐들어올 계획을 세웠는지는 몰라도, 이번에 아주 큰코다친 셈이죠. 나폴레옹이 지금 어떤 표정을 하고 있는지 직접 봤으면 좋겠습니다."

공군들은 모두 상당히 취해 있었지만, 기분이 좋아서 싸움을 일으킬 분위기는 아니었다. 연병장으로 들어오면서 간간이 노래를 부르기도 했다.

"우리가 나폴레옹을 너무 대단하게 생각했는지도 모르지."

다른 이들과 마찬가지로 렌튼 대장도 포트와인에 취해 양 볼이 벌겋게 달아오르고 기분이 매우 좋은 상태였다. 엑시디움의 편대를 카디즈 항구로 보낸 그의 판단이 결국 옳았던 것으로 판명되었고, 트라팔가르 전투에서의 승리에 크게 기여했기 때문이다.

렌튼 대장이 계속해서 말했다.

"나폴레옹은 지상전이나 공중전은 잘 알지 몰라도 해전은 잘 모르는 것 같더군. 그러니 33척이나 되는 함대를 가지고 27척밖에 되지 않는 영국 해군에게 완전히 패한 거겠지."

캐서린이 물었다.

"그런데 나폴레옹의 공군 사단은 카디즈 항구에 왜 그렇게 늦게 도착한 걸까요? 겨우 용 열 마리라니. 게다가 제임스 대령한테 들으니, 그 절반은 스페인 용이라고 하던데……, 그 정도면 오스트리아 국경 부근에 주둔한 프랑스 용의 10분의 1도 안 되는 규모잖습니까? 오스트리아의 라인 강 기지에서 아예 공군을 이동시키지도 않은 것 아닐까요?"

체너리 대령이 대답했다.

"내가 직접 넘어본 게 아니라 잘 모르겠지만, 피레네 산맥(프랑스와 스페인의 국경을 이룬 산맥—옮긴이주)을 넘는 게 아주 힘들다는 애길 들었습니다. 그리고 달리 생각해 보면, 나폴레옹이 겨우 그 정도 규모의 공군을 지원 병력으로 보냈다는 것은, 빌뇌브의 함대가 자체 병력만 갖고도 충분히 카디즈 항구를 빠져나와 프랑스로 올 수 있다고 믿었기 때문일 수도 있습니다. 그동안 라인 강 기지에 주둔한 공군들은 놀면서 군살이나 찌우고 있는 거고요. 아직도 나폴레옹은 빌뇌브의 함대가 넬슨 제독의 함대를 돌파해서 올 거라고 믿고 있을 겁니다. 기껏해야 군함 한두 척 정도 잃어버리는 손실만 입었을 거라고 기대하면서 날마다 어디쯤 왔을까 하고 손꼽아 기다리고 있겠죠. 빌뇌브의 함대와 합류하기만 하면, 여기서 손톱을 물어뜯으며 불안에 떨고 있는 영국 군을 쳐부수러 나설 수 있을 거라고 생각하면서요."

캐서린이 말했다.

"빌뇌브의 함대가 패배했으니, 나폴레옹은 육군을 수송선에 태워서 영국 해협을 건너 영국 땅으로 들여보내겠다는 계획을 수정할 수밖에 없겠네요."

체너리가 싱긋 웃으며 말했다.

"'그들이 올 수 없다고는 장담할 수 없지만, 바다로는 건너올 수 없을 것이다'라는 세인트 빈센트 경의 말로 대답을 대신하겠습니다. 그리고 나폴레옹이 해군의 지원 없이 용 40마리와 그 승무원들만으로 영국을 쳐들어오겠다고 한다면, 어디 해보라죠. 그것들이 날아오는 즉시 민병대 친구들이 해변에 설치해 놓은 대포 맛을 보여줄 겁니다. 민병대에서 그동안 공을 들여 대포를 설치해 놨는데 쓸 일이 없어지면 서운할 테니까요."

렌튼 대장이 말했다.

"나도 그 파렴치한 나폴레옹에게 복수를 하고 싶은 마음이 굴뚝같지만, 나폴레옹은 해군의 뒷받침을 받지 않은 상태에서 영국으로 쳐들어올 만큼 어리석지는 않아. 우리 영국은 트라팔가르에서 의무를 다했으니, 이제 나폴레옹을 해치우는 일은 오스트리아에 맡겨도 될 걸세. 영국을 침략하겠다는 나폴레옹의 야욕은 이미 좌절된 것이나 다름없으니까."

렌튼 대장은 잔에 담긴 포트와인을 쭉 들이켜며 덧붙였다.

"슈아죌한테서 더 얻어낼 정보도 없고 하니, 이제 슈아죌의 처형을 미룰 필요도 없겠어."

발코니에 침묵이 깔리고 캐서린이 미간을 찌푸리며 흐느끼듯 숨을 들이켰다. 하지만 캐서린은 반대 의사를 표명하지 않았다. 오히려 놀랄 만큼 침착하게 렌튼 대장에게 물었다.

"프래쿠르소리스를 어떻게 처리할지는 결정하셨습니까?"

"가겠다고만 하면 뉴펀들랜드의 사육장으로 보낼 생각이야. 새로 지어진 사육장이라 짝짓기에 쓸 수컷 용이 부족한 형편이거든. 프래쿠르소리스는 잘못이 없으니 처형할 필요도 없지. 영국을 배신한 건 슈아죌이니까."

렌튼 대장은 고개를 절레절레 저으며 말을 이었다.

"참, 가슴 아픈 일이야. 프래쿠르소리스를 사육장으로 보내면 도버 기지의 다른 용들도 며칠 동안 마음이 좋지 않겠지. 그래도 다른 도리가 없으니, 가급적 빨리 보내는 게 상책이야. 일단은 내일 아침이 밝으면 바로 슈아죌을 처형할 걸세."

다음날 아침, 렌튼 대장은 슈아죌에게 프래쿠르소리스와 몇 분간 얘기를 나누도록 허락했다. 막시무스와 테메레르가 온몸에 사슬이 감긴 프래쿠르소리스를 양옆에서 감시했다. 로렌스는 테메레르가 억지로 경비를 서면서 몸서리를 치고 있음을 눈치챘다. 프래쿠르소리스는 슬픔을 꾹 참으며 고개를 젓다가 슈아죌이 뉴펀들랜드의 사육장으로 가라고 거듭 설득하자 마지못해 고개를 끄덕였다. 슈아죌은 프래쿠르소리스의 부드러운 코에 뺨을 대고 작별을 고했다.

경비병들이 다가오자 프래쿠르소리스는 앞으로 나서며 그 경비병들을 쫓아버리려고 했으나 온몸이 사슬로 결박을 당한 터라 꼼짝할 수가 없었다. 결국 경비병들은 슈아죌을 교수대로 끌고 갔고, 프래쿠르소리스는 처연하고 날카로운 소리로 울부짖었다. 경비병들이 슈아죌의 목을 밧줄에 거는 동안, 테메레르는 몸을 움츠리고 고개를 돌린 채 날개를 부르르 떨며 조그맣게 신음소리를 냈다. 로렌스는 테메레르에게 다가가 목을 쓰다듬어주며 말했다.

"그래, 보지 마, 테메레르. 금방 끝날 거야."

로렌스도 목이 메어 말이 제대로 나오지 않았다.

슈아죌이 교수대에서 처형되는 순간, 프래쿠르소리스는 다시 한번 비명을 지르고는 온몸의 생기가 한꺼번에 몸에서 빠져나간 듯 정신을 잃고 땅바닥으로 쓰러졌다. 렌튼 대장은 옆을 지키고 있던 테메레르와 막시무스에게 그만 가보라고 신호를 보냈다. 로렌스는 테메레르의 안장에 올라탄 채 옆구리를 쓰다듬으며 말했다.

"멀리 가자. 아주 멀리."

그 순간 테메레르는 홱 솟아올라 맑고 텅 빈 바다를 향해 날아갔다.

버클리가 여느 때처럼 갑자기 공터로 다가와 불쑥 말했다.

"로렌스, 막시무스랑 릴리를 이리로 데리고 와도 괜찮겠습니까?

여긴 공간도 충분히 넓으니까 데려와도 될 것 같은데."

로렌스는 고개를 들고 멍하니 버클리를 올려다보았다. 테메레르는 머리를 날개 밑에 감추고 우울한 기분에서 헤어나지 못하고 있었다. 슈아죌의 교수형이 집행된 직후, 로렌스와 테메레르는 몇 시간 동안이나 바다 위를 날아다녔다. 테메레르가 이대로 기진맥진해질 것을 우려한 로렌스가 설득해서 다시 도버 기지로 돌아오기는 했지만, 테메레르는 여전히 우울해했고, 로렌스도 충격을 받아서 열병에라도 걸린 것처럼 온몸이 쑤시고 아팠다.

해군 시절, 로렌스는 죄수를 교수형시키는 자리에 몇 번 참석한 적이 있었다. 그동안 로렌스가 보았던 그 어떤 죄수보다도 슈아죌은 교수형을 당해 마땅한 자였지만, 로렌스는 이상하게 계속 마음이 심란하고 고통스러웠다.

"좋을 대로 하세요."

로렌스는 버클리의 요청에 아무렇게나 대답을 하고는 다시 고개를 푹 숙였다. 이윽고 날개 치는 소리가 나고 막시무스의 거대한 그림자가 공터를 뒤덮었다. 막시무스가 해를 가리며 날아와 테메레르 옆에 내려섰다. 곧이어 릴리도 그 옆에 착륙했다. 막시무스와 릴리는 테메레르에게 가까이 다가왔다. 테메레르도 그 용들에게 의지했고, 릴리가 기다란 날개를 펼쳐 두 용을 감싸안아 주었다.

버클리는 캐서린을 데려와 로렌스 옆에 앉혔다. 그리고 그 맞은편에 어색하게 앉아서 로렌스에게 검은 술병을 내밀었다. 로렌스는 그 술병을 받아 들이켰다. 물을 타지 않은 독한 럼주였다. 로렌스는 그날 하루종일 아무것도 먹지 않은 상태라 금방 취기가 올랐다. 술에 취하자 마치 감각이 마비된 듯 아무 생각도 하지 않게 되어 차라리 좋았다.

잠시 후 캐서린은 흐느껴 울기 시작했다. 캐서린의 어깨를 감싸주는 로렌스의 눈에서도 눈물이 흘렀다. 캐서린은 손등으로 눈물을 훔쳐내며 말했다.

"그 놈은 배신자였어요. 거짓말쟁이 배신자……, 그러니까 난 조금도 슬프지 않아요. 전혀요."

힘주어 말하는 것이 꼭 자신을 설득하려는 것처럼 들렸다.

버클리가 캐서린에게도 그 술병을 내밀며 말했다.

"그 더러운 변절자를 위해서 슬퍼할 필요는 없습니다. 불쌍한 건 프래쿠르소리스지 슈아쥘이 아니니까. 사실, 용들은 다 불쌍해요. 용들이야 왕이니 국가니 하는 것엔 별로 관심이 없지 않습니까? 프래쿠르소리스도 슈아쥘이 가자고 하니까 오스트리아로, 영국으로, 따라다닌 거죠."

로렌스가 물었다.

"그런데 나폴레옹이 반역죄를 저지른 용의 목을 자른다는 게 정말입니까?"

"아마 그럴 겁니다. 유럽 대륙에서는 어쩌다 벌어지는 일이긴 하지만 용을 처형하기도 한다고 들었습니다. 자기 잘못으로 용이 처형될 수도 있다는 걸 인식시켜서, 비행사들이 반역을 저지르지 못하게 하는 거라고 하더군요."

로렌스는 괜히 물어봤다 싶었다. 슈아쥘이 감방에서 했던 얘기가 거짓이 아니라는 걸 알게 되자 마음이 더 울적해졌다.

버클리가 열을 올리며 말했다.

"슈아쥘이 처음부터 사정 얘기를 하고 도와 달라고 했으면 영국 공군 본부에서 슈아죌과 프래쿠르소리스를 영국이 보유한 식민지로 보내 줄 수도 있었습니다. 프래쿠르소리스와 살아남기 위해서였다면, 슈아죌은 굳이 우릴 배신할 필요가 없었어요. 슈아죌은 예전에 누렸던 지위를 회복하고 프랑스로 돌아가 살고 싶었던 겁니다. 우리한테 붙어 있다가는 나폴레옹이 영국을 침략해 들어왔을 때 꼼짝없이 붙잡혀 처형당할 테니까 말이죠."

버클리는 고개를 저으며 말을 이었다.

"슈아죌은 배신 행위가 발각되었을 때에도 우리가 프래쿠르소리스를 죽이지 않고 번식용으로 쓸 거라는 것을 계산에 넣었을 겁니다. 변명의 여지가 없어요. 아주 비열한 놈입니다. 그 놈은 나폴레옹이 조만간 영국을 장악할 거라고 믿고 다시 나폴레옹에게 붙은 것뿐입니다. 영국의 식민지로 가서 살기는 싫었던 거죠. 프래쿠르소리스만 불쌍하게 됐죠. 그 용은 잘못한 것도 하나 없는데."

테메레르가 불쑥 끼어들었다.

"아뇨, 프래쿠르소리스도 잘못을 했어요."

세 사람은 테메레르를 올려다보았다. 막시무스와 릴리도 고개를 돌리고 귀를 기울였다.

테메레르가 계속 말을 이었다.

"슈아죌이 프래쿠르소리스를 억지로 잡아끌고 프랑스에서 도망친 것도 아니고, 영국으로 건너올 때도 마찬가지였어요. 프래쿠르소리스도 슈아죌과 뜻이 맞아 영국으로 들어온 것이니 전혀 잘못이 없다고는 볼 수 없죠."

캐서린이 조심스럽게 이의를 제기했다.

"슈아죌이 어떤 의도를 갖고 있었는지 프래쿠르소리스가 모르고 있었을지도 모르잖아?"

"그렇다면 나중에 슈아쾰의 계획을 알았을 때 동조하지 말았어야 했어요. 그래야 정말 잘못이 없는 게 되는 거죠. 그리고 프래쿠르소리스는 볼라틸루스처럼 머리가 단순하지 않아요. 처신만 제대로 했으면 자기 비행사의 목숨도 살리고, 자신의 명예도 지킬 수 있었을 거예요. 나 같으면 내 비행사가 교수형을 당하게 내버려두고 나 혼자 살아남지는 않았을 거예요."

테메레르는 꼬리를 공중에 휘휘 저으며 단호하게 덧붙였다.

"그리고 로렌스를 끌고 가서 교수대에 매달아 처형시키는 걸 그냥 두고 보지도 않았을 거예요. 절대로요."

막시무스와 릴리도 뱃속에서 꾸르륵 소리를 내며 맞장구를 쳤다. 막시무스가 말했다.

"난 버클리가 영국을 배신하게 놔두지도 않을 거야. 하지만 혹시 버클리가 영국을 배신해서 교수대에 오르면, 나는 버클리의 목을 매달려고 하는 놈들을 죄다 밟아죽이고 말겠어."

릴리도 말했다.

"난 캐서린을 데리고 멀리 도망칠 거야. 프래쿠르소리스도 나처럼 하고 싶었을지도 몰라. 온몸에 사슬이 감겨 있고, 자기보다 덩치가 큰 너희들이 옆에서 지키고 있는 데다가, 독을 뿜는 능력도 없으니 어쩔 수 없었던 거겠지. 프래쿠르소리스는 혼자였고, 감시를 받고 있었으니까. 내가 혹시 그렇게 탈출이 불가능한 상황에 처하면 어떻게 해야 할지, 지금으로선 가늠이 안 돼."

용 세 마리는 다 같이 비참한 기분에 젖어 몸을 웅크리고 고개를 숙였다. 그러다가 테메레르가 고개를 들고 단호하게 말했다.

"앞으로 우리가 어떻게 해야 할지 좋은 생각이 떠올랐어. 릴리가 캐서린을 데리고 도망쳐야 할 상황이 생기거나 막시무스가 버클리를 데리고 탈출해야 할 땐 내가 도와줄게. 그러니까 너희도 나랑 로렌스가 그런 상황에 처했을 때 우릴 도와주면 돼. 그럼 걱정할 거 없어. 우리 셋이 힘을 합하면 아무도 우릴 건드리지 못할 테니까, 우린 충분히 탈출할 수 있어."

용 세 마리는 마침내 멋진 계획을 세웠다고 기뻐하면서 키득거리고 웃었다. 로렌스는 럼주를 괜히 마셨다 싶었다. 술기운 때문에 논리적으로 생각할 수가 없어서, 용들이 그런 계획을 세우는 게 얼마나 위험한 것인지 설명할 수가 없었다.

다행히 버클리가 나섰다.

"그만들 해, 이 놈들아. 너희가 그런 음모를 꾸민 덕분에 우리가 더 빨리 교수형을 당할 수도 있겠다. 그나저나 먹이는 언제 먹을 거야? 너희들이 먹이를 먹어야 우리도 식사를 하러 갈 것 아니냐. 너희가 우릴 지켜줄 계획을 세우는 동안, 우린 여기서 이대로 굶어죽을 수도 있어."

막시무스가 말했다.

"당신은 아마 굶어죽을 일은 없을 거야. 2주 전에 의사가 당신한테 비만이라고 경고했잖아."

"그 악마 같은 의사 놈 말은 들을 것도 없어!"

버클리가 성질을 내며 벌떡 일어서자, 막시무스는 즐거워하며 콧구멍으로 바람을 뿜어냈다.

잠시 후 용 세 마리는 설득에 못 이겨 먹이를 먹겠노라고 말했다. 버클리와 캐서린은 막시무스와 릴리에게 먹이를 먹이기 위해 각자의 거처로 돌아갔다. 테메레르는 먹이를 다 먹고 나서 말했다.

"처신이 괘씸하긴 하지만, 그래도 프래쿠르소리스를 생각하면 가슴이 아파. 영국 공군에서 슈아죌과 프래쿠르소리스를 먼 식민지로 보내는 벌을 주는 게 더 나았을 텐데."

식사를 하고 진한 커피를 마셔서 그런지 머리가 맑아진 로렌스가 대꾸했다.

"죄의 대가를 제대로 치르게 할 수밖에 없어. 안 그러면 슈아죌처럼 영국을 배신하는 이들이 또 나올 수도 있으니까. 그리고 슈아죌은 교수형에 처해져도 마땅해. 캐서린을 인질로 잡고, 릴리를 배신자로 만들려고 했잖아. 프랑스 군이 나를 포로로 잡고 있으면서, 너한테 영국의 옛 전우들과 맞서 싸우라고 하면 어떻겠어?"

테메레르가 상당히 불만스러운 투로 말했다.

"무슨 뜻인지는 알겠지만, 그래도 슈아죌에게 다른 방법으로 벌을 주는 게 더 나았을 거란 생각이 들어. 영국 공군이 슈아죌을 포로로 감금해 놓고, 프래쿠르소리스한테 우리를 위해 나가 싸우라고 했으면 우리 입장에선 더 효율적이지 않았을까?"

"자원 활용에 대한 네 감각이 뛰어난 것만은 알아줘야겠다, 테메레르. 그렇지만 반역죄는 교수형으로 다스릴 수밖에 없어. 감금은 반역죄에 대한 형벌로는 너무 약하거든."

"그럼 왜 프래쿠르소리스는 죽이지 않은 거야? 번식에 활용할 수 있다는 실용적인 이유 때문인 거야?"

로렌스는 그 질문에 곧장 대답을 못하고 잠시 머뭇거리다가 입을 열었다.

"영국 공군은 어떤 이유로든 용을 죽이는 것을 반대해. 이번에 프래쿠르소리스를 사육장으로 보낸 것도, 그 용을 죽이지 않고 살려두기 위한 구실이야. 게다가 영국 법은 기본적으로 사람에게 적용되는 것이니까, 용에게 그 법을 적용시켜 처형시킬 수는 없지."

"아, 그렇구나. 이제 이해가 돼. 사실, 용인 내가 볼 때, 말도 안 되는 내용이라 따르는 게 무리일 것 같은 법률도 있더라고. 앞으로도 영국 국회가 우리 용들에게 법률을 따르라고 말하려면, 그 법률을 제정해야 하는 이유를 먼저 우리한테 설명해 주고 의견을 구해야 될 거야. 전에 당신이 영국 국회에 관한 책을 읽어줬을 때 들어보니까, 국회에서 법률을 제정할 때 용들을 불러 견해를 물어본 적이 한 번도 없더라고."

"조만간 '대표 없는 곳에 세금을 낼 수 없다'고 시위를 벌이면서 차 상자를 바다로 던져 넣겠구나. 꼭 자코뱅파처럼 말을 하네. 어차피 네 고집대로 할 테니, 그런 생각을 하면 안 된다고 내가 말리고 나서봤자 소용이 없겠지. 내가 그렇게 가르친 것도 아닌데, 어쩌다 네가 그런 독립적인 성향을 갖게 된 건지 모르겠다."

12

다음날 아침, 영국 공군들은 포츠머스(영국 잉글랜드 남부에 있는 항구 도시-옮긴이주)를 출발해 노바스코샤의 소규모 기지로 가는 용 수송선에 프래쿠르소리스를 태워 보냈다. 일단 노바스코샤의 기지에 도착한 후 새로 만든 뉴펀들랜드의 사육장으로 옮겨질 예정이었다.

로렌스는 테메레르가 수송선에 태워지는 프래쿠르소리스의 모습을 보면 심란해할까 봐, 일부러 그 전날 밤 늦게까지 테메레르에게 책을 읽어주어 늦잠을 자게 만들었다.

렌튼 대장은 사기 진작을 위해 트라팔가르에서의 승전을 기념하는 불꽃놀이를 기획하고, 소책자를 통해 일몰 후 템스 강 입구에서 불꽃놀이가 개최된다는 걸 널리 알렸다.

불꽃놀이를 하기로 한 날, 나이 든 용들은 기지에 머물고 도버 기지에서 제일 젊은 축에 속하는 릴리와 테메레르, 막시무스는 렌튼 대장의 허락을 얻어 템스 강변으로 구경을 나갔다.

로렌스도 바지선에서 흘러나오는 음

악을 들으며 눈부신 불꽃이 하늘을 수놓는 걸 보자 무척 감격스러웠다. 불꽃놀이를 처음 보는 테메레르는 흥분해서 눈을 휘둥그렇게 떴다. 테메레르의 눈동자와 비늘에 형형색색의 불꽃들이 반짝거리며 비쳤다. 테메레르는 음악 소리를 좀더 잘 들으려고 고개를 이쪽저쪽으로 돌리곤 했다. 불꽃놀이가 끝나고 도버 기지로 돌아오는 동안에도 테메레르는 음악과 폭죽, 불꽃에 대한 얘기만 했다.

테메레르가 로렌스에게 물었다.

"도버 시내의 음악당에서 한다는 음악회도 저런 거야? 다음번에 음악당에 가게 되면 좀더 가까이에서 구경하면 안 될까? 다른 사람들에게 방해되지 않도록 얌전히 앉아 있을게."

"오늘 본 불꽃놀이는 특별 행사고, 음악당에선 불꽃 없이 음악만 들을 수 있어."

로렌스는 두 번째 질문에는 대답하지 않고 얼버무렸다. 용이 가까이에 앉아 자기네들과 같이 음악을 들으려고 하면 도버 시민들이 어떤 반응을 보일지 뻔했기 때문이다.

테메레르는 크게 풀이 죽지 않은 목소리로 말했다.

"아, 그렇구나. 음악만 있어도 괜찮아. 오늘 밤엔 거리가 멀어서 잘 안 들리더라고."

로렌스는 마지못해 사실을 얘기했다.

"도버 시에 네가 들어갈 수 있을 정도로 규모가 큰 음악당은 아마 없을 거야."

그때 로렌스는 갑자기 좋은 생각이 떠올랐다.

"아, 연주자들을 도버 기지로 초청해서 음악을 연주해 달라고 하면 되겠다. 그게 훨씬 편하겠어."

"맞아! 그거 좋은 생각이야!"

착륙하자마자 테메레르는 도버 기지에서 음악회를 할 거라는 얘기를 막시무스와 릴리에게 전했다. 막시무스와 릴리도 테메레르만큼 기뻐하며 관심을 보였다.

그러자 버클리가 로렌스에게 말했다.

"이봐요, 로렌스. 용한테 안 된다고 말하는 법 좀 배워요. 당신 때문에 우리가 생전 안 하던 일들을 자꾸 하게 되지 않습니까? 그리고 연주자들이 여기 오려고 하겠어요? 아무리 음악에 대한 열정이 대단해도 용들 앞에서 음악을 연주하겠냔 말입니다."

"물론 음악에 대한 열정 때문에 오진 않겠죠. 하지만 일주일치 급료와 풍성한 식사를 대접하겠다고 하면, 연주자들은 아마 베들럼 병원(런던에 있는 정신 병원 이름—옮긴이주) 한가운데서도 연주를 하겠다고 할 겁니다."

캐서린이 거들었다.

"좋은 생각 같네요. 저도 대찬성이에요. 열여섯 살 때 이후로는 음악회에 간 적이 없거든요. 그날 어쩔 수 없이 치마를 입고 음악당에 갔는데, 어떤 이상한 남자가 옆자리에 앉더니 내 귀에 음탕하고 무례한 말을 속삭이더라고요. 그래서 커피포트에 들어 있던 커피를 그 남자의 허벅지에 확 쏟아버렸죠. 그 남자는 곧바로 그 자릴 떠났지만 난 더 이상 음악을 즐길 기분이 아니었어요."

버클리가 말했다.

"맙소사, 캐서린. 앞으로 당신을 화나게 만들 일이 있으면, 당신이 커피포트를 들고 있는지부터 살펴봐야겠군요."

로렌스도 당황했다. 음악회에서 캐서린이 그런 일을 당했다는 것뿐만 아니라, 캐서린이 그 무례한 남자를 응징한 방법도 평범한 여자들과는 많이 달라 놀랐다.

캐서린이 차분하게 말했다.

"그때 그 놈을 발로 몇 대 찼어야 했는데. 아니, 처음부터 그런 자리에 가는 게 아니었어요. 풍성한 치마를 입은 채로 의자에 앉는 게 얼마나 고역스런 일인지 모르실 거예요. 자리에 편히 앉는 데만 5분이 걸렸다니까요. 다시는 하고 싶지 않은 짓이었어요. 돌아다니면서 손님 시중을 드는 웨이터 노릇을 하는 게 차라리 편할 것 같았죠. 어쨌든 숙녀 노릇을 하는 건 쉽지 않더라고요."

잠시 후 로렌스는 일행에게 잘 자라고 인사를 한 후, 테메레르와 함께 공터로 돌아왔다. 로렌스는 테메레르 옆에 작은 텐트를 치고 그 안에 들어가서 누웠다. 이젠 테메레르가 프래쿠르소리스와 슈아죌의 일로 스트레스를 받고 있는 것 같진 않았지만, 곁에 있어주는 게 좋을 것 같아서였다. 그리고 덕분에 다음날 아침 일찍 잠에서 깰 수 있었다.

테메레르가 잠이 깨자마자 커다란 눈으로 텐트 안을 들여다보며 오늘 도버 시내로 가서 연주자들을 불러올 수 있느냐고 물었던 것이다. 로렌스는 하품을 하고 텐트에서 기어 나오며 말했다.

"오늘은 좀 늦게까지 자고 싶었는데 다 틀렸군. 렌튼 대장한테 휴가를 얻어서 갔다올게. 아침은 먹고 가도 되겠지?"

속으로는 음악을 듣고 싶어 안달이 났지만 테메레르는 인내심을 발휘하며 대답했다.

"아, 물론이지."

로렌스는 구시렁거리며 외투를 걸쳐 입고 본부 건물을 향해 걸어갔다. 반쯤 걸어갔을 때 맞은편에서 뛰어오던 모건과 부딪칠 뻔했다. 모건은 숨을 헐떡이며 말했다.

"렌튼 대장님이 회의가 있다고 대령님을 불러오라고 하셨어요."

모건이 너무 흥분해 있어서 로렌스는 가까스로 달래서 진정시켰다. 모건이 계속해서 말했다.

"그리고 테메레르를 전투에 내보낼 준비를 하라고도 하셨어요."

로렌스는 깜짝 놀랐지만 태연하게 말했다.

"알았어. 그랜비 대위와 홀린 준위에게 가서 그 얘기를 전하고, 그랜비 대위가 지시하는 대로 따르도록 해. 다른 승무원들한테는 아무 말도 하지 말고."

"예, 대령님."

모건은 막사로 달려갔고, 로렌스는 본부 건물로 걸음을 재촉했다. 로렌스가 사무실 문을 두드리자 안에서 렌튼 대장이 대답했다.

"어서 들어오게, 로렌스."

사무실로 들어가니 다른 비행사들이 모두 집합해 있었다. 그리고 놀랍게도 렌튼 대장의 책상 옆에 랜킨이 서 있었다. 랜킨이 라간 호수의 기지에서 도버 기지로 온 뒤에도 로렌스는 랜킨과 말을 하지 않고 지냈다. 그동안 로렌스는 랜킨과 레비타스의 근황을 몰랐는데, 지금 랜킨의 모습을 보니 상당히 위험한 상황에 처했던 듯했다. 랜킨의 허벅지에 감긴 붕대에서 피가 새어나오고 있었고, 옷에도 피가 묻어 있었으며, 얼굴은 창백하고 고통스러워 보였다.

렌튼 대장은 로렌스가 들어와 문을 닫자 엄숙한 표정으로 입을 열었다.

"아무래도 우리가 너무 일찍 축배를 들었던 것 같다. 이번에 프랑스 해안 너머 내륙까지 정찰 비행을 다녀온 랜킨 대령이 내륙에서 망할 놈의 나폴레옹이 무슨 짓을 꾸미고 있는지 보았다고 한다. 이 그림을 잘 보도록."

렌튼 대장은 책상 위에 종이 한 장을 올려놓았다. 먼지와 피로 얼룩진 그 종이에는 랜킨 대령이 꼼꼼한 손길로 그린 그림이 들어 있었다.

로렌스는 그 종이에 그려진 게 뭔지 제대로 알 수가 없어 미간을 찌푸렸다. 군함처럼 생기긴 했지만 상갑판 주변에 난간이 없었고, 돛대나 포문도 없었다. 이물에서 고물까지의 선체 양옆에 두꺼운 나무 들보 여러 개가 박힌 괴상한 모양새였다.

체너리가 그 종이를 자기 쪽으로 돌려놓고 들여다보며 물었다.

"이게 뭡니까? 보트는 있을 텐데, 이런 건 또 왜 만든 걸까요?"

랜킨이 설명했다.

"내가 위에서 보니, 용들에게 이 괴상한 모양의 배를 들어 올려 이리저리 옮기는 연습을 시키고 있더군요."

로렌스는 즉시 이해가 되었다. 선체 양옆의 나무 들보를 용들이 발톱으로 움켜잡아 위로 들어 올리는 구조였고, 나폴레옹은 육군들로 채워진 이 공중 수송선을 용들에게 들게 하여 영국 해협을 날아 건너게 할 계획이었다. 영국의 공군력이 현재 지중해의 카디즈 부근에 집결해 있는 상황이니, 이 기회를 틈타 영국으로 쳐들어올 생각이었다. 공중 수송선의 고도를 한껏 높여 영국 해협을 건너게 하면 영국 해협을 봉쇄 중인 영국 해군들의 대포도 피할 수 있을 터였다.

렌튼 대장이 말했다.

"나폴레옹이 이 요상한 배에 육군을 얼마나 태울 생각인지 알 수 있으면 좋을 텐데……."

로렌스가 끼어들었다.

"한 가지만 여쭤보겠습니다. 이 공중 수송선의 길이가 얼마나 됩니까? 무게는 얼마나 나갈 것 같던가요?"

랜킨이 대답했다.

"그 배 옆에 리퍼 두 마리가 나란히 서 있는 걸 봤는데, 리퍼 두 마리의 몸집을 합친 것보다 약간 더 길더군요. 그러니까 길이는 아마 60미터 정도는 될 겁니다."

로렌스는 굳은 표정으로 말했다.

"내부가 3층으로 이루어져 있다고 가정하고 그물 침대까지 달아맨다면, 아마 한 척당 육군 2천 명 정도를 실어 나를 수 있을 겁니다. 영국 해협을 날아서 건너는 건 그리 오랜 시간이 걸리지 않으니 식량을 따로 실을 필요는 없을 거고요."

경악한 비행사들이 웅성거렸다.

렌튼 대장이 말했다.

"하긴, 셰르부르에서 영국 해협을 날아서 건너온다면 아무리 천천히 날아도 두 시간도 걸리지 않을 테지. 지금 나폴레옹이 보유하고 있는 용은 60마리도 넘을 것이고."

최근에 도버 기지에 합류한 듯한, 로렌스가 처음 보는 비행사 하나가 말했다.

"그렇다면 아침 일찍 출발할 경우 정오도 되기 전에 5만 명 정도의 프랑스 육군이 영국 땅을 밟게 된다는 계산이 나오는군요."

다른 비행사들도 같은 계산을 하며 사무실 안을 둘러보았다. 지금 이 사무실에 집합한 비행사는 스무 명도 되지 않았고, 그들 중 4분의

1은 정찰과 우편 속달 업무를 하는 라이트급 용들의 비행사였다. 서튼이 그림을 자세히 들여다보며 말했다.

"그런데 용들이 배를 들고 해협을 건넌다는 게 과연 가능할까요? 배의 길이가 60미터나 되니 무게도 엄청 나갈 텐데."

로렌스가 말했다.

"가벼운 나무를 써서 만들었을 겁니다. 영국 해협 위로 날아오는 동안만 버티면 되니까 방수 처리도 안 했을 거고요. 선체가 길쭉하고 폭이 좁으니 바람의 저항을 최대한 덜 받고 날 수 있을 거예요. 아마 지금 나폴레옹은 동풍이 불기만을 기다리고 있겠죠. 공중 수송선을 들고 날아오는 용들은 주변의 공격에 취약할 수밖에 없으니, 우린 그 약점을 노려야 합니다. 그런데 엑시디움과 모르티페루스는 카디즈에서 언제 이리로 출발했습니까?"

렌튼 대장이 대답했다.

"나흘 전에 출발했다고 한다. 나폴레옹도 아마 알고 있을 거다. 엑시디움과 모르티페루스를 최대한 카디즈에 잡아두려고 빌뇌브의 함대를 희생시킨 것일 테니까, 계속 동향을 살피겠지. 그리고 지금의 이 좋은 기회를 놓치려고 하지 않을 거다."

엄청난 위험이 다가오고 있다는 걸 알게 된 비행사들은 굳은 표정으로 입을 다물었다. 렌튼 대장은 책상 위에 놓인 그림을 내려다보다가 천천히 일어섰다. 지금 보니 렌튼 대장의 머리가 하얗게 세어 있었다.

이윽고 렌튼 대장이 입을 열었다.

"제군들, 오늘은 북풍이 불고 있으니, 아직 시간이 있다. 나폴레옹은 최대한 바람의 저항을 덜 받고 날아오려고 동풍이 불기를 기다리고 있을 거다. 오늘부터 모든 정찰 담당 용들은 셰르부르 부근을 교대로 정찰하면서 한 시간 간격으로 정찰 결과를 보고하도록. 우린 수적으로 크게 열세인 상황이니 저들을 막아낼 순 없겠지만, 최선을 다해 저들이 영국 땅에 내려서는 시간을 지연시켜야 한다."

어느 누구도 입을 열지 않았다.

잠시 후 렌튼 대장이 말을 이었다.

"전투가 시작되면 헤비급과 미들급 용들은 개별적으로 프랑스 군의 공중 수송선들을 파괴시키도록 한다. 체너리 대령과 워렌 대령은 릴리가 이끄는 편대의 제2열을 맡는다. 제3열은 정찰 담당 용 두 마리에게 맡길 것이다. 캐서린 하코트 대령, 나폴레옹이 공중 수송선을 방어하도록 추가로 용들을 보낼 것이니, 자네는 그 방어하는 용들을 최대한 자네 주변으로 끌어들이도록 해."

"예, 대장님."

캐서린이 대답하자, 다른 비행사들도 고개를 끄덕였다.

렌튼 대장은 심호흡을 하고 두 손으로 얼굴을 문지르며 말했다.

"다들 가서 준비하도록. 이상!"

나폴레옹이 언제 쳐들어올지 모르는 상황이라 한시도 마음을 놓을 수가 없었다. 정찰을 하던 랜킨이 프랑스 공군에게 공격을 받고 간신히 도망을 쳐왔으니, 프랑스 군에서도 그들의 비밀 계획이 영국 측에 탄로났다는 걸 지금쯤 알고 있을 것이다.

로렌스는 대위들에게 회의 결과를 조용히 전달하면서 업무 지시를 내렸다. 프랑스 군의 공중 수송선에 대한 얘기가 삽시간에 도버 기지에 퍼져나갔다. 승무원들은 삼삼오오 모여 그 얘기를 수군거렸고, 긴급한 상황임을 파악한 이들은 곧 표정이 굳어졌다. 오전 시간의 한가로운 잡담도 사라졌다.

로렌스는 제일 나이 어린 장교들도 용기를 잃지 않고 자신의 일에 열심인 모습을 보자 마음이 뿌듯했다.

테메레르는 난생 처음 제대로 된 전투용 안장을 차게 되었다. 순찰을 도는 동안엔 가벼운 소재의 안장을 사용했고, 라간 호수의 기지에서 도버 기지로 오는 동안에는 여행용 안장을 차고 있었다. 테메레르는 꼿꼿이 서서 고개를 뒤로 돌리고, 승무원들이 무거운 소재로 된 전투용 가죽 안장을 자기 몸에 씌우고 3중 리벳으로 고정시킨 후 쇠사슬을 그물처럼 엮어 만든 커다란 갑옷을 안장 위에 덧씌우는 과정을 흥미롭게 지켜보았다.

안장에 올라탔을 때 쓰게 될 비행 장비를 점검하던 로렌스는 주변에 홀린의 모습이 보이지 않는다는 걸 알아챘다. 공터 전체를 세 번이나 둘러보았지만 홀린을 찾을 수가 없었다. 로렌스는 전투 중에 테메레르의 가슴과 어깨를 보호해 줄 거대한 방어판을 만들고 있는 병기담당자 프랫 준위를 불렀다.

"자네, 홀린이 어디 있는지 아나?"

프랫이 가까이 다가와 머리를 긁적이며 대답했다.

"글쎄요, 어젯밤에는 봤는데, 오늘 아침엔 못 본 것 같은데요."

"알았어. 가서 일 보게."

그리고 로렌스는 훈련생들을 불렀다.

"에밀리, 다이어, 모건! 홀린 준위가 어디 있는지 찾아봐. 그리고 찾으면 내가 오라고 전해."

"예, 대령님."

훈련생들은 동시에 대답하고는, 저희들끼리 방향을 논의하더니 사방으로 흩어졌다. 로렌스는 미간을 찡그리며 다른 승무원들이 일하는 모습을 돌아보았다. 홀린이 이런 긴급한 상황에서 의무를 이행하지 않고 사라지자 로렌스는 놀라고 당황했다. 갑자기 병이 나서 의사한테 갔을지도 모른다는 생각이 들었다. 만일 그렇다면 동료들한테 의사한테 다녀온다고 얘기를 하고 갔어야 했다.

30분 후, 테메레르는 전투용 안장을 모두 차려 입었다. 그랜비 대위의 엄격한 관리 아래 승무원들이 안장을 오르내리는 연습을 하고 있는데, 에밀리가 공터로 달려왔다.

에밀리는 헐떡거리고 숨을 몰아쉬며 말했다.

"로렌스 대령님, 홀린 준위는 레비타스랑 같이 있어요. 하지만 화내지는 마세요."

"아, 그래."

로렌스는 당황했다. 그동안 홀린이 레비타스를 몰래 돌봐주는 걸 자기가 눈감아주고 있었음을 에밀리에게 알게 해선 안 되기 때문이었다. 에밀리가 그 일을 알게 되면 비밀을 지키느라 속으로 끙끙댈 게 분명했다.

로렌스가 말했다.

"그 일에 대한 해명은 나중에 듣더라도, 지금 당장 여기서 해야 할 일이 있으니 바로 오라고 해."

"대령님이 오라고 했다고 전했는데요, 홀린 준위가 레비타스를 혼자 두고 올 수가 없다고 했어요. 그러면서 저더러 대령님을 좀 모시고 오라고 했어요."

에밀리는 이렇게 말하고는, 로렌스가 홀린의 불복종 행위에 어떤 반응을 보일지 몰라 초조해하며 눈치를 살폈다. 로렌스는 예상 밖의 대답을 듣고 잠시 망설이다가, 홀린의 인격을 믿고 결정을 내렸다.

"그랜비 대위, 내가 잠깐 자리를 비워야겠다. 승무원들이랑 테메레르를 알아서 챙기고 있어. 에밀리, 넌 여기 있다가 무슨 일이 생기면 곧장 나를 부르러 와."

로렌스는 화도 나고 걱정도 돼서 서둘러 레비타스가 있는 곳으로 걸어갔다. 지금 같은 시기에 랜킨과 마찰을 빚게 될까봐 꺼려지기도 했다. 랜킨이 위험천만한 정찰 임무를 성공적으로 수행하고 돌아왔으니, 지금 로렌스가 레비타스의 일에 참견을 한다면 그것은 훌륭한 비행사를 모욕하는 무례한 행위로 비춰질 게 분명했다.

그런데 에밀리가 가르쳐준 방향을 따라 걸어가는 동안, 로렌스는 랜킨에게 점점 화가 치밀기 시작했다. 레비타스가 머무는 곳은 본부 건물에서 가장 가까운 곳에 있는 작은 공터들 중 하나였다. 랜킨이 그 자리를 레비타스의 거처로 고른 이유는 분명 자기 편의를 위해서일 것이었다.

잠시 후 홀린의 허벅지 위에 머리를 얹어놓은 채 모래투성이의 거친 바닥에 누워 있는 레비타스의 모습이 보였다.

랜킨에게 화가 난 상태라서 로렌스의 목소리가 날카롭게 나왔다.

"홀린, 도대체 무슨 일이지?"

가까이 다가간 로렌스는 레비타스의 옆구리와 배를 덮고 있는 커다란 거즈에서 검은색에 가까운 피가 계속해서 배어 나오는 것을 보았다.

"맙소사!"

로렌스의 목소리에 레비타스가 힘없이 눈을 뜨며 고개를 들었다.

두 눈은 흐릿하고 고통에 차 있었다. 잠시 후, 그 작은 용은 자기 비행사가 온 게 아니라는 걸 알고는 한숨을 푹 쉬더니 다시 눈을 감았다.

홀린이 말했다.

"대령님, 죄송합니다. 제가 해야 할 의무가 있다는 것은 잘 알고 있지만, 레비타스를 혼자 두고 갈 수가 없었습니다. 의사들이 다녀갔는데 상처가 너무 심해 치료할 수도 없다고, 오래 버티지 못할 거라고 하더군요. 주변에 아무도 없어서 물을 가져다 먹이지도 못했습니다."

홀린은 감정이 복받치는지 잠시 입을 다물었다. 그러고는 다시 말을 이었다.

"도저히 혼자 둘 수가 없어서요."

로렌스는 레비타스 옆에 무릎을 꿇고 앉아 레비타스의 머리에 살짝 손을 얹었다. 레비타스의 통증이 더 심해질까 봐 손을 얹으면서도 조심스러웠다.

"그래, 그랬겠군."

로렌스는 곧장 일어서서 가까이에 있는 본부 건물로 향했다. 그리고 출입문 근처에서 얘기를 나누고 있는 승무원들에게 당장 홀린한테 가서 도움을 주라고 지시한 후, 본부 건물 안에 있는 비행사 클럽으로 들어갔다.

랜킨이 클럽에 앉아 와인을 마시고 있었다. 얼굴은 취기가 올라 벌겋게 달아올랐고, 어느새 깨끗한 옷으로 갈아입은 상태였다. 렌튼 대장과 정찰 업무를 맡은 비행사들 두 명이 랜킨 옆에 앉아 해안선을 따라 용을 어떻게 배치하는 게 좋을지 논의 중이었다.

로렌스는 곧장 랜킨에게 다가가 귀에 대고 조용히 말했다.

"걸을 수 있으면 일어서요. 걷는 게 힘들면 내가 부축해 줄게요."

랜킨은 와인 잔을 탁자에 내려놓고 차가운 눈빛으로 로렌스를 쏘아보며 말했다.

"뭐라고요? 감히 어딜 주제넘게 나서는……."

로렌스는 그 말을 무시하고 랜킨의 의자 뒤쪽을 잡고 들어 올렸다. 랜킨이 균형을 잃고 앞으로 기우뚱하더니, 넘어지지 않으려고 비틀거렸다. 로렌스는 랜킨의 외투 목덜미를 쥐고 일으켜 세웠다. 랜킨이 숨이 막힌다며 캑캑거렸다.

렌튼 대장이 깜짝 놀라 자리에서 일어서며 말했다.

"로렌스, 이게 무슨 짓인가!"

로렌스는 랜킨의 목덜미와 팔을 움켜잡은 채 렌튼 대장을 똑바로 쳐다보며 말했다.

"레비타스가 죽어가고 있습니다. 랜킨 대령이 레비타스에게 작별 인사를 하고 싶다고 하는군요. 잠시 같이 나갔다 오겠습니다."

다른 비행사들은 의자에서 반쯤 일어선 채 로렌스를 쳐다보았다. 렌튼 대장은 랜킨을 한번 쳐다보고는 도로 의자에 앉으며 말했다.

"알았네."

렌튼 대장이 술병으로 손을 뻗자, 다른 비행사들도 천천히 다시 자리에 앉았다.

랜킨은 로렌스에게 붙잡힌 채 끌려나왔다. 공터로 나오자 로렌스는 걸음을 멈추고 랜킨을 똑바로 쳐다보며 말했다.

"레비타스한테 잘 대해 줘요. 내 말 알아듣겠습니까? 지금까지 한번도 해주지 않았던 칭찬도 해주고, 그동안 용감하고 충성스럽게 일을 잘해 줬다고, 어느 누구보다도 훌륭한 파트너였다고 말해 줘야 합니다."

랜킨은 아무런 대꾸도 하지 않고 위험한 미치광이를 보듯 로렌스를 쳐다보았다. 로렌스는 랜킨의 멱살을 쥐고 흔들며 다시 한 번 사납게 다짐을 받았다.

"반드시, 내가 하라는 대로 해야 합니다. 그렇지 않으면 맹세코 가만 두지 않겠습니다."

그런 다음 랜킨을 레비타스가 있는 곳으로 질질 끌고 갔다.

홀린은 여전히 레비타스의 머리를 허벅지에 올려놓은 채 앉아 있었다. 옆에는 물통이 놓여 있었다. 홀린은 물을 흠뻑 적신 깨끗한 천을 레비타스의 입에 대고 짜서 물을 먹여주고 있었다. 발자국 소리를 듣고 고개를 든 홀린은 대놓고 경멸하는 표정으로 랜킨을 노려보았다. 그리고 고개를 숙이며 말했다.

"레비타스, 정신 차리고 누가 왔는지 한번 봐."

레비타스가 눈을 떴다. 흐릿해진 눈은 이미 시력을 상실한 뒤였다. 레비타스가 주저하며 물었다.

"랜킨 대령님?"

로렌스는 랜킨을 밀어 레비타스 옆에 꿇어앉혔다. 로렌스의 손에 떠밀려 앉은 랜킨은 억지로 분을 참는 듯 제 허벅지를 손으로 움켜쥐고 입을 열었다.

"그래, 내가 왔어."

랜킨은 로렌스를 올려다보고 침을 꿀꺽 삼키며 어색하게 말했다.

"넌 참 용감하게 일을 잘해 줬어."

그 부자연스럽고 꼴사나운 칭찬엔 진심이라곤 눈곱만큼도 담겨 있지 않았다. 그런데도 레비타스는 고마워하며 말했다.

"오신 거 맞군요."

레비타스는 열린 입 한쪽으로 혀를 내밀어 천에서 떨어지는 물방울을 핥았다. 거즈를 흠뻑 적시고 밑으로 흘러나온 피가 이미 땅바닥에 흥건하게 고여 있었다. 랜킨은 불안하게 몸을 씰룩였다. 반바지와 양말에 레비타스의 피가 스며들고 있었던 것이다. 하지만 분노에 찬 눈빛으로 내려다보는 로렌스 때문에 뒤로 물러나지 못하고 엉거주춤 앉아 있었다.

레비타스는 가늘게 한숨을 내쉬었다.

잠시 후 레비타스의 호흡이 정지되고 옆구리의 미약한 움직임도 멈추었다. 홀린이 거친 손으로 레비타스의 두 눈을 감겨주었다.

그제야 로렌스는 랜킨의 목 뒤를 찍어누르고 있던 손을 뗐다. 분노는 사라졌지만 랜킨에 대한 혐오가 치밀어 올랐다.

"이제 가봐요. 레비타스를 소중하게 생각하는 우리들이 장례를 치러줄 겁니다. 당신이 아니라 우리가요."

비틀거리며 일어나 허둥지둥 공터를 떠나는 랜킨에게 눈길도 주지 않은 채, 로렌스는 조용히 홀린에게 말했다.

"난 가서 비행 장비 점검을 마쳐야 하네. 자네가 장례를 치러줄 수 있겠나?"

홀린은 레비타스의 조그마한 머리를 계속 쓰다듬으며 대답했다.

"예. 언제 전투가 있을지 모르는 상황이니 격식을 모두 차릴 수는 없겠지만, 최대한 제대로 매장해 주도록 하겠습니다. 감사합니다, 대령님. 레비타스에게 큰 위안이 되었을 겁니다."

"레비타스는 그보다 더 나은 대접을 받을 자격이 충분히 있었어."

로렌스는 레비타스를 내려다보며 잠시 그 자리에 서 있다가 본부로 돌아가 렌튼 대장의 사무실로 찾아갔다. 로렌스가 사무실로 들어서자 렌튼 대장은 미간을 찌푸리며 물었다.

"어떻게 됐나?"

"대장님, 무례한 행동을 한 것에 사과드립니다. 어떤 벌을 내리시든 달게 받겠습니다."

"아니, 아니야. 무슨 소릴 하는 겐가? 레비타스가 어떻게 되었냐니까?"

로렌스는 잠시 침묵을 지킨 후 입을 열었다.

"죽었습니다. 상처가 깊어 통증도 심했지만, 마지막엔 편하게 갔습니다."

렌튼 대장은 고개를 절레절레 흔들었다.

"불쌍한 놈."

렌튼 대장은 브랜디 한 잔을 따라 로렌스에게 주고 자기 잔에도 따랐다. 그리고 두 모금 만에 다 마셔버린 후 깊은 한숨을 내쉬며 말했다.

"하필 지금 랜킨이 용을 잃었으니, 참 난감하게 됐어. 채텀 기지에서 원체스터 품종의 알이 조만간 부화하려고 한다는 소식을 들었네. 생각지도 못했는데 갑자기 껍질이 딱딱해지고 있다고 하더군. 그래서 나는 그 용의 비행사가 될 만한 인물을 급히 물색하던 참이었네. 그런데 마침 랜킨이 자기 용을 잃은 데다가 이번에 중요한 소식을 전해 준 영웅이 되고 말았으니. 랜킨에게 그 용을 내주지 않으면 랜킨의 집안에서 항의하면서 국회에까지 압력을 행사할 게 분명해."

로렌스는 책상 위에 술잔을 탕 하고 내려놓으며 말했다.

"대장님, 그 자에게 용을 주느니 차라리 그 용을 죽게 만드는 게 낫습니다. 그 용의 비행사가 될 만한 자격이 있는 자로, 홀린 준위를 추천하고 싶습니다. 홀린의 성실하고 진실한 성품은 제가 보증할 수 있습니다."

"뭐? 자네가 데리고 있는 지상요원 말인가?"

렌튼 대장은 인상을 찡그리며 신중하게 말을 이었다.

"흠, 자네가 추천한다니 나도 한번 생각해 보겠네. 윈체스터의 비행사가 되면 그의 경력에도 도움이 되겠지. 하지만 홀린이 신사 계급이 아니라는 게 좀 마음에 걸리는군."

"출신 가문이 아니라 품성으로 신사인지 여부를 따진다면, 홀린은 분명한 신사입니다."

렌튼 대장은 큰 소리로 웃으며 말했다.

"그래, 우린 그렇게 융통성 없는 족속들은 아니니까 긍정적으로 검토해 보겠네. 그 알이 부화할 때쯤 우리 모두가 프랑스 군에게 죽임을 당하거나 포로가 되지 않는다면, 아마도 홀린이 그 윈체스터 용을 받게 될 걸세."

렌튼 대장의 사무실을 나온 로렌스는 홀린을 찾아가, 더 이상 지상요원으로 근무할 필요가 없으며 곧장 채텀으로 가라고 지시했다. 홀린은 멍하니 눈을 껌벅거리다가 물었다.

"저한테 용을 주시겠다고 하셨습니까?"

홀린은 레비타스를 떠나보낸 지 얼마 되지 않았으므로 호들갑스럽게 기뻐하는 내색을 하지 않으려고 고개를 돌렸다. 로렌스는 못 본 척했다.

홀린은 목소리가 갈라져 나오지 않게 조심하며 말을 이었다.

"대령님, 어떻게 감사를 드려야 할지 모르겠습니다."

"자네가 그 용의 비행사가 되기에 손색이 없는 인재라고 내가 보증을 했네. 그러니 나를 거짓말쟁이로 만들면 안 되겠지. 지금 바로 출발하도록! 그 알이 곧 부화할 예정이라고 하더군. 자네를 채텀까지 태우고 갈 마차가 저쪽에 대기하고 있네."

로렌스가 손을 내밀자 홀린은 멍하니 그 손을 잡고 악수를 했다. 이어서 지상요원으로 함께 근무했던 동료들이 몇 가지 소지품을 급하게 챙겨 넣은 가방을 홀린에게 내밀었다. 홀린은 그 가방을 받아 들고, 훈련생 다이어의 안내를 받아 대기 중인 마차로 걸어갔다. 승무원들은 자기 일처럼 기뻐하며 축하를 해주었다. 그들이 홀린을 둘러싸고 너도나도 축하의 악수를 건네자, 로렌스는 홀린이 제 시간에 출발하지 못할지도 모른다는 생각이 들어서 채근했다.

"제군들, 아직 북풍이 불고 있을 때 준비를 완전히 갖춰놔야 해. 그리고 밤이 오기 전에 테메레르의 몸에서 갑옷도 벗겨놔야 하니, 어서 가서 일들 하게."

테메레르는 홀린이 마차를 타고 가는 모습을 슬픈 얼굴로 바라보았다. 그리고 승무원들이 몸에서 갑옷을 벗겨내는 동안 로렌스에게 말했다.

"새로 태어나는 그 용이 랜킨이 아니라 홀린을 비행사로 맞게 돼서 정말 다행이야. 그런데 공군에서 처음부터 레비타스를 홀린한테 주었으면 좋았을 거란 생각이 들어. 홀린이라면 레비타스가 죽지 않게 지켜줬을 텐데."

"미래에 어떤 일이 일어날지는 아무도 알 수 없어. 그리고 레비타스는 비행사 교체를 원치 않았을 거야. 마지막 순간까지도 레비타스는 랜킨이 와주기만을 기다리고 있었으니까. 우리가 볼 땐 이해가 되지 않는 일이기도 하지만."

그날 저녁 로렌스는 새벽녘에 내리는 찬 서리에 감기가 들지 않게 담요를 둘둘 몸에 감고 테메레르의 앞발에 안겨 잠이 들었다.

다음날 아침, 일출과 함께 잠이 깬 로렌스는 잎이 다 떨어진 나뭇가지들이 바람에 휘어지는 모습을 보았다. 프랑스 쪽에서 바람이 불어오고 있었다. 동풍이었다. 로렌스가 조용히 불렀다.

"테메레르."

테메레르가 머리를 들고 코를 킁킁거리며 말했다.

"바람이 바뀌었네."

테메레르는 고개를 숙이고 로렌스의 몸에 코를 문질렀다. 로렌스도 테메레르의 코를 덮은 좁고 부드러운 비늘에 손을 얹고 쓰다듬으며 5분 정도 뭉그적거렸다. 그리고 나지막하게 말했다.

"나 때문에 네가 불행해지는 일은 일어나지 않았으면 좋겠어, 테메레르."

"그런 일은 절대 없을 거야, 로렌스."

로렌스가 종을 울리자마자 막사에서 지상요원들이 달려나와 공터 한 옆에 큰 천으로 덮어 둔 쇠사슬 갑옷을 끄집어냈다. 전날 밤 테메레르는 무게에 적응하느라 무거운 전투용 안장을 차고 잤기 때문에 쇠사슬 갑옷만 두르면 되었다.

승무원들이 테메레르에게 쇠사슬 갑옷을 입히는 동안, 그랜비 대위는 그 옆에 서서 승무원들이 착용할 하네스와 카라비너를 꼼꼼하게 점검했다. 로렌스는 권총을 청소하고 재장전한 후, 허리에 칼을 찼다. 서늘한 하늘에는 전체적으로 하얀 구름이 넓게 깔린 가운데 간간이 진한 회색빛 구름들이 그림자처럼 빠르게 흘러갔다. 아직 아무런 명령도 받지 않은 상태였다.

로렌스의 요청에 따라 테메레르는 로렌스를 앞발로 집어 자기 어깨 위에 올려놓고 뒷다리를 일으켜 세웠다. 그 위에 서자 로렌스는 숲 너머 시커먼 바다를 볼 수가 있었다. 항구에는 배 몇 척이 떠 있었다. 차갑고 소금기를 머금은 바람이 세차게 불어오고 있었다.

"고마워, 테메레르. 이제 내려줘."

테메레르는 다시 앞발로 로렌스를 잡아서 땅바닥에 내려주었다.

로렌스가 지시를 내렸다.

"그랜비 대위, 승무원들을 탑승시키게."

테메레르가 하늘로 날아오르자 지상요원들은 고함에 가까운 환호성을 지르며 격려해 주었다. 그 환호성 소리가 도버 기지 전체에 울려 퍼졌고, 이윽고 다른 대형 용들도 날개를 치며 솟아올랐다. 빨강과 금색이 섞여 거대한 불덩어리처럼 보이는 막시무스가 날아오르자, 그 옆에 따라붙은 다른 용들은 모두 난쟁이로 보일 지경이었다. 덩치가 작은 옐로 리퍼들 사이에서 날고 있는 빅토리아투스와 릴리도 눈에 확 띄었다.

앵글윙 품종으로 온몸이 금색인 옵베르사리아의 등에서 렌튼 대장의 깃발이 펄럭였다. 옵베르사리아의 비행사는 바로 렌튼 대장이었다. 옵베르사리아는 리퍼들보다 약간 큰 정도였지만, 다른 용들 사이를 뚫고 제일 높이 솟아오르며 우아하게 선두를 이끌었다. 옵베르사리아의 날갯짓은 테메레르만큼이나 유연했다. 대형 용들은 개별적으로 전투에 임하라는 명령을 받았기 때문에, 테메레르도 굳이 릴리의 편대와 보조를 맞출 필요 없이, 맨 앞 가장자리로 가서 자리를 잡았다.

 차갑고 축축한 맞바람을 맞으며 날아가는 동안, 공기를 가르는 날개 사이로 나지막하게 '쌔액' 하는 소리가 나면서 모든 자잘한 소음을 덮어버렸다. 로렌스의 귀에 들리는 거라곤 팽팽하게 잡아당겨진 돛에서 들리는 것 같은 테메레르의 힘찬 날갯짓 소리, 그리고 안장의 고리가 삐걱대는 소리뿐이었다. 승무원들은 분위기에 압도되어 긴장한 채 침묵을 지켰다.

 마침내 적들이 보이기 시작했다. 프랑스 용들은 갈매기 떼, 아니 참새 떼처럼 일제히 영국을 향해 바다 위를 날아오고 있었다.

 프랑스 용들은 바다 표면에서 270미터 고도를 유지하고 있었다. 영국 해협에 떠 있는 영국 군함에서 사정거리가 가장 긴 후추탄을 쏘아도 맞지 않을 정도의 높이였다. 저 아래 영국 군함들이 하얀 돛을 휘날리며 프랑스 용들을 향해 헛되이 대포를 쏘아대는 모습이 보였다. 영국 군함의 대부분은 해안 가까이에 자리를 잡고 있었는데, 해안과의 거리가 너무 가까워서 강한 파도에 육지로 밀려 올라올까 봐 걱정스러울 정도였다. 또한 프랑스 용들이 들고 오는 공중 수송선이 절벽 가장자리에 착륙할 경우, 영국 군함들은 그 수송선에서 내린 프랑스 육군들의 장거리포에 맞게 될 수도 있었다.

 엑시디움의 편대와 모르티페루스의 편대는 트라팔가르곶에서 출발하여 엄청난 속도로 도버를 향해 돌아오고 있었다. 하지만 아무리 속도를 낸다고 해도 이번 주말 전에 도착하긴 어려웠다. 그러니 지금으로서는 갖고 있는 병력만으로 프랑스 군을 상대할 수밖에 없었다. 하지만 이성적으로 따져보았을 때 저 어마어마한 수의 프랑스 용들과 싸워 이길 가능성은 높지 않아 보였다.

거리가 좁혀지자 하늘을 날아오는 프랑스 군의 규모가 어느 정도인지 확실히 알 수가 있었다. 가벼운 나무로 만든 공중 수송선이 열두 척이었고, 용 네 마리가 공중 수송선을 한 대씩 맡아 들어 나르고 있었으며, 그 주변에는 훨씬 더 많은 수의 호위 임무를 띤 용들이 날고 있었다. 로렌스는 근래의 전쟁에서 이 정도 규모의 공군이 동원된 적이 있다는 얘기는 들어보지 못했다. 이건 단순한 공군 사단이 아니라 거의 십자군 수준이었다. 용들의 덩치가 조금 더 작고 유럽에 빈 들판이 좀더 많았다면 저 용들에게 먹이를 대기도 훨씬 수월했을 것이다.

그 부분에 생각이 미치자 로렌스는 고개를 돌리고 그랜비 대위를 불러 말했다.

"저렇게 많은 용들을 한 곳에 모아놓고 먹이를 주는 건 쉽지 않은 일이었을 거다. 저 용들을 대기시키는 기간이 조금만 더 길었어도 먹이 공급이 중단됐을 수도 있어. 그러니 나폴레옹은 이번에 승부를 보려고 할 거다. 또다시 이런 작전을 기획하기 힘들 테니까."

그랜비는 가만히 듣고 있다가, 감이 잡히는지 서둘러 말했다.

"흠, 그렇겠군요. 저 프랑스 용들과 맞닥뜨리려면 아직 30분 정도 남았으니, 승무원들에게 잠깐 이동 연습을 시킬까요?"

"그렇게 해."

로렌스는 안장에서 몸을 일으켜 세웠다. 바람이 강하게 불었지만 끈에 여유가 있어 뒤로 돌아 서 있어도 아무 문제가 없었다. 승무원들은 로렌스의 눈을 똑바로 쳐다보진 않았지만, 두려워하거나 머뭇거리는 기색 없이 다들 등을 꼿꼿이 세웠다. 수군거리는 소리도 멈췄다. 그랜비 대위가 확성기를 통해 지시를 내렸다.

"존스 대위, 승무원들한테 위치를 바꾸는 연습을 시작하게 해."

잠시 후, 등 쪽 승무원들과 배 쪽 승무원들은 담당 대위들의 지시에 따라 안장 위아래로 위치를 바꾸었다. 다들 몸을 움직이자 살을 에는 바람 속에서도 몸이 데워지면서 긴장이 풀리는 모양이었다.

아군의 용들이 가까이에서 날고 있어서 포를 쏘는 연습은 할 수 없었지만, 릭스 대위는 소총병들에게 손가락을 풀 겸 사격 연습을 시켰다. 던 중위는 길고 가느다란 손가락이 추위로 하얗게 얼어붙어, 총알을 재장전하려다가 그만 뿔화약통을 놓치고 말았다. 뿔화약통은 던 중위의 손가락 사이로 빠져나와 옆으로 굴러갔다. 다행히 콜린스 중위가 얼른 팔을 뻗어 간신히 뿔화약통의 끈을 움켜잡아 던 중위에게 넘겨주었다.

사격 연습이 끝나자 테메레르는 고개를 돌려 흘끗 뒤를 돌아보고는 몸을 꼿꼿이 펴며 안정된 속도로 날아갔다. 그 정도 속도라면 온 종일이라도 날 수 있었다. 테메레르의 호흡도 가쁘거나 빠르지 않고 편안했다. 다만 지나치게 들뜨는 것이 문제라면 문제였다.

프랑스 용들이 가까이 다가오는 걸 보자 테메레르는 흥분해서 속도를 확 높였고, 로렌스가 손으로 쓰다듬으며 말리고 나서야 겨우 뒤로 물러나 다른 영국 용들과 보조를 맞췄다.

공중 수송선들을 방어하는 프랑스 용들은 느슨한 전투 대열을 유지하고 있었다. 공중 수송선들을 가운데 두고 대형 용들이 그 위를 지키며 날고, 보다 작은 용들은 그 밑을 지키는 식이었다. 아예 벽처럼 전후좌우 위아래를 막은 정도였으니 그 수가 굉장히 많았다.

로렌스는 과연 저 용들의 틈 사이를 뚫고 들어갈 수 있을까 싶었다. 12척의 공중 수송선을 들어 옮기는 용들은 대부분 미들급인 페셰르 라예 품종이었는데, 이미 많이 지친 기색이었다. 육군으로 가득 채워진 공중 수송선의 무게가 엄청나게 무거울 테니, 지치는 것도 무리가 아니었다. 그 모습을 본 로렌스는 효과적으로 공격을 하기만 한다면 저들을 무너뜨릴 수도 있겠다는 생각이 들었다.

프랑스 공군은 공중 수송선 주변을 방어하는 용만 40마리가 넘었는데, 영국 공군은 겨우 23마리의 용밖에 없었고, 그나마 그 중 4분의 1은 헤비급 용과 싸움 상대도 되지 않는 그레일링과 윈체스터 품종이었다. 무작정 돌진한다면 프랑스 공군의 방어벽을 뚫는 건 불가능했다. 운이 좋아 방어벽을 돌파한다고 해도, 곧 적군에게 둘러싸여 역공을 당하기 십상이었다.

옵베르사리아에 탄 렌튼 대장이 '접근하여 공격하라'는 뜻의 깃발을 올렸다. 로렌스는 심장이 빠르게 뛰면서 짜릿하게 흥분이 되었다가 전투를 시작할 시점엔 마음이 차분하게 가라앉았다.

로렌스가 확성기를 들고 소리쳤다.

"공격할 대상을 선택해, 테메레르. 수송선 옆으로 다가갈 수 있기만 하면 돼."

수많은 프랑스 용들을 마주한 지금, 로렌스는 테메레르의 공격 본능을 믿었다. 방어벽을 치고 있는 프랑스 용들 사이에 틈이 보이면 테메레르가 틀림없이 찾아낼 테니까.

테메레르는 대답 대신 제일 가장자리에 위치한 공군 수송선을 향해 곧장 날아갔다. 그러다 갑자기 날개를 접으며 밑으로 급강하하자 테메레르의 전면을 가로막았던 프랑스 용 세 마리가 따라 내려왔다. 그 순간, 테메레르는 몸을 회전시키고 날개를 펴며 공중에서 정지했고, 프랑스 용 세 마리가 그 옆을 지나 밑으로 쭉 내려간 틈을 타 힘차게 날개를 치며 위로 올라갔다.

테메레르가 노리는 건 맨 왼쪽에서 공중 수송선을 들고 있는 프랑스 용의 몸통 아래쪽이었다. 그 용은 몸집이 작은 페셰르 라예 암컷이었는데, 호흡은 고르지만 날개를 힘겹게 퍼덕이는 것이 많이 지친 듯했다. 로렌스가 소리쳤다.

"폭탄을 준비해라!"

테메레르가 그 페셰르 라예의 옆을 스치고 지나가며 발톱으로 옆구리를 찢는 순간, 테메레르의 승무원들은 공중 수송선의 갑판으로 폭탄을 던졌다. 페셰르 라예의 등에서 프랑스 소총병들이 총을 쏘기 시작했고, 로렌스의 등뒤에서 비명 소리가 들렸다. 콜린스 중위가 두 팔을 쫙 뻗은 채 앞으로 축 늘어지면서 콜린스의 소총이 안장 밑 바다를 향해 떨어졌다. 콜린스가 사망했음을 확인한 다른 승무원이 하네스의 고리를 잘라 콜린스의 시체를 바다로 떨어뜨렸다.

공중 수송선에는 대포가 설치되지는 않았지만, 갑판이 지붕처럼 경사가 져 있어서, 테메레르의 승무원들이 던진 폭탄 세 개가 터지기도 전에 옆으로 굴러 떨어졌다. 다행히 그 뒤로 던진 폭탄 두 개는 제때 터졌고, 그 충격으로 공중 수송선이 마구 흔들리며 페셰르 라예의 부담을 가중시켰다.

공중 수송선의 나무로 된 선체 외판에 구멍 두 개가 뻥 뚫렸다. 그 구멍 속에 들어찬 프랑스 육군들은 먼지를 뒤집어 쓴 채 공포에 질린 얼굴들이었다. 테메레르는 다시 한 번 옆으로 몸을 기울이며 휙 날아갔다. 테메레르의 발 밑에서 검은 피가 뚝뚝 흘러내렸다. 로렌스가 몸을 좌우로 기울여 살펴보았지만 상처는 보이지 않았다. 테메레르는 멀쩡히 잘 날고 있었다.

로렌스가 손가락으로 테메레르의 발을 가리키며 소리쳤다.

"그랜비 대위!"

잠시 후 그랜비 대위가 확인하고 대답했다.

"페셰르 라예의 몸에서 묻은 피가 흘러내리는 겁니다!"

로렌스는 안심하면서 고개를 끄덕였다.

또다시 그 페셰르 라예를 공격하려던 테메레르는 맞은편에서 날아오는 프랑스 용 두 마리를 보고 주춤하며 방향을 위로 틀어 날아올랐다. 그 두 마리는 따라오면서도 조금 전에 테메레르가 속임수를 쓰는 것을 보았기 때문에 테메레르를 추월해서 날지 않도록 조심을 했다. 로렌스가 테메레르에게 말했다.

"급회전해서 곧장 저 두 마리를 공격해!"

등뒤에서 릭스 대위가 소리쳤다.

"소총 준비되었습니다!"

테메레르는 깊이 숨을 들이켜고는 깔끔하고 빠르게 회전했다. 그리고 추적하던 프랑스 용 두 마리를 향해 사납게 고함을 지르며 곧장 내리꽂았다. 그 속도가 얼마나 빠른지 중력의 저항도 거의 받지 않았다.

테메레르가 고함을 내지르자 엄청난 진동이 로렌스의 뼈까지 전달되었다. 앞장서서 테메레르를 뒤쫓던 프랑스 용이 놀라서 비명을 지르며 주춤했고, 그 바람에 그 밑에서 올라오던 두 번째 프랑스 용과 충돌했다. 그리고 저희들끼리 머리와 날개가 뒤엉켰다.

테메레르는 그 두 마리를 향해 곧장 내리꽂았고, 그 순간 첫 번째 프랑스 용의 등에서 총이 발사되며 검은 연기가 솟아올랐다. 테메레르의 소총병들도 곧장 응사를 하여 적군을 쏘아 죽였다. 적군이 하네스 고리를 끊어 시체들을 바다로 떨어뜨리는 모습이 보였다. 테메레르는 앞으로 휙 날아가 두 번째 프랑스 용의 옆구리를 발톱으로 찢으며 깊은 상처를 입혔다. 프랑스 용의 옆구리에서 터져 나온 뜨끈한 피가 로렌스의 바지와 얼굴에 튀었다.

테메레르는 저만치 앞으로 날아갔고, 로렌스는 뒤를 돌아보았다. 공격을 당한 프랑스 용 두 마리가 몸을 똑바로 가누려고 안간힘을 쓰고 있었다. 옆구리가 찢긴 프랑스 용은 힘겹게 날면서 고통에 찬 비명을 내질렀다. 로렌스가 쳐다보는 동안 그 용은 방향을 돌려 프랑스를 향해 날아갔다. 이미 수적으로 우세한 상황이니 프랑스 비행사로서는 부상을 입은 용을 무리하게 몰아붙일 필요가 없었던 것이다. 치열한 전투가 진행되는 마당에 기쁨을 만끽한다는 게 사리에 맞지는 않았지만, 로렌스는 절로 환호성이 나왔.

"용감하게 잘해냈어!"

등뒤에서 승무원들도 환호성을 질러댔다. 첫 번째 프랑스 용은 혼자서는 테메레르를 이길 수 없겠다는 판단이 들었는지, 동료를 불러오기 위해 물러났다. 그리고 테메레르는 처음 공격해 들어갔던 공중 수송선을 향해 다시 날아갔다. 테메레르가 자신만만하게 고개를 쳐들고 날자 감히 어느 누구도 그 앞을 가로막지 못했다.

목표물을 향해 다가가서 보니 메소리아가 조금 전 테메레르에게 옆구리를 찢긴 페셰르 라예를 공격하고 있었다. 30년 간 살면서 온갖 전투에 다 참여한 메소리아는 서튼 대령과 함께 노련하게 프랑스 용들의 방어벽을 뚫고 들어왔던 것이다. 작은 몸집의 포 드 시엘(프랑스어로 '하늘의 벼룩'이라는 뜻—옮긴이주) 두 마리가 공중 수송선을 들어 나르는 페셰르 라예를 방어하기 위해 메소리아에게 달려들었다.

그 두 마리를 합하면 메소리아보다 체중이 더 나갈 것 같긴 했지만, 메소리아는 온갖 속임수를 다 써가며 그 두 마리를 앞쪽으로 유인하여 테메레르에게 공격할 틈을 만들어주었다. 공중 수송선의 갑판에서 전보다 연기가 더 많이 솟아오르는 걸 보니, 메소리아의 승무원들이 폭탄을 몇 개 더 명중시킨 모양이었다.

테메레르가 접근하자 메소리아의 등에 '왼쪽 측면을 공격하라'는 신호가 올라왔다. 메소리아는 포 드 시엘 두 마리를 공격하며 주의를 끌었고, 그동안 테메레르는 앞으로 돌진하여 페셰르 라예의 왼쪽 옆구리를 공격했다.

그리고 테메레르는 무시무시한 고함을 지르며 페셰르 라예와 공중 수송선을 연결해 놓은 쇠사슬을 발톱으로 잡아뜯고, 동시에 페셰르 라예의 몸을 마구 할퀴었다. 시커먼 피가 사방으로 튀었고, 페셰르 라예는 비명을 지르며 본능적으로 테메레르를 향해 날개를 퍼덕였다. 페셰르 라예는 자신의 몸을 방어하려다가 한쪽 앞발을 들어 올리면서 선체의 들보를 놓치고 말았다.

그 순간, 공중 수송선이 한 옆으로 크게 기울어졌다. 하지만 다른 용들이 들보를 같이 잡고 있고 페셰르 라예의 몸과 수송선이 굵은 쇠사슬로 연결되어 있던 탓에 밑으로 추락하진 않았다. 공중 수송선 내부에서 프랑스 육군들이 다급하게 비명을 질러댔다.

테메레르는 페셰르 라예의 앞발을 피해 뒤로 훌쩍 물러났다가 다시 앞으로 나서며 발톱으로 페셰르 라예를 베고 쇠사슬을 잡아뜯었다. 릭스 대위가 소리쳤다.

"일제히 사격하라!"

테메레르의 소총병들이 페셰르 라예의 등을 향해 맹폭격을 가했다. 페셰르 라예의 등에 탄 프랑스 공군 하나가 테메레르의 머리에 총을 겨누는 걸 본 로렌스는 곧장 들고 있던 권총으로 그 자를 쐈다. 두 번째 총알에 맞은 그 프랑스 공군은 자기 다리를 움켜잡으며 엎드렸다.

그랜비 대위가 말했다.

"대령님, 페셰르 라예의 몸으로 건너가게 허락해 주십시오."

현재 페셰르 라예의 등에 타고 있던 프랑스 공군들과 소총병들은 대부분 사망하여 바다로 떨어진 상태라, 등은 거의 비어 있었다. 페셰르 라예를 장악하기에 좋은 기회였다. 그랜비 대위는 열두 명의 승무원들과 함께 칼을 꺼내들었다. 로렌스가 허락하기만 하면 곧장 카라비너를 안장에서 풀고 페셰르 라예의 등으로 건너갈 태세였다.

로렌스는 걱정이 되었지만 어쩔 수 없이 허락했다. 그리고 테메레르에게 그랜비 대위 일행이 건너가도록 페셰르 라예 곁으로 바짝 붙으라고 지시했다. 그런 다음 그랜비 대위에게 손을 흔들며 소리쳤다.

"지금 옮겨 타라!"

그랜비 대위와 열두 명의 승무원들이 테메레르의 안장에서 페셰르 라예의 등으로 획획 건너뛰는 걸 지켜보던 로렌스는 마음이 몹시 무거웠다.

근처에서 끔찍한 비명 소리가 들렸다. 릴리가 어떤 프랑스 용의 얼굴에 독을 뿜은 거였다. 그 프랑스 용은 자기 얼굴을 앞발톱으로 마구 할퀴며 고통으로 미친 듯이 몸을 비틀었다. 그 끔찍한 광경에 페셰르 라예는 물론 테메레르도 어깨를 움츠렸다. 로렌스도 그 용의 무시무시한 비명 소리에 움찔했다.

잠시 후, 비명 소리가 갑자기 그치고 문제의 프랑스 용이 바다로 추락했다. 비행사가 자기 용의 머리에 총을 쏘아 더 이상 고통을 겪지 않고 단박에 죽게 한 것이다. 안 그랬으면 독이 두개골을 녹이고 뇌로 들어가 천천히 고통스런 죽음을 맞았을 것이다.

그 프랑스 용에 타고 있던 공군들은 목숨을 보전하려고 주변의 다른 용들에게로 건너뛰었다. 그중 일부는 릴리의 등에도 옮겨 탔다. 그러자 릴리는 몸을 마구 흔들어 프랑스 공군들을 곧장 바다로 떨어뜨렸다.

로렌스는 그 비참한 광경에 몸서리를 쳤다. 그랜비 대위 일행이 옮겨간 페셰르 라예의 등에서도 피비린내나는 싸움이 벌어지고 있었다. 다행히 그 싸움은 그랜비 대위 쪽에 유리하게 진행되었고, 그랜비 대위가 데려간 중위 두 명이 페셰르 라예와 공중 수송선을 연결시킨 쇠사슬을 끊는 작업을 진행 중이었다. 공격을 당하고 고통스러워하던 페셰르 라예는 어느새 기운을 회복한 듯 보였다.

또 다른 프랑스 용 한 마리가 테메레르 쪽으로 빠르게 날아왔다. 그리고 일부 대담한 프랑스 육군 몇 명이 공중 수송선에 뚫린 구멍 밖으로 나와 쇠사슬을 잡고 페셰르 라예의 등을 향해 기어 올라갔다. 그중 두 명이 경사진 갑판에서 미끄러지며 바다로 추락했다. 열 명 이상이 그 구멍에서 나와 쇠사슬을 타고 올라갔기 때문에 그들이 페셰르 라예의 몸에 올라탈 경우 그랜비 대위 일행이 불리해질 수도 있었다. 그때 메소리아가 길고 날카로운 비명을 내지르는 것과 동시에 서튼이 고함을 질렀다.

"급강하해!"

메소리아가 포 드 시엘 두 마리에게 공격당해 상처를 입은 것이다. 검은 피가 흘러나오는 가슴께에 승무원들이 재빨리 거즈를 붙이고 있었다. 메소리아는 급강하한 후 방향을 돌려 포 드 시엘들의 공격 범위에서 벗어났다. 포 드 시엘들이 테메레르보다 작기는 했지만, 테메레르가 페셰르 라예를 노리면서 동시에 포 드 시엘 두 마리를 상대할 수는 없었다.

로렌스는 페셰르 라예에게 건너간 그랜비 대위 일행을 다시 불러들이든지, 아니면 그랜비 일행이 페셰르 라예의 비행사를 포로로 잡아 페셰르 라예를 항복시키게 맡겨두고 포 드 시엘 두 마리를 상대하든지, 양단간에 결정을 내려야 했다. 로렌스가 소리쳤다.

"그랜비!"

그랜비가 얼굴의 상처에서 흘러내리는 피를 닦으며 로렌스 쪽을 바라보았다. 로렌스가 포 드 시엘들을 가리키자 그랜비는 그 뜻을 곧바로 알아듣고는 어서 가보라고 손짓했다. 로렌스는 테메레르에게 소리쳐 명령을 내렸다.

테메레르는 마지막으로 페셰르 라예의 옆구리를 확 가르며 하얀 뼈가 드러나게 상처를 입히고는 방향을 돌려 뒤로 물러나 거리를 확보한 뒤 현 위치를 파악했다. 포 드 시엘 두 마리는 테메레르를 따라오지 않고 페셰르 라예 옆에서 선회하고 있었다. 포 드 시엘 두 마리를 타고 있는 프랑스 공군들은 페셰르 라예의 등으로 건너가 자기네 편을 지원하고 싶지만 섣불리 다가섰다가는 자기네 용이 테메레르의 공격을 받아 살이 찢길 테니 이러지도 저러지도 못하는 거였다.

테메레르도 안전한 입장은 아니었다. 소총병들과 배 쪽 승무원 절반이 그랜비 대위를 따라 페셰르 라예에게 건너가 있는 상태였기 때문이다. 그랜비 대위 일행이 페셰르 라예를 장악한다면 그 공중 수송선만큼은 영국 해안으로 가지 못하게 막을 수 있으니, 그 정도 위험은 감수할 만했다.

하지만 그랜비 일행이 페셰르 라예를 굴복시키기도 전에 페셰르 라예와 포 드 시엘 두 마리가 프랑스로 되돌아가기로 결정을 내린다면, 그랜비 일행도 어쩔 수 없이 프랑스로 끌려갈 수밖에 없었다. 그렇게 되면 테메레르는 턱없이 승무원 수가 부족한 형편이니, 다른 프랑스 용들과 접근전을 벌일 수가 없었다.

그랜비 대위 일행은 페셰르 라예의 등에서 저항하는 프랑스 공군들을 해치우면서, 공중 수송선에서 기어 올라오는 프랑스 육군들보다 더 빠르게 움직이고 있었다. 포 드 시엘 한 마리가 앞으로 돌진하여 페셰르 라예의 옆에 몸을 붙이려고 시도했다.

그걸 본 로렌스가 소리쳤다.

"공격해!"

테메레르가 날카로운 발톱과 이를 드러내며 다가가자 포 드 시엘은 겁을 먹고 얼른 물러났다. 그 정도면 충분했다. 포 드 시엘의 안장에 탄 프랑스 공군들은 페셰르 라예를 지원할 기회를 놓쳤고, 동시에 페셰르 라예는 절망에 찬 비명을 내지르며 고개를 뒤로 돌려 자기 등을 살폈다.

그랜비 대위가 페셰르 라예의 목 부근에 서서 프랑스 인의 머리에 권총을 겨누고 있었다. 마침내 페셰르 라예의 비행사를 포로로 잡은 거였다.

그랜비는 공중 수송선과 연결된 사슬을 어서 빨리 끊어내도록 부하들에게 명령을 내린 후, 페셰르 라예에게 도버를 향해 날아가라고 지시했다. 페셰르 라예는 마지못해 천천히 날면서, 수도 없이 고개를 뒤로 돌리며 자기 비행사가 무사한지 살폈다. 사슬이 반 정도 떨어져나간 공중 수송선은 옆으로 크게 기울었고, 포 드 시엘 두 마리는 공중 수송선이 바다로 추락하지 않도록 밑에서 떠받들고 날았다.

로렌스는 승리를 만끽할 겨를도 없이 또 다른 프랑스 용을 상대해야 했다. 품종 이름과는 달리 테메레르보다 훨씬 몸집이 큰 프티 슈발리에(프랑스어로 '몸집 작은 기사'라는 뜻—옮긴이주) 한 마리가 테메레르에게 달려들었던 것이다.

그 사이에 미들급의 페셰르 쿠롱이 밑으로 축 처진 선체의 들보를 잡고 힘껏 끌어올렸다. 공중 수송선에 난 구멍을 통해 갑판으로 기어 올라온 프랑스 육군들은 반쯤 끊어져 덜렁거리는 쇠사슬을 페셰르 쿠롱의 발톱에 감아주려고 발버둥을 쳤고, 결국 그 공중 수송선은 원래대로 균형을 되찾았다.

페셰르 쿠롱과 페셰르 라예가 공중 수송선을 잡고 있는 동안 포 드 시엘 두 마리가 테메레르를 향해 전면에서 날아왔고, 프티 슈발리에는 뒤쪽에서 옆으로 방향을 돌리며 날아왔다. 세 마리에게 동시에 공격당할 위기에 놓이자 로렌스가 다급하게 지시했다.

"후퇴해, 테메레르!"

테메레르는 즉시 그 자리에서 빠져나와 도망쳤지만 프랑스 용 세 마리가 바짝 추격했다. 테메레르는 이미 30분 동안 거칠게 싸움을 했던 터라 많이 지친 상태였다.

포 드 시엘 두 마리가 연합해서 진로를 이리저리 방해하면서 테메레르를 프티 슈발리에 쪽으로 몰아가고 있었다. 그리고 프티 슈발리에가 별안간 속도를 높이며 테메레르 옆으로 다가왔고 프티 슈발리에에서 프랑스 공군 몇 명이 테메레르의 등으로 올라탔다.

"적군이 우리 쪽에 옮겨 탔다!"

존스 대위가 거친 바리톤 음성으로 소리치자 테메레르가 깜짝 놀라 고개를 돌리고 자기 등을 내려다보았다. 두려워진 테메레르는 새로이 힘을 내어 추적자들을 따돌렸다. 프티 슈발리에가 먼저 뒤로 확 처졌다. 테메레르가 방향을 바꿔 포 드 시엘 한 마리를 격렬하게 할퀴자, 포 드 시엘들도 이내 추적을 포기하고 물러났다.

하지만 이미 테메레르의 등에 옮겨 탄 프랑스 공군 여덟 명이 안장에 고리를 걸며 몸을 고정시키고 있었다. 로렌스는 권총을 재장전하여 허리춤에 집어넣고 카라비너의 끈을 늘이며 자리에서 일어섰다. 존스 대위가 지휘하는 등 쪽 승무원 다섯 명이 테메레르의 등 한가운데 자리를 잡은 적군들에게 접근했다.

로렌스는 최대한 빠르게 방향을 바꿔 움직이며 권총을 꺼내 발사했다. 두 번째 총알이 가슴에 정확히 명중하자 프랑스 인이 피를 토하며 쓰러졌다. 그의 시체는 안장에 대롱대롱 매달린 채 바람 부는 대로 펄럭거렸다.

곧이어 치열한 칼싸움이 벌어졌다. 테메레르가 엄청난 속도로 날았기 때문에 로렌스의 눈에 주변 하늘은 들어오지 않고 오직 적들만 보였다. 바로 앞에 서 있던 프랑스 인 대위가 로렌스의 외투 어깨에 붙은 금색 줄을 보고는, 이 용의 비행사임을 알아차렸는지 곧장 총을 겨눴다. 그리고 로렌스에게 무슨 말인가를 했지만, 바람 소리에 묻혀 들리지 않았다.

로렌스는 프랑스 인 대위가 한 말엔 신경도 쓰지 않고 오른손으로 그 자의 권총을 옆으로 쳐낸 뒤, 쥐고 있던 권총 손잡이로 관자놀이를 내려쳤다. 그 자가 쓰러지자 그 뒤에 서 있던 프랑스 공군이 로렌스에게 달려들었다. 강한 바람 때문에 그 프랑스 공군이 앞으로 찌른 칼은 로렌스의 가죽 외투를 뚫지 못하고 팔을 스치며 빗나갔다.

로렌스는 프랑스 공군의 하네스 끈을 칼로 자르고 발로 가슴께를 걷어차서 바다로 떨어뜨렸다. 주변을 둘러보니 테메레르에게 올라탔던 적들은 죽거나 무기를 빼앗긴 상태였다. 테메레르의 승무원들 중에는 챌로너와 라이트가 바다로 추락했고, 존스 대위는 가슴에 총을 맞고 피를 콸콸 쏟으며 카라비너에 의지해 안장에 매달려 있었다. 로렌스는 다른 승무원들과 함께 존스 대위를 끌어올렸지만, 존스는 마지막으로 거칠게 숨을 내쉬더니 결국 죽고 말았다.

로렌스는 허리를 굽히고 존스 대위의 두 눈을 감겨주었다. 그리고 칼을 허리춤에 차며 지시했다.

"마틴 중위, 이제부터 존스 대위를 대신해서 자네가 안장 등 쪽의 지휘를 맡게. 일단 시체들을 치워."

"예, 알겠습니다."

마틴의 볼에도 피가 흘렀고, 연노란 머리카락에도 피가 튀어 있었다. 마틴은 숨을 헐떡이면서 물었다.

"팔은 괜찮으십니까, 대령님?"

로렌스는 팔을 내려다보았다. 외투의 찢어진 틈으로 피가 흘렀지만 팔을 움직이는 데는 이상이 없었다.

"살짝 스친 것뿐이니 목도리로 묶어 지혈하면 돼."

로렌스는 시체를 넘어 테메레르의 목 아래쪽의 자기 자리로 돌아가 고리로 안장에 몸을 고정시켰다. 그리고 목도리를 벗어서 상처 부위를 감싸고 꽉 묶으며 소리쳤다.

"안장에 올라탄 적군들을 모두 격퇴했다!"

그 말을 듣자 테메레르가 비로소 어깨의 긴장을 풀었다. 지금은 전장 밖으로 빠져 나온 상태라, 테메레르가 도로 방향을 돌리자 폭탄의 연기와 용들의 날개에 가려 제대로 보지 못했던 전장이 한눈에 들어왔다.

현재 영국 용들의 공격을 전혀 받지 않고 날아가는 공중 수송선은 세 척이었다. 영국 용들은 공중 수송선을 방어하는 프랑스 용들과 격렬하게 싸우는 중이었다. 릴리 곁에는 니티두스밖에 없었고, 릴리의 나머지 편대원들은 보이지 않았다.

막시무스는 예전에 그들을 기습했던 그랑 슈발리에와 접근전을 벌이는 중이었다. 기습을 받은 후 2개월 동안 막시무스는 더 성장했고 지금은 그랑 슈발리에와 거의 몸집이 비슷했다. 막시무스와 그랑 슈발리에는 서로의 몸을 마구 할퀴고 잡아뜯으며 광포하게 싸웠다.

조금 거리를 두고 있으니 전장의 소음이 먹먹하게 들렸다. 하지만 로렌스는 곧 위험을 감지했다. 하얀 절벽 아래 철썩철썩 부딪치는 파도 소리가 들려오기 시작했던 것이다. 프랑스 공군들은 이미 영국의 해안 가까이까지 접근한 상태였다. 저 아래 해안에 자리를 잡고 서 있는 붉은 제복을 입은 영국 군인들의 모습이 보였다. 아직 정오가 되지 않은 시각이었다.

별안간 프랑스 공군 진영에서 헤비급 프랑스 용 여섯 마리가 떨어져 나와 지상으로 급강하했다. 그 프랑스 용들이 무시무시한 소리로 고함을 지르는 동안 그 용에 탄 프랑스 공군들은 지상으로 폭탄을 던졌다. 붉은 제복을 입고 서 있던 영국 육군들은 사방으로 흩어졌고, 민병대들은 폭탄이 떨어지기 전부터 겁에 질려 무릎을 꿇고 고개를 푹 숙였다. 지상에서 대포 12발이 아무렇게나 발사되었고, 당연히 빗나갔다. 로렌스는 절망했다. 맨 앞의 공중 수송선 한 대가 아무런 방해도 받지 않고 해변에 착륙할 듯 보였다.

잠시 후 그 공중 수송선을 옮기고 있는 용 네 마리가 수송선의 용골을 해변의 편편한 곳에 묵직하게 내려놓았다. 그 순간 엄청난 모래가 일었고 앞쪽에 모여 있던 영국 육군들은 두 팔을 들어 올려 얼굴을 막았지만, 반 이상이 모래에 파묻혀 죽었다. 공중 수송선의 앞쪽이 헛간 문처럼 삐걱거리고 열리더니, 안쪽에서 영국 육군들을 향해 일제 사격이 시작되었다.

그리고 프랑스 육군들이 'Vive l'Empereur!(황제 폐하 만세!)'라고 외치며 공중 수송선 밖으로 쏟아져 나왔다. 그 수가 1,000명이 넘었다. 프랑스 포병들이 파운드 포(砲) 18대를 공중 수송선에서 끄집어내 해변에 설치하는 동안 나머지 프랑스 육군들은 그 주변을 둘러싸고 보호했다.

영국 육군들도 곧 정신을 차리고 맹렬히 사격을 시작했고, 잠시 후 민병대들도 볼품없는 대포 한 대를 정비하여 포탄을 날렸다. 하지만 프랑스 육군들은 지상전에 노련한 자들이었다. 수십 명이 죽긴 했지만 프랑스 육군들은 한 발자국도 물러나지 않고 현 위치를 고수했다.

그 공중 수송선을 들어 나른 프랑스 용 네 마리도 사슬에서 풀려났다. 무거운 짐을 내려놓은 그 용들은 공중전에 합류했고, 영국 공군은 수적으로 더욱 불리해졌다. 곧이어 또 다른 공중 수송선 한 대가 더 많은 프랑스 용들의 호위를 받으며 착륙할 준비를 했다. 그 공중 수송선이 착륙할 경우 프랑스 용 네 마리가 더 공중전에 투입될 것이고, 그러면 상황은 영국 공군에 훨씬 더 불리해지게 될 터였다.

막시무스가 사납게 고함을 지르더니 그랑 슈발리에와 싸움을 중단하고 별안간 급강하하여 착륙 준비를 하는 공중 수송선을 향해 날아갔다. 달리 방법이 없다고 판단한 막시무스가 몸으로 막으려는 것이었다. 작은 용 두 마리가 막시무스의 진로를 방해하면서 발톱으로 할퀴고 이빨로 물었지만, 막시무스는 아랑곳하지 않고 그들을 옆으로 확 밀쳐내며 밑으로 내려갔다.

막시무스의 힘에 밀린 작은 용 한 마리는 옆으로 나가떨어졌고, 또 다른 작은 용인 빨간색과 파란색 줄이 있는 오뇌르 도르(프랑스어로 '금빛 영광'이라는 뜻—옮긴이주) 품종의 용은 막시무스에게 맞아 절벽에 부딪히고 말았다. 오뇌르 도르는 절벽을 발톱으로 긁으며 안간힘을 쓴 끝에 절벽 위로 가까스로 기어 올라왔다.

얕은 물까지 다가와 있던 영국 해군의 24문짜리 소형 구축함 한 대가 기회를 놓치지 않고 한쪽 현측에 있는 대포로 일제히 사격을 퍼부었다. 대포 소리가 천둥처럼 요란하게 울려 퍼졌다. 절벽 가장자리에서 다시 이륙하려던 오뇌르 도르는 대포에 맞아 비명을 지르며 추락했고, 절벽 아래서 치던 파도가 오뇌르 도르의 시체와 그 승무원들을 사납게 바위 위로 내동댕이쳤다.

두 번째로 착륙을 준비하던 공중 수송선을 덮친 막시무스는 수송선과 프랑스 용들을 연결시킨 쇠사슬을 발톱으로 움켜쥐고 잡아뜯었다. 막시무스가 어마어마한 무게로 공중 수송선을 밟고 내려섰지만 프랑스 용들은 몹시 힘들어하면서도 끝까지 움켜쥔 들보를 놓지 않았다.

프랑스 용들이 사력을 다해 그 공중 수송선을 절벽 가장자리까지 들고 간 순간, 막시무스가 마침내 그 쇠사슬을 끊었다. 6미터 상공에서 절벽 위로 추락한 공중 수송선이 알처럼 반으로 쪼개지며, 그 안에서 프랑스 육군들과 대포들이 쏟아져 나왔다. 그리 높은 곳에서 추락한 게 아니라 충격이 별로 크지 않았는지, 살아남은 프랑스 육군들은 비틀거리며 일어나, 자리를 잡고 공격 태세에 나선 프랑스 육군 진영으로 달려갔다.

막시무스는 영국 육군 진영으로 쓰러지다시피 착륙했다. 옆구리에서 뜨거운 김이 무럭무럭 솟아났고, 십여 군데 긁히고 베인 상처에서 피가 흘렀다. 날개를 땅바닥으로 늘어뜨리고 숨을 몰아쉬던 막시무스는 다시 날아오르려고 했지만 몸을 띄울 수가 없었다. 막시무스는 오한이 오는지 벌벌 떨면서 몸을 웅크렸다.

지금 해변에 모여 있는 영국 육군은 3, 4천 명 정도였고 보유한 대포는 5대였다. 원래 2만 명 가까이 모여 있었는데, 그중 대부분이 민병대였고 상당수가 도망을 쳐버렸다. 남아 있는 영국 육군들은 용들의 싸움을 보고 기가 질려 감히 나서 싸울 생각도 못했다.

프랑스 군의 최고 사령관이 조금만 더 현명한 자였다면, 나머지 공군 수송선 서너 척이 착륙할 때까지 기다릴 것 없이, 영국 육군이 대포를 설치한 지점을 장악하고 그 대포들을 역이용해 영국 용들을 공격했을 것이다. 그렇게 하면 나머지 공중 수송선들을 훨씬 안전하게 착륙시킬 수 있었다.

테메레르가 고개를 돌리며 말했다.

"로렌스, 또 다른 공중 수송선 두 척이 착륙 준비를 하고 있어."

"그래. 저들이 내려가지 못하게 막아야 해. 저들이 착륙에 성공하면 영국은 지상전에서 완전히 패하게 돼."

테메레르는 선두에서 날아오는 공중 수송선을 향해 비행 각도를 맞췄다. 그리고 조용히 입을 열었다.

"로렌스, 아무래도 질 것 같아, 안 그래?"

안장 앞쪽에서 망을 보는 어린 소위 두 명이 듣고 있었기 때문에 로렌스는 그 소위들과 테메레르를 모두 격려하며 말했다.

"어쩌면 그럴지도 모르지. 하지만 영국을 지키기 위해 최선을 다해야 해. 저 수송선들이 착륙하는 시점을 지연시키기만 해도 민병대들이 어느 정도 버텨줄 수 있을 거야."

테메레르는 고개를 끄덕였다. 테메레르는 이미 사태를 정확히 파악하고 있었다. 영국 군은 패배한 것이나 다름없었다. 지금 테메레르가 다시 공격을 나선다 해도 전세를 역전시키기는 힘들었다.

테메레르가 말했다.

"그래, 한 번 더 공격해 보자. 안 그러면 친구들이 더 힘들게 싸워야 하니까. 전에 당신이 말했던 '의무'라는 게 이런 거구나 싶어. 이제 어느 정도 이해가 돼."

"그래."

로렌스도 목이 메었다. 어느새 테메레르는 착륙 준비를 하는 공중 수송선들을 앞질러 땅 위를 날고 있었다. 바로 밑에 붉은 제복을 입은 민병대들이 모여 있는 게 보였다. 테메레르는 회전하면서 선두의 공중 수송선을 향해 곧장 날아갔다. 로렌스는 테메레르의 목에 손을 얹고 말없이 교감을 나눴다.

선두의 공중 수송선은 영국 해안으로 빠르게 다가왔다. 그 무게를 감안할 때 엄청난 속도였다. 공중 수송선의 앞쪽엔 부상을 입지 않은 페셰르 품종의 용 두 마리가 날면서 방어하고 있었다. 로렌스는 그 두 마리 중 어떤 용을 먼저 공격할지 테메레르에게 결정하게 하고, 권총을 재장전했다.

테메레르는 공중에서 정지한 채 다가오는 용들의 앞을 막아섰다. 테메레르의 얼굴 주변의 막이 본능적으로 빳빳해졌고, 그 막은 햇빛에 비쳐 반투명한 회색으로 빛났다. 테메레르가 깊이 숨을 들이마시며 늑골의 한계에 다다를 정도로 옆구리를 부풀리자, 가슴뼈가 현저히 튀어나오면서 느리고 깊은 진동이 온몸을 타고 흘렀다. 몸통 가죽까지 바짝 늘어나자 로렌스는 깜짝 놀랐다. 테메레르의 폐 속에서 공기가 고오옹…… 하고 울리고 있었던 것이다. 그리고 몸 안에서 북이라도 치는 것처럼 테메레르의 몸통 가죽을 통해 낮은 진동이 흘러나왔다.

"테메레르."

로렌스가 이렇게 소리쳤다. 아니, 소리친 것 같았다. 테메레르의 온몸에 흐르는 거대한 진동 때문에 귀가 먹먹해서 자기 목소리조차 들리지 않는 상황이었다. 마침내 테메레르는 입을 벌리고 엄청난 고함을 내질렀다. 그 고함의 파동이 얼마나 강력한지 공기마저 일그러뜨리는 것 같았다.

그 순간, 로렌스는 의식이 몽롱해지면서 눈앞이 아득해졌다. 그리고 잠시 후 시력이 회복되었지만 이게 어찌 된 상황인지 이해할 수 없었다. 테메레르와 마주한 채 날아오던 선두의 공중 수송선이 초대형 대포를 정통으로 맞기라도 한 것처럼 요란한 소리를 내며 산산이 부서지고 있었다. 그 안에 들어 있던 프랑스 육군들과 대포들이 와르르 쏟아져 하얀 절벽 아래 파도 속으로 사라졌다. 로렌스는 머리를 세게 얻어맞은 것처럼 입과 귀가 얼얼했고, 테메레르도 몸을 벌벌 떨었다.

테메레르는 기쁘다기보다는 충격을 받은 목소리로 말했다.

"로렌스, 저거 내가 한 것 같아."

로렌스는 너무 놀라서 뭐라고 말을 할 수가 없었다.

프랑스 용 네 마리는 부서진 공중 수송선의 들보에 여전히 쇠사슬로 연결되어 있는 상태였고, 그중 왼쪽 맨 앞에 있던 용은 코피를 쏟으며 고통스런 비명을 내지르고 있었다. 그 용을 구하기 위해 프랑스 공군들은 쇠사슬을 끊어내 버렸고, 쇠사슬과 함께 공중 수송선의 파편들이 바다로 떨어졌다.

맨 앞에 있던 용은 400미터 정도를 가까스로 날아가 프랑스 육군 진영의 뒤쪽에 착륙했다. 그 용의 비행사와 승무원들도 서둘러 안장에서 뛰어내렸다. 그 용은 계속 코피를 흘리면서 앞발로 머리를 움켜쥐고 몸을 웅크린 채 신음했다. 뒤쪽에서 영국 육군들이 환호성을 지르는 가운데, 프랑스 육군 진영에서 테메레르를 향해 대포를 쏘아 올렸다.

마틴 중위가 다급하게 소리쳤다.

"대령님, 지금 우리가 저 프랑스 육군들의 대포 사정거리 내에 들어와 있습니다!"

테메레르는 그 말을 듣고 얼른 방향을 틀어 바다로 나가 공중에서 정지 비행을 했다. 영국을 향해 날아오던 공중 수송선들이 더 이상 다가오지 않고 그 자리에서 멈췄다. 로렌스와 테메레르 못지않게 깜짝 놀란 프랑스 용들은 당황한 듯 공중 수송선 주변을 떼지어 날아다녔다.

하지만 잠시 후 정신을 차린 프랑스 비행사들이 공중 수송선을 방어하는 용들에게 테메레르를 공격하라는 지시를 내렸다. 테메레르

입장에선 다음 공격을 준비할 시간이 턱없이 부족했다.

로렌스가 소리쳤다.

"테메레르, 저 하얀 절벽 정도 되는 높이까지 고도를 확 낮춘 다음 밑에서 치고 올라와!"

그런 다음 로렌스는 신호 담당 소위를 돌아보며 지시했다.

"터너, 해안 가까이에 있는 영국 함대에게 '근접해 오는 적에게 포를 쏘라'고 신호를 보내. 그럼 알아서 준비할 거다!"

테메레르가 주저하며 대답했다.

"한번 해볼게."

테메레르는 고도를 낮춘 뒤 또다시 숨을 크게 들이켰다. 그리고 위로 솟아오르며 바다 위에 떠 있는 공중 수송선들 중 한 척의 밑면에 대고 엄청난 진동을 동반한 고함을 내질렀다.

거리가 좀 멀어서 좀 전처럼 산산이 부서져 내리지는 않았지만, 그 공중 수송선의 선체를 이루는 나무가 쫙 벌어졌다. 들보를 잡고 있던 용 네 마리는 그 공중 수송선이 완전히 쪼개지지 않도록 안간힘을 쓰고 버텼다.

곧이어 공중 수송선을 방어하던 프랑스 용들 중, 그랑 슈발리에를 선두로 한 헤비급의 프랑스 용 여섯 마리가 화살 모양을 이루며 테메레르를 향해 날아왔다. 테메레르는 방향을 휙 돌려 파도에 닿을 정도로 낮게 고도를 내리며 도망쳤고, 영국 함대의 소형 구축함 6척과 군함 3척이 대기 중인 곳을 휙 지나갔다. 그 뒤를 따라오던 프랑스 용들은 영국 함대에서 포도탄(1발이 9개의 쇠알로 되어 있는 포탄—옮긴이주)과 대포를 쏘아올리자 날카롭게 비명을 지르며 우왕좌왕 흩어졌다.

로렌스가 테메레르에게 지시했다.

"자, 어서 빨리, 다음 공격을 준비해!"

테메레르는 그 지시를 듣기도 전에 방향을 틀면서 공격 준비를 하고 있었다. 그리고 바로 다음 공중 수송선 밑으로 날아갔다. 헤비급 용 네 마리가 들어 나르는 그 공중 수송선은 규모가 제일 컸고, 갑판에는 황금 독수리가 그려진 깃발까지 펄럭이고 있었다.

테메레르가 물었다.

"저거 나폴레옹 깃발 맞지? 그럼 나폴레옹이 저기 타고 있는 거야?"

"나폴레옹이 거느린 육군 원수 중 하나가 타고 있겠지."

로렌스도 대장격인 그 초대형 공중 수송선을 보자 크게 흥분이 되었다.

흩어졌던 프랑스 용들이 다시 전열을 가다듬고 고도를 높이며 테메레르 쪽으로 날아왔다. 하지만 테메레르는 그보다 훨씬 빠르게 초대형 공중 수송선으로 날아오르며 거대한 고함을 토해냈다. 그 초대형 공중 수송선은 더 단단하고 무거운 나무로 만들어져서 그런지 쉽게 부서지지 않았고, 따닥따닥 소리를 내며 선체에 붙은 나무 조각들만 떨어져나갔다.

테메레르는 다시 한 번 공격을 가하려고 고도를 낮추며 밑으로 내려갔다. 그때 릴리와 옵베르사리아가 양옆으로 다가왔고, 렌튼 대장이 확성기에 대고 소리쳤다.

"테메레르, 걱정말고 공중 수송선을 공격하라! 저 빌어먹을 프랑스 용들은 우리가 상대할 테니까!"

그러자 옵베르사리아와 릴리는 테메레르를 향해 날아오는 그랑 슈발리에를 비롯한 프랑스 용들을 향해 달려들었다.

 테메레르가 고도를 높이며 재차 공격 준비를 하려는 순간, 그 초대형 공중 수송선에서 깃발이 올라왔다. 그러자 그 공중 수송선을 들어 옮기던 네 마리의 용들이 방향을 돌리며 프랑스 쪽으로 항로를 바꿨다. 다른 공중 수송선들도 서둘러 방향을 돌렸고, 지친 날개를 퍼덕이며 프랑스를 향해 느리고 힘겹게 날아가기 시작했다.

에필로그

제인 롤랜드 준장은 드레스가 구겨지는 것도 아랑곳하지 않고 로렌스 옆자리에 풀썩 주저앉으며 말했다.

"로렌스, 와인 한 잔만 갖다주면 고맙겠군. 아무래도 춤을 두 곡 이상 추는 건 나한테 무리야. 무도회가 끝날 때까지 나는 여기 앉아 있을래."

로렌스가 식탁 의자에서 일어서며 물었다.

"그럼 그만 나갈래요? 호텔까지 모셔다드리죠."

"그거 혹시 이 드레스 때문에 내가 400미터도 제대로 못 걸어갈 거라는 뜻인가? 만일 그런 뜻이라면 이 멋진 여성용 손가방으로 자네 머리를 때려주고 말겠어."

제인은 웃음을 터뜨리며 말을 이었다.

"모처럼 이런 차림을 했는데 그렇게 빨리 호텔로 돌아갈 수야 없지. 앞으로 일주일 후에 엑시디움이랑 다시 도버 기지로 돌아갈 텐데, 언제 또 이런 성대한 파티에 참석할 수 있겠어. 모처럼 우리 공군들을 칭송하는 무도회인 만큼 실컷 즐길 거야."

체너리도 의자에서 일어서며 말했다.

"나도 같이 가서 음식을 더 가져와야겠군요. 웨이터들이 갖다 주지 않으니 내가 직접 가서 가져올 수밖에요. 프랑스 요리를 좀더 먹어야겠어요."

버클리가 체너리에게 말했다.

"아, 올 때 저쪽에 있는 큰 접시에 담긴 요리도 좀 가져와요."

로렌스와 체너리는 각자 와인과 요리를 가지러 걸어갔다. 시간이 지날수록 파티장 안은 점점 많은 사람들로 들어찼다. 런던 사교계는 트라팔가르 전투와 도버 전투에서의 승리에 고무되어, 그동안 멸시했던 공군 비행사들을 떠받들고 찬양하는 분위기였다.

물론 그런 분위기가 결코 오래가지는 않겠지만, 사람들은 로렌스가 입은 공군 제복을 보고 미소를 지으며 길을 내주었다. 덕분에 로렌스는 힘들이지 않고 와인 한 잔을 손에 쥘 수 있었다. 로렌스는 시가를 피우고 싶었지만, 제인과 캐서린이 시가를 피울 수 없는 분위기라, 무례를 범하지 않기 위해 쟁반 위에 놓인 시가를 포기했다. 로렌스는 시가 대신 와인 한 잔을 더 집어 들었다. 제인에게 갖다주면 좋아할 것이었다.

와인 두 잔을 양손에 들고 있는 상태라 옆에서 누가 인사를 해도 가볍게 목례만 하며 제인이 있는 식탁으로 걸어가고 있는데, 누군가 로렌스를 불러 세웠다.

"어머나, 로렌스 대령님 아니세요?"

몬터규 양이었다. 예전에 부모님 집에서 만났을 땐 쌀쌀맞기 그지없더니, 지금은 과도하게 친한 척을 하며 환하게 미소를 지었다. 로렌스가 양손에 와인을 들고 있어 자기 손을 잡아주지 못하자, 몬터규 양은 조금 실망한 표정으로 말했다.

"여기서 다시 만나다니, 정말 반갑네요. 왈라톤 홀에서 만났던 게 까마득하게 오래 전의 일인 것 같아요. 귀여운 테메레르는 잘 있죠? 테메레르가 전투에서 큰 공을 세웠다는 소식을 듣고 정말 기뻤답니다. 어마어마한 전투였다던데, 아무튼 대단해요."

로렌스는 최대한 정중하게 대답했다.

"테메레르는 잘 있습니다. 물어봐 주셔서 고맙습니다."

언제부터 그렇게 친한 사이였다고 '귀여운 테메레르' 운운하다니, 어이가 없었다. 그래도 몬터규 양은 부모님의 집에 초대받아왔던 손님이니, 무례하게 대하면 안 되었다. 그래서 억지로 울컥 치밀어 오르는 혐오감을 눌러 참아야 했다.

사교계에서 공군 비행사들을 칭송하는 분위기가 조성되었지만 로렌스의 아버지는 여전히 로렌스를 보려 하려 하지 않았다. 그러니 쓸데없이 몬터규 양과 말다툼을 해서 아버지의 화를 돋울 필요는 없었다. 만일 그렇게 되면 어머니의 입장도 곤혹스러워질 것이었다.

몬터규 양이 일행을 소개해 주었다.

"이쪽은 윈스데일 경이에요. 그리고 이쪽은 로렌스 대령이고요."

그리고 몬터규 양은 거의 들리지도 않는 작은 목소리로 덧붙였다.

"로렌스 대령은 앨런데일 경의 아들이에요."

윈스데일은 고개를 살짝 까딱하고는, 대단한 은혜라도 베푸는 듯 생색을 내며 말했다.

"요즘 아주 유명해졌던데요, 로렌스 대령. 하긴 높이 찬양받아 마땅한 공로를 세웠더군요. 당신이 영국을 위해 그 용을 길들인 것이 얼마나 훌륭한 일이었는지 이제 다들 알게 되었을 겁니다."

윈스데일 경이 잘난 척을 하며 말하자 기분이 상한 로렌스도 무뚝뚝하게 대꾸했다.

"과찬이십니다, 윈스데일 경. 이만 실례하겠습니다. 이 와인은 차가울 때 마셔야 제 맛이라서요."

로렌스의 말에 몬터규 양은 순간 기분이 상한 표정을 짓더니 이내 친절하게 말했다.

"어머 그러셔야죠! 에디스 양한테 갖다주려고요? 그럼 가는 길에 에디스 양한테 내 안부도 좀 전해 주세요. 어머나, 내 정신 좀 봐. 이제 에디스 양이 아니라 울비 부인인데. 그리고 울비 부인은 지금 런던에 없다고 들었는데, 맞죠?"

로렌스는 몬터규 양을 경멸에 찬 눈으로 쳐다보았다. 몬터규 양은 자기 기분이 상하니까 옛날 로렌스와 에디스의 관계를 은근히 들춰내 로렌스의 기분을 상하게 하려는 거였다.

"예. 울비 부인은 남편과 잉글랜드 북서부의 호수 지방으로 놀러 간 걸로 알고 있습니다."

로렌스는 이렇게 말하고 고개를 까딱하고는 돌아섰다. 에디스와 울비의 결혼 소식으로 충격을 주려던 몬터규 양의 의도를 보기 좋게 깔아뭉갤 수 있어 다행이었다.

도버 전투가 끝난 후 얼마 되지 않아, 로렌스는 도버 기지로 보내온 어머니의 편지를 받았다. 어머니는 그 편지에서 에디스와 울비의 약혼 소식을 전하면서 이렇게 썼다.

'이 소식 때문에 네가 너무 힘들어하지 않았으면 좋겠구나. 네가 에디스를 오랫동안 마음에 두고 있었다는 걸 나도 잘 알고 있어. 에

디스는 참 괜찮은 아이인데, 이번에 왜 그런 결혼을 하기로 마음먹은 건지 나로서는 안타까울 따름이란다.'

그 편지를 받기 전에 로렌스는 이미 에디스에 대한 마음을 정리한 상태였다. 에디스도 언제까지 혼자 있을 수는 없을 테니, 다른 남자와 결혼을 하는 게 당연한 일이었다. 로렌스는 자기는 아무렇지도 않다고 답장을 써 보내 어머니를 안심시켰다. 자신은 에디스를 비난할 수 있는 입장도 아니었다. 자기와 결혼을 했다면 에디스는 분명 불행했을 것이고, 그런 결혼 생활은 로렌스 자신에게도 절망스러웠을 것이다.

사실, 지난 9개월 간 로렌스는 테메레르를 챙기고 훈련을 받느라 에디스를 생각할 여유도 없었다. 그리고 울비가 에디스에게 좋은 남편이 되지 말라는 법도 없었다. 로렌스는 나중에 혹시 에디스를 만나더라도 행복하게 잘 살라고 진심으로 그녀의 행복을 빌어줄 생각이었다.

그런데 몬터규 양이 심술궂게 옛날 일을 들먹이자 로렌스는 기분이 몹시 상했다. 와인을 들고 식탁으로 걸어오면서도 표정이 굳어 있었는지, 제인이 로렌스에게서 잔을 받아들며 말했다.

"왜 이렇게 오래 걸렸어? 누가 자넬 못살게 굴기라도 했나? 그런 거에 괜히 신경 쓰지 마. 밖에 나가서 한 바퀴 바람이라도 쐬고 오든지 해. 나간 김에 테메레르가 재미있게 시간을 보내는지 살펴보면 기분이 풀릴 거야."

제인이 로렌스의 마음을 정확히 짚었다.

"그래야겠어요. 그럼 실례하겠습니다."

로렌스는 일행에게 인사를 하고 돌아섰다.

버클리가 로렌스의 등뒤에 대고 소리쳤다.

"막시무스도 좀 살펴봐 줘요! 저녁식사로 먹이를 더 먹고 싶어하는지도 봐주고요!"

캐서린도 소리쳤다.

"릴리도요!"

그러더니 캐서린은 얼른 고개를 숙이고 누가 들었을까 싶어 주변을 살폈다. 이 파티에 온 사람들은 남자 공군 비행사들과 같이 온 여자들이 비행사라는 건 모르고, 부인일 거라고 생각들을 했기 때문이다. 그 사람들은 제인의 얼굴에 난 상처를 보고 기겁을 했지만, 제인은 대수롭지 않게 넘겼다.

로렌스는 시끌벅적한 파티장을 뒤로 하고 밖으로 나왔다. 어느덧 해가 지고 있었다. 지금 그들이 머무는 이곳은 런던 근처의 오래된 공군 기지인데, 오래 전부터 공군에서 쓰지 않아서 상당 부분 도시로 변해 있었다.

우편 속달 업무를 하는 용들이 가끔씩 쉬어갈 뿐 거의 비어 있는데, 용 여러 마리가 머물 수 있을 정도로 터가 넓어서 이번에 파티 장소가 된 거였다. 공군 본부에서는 옛 본부 건물이 세워져 있던 북쪽 가장자리에 커다란 천막을 치고 임시 파티장을 만들었다.

로렌스가 파티장을 나와 보니 천막 한 옆 공터에 용들이 둘러앉아 있었고, 그 앞에 비행사들의 초대를 받아 온 연주자들이 앉아 있었다. 처음에는 겁을 먹은 연주자들이 가능하면 용들에게서 멀리 떨어진 곳에 의자를 놓고 앉았다. 그러나 시간이 지날수록 음악당에서 시끄럽게 떠드는 사람들에 비해 용들이야말로 음악을 즐길 줄 아는 진정한 청중임을 깨달았고, 그 순간 두려움은 사라지고 흥이 났다.

그리고 지금 제1바이올린 연주자는 오케스트라 연주를 잠시 접어두고 용들에게 다양한 작곡가의 작품들을 설명하면서 몇 부분을 직접 연주해 보였다.

막시무스와 릴리는 흥미롭게 설명을 들으며 여러 가지 질문들을 쏟아냈다. 그런데 뜻밖에도 테메레르는 다른 용들이 있는 곳에서 좀 떨어진 작은 공터에 웅크리고 앉아 한 옆으로 귀를 기울이며 어떤 신사와 얘기를 나누고 있었다. 그 신사의 얼굴은 보이지 않았다.

로렌스는 용들이 앉아 있는 곳을 빙 돌아서 그 공터로 다가가며 테메레르를 불렀다. 로렌스의 목소리를 듣고 그 신사가 뒤로 돌아섰다. 에드워드 하우 경이었다. 로렌스는 놀랍고 반가워서 얼른 달려가 악수를 했다.

"어서 오십시오, 하우 경. 런던에 돌아와 계신지 몰랐습니다. 런던에 도착하자마자 만나 뵈려고 찾아갔었는데 댁에 안 계시더군요."

"아일랜드에 가 있다가 이번 전투 소식을 듣고 왔다네. 지금 막 런던에 도착했어."

그리고 보니 하우 경은 여행복 차림이었고 장화에도 흙먼지가 묻어 있었다. 하우 경이 말을 이었다.

"정식으로 파티에 초대받은 것도 아닌데 불쑥 찾아와 미안하네. 용서해 주게. 자네랑 빨리 얘기를 하고 싶어서 앞뒤 생각 안 하고 달려온 걸세. 그런데 막상 와 보니까 파티장 안에 사람이 너무 많아서 안엘 들어가더라도 자네를 쉽게 찾을 수가 없겠더군. 그래서 여기서 테메레르랑 얘기를 나누고 있으면서 자네가 나오기를 기다리고 있었네."

"이렇게 직접 찾아와 주시니 저로서는 감사드릴 따름입니다. 하우 경께서도 지난번 전투 중에 드러난 테메레르의 특별한 능력에 관해 얘기를 들으시고 곧장 달려오신 것 같군요. 저도 그 부분에 관해 하우 경과 꼭 얘기를 나누고 싶었습니다. 테메레르한테 얘기를 들으니까 그게 고함을 지를 때와 비슷한 느낌이라고 하더군요. 그런데 어떻게 고함 소리만으로 그런 엄청난 파괴 효과가 나타나는지 도저히 이유를 알 수가 없더라고요. 비행사들 중에도 그런 능력에 대해 들어본 적이 있는 사람은 하나도 없었습니다."

"그래, 그랬을 게야. 그런데 로렌스……"

마침 첫 곡의 연주가 끝나고 용들이 환호성을 지르자, 하우 경은 입을 다물고 용들 쪽을 쳐다보더니 물었다.

"어디 조용한 데 가서 얘기할 수 있을까?"

테메레르가 말했다.

"내가 머무는 공터로 가면 조용히 얘길 나눌 수 있을 거예요. 둘 다 내가 데리고 날아가면 1분도 안 걸려요."

하우 경이 로렌스에게 물었다.

"자네만 괜찮다면 그랬으면 좋겠군."

로렌스가 그러자고 하자, 테메레르는 로렌스와 하우 경을 앞발로 조심스럽게 들고는 하늘을 휙 날아 조용한 공터에 내려놓았다. 그리고 그 옆에 자리를 잡고 앉았다. 하우 경이 입을 열었다.

"오늘같이 좋은 날 방해해서 미안하네."

"이런 이유라면 언제든 방해하셔도 대환영이에요. 그러니 걱정하지 마세요."

로렌스는 어서 빨리 하우 경의 견해를 듣고 싶어 조바심이 났다. 테메레르의 안전도 걱정이 돼서 그 문제에 관해서도 의논하고 싶었다. 이번 전투에서 테메레르가 영국 군의 승리에 큰 공헌을 했기 때문에 나폴레옹의 심기가 더욱 불편해져서 또 다른 자객을 보낼지도 모르는 일이었기 때문이다.

"그래, 더 이상 뜸들이지 않고 말하겠네. 테메레르의 그 새로운 능력이 어떤 물리적 원리에 의해 발휘되는 것인지는 나도 정확히 알 수가 없지만, 그런 능력에 대해 기록된 문헌이 있다네. 그 문헌의 내용에 따르면, 중국과 일본에서는 용의 그런 능력을 '신의 바람'이라고 부른다고 하더군. 자네가 직접 보았으니 그 능력이 어떤 것인지는 굳이 설명할 필요가 없겠지. 중요한 것은 그런 능력을 지닌 품종이 딱 하나뿐이라는 걸세. 바로 셀레스티얼 품종이지."

잠시 침묵이 흘렀고, 로렌스는 머릿속이 하얘지는 느낌이었다. 테메레르는 초조해하며 두 남자를 번갈아 쳐다보다가 하우 경에게 물었다.

"그건 임페리얼이랑은 다른 품종인가요? 둘 다 중국 용 아닌가요?"

"엄밀히 말하면 다른 품종이야. 임페리얼도 아주 귀한 품종이지만, 셀레스티얼은 그보다 더 귀해서 황제나 황제의 아주 가까운 친척만이 소유할 수가 있어. 아마 전 세계에 몇 마리 없을걸."

충격이 가시고 로렌스는 차츰 이해가 되었다.

"황제라. 하우 경께서는 아직 이 소식을 전해 듣지 못하셨겠지만, 도버 전투 직전에 우린 도버 기지에서 프랑스 스파이를 붙잡았습니다. 그 스파이는 테메레르가 들어 있던 알이 중국 황제가 나폴레옹에게 보낸 선물이었다고, 프랑스가 아닌 바로 나폴레옹 개인에게 주는 선물이었다고 하더군요."

하우 경은 고개를 끄덕였다.

"그랬을 걸세. 작년 즉, 1804년 5월에 프랑스 상원은 나폴레옹을 프랑스의 황제로 선포했어. 그리고 자네가 프랑스의 아미티에 호를 나포한 게 1805년 1월이니, 중국 황실에서는 나폴레옹이 황제가 되었다는 소식을 듣자마자 그 알을 선물로 보낸 걸세. 시기를 계산해 보면, 중국에서 그런 귀한 선물을 나폴레옹에게 보낸 것이 프랑스와 동맹 관계를 맺어두기 위한 수순임을 알 수가 있지."

"중국에서는 그 알이 부화하는 시기를 계산해서 말해 줬을 것이고, 프랑스 외교관은 어느 정도 위험을 감수하고라도 속도가 빠른 소형 구축함 아미티에 호에 그 알을 실어 보내는 것이 좋겠다고 판단을 했겠지요. 중국에서 출발해 혼곶(남미 대륙 최남단에 위치한 곳—옮긴이주)을 빙 돌아 프랑스로 가려면 7개월 정도 걸리니까요."

하우 경은 확 가라앉은 목소리로 말했다.

"로렌스, 지난번 만났을 때 자네한테 정확한 정보를 주지 못한 걸 용서해 주게. 내 지식이 부족했어. 셀레스티얼에 대한 글도 읽고 그림도 많이 보았는데, 셀레스티얼 특유의 얼굴 주변의 막과 수염이 성장이 완료되는 시점에야 나온다는 걸 미처 생각하지 못했어. 얼굴 주변의 막과 수염만 빼면 임페리얼과 셀레스티얼은 몸통과 날개의 생김새가 똑같거든."

"신경 쓰지 마십시오, 하우 경. 용서라니 당치도 않습니다. 임페리얼이든 셀레스티얼이든 테메레르의 훈련 과정은 크게 달라지지 않았을 겁니다. 그리고 이번에 시기 적절하게 그 놀라운 능력을 발견하게 되었으니 그걸로 충분한 거지요."

로렌스는 테메레르를 향해 미소를 지으며 매끄러운 앞다리를 쓰다듬었다. 테메레르가 기분 좋게 콧바람을 내뿜자 로렌스가 말했다.

"그래, 테메레르. 넌 셀레스티얼 품종인 거야. 나폴레옹이 너를 빼앗긴 걸 왜 그렇게 원통해하는지 이제 알 것 같아."

하우 경이 말했다.

"나폴레옹은 아마 쉽게 화를 풀지 않을 걸세. 게다가 영국이 테메레르를 차지한 걸 알면 중국인들도 몹시 불쾌해할 거야. 중국인들은 자기네 황제의 체면이 걸린 일이면 예민하게 구는 경향이 있거든. 자기네가 프랑스 황제에게 보낸 보물을 영국의 일개 장교가 갖게 된 걸 알면 크게 분노할 걸세."

그러자 테메레르는 화를 내며 말했다.

"나폴레옹이나 중국인들이 도대체 내 일에 왜 그렇게 간섭들인지 모르겠네요. 나는 더 이상 알 속에 있는 것도 아닌데 말이에요. 그리고 나는 로렌스가 황제가 아니어도 상관없어요. 우린 이번 전투에서 나폴레옹 황제의 군대를 무찔렀고 프랑스로 되돌아가도록 만들었어요. 그러니 황제라는 지위도 그리 대단하진 않다고 봐요."

로렌스가 말했다.

"흥분하지 마, 테메레르. 중국인들도 네가 나하고 있는 걸 반대하고 나서진 못할 거야. 우린 네가 들어 있는 알을 중국 배가 아니라 프랑스의 군함에서 탈취했어. 중립을 지키고 있는 줄 알았던 중국은 알을 우리의 적국에 선물로 보낸 거고, 우린 적국인 프랑스의 군함에서 알을 획득한 것이니, 넌 합법적인 전리품인 거야."

하우 경은 여전히 불안한 어조로 말했다.

"중국인들도 그렇게 생각하면 다행이지만, 아마 테메레르 문제를 조용히 덮고 넘어가진 않을 걸세. 중국인들은 타국의 법이 자기네가 타당하다고 생각하는 내용과 어긋날 경우, 무시해 버리기도 해. 그러니 그들이 우리 의견에 귀를 기울이거나 할 것 같은가?"

"물론 조용히 넘어가진 않겠죠. 제가 듣기론 중국은 해군력은 부족하지만 용의 수가 굉장히 많다고 하더군요. 그러니 이번 문제에 대해 렌튼 대장과 논의해 보도록 하겠습니다. 렌튼 대장이라면 이 문제에 관해 중국인들과 의견차를 좁히는 방법을 저보다 잘 알테니까요."

머리 위쪽에서 날개 치는 소리가 들렸고, 곧이어 쿵하고 땅이 울리는 소리가 났다. 음악을 다 듣고 온 막시무스가 근처에 마련된 자기 자리로 내려선 모양이었다. 나무 사이로 빨강과 금색이 섞인 막시무스의 모습이 슬쩍 보였다. 다른 작은 용들도 머리 위로 휙휙 날아가 각자의 자리로 내려섰다. 무도회도 거의 끝나가고 있었고, 어둠이 깔리면서 곳곳에 랜턴이 켜지기 시작했다.

로렌스가 말했다.

"여행을 마치고 쉴 틈도 없이 곧장 이리로 오시느라 피곤하시겠군요. 귀중한 정보를 알려주셔서 깊이 감사드립니다, 하우 경. 내일 저녁에 저랑 같이 식사를 하시겠습니까? 물어보고 싶은 게 무척 많은데 이 추운 곳에 계속 서 계시게 할 수도 없고 하니, 내일 저녁식사 초대에 응해 주시면 고맙겠습니다. 셀레스티얼에 대해서도 알고 싶은 게 무척 많습니다."

"좋아, 내일 저녁에 보세."

하우 경은 이렇게 말하고 돌아서다가, 로렌스가 길 안내를 해주려고 하자 말렸다.

"고맙지만 사양하겠네. 나 혼자 갈 수 있어. 런던에서 자랐고, 소년 시절엔 용에 대해 상상을 하면서 여길 자주 돌아다녀서 이 근처 지리라면 누구보다 훤해. 자네보다 내가 길을 더 잘 알 걸세."

그리고 하우 경은 로렌스와 내일 저녁에 만날 약속 장소를 정하고는 런던 시내로 돌아갔다.

로렌스는 제인이 방을 잡아둔 부근 호텔에서 잘 계획이었지만, 테메레르를 여기 혼자 두고 갈 수가 없었다. 그래서 지상요원들이 쓰던 오래된 담요를 마구간에서 꺼내 덮고 외투를 둘둘 말아 머리에 베고는 테메레르의 앞발에 올라가 누웠다. 내일 아침에 제인을 만나 사정 얘기를 하고 사과를 하면, 제인은 이해해 줄 것이었다.

테메레르가 날개로 차가운 겨울 공기를 막아주며 물었다

"로렌스, 중국은 어떤 곳이야?"

"인도엔 가봤지만 중국엔 한 번도 안 가봤어. 아마 아주 멋진 곳일 거야. 세계에서 제일 오래된 나라니까. 로마보다도 더 오랜 역사를 갖고 있어. 중국 용들은 세계 최고 수준이기도 하고."

테메레르가 뿌듯해하는 표정으로 말했다.

"흠, 전쟁이 끝나고 우리가 승리한 후에 당신이랑 같이 중국에 가보고 싶어. 거기 가면 나 같은 셀레스티얼 품종의 용을 만날지도 모르잖아. 그런데 중국인들이 내가 들어 있던 알을 나폴레옹한테 선물한 건 정말 마음에 안 들어. 누구든 나한테서 당신을 뺏어가려고 하면 가만 두지 않을 거야."

로렌스는 미소를 지었다.

"그 점은 나도 마찬가지야, 테메레르."

중국에서 자기가 테메레르를 데리고 있는 것을 반대하고 나설 경우 사태가 매우 복잡해지긴 하겠지만, 지금 이 순간만큼은 테메레르처럼 단순하게 생각하기로 했다. 그리고 느리고 깊게 울리는 테메레르의 심장소리를 들으며 잠이 들었다. 그 소리는 한없이 넓은 바다 한가운데서 들려오는 것만 같았다.

*제2권 《테메레르 - 군주의자리》에서 계속됩니다.

제2권 《테메레르-군주의자리》

중국 황제가 나폴레옹에게 보낸 선물이었던 셀레스티얼 품종의 용 테메레르가 영국 공군에 소속되어 활동중이라는 사실을 알게 된 중국 대사는 즉시 영국 측에 테메레르를 중국으로 돌려보내달라고 요청한다. 영국 해군 본부에서는 어쩔 수 없이 로렌스에게 테메레르를 중국으로 돌려보내라고 명령한다. 로렌스와 테메레르는 처음엔 그 결정에 불복하지만, 주변 상황에 떠밀려 어쩔 수 없이 머나먼 중국을 향해 출발한다. 그 둘은 다른 용들의 호위를 받으며 바다에서 온갖 고생을 한 끝에 중국에 도착한다.

아마존 리뷰 제2권은 가장 고귀한 품종으로 판명된 테메레르가 중국으로 날아가는 데서부터 시작된다. 테메레르는 중국으로 돌아가라는 영국 해군의 결정에 반발하지만, 로렌스도 함께 가도 좋다는 말에 감정을 가라앉히고 중국으로 출발한다. 제2권의 내용은 대부분 중국으로 가는 여정을 다루고 있는데, 제1권에 비해 훨씬 재미있고 얘깃거리도 풍성하다. 테메레르는 제1권에서 보여주었던 다소 뻣뻣하고 융통성 없는 태도를 버리고 성격을 다양하게 발전시켜 나가고 있으며, 용이 마땅히 받아야 할 대접에 대해서도 자신의 의견을 확실하게 피력한다. 로렌스도 제1권에 비해 다양한 면모를 보여주고 있어 더욱 매력적으로 느껴진다.

에드워드 하우 경의
〈동양 용에 대한 주석을 포함한,
유럽의 각종 용에 관한 고찰〉에서 발췌

— 런던 앨버말 가의 존 머레이 출판사(1796년)

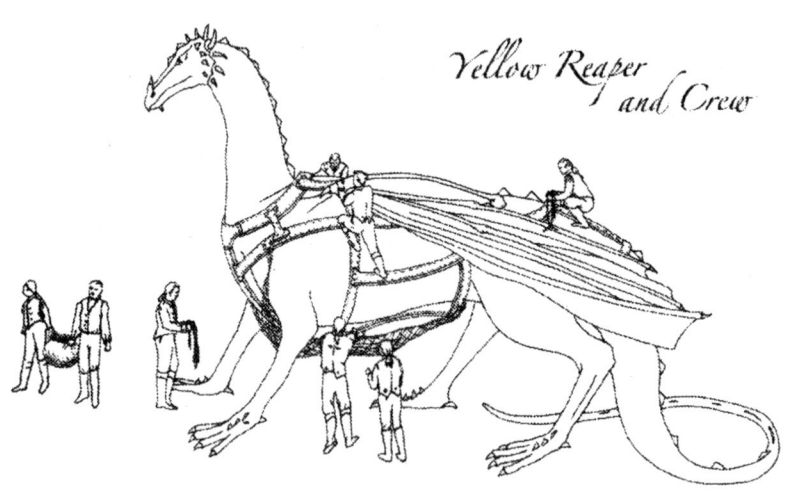

용의 체중 측정에 관한 저자의 서문

용은 품종이 다양한 데다 체중에 관해서도 의견이 분분하다. 또 기존에 보고된 자료와는 측정값에서 차이가 많이 나서 많은 독자들은 이 논문을 믿기 어려울지도 모르겠다. 일반적으로 완전히 성숙한 리갈 코퍼 품종의 체중은 10톤 정도 되며 몸집을 보더라도 어림잡아 그 정도로 보인다. 그러나 사실 리갈 코퍼 품종은 체중이 대부분 30톤 정도 나가며, 어떤 것은 50톤까지 나가는 경우도 있다.

최근에 무슈 퀴비에는 용의 비행에 꼭 필요한 기관인 기낭(공기 주머니—옮긴이주)에 관한 해부학 논문을 발표했다. 그는 기낭으로 대체되는 부피만큼을 감안하여, 용의 체중과 기낭이 없는 다른 대형 지상 동물의 체중을 좀 더 정확히 비교할 수 있는 새로운 체중 측정 방법을 제시했다. 그리고 이러한 측정 방법의 실증적 근거로서, 공기보다 한층 더 가벼운 가스를 용의 기낭에서 추출했다고 한 캐번디쉬의 논문을 언급했다.

용을 실제로 본 적이 없는 사람들이나, 아니면 용 중에서도 가장 몸집이 큰 품종을 본 적이 없는 사람들은 지금까지 보편적으로 알려진 것과 다르다는 이유 하나로 이 논문을 회의적으로 볼 수도 있다.

하지만 리갈 코퍼 품종의 용과 인도코끼리 중 덩치가 가장 큰 것(체중 6톤)을 나란히 세워놓은 장면을 한 번이라도 본 사람이라면, 리갈 코퍼가 그 인도코끼리를 한 입에 집어삼킬 만큼 몸집이 크다고 해서 반드시 그 인도코끼리보다 체중이 두 배 이상 나가지는 않는다는 것을 알 것이다. 또 본인처럼 무슈 퀴비에의 체중 측정 방식에 동의하리라고 본다.

1795년 12월

에드워드 하우 경

제5장

영국 제도(諸島)의 토착 용

평범한 품종

유럽 대륙 품종과의 연관성

몸집에 따라 알맞은 양의 먹이를 제공했을 때 나타나는 효과

리갈 코퍼 품종의 유전적 형질

독을 뿜는 품종과 산을 뿜는 품종

……

　옐로 리퍼 품종은 흔한 품종이라 하여 귀하게 여겨지지 않고 있으나, 사실 우수한 특성이 많아 다양한 지역에서 서식이 가능하다. 골격이 튼튼하고 식성이 까다롭지 않은 데다가 극심한 더위나 추위에도 잘 견디고 성격도 대체로 쾌활하다. 게다가 영국 제도에 살고 있는 대다수 용들의 혈통에 영향을 미쳤다고 해도 과언이 아니다.

　최근 수집된 자료에 따르면, 옐로 리퍼는 미들급 용에 속하며, 체중이 최하 10톤, 최고 17톤 정도인데, 대부분은 12톤에서 15톤 사이에 속한다. 몸길이는 15미터, 균형이 잘 잡힌 날개의 폭은 24미터 정도 된다.

　말라카이트 리퍼 품종은 사촌 격인 옐로 리퍼보다 개체 수가 적으며, 몸통 색깔도 확연히 다르다. 옐로 리퍼의 몸통은 노란색 반점으로 덮여 있고 옆구리와 날개를 따라 호랑이 줄무늬를 갖고 있는 반면, 말라카이트 리퍼는 흐릿한 노란 갈색 바탕에 연한 초록색 반점이 박혀 있다.

말라카이트 리퍼는 앵글로색슨 시대에 엘로 리퍼 품종과 스칸디나비안 린돔 품종간에 이루어진 무분별한 이종교배로 생긴 품종으로 여긴다. 말라카이트 리퍼는 추운 지방을 선호하여, 대다수가 스코틀랜드 북동부에 서식하고 있다.

사냥 기록과 뼈 수집 자료를 조사한 결과, 그레이 윈도메이커 품종은 지금은 그 수가 매우 적지만, 한때 리퍼 품종만큼이나 개체 수가 많았다고 한다. 그레이 윈도메이커는 인간에게 길들여지기를 거부하고 농가에서 소 떼를 훔쳐먹는 경우가 잦아 농부들의 사냥 대상이 되었고, 그래서 지금은 거의 멸종되다시피 했다.

현재 그레이 윈도메이커는 스코틀랜드의 산악 지대에서 고립된 채 야생용으로 살아가고 있으며, 그중 일부는 사육장으로 흘러들어 번식용으로 활용되고 있다. 공격적인 성격을 갖고 있으며 몸집이 작아 체중이 8톤을 넘지 않는다.

그레이 윈도메이커의 몸통은 회색 반점으로 덮여 있어 비행 시 구름 사이에 몸을 숨기기에 이상적이기 때문에, 비교적 성질이 온순한 윈체스터 품종과의 이종교배를 통해 그레일링 품종을 탄생시켰다.

프랑스 용 중에서 가장 흔한 품종인 페셰르 쿠롱과 페셰르 라예는 리퍼보다는 윈도메이커와 혈연적으로 더 밀접한 관계에 있다. 페셰르 쿠롱과 페셰르 라예의 경우 가슴뼈가 쇄골과 붙은 해부학적 특징을 갖고 있어서 이 둘을 교배시키면 헤비급보다는 우편 업무를 맡기기에 적절한 라이트급 품종의 용이 만들어진다…….

현재 영국에 있는 헤비급 용들은 모두 유럽 용과의 이종교배를 통해 탄생한 것이므로, 엄밀히 말해 영국 토착 용은 아니다. 영국에 헤비급에 속하는 토착 용이 없는 이유는 서늘한 기후 때문이다.

헤비급 용들은 따뜻한 곳을 좋아하는데, 따뜻한 지역에서 살면 몸속의 기낭이 그들의 엄청난 체중을 좀더 쉽게 지탱해 줄 수 있기 때문이다. 어떤 이들은 영국에 헤비급의 토착 용이 없는 이유가 영국 제도에 헤비급 용들이 충분히 먹고살 만한 가축 떼가 없기 때문이라고 주장하지만, 그런 주장은 타당성이 없다. 지금까지 조사된 바로는 용들이 소 외에도 다양한 먹이를 즐겨 먹는 것으로 알려져 있기 때문이다.

야생 용들은 2주에 한번 정도 먹이를 먹는데, 특히 여름에는 다른 때보다 자는 시간이 길다. 그동안 용의 먹이가 되는 가축들은 통통하게 살이 오른다. 인간에게 길들여져 날마다 먹이를 얻어먹는 용들에 비해 야생 용들은 성장기 때 먹는 먹이의 양이 많지 않아 몸집도 더 작은 편이다.

리갈 코퍼의 조상 격인 카우차도르 레알을 예로 들어보겠다. 스페인 동남부의 알메리아 사막 지대는 염소 떼가 살기에도 힘들 정도로 메마른 지역이다. 그래서 그곳에 살고 있는 사나운 성질을 가진 카우차도르 레알 품종의 용은 인간에게 길들여지면 체중이 25톤에 육박하므로 전투용으로도 쓰이지만, 야생 상태에서는 체중이 고작 10톤 내지 12톤까지밖에 나가지 않는다……

현재까지 알려진 품종 가운데 몸집이 가장 큰 용은 리갈 코퍼. 완전히 성숙한 리갈 코퍼는 체중 50톤에, 몸길이는 37미터에 이른다. 몸통 색깔이 조금씩 다르지만 대부분 빨간색과 노란색이 섞여 매우 화려하다. 수컷은 암컷보다 평균적으로 몸집이 약간 더 작으며, 성장이 완료되는 시기엔 이마에 여러 개의 뿔이 솟는다. 암컷과 수컷 모두 등줄기에 물결 모양의 돌기가 나 있어, 접근전을 할 때 몸통을 타고 올라오기가 용이해서 적군의 목표물이 되기 쉽다.

리갈 코퍼는 영국의 사육사들이 거둔 최고의 성과라고 볼 수 있다. 영국의 사육사들은 10세대에 걸쳐 신중하게 이종교배를 한 끝에 리갈 코퍼 품종을 만들어냈다. 다양한 품종의 용들을 교배시켜 그 가치를 평가하다가 만들어진 용인 것이다.

맨 마지막으로 로저 베이컨이라는 사육사는 몸집이 작은 브라이트 코퍼 품종의 용(암컷)을 엘리너 공주가 에드워드 1세와 결혼하면서 결혼 지참금의 일부로 영국으로 가져온 위대한 조상 콩기스타도르(수컷)와 교배시킬 것을 제안했다. 로저 베이컨은 당시의 일반적인 교미 방식을 따르지 않고, 용의 몸통 색깔이 각 용의 특징적인 요소를 드러내는 것이라는 자신의 가설을 바탕으로, 브라이트 코퍼 품종의 용과 콩기스타도르의 교미를 추진했다. 그 두 용이 모두 몸에 주황색을 갖고 있으니 근원적인 조화를 이룰 수 있다고 판단했던 것이다. 그 결과 콩기스타도르보다 몸집이 크고 장거리 비행 능력도 더 뛰어난 리갈 코퍼가 탄생했다.

글래스고의 요시아 코훈은 리갈 코퍼가 덩치에 비해 기낭이 무척 큰 브라이트 코퍼의 특징을 고스란히 물려받아 장거리 비행 능력이 뛰어나다고 주장했다. 그리고 무슈 퀴비에는 해부학적 조사를 통해, 리갈 코퍼는 엄청난 몸집 때문에 폐가 온전치 않았을 수도 있는데 콩기스타도르에게서 물려받은 정교하고 강한 골격 구조 덕분에 폐와 기낭이 제대로 기능을 할 수 있다고 결론을 내렸다…….

영국의 사육사들은 프랑스의 '플람프 드 글로와'와 스페인의 '플레차 델 푸에고'에 맞서, 적국의 선박에 불을 붙일 수 있는 용을 만들어내려고 수없이 시도를 했지만 아직까지 성공하지 못했다. 따라서 지금도 영국 제도에는 불을 뿜을 수 있는 용이 한 마리도 없다. 한편, 영국의 토착 용인 샤프스피터 품종은 독액을 뿜어 먹이를 무력하게 만드는 능력을 가진 것으로 유명하다. 그렇지만 샤프스피터 품종은 덩치가 작고 저공 비행만 가능하여 전투에 내보내기에 부적당하다. 몸집을 키우기 위해 샤프스피터를 프랑스의 오뇌르 도르 품종과 교배시키고 보다 강한 독액을 분비하는 러시아의 아이언윙 품종과 교배시킨 결과, 매우 가치 있는 잡종들이 다양하게 탄생했다. 그 잡종들은 샤프스피터보다 비행 능력이 뛰어나고 덩치도 미들급 정도 되며, 더욱 농도가 진한 독액을 뿜을 수 있다.

그 잡종들을 여러 차례 이종교배 및 근친교배시킨 결과, 헨리 7세의 치세에 '롱윙'이라는 대단히 성공적인 품종의 용이 탄생했다. 롱윙 품종은 '산'에 가까울 정도로 진한 독액을 보유하고 있으며, 목표물을 적중시키는 능력도 뛰어나서 적국의 용뿐만 아니라 지상의 목표물까지 독을 뿜어 맞출 수가 있다. 지금까지 알려진 것 중에 황산을 뿜는 것으로 알려진 품종은 잉카의 '코파카티' 품종과 일본의 '카 류' 품종뿐이다.

롱윙 품종은 그 이름처럼 상당히 '긴 날개'를 지니고 있어, 싸움터에서 눈에 잘 띄는 단점이 있다. 몸길이는 18미터를 넘지 않지만, 날개의 길이가 무려 37미터에 달하는 경우가 일반적이기 때문이다. 게다가 날개의 색깔도 아주 화려해서 몸통에 가까운 부분은 푸른색이고 날개 끝으로 갈수록 주황색이 되며, 날개 가장자리엔 검정과 흰색 줄무늬가 들어가 있다. 롱윙의 노랑에 가까운 주황색 눈은 조상인 샤프스피터 품종에게서 물려받은 것이다.

롱윙 품종은 고집이 매우 세서 안장을 채우기가 쉽지 않았기에, 엘리자베스 1세의 치세 때는 차라리 죽여 없애는 것이 낫다는 주장도 제기되었다. 그러나 안장을 채우는 새로운 방법이 개발되면서 차츰 길을 들일 수 있었다. 그 후 롱윙 품종의 용들은 스페인의 무적함대를 무찌르는데 큰 공헌을 했다……

제17장

동양 용과 서양 용의 비교
역사가 오래된 동양 용들
중국과 일본의 토착 용들
임페리얼 품종의 특징
셀레스티얼 품종에 관한 기록

......

중국의 국가적 보물인 임페리얼 품종의 육종 방법은 철저히 비밀에 부쳐지고 있으며, 중국 사육사들 중에서도 높은 신뢰를 얻은 사람들에게만 대대로 구전되고 있다. 문서도 외부인은 알아볼 수 없는 암호로 되어 있다. 중국의 수도 외곽에 사는 이들도 임페리얼에 관해 알지 못하는 만큼, 서양에는 거의 알려진 바가 없다.

중국을 여행한 사람들에 의해 조금씩 모은 정보에 따르면, 유럽 용들은 발톱이 네 개이고 날개뼈가 다섯 개인데 비해, 임페리얼과 셀레스티얼은 발톱이 다섯 개이고 날개뼈가 여섯 개라고 한다. 동양에서는 임페리얼과 셀레스티얼이 지능이 매우 높고 성숙한 품성을 지니고 있으며, 기억력과 언어 습득 능력이 대단히 뛰어난 것으로 알려져 있다. 특히, 다른 용들은 어릴 때만 언어 습득 능력이 좋다가 나이가 들면서 그 능력이 확연히 줄어드는데 비해, 임페리얼과 셀레스티얼은 어린 시절의 언어 습득 능력을 나이가 들어서도 계속 유지한다고 한다.

이와 같은 주장을 최근 기록이 뒷받침하고 있다. 프랑스의 라 페루즈 백작은 조선을 방문했을 당시 조선 왕의 궁전에서 임페리얼 품종의 용을 만났다. 중국이 그들과 긴밀한 관계를 유지하고 있는 조선에 임페리얼 품종의 알을 선물로 주었는데, 라 페루즈 백작이 만난 임페리얼이 바로 그 알에서 부화한 용이었다.

라 페루즈 백작은 조선 왕의 궁전을 방문한 첫 번째 프랑스인이었기에, 임페리얼은 라 페루즈 백작에게 프랑스어를 가르쳐 달라고 청했다. 임페리얼은 다 자란 용인데도 언어 습득 능력이 매우 뛰어나서 한 달 후 라 페루즈 백작이 조선을 떠날 무렵엔 프랑스어로 자유롭게 대화를 나눌 수 있는 수준이 되었다. 천재적인 언어학자도 갖지 못한 놀라운 능력이 아닐 수 없었다.

서양에서 간신히 입수한 몇 안 되는 그림 자료에 따르면, 셀레스티얼은 임페리얼과 비슷한 외모를 지니고 있는 만큼, 혈통적으로도 밀접한 관계가 있지 않을까 생각된다. 셀레스티얼에 관해서는 알려진 바가 거의 없지만, 소문으로는 셀레스티얼이 '신의 바람'을 일으킬 수 있다고 하고, 지진이나 폭풍우를 발생케 하여 도시 하나를 철저히 파괴할 수도 있다고 한다. 그런 능력은 조금 과장된 것일 수도 있지만, 동양의 여러 나라에서 셀레스티얼이 숭배의 대상이라는 점을 감안할 때, 완전히 터무니없는 소리라고 치부할 수만은 없을 것이다……

지은이의 말

《테메레르—왕의 용》이 출간되기 전, 원고의 첫 장부터 마지막 장까지 성의 있게 읽어주시고 조언을 아끼지 않으신 홀리 벤튼, 다나 듀폰, 도리스 이건, 다이애나 폭스, 로라 카니스, 셸리 미첼, L. 살롬, 미콜 서드버그, 레베카 터쉬넷, 프란체스카 코퍼 씨께 깊이 감사드립니다. 특히 프란체스카 코퍼 씨는 제게 소설을 써보라고 처음 권하신 분이기도 합니다.

친구이자 뛰어난 에이전트인 신시아 맨슨의 도움에 고마움을 표하며, 뛰어난 편집자로서 적절한 조언을 해주신 델 레이 출판사의 배시 미첼 씨, 영국 하퍼콜린스 출판사의 제인 존슨 씨께도 감사하다는 말씀을 전하고 싶습니다.

그 밖에도 이 소설을 쓰는 동안 많은 친구들과 독자들이 계속해서 격려와 충고를 해주었고, 제목 선정에서부디 시대에 맞지 않는 단어들을 수정하는 작업에 이르기까지 커다란 도움을 주었습니다. 그들의 이름을 여기에 모두 언급할 수는 없지만, 모두들 정말 감사를 드립니다. 아울러 자료 조사를 도와주신 런던 손 박물관의 수잔 팔머 씨, 에든버러 조지안하우스의 피오나 머레이 씨와 익명의 자원봉사자 분, 더블린 메리언 호텔의 헬렌 로치 씨께도 감사드립니다.

사랑하는 어머니, 아버지, 소냐에게도 고마움을 전합니다.

마지막으로, 제게 수많은 선물을 해주고 그중에서도 가장 값진 선물인 삶의 기쁨을 선사해 준 남편 찰스에게 이 책을 바칩니다.

나오미 노빅

옮긴이의 말

용과 역사에 대한 재해석

동양과 서양은 초자연적 존재인 용에 대해 상반된 개념을 갖고 있다. 동양에서는 용을 신적인 존재, 상서로운 존재로 여겨온 반면, 서양에서는 괴물 내지 악마로 치부해 왔다.

동양에서 용은 최고의 위엄과 권능을 상징한다. 비바람과 구름을 자유자재로 부리고 인간의 길흉화복을 좌우하는 전지전능한 존재이자 신의 개념이다. 중국에서는 예로부터 기린, 봉황, 거북과 더불어 사령의 하나로 여겼으며, 우리나라에서는 동방의 수호자로 신성시했다. 고구려 고분벽화의 사신도에도 동방을 담당하는 신으로써 동쪽 벽에 청룡이 그려져 있다.

서양에서도 초창기에는 용을 인간에게 숭배받는 신으로 여겼다. 서양의 용, 즉 드래곤(Dragon)은 도마뱀 내지 뱀을 뜻하는 라틴어 'draco'에서 유래되었는데, 서양의 초기 신화를 보면 용이 신적인 존재로 등장한다. 그 대표적인 예가 바로 바빌로니아의 창세신 '티아매트'다. 티아매트는 아시리아·바빌로니아 신화에 나오는 원초적인 바다의 인격신(人格神)이자 여성신(女性神)이며 세계를 낳은 존재다.

그러나 기독교의 등장으로 그 상징성이 악을 대표하는 개념으로 변질되었다. 용의 어원 'draco'가 뱀을 뜻하기도 하기 때문에, 창세기에 인간에게 원죄를 가져다 준 뱀의 의미와 결부시켜 용을 악마의 상징으로 치부하게 된 것이다. 그래서 대개 중세 무용담에 등장하는 용들은 인간을 괴롭히고 해악을 끼치는 악마로 묘사되고 있다.

이처럼 상반된 동서양의 용에 대한 이미지를 하나로 아우르고 좀 더 인간 친화적인 존재로 표현해낸 작품이 바로 나오미 노빅의 《테메레르》 시리즈다. 이 소설의 주인공 테메레르는 동양 용과 서양 용의 특성을 흥미롭게 섞어놓은 캐릭터다. 몸통이 커다란 뱀과 비슷하고 날카로운 발톱과 날개가 달려 있다는 점에서 서양적이지만, 파괴력을 지닌 진동과 바람으로 한 국가를 지키는 수호신적인 면모를 지녔다는 점에서 보면 다분히 동양적이다. 출신도 중국이며 서양 용 특유의 불과 수증기를 내뿜는 능력 대신, 고상함과 지혜를 갖춘 용이다.

판타지로 재창조된 19세기 전쟁사

용이 나오는 소설이나 영화는 그동안 수차례 만들어진 바 있으나, 실제 역사 속에 용을 등장시킨 작품은 많지 않다. 그래서 사람들은 대부분 용이 나오는 소설하면 무협소설이나 중세무용담, 중세 내지

시대가 불분명한 가상세계를 배경으로 한 판타지물 등을 떠올린다.

하지만 나오미 노빅의 《테메레르》 시리즈도 그저 그런 종류의 유치한 판타지일 거라고 예상한다면 큰 오산이다. 《테메레르》 시리즈는 그동안 용을 등장시켰던 다른 작가들의 작품들을 스케일 면에서 압도하며 대체역사판타지를 좋아하는 전세계 독자들의 시선을 그러모으고 있다. 현재 24개국에 번역 출간되고 있는 이 작품은 18세기 말에서 19세기 초의 엄연한 역사적 사실을 배경으로 하면서, 당시엔 존재하지 않았던 공군 부대와 그 공군 부대의 주요 구성원인 각종 용들, 다양한 성격을 지닌 비행사들을 등장시키고 있다.

제1권의 주요 배경은 나폴레옹 전쟁이 한창이던 19세기 초의 유럽이다. 특히, 나오미 노빅은 세계 4대 해전으로 꼽히는 트라팔가르 전투를 재해석하여 공군들이 펼치는 공중전과 실제 해전을 결합시켰다. 실제로, 트라팔가르 해전은 1805년 10월 21일 넬슨 제독이 이끄는 영국 함대가 프랑스—스페인 연합 함대를 스페인 남서쪽 끝의 트라팔가르에서 격파한 해전이다.

이 해전을 통해 영국은 나폴레옹의 침공을 막았고, 이후 100년간 세계의 바다를 지배하면서 해양 강국으로서 명성을 떨쳤다. 테메레르는 이 트라팔가르 전투를 측면 지원하고, 이후 도버 전투에 직접 참여하여 큰 공을 세우게 된다. 역사 속 인물들인 넬슨 제독, 나폴레옹, 빌뇌브 제독 등이 이 작품에서 어떤 식으로 그려지는지도 볼만하다. 해전과 공중전의 각종 전략 전술이 등장한다는 점도 이 소설의 재밋거리다.

답답한 현실의 숨통을 트여주는 카타르시스!

나오미 노빅의 《테메레르》 시리즈는 데뷔 소설임에도 불구하고 놀라운 상상력과 뛰어난 캐릭터 구현으로 세계 각국의 독자들을 매료시키며, 2007년 휴고상, 캠벨상, 로커스상, 콤프턴크룩상에 노미네이트되는 저력을 발휘했다. 현재 로커스상과 콤프턴크룩상을 수상했고, 휴고상과 캠벨상의 수상 발표를 기다리고 있다.

  이번에 출간되는 《테메레르—왕의 용》은 총6권에 달하는 판타지 대서사물 《테메레르》 시리즈의 서두에 해당하는 만큼, 캐릭터 소개에 상당 부분 치중하고 있다. 대체역사소설이긴 하지만 지나치게 내용이 무거워서 읽는 이의 숨통을 압박하는 게 아니라, 역사에 근거를 두면서도 판타지를 섞고 흥미로운 에피소드를 엮어가고 있어 굉장히 재미있다.

  요즘처럼 되는 것 없고 갑갑하기만 한 시절, 사회의 온갖 제약 속에서 살아가는 우리들의 숨통을 틔워주고 정신적 카타르시스를 선사할 멋진 작품이라고 할 수 있겠다.

공보경

✤ 연대표

1774년 ············· 윌리엄 로렌스 출생.
1791년 ············· 윌리엄 로렌스는 준위로 임관하여 바스토우 함장이 이끄는 쇼어와이즈 호에 오른다.
1798년 8월 ········ 호레이쇼 넬슨 제독이 이끄는 영국 함대가 나일 강 전투에서 프랑스 해군에 맞서 승리를 거둔다.
1804년 5월 ········ 프랑스 상원은 나폴레옹을 프랑스의 황제로 선포한다.
1805년 1월 ········ 윌리엄 로렌스 대령이 이끄는 영국 해군 소속의 렐리언트 호가 프랑스의 소형 구축함 아미티에 호를 나포한다. 그리고 아미티에 호의 창고에 들어 있던 용알을 렐리언트 호로 옮긴다. 일주일 후, 그 용알에서 태어난 새끼 용은 로렌스를 자신의 비행사로 선택하고, 로렌스는 그 용에게 '테메레르'라는 이름을 지어 준다. 공군 비행사가 된 로렌스는 직속부하인 토머스 라일리를 대령으로 진급시키고 렐리언트 호의 함장으로 임명한다.
1805년 2월 ········ 렐리언트 호는 마데이라 섬의 푼샬 항구에 도착한다. 그리고 약 2주 후 로렌스와 테메레르는 라간 호수 기지로 가서, 셀레리타스 교관 밑에서 버클리 대령, 막시무스와 함께 훈련을 받기 시작한다.
1805년 7월 ········ 테메레르와 막시무스가 소속된 릴리의 편대는 도버 기지로 이동하고, 그리로 가는 도중에 프랑스 용들의 기습을 받는다.

1805년 9월 ……… 엑시디움의 편대가 스페인의 카디즈 항구로 출발한다. 2주 후 카디즈에 도착한 엑시디움의 편대는 그곳에 대기하고 있던 넬슨 제독의 함대와 함께 카디즈 부근을 집중 공격한다.

1805년 10월 14일 …… 장 폴 슈아죌이 캐서린 하코트 대령과 릴리를 프랑스로 납치하려다가 실패한다.

1805년 10월 21일 …… 엑시디움을 비롯한 영국 공군과 넬슨 제독이 이끄는 영국 해군은 트라팔가르곶 부근에서 빌뇌브가 이끄는 프랑스 및 스페인 공군·해군을 물리치고 대승을 거둔다. 넬슨 제독은 전투 중 사망한다. => 트라팔가르 전투 승리!

1805년 11월 5일 …… 랜킨 대령은 레비타스를 타고 프랑스 내륙으로 정찰을 갔다가, 나폴레옹이 셰르부르에서 공중 수송선을 만들고 있다는 걸 알게 된다. 정찰을 하고 돌아오는 길에 레비타스는 큰 부상을 입고, 결국 죽게 된다.

1805년 11월 6일 …… 나폴레옹은 육군으로 가득 채운 공중 수송선 12척을 용들에게 들게 하여, 도버로 쳐들어가도록 지시한다. 영국 해협을 건너던 프랑스의 공중 수송선은 영국 군과 전투를 하게 된다. 영국 군은 패배의 위기에 놓이지만, 테메레르가 '신의 바람'을 일으켜 영국 군의 승리에 결정적으로 공헌한다. => 도버 전투 승리!

테메레르 1 왕의 용

초판 1쇄 발행 2007년 7월 2일
초판 43쇄 발행 2024년 1월 2일

지은이 나오미 노빅 옮긴이 공보경

발행인 이재진 단행본사업본부장 신동해 편집장 김경림
표지디자인 석운디자인 본문디자인 최미영 교정교열 윤정숙
마케팅 최혜진 이은미 홍보 반여진 허지호 정지연 송임선
국제업무 김은정 김지민 제작 정석훈

브랜드 노블마인
주소 경기도 파주시 회동길 20
문의전화 031-956-7213(편집) 02-3670-1123(마케팅)
홈페이지 www.wjbooks.co.kr
인스타그램 www.instagram.com/woongjin_readers
페이스북 www.facebook.com/woongjinreaders
블로그 blog.naver.com/wj_booking

발행처 ㈜웅진씽크빅
출판신고 1980년 3월 29일 제406-2007-000046호

한국어판 출판권 ⓒ웅진씽크빅, 2007
ISBN 978-89-01-06838-1 (04800)
      978-89-01-10688-5 (세트)

노블마인은 ㈜웅진씽크빅 단행본사업본부의 브랜드입니다.
이 책의 한국어판 저작권은 Eric Yang Agency를 통해 Ballantine Books사와의 독점계약으로
㈜웅진씽크빅에 있습니다.
저작권법에 의해 한국 내에서 보호를 받는 저작물이므로 무단 전재와 무단 복제를 금합니다.
이 책 내용의 전부 또는 일부를 이용하려면 반드시 저작권자와 ㈜웅진씽크빅의 서면 동의를 받아야 합니다.

* 잘못 만들어진 책은 구입하신 곳에서 바꾸어드립니다.
* 책값은 뒤표지에 있습니다.